Jürgen Heimbach · Unter Trümmern

Nach zwölf Jahren kehrt Paul Koch in das kriegszerstörte Deutschland zurück. Die Polizei braucht jeden politisch Unbelasteten. Doch Kollegen und Vorgesetzte begegnen dem Kriminalkommissar mit Misstrauen. Und auch Koch ist auf der Hut: Wem kann er eigentlich trauen?
Die Ermittlungen im Zusammenhang mit einem Überfall auf ein Warendepot entpuppen sich verwickelter als zunächst angenommen. Hier geht es um mehr als um bloßen Mundraub.
Unterstützung erhält der eigenbrötlerische Kommissar von seinem jungen und rennsportbegeisterten Assistenten Siegfried „Siggi" Maus, seinem Kollegen Gerhard Reuber und seinem trinkfreudigen Nachbarn, der über eine nie versiegende Quelle an Alkohol verfügt. Woher auch immer in den Zeiten des Mangels …

Jürgen Heimbach wurde 1961 in Koblenz geboren. Nach einem Studium der Germanistik und Philosophie in Mainz arbeitete er als Regieassistent am Theater Mainz. Er organisiert Theaterfestivals, Ausstellungen und ist als Redakteur bei ZDFkultur beschäftigt. Jürgen Heimbach ist Autor zahlreicher Kurz-Krimis und Kriminalromane.

Jürgen Heimbach

UNTER TRÜMMERN

Für Tanja

Neuer Mainzer Anzeiger
Freitag, 28. Februar 1946

Brutaler Überfall in Bodenheim
Ein toter Wachmann und ein schwer verletzter Einbrecher

Die Serie der bis heute ungeklärten Einbrüche und Überfälle auf Warendepots und Lager, die seit einigen Wochen Polizei und Bevölkerung im Umland von Mainz in Atem hält, hat in der vergangenen Nacht einen traurigen Höhepunkt erreicht.

Dieses Mal war ein Lager in Bodenheim, in dem dringend benötigte Medikamente und Impfstoffe aufbewahrt werden, das Ziel der Einbrecher. Bei dem Überfall, an dem nach Angaben der Polizei mindestens drei Männer beteiligt waren, kam einer der deutschen Wachmänner ums Leben.

Wolfgang H. hatte an diesem Abend seinen Rundgang früher als gewohnt begonnen. Plötzlich hörten seine beiden Kollegen, die in der Dienststube waren, einen Schrei und kurz darauf einen Schuss. Sofort eilten sie in Richtung der Geräusche und erkannten zwei Männer bei dem Versuch, über die Mauer, die das Gelände umgibt, zu fliehen. Sie nahmen die Verfolgung auf, aber der Vorsprung der Einbrecher war zu groß. Darauf begannen sie die Suche nach ihrem Kollegen, den sie schließlich in einer Blutlache fanden. Eine Kugel hatte ihn genau ins Herz getroffen. Nicht weit entfernt von dem Toten lag einer der Einbrecher mit Stichwunden. Er wurde in ein Krankenhaus gebracht.

Die Polizei geht davon aus, dass Wolfgang H. die Einbrecher überraschte, es zum Kampf kam und der Einbrecher auf ihn schoss.

Von den beiden flüchtigen Männern fehlt jede Spur.

Die Polizei nimmt mit Besorgnis zur Kenntnis, dass Überfälle wie der in Bodenheim mit immer größerer Brutalität durchgeführt werden und immer häufiger Schusswaffen benutzt werden. Da es den Wachmännern aufgrund der Vorschriften der französischen Militärverwaltung nicht erlaubt ist Waffen zu tragen, sind sie bei solchen Überfällen in den meisten Fällen chancenlos.

Mit dem Tod des Wachmanns Wolfgang H. hat die Gewalt einen neuen traurigen Höhepunkt erreicht.

Wer hinter diesen Einbrüchen steckt, konnte bislang nicht ermittelt werden. Die Polizei geht davon aus, dass ein Großteil der Überfälle in den vergangenen Wochen auf das Konto einer organisierten Bande geht. Aufschluss erwartet die Polizei von dem Verhör des verletzten Einbrechers.

Überfälle wie dieser sind umso verwerflicher, als Medikamente und Impfstoffe Mangelware sind und von der unterversorgten Bevölkerung dringend benötigt werden. Besonders viele Kinder sind in diesem äußerst kalten Winter darauf angewiesen.

28. Februar – 5. März 1946

I

An den Wänden war die Feuchtigkeit gefroren und das flackernde Licht der von der Decke hin und her baumelnden nackten Glühbirne schuf auf dem tapetenlosen Mauerwerk das Bild einer bizarren Flusslandschaft. Durch die morschen Holzrahmen der mit Eisblumen bedeckten Fenster drang ein steter kalter Windstrom in den Flur. Niemand wäre auf die Idee gekommen, hier zu heizen, es wäre ein aussichtsloses Unterfangen gewesen. Trotzdem standen sechs Männer im zweiten Stock nahe dem Treppenaufgang zusammen, drei von ihnen eine Zigarette in der Hand, die Mantelkragen hochgestellt und die Hüte bis an die Augenbrauen ins Gesicht gezogen. Sie sprachen miteinander, über die Versorgungslage, die Wohnung, Einquartierungen, aber auch über Dienstliches wie Einbrüche, Kohleklau, Überfälle, ihre eigene mangelhafte Ausrüstung. Wenn dies eine Filmszene gewesen wäre und jemand hätte den Ton abgedreht, wäre sofort zu erkennen gewesen, wer gerade sprach, denn jedes gesprochene Wort wurde von einem Schwall gefrorenen Atems begleitet. Die rhythmische Hintergrundmusik dazu lieferten die Absätze der Männer, die im Kampf gegen die Kälte ihre Sohlen gleichmäßig auf den nackten Betonboden stießen.

Paul Koch hörte das Schlagen der Schuhe schon beim Eintritt in das Foyer der alten Gewerbeschule, die jetzt als Polizeidirektion diente. Er ließ sich Zeit, stieg gemächlich die Stufen nach oben. Nur nicht zu schnell, sonst würde sich die Wunde im linken Oberschenkel wieder bemerkbar machen, da, wo ihn die Kugel erwischt hatte.

Die Stimmen oben wurden leiser, sie hatten ihn schon

gehört. Dass er sich bei der Kälte so langsam bewegte, schürte ihren Verdacht, dass er möglichst viel von ihren Gesprächen mitbekommen wollte, ein verfängliches Wort, einen verräterischen Ausruf.

Als Koch den zweiten Stock erreicht hatte, waren für einen Moment alle Blicke auf ihn gerichtet, dann wandten sie sich ab, stumm, dabei tief inhalierend. Selbst die Füße der sechs Männer hatten ihr rhythmisches Aufstampfen eingestellt. Koch sah zu ihnen herüber, wollte sie zwingen ihn anzuschauen, dabei versuchte er sein leichtes Humpeln zu kaschieren. Das Handicap war seine Sache, das ging sie nichts an.

Langsam ging er an den sechs stummen Männern vorbei, seine Schritte hallten überlaut durch den Flur. Noch immer sahen sie zur Seite, bis auf einen, der jüngste unter ihnen, semmelblond, schmächtig wie die meisten Männer in seinem Alter, nicht älter als zweiundzwanzig, wie Koch schätzte. Er nickte ihm zu, der Junge grüßte ebenso stumm zurück, mit einer verhaltenen Kopfbewegung.

Die Reaktion folgte auf den Fuß, der junge Mann wurde mit Blicken getadelt, einer der fünf anderen stieß ihn mit der Hand an die Schulter.

Das sah Koch schon nicht mehr, aber er spürte die Blicke in seinem Rücken. Sechs Augenpaare, die ihm folgten und beobachteten, wie er an der Tür von Gerhard Reuber, zuständig für Raub- und Schwarzmarktdelikte, klopfte und auf das „Herein", das Sekunden später dumpf von drinnen ertönte, die Tür öffnete.

Das Zimmer, in das er trat, hatte sich erfolgreich gegen die Versuche, es wohnlich zu gestalten, gewehrt. Die Tapeten, die die Wände einmal geziert hatten, waren eingerissen und ausgebleicht, Fotos mit Stadtansichten des Vorkriegs-Mainz ohne all die Zerstörungen waren unregelmäßig und scheinbar planlos aufgehängt worden. Der Schreibtisch bestand aus einer Holzplatte, die über zwei Metallkästen gelegt worden war. Eine schwarze Lampe mit einer nackten Birne spendete ein wenig Licht. Es roch feucht und muffig und der kleine Ofen in der Ecke kam kaum gegen die Kälte an. Das schmale Fenster war beschlagen.

Der Mann hinter dem Schreibtisch hatte sich bei Kochs Eintritt erhoben und musterte ihn. Am auffälligsten war sein Schnurrbart, dicht, seine Oberlippe fast ganz verdeckend und so dunkel, dass Koch vermutete, dass er ihn gefärbt hatte – womit auch immer in dieser Zeit. Er wusste, dass Reuber fünfundfünfzig Jahre alt war und im Krieg nur knapp einem Todesurteil entkommen war. Eine natürliche Autorität ging von dem Mann aus.

Koch wunderte sich, dass der Mann mindestens einen Kopf kleiner war als er selbst. Untersetzt, aber nicht dick. Eher hatte er etwas von einem Boxer, einem jener Typen, mit denen man sich nicht anlegte, weil man wusste, dass sie einige Schläge einstecken konnten, ohne zu Boden zu gehen.

Er betrachtete Koch aus seinen graublauen Augen.

„Koch, nicht wahr?", grüßte er und verzog seinen Mund zu einem spöttischen Lächeln und fügte „War ein Spießrutenlauf, hier rauf zu mir?" an. Es klang wie eine Feststellung. Es wusste wohl schon jeder über ihn Bescheid.

Koch nickte. Mit einer Geste bat Reuber ihn Platz zu nehmen.

„Keiner wird gerne mit der anderen Möglichkeit konfrontiert", sagte er. „Besonders, wenn man es mit vermeintlichen Vaterlandsverrätern zu tun hat. Ich sage Ihnen, bald werden die Ersten alles nicht mehr so schlimm finden und die alte Zeit herbeisehnen."

Koch nickte und erwiderte nichts. Dieser Reuber war ihm nicht unsympathisch, er schien geradeheraus zu sein, ein Charakterzug, den er in den letzten Wochen, seit er in Mainz und wieder im Polizeidienst war, nicht oft kennen gelernt hatte. Alle waren viel zu sehr mit sich beschäftigt und mit ihrer Angst, dass doch etwas ans Tageslicht kam, das man ihnen vorhalten könnte.

Wenigstens in dem Punkt brauchte Paul Koch keine Angst zu haben. Aber genau da lagen die Probleme mit den Kollegen und er wusste, dass er keinen verdammten Schritt auf sie zu machen würde. Dafür hatte er zu viel gesehen und erlebt. Auch und vor allem am eigenen Leib.

„Wie gefällt Ihnen Mainz?", fragte Reuber, ohne den spöttischen Unterton zu verlieren. Ihn schien es nicht zu stören, dass Koch noch kein einziges Wort gesagt hatte.

„Gut", antwortete Koch.

„Sie kennen es ja."

Koch nickte. „Sie haben sich gut informiert", stellte er nach einer Pause fest.

„Es ist gut zu wissen, mit wem man es zu tun hat", erwiderte Reuber. „Aber ich nehme an, dass Sie es ebenso halten."

„Kann man mir das verdenken? Mir ist es wichtig zu wissen, wo der andere steht. Respektive: stand." Koch sah sein Gegenüber direkt an.

„Ist in dieser Zeit eines jeden Mannes Recht", konterte Reuber und Koch versuchte zu erraten, wie viel Spott dieses Mal in seinen Worten lag.

„Brunner", sagte Koch schließlich und beugte sich vor. „Sie kennen Helmut Brunner?"

„Kann man so sagen. Was haben Sie mit ihm?"

„Letzte Nacht wurde ein Warendepot in Bodenheim überfallen. Ein Wachmann kam um, einer der Einbrecher,

Franz Hartmann, konnte schwer verletzt gefasst werden. Zwei sind geflüchtet."

Reuber nickte. „Ich habe davon gehört."

„Mein Fall. Mord. Dieser Hartmann, der gefasst wurde, arbeitet für Brunner. Sie haben ein Auge auf ihn, habe ich erfahren. Dieser Überfall war ja auch nicht der erste dieser Art gewesen."

Reuber wiegte seinen Kopf hin und her. Er ließ sich absichtlich Zeit, wollte sehen, wie sein Gegenüber darauf reagierte.

„Und?", fragte dieser ungeduldig. Reuber spürte, dass sich der Mann beherrschen musste.

„Ja. Wir haben Brunner schon länger im Visier. Bisher nichts."

„Was meinen Sie? Könnte er hinter den Überfällen stecken?"

Reuber zog eine der Schubladen seines Metallschrankes auf, entnahm ihr eine Zigarettenpackung, fummelte eine Kippe raus, steckte sie an und hielt die Packung Koch entgegen. Der machte eine abwehrende Handbewegung, worauf Reuber die Packung zurück in das Schränkchen warf und die Schublade zustieß. Er wartete, bis der Hall des Schepperns in dem fast leeren Raum verklungen war und inhalierte tief.

„Brunner ist schlau. Und hat beste Verbindungen. Auch zu den Franzosen. Bis jetzt haben wir ihm nichts nachweisen können."

„Was arbeitet er?"

„Er hat eine Baufirma, die jetzt mit Aufräumarbeiten beschäftigt ist. Hatte schon sein Vater. Als der kurz vor dem Krieg verstarb, hat der Sohn sie übernommen. Damals waren an die zwanzig Leute beschäftigt, jetzt sind es etwa sechs oder sieben. Ich nehme an, dass zumindest ein paar von denen auch seine krummen Dinger drehen. Aber nachweisen konnte ich ihm bislang nichts."

„Hausdurchsuchung, Razzia?"

Reuber zog zweimal tief und vernehmlich an seiner Zigarette und stieß den Rauch aus, bevor er antwortete.

„Eine. Gegen heftigsten Widerstand. Natürlich wurde nichts gefunden. Ich habe mir ganz schön was anhören müssen. Einen ehrenwerten Mann so in Verruf zu bringen. Rufmord. Die ganze Klaviatur. Wie gesagt, Brunner hat beste Kontakte."

„Kontakte?", stieß Koch hervor und beugte sich nach vorne. „Wird er gewarnt?"

Reuber zuckte mit den Schultern, zog ein letztes Mal an seiner Zigarette, bevor er sie in einem verformten Metallstück, das ihm als Aschenbecher diente, ausdrückte.

„Ich fürchte ja, aber beweisen kann ich nichts. Brunner spendet, Brunner hilft den Armen, hat großzügig für die Ausgebombten gegeben. So jemanden behandelt man mit Samthandschuhen. Apropos ausgebombt: Wo sind Sie denn untergekommen?"

„Zahlbach", antwortete Koch einsilbig, stand auf und ging einige Schritte in dem Raum auf und ab.

„Diese Dreckskälte", kommentierte Reuber. „Soll noch eine Zeit lang so weitergehen. Kommt immer dann, wenn man es sowieso nicht gebrauchen kann. Ich fürchte, dass die Ernte in diesem Jahr auch mager ausfallen wird. Mal sehen, wie lange die Leute ruhig bleiben. Kein Dach überm Kopf, nichts zu beißen und dazu die Kälte. Bei unseren Nachbarn ist vor zwei Tagen das Kind gestorben. Unternährung, Krankheit und aus.

Koch nickte, wartete, sah Reuber an. „Und schimpfen auf die Amerikaner und die Franzosen, statt die wahren Schuldigen zu sehen." Seine Stimme klang scharf.

„Wollen Sie es ihnen verübeln?", fragte Reuber zurück, ruhig und milde. „Zwölf Jahre belogen und betrogen worden zu sein – sich das einzugestehen, ist nicht leicht."

„Mag sein, aber all die Toten, die sie auf dem Gewissen haben, werden davon auch nicht lebendig. Die Menschen hier und jetzt, sie leben immerhin."

Reuber spürte die Verbitterung.

„Sie waren in Spanien, habe ich gehört. Internationale Brigaden."

Kochs Gesichtszüge verhärteten sich noch mehr.

„Wo finde ich Brunner?", fragte er.

„Gonsenheim. Jahnstraße. Nähe Breite Straße, die ehemalige Kaiserstraße. Großes Haus."

„Nicht zerbombt?"

Reuber schüttelte leicht seinen Kopf. „Wer in Gonsenheim wohnte, hat Glück gehabt. Ist so gut wie nicht von Bomben getroffen worden. Alles intakt. Aber ..."

„Ja?", hakte Koch nach.

„Sein Glück muss man auch zu schätzen wissen. Jetzt regen sich so manche der Leute dort auf, dass sie die Ausgebombten aus der Stadt aufnehmen sollen."

„Menschen", kommentierte Koch und Reuber erschrak ein wenig über die Verachtung, die der Mann in dieses eine Wort legte.

Er nahm den Stift, der vor ihm lag und notierte etwas auf einen kleinen Zettel, den er zu Koch rüberschob.

„Brunners Adresse. Viel Erfolg. Halten Sie mich auf dem Laufenden!"

Koch stand auf und reichte Reuber seine Hand.

„Vielen Dank für Ihre Hilfe."

Einen Moment lang war der Angesprochene irritiert, er brauchte einige Sekunden, bevor er seine Hand ausstreckte.

Koch ging zur Tür, nahm aus seiner Manteltasche zwei Handschuhe und begann sie überzustreifen.

„Was haben Sie jetzt vor?“, fragte Reuber.

„Erst mal Brunner befragen, was er dazu meint, dass einer seiner Leute Warenlager überfällt. Und anschließend fahre ich ins Krankenhaus, den verletzten Hartmann befragen.“

„Viel Erfolg. Und wenn ich Ihnen helfen kann, melden Sie sich.“

Koch nickte und griff nach der Türklinke.

„Koch!“

Er drehte sich um.

„Wir haben Fastnacht. Der französische Stadtkommandant Kleinmann hat die Fastnacht wieder belebt. Unter dem Motto: ‚Lache unter Tränen‘. Klingt doch gut. Haben Sie Lust, mit auf eine Sitzung zu kommen? Sie kommen doch von hier. Ich habe noch eine Karte.“

Jetzt verzog sich Kochs Mund zu einem spöttischen Lächeln.

„Bin ich nicht der Typ für. Aber danke.“

Während Koch auf den Flur trat, steckte sich Reuber eine neue Zigarette an.

Die Männer, die zuvor im Flur gestanden hatten, waren verschwunden. Koch hörte verhaltene Stimmen hinter den Türen, einmal ein lautes Lachen und das Klappern von Schreibmaschinen. Er eilte die Treppe nach unten und dachte zum tausendsten Mal darüber nach, ob es ein Fehler gewesen war, nach Deutschland zurück zu kehren. Nun war es zu spät. So schnell wollte er nicht aufgeben. Und dieser Reuber schien ja nicht ganz so schlimm wie die anderen zu sein.

Im Erdgeschoss verließ er das Gebäude, grüßte stumm

den Pförtner hinter der Glasscheibe und überquerte den Hof. Dabei übersah er eine vereiste Stelle, rutschte aus, verlor sein Gleichgewicht und schaffte es gerade noch den Fall zu verhindern.

Von irgendwo aus dem Gebäude erklang ein lautes Lachen. Hatte jemand seine artistische Einlage gesehen? Würde wahrscheinlich schnell die Runde machen. Unter den Kollegen.

Den Rest des Weges über den Hof zu der anderen Seite des Gebäudes, das ein großes Karree bildete, von dem zwei Seiten stark zerstört waren, überstand Koch ohne weitere Vorkommnisse, dafür spürte er seinen Oberschenkel, als er die schmale eiserne Tür in dem großen Tor zu der Halle öffnete, in der die Fahrbereitschaft untergebracht war. Er versuchte den Schmerz zu ignorieren.

Der Knall des zufallenden Tores hallte durch den Raum, in dem zwei Fahrzeuge standen, beide dunkel, eines noch mit Tarnfarben versehen, daneben zwei Motorräder, das eine davon mit Beiwagen.

Ein Bollerofen versuchte ein wenig Wärme in den Raum zu bringen. Eine Sisyphus-Arbeit.

Ein Mann, der über die Motorhaube eines Adler Trumpf Junior gebeugt gearbeitet hatte, erhob sich und sah zu dem fremden Mann herüber, der mit einer Handbewegung zu der Krempe seines Hutes grüßte. Der Wagen wies zahlreiche Beulen auf und der schwarze Lack war an einigen Stellen großflächig abgeblättert.

„Ja?“, fragte der Mann und klatschte seine Hände zusammen, um sie aufzuwärmen. Die Schläge verhallten dumpf, weil er Wollhandschuhe trug, deren Finger abgeschnitten waren.

„Ich brauche einen Wagen und einen Fahrer“, forderte Koch kurz.

Im ersten Moment erwiderte der Mechaniker nichts, dann lachte er so laut, dass zwei andere Männer, auch sie in graue Arbeitsanzüge gekleidet, aus einer Ecke kamen.

„Was ist denn, Jörg?", fragte einer von ihnen und sah zwischen seinem Kollegen und Koch hin und her.

„Dieser Herr hier", antwortete der und betonte spöttisch das „Herr", „braucht einen Wagen und einen Fahrer. Was meint ihr? Ein Horch ist doch genau das Richtige. Und einen livrierten Fahrer. Das mindestens. Hast du nicht zufällig heute deinen Frack dabei, Dieter?"

Nun lachten auch die beiden anderen, während der Erste, der Jörg hieß, plötzlich innehielt.

Koch war schnell drei, vier Schritte auf ihn zugeeilt und hatte ihn mit einem derart düsteren Blick fixiert, dass der merkte, dass er zu weit gegangen war.

„Blöder Scherz", wiegelte er ab. „Aber Sie sehen ja selbst, was hier los ist. Wir sind froh über jede Kiste, die wir zum Laufen kriegen. Kaum Ersatzteile. Mal ganz abgesehen vom Benzin.

Koch entspannte sich.

„Gut", sagte er, „was können Sie mir anbieten?"

Die beiden anderen sahen noch ein paar Sekunden herüber, dann verschwanden sie wieder in ihrer Ecke.

„Wenn Sie noch fünf Minuten Zeit haben, können Sie den Adler haben. Von außen nicht erste Sahne, aber die Technik ist in Ordnung. Hat zudem Vorderradantrieb. Bei dem Wetter nicht schlecht."

„Und einen Fahrer?", fragte Koch, als sei es das Selbstverständlichste der Welt und erhielt dafür einen verständnislosen Blick als Antwort.

„Und?", insistierte er weiter.

„Gibt es nicht", erwiderte Jörg schließlich. „Ich dachte, Sie machen einen Scherz ..." Er wusste nicht, ob der

Mann ihn einfach auf den Arm nahm, deshalb grinste er.

„Sehe ich aus, als würde ich Scherze machen?“, brach es aus Koch hervor.

„Es gibt keine Fahrer“, kam die verärgerte Antwort. „Wenn Sie den Wagen wollen, müssen Sie selbst fahren. Da hinten ist das Büro“, er zeigte in die Richtung, wo eben die beiden anderen Männer verschwunden waren, „da müssen Sie sich eintragen.“

Ohne Erwiderung ging Koch dorthin und kam ein paar Minuten später mit dem Zündschlüssel am Finger zurück. Die Motorhaube des Adler war jetzt geschlossen.

„Sie kennen sich mit dem Wagen aus?“, fragte Jörg und öffnete mit übertriebener Geste die Tür.

Koch nickte und stieg ein, steckte den Schlüssel ins Zündschloss und startete den Motor. Beim dritten Versuch sprang der an, stotterte ein paar Mal und lief dann rund.

Jörg ging zum Tor und öffnete es.

Koch trat die Kupplung durch, legte den ersten Gang ein und würgte den Motor beim Anfahren ab. Er sah starr geradeaus und wiederholte den Startvorgang. Dieses Mal machte das Auto erst einen kleinen Sprung, bis es durch das Tor hinaus auf den Hof rollte, dabei hätte Koch fast den Rahmen der Einfahrt gestreift.

„So ein arrogantes Arschloch“, rief Jörg den beiden anderen Männern zu, die das Abwürgen des Motors aus ihrem Büro gelockt hatte.

„Gelernt ist eben gelernt“, entgegnete einer von ihnen.

Schnell schloss Jörg das Tor wieder, um nicht zu viel Kälte in die Halle gelangen zu lassen.

Die Fahrt war eine Tortur, nicht nur wegen der Kälte und der Trümmer, die noch überall herumlagen und Koch immer wieder zu Ausweichmanövern zwangen. Frauen und Kinder, die Steine schleppten, traten oftmals unvermittelt auf die Straße. Einmal brachte er den Adler nur wenige Zentimeter vor einem etwa zehnjährigen Jungen zum Stehen, der ein Papierknäuel als Fußballersatz vor sich hertrieb und einfach auf die Straße gelaufen war. Sofort erhoben sich einige zeternde Stimmen. Er fuhr schnell weiter.

Er hatte, bevor er Deutschland verließ, auf dem Kästrich oberhalb der Altstadt gewohnt, wo er auch aufgewachsen war. Damals war Gonsenheim noch eigenständig. Erst 1938 wurde der Ort eingemeindet, da war er schon weg. Er kannte den Flecken von den sommerlichen Ausflügen in die Straußwirtschaften zu Wein und einfachen Speisen. Eine darüber hinausgehende Kenntnis der Straßen besaß er nicht, sodass er im Ort am Straßenrand anhalten musste, um einen Mann, dessen rechter Mantelärmel schlaff herunterhing, nach dem Weg zu fragen.

Beim Anfahren würgte er den Wagen wieder ab.

Als er Brunners Haus in der Jahnstraße erreicht hatte, schmerzte sein Kopf und er war trotz der Kälte durchgeschwitzt. Er blieb in dem Wagen sitzen und sah zu dem Haus herüber, das zur Straße hin durch ein Metallgitter abgeschirmt war. Da der Baum, der zwischen Zaun und Haus stand, keine Blätter trug, war der Blick frei. Hinter einer Gardine im Erdgeschoss stand eine Gestalt, die zu ihm herüberblickte. Aber das Fenster lag im Schatten, sodass sie mehr eine Ahnung blieb. Koch wartete, bis er sicher war, dass ihm die Aufregung der Autofahrt nicht mehr anzumerken war.

Langsam ging er auf das im Villenstil gebaute, zweistöckige Haus mit dem steilen Dach zu. Es machte einen wohlhabenden, aber nicht neureichen Eindruck, wie Koch feststellte. Rechts befand sich eine breite Einfahrt, die zu einer ebenso breiten Garage führte. Sie schien ihm das einzig Protzige an dem Bau zu sein.

Das Törchen in dem Metallzaun war nicht verschlossen. Koch zog es hinter sich zu und trat vor die graue Haustür, packte den schweren Türklopfer und stieß ihn zweimal gegen das Holz.

Trippelnde Schritte kündigten an, dass sich jemand näherte. Die Tür wurde geöffnet und Koch blickte in das Gesicht einer Frau von über sechzig Jahren, die eine Schürze umgebunden hatte. Unter dem Tuch, das sie sich um den Kopf geschlungen hatte, schauten graue Haare hervor.

„Ja, bitte?“, fragte sie missmutig, aber ihre Augen musterten den Mann an der Tür neugierig.

„Paul Koch. Ich möchte Herrn Brunner sprechen.“

„In welcher Angelegenheit?“

Er war überrascht, dass diese Frau, die ihm eine Hausangestellte zu sein schien, so selbstbewusst auftrat.

„Das muss ich Herrn Brunner selbst sagen.“

„Da muss ich …“, setzte sie streng an, wurde aber von einer klaren und sonoren Stimme unterbrochen.

„Schon gut, Klara, lassen Sie den Herrn herein.“

Klara schien es zu bedauern, das Spiel nicht noch weiter fortsetzen zu können. Bewusst langsam trat sie zur Seite und ließ den Mann an sich vorbei ins Haus treten.

Koch säuberte seine Schuhsohlen auf einer Matte, bevor er auf den hellen Marmor trat, der den gesamten Boden des Eingangsbereichs bedeckte. Das Erste, das er bemerkte, war der Duft. Es roch nach Essen. Nach einem gut gewürzten Essen, nicht nach den billigen Gerichten, die um diese Zeit bei den meisten Menschen auf dem Tisch standen, zusammengezaubert aus dem Wenigen, das gerade verfügbar war. Koch zog den Duft tief in die

Nase ein. Wild, schätzte er. Dabei sah er sich schnell um. Gediegener Wohlstand. Alte, dunkelbraune Möbel, Photographien an den Wänden, die Häuser zeigten, Villen, Industriebauten, Mehrfamilienhäuser. Von der hohen Decke hing ein mehrarmiger Leuchter herab. Nur zwei der Glühbirnen brannten.

Ein Mann, dem man ansah, dass er Wert auf sein Äußeres legte, trat vor Koch und streckte seine Hand aus. „Helmut Brunner“, stellte er sich während des Händeschüttelns vor. Ein sehr fester Händedruck, wie Koch feststellte. „Was kann ich für Sie tun?“

„Paul Koch, Kommissar. Ich habe ein paar Fragen an Sie.“

„Kommen Sie!“, forderte Brunner seinen Besucher auf, drehte sich um und ging auf eine der Türen zu. Klara nahm Kochs Mantel und Hut entgegen und folgte dem Mann.

Er hatte sich Brunner anders vorgestellt. Untersetzt, schwerfällig, irgendwie dem Unternehmerklischee entsprechend. Aber der Mann war groß, schlank und man sah seinen geschmeidigen Bewegungen an, dass er körperlich in Form war. Er trug einen blauen Anzug, darunter ein weißes Hemd, ohne Krawatte. Die kurz geschnittenen Haare waren an den Schläfen grau, mit Haarausfall schien der Mann keine Probleme zu haben. Unwillkürlich fuhr sich Koch mit der Hand über den Kopf, wo sich sein Haar langsam, aber sicher zu lichten begann. Vor zwei Jahren, kurz nach seinem vierzigsten Geburtstag, hatte er dies das erste Mal festgestellt.

In dem Zimmer standen ein braunes Ledersofa und zwei ebensolche Sessel auf einem dicken dunkelroten Teppich, vor der Wand drei Vitrinen, die auf Koch einen wertvollen Eindruck machten. Hinter einer der Glastüren konnte er Mützen erkennen, Fastnachtsmützen. Der Kommissar kam sich vor wie in einer fremden Welt. Draußen die Kälte, der Hunger, die Armut, und hier drinnen schien das alles nicht zu existieren.

Brunner hatte Kochs Blick bemerkt. „Eine Leidenschaft von mir, die ich von meinem Vater geerbt habe. Fastnachtsmützen."

Koch musste unwillkürlich an Reuber und dessen Einladung zur Fastnachtssitzung denken. Obwohl er in Mainz aufgewachsen war, war ihm dieser Brauch fremd geblieben. Vielleicht auch, weil sein Vater, der Kommunist, Veranstaltungen wie die Fastnacht für ein Narkotikum hielt, mit dem das Kapital die Menschen betäubte.

„Nehmen Sie Platz! Darf ich Ihnen etwas anbieten? Einen Cognac?"

Bei aller Freundlichkeit, mit der Brunner ihn fragte, spürte Koch doch, dass in der Frage eine doppelte Provokation lag: das Zur-Schau-Stellen seines Reichtums und das Warten auf die Reaktion des Polizisten.

„Gerne", sagte der und beobachtete den Mann, wie er aus einer der beiden Vitrinen eine Flasche und zwei Schwenker nahm, die er jeweils zwei Finger breit füllte.

„À votre santé", sagte Brunner, dehnte den Trinkspruch und sah Koch dabei prüfend in die Augen.

Er hat schon Informationen über mich und lässt mich das wissen, überlegte er, ließ sich von seinen Gedanken nichts anmerken, lächelte leicht und stieß an.

„Ihr Wagen?", fragte Brunner und zeigte zu dem Fenster, das zur Straße führte.

Koch schüttelte den Kopf. „Dienstwagen."

„Arme Polizei, dass sie sich mit solch schäbigen Fahrzeugen behelfen muss. Aber ich werde ungerecht, merke ich. Was führt Sie zu mir, Herr Kommissar?"

„Franz Hartmann. Sie kennen ihn."

„Natürlich kenne ich Franz. Ein guter Mann und ein guter Arbeiter."

„Er ist bei Ihnen beschäftigt?"

„Schon lange. Sein Vater hat schon für meinen Vater gearbeitet. Was ist mit ihm? Hat er was angestellt? Getrunken? Manchmal trinkt er ein wenig über den Durst. Liegt bei den Hartmanns in der Familie."

Koch nippte an seinem Cognac und sah dabei über den Glasrand hinweg den Mann ihm gegenüber an. Der zeigte keinerlei Unruhe.

„Er wurde letzte Nacht verhaftet. Er …"

Brunner ließ den Polizisten nicht aussprechen. „Franz? Verhaftet? Sie erlauben sich einen Scherz mit mir?"

„Ganz sicher nicht. Haben Sie die Zeitung heute gelesen?"

Brunner schüttelte den Kopf. „Dazu bin ich leider noch nicht gekommen."

„Ein Überfall in Bodenheim. Auf ein Warendepot. Medikamente und Impfstoffe werden da aufbewahrt. Wertvoll in dieser Zeit. Drei Männer haben das Depot überfallen. Es kam zum Kampf. Ein Wachmann wurde erschossen. Hartmann verletzt."

Brunner schüttelte nochmals seinen Kopf. „Das kann ich einfach nicht glauben. Hartmann. Franz Hartmann ein Räuber. Ein Gangster." Er lachte bei dem Wort kurz auf. „Sie müssen sich täuschen, Herr Kommissar. Der Mann ist eine Seele von Mensch. Vielleicht ein wenig laut manchmal, wenn er etwas getrunken hat. Aber er arbeitet auch hart und gut. Wer kann's ihm da verdenken?"

Koch versuchte zu ergründen, ob der Mann ihm etwas vorspielte. Er war sich sicher, dass er das tat, aber er wollte ein Indiz dafür finden, ein verräterisches Spiel in seiner

Mimik, eine nervöse Geste. Aber Brunner tat ihm den Gefallen nicht.

„Sind Sie ganz sicher, dass es Franz Hartmann ist, den Sie da festgenommen haben. Vielleicht eine Namensgleichheit?"

„Nein, ganz sicher der Franz Hartmann, der bei Ihnen angestellt ist."

Brunner kniff seine Lippen zusammen und sah den Polizisten an, leerte sein Cognacglas in einem Zug und stellte es beiseite.

„Entschuldigen Sie bitte", sagte er, „aber das setzt mir ehrlich zu. Wissen Sie, ich bezahle meine Leute gut, besser als alle anderen. Sie haben so etwas nicht nötig. Ich unterstütze die Familien, helfe, wo es geht. Wenn es tatsächlich mein Franz Hartmann ist, bin ich sehr, sehr enttäuscht. Das können Sie mir glauben. Ein Schlag in den Magen. Aber so richtig."

Er unterstrich seine Worte, indem er erst mit seiner rechten Faust in seine linke Handfläche boxte und sich dann durch die Haare fuhr. „Enttäuschend!"

Er stand auf und ging zur Vitrine, wo er sein Glas füllte. „Sie auch?", fragte er in Kochs Richtung. Der machte eine abwehrende Geste. „Danke."

„Was ist mit den beiden anderen Männern?", fragte Brunner, während er zu seinem Sessel zurückging.

„Entkommen."

„Kein Hinweis auf ihre Identität? Keine Spur?"

„Leider nein." Es fiel Koch schwer ruhig zu bleiben. Die Ruhe, mit der dieser Mann agierte, ärgerte ihn. So verhielt sich nur jemand, der sich ganz sicher wusste.

„Und Hartmann? Sie sagten, dass er verletzt ist. Schwer?"

Koch wiegte seinen Kopf. „Er wird bald vernehmungsfähig sein. Ich hoffe dann von ihm zu erfahren, wer hinter diesem Überfall steckt."

„Sie meinen, er hat Hintermänner? Auftraggeber?"

Heuchler, schoss es Koch durch den Kopf.

„Glauben Sie, dass Hartmann so etwas alleine durchziehen würde?", fragte er zurück.

„Wie gesagt, ich kann ja nicht einmal glauben, dass Franz so etwas überhaupt macht. Aber wenn … kann man in die Menschen hineinsehen?" Brunner senkte für zwei Sekunden seinen Blick. „Ich kann es immer noch nicht glauben, dass Franz … nein, und Hintermänner, das klingt so nach einer Verbrecherbande … nein …"

„Es waren noch zwei Leute bei ihm. Alleine hat er das keinesfalls gemacht. Wissen Sie, mit wem Hartmann seinen Feierabend verbringt?"

Brunner lachte leise. „Herr Kommissar, ich bitte Sie. Das Privatleben meiner Leute geht mich nichts an. Das hatten wir doch jetzt lange genug."

Der Kommissar hatte große Mühe, sich den Stich nicht anmerken zu lassen. „Was haben Sie im Krieg gemacht?", fragte Koch, und erhielt zunächst einen überraschten Blick zur Antwort.

„Aber, aber, Herr Kommissar. Hat das eine Bedeutung für die Aufklärung des Überfalls? Aber ich will nicht unhöflich sein. Ich habe die Firma geleitet. Unabkömmlich. Kriegswichtige Leistungen."

Ein fragender Blick von Koch genügte, dass Brunner weiter sprach. „Wir haben Betonteile für Befestigungen geliefert. Westwall zum Beispiel."

„Sie waren nicht in der Partei?"

„Vor dem Krieg, Zentrumspartei. Aber das tut doch nichts zur Sache, oder?"

„Und später?"

„Man musste sehen, wo man bleibt, die Familie und den Betrieb schützen."

Koch genügte diese Antwort, er wechselte das Thema. „Sie haben ein schönes Haus. Ihnen scheint es an nichts zu fehlen."

„Aus ihrem Mund klingt das wie ein Vorwurf, Herr Kommissar. Oder höre ich da auch eine Spur Neid heraus?"

Er trank einen Schluck Cognac.

„Aber Sie haben natürlich Recht", fuhr er fort, „mir geht es gut. Das Haus gehörte schon meinen Eltern. Ich habe es geerbt. Und ich habe das Glück, dass gerade im Wohnbau derzeit ein großer Bedarf herrscht."

Koch versuchte Brunners Zynismus zu ignorieren. Er wollte bei dieser ersten Begegnung einen Punkt nicht ansprechen, aber er konnte nicht an sich halten.

„Es gibt Gerüchte, dass Sie auch Geschäfte auf dem Schwarzmarkt machen."

Brunners Gesicht verfinsterte sich, aber Koch war sich nicht sicher, ob der Mann sogar das nur spielte.

„Ich bitte Sie", sagte er, „natürlich fordert ein solches Haus den Neid der Mitmenschen heraus. Was erwarten Sie denn? Aber von Ihnen, mit Verlaub, hätte ich nicht gedacht, dass Sie so schnell solchen Gerüchten Glauben schenken. Am Ende denken Sie auch noch, dass ich hinter dem Überfall stecke und Hartmann benutzt habe."

„Ich glaube gar nichts", entgegnete Koch trocken. „Ich ermittle."

„Das höre ich gerne", erwiderte Brunner, und Koch glaubte die Häme in dessen Worten regelrecht greifen zu können. „Dann haben Sie sicher auch ermittelt, dass ich das, was Sie Reichtum nennen, als Verpflichtung ansehe. Ich helfe, wo ich kann. Es gibt viele, sehr viele Menschen hier, denen es sehr schlecht geht. Und denen gebe ich, was ich entbehren kann."

„Ohne Gegenleistung?", fragte Koch zurück, und ärgerte sich sogleich, dass ihm das so rausgerutscht war.

Brunner ließ sich nicht aus der Ruhe bringen.

„Ich möchte einfach in Frieden mit meinen Mitmenschen leben. Und jetzt muss ich wieder an die Arbeit. Sie sicher auch, Herr Kommissar." Mit diesen Worten stand er auf und ging zur Tür. Koch stellte sein Cognacglas ab und folgte ihm.

„Wann darf ich mit Herrn Hartmann sprechen?", fragte Brunner, nun schon wieder versöhnlich.

„Im Moment noch nicht. Auf Wiedersehen", antwortete Koch, drehte sich um und ging durch den Garten.

„Herr Kommissar!", rief ihm Brunner nach, als er das Törchen zur Straße erreicht hatte. „Lassen Sie sich das nächste Mal einen anständigen Wagen geben, einen, der nach einem Auto aussieht."

Koch hob seinen rechten Arm, winkte und ging weiter.

Nach drei Startversuchen sprang der Motor an. Wütend legte er den ersten Gang ein. Das Getriebe bedankte sich mit einem Krachen.

Im Krankenhaus teilte man ihm mit, dass der verletzte Franz Hartmann noch nicht vernehmungsfähig war. Er habe hohes Fieber und phantasiere. Koch solle nach der Fastnacht wiederkommen.

Er fluchte laut. Fünf Tage, in denen er nichts würde machen können. Nur nachdenken und warten. Warum war er nur wieder nach Deutschland zurückgekehrt? In dieses kalte, kaputte Land.

Als er völlig durchgefroren vor seiner Wohnung in der Zahlbach stand, wurde die Tür zu seiner Nachbarwohnung geöffnet. Ein älterer Mann blickte durch den Spalt in den Flur und schob die Tür ein Stück weiter auf, als er erkannte, wer draußen war.

„He, Puhler, einen Absacker?“ Der Mann, der diese Worte mehr krächzte als sprach, war sehr hager, hatte eine Glatze und trug in seinem lang geschnittenen Gesicht mit den eingefallenen Wangen eine runde Brille. Koch erschien der Mann wie der Archetyp des Intellektuellen, wie er ihn in Paris kennen gelernt hatte. Eigentlich verabscheute Koch das Wort Puhler für Polizist, aber bei seinem Nachbarn ließ er es durchgehen.

Einen Moment zögerte er mit der Antwort, ließ seinen Schlüssel wieder in die Manteltasche gleiten und folgte Georg Bresson in dessen Wohnzimmer, das aus einer Couch, einem Sessel und einer ehemaligen Munitionskiste, die als Tisch diente, bestand. Da, wo einmal ein Schrank gestanden hatte, waren Vertiefungen im Teppich. Koch wusste, dass Georg das Holz mittlerweile komplett verfeuert hatte. Das einzig Wertvolle in dieser Wohnung war eine Vitrine aus Holz, die um einen Tresor gebaut war. Und in diesem befanden sich mehrere Fotoapparate, die Georg seinem Nachbarn bei seinem vierten nächtlichen Besuch nach dem Öffnen der zweiten Flasche Brand gezeigt hatte. Zuvor hatte Koch sein Geheimnis gelüftet, nämlich dass er Polizist war und den Krieg im Süden Frankreichs erlebt hatte, als Franzose. Georgs Wurzeln reichten auch nach Frankreich zurück und diese Gemeinsamkeit bildete eine Art Vertrauensbasis. Georg war gelernter Photograph. Bilder hatte Koch allerdings noch keine zu Gesicht bekommen, wenn er die beiden Abzüge im Flur, die das Straßburger Münster zeigten, nicht zählte. Und er wusste noch nicht einmal, ob die von Georg waren.

Zwei seltsame Erlebnisse machten Bresson für ihn noch

geheimnisvoller. Zum einen eine junge und hübsche, dazu sehr geschminkte Frau, die eines Abends, als er nach Hause kam, die Wohnung des Nachbarn verließ, zum anderen Geräusche, die aus der Wohnung drangen, als er einmal in seiner Mittagspause in die Wohnung musste, weil er am Morgen etwas vergessen hatte. Und diese Geräusche klangen sehr eindeutig in Kochs Ohren. Auf eine entsprechende Nachfrage hatte Georg vieldeutig gelacht.

Bresson ließ sich in den Sessel plumpsen, beugte sich nach vorne und zog unter dem Sitzmöbel eine Flasche hervor, seinen Absacker. Koch wusste nicht, woher der Mann seinen Alkohol bekam und er wollte es auch nicht wissen. Aber es schien, dass er eine nie versiegende Quelle besaß. Mindestens an einem Abend in der Woche fing er Koch ab, wenn dieser von der Arbeit kam, lud ihn zu sich ein, und füllte ohne zu fragen die Gläser, wenn sie leer waren. Dabei sprachen die beiden Männer oft nur das Allernotwendigste.

Koch wusste immerhin, dass der Mann keine Verwandten außer einer Cousine in Ostpreußen hatte, von der er seit Herbst 1944 nichts mehr gehört hatte und dass er es verstand, irgendwie immer durchzukommen.

Eigentlich kam er mit solchen Menschen nicht zurecht, zumal Georg sich beharrlich weigerte ihm zu sagen, was er während des Krieges getan hatte, aber auf eine seltsame Weise genoss Koch die Abende in der kläglich eingerichteten Wohnung mit dem Alkohol und dem Schweigen. Ein Ritual am Ende eines solchen Abends war es geworden, dass sie Bücher tauschten, englische, französische oder die zwölf Jahre lang verbotene deutsche Literatur.

II

Sie ignorierte das tiefe Brummen, das langsam und unaufhaltsam näher kam. Es würde ihr nichts anhaben können. Mit Genugtuung blickte sie über den Tisch, auf dem alles ausgebreitet lag: die eingeweichten Wecken, die dunkel-glänzende Masse der gemahlenen Leber und das hellrote Hackfleisch, die fein geraspelte Zwiebel, das Ei, die Petersilie und der Majoran. Auf dem kleinen Herd, der von einem Holzfeuer erhitzt wurde, stand der große Topf mit der Fleischbrühe. Die Flüssigkeit begann schon zu sprudeln, bald würde sie kochen. Sie sog noch einmal den Duft aller Zutaten tief in ihre Nase ein, bevor sie flink und geübt einen Fleischteig knetete. Als sie alles zu ihrer Zufriedenheit miteinander vermischt hatte, nahm sie die Dose, die am hinteren Rand des Tisches stand, und streute so lange Mehl über den Teig und mischte ihn durch, bis die Masse geschmeidig und fest war, und schmeckte das Ganze mit Salz ab. Zufrieden blickte sie auf ihr Werk und bemerkte erst jetzt, dass das Brummen so laut geworden war, dass die Quelle dieses Lärms sich fast direkt über ihr befinden musste. In der Ferne hörte sie Detonationen. Aber das alles galt nicht ihr. Ruhig nahm sie mit Daumen, Zeige- und Mittelfinger etwas von der Masse aus der Schüssel und begann den ersten Kloß zu formen und zwischen ihren Handflächen zu rollen. Sie legte ihn auf ein Tablett und fuhr fort, bis der Restteig gerade noch für einen Kloß reichte. Da hörte sie von draußen ein Klopfen und schlurfende Schritte.

„Mutter, schnell! Du musst in den Keller!“, rief jemand nur Sekunden später.

Blödsinn, dachte sie bei sich, und wandte sich wieder ihren Lewwerknepp zu. Ein paar läppische Bomben würden sie nicht vom Kochen abhalten können. Jetzt, wo es doch darauf ankam, jetzt, wo sie beweisen konnte, welch hervorragende Köchin sie war. Sie würde es diesem Kerl schon zeigen. Nach dem Genuss ihrer Lewwerknepp würde er ihr jeden Wunsch erfüllen.

Die Tür zur Küche wurde aufgerissen. „Mutter, hörst du denn nichts?! Du musst in den Keller!"

Sie wandte nur kurz ihren Kopf in Richtung der Stimme. Aufgeregt und außer Atem stand ihr Sohn in der Tür, leicht vornüber auf seine Krücken gestützt. Das Brummen schien jetzt direkt über ihnen zu sein.

„Lass mich!", gab sie verärgert zurück.

Er humpelte kurz entschlossen zu ihr herüber an den Herd, ließ eine der beiden Krücken fallen, packte ihren Arm und zog sie aus der Küche in den kleinen Flur und von dort in den Hof, wo sich der Abgang in den alten Gewölbekeller befand. Schnell öffnete er das niedrige, zweiflügelige Tor und zog seine widerstrebende Mutter hinter sich her.

„Die Lewwerknepp, die Lewwerknepp!"

Ihre Stimme war fast zu einem Schreien geworden. Sie hatten erst die Hälfte der Kellertreppe geschafft, da gab es einen ohrenbetäubenden Knall. Die Druckwelle der Explosion brachte ihren Sohn aus dem Gleichgewicht und er stürzte die letzten Stufen nach unten, während sie aufrecht stehen blieb. Sie hustete zwei Mal, machte kehrt, stieg die Stufen nach oben und erkannte, dass die Bombe genau da eingeschlagen war, wo ihre Küche gestanden hatte. Entsetzt lief sie über den Hof, nahm keine Rücksicht darauf, dass das Haus jeden Moment einstürzen konnte und stieg über den Steinhaufen und die geborstenen Balken in die Küche. Zwischen den Trümmern erkannte sie den Topf. Verzweifelt begann sie in dem Schutt zu wühlen und nach den Klößen zu suchen.

Dorothea Becker, die von allen nur Dorle gerufen wurde, schreckte hoch. Es war noch dunkel um sie herum und in dem Zimmer war es kalt. Der Winterwind zog durch den Fensterrahmen und auch die alte Decke, die sie davor gehängt hatte, konnte die ständige Zugluft nicht abwenden. Holz zum Feuern hatte sie keines mehr. Das Wenige, das sie im Herbst gesammelt hatte, war schon vor Weihnachten aufgebraucht gewesen. Aber sie war froh, überhaupt ein Dach über dem Kopf zu haben. Da ging es ihr besser als vielen ihrer Bekannten und Verwandten, denen alles, was sie besaßen, weggebombt worden war. Dafür war ihr Mann vermisst, in Russland, sie war seit zwei Jahren ohne Nachricht, und ihr Sohn Rolf war schwer verletzt aus dem Krieg zurückgekommen. Wie lange er noch überleben würde, wusste sie nicht. Er hatte in Italien, an der Gustav-Linie gekämpft, mitten darin ein Kloster, Monte Cassino. Welch ein Frevel. Kämpfe und Tote in einem Kloster. Da war es passiert. Eine Granate, eine Explosion, er war in der Nähe. Sie mussten ihm das rechte Bein abnehmen und jetzt eiterte der Stumpf immer wieder. Medikamente und Schmerzmittel bekam sie nur auf dem Schwarzmarkt und dorthin hatte Dorle schon alles getragen, was sie besessen hatte. Das Silberbesteck, das gute Porzellan, das sie damals zu ihrer Hochzeit bekommen hatte, die gute Leinenbettwäsche und die historischen Fastnachtsmützen, die ihr Mann gesammelt hatte. Alles weg. Das meiste zu dem Brunner Helmut, der von sich sagte, dass er half, wo die Not am größten war. Ihr Mann, Hans-Joachim, hatte vor dem Krieg hin und wieder für Brunners Vater gearbeitet. Deshalb drückte Brunner jetzt manchmal ein Auge zu, half ihr und gab ihr die Medikamente auch unter Wert. Aber nun hatte sie nichts mehr. So hatte Brunner sie beim letzten Mal, als sie ihm die letzte Fastnachtsmütze aus der Sammlung ihres Mannes gegeben hatte, das letzte Andenken an ihn, weggeschickt. Nicht böse, nicht zornig, als sie nachfragte, jammerte und weinte. Aber bestimmt. Sie war verzweifelt. Rolfs unablässiges Wehklagen zerrte an ihren Nerven.

„Dieser verdammte Krieg!", fluchte sie leise vor sich hin und hatte gleich ein schlechtes Gewissen. Fluchen durfte man nicht. Sie musste nach vorne schauen. Hoffen. Der Herr lässt keines seiner Schafe allein. Sie war sicher, dass er auch ihr in dieser schweren Stunde zur Seite stehen würde.

Und gestern hatte er ihr ein Zeichen gesandt. Durch Franzi, ihre Freundin, mit der sie schon zusammen in die Volksschule gegangen war. Franziska Molitor, deren Mann vor dem Krieg gestorben war, die zwei Söhne hatte, die beide den Krieg überlebt hatten und ihr jetzt helfen konnten. Dorle hatte Franzi, sie wusste nicht mehr, zum wievielten Male schon, ihr Leid geklagt und Franzi hatte ihr wie immer geduldig zugehört. Dieses Mal aber hatte sie die Freundin aber beiseite gezogen und ihr gesagt, dass doch der Kleinmann die Fastnacht angeordnet habe.

„Kleinmann?", hatte Dorle, die nicht verstand, wiederholt.

„Louis Théodore Kleinmann. Der französische Stadtkommandant. Mensch, Dorle, der hat doch gesagt, dass es wieder eine Fastnacht geben soll."

Dorle verstand nicht, worauf ihre Freundin hinaus wollte.

„Der Brunner Helmut, also, der ist doch so ein Fastnachter. Vor dem Krieg, da war der doch auf jedem Umzug und hat jede Sitzung besucht ..."

„Ja und?", unterbrach Dorle die Freundin. „Ich brauche keine Fastnacht. Ich brauche Medizin für Rolf." Sie war schon wieder den Tränen nahe.

„Das meine ich doch", entgegnete Franzi. „Der Brunner hat doch die Medizin und der Brunner ist Fastnachter durch und durch. Und – der ist einer, der keinem irdischen Genuss abhold ist."

Dorle stand auf dem Schlauch.

„Na, Lewwerknepp", erklärte die und lachte. „Du bist die beste Köchin, die ich kenne. Und deine Lewwerknepp waren schon immer die besten in ganz Mainz. Mein Norbert, Gott hab ihn selig, hat immer so davon geschwärmt, da bin ich richtig eifersüchtig geworden. Und weißt du noch, wie der Brunner früher ganz scharf darauf war. Der Sabber ist ihm regelrecht den Mund raus gelaufen, wenn es die gab."

Sie lachte kurz.

Dorle schüttelte ihren Kopf.

„Das ist nicht richtig, Franzi. Lewwerknepp werden an der Kerb gegessen. Nicht an Fastnacht."

„Was ist schon richtig in dieser Zeit", widersprach Franzi und ihre Augen funkelten. „Guck dich doch um. Alles kaputt. Alles zerstört. Alles habense uns genommen. In so Zeiten kann man Lewwerknepp auch an Fastnacht essen. Denk doch an Rolf. Dem ist es egal, ob der Brunner die Lewwerknepp an Fastnacht oder zur Kerb isst. Hauptsache, er bekommt seine Medikamente."

Dorle wiegte ihren Kopf bedächtig hin und her. Franzi blinzelte ihrer Freundin zu. Aber der war nicht nach solchen Scherzen zumute.

„Und ich soll dem …?"

„Genau!" Franzi war in ihrem Element. „Du machst ihm deine Lewwerknepp und der wird dir alle Medikamente dieser Welt besorgen. Überleg doch mal, Dorle. Jetzt ist Freitag. Am Rosenmontag ist die ‚Generalprobe' in der Altdeutschen Weinstube am Liebfrauenplatz. Da ist der Brunner ganz sicher dabei. Und Dienstag schläft der seinen Rausch aus. Wenn du dem dann die Lewwerknepp bringst, ich sag dir, dann …"

Dorle war noch immer nicht überzeugt.

„Meinst du …?"

„Natürlich", erwiderte Franzi voller Enthusiasmus.

Für einen kurzen Moment entspannten sich Dorles Gesichtszüge. Doch mit einem Mal durchfuhr sie ein anderer Gedanke.

„Woher soll ich denn das Fleisch nehmen? Ich brauche Leber. Hackfleisch. Knochen. Wecken …"

Jetzt machte auch Franzi ein nachdenkliches Gesicht. „Das stimmt."

Einige Sekunden schwiegen die beiden Frauen, bis der Optimismus bei Franzi wieder die Oberhand gewann.

„Das werden wir schon hinkriegen …"

Dorle, die im letzten Dezember vierundvierzig geworden war und die mit ihren dicken blonden Haaren, die sie meist zu einem festen Zopf geflochten hatte, und ihrer schlanken Figur noch immer eine attraktive Frau war, besaß nicht Franzis Optimismus. Das Leid der letzten zwei Jahre hatte auch in ihr Gesicht Falten gezogen, die ihr aber, wie Franzi immer wieder betonte, gut standen. Sie gäben ihrem noch immer jugendlichen Gesicht etwas Ernstes. Und Würdevolles, hatte sie sogar einmal hinzugefügt. Dorle hatte oft über dieses Wort und seine Bedeutung nachgedacht. Sie war sich nicht sicher, ob es etwas Charmantes war, aber das Wort gefiel ihr.

„Mutter, kommst du!" Rolf rief mit dieser wehleidigen Stimme, die Dorle schon länger nicht mehr ertrug, aber sie beschwerte sich nur selten. Ein zweiundzwanzigjähriger junger Mann ohne Bein, was konnte der noch vom Leben erwarten?

Sie erhob sich langsam und ging rüber in die kleine Kammer neben der Küche, wo Rolf sein Lager hatte, sein Wohn- und Schlafzimmer auf sieben oder acht Quadratmetern, immer in der Nähe der Mutter. Ein größeres Zimmer wäre oben gewesen, aber er hätte die Treppe benutzen müssen, was ihn zu sehr anstrengte.

„Ja?“, fragte sie müde. Sie stützte sich mit einer Hand am Türrahmen ab.

„Durst. Alles brennt!“, sagte er knapp.

Dorle sah kurz zu ihrem Sohn auf dem Bett, der auf dem Rücken lag, die Augen zur Decke gerichtet. Seine rechte Hand hatte er auf seine Stirn gelegt, ein Bild des Jammers. Sie ging in die Küche zurück, füllte aus einem Steinkrug Wasser in ein Glas und stellte es auf den kleinen Tisch neben das Bett ihres Sohnes.

„Wasser!“, jammerte der und Dorle ließ sich neben ihm nieder und flößte ihm das Wasser in kleinen Schlucken ein.

Als er sich verschluckte und Wasser über sein Kinn auf sein Hemd tropfte, sah er seine Mutter vorwurfsvoll an.

„Pass doch auf!“, herrschte er sie an.

Vorsichtig setzte Dorle das Glas wieder an den Mund ihres Sohnes.

„Hast du die Medikamente?“, fragte er, als sie seinen Kopf wieder auf das Kissen gelegt hatte, und der Vorwurf in seiner Frage war unüberhörbar.

„Wie soll ich das machen? Die kriege ich nicht einfach so.“

„Ich habe Schmerzen. Ich halte das nicht aus!“

Zornig sprang Dorle auf. „Du bist nicht der Einzige, der Schmerzen hat!“, schrie sie ihn an und lief aus dem kleinen Zimmer durch die Küche in den kalten Hof, wo sie sich an die Mauer lehnte und zu weinen begann. Schon nach kurzer Zeit war ihre Wut verraucht und sie machte sich Vorwürfe.

Draußen war es schon längst dunkel, als Neubert vorbeikam. Richard Neubert. Ihr Nachbar, der schon lange ein Auge auf sie geworfen hatte. Mehr noch, er zog sie mit seinen Augen aus und viel, viel mehr als das. Dorle ekelte sich vor dem Mann.

Richard Neubert war fast sechzig, war ein strammer Nazi gewesen und meinte, dass in ein Haus ein Kerl gehöre. Er hatte sich mit Hans-Joachim, ihrem Mann, nie verstanden. Dem war Politik egal gewesen. Er wollte seine Ruhe, seine Fastnachtsmützen, seine Kumpels, das Feierabendbier und manchmal seine Dorle. Den Krieg hatte er verflucht. Sein Vater hatte alle seine Brüder im ersten großen Krieg verloren. Kopfschuss, Giftgas, Bajonett im Nahkampf, Hans-Joachim hatte das oft erzählt.

Neubert meinte, Dorle solle sich nicht so anstellen, wer, wie Hans-Joachim, zwei Jahre in Russland vermisst werde, der komme sowieso nicht wieder.

„Die Kälte, die Lager, die Arbeit und die Russen, diese Tiere, das überlebt keiner. Keiner! Auch dein Hans-Joachim nicht!“, hatte er hämisch gesagt und dabei noch so fies gelacht.

„Kannst du dem Krüppel nicht sagen, dass er leise sein soll“, sagte er ohne Begrüßung. „Andere wollen ihre Ruhe. Die arbeiten den ganzen Tag. Wenn ich dran denke, was früher …“ Neubert sprach den Satz nicht zu Ende.

„Was wäre früher gewesen?“, fauchte Dorle den Mann an, der breitbeinig vor ihr stand. „Weggeschafft wäre er worden? Willst du das sagen, Neubert?“

„Jetzt stell dich nicht so an. Das muss dir doch auch auf

die Nerven gehen, dieses ewige Gestöhne und Geschreie. Wenn ich der Vater wäre, dann …" Neubert machte mit seiner rechten Hand eine peitschende Bewegung. Dabei hatte er wieder diesen lüsternen Blick.

„Du bist aber nicht der Vater." Dorle wollte ruhig bleiben, aber sie konnte es nicht. So würde alles nur schlimmer werden.

„Ich kann dir helfen, Dorle", gab sich Neubert überraschenderweise zuvorkommend. „Ich habe Beziehungen. Ich kann dir Medikamente und Schmerzmittel besorgen. Du musst nicht auf den Schwarzmarkt gehen."

Dorle wusste, dass Neubert für seine Hilfe ihr Entgegenkommen erwartete. Sie wusste, dass es vieles leichter machen würde, wenn sie sich mit dem alten Mann einließ, aber da war eine Sperre, eine Mauer. Es ging nicht.

Ein paar Mal schon hatte er sich gewaltsam Zutritt in ihr Häuschen verschafft, hatte seinen Fuß in die Tür gestellt und sie nach drinnen geschoben und sich vor ihr aufgebaut. Sein Gesicht so nahe vor ihres geführt, dass sie seinem Atem nicht ausweichen konnte, diesem ekelhaften Gemisch aus Alkohol, Zigaretten und Essen, der ihr die Luft nahm und sie würgen ließ. Nur Rolfs Anwesenheit hatte verhindert, dass er sich auf sie gestürzt hatte.

„Meine Zeit kommt noch!", sagte er schließlich, als er merkte, dass sie auf sein Angebot nicht eingehen würde und setzte sein schmieriges Grinsen auf. Siegessicher und überlegen.

„Was ist los, Mutter?", rief Rolf von seinem Bett.

„Nichts, nichts", antwortete sie beschwichtigend, aber sie konnte die Unruhe in ihrer Stimme nicht verbergen.

„Ich komme!", rief ihr Sohn und sie hörte, wie er aufstöhnte, als er sich vom Sofa mühte.

„Für dieses Mal ist's gut, Dorle", zischte Neubert.

Das Aufstoßen der Krücken kam näher.

„Aber irgendwann ist da kein Rolf mehr. Niemand mehr. Dann wirst du betteln, dass ich komme. Die Zeiten werden sich ändern. Schneller als du denkst."

An der Tür drehte er sich noch einmal um. „Und sorg dafür, dass der Krüppel nicht die ganze Nacht rumschreit!"

Als Rolf in die Küche kam, war Neubert verschwunden. Er blickte sich kurz um, sah seine Mutter über den Tisch gebeugt sitzen, einen Strumpf stopfen. Ohne ein Wort zu sagen, kehrte er zurück zu seinem Sofa in der Kammer neben der Küche. Zurück ließ er den Geruch von Krankheit.

Bis Sonntag hatte Dorle die fehlenden Zutaten für das Gericht, mit dem sie Brunner dazu bewegen wollte, ihr die Schmerzmittel für Rolf zu geben, nicht auftreiben können. Franzis Optimismus. Sie hatte es gewusst, aber sie hatte es zu gerne geglaubt. Vom Majoran und der Petersilie hatte sie noch ein klein wenig von dem übrig, was sie im letzten Jahr in dem kleinen Garten hinter ihrem Häuschen am Ortsrand, nahe den Feldern, angepflanzt und was das Kriegsende überlebt hatte. Sie hatte es getrocknet und in Gläsern aufbewahrt.

Immerhin hatte sie die Wecken und zwei Handvoll Mehl gegen ihr Sonntagskleid eintauschen können. Sie hoffte, dass der Herr ihr verzieh, dass sie nun mit einem abgetragenen, fadenscheinigen Kleid sonntags in die Messe gehen musste. Aber sie war sicher, dass er verstehen würde, dass für das Wohl von Rolf auch er seinen Teil beitragen musste.

Aber die Leber, das Schweinefleisch und der Knochen, woher sollte sie die Zutaten bloß nehmen? Und Franzi lag seit Samstag mit einer Erkältung und Fieber im Bett. Sie konnte ihr nicht helfen. Die letzten Medikamente für

Rolf waren schon längst aufgebraucht und seine Schmerzensschreie in der Nacht wurden immer unerträglicher und zerrissen ihr jedes Mal mehr das Herz.

Dorle war verzweifelt, als sie am Fastnachtssonntag alleine in die Messe ging. Sie begrüßte Bekannte, meist Frauen, deren Männer im Krieg gefallen waren oder die sich in Kriegsgefangenschaft befanden und die wie sie eine schwere Zeit durchmachten. Trotzdem glaubte sie so manchen befremdlichen Blick auf ihrem wollenen Kleid zu spüren, obwohl sie eine Jacke darüber trug.

Nach der Messe stand sie mit zwei anderen Frauen auf dem Kirchhof, aber sie hörte ihren Gesprächen nicht zu. Mechanisch nickte sie ab und zu, denn sie war zu sehr mit ihren Überlegungen beschäftigt, woher sie bis Dienstag das Fleisch bekommen konnte.

„Hast du schon gehört", flüsterte hinter ihr eine Stimme, „dass der Gerber Jupp im Krankenhaus liegt? Ist von der Leiter gefallen."

Zuerst fühlte Dorle sich gestört durch den verschwörerischen Tonfall, doch sie stand so, dass der eisige Märzwind die Worte deutlich an ihr Ohr trug.

„Keiner ist auf dem Hof. Nur sein Hund passt auf. Die Rosi. Der Peter, sein Sohn, kommt nachmittags und schaut nach, ob alles in Ordnung ist. Warum der keine Frau hat? So ein reicher Bauer."

„Angeblich hat der eine ganze Kammer voller Fleisch. Gut versteckt."

Eine andere Stimme widersprach. „Was die Leut so reden. Nur weil der Gerber Jupp so geizig ist."

„Nee, nee", entgegnete die andere. „Der gibt sogar der eigenen Familie nichts. Seine Cousine war da. Die hat er weggeschickt. Weil er angeblich nichts hat."

„Stimmt ja vielleicht auch."

Obwohl die Frauen leise sprachen, hatte Dorle genug gehört. Sie kannte den Hof von dem Bauern, dem Gerber Jupp, in der Hauptstraße, über den da geredet worden war. Nicht nur so, wie man sich im Ort eben kennt, wenn schon die Eltern und die Großeltern dort gewohnt haben. Besser. Ihr Sohn Rolf war mit Peter, dem Sohn des Bauern, in die Schule gegangen und beide waren vor zehn Jahren zusammen im Jungvolk und später in der Hitlerjugend gewesen. Sie waren ständig zusammen, die beiden Jungs.

Dorle beschloss noch an diesem Tag den Peter aufzusuchen.

Am Mittag, nach dem Kirchgang, versorgte sie Rolf, reinigte seine Wunde, rieb sie mit getrockneter Kamille ein und kochte ihm eine dünne Brühe. Bei jeder Bewegung, die er machen musste, stöhnte er auf.

Als sie endlich mit ihm fertig war, kämmte sie sich, wusch ihr Gesicht und klopfte ihr Kleid noch einmal aus. Der matte Spiegel in ihrem Schlafzimmer zeigte ihr das Bild einer müden Frau.

Dann machte sie sich auf den Weg. Früher war sie gut zu Fuß, in der Schule war sie eine gute Sportlerin gewesen, aber der Krieg, das karge Essen, die Sorgen und der wenige Schlaf durch Rolfs nie endende Schmerzensschreie ließen sie in einem fortwährenden Zustand der Müdigkeit. Ihre Beine waren schwer. Trotzdem war sie jedes Mal froh, auch wenn sie es sich nicht eingestehen wollte, wenn sie einen Vorwand fand, das Haus zu verlassen. Aber noch lange, da hatte sie ihr Häuschen schon weit hinter sich gelassen, hallte Rolfs Schmerzensstöhnen in ihren Ohren nach.

Das große braune Tor zum Hof von Jupp Gerber war verschlossen. Dorle klopfte erst zaghaft gegen das Holz, dann nahm sie einen Stein, der auf der Straße lag, und hämmerte ihn gegen den Eingang. Die Antwort war das tiefe Bellen und Knurren des alten Hundes.

„Wer ist denn da? Wir haben nichts!“, drang von drinnen eine gereizte Stimme.

„Die Dorle ist es“, rief sie zurück und wartete.

Es dauerte noch fünf Minuten, bis sie Schritte hörte und das Schieben des Metallriegels.

„Was willst du?“, fragte Peter, nachdem er das Tor nur so weit geöffnet hatte, dass er seinen Kopf durch den Spalt stecken konnte. Er sagte das in einem Tonfall, als ob er die Mutter seines früheren Freundes nicht erkannt hatte.

„Ich bin's, die Dorle“, antwortete die schüchtern. „Ich soll dich von Rolf grüßen.“

Sie wartete auf eine Reaktion.

„Er ist krank. Sehr krank“, setzte sie hinzu, nachdem Peter keine Anstalten gemacht hatte, irgendwie zu reagieren.

„Ja und?“

Endlich sagte er etwas. Aber das kam so kühl, dass Dorle schlucken musste. Was hat der Krieg nur aus den Menschen und den Kindern gemacht, überlegte sie.

„Na dann!“

Peter zog seinen Kopf zurück. Dorle fürchtete, dass er das Tor wieder verschließen würde.

„Nein, Peter, warte!“, rief sie, lauter als sie es beabsichtigt hatte, fast schrill.

„Was denn?“

„Rolf ist krank und …“

„Das hast du schon gesagt“, unterbrach er sie rüde.

„Er braucht Medizin“, beeilte sie sich zu sagen, innerlich zitternd vor Angst, dass Peter das Tor schließen würde, bevor sie ihren Wunsch geäußert hatte.

„Ich brauche Leber und Hack. Und Knochen für die

Suppe. Damit ich die Medikamente für Rolf kriege. Er hat so fürchterliche Schmerzen."

„Alle haben Schmerzen. Wenn ich jedem, der Schmerzen hat, was geben würde, würde ich bald selbst verhungern. Ich habe nichts. Ich kann dir nichts geben."

„Aber Rolf ist doch dein Freund. Ihr habt doch …"

„Lass mich damit in Ruhe!", schnauzte Peter sie an. „Ich habe nichts, ich gebe nichts. Jeder muss zusehen, wie er in diesen Zeiten durchkommt."

Und bevor in Dorle die Wut über diese Worte so richtig aufsteigen konnte, hatte Peter das Tor schon zugeknallt. Erschrocken wich sie zwei Schritte zurück.

Auf dem Weg nach Hause schossen Dorle die Tränen in die Augen. Sie wusste, dass tagtäglich viele Leute bei den Bauern vorbeikamen und sie um Essen anbettelten. Aber Rolf war doch Peters Freund gewesen, sie waren zusammen in der Schule und in der HJ, hatten die Zeltlager zusammen gemacht. Wie oft hatte Peter bei ihnen in der Küche gesessen und mit ihnen zusammen gegessen? Zählte das alles nichts mehr?

Zu Hause saß sie zusammengesunken am Küchentisch und überlegte vergebens, woher sie ein Stück Leber und etwas Hack für die Lewwerknepp bekommen könnte. Sie hörte das Klopfen der Krücken und die Schritte hinter sich nicht und fuhr erschrocken herum, als sich eine Hand auf ihre Schulter legte.

„Was ist los, Mutter?", vernahm sie Rolfs leise Stimme.

Sie zögerte, wollte ihren Sohn nicht damit belasten, aber schließlich erzählte sie ihm, was sie vorhatte und was heute vorgefallen war.

Rolf hatte ihr gegenüber Platz genommen und sah seine Mutter schweigend an.

„Dieses miese Schwein!“, stieß er schließlich hervor und vergrub sein Gesicht in seinen Händen. Plötzlich fuhr er hoch.

„Ich werde dir das Fleisch besorgen“, sagte er.

„Du?“

„Ja, ich“, bestätigte Rolf. „Ich weiß, wo der Jupp das Fleisch versteckt und ich weiß, wie man dahin kommt. Das ist bestimmt noch alles so wie vor dem Krieg. Da kommt auch die Rosi nicht hin.“ Rosi war der alte Schäferhund vom Gerber.

„Stehlen willst du, Rolf?“, fragte Dorle ungläubig. „Das darf man nicht. Denk an das siebte Gebot. Du sollst nicht stehlen.“

„Mutter. Das gilt in normalen Zeiten. Aber jetzt sind keine normale Zeiten.“ Rolf hatte seine Stimme erhoben, war laut geworden. Das strengte ihn so an, dass er wieder zusammensackte und laut aufstöhnte.

„Nein, Rolf, schweig!“, versuchte Dorle ihm zu widersprechen. Es fiel ihr schwer, denn es zerriss ihr das Herz, ihren Sohn, ihren einzigen Sohn, alles, was ihr noch geblieben war, nachdem ihr Mann vermisst wurde und ihre Schwester bei einem Bombenangriff mit ihrer Familie umgekommen war, so leiden zu sehen. Auch wenn sie kein eigenes Leben mehr führte.

Sie würde es nie zugeben, aber in den Monaten, seit Rolf wieder zu Hause war, mit dieser Verletzung und diesen Schmerzen, hatte sie oft an Gott gezweifelt. Und dafür hasste sie sich. Aber sie konnte nichts dagegen machen. Nur mit Mühe konnte sie ihre Flüche gegen den Herrn unterdrücken.

„Nein, Mutter, ich werde nicht schweigen.“ Und er sprach aus, was sie so oft gedacht hatte, in den letzten Monaten. Warum hatte es sie getroffen, sie, die jeden Sonntag in die Kirche ging, die ein gottgefälliges Leben führte, die sich an die Gebote hielt und versuchte, Gutes zu tun? Sie, die sich keinen neuen Mann gesucht hatte? Warum widerfuhr ihr so viel Leid? Und andere, die mehr hatten, die nicht nach den Worten der Bibel und des Herrn lebten, warum ging es denen so viel besser? Hatten keine Toten in der Familie zu beklagen, keine Verletzten, die mit ihren Schmerzensschreien das Haus füllten, die genug zum Essen hatten, oft mehr als sie brauchten.

Wieder stieg diese Wut in ihr auf.

Rolf ließ sie nicht weiterdenken.

„Wir nehmen uns, was uns zusteht. Wann brauchst du die Leber und das Hack?"

„Heute. Nein. Morgen", antwortete Dorle verwirrt. „Morgen will ich dem Brunner die Lewwerknepp bringen."

„Heute gehe ich und bringe dir alles, was du brauchst."

Wie Dorle es vorhergesehen hatte, schaffte es Rolf nicht einmal über den kleinen Hof vor dem Haus. Das Anziehen hatte ihn schon so angestrengt, dass er sich in der Küche wieder hinsetzen musste. Er ließ sich so schwer auf den hölzernen Stuhl plumpsen, dass Dorle fürchtete, der Sitz breche zusammen. Dabei wog ihr Sohn gerade mal fünfundfünfzig Kilo, bei einer Größe von fast einem Meter achtzig. Nachdem er sich endlich aufgerafft hatte, schaffte er es gerade bis zur Haustür. Ungeduldig beobachtete die Mutter ihren Sohn. Sie war so schon viel zu aufgeregt.

„Ich gehe!", sagte sie und versuchte streng zu sein, aber Rolf wischte ihren Einwand mit einer herablassenden Geste beiseite, erhob sich unter lautem Stöhnen und schleppte sich hinaus auf den Hof, in die Kälte. In der Mitte des kleinen Gevierts blieb er stehen, atmete noch heftiger als zuvor, die Atemwolken verließen in kurzen Stößen seinen Mund. Er vermied es, seine Mutter anzuschauen, stützte sich schwer auf seine Krücken. Und brach schließlich zusammen.

Dorle hatte es gewusst. Und seltsamerweise litt sie weder mit ihrem Sohn noch verfluchte sie ihn. Sie funktionierte. Überschaute die Situation, kniete sich neben Rolf nieder und zog ihn zurück ins Haus, wo sie ihn auf dem alten, schon völlig durchgesessenen Sessel im Wohnzimmer ablud.

Rolf war verwirrt über die kühle Präzision, mit der seine Mutter dies machte, rücksichtsvoll, aber ohne dass Widerspruch möglich war.

Nachdem sie ihren Sohn versorgt hatte, machte sich Dorle Becker auf den Weg zum Hof vom Gerber Jupp, der in der Nacht leer stand, wenn sie das auf dem Kirchhof richtig verstanden hatte. Es war dunkel und kalt, aber nichts würde sie auf ihrem Weg aufhalten. Sie war hellwach und schlich sich von der Hauptstraße zwischen den Häusern zum Gonsbach und ging da auf dem unbefestigten, glitschigen, teilweise zugefrorenen Weg weiter, um auf die Rückseite von Gerbers Hof zu gelangen. Die Kälte, die schnell durch ihre Kleider bis zu ihrer Haut drang, hatte auch ihr Gutes: Es war kaum jemand unterwegs.

Die letzten Meter legte sie sehr vorsichtig zurück. Niemand sollte mitbekommen, dass sie bei dem Jupp unredlich eindrang und sich nahm, was sie für ihren Sohn brauchte. Und tatsächlich war alles so, wie Rolf es ihr erklärt und sie es geplant hatte. Der Schlüssel lag an der Stelle, die er ihr genannt hatte, und es bereitete ihr keine Probleme, die Hintertür in den Hof zu öffnen und an der Mauer entlang zu der Scheune zu kommen, wo unter der

Falltür die geheime Vorratskammer versteckt liegen sollte. Auch der Schlüssel zu der Scheune lag in seinem Versteck. Sie nahm ihn mit zitternden Händen, schob ihn ängstlich in das Schlüsselloch, weil sie fürchtete, dass er nicht passte. Aber ihre Angst war unberechtigt.

Dorle verspürte ein nie oder zumindest schon lange nicht mehr gekanntes Glücksgefühl, als sie die Strohballen zur Seite geräumt und die Falltür aufgezogen hatte, unter der Rolf die versteckten Waren vermutete. Ihre feine Nase bestätigte ihr, dass sie richtig war.

Sie zündete eine Kerze an, die sie zu Hause eingesteckt hatte und leuchtete umher. Langsam stieg sie die Holzstufen in das Kellerloch unter der Scheune hinab. Hier fand sie das Lager, in dem der Bauer seine Fleischvorräte gelagert hatte. Hier drinnen war es noch kälter als draußen. Nervös ging sie umher, die Kerze vor sich haltend, die durch ihre Bewegungen flackerte. Sie war in Sorge, dass sie erlöschen würde. Bald fand sie die Leber und das Schweinefleisch für das Hack, schnitt sich mit einem Messer, das auf einem blutigen Holzbock lag, ab, was sie brauchte, steckte ein paar Knochen ein, und überlegte, ob sie mehr als das, was sie für die Lewwerknepp benötigte, einpacken sollte, entschied sich aber für die korrekte Menge und hatte gerade alles zusammen gesucht und wollte die Waren in ihren kleinen, schon verschossenen und ausgeblichenen Rucksack stopfen, als sie ein Geräusch hörte.

„Ich sollte eigentlich die Tür verschließen und dich hier drinnen verrecken lassen“, sagte eine gehässige Stimme, der Dorle die Lust anhörte, sie zu quälen.

War jetzt alles verloren? Nicht nur das Fleisch weg, sondern jetzt würde man sie festnehmen und ins Gefängnis stecken. Was die Leute über sie denken würden, war ihr egal. Aber Rolf! Rolf würde es keine zwei Tage alleine zu

Hause aushalten. Er konnte nicht für sich selbst sorgen. Er würde elendig zugrunde gehen, wenn sie sich nicht um ihn kümmerte. All das schoss Dorle binnen Bruchteilen von Sekunden durch den Kopf. Sie musste etwas tun. Sie durfte Rolf nicht im Stich lassen.

Peter kam langsam auf sie zu. Das Licht der Kerze flackerte unruhig hin und her. Sie konnte dem Sohn des Bauern trotz der Dunkelheit ansehen, dass es ihm Spaß machte, sie leiden zu sehen und ihre Qual noch zu steigern.

Er blieb so nahe vor ihr stehen, dass gerade ein Blatt Papier zwischen sie gepasst hätte. Mit seiner vorgestreckten Brust berührte er ihren Busen und wenn er ausatmete, roch sie den sauren Geruch von Wein.

„Na, was willst du hier?", fragte Peter süffisant und anzüglich. „Hast du dich vielleicht verlaufen?"

Dorle war unfähig, in ruhigen und überlegten Worten zu antworten.

Erst schüttelte sie nur den Kopf, was Peter ein müdes Lächeln abrang, in dem sich sein Gefühl der völligen Überlegenheit deutlich abzeichnete.

„Nein … ich … der Rolf …", stammelte sie schließlich, und sie konnte dabei beobachten, wie Peter sich an ihrer Hilflosigkeit weidete.

„Du weißt, ich würde dir gerne helfen, Dorle Becker", sagte er schließlich, „aber Recht ist Recht und muss Recht bleiben." Er legte seine Hand auf ihren Hintern. Sie zuckte zusammen.

„Aber Rolf, der … es ist doch nicht für mich … es ist für Rolf", stammelte Dorle weiter, aber Peter blickte sie nur kalt an.

„Du bist hier eingebrochen. Und ich soll dich laufen lassen? Nur, weil ich Rolf so lange kenne? Es sind harte Zeiten. Ich würde gerne anders handeln, aber ich kann nicht. Das musst du verstehen, Dorle Becker. Ich werde dich jetzt in eine Kammer sperren und da bleibst du so lange, bis die Polizei kommt. Oder du …" Trotz der Dunkelheit wusste sie um den lüsternen Glanz in seinen Augen.

Verzweiflung, tiefe Verzweiflung machte sich in Dorle breit. Sie war diesem Menschen hilflos ausgeliefert. Das alles hätte sie ertragen, irgendwie, wie sie in den letzten Jahren so vieles ertragen hatte, aber Rolf alleine zu lassen, ihn alleine leiden lassen, das konnte sie nicht.

Sie sah Peter in die Augen und sie erkannte, dass er kein Jota von seinem Vorhaben abrücken würde. Von ihm war keine Gnade zu erwarten.

Als Peter sie mit seiner anderen Hand um die Hüfte fasste und sie ganz an sich ziehen wollte, handelte sie. Sie nahm das Messer, das neben ihr in einem der aufgehängten Tierleiber steckte. Sie wusste nicht, woher sie die Kraft nahm, woher die Sicherheit kam, mit der sie den Griff umfasste und das Metall aus dem Fleisch zog. Es war eine einzige, geschmeidige Bewegung, das Rausziehen, die minimale Drehung ihres Körpers und der Stich in Peters Rücken.

Fassungslos sah er sie an.

Sie wich zurück. Lautlos sackte Peter langsam zusammen. In seinen Augen las sie unendliche Verwunderung, als hätte er eine Erscheinung. Dann schlug der Leib des Mannes auf dem Boden auf.

Entsetzt starrte Dorle die Leiche an. Mechanisch steckte sie das blutige Messer in ihren Rucksack, packte das Fleisch und die Knochen dazu und verließ den Hof auf demselben Weg, den sie gekommen war.

Misstrauisch schaute der große, schlanke Mann auf Dorle herab, als sie Montagvormittag auf dem Marmorboden im Flur von Brunners Haus stand, um ihm das Angebot zu machen. Lewwerknepp gegen Medikamente. Die besten Lewwerknepp. Und sie fügte hinzu, „… genau das Richtige für die Fassenacht."

Brunners Misstrauen war Ernst gewichen. Abwartend schaute er die Frau mit dem geröteten Gesicht und dem Flehen in den Augen an. Sie war von ihrem Haus den Weg bis zur Jahnstraße stramm durchmarschiert, nachdem sie Rolf versorgt hatte. An diesem Morgen sah sein Stumpf wieder besonders schlimm aus und er hatte gestöhnt, geweint und gedroht sich umzubringen, weil dieses Leben nicht mehr lebenswert war. Normalerweise ging Dorle nicht aus dem Haus, wenn ihr Sohn in diesem Zustand war. Sie glaubte zwar nicht, dass er seine Drohung wahr machte, aber sie wusste auch, dass sie sich auf ewig Vorwürfe machen würde, wenn er sich etwas antäte, wenn sie nicht im Haus war.

„Lewwerknepp?", fragte Brunner. Sie sah dem Mann an, dass er die Fastnacht schon ausgiebig gefeiert hatte, obwohl es nicht viel zu feiern gab. Für Menschen wie sie jedenfalls.

Dorle nickte und blickte den Mann erwartungsvoll an.

„Ich kenne deine Lewwerknepp noch. Gut. Sehr gut waren die. Exzellent. Vor dem Krieg. Aber Lewwerknepp an Fassenacht. Du bist doch Meenzerin …"

Dorle spürte Verzweiflung aufsteigen. Warum sagte der Mann nicht einfach zu? Wenn nun alles umsonst gewesen war?

„Die besten Lewwerknepp … in dieser Zeit … Fassenacht … ist doch … egal", stammelte Dorle.

Brunner ließ sie nicht aus den Augen, legte seine Stirn in Falten.

„Dazu braucht man doch Fleisch?" Er sprach das so

leise aus, als sei es nur für ihn und nicht die Frau vor ihm bestimmt.

„Ja", antwortete sie beflissen. „Lewwer und Schweinehack."

„Lewwer. Schweinehack", wiederholte er und es schien, als denke er über diese Worte und ihre Bedeutung nach. Und wieder nickte Dorle beflissen.

„Das ist aber nicht einfach zu bekommen …", befand er und sie spürte, dass sie zu schnell geantwortet hatte. „Warum hast du das Fleisch nicht gegen die Medikamente getauscht?"

„Weil …" Ihr fiel nichts ein. Sie war wie festgenagelt. Sie war in der Nacht beim Jupp eingestiegen und hatte einen Menschen niedergestochen. Du sollst nicht töten! Immer wieder dieser Satz. Aber sie hatte es doch nicht gewollt. Hätte er ihr doch nur ein Stück von der Leber und dem Fleisch gegeben. Ein kleines nur. Mehr wollte sie ja nicht. War Peters Geiz nicht genauso gotteslästerlich wie ihre Tat? Sie hatte es für Rolf getan. Für ihren Sohn. Als sie in der Nacht endlich mit dem Fleisch in der alten Tasche nach Hause gekommen war, ohne jemandem begegnet zu sein, konnte sie erst nicht einschlafen. Dieses Bild vom fallenden Peter. Sie konnte das nicht vertreiben. Als ihr endlich doch vor lauter Müdigkeit die Augen zugefallen waren, waren da gleich wieder Peters tote Augen gewesen, die sie anstarrten und anklagten.

„Pass auf!", sagte Brunner streng. „Morgen, am Dienstag, kommt Capitaine Claude Jarrés zu mir. Das ist ein französischer Offizier. Einer von Kleinmanns Leuten. Du weißt doch, wer das ist? Der französische Stadtkommandant", beantwortete er die Frage gleich selbst. „Er hat die Fastnacht erlaubt und ich werde sie morgen mit dem Offizier gebührend beenden. Dafür machst du die Lewwerknepp. Wenn sie uns schmecken, bekommst du deine Medikamente."

„Aber ich brauche doch … jetzt … mein Sohn … der Rolf …", begann sie zu betteln, aber sie sah dem Mann vor ihr an, dass sie ihn nicht erweichen würde und sie willigte ein, weil sie wusste, dass dies ihre einzige Chance war. Rolf würde diese Nacht noch so durchstehen müssen. Und sie auch. Mit seinen Schreien und seinem Stöhnen in den Ohren.

„Also, morgen Abend um sechs. Und sei pünktlich!"

Ohne Verabschiedung und mit einer schnellen Bewegung drehte sich Brunner um und verschwand hinter einer der vielen Türen, die vom Flug abgingen.

In der folgenden Nacht träumte Dorle noch einmal, dass ein Bombenangriff all ihre Mühen, ihre schönen Lewwerknepp und die Brühe, zerstören würde. Ein Einschlag in ihrem Haus, in Gonsenheim, auf das während des ganzen Krieges so gut wie keine Bombe gefallen war. In dieser Nacht, in diesem Traum passierte es. Alles kaputt, Rolf die Treppe hinabgestürzt, keine Lewwerknepp.

Sie schreckte hoch. Es war noch früh und der Traum lastete schwer auf ihr. Müde erhob sie sich, schlich phlegmatisch in die Kammer neben der Küche, versorgte Rolfs Wunde und ließ seine Flüche über sich ergehen. Danach konnte sie nicht mehr einschlafen und setzte sich an den wackeligen Tisch in der Küche, legte das Gesicht in ihre Hände. Heute musste sie ihr Meisterstück abgeben. Heute musste sie sich mit den Lewwerknepp selbst übertreffen. Irgendwann, es war schon hell draußen, begann sie mit den Vorbereitungen. Sie ging in den Keller, wo sie die Tasche mit dem Fleisch abgelegt hatte. In der Küche packte sie alles aus, dabei fiel ihr das blutige Messer, mit dem sie Peter erstochen hatte, in die Hand. Einige Sekunden betrachtete sie es, bevor sie es wütend in das Spülbecken warf und es mit kaltem Wasser sauber wusch. Danach schob sie es in die Schublade, ganz nach hinten, wo sie es nicht mehr sehen musste.

Sie begann mit der Zubereitung. Gegen Mittag war sie mit allem fertig. Die Fleischbrühe kochte auf dem alten Herd, die fertig gerollten Lewwerknepp lagen auf dem kleinen Tisch. Jetzt musste sie Geduld haben. Immer wieder ging sie zu ihrem Sohn, versorgte ihn, der an diesem Tag sein Bett nicht verließ.

Pünktlich stand sie am Dienstagabend mit dem schweren Topf und einer Tasche vor Brunners Haus. Mit unbewegter Miene bat der Hausherr sie hinein und wies ihr den Weg in die Küche, wo der Herd schon angeheizt war und eine ältere Frau, die Klara gerufen wurde und Kartoffeln schälte, sie mit misstrauischem Blick empfing. Sie stellte den Topf mit der Fleischbrühe auf den Herd und nahm aus ihrer Tasche die gerollten Lewwerknepp und breitete sie auf der Anrichte aus, um sie anschließend in die kochende Brühe zu werfen.

Sie füllte die fertigen Lewwerknepp selbst in die Teller und wollte sie auch selbst servieren, aber das untersagte Klara ihr. Also war Dorle ihr bis zur Tür ins Speisezimmer gefolgt, weil sie fürchtete, dass die andere ihr aus Neid oder Missgunst die Lewwerknepp versalzen würde. Und dann wäre alles umsonst gewesen.

Sie konnte nur einen schnellen Blick in das Zimmer werfen, in dem die Männer um den großen Holztisch saßen und zufrieden aus tiefen Tellern die Lewwerknepp aßen. Trotz des verlockenden Duftes hatte Dorle keinen Hunger. Sie würde warten, bis Brunner zu ihr kam, um ihr die Medikamente zu geben. Sie war sich sicher, dass sie sie bekommen würde. Klara zog sie von der Tür weg, gab ihr stumm ein Zeichen zu verschwinden.

So wartete Dorle in Brunners Küche, schlich sich immer wieder vor die Tür zum Speisezimmer, lauschte, hörte lautes Lachen, Wortfetzen und das Klirren von Gläsern, die aneinander gestoßen wurden, um bald darauf von der Alten in die Küche zurückgetrieben zu werden. Einmal klopfte es an der Tür, sie hörte die schweren Schritte von Stiefeln, aber Klara verhinderte, dass sie nachschaute, wer da kam.

Dorle wollte sich nicht ausmalen, welche Qualen Rolf in dieser Zeit litt. Sie hätte Franzi bitten können, nach dem Rechten zu sehen, aber dann hätte sie ihrer Freundin erklären müssen, wohin sie ging und warum. Franzi hätte wissen wollen, woher sie das Fleisch hatte. Und irgendwann, dessen war Dorle sich sicher, würde der tote Peter gefunden werden. Und so dumm war Franzi nicht, dass sie da nicht gleich die Verbindung erkannte. Also hatte sie Rolf alleine lassen müssen und das beunruhigte sie von Minute zu Minute mehr.

Endlich, es war schon nach neun Uhr, hörte sie das Rücken eines Stuhls. Schnell lief Dorle zurück in die Küche. Schon streckte Brunner seinen Kopf durch die Tür. Er musste nichts sagen. Ein Blick genügte, dass sie verstand und nach draußen in den Flur kam. Er sah sie streng an, sekundenlang und ihr wurde angst und bange.

Ganz langsam, wie in Zeitlupe, verzog sich sein Mund zu einem Lächeln.

„Bravo!“, sagte er und stieß ihr dabei einen Schwall weinsauren Geruchs entgegen. „Capitaine Jarrés haben deine Lewwerknepp hervorragend geschmeckt.“

Eine warme Welle durchfuhr Dorle, doch nur kurz,

denn Brunners Lächeln spiegelte sich nicht in seinen Augen.

„Du weißt, dass heute Abend der Sohn vom Gerber Jupp tot aufgefunden wurde? Der Capitaine hat es eben erfahren. Die Polizei sucht schon nach dem Mörder."

Dorle schüttelte stumm und mit weit aufgerissenen Augen den Kopf. Alles umsonst? War alles umsonst gewesen? Es war alles vergebens gewesen, schoss es ihr durch den Kopf.

„Mit einem Messer erstochen."

Wieder sah er die Frau durchdringend an.

„Das Komische ist, dass nichts fehlt." Er machte eine Pause. „Kannst du dir das erklären?"

Noch immer unfähig einen klaren Gedanken zu fassen, schüttelte Dorle ihren Kopf. Alles umsonst! Alles umsonst! Am liebsten wäre sie jetzt einfach losgerannt. Aber wohin? Sie konnte sich nicht bewegen und wartete, dass Brunner die Polizei rief oder sie diesem Capitaine übergab.

Stattdessen griff Brunner in die Tasche seines Jacketts und reichte ihr mehrere kleine Pappschachteln.

„Was ist?", fragte Brunner, als sie keine Anstalten machte, sie zu nehmen. „Brauchst du die Medizin für deinen Sohn nicht mehr?"

Langsam hob sie ihren Arm, öffnete ihre Hand und ließ sich die Schachteln auf die Handfläche legen.

„Du kannst noch mehr davon haben."

Sie sah ihn verständnislos an.

„Der Offizier ist so begeistert von deinen Lewwerknepp, dass er möchte, dass du für ihn kochst."

Dorle war sprachlos.

„Ich finde, das ist ein großes Kompliment. Ich hoffe doch, dass du das nicht ablehnen wirst …"

„Aber Rolf … ich kann doch nicht …"

Mit einer entschiedenen Geste seiner Hand befahl er ihr den Mund zu halten.

„Es ist zum Besten deines Sohnes. Du sprichst doch Französisch, wenn ich mich richtig erinnere. Du wirst für den französischen Offizier arbeiten und dort die Augen und Ohren offen halten und mir alles sagen, was wichtig sein könnte. Es muss dort aber niemand wissen, dass du ihre Sprache sprichst. Dafür bekommst du von mir regelmäßig die Medikamente für deinen Sohn. Wenn du tust, was ich von dir verlange! Vielleicht werde ich auch Sonderaufträge für dich haben. Kann sein, dass ich auch einen Arzt ausfindig mache, der nach ihm schaut. Eine Frau, mit deinen Talenten." Er sah sie lange an. „Der arme Peter", sagte er schließlich, schlug betroffen seine Augen für einen Moment zu. „Gott hab ihn selig".

Wie betäubt legte Dorle den Weg von Brunners Haus zu ihrem Häuschen am Feldrand zurück. Das Gewicht des leeren Topfes spürte sie nicht, ebenso wenig den kalten Wind.

Seltsam und beunruhigend empfand sie die Stille, als sie den Schlüssel ins Schloss des schmalen Tores schob. Sie stellte den Topf auf den Boden und eilte, ohne den Eingang zu schließen, über den Hof ins Haus. Rolf war weder in der Küche noch im Wohnzimmer oder im Bett. Schließlich ging sie, mit Tränen in den Augen, zurück in den Hof. Erst jetzt fiel ihr auf, dass die niedrige, zweiflügelige Tür, die in den Keller führte, halb offen stand. Aus der Küche nahm sie eine Kerze und stieg langsam und mit angehaltenem Atem die Stufen hinab. Das Erste, was sie sah, war ein Fuß, der einen Meter über dem Boden neben einer umgeworfenen Kiste baumelte.

6. – 18. März 1946

III

Paul Koch hatte die vergangenen Tage, während einige Mainzer ihre ersten Versuche mit der Fastnacht in einer zerstörten und hungernden Stadt machten, in seiner kleinen Wohnung in der Zahlbach verbracht, mit viel Zeit zum Nachdenken. Die Grübelei machte ihn schier verrückt. Immer wieder die Frage, ob es richtig gewesen war, Beatrice und den kleinen Émile in Toulouse zu verlassen und nach Deutschland zu gehen, nach Mainz, wo sie seinen Vater, den Kommunisten, 1933 verhaftet hatten. Der nach einer Odyssee durch verschiedene Gefängnisse bei einem Fluchtversuch erschossen worden war. Hieß es. Koch glaubte nichts davon. Den Leichnam hatte er nie zu sehen bekommen. Wahrscheinlich hatten sie ihn verscharrt wie ein Tier. Zum Glück hatte seine Mutter das nicht mehr erleben müssen. Sie war schon 1929 gestorben, die Grippe.

Ihn, der bei der Polizei arbeitete, wollten sie zwingen, ein Papier zu unterschreiben, dass er sich von seinem Vater distanzierte. Da war er gegangen. Er ließ niemanden zurück. Von den Kollegen und den Freunden, oder denen, die er einmal als solche gesehen hatte, waren viele in die Partei eingetreten oder hatten sich mit den Umständen arrangiert. Von seinem Vater und dessen Schicksal wollten sie nichts wissen. Paul war nach Paris gegangen, weil er leidlich Französisch sprach und weil er mit der Stadt an der Seine angenehme Erinnerungen verband, seitdem er nach der Schulzeit dort zwei Wochen verbracht und seine ersten erotischen Abenteuer erlebt hatte. Die Stadt schien ihm damals in ihrer Freizügigkeit und Lässigkeit genau das Gegenteil von Deutschland und von Mainz zu sein. Im

Frühjahr 1934 hatte er seine zwei Koffer gepackt und war abgereist, ohne Rückfahrschein, hatte sich ein Zimmer gemietet und sich das Nötigste zum Leben in einer Schreinerei, die im Hinterhof seines kleinen Zimmers lag, verdient. Ein halbes Jahr später hatte er Arbeit am Empfang eines Hotels gefunden, in dem viele Ausländer, die meisten wie er auf der Flucht vor den Nazis, untergekommen waren. Kommunisten, Republikaner, Sozialdemokraten, Christen, Anarchisten. Hier hatte er Reinhold kennen gelernt, den Anarchisten aus Wuppertal, der ihm von Spanien erzählte.

Jetzt war er wieder in Deutschland, das von den Nazis und ihrem Terror befreit war, wozu auch er einen winzig kleinen Teil beigetragen hatte. Aber er spürte, dass die Menschen, die hier lebten, nicht davon befreit waren. Wie auch, wenn sie zwölf Jahre lang nichts anderes erlebt hatten? Sollten sie das alles, und damit auch sich selbst, in Frage stellen? In gewisser Weise konnte Koch das verstehen, aber dass es so wenig Bereitschaft zur Auseinandersetzung gab, das erschreckte und das verbitterte ihn. Allein der Gedanke an die Kollegen in der Polizeidirektion bereitete ihm Unbehagen. Immerhin schien es Ausnahmen zu geben. Reuber zum Beispiel, aber er kannte ihn nicht, wusste zu wenig von ihm.

Aber jetzt war er hier und so schnell würde er nicht aufgeben, auch wenn ihm schon mehr als einmal der Sinn danach gestanden hatte, sich in den Zug nach Frankreich zu setzen. Ohne Rückfahrschein, wie damals.

Einen der Abende hatte er mit Georg Bresson, seinem Nachbarn, verbracht, der ihn wieder an seinem scheinbar unerschöpflichen Strom an Alkohol teilhaben ließ und ihm sogar einen echten Kaffee serviert hatte. Geredet hatten sie kaum etwas.

Bevor Koch am Mittwochmorgen in sein Büro in der

Polizeidirektion ging, wollte er im Krankenhaus endlich Franz Hartmann vernehmen. Fünf Tage waren seit dem Überfall und dem Tod des Wachmanns vergangen und er war keinen Schritt weitergekommen. Die beiden flüchtigen Täter schienen sich in Luft aufgelöst zu haben, die Kollegen des toten Wachmanns hatten nichts gesehen und außer einem winzigen Kleiderfetzen am Stacheldraht auf der Mauer, über die die Männer geflüchtet waren, und ein paar Blutflecken eben dort, waren keine Spuren in der Nähe des Tatortes gefunden worden. Möglicherweise hatte sich der Mann, der an dem Stacheldraht hängen geblieben war, dabei auch verletzt. Koch blieb nur noch der im Krankenhaus liegende Hartmann. Er hoffte, dass er jetzt vernehmungsfähig war.

Es war wieder klirrend kalt, eine dünne Schneeschicht bedeckte die Straßen, Häuser und die wenigen Bäume. Der Wind fuhr ihm schneidend kalt in die Kleidung. Koch beschleunigte seine Schritte. Er war völlig durchgefroren, als er das Foyer des St.-Vinzenz-Krankenhauses in der Oberstadt betrat. Sogleich wandten sich die Augen mehrerer Leute, die um einen Kohleofen standen, zu ihm herüber. Neben dem Ofen befand sich eine Art Tresen, hinter dem eine ältere Frau mit Brille stand, die dem Eintretenden hektische Anweisungen gab, die Tür zu schließen. Sowie er der Aufforderung nachgekommen war, verloren die Leute um den Kohleofen das Interesse an ihm und sprachen weiter.

Koch ging zu der Frau an dem Tresen und fragte sie nach Franz Hartmann. Misstrauisch blickte sie ihn an. Er kramte seinen Polizeiausweis aus der Manteltasche und hielt ihn ihr entgegen. Die Frau schrak leicht zusammen.

„Können Sie mir jetzt sagen, wo ich Herrn Hartmann finde? Franz Hartmann."

Das sagte Koch so kühl und schneidend, dass sie nochmals zusammenzuckte und ihm Stockwerk und Zimmernummer nannte. „Da hinten ist der Aufgang. Sprechen Sie aber zuerst mit dem Arzt.“ Sie hatte das so leise gesagt, dass Koch den zweiten Teil schon nicht mehr hörte.

Beim Treppensteigen machte sich sein Oberschenkel wieder bemerkbar. Er verlangsamte seine Schritte.

Hartmanns Zimmer hatte er schnell gefunden. Ohne anzuklopfen, trat er ein und sah sich um. Zwei Pritschen und ein Metallbett standen in dem Raum. Nur dieses war belegt. Auf dem kleinen Beistelltisch daneben stand ein Wasserglas. Die Wände waren mal vor langer Zeit gelb gestrichen worden. An manchen Stellen schimmerte die alte Farbe noch durch. Zwei Stühle befanden sich an der den Betten gegenüberliegenden Wand.

„Hartmann?“, fragte Koch streng.

Der Mann in dem Metallbett hob seinen Kopf ein klein wenig, stöhnte dabei leise, sah zu Koch herüber und sank gleich wieder zurück. Der Kommissar hatte es dennoch registriert. Er nahm einen der Stühle, stellte ihn neben das Bett und nahm Platz.

„Herr Hartmann“, sagte er. „Ich habe ein paar Fragen.“

Ein schmerzverzerrtes Stöhnen war die Antwort. Koch ließ sich davon nicht beeindrucken.

„Sie sind bei dem Überfall auf das Warendepot in Bodenheim verletzt und festgenommen worden. Sie wissen, dass einer der Wachmänner dabei ums Leben kam?“

Wieder bekam er nur ein Stöhnen zur Antwort.

„Zwei Männer waren zusammen mit Ihnen an dem Überfall beteiligt. Wer war das?“

„Kein Überfall … ich nicht …“, stammelte der Mann.

„Brunner. Helmut Brunner. Sagt Ihnen der Name etwas?“ Kochs Stimme wurde schärfer.

Für einen kurzen Moment wurde Hartmanns Blick klar, dann nickte er kaum merklich.

„Er ist ihr Chef. Weiß er von dem Überfall?"

Hartmann schüttelte seinen Kopf. Das schien ihn so angestrengt zu haben, dass er laut ausatmete und die Augen schloss.

„Weiß nicht …", begann er wieder zu stammeln. „Schmerzen …"

„Ich bitte Sie, Herr Hartmann", fuhr Koch ihn an und beugte sich über den Mann. „Sie haben einen Menschen auf dem Gewissen und Sie spielen mir hier etwas vor …"

In dem Moment wurde die Tür aufgerissen. Ein Mann in einem weißen Kittel stürzte auf Koch zu.

„Der Mann spielt Ihnen nichts vor! Wer hat Sie hier hereingelassen?"

Koch ermahnte sich zur Ruhe. Er griff in seine Manteltasche, nahm nochmals seinen Ausweis heraus und hielt ihn dem Arzt unter die Nase.

„Die Schwester am Eingang hatte Ihnen doch gesagt, dass Sie sich bei mir melden sollen."

„Der Mann ist ein Mörder." Koch ignorierte den Einwand des Arztes. „Fünf Tage liegt die Tat schon zurück. Ich muss den Mann verhören."

„Aber nicht in dem Zustand. Und schon gar nicht ohne mein Beisein. Er ist schwer verletzt, wir sind froh, wenn er überhaupt durchkommt. Jede Aufregung könnte meinem Patienten schaden. Wenn Sie also wirklich ein Interesse haben, von dem Mann etwas zu erfahren, müssen Sie warten, bis es ihm wieder besser geht. Und jetzt verlassen Sie bitte das Zimmer!"

Einen Moment lang fürchtete Koch, dass er die Nerven verlieren und sich vergessen würde. Er ballte seine Fäuste in der Manteltasche. Doch rasch hatte er sich wieder in der Gewalt und verließ grußlos das Zimmer, durchquerte den Flur und stürzte die Treppe ins Erdgeschoss herunter. Den Mann mit der Schiebermütze und dem dunklen Mantel, der ihm entgegenkam, nahm er kaum wahr. Er war viel zu sehr mit seinem Ärger beschäftigt.

Wie in Trance rannte er in Richtung Altstadt und übersah am Schillerplatz einen französischen Militärtransporter, der ihn fast überfahren hätte. Der Fahrer schickte ihm einen Fluch hinterher, er antwortete entsprechend auf Französisch, was zu seinem Glück von dem lauten Motorengeräusch übertönt wurde. In der Gaustraße verlangsamte er seine Schritte. Er wollte nicht so aufgewühlt in der Polizeidirektion ankommen.

Dort war noch nicht viel los an diesem Mittwochvormittag. Die Gänge waren leer, nur vereinzelt hallten Stimmen durch den kahlen Flur.

Er sah kurz in die Kammer, die sein Büro war, hinein, und fand einen Zettel auf seinem Schreibtisch vor. „Erfolgreich gewesen bei Brunner?", stand da in einer bemerkenswert runden Schrift, darunter die Initialen „G.R."

Einen Moment lang verharrte Koch vor seinem Schreibtisch, dachte nach und verließ den Raum.

Zu seiner Überraschung war Reuber schon da, aber er sah gar nicht gut aus. Seine Gesichtsfarbe war fahl und er hatte Ringe unter den Augen.

„Sagen Sie nichts!", begrüßte er Koch, als der in der Tür stand, „ich weiß, ich sehe beschissen aus. Die erste Fastnacht, die hätte ich langsamer angehen müssen."

Ein müdes Lächeln quälte sich auf Kochs Gesicht.

„Sie wollen wissen, wie es bei Brunner war?", fragte er. „Glatt und sehr selbstsicher ist der Mann", fügte er gleich hinzu.

Reuber nickte zustimmend. „Habe ich mir gedacht."

Er nahm das Glas, das vor ihm stand, und trank es in einem Zug leer.

„Zu wenig Wasser und zu viel Alkohol gestern", sagte er, nachdem er das Glas abgesetzt hatte. „Was haben Sie jetzt vor?"

„Ich bin eben bei Hartmann gewesen."

„Hartmann?", fragte Reuber und machte, wie Koch fand, ein ziemlich dämliches Gesicht.

„Brunners Mann. Der beim Überfall verletzt wurde."

„Ach ja. Und?"

„Nichts und! Angeblich ist er so schwer verletzt, dass ich ihn nicht verhören darf. Der Arzt hat mir verboten, mit ihm zu sprechen."

Jetzt huschte ein Lächeln über Reubers Gesicht. „In Ihnen brennt ein Feuer."

Nun war es an Koch verständnislos zu schauen.

„Sehen Sie zu, dass Sie sich nicht verbrennen", war alles, was er als Erklärung zu hören bekam, wobei sich Reuber mit den Fingern beider Hände seine Schläfen massierte.

Als er Reubers Büro verlassen hatte und auf dem Weg zu seiner Kammer war, kam ihm auf dem Gang ein Mann entgegengelaufen.

„Herr Koch", sagte der ganz aufgeregt. „Ich suche Sie schon. Sie sollen zu Herrn Arnheim kommen."

Bernd Arnheim war Kochs direkter Vorgesetzter, ein ehemaliger Offizier der Marine, dem es schwer fiel, das Schneidige abzulegen. Alles an dem Mann war akkurat, besonders sein gezwirbelter Schnurrbart. Die beiden Männer hatten bislang noch nicht viel miteinander zu tun gehabt. Zwei- oder dreimal waren sie sich begegnet, bei Kochs Einstellung und bei irgendwelchen offiziellen Anlässen.

Der junge Mann führte ihn zu Arnheims Büro. Koch

hörte, wie sein Name genannt wurde, dann die Aufforderung „Führen Sie ihn herein!"

Die Tür wurde geöffnet, mit schnellen Schritten durchquerte Koch den großen Raum. Arnheim, gedrungen und kräftig, und mit einem blauen Zweireiher gekleidet, blieb auf seinem Stuhl hinter dem dunklen Schreibtisch sitzen und gab Koch ein Zeichen, Platz zu nehmen.

Ein Teppich und eine Vase mit einer getrockneten Pflanze sollten dem Raum den Anschein von Wohnlichkeit verleihen. Hinter Arnheim hing ein Bild von Jakob Steffan, dem Regierungspräsidenten. Koch wusste noch, dass sein Vater diesen Mann, einen überzeugten Sozialdemokraten, der auch im KZ gewesen war, gekannt und mit großer Hochachtung von ihm gesprochen hatte.

„Koch, ich habe hier eine Beschwerde gegen Sie vorliegen."

Keine Begrüßung, kein nettes Wort.

„Sie wissen schon, worum es geht?", fragte Arnheim.

„Nein", war dessen lapidare Antwort.

„Nein, Koch? Dr. Werner vom Städtischen Krankenhaus. Dass Sie so früh morgens einen Verdächtigen befragen wollen, ist aller Ehren wert, Koch, aber bitte wahren Sie die Form. Wir haben 1946 und die Zeit der …", hier verzog sich Arnheims fleischiger Mund zu einem spöttischen Grinsen, „… Gestapomethoden ist vorbei."

Koch sprang auf. „Was wollen Sie mir damit unterstellen?"

„Koch, bitte!", entgegnete Arnheim, zufrieden, dass seine Provokation gelungen war. „Eine Übertreibung, um Sie darauf hinzuweisen, dass jetzt für Sie wie für alle anderen Kollegen Gesetze gelten, über die sie sich nicht einfach so hinwegsetzen können."

„Aber der Hartmann hat …"

Arnheim ließ den Kommissar nicht weitersprechen.

„Koch. Ich weiß um den Fall. Ich habe auch schon mitbekommen, dass Sie bei Brunner waren. Ich weiß, dass dieser Mann im Verdacht steht, hinter einer Reihe von Überfällen zu stecken. Aber, Koch, ich hoffe, dass Sie nichts Unüberlegtes gesagt haben."

Es fiel Koch zunehmend schwer die Ruhe zu bewahren. Dieser Mann stellte ihn wie den letzten Idioten hin. Und dass mit den Gestapomethoden würde er ihm nicht verzeihen können. Das war eine Grenze, die niemand bei ihm überschreiten durfte.

Auch Arnheim spürte, dass er einlenken musste, dass er den Bogen jetzt nicht überspannen durfte. Er wollte diesem überheblichen und in seinen Augen selbstgerechten Kommissar, der gut reden hatte, wenn man den Krieg und die Diktatur schön weit weg vom Schuss erlebt hatte, seine Grenzen aufzeigen. Das hielt er jetzt für ausreichend getan.

„Koch, ich weiß, dass Sie ein guter Polizist sind und dass es Ihnen um die Aufklärung des Falls geht. Auch ich will, dass wir den Mörder des Wachmanns hinter Schloss und Riegel bringen und auch die Hintermänner zu fassen kriegen. Aber alles mit legalen Mittel, alles in Absprache mit den Kollegen und", er hielt kurz inne, „mit Ihren Vorgesetzten."

Er machte eine Pause und wartete auf eine Antwort von Koch. Der wusste, dass jedes Wort von ihm in dieser Situation fatal wäre. Deshalb hielt er seinen Mund, so schwer ihm das auch fiel.

„Gut, Koch. Ich habe hier noch was für Sie." Er schob dem Kommissar ein Blatt Papier über den Tisch zu.

„Gestern Abend ist ein junger Mann tot aufgefunden worden. Peter Gerber. Sohn eines Landwirts in Gonsenheim. Erstochen auf dem eigenen Hof. Die Kollegen vom Revier in Gonsenheim waren schon dort. Aber es ist ein Fall für die Kriminalpolizei. Sieht danach aus, dass der Tote einen Einbrecher gestellt hat. Vielleicht war es auch ein durchreisender Soldat. Oder ein DP." Arnheim machte eine kurze Pause und sprach mehr zu sich selbst. „Diese Displaced Persons werden zu einer wahren Plage. Erst haben die Nazis sie nach Deutschland gezwungen und jetzt will sie keiner mehr haben." Er sah Koch kurz an. „Nehmen Sie sich der Sache mal an. Scheint nicht kompliziert zu sein."

„Und Hartmann?"

Kurz blitzten Arnheims Augen auf. „Den Fall behalten Sie weiterhin. Wir sind zu wenige Leute. Aber ich stelle Ihnen einen jungen Mann zur Seite. Sehr fähig. Siegfried Maus. Er wartet schon unten in der Fahrbereitschaft auf Sie."

Arnheim stand auf, zum Zeichen, dass das Gespräch beendet war.

Koch zögerte einen Moment, ließ seinen Chef stehen und erhob sich erst mit einer kleinen Verzögerung. Arnheim machte keine Anstalten, Koch zum Abschied die Hand zu reichen. Der sagte kurz „Auf Wiedersehen!" und ging zur Tür.

Wäre ich nur heute Morgen im Bett geblieben, ich hätte mir einiges erspart, fluchte Koch in sich hinein. Erst dieser Arzt, dann Arnheim und jetzt sollte er auch noch so ein junges Gemüse mit drei oder vier Wochen Ausbildung mit sich rumschleppen. Siegfried Maus.

Bevor er in die Werkstatt ging, machte Koch einen Umweg am Büro des Leiters der Kriminalpolizei vorbei. Er konnte den Spruch mit den Gestapomethoden nicht auf sich sitzen lassen. Dafür hatte er genug Opfer der Nazis gesehen und wäre fast selbst eines geworden. Und erst recht nicht von einem wie Arnheim, der wahrscheinlich vor einem Jahr noch seine Uniform getragen und wer weiß was gemacht hatte.

„Ich möchte Herrn Falter sprechen", antwortete er auf die entsprechende Frage der Sekretärin.

Koch hatte den Leiter der Kriminalpolizei, als einen besonnenen Mann kennen gelernt. In Kochs Augen sprach für den Mann, dass die Nazis ihn gleich nach der Machtübernahme aus dem Dienst entlassen hatten.

„In welcher Angelegenheit?"

„Das muss ich ihm persönlich sagen."

Unentschlossen blickte die Sekretärin den Kommissar an. In dem Moment wurde die Tür hinter ihr geöffnet. Sie war nur angelehnt gewesen, offenbar hatte Falter das kurze Gespräch mitbekommen.

„Kommen Sie rein, Herr Koch, und schließen Sie die Tür!"

„Was haben Sie denn?", fragte er, als Koch vor ihm stand. Falter machte keine Anstalten sich zu setzen.

Koch schilderte ihm kurz das Gespräch in Arnheims Büro.

Falter wiegte seinen Kopf hin und her. „Ich kann Sie verstehen, Herr Koch, mit Ihrer Biographie. Aber das müssen Sie jetzt hintan stellen. Wir brauchen alle Leute. Jeder hat seine Qualifikationen. Arnheim genauso wie Sie. Jeder mit seinen Erfahrungen. Wenn Sie wollen, rede ich mit Arnheim, aber ich weiß nicht, ob das am Ende mehr schadet, als wenn Sie einfach darüber hinweggehen."

„Das fällt mir schwer", antwortete Koch.

„Ihre Ehrlichkeit ehrt Sie, aber so etwas wird Ihnen

in Zukunft noch oft begegnen. Aber Sie haben hier gute Aussichten. Das gilt für viele nicht. Und Sie können unsere Zukunft sogar mitgestalten. Nutzen Sie die Chance. Gerade Männer wie Sie werden gebraucht."

Sie sprachen weitere zwei Minuten miteinander, in denen Falter seinem Kommissar noch zweimal seine Wertschätzung versicherte, dann verabschiedeten sich die Männer voneinander.

Koch grübelte auf dem Weg in die Autohalle, was er von Falters Äußerungen halten sollte. Ob der einfach nur Ruhe in seinem Laden haben wollte oder ob sich hinter seiner Haltung eine vom Pragmatismus grundierte Erfahrung verbarg, wusste er nicht einzuschätzen. Er hoffte entgegen seines misstrauischen Naturells, dass die zweite Möglichkeit zutraf und dass er nicht enttäuscht wurde.

Als er Siegfried Maus in der Werkstatt erblickte, musste Koch gegen seinen Willen sogar lächeln. Siegfried Maus war der schmächtige, semmelblonde junge Kerl, der ihm am letzten Freitag im Treppenhaus fast unmerklich zugenickt hatte, immerhin der Einzige aus der Gruppe, was in Kochs Augen schon mal für ihn sprach. Maus sah jünger aus, als er wahrscheinlich war. Seine wasserblauen Augen blickten erwartungsvoll zu Koch herüber, als der auf ihn zukam.

„Herr Koch", rief Maus freudig über die Entfernung und rannte mit ein paar linkischen Bewegungen auf den Kommissar zu.

„Siegfried Maus", stellte er sich vor. „Alle sagen Siggi zu mir. Ich soll mit Ihnen arbeiten. Das freut mich sehr. Haben wir schon einen Fall?"

„Gemach, gemach, Siggi", entgegnete Koch. „Haben Sie einen Führerschein?"

„Aber natürlich", kam es wie aus der Pistole geschossen. „Darf ich fahren?"

Koch zweifelte, ob dieser junge Mensch ihm eine Hilfe sein würde. Aber wenn er ihm das Autofahren abnahm, wäre das immerhin schon etwas.

„Ja, wenn Sie Wert darauf legen."

„Autofahren ist meine Leidenschaft. Ich war im Krieg der beste Fahrer in meiner Einheit."

Kochs Miene verdüsterte sich.

„Ich war Kraftfahrer. Nachschub. Aber nur fünf Monate lang. In diesem verfluchten Krieg. Aber wenn ich am Steuer gesessen habe, konnte ich alles vergessen." Siggi sprach so schnell, dass er manche Silben fast verschluckte.

„Ich kenne auch alle Rennfahrer. Nuvolari ist mein Idol. Aber auch Rosemeyer. Und Carraciola. Eigentlich alle. Aber Nuvolari ist der Größte. Wenn ich mal genug Geld habe, werde ich ihn in Italien besuchen."

„Ja, aber jetzt haben wir erst einmal hier einen Fall zu lösen."

Jörg, der Mechaniker, den Koch schon bei seinem letzten Besuch kennen gelernt hatte, kam auf die beiden Männer zu.

„Was kann ich Ihnen anbieten?"

„Einen Wagen, mit dem man sich nicht dem Gespött der Leute aussetzt", antwortete Koch.

„Gespött? Hat jemand über unseren schönen Adler Trumpf Junior gespottet? Das ist nicht fair. Das Auto gewinnt im Moment vielleicht keinen Schönheitswettbewerb, aber es ist in Ordnung."

„Der 315", ging Siggi dazwischen. „Du hast doch noch den BMW 315. Wenn wir den haben könnten?"

„Siggi, Siggi, als du den das letzte Mal zurückgebracht hast, hätte der auch nach 2.000 Kilometern durch Deutschland nicht schlimmer aussehen können. Ist unser Sahnestück."

„Das war nicht ich!", rechtfertigte sich Siggi. „Da war dieser Militärtransporter, der einfach losgefahren ist ... Und es war ja nur eine Schramme."

„Eine Schramme", lachte der Mechaniker, „die dreißig Zentimeter lang und vor allem einige Millimeter tief war. Weißt du, wie lange die Jungs daran gearbeitet haben?"

Siggi machte eine Geste, die anzeigte, dass er das nicht für wichtig hielt.

„Vor dem Krieg vielleicht ein Tag Arbeit. Da gab es auch das richtige Werkzeug, die richtigen Ersatzteile, Grundierung und Lack. Aber jetzt ... Siggi, Siggi. Unser deutscher Nuvolari. Sie wissen, dass unser Siggi ein heimlicher Rennfahrer ist, Herr Kommissar?", wandte er sich Koch zu.

Der nickte. „Also, welcher Wagen?", fragte er trocken. Er wollte los. In seiner Hand hielt er das Blatt Papier, das Arnheim ihm gereicht hatte, auf dem die Adresse des Toten in Gonsenheim notiert war.

„Ist ja gut", wiegelte Jörg ab. „Ist der BMW für Sie in Ordnung, Herr Kommissar?", wandte er sich an Koch.

Der nickte stumm seine Zustimmung und erhielt dafür von Siggi ein freudestrahlendes Lächeln.

„Manfred, hol mal den 315er raus", rief Jörg nach hinten.

„Den 315er?", kam es von dort zurück. „Will etwa Siggi ... nein ..."

„Los, mach schon, der Herr Kommissar wird schon ganz ungeduldig."

„Ist ja gut."

Kurz darauf erfüllte das Aufheulen eines Motors die Halle.

„Nicht so viel Gas!", schrie Siggi entsetzt. „Der Motor

ist doch noch kalt." Er war bei dem Lärm kaum zu verstehen.

Koch ging schnell mit Jörg ins Büro, um sich ins Fahrtenbuch einzutragen. Draußen wartete Siggi schon hinter dem Steuer auf ihn, beide Hände auf das Holzlenkrad gelegt.

„Auf geht's!", sagte er und ließ die Kupplung kommen. Jörg, der neben dem geöffneten Tor stand, sprang zur Seite und schwang seine geballte Faust.

„Es ist glatt", warnte Koch seinen Fahrer, aber der nickte nur und sah starr geradeaus.

„Wo soll es denn hingehen, Herr Koch?", fragte er.

„Gonsenheim. Hauptstraße", klärte der ihn nach einem Blick auf den Zettel auf.

„Ich freue mich sehr, mit Ihnen arbeiten zu dürfen", begann Siggi und er klang für einen Menschen mit Kochs Temperament unnatürlich enthusiastisch.

„Sicher?", fragte er zurück.

„Natürlich", sprudelte es aus Siggi heraus, der kurz seinen Blick von der Straße nahm und zu seinem Beifahrer herübersah.

Koch machte eine längere Pause, bevor er weitersprach. „Siggi, Sie wissen, dass der Umgang mit mir nicht unbedingt förderlich für die Karriere ist?!"

Das war mehr eine Feststellung als eine Frage.

Siggi ging darauf nicht ein. „Ich will ein guter Polizist werden", erwiderte er. „Und ich glaube, bei Ihnen kann ich das lernen."

Koch verkniff sich eine sarkastische Bemerkung und grübelte darüber, ob er dem jungen Mann vertrauen konnte oder ob er ihm als Spitzel zugeteilt worden war.

Immerhin merkte Koch schnell, dass Siggi ein guter und sicherer Fahrer war.

In der Hauptstraße war es nicht schwer, den Hof der Gerbers zu finden. Vor dem Tor hatten sich mindestens zwanzig Leute versammelt, die wild miteinander zu diskutieren schienen.

„Hat sich schon rumgesprochen", bemerkte Koch und wies Siggi an, ein kleines Stück entfernt anzuhalten.

Neugierig wurden sie von den Umstehenden betrachtet. Einem Kollegen in der Uniform der Ordnungspolizei, der am Tor stand und darauf achtete, dass niemand Unbefugtes ins Innere des Hofes kam, zeigte der Kommissar seinen Ausweis und wurde eingelassen.

Drinnen waren zwei weitere Kollegen, von denen er sich zu der Leiche bringen ließ, die in einer vom Tor aus nicht einsehbaren Ecke neben einer Scheune an der Rückseite des Geländes lag.

Koch lupfte die grobe Decke ein wenig und betrachtete den Leichnam, erst im Stehen, dann beugte er sich zu ihm herunter. Nachdem er den Toten wieder zugedeckt hatte, sah er sich um, ging in die Hocke und betrachtete konzentriert den Boden. Siggi wollte gerne wissen, wonach der Kommissar suchte, aber dessen Konzentration war fast körperlich zu spüren, sodass er es nicht wagte ihn anzusprechen. Ebenso erging es dem Polizisten, der in ihrer Nähe stand. Koch erhob sich, ohne die beiden zu beachten, ging ein paar Schritte umher, hockte sich erneut hin, fuhr mit der Handfläche über den Boden und blickte sich weiter um.

Endlich erhob er sich wieder und winkte Siggi zu sich.

„Der Mann ist nicht hier umgebracht worden", erklärte ihm Koch.

Siggi sah den Kommissar erstaunt an.

„Schauen Sie sich den Toten an, wie er da liegt. Er hat einen Stich in den Rücken erhalten. Aber hier ist kaum

Blut. Auch die Körperhaltung ist untypisch. Und wenn Sie genau schauen, sehen Sie Schleifspuren. Nicht wirklich verwertbar, fürchte ich, aber es ist zumindest ein Indiz."

„Und das bedeutet?", fragte Siggi.

Koch dachte einen Moment nach. „Der Mörder hat den Toten nicht dort liegen gelassen, wo er ihn getötet hat. Und wir müssen uns fragen, welchen Grund er dafür gehabt hat."

„Oder?" Siggi schien aufgeregt.

„Jemand anders hat ihn gefunden und hierher geschleift. Auch da stellt sich die Frage warum. Und wer ihn gefunden hat."

Einer der Polizisten trat einen Schritt vor. „Der Vater des Toten ist da. Jupp Gerber. Ihm gehört der Hof. Er war im Krankenhaus, hatte sich ein Bein gebrochen. Der Peter, also sein Sohn, hat jeden Tag nach dem Rechten gesehen."

Koch nickte. „Vielleicht hat er einen Einbrecher überrascht. Hat der Vater ihn hier gefunden?"

„Ich glaube ja", antwortete der Polizist. „Er ist im Haus. Soll ich ihn rufen?"

Das war nicht nötig, denn in diesem Moment kam ihnen ein Mann auf zwei Krücken entgegengehumpelt, graue Haare, kurzer grauer Bart und das rechte Bein in Gips. Er trug eine braune Lederjacke.

„Wer hat meinen Sohn umgebracht?", herrschte er sie an.

Koch wartete, bis er zu ihnen gehumpelt war, während Siggi erschrocken einen Schritt zurück machte.

„Wer sind Sie?", fragte Koch.

„Wer sind Sie? Wer sind Sie?", äffte der Mann den Polizisten nach. „Ich bin Jupp Gerber. Der Vater von Peter. Und Sie? Wer sind Sie?"

Mit dem letzten Wort seiner Suada war der Mann vor Koch stehen geblieben und blickte ihn an. Ein herrschsüchtiger und cholerischer Mensch.

„Ich will, dass der Mörder meines Sohnes festgenommen wird. Sofort!"

„Kennen Sie den Mörder?", fragte Koch kühl.

Die Frage kaufte dem Mann für einen Moment den Schneid ab. „Das ist doch Ihre Aufgabe! Sie sind doch von der Polizei, oder?" Bei diesen Worten fummelte er so mit seinen Krücken herum, dass der Kommissar befürchtete, der Mann würde gleich sein Gleichgewicht verlieren. Er nahm beide Krücken in seine rechte Hand, während er mit der linken in seiner Tasche fummelte und eine Zigarette herausnahm, die er sich in den Mund steckte. Er machte keine Anstalten sie anzuzünden.

„Hat denn keiner Feuer?", fragte er ungeduldig.

Der Polizist, der Koch und Siggi in den Hof geführt hatte, hatte schon ein Feuerzeug in der Hand und hielt es dem Alten an die Zigarette. Der nahm einen tiefen Zug, behielt ihn lange in seiner Lunge und blies den Rauch in Kochs Richtung, aber ein Windstoß wehte die Qualmwolke zu Siggi.

„Amerikanische Qualitätszigaretten", sagte der mit spöttischer Anerkennung.

„Ist das verboten?", blaffte der alte Gerber zurück.

„Kommt drauf an, wo man sie her hat", antwortete Koch.

Gerber verkniff sich eine Replik.

„Haben Sie Ihren Sohn gefunden?", fragte der Kommissar.

„Ist ja sonst keiner hier. Ich bin gestern Abend aus dem Krankenhaus gekommen", er deutete mit einer Bewegung seines Kopfes nach unten, „weil sich eine Bekannte, die Uschi, gemeldet hat, dass die Rosi andauernd anschlägt."

„Rosi?", fragte Siggi.

Gerber spuckte einen Krümel Tabak aus. Er sah den jungen Polizisten nicht an, gab die Antwort in Richtung Koch.

„Unser Hund. Schon alt, aber noch wachsam."

„Aber den Mörder hat er offenbar eingelassen?"

Gerber blickte auf, sah Koch an. Er sprach jetzt leiser, nicht mehr so herrisch.

„Stimmt. Was kann das bedeuten?"

„Dass der Hund den Einbrecher kannte, dass er betäubt wurde, dass Ihr Sohn den Einbrecher kannte. Sie haben keine Veränderung an dem Tier bemerkt?"

Siggi lauschte gebannt den Fragen des Kommissars. Er war beeindruckt, dass der sich von dem Alten nicht aus der Fassung bringen ließ.

„Das kann nicht sein", wurde der wieder lauter. „Dass mein Sohn seinen Mörder gekannt haben soll."

„Hat es alles schon gegeben", erwiderte Koch. „Ist irgendwo ein Schloss aufgebrochen worden?" Die Frage hatte er an den Kollegen gestellt, der sich zu ihnen gesellt und zugehört hatte.

Der schüttelte seinen Kopf. Koch sah zum alten Gerber.

„Und Sie? Haben Sie was bemerkt?"

„Es war alles ordentlich verschlossen."

„Das ist doch seltsam", sagte Koch, ohne genauer zu werden. „Wie viele Eingänge gibt es in den Hof?"

„Drei. Zum Haus, das Tor vorne und einen kleinen Eingang von den Feldern."

„Und alle sind verschlossen?"

„Natürlich. Meinen Sie, ich lasse in dieser Zeit meinen Hof offen? Dann könnte ich gleich alles verschenken." Er sah verächtlich in Richtung des Tores, wo noch immer einige Schaulustige standen.

„Zeigen Sie mir den Eingang von den Feldern!“

Gerber machte keine Anstalten zu gehen. Stattdessen hob er eine Krücke und zeigte die Richtung an.

„Kommen Sie, Siggi!“, forderte Koch seinen jungen Kollegen auf, ohne den Alten weiter zu beachten. Während sie zu dem Hintereingang liefen, sah er sich um. Der Hof machte einen intakten Eindruck, nichts schien kaputt. Der Boden war mit kleinen Pflastersteinen belegt, auf denen die Feuchtigkeit wie eine Schmierschicht lag. Koch besah sich das Tor in der hellbraunen Bruchsteinmauer, drehte sich um und rief in Richtung Gerber. „Schlüssel!“

Gerber wühlte in seiner Tasche, wählte aus einem Bund einen Schlüssel aus, den er dem Polizisten gab, der damit gleich zu Koch rannte und fast ausgerutscht wäre.

Koch öffnete die Tür, kniete sich vor das Schloss und betrachtete es genau.

„Da hat keiner dran rumgefummelt“, sagte er, nachdem er sich wieder aufgerichtet hatte. „Siggi, Sie gehen mal vor ans Tor zu den Leuten da und fragen sie, ob sie gestern oder davor was gesehen haben. Wir wissen ja nicht einmal, wie lange die Leiche da schon liegt.“

Ein Lächeln huschte über das Gesicht des jungen Polizisten. Er lief mit schnellen Schritten zur Einfahrt, während Koch zum alten Gerber ging, der sich eine neue Zigarette ansteckte.

„Wann haben Sie Ihren Sohn zuletzt gesehen?“ Koch stellte die Frage bewusst kühl, ohne den Anschein von Mitleid. Ihm schien das die Sprache, in der er mit dem Mann am besten kommunizieren konnte.

„Am letzten Freitag. Da bin ich gestürzt. Peter hat mich mit seinem Motorrad ins Krankenhaus gefahren.“

„Mit dem gebrochenen Bein auf dem Motorrad?“

„Ist doch nur ein Beinbruch.“

„Und da war alles in Ordnung mit Peter? Hat er irgendjemanden erwartet? Hatte er eine Verabredung? Wissen Sie, ob er mit jemanden Streit hatte?“

„Wollen Sie jetzt sagen, dass Peter selbst schuld war?“ Er bekam wieder diesen wütenden Gesichtsausdruck, und Koch war, als würde der Alte ihm am liebsten eine der Krücken über den Schädel ziehen.

„Die Umstände sind sehr seltsam. Das müssen selbst Sie zugeben. Also, war da was?“

„Keine Ahnung“, zischte Gerber. „Peter wohnt nicht mehr auf dem Hof. Er hat eine kleine Wohnung hinten am Flugfeld, wo einmal die Goedecker-Werke waren. Da hat er gearbeitet. Er war nur jetzt hier, hat aufgepasst, als ich im Krankenhaus lag. Man kann doch so einen Hof nicht unbewacht lassen. In diesen Zeiten. Bei den Menschen!“ Wieder sah er mit verächtlichem Blick zum Tor.

Koch dachte einen Moment nach, dann verabschiedete er sich kurz angebunden von Gerber.

„Haben Sie die Tatwaffe gefunden?“, fragte er einen der Polizisten.

„Der Tote ist erstochen worden. Messer und Ähnliches gibt es natürlich einige auf so einem Hof. Aber ich habe keins gefunden, das passen könnte.“

„Wie es aussieht“, sagte Koch, „ist Peter Gerber nicht da umgebracht worden, wo er jetzt liegt. Schauen Sie sich mal um, ob Sie eine Stelle finden, an der viel Blut ist.“

Der Mann nickte und ging langsam los. Koch sah sich um. Jetzt, wo er alleine war, spürte er, dass die Kälte Besitz von seinem Körper ergriffen hatte. Seine Finger waren steif und seine Füße taub.

Er setzte sich in Bewegung, um dem Mann bei der Suche nach dem Tatort zu helfen und dabei auch was gegen die Kälte zu tun.

Fast eine Stunde lang lief Koch über den Hof, ging in die Ställe, Scheunen und Verschläge, nahm das Wohnhaus in Augenschein, aber er fand keinen Hinweis auf einen möglichen Ort der Tat. Nur dass in diesem Haushalt an so gut wie nichts Mangel bestand, das hatte er schnell verstanden.

Uschi, die Nachbarin, die Gerber wegen der bellenden Rosi benachrichtigt hatte, bereitete ihm in der Küche einen Tee. So kam wenigstens ein wenig Wärme in seinen Körper zurück. Während er die Tasse mit beiden Händen umfasst hielt und in kleinen Schlucken das heiße Getränk zu sich nahm, fragte er die Frau aus, die jedoch die Angaben des Bauern bestätigte.

Koch stand währenddessen am Fenster und sah in den Hof. Seine Kollegen waren mit dem Abtransport der Leiche beschäftigt. Immer wieder wagte sich einer der Schaulustigen durch das Tor ins Innere, um einen Blick auf den Toten zu erhaschen oder eine neue Information zu bekommen, aber er wurde gleich wieder auf die Straße geschickt.

Siggi stand etwas abseits, zusammen mit dem alten Gerber. Sie sprachen miteinander, bis der Bauer kurz in einem der Nebenräume verschwand und mit etwas zurückkam, das Koch auf die Entfernung nicht erkennen konnte und das er dem Jungen reichte, der es gleich in seiner Tasche verschwinden ließ. Kochs Misstrauen war wieder geweckt.

„Verdammte Kälte", brummte Siggi, als er sich zu Koch stellte, nachdem der wieder auf dem Hof war. Die Leiche war mittlerweile abtransportiert worden.

„Ich denke, für uns wird es Zeit. Wir können uns im Ort noch etwas umhören. Haben Sie etwas Interessantes erfahren?"

„Sehr beliebt ist der Bauer nicht", begann Siggi, während sie den Hof verließen und langsam die Hauptstraße hinaufliefen. „Es sagt zwar keiner was richtig Schlechtes über ihn, ich meine, niemand sagt das offen, aber irgendwie spürt man, dass es mehr … wie soll ich sagen, nicht Respekt …“

„Furcht“, schlug Koch vor.

„Ja, das ist gut“, stimmte Siggi zu. „Genau. Furcht. Und der Bauer ist geizig. Er gibt nichts ab, lässt sich alles gut bezahlen.“

„Schwarzmarkt?“

Siggi schüttelte den Kopf. „Das würde niemand sagen. Ich schätze: das Übliche. Wertsachen gegen Lebensmittel. Und …“

„Ja?“, hakte Koch nach.

„Er war auch in der Partei, hat das wohl zu seinem Vorteil genutzt.“

„Wer hat das nicht?“, kommentierte Koch hart. „Kennen Sie den Mann?“, fragte er unvermittelt.

Überrascht sah Siggi seinen Vorgesetzten an, überlegte einen Moment.

„Sie meinen deshalb?“ Er griff in seine Tasche und zog zwei Äpfel heraus.

Koch nickte.

„Für meine Tante. Lebt im Rheingau. Sie kann ein paar Vitamine gut gebrauchen. Geht ihr nicht gut.“

„Ich hoffe, der Preis war nicht zu hoch. Passen Sie auf sich auf!“, war alles, was Koch dazu sagte.

In der nächsten Stunde befragten sie Leute auf der Straße, ob ihnen seit vergangenem Freitag, dem Tag, an dem Gerber seinen Sohn zum letzten Mal gesehen hatte, etwas aufgefallen war. Dabei zweifelte Koch, ob diese Aussage des Alten überhaupt stimmte. Es gab zu viele Ungereimtheiten. Keine Einbruchsspuren und dass die Leiche zu dem Ort, wo sie jetzt lag, geschleift worden sein musste. Auch in den Häusern in der Nachbarschaft hatten sie keinen Erfolg. Niemand hatte etwas gesehen oder gehört, auch nicht die Leute, die vergebens um Essen gebettelt hatten. Es dämmerte bereits, als die beiden Männer frustriert zu dem BMW zurückgingen. Auf der Rückfahrt grübelte Koch darüber, was er von Siggi halten sollte.

In der Autohalle der Polizeidirektion war nur noch Jörg zugegen und schraubte an einem Motorrad. Koch und Siggi stellten sich sogleich neben den Ofen, um sich aufzuwärmen.

„Sie sollen zu Arnheim kommen, Herr Kommissar. Er will Sie sprechen", rief Jörg zu ihnen herüber.

Wird wohl nichts Gutes sein, überlegte Koch. Deshalb ließ er sich so lange Zeit, bis er wieder ein wenig Wärme in seinem Körper spürte.

„Sie können nach Hause gehen. Wir sehen uns morgen früh in meinem Büro", rief er Siggi zu und verließ die Halle, überquerte den Hof und stieg langsam die Stufen zu dem Zimmer seines Vorgesetzten hinauf.

Der zog sich gerade seinen Mantel an.

„Gut, dass Sie kommen, Koch", sagte er, behielt den Mantel aber an. „Dieser Hartmann, Sie wissen, der Mann, der bei dem Überfall verletzt wurde, ist tot."

„Tot?", rief Koch aus. „Er war zwar nicht kerngesund, als ich bei ihm war, aber so schlimm …"

Koch ärgerte sich, dass ein wichtiger Zeuge ihm nun nicht mehr helfen konnte. Er war sich sicher, dass er den Mann geknackt hätte.

„Nein, nein", wiegelte Arnheim ab, der jetzt, so schien es Koch, verbindlicher als am Vormittag war. Vielleicht hatte Falter doch mit ihm gesprochen.

„Er ist überfahren worden …“

„Überfahren?“, unterbrach Koch seinen Vorgesetzten.

Der überging diese Unhöflichkeit. „Hartmann hat sich selbst entlassen. Ist einfach weg. Vielleicht haben Sie ihm ja so zugesetzt, dass er Panik bekommen hat. Und auf der Straße ist er vor ein Auto gelaufen. Der Fahrer hat leider nicht angehalten.“

„Weg?“

„Sie sagen es, Koch, weg. Auto weg, Zeuge futsch.“ Arnheim spielte an dem einen Ende seines gezwirbelten Bartes.

„Hat jemand den Wagen gesehen?“

„Bis jetzt hat sich kein Zeuge gemeldet.“

Koch schien die Sache faul. Der Arzt hatte gesagt, dass Hartmann schwer verletzt war und er nicht wisse, ob er durchkommen würde. Und dieser Mensch schaffte es, aus dem Krankenhaus zu entkommen und vor ein Auto zu laufen? Die Sache stank. Stank gewaltig.

„Ich fahre noch einmal ins Krankenhaus“, teilte er Arnheim mit und ließ sich den Ort, wo Hartmann überfahren wurde, beschreiben, bevor er sich verabschiedete.

Er lief die Treppen herunter, wäre auf den feuchten Fliesen im Erdgeschoss fast ausgerutscht und eilte weiter über den Hof in die Autohalle. Vielleicht hatte er Glück und Jörg, Siggi und ein Wagen waren noch da.

Tatsächlich fand er alle drei vor. Jörg war zwar nicht erfreut, weil das für ihn hieß, noch länger in der Polizeidirektion bleiben zu müssen, aber schließlich willigte er ein. Koch war sehr froh, dass Siggi noch nicht gegangen war und ihm als Fahrer zur Verfügung stand.

Im Krankenhaus führte ihr erster Weg zu dem Arzt, der Koch am Vormittag mehr oder minder freundlich aus

Hartmanns Krankenzimmer hinauskomplimentiert hatte.

„Ich verstehe das nicht, wie der Mann es alleine aus dem Haus geschafft hat. Er war viel zu schwach dafür. Und was wollte er draußen, ohne Versorgung?"

„Vielleicht war es drinnen gefährlicher für ihn als draußen", antwortete Koch.

„Wie meinen?" Der Arzt sah den Kommissar neugierig an, der antwortete aber nicht. Siggi hörte stumm zu.

„Niemand hat mitbekommen, wann Hartmann gegangen ist?"

„Nein. Wir sind völlig unterbesetzt. Täglich bekommen wir neue Fälle. Aber dass dieser Mann ohne Hilfe das Krankenhaus verlässt, das war unmöglich. Oder ein medizinisches Wunder. Deshalb hatte Ihr Chef ja auch gemeint, dass ein Wachmann vor dem Zimmer nicht nötig sei."

Kurz darauf liefen Koch und Siggi über den Flur des Krankenhauses.

„Was meinten Sie eben damit, dass es für Hartmann drinnen gefährlicher als draußen war?", wollte Siggi wissen.

„Wie verstehen Sie das denn?", fragte Koch zurück. Der Junge musste schon selbst denken lernen, wenn er ein guter Polizist werden wollte, sagte er sich.

Der überlegte einen Moment. „Weil er etwas verraten könnte?"

„Genau, Siggi. Wenn Brunner tatsächlich hinter den Überfällen steckt, muss er fürchten, dass wir Hartmann weich klopfen. Also muss er ihn loswerden."

„Sie meinen, dass er ihn ermordet hat?"

„Hat ermorden lassen", korrigierte Koch.

Siggi öffnete die Tür zum Treppenhaus.

„Aber der Mann konnte doch nicht allein weg, sagt der Arzt", warf Siggi ein, während sie die Treppe hinabliefen.

Koch schrie so plötzlich auf, dass Siggi erschrocken zusammenzuckte.

„Merde, Merde, Merde! Der Mann mit der Mütze."

Erstaunt sah Siggi Koch an, der stehen geblieben war.

„Hier, genau hier", erklärte der, „bin ich einem Mann begegnet, mit Schiebermütze und dunkler Kleidung. Klar, der ist zu Hartmann und hat die Lage sondiert. Und nachdem ich heute Morgen mit ihm gesprochen habe, haben sie gemerkt, dass es gefährlich wurde und ihn rausgeholt und vor ein Auto geworfen."

„Das klingt aber …", rief Siggi, der mit einem Mal innehielt, weil er glaubte, dass ihm eine solche Kritik nicht zustand.

„Los, reden Sie, Siggi, Ihre Meinung ist wichtig."

Der druckste noch einen Moment. „Es klingt sehr …" Ihm fiel das entsprechende Wort nicht ein.

„Abenteuerlich?", fragte Koch.

„Ja", bestätigte Siggi und nickte Koch zustimmend zu.

„Das ist es auch, wie in einem amerikanischen Film. Aber Hartmann war eine Gefahr. Gleich morgen früh werden wir uns den Unfallort anschauen."

Im Foyer des Krankenhauses befragten sie einige der dort herumstehenden Patienten, aber niemand hatte Hartmann bei seiner angeblichen Flucht gesehen.

Koch fluchte laut. Nun war seine ohnehin schon geringe Chance den Fall zu lösen und etwas gegen Brunner in die Hand zu bekommen, noch mehr gesunken.

IV

Sie rutschte auf dem glitschigen Boden aus und unterdrückte einen Schrei, als sie mit dem Knie den Boden berührte. Der Schmerz schoss ihr bis in den Kopf. Sie biss die Zähne zusammen. Sie war so kurz vor dem Ziel, sie durfte sich nicht aufhalten lassen. Im Hintergrund hörte sie ein tiefes Rauschen, wie ein Sturm, der langsam näher kam. Sie durfte sich davon jetzt nicht stören lassen. Sie atmete einmal tief durch, bückte sich wieder und packte Peter unter den Achseln und zog ihn auf den Tisch. Ihren Fuß hatte sie so an dem Tischbein verkantet, dass sie dieses Mal nicht ausrutschen konnte. Schnell knöpfte sie dem toten Mann die Jacke auf und zog sie ihm vom Leib. Genauso machte sie es mit dem Hemd aus dem groben Stoff. Nun trug er nur noch ein Unterhemd. Sie würde es ihm nicht über den Kopf ziehen können. Sie sah sich um. Das Messer lag noch da auf dem Boden, wo sie es hingeworfen hatte. Jetzt, wo sie sich von dem Körper abwendete, hörte sie wieder das Rauschen. Es war näher gekommen, es klang eisig.

Sie ging hinüber, bückte sich und nahm das Messer in die Hand. Sie hob das Unterhemd ein kleines Stück mit ihrem linken Zeigefinger an, setzte das Messer darunter und durchtrennte es mit mehreren Schnitten. Nun lag der Oberkörper nackt vor ihr. Dorle sah nicht den Mann und nicht den Freund ihres Sohnes. Da lag Fleisch. Fleisch, das sie für ihre Lewwerknepp gebrauchen konnte. Der Brunner würde nicht bemerken, was sie ihm da untermischte. Sie würde ein wenig mehr Salz und Pfeffer einrühren. Sie tastete den Körper mit einer Hand ab und setzte das Messer am Bauch an. Es war leichter, als sie gedacht hatte. Das Messer war scharf und ohne große Anstrengung durchtrennte sie die Bauchdecke. Dein Leben gegen die Gesundheit meines Sohnes, sagte sich Dorle und schnitt weiter. Sie hielt kurz inne und sah sich in dem dunklen Schuppen um, in den nur ein schmaler Lichtstreifen von draußen fiel. Trotzdem erkannte sie gleich die Blechschale, die nicht weit von ihr in einem Regal an der Wand stand. Jetzt, wo sich ihr Blick von dem Körper abgewandt hatte, war auch wieder dieses Rauschen zu hören, noch lauter, noch tiefer, noch eisiger. Dorle machte zwei Schritte, dann hielt sie die Schale in der Hand, stellte sie neben Peters Hüfte ab und schnitt weiter. Als sie seine Leber in die Schale gleiten ließ, fühlte sie sich gut. Endlich würden Rolfs Schreie aufhören. Endlich würde er die Medizin bekommen, die er brauchte. Sie ermahnte sich, nicht zu lange zu warten. Sie brauchte jetzt noch den Fleischersatz für das Hackfleisch, dann hatte sie alles zusammen. Sie blickte kurz an dem Körper entlang, fasste das Messer fester mit der rechten Hand, um den nächsten Schnitt zu setzen, da wurde ihr klar, dass sie gar nicht wusste, wo sie weiter schneiden sollte. Das Rauschen war jetzt so nahe gekommen, dass sie seine eisige Kälte schon spürte. Sie musste sich beeilen. Nicht, dass am Ende alles umsonst gewesen war. Ein schneller Blick über den Körper, zur Orientierung, dann … sie fühlte mit einem Mal alle Kraft aus ihrem Körper weichen. Das war nicht Peters Gesicht, in das sie gerade gesehen hatte, es trug Rolfs Züge. Dorle hielt sich an dem Tisch fest, sah noch einmal hin. Kein Zweifel. Das Rauschen hatte sie jetzt erreicht und umtoste sie. Die Kälte zog durch ihre Kleidung in jede Pore ihres Körpers. Sie versuchte zu schreien.

Diese Kälte. Das Erste, das sie spürte, als sie aufwachte, war diese eisige Kälte, die in jede Pore, in jeden Winkel ihres Körpers gekrochen war. Sie war betäubt und gelähmt, unfähig sich zu bewegen. Zusammengekrümmt lag sie auf der Seite. Der Wind streifte ihr Gesicht, brannte auf ihrer trockenen Haut. Ein Traum. Dorle erinnerte sich an den Traum, als die Fliegerbombe mitten in ihre Lewwerknepp eingeschlagen war. Das war nur ein Traum gewesen. Wie das hier auch nur ein Traum war. Sie sehnte sich danach einzuschlafen, aber es war zu kalt. Der tote Peter. Das war kein Traum. Das war wirklich. Sein Blick. Sein letzter Blick, mit dem er sie angeschaut hatte, bevor er auf den Boden sank. Du sollst nicht töten! Aber sie hatte die Medikamente. Sie wirkten. Es war so still im Haus. Bis auf den Wind. Rolf hatte die Medikamente genommen. Deshalb schrie er nicht mehr vor Schmerzen. Deshalb war es so ruhig.

So unnatürlich still.

Dorle versuchte ihren Körper zu strecken. In der Stille des Kellers klang das Knacken ihrer Gelenke unnatürlich laut. Sie begann bei ihren Fingern, streckte erst den rechten, dann den linken Arm aus. Jede Bewegung schmerzte. Aber sie wusste, dass sie hier nicht liegen bleiben durfte. Langsam kam das Gefühl in ihre Arme zurück. Sie atmete durch. Die kalte Luft schmerzte in ihrer Lunge. Sie drückte ihre Beine durch. Das bereitete ihr die größten Schmerzen. Sie hielt inne, biss die Zähne zusammen.

Kein Wunder, dass sie solche Sachen träumte. Rolf tot. Wie kam sie nur auf so etwas? Sie hatte vom Brunner doch die Medikamente und die Schmerzmittel, und sie würde mehr davon bekommen, sie würde bei dem Franzosen arbeiten, sie würde tun, was Brunner ihr auftrug. Rolf würde keinen Mangel mehr leiden müssen. Es würde ab jetzt für ihn genug zu essen geben und viele, viele Medikamente. Ausreichend Schmerzmittel. Keine Schreie mehr in der Nacht. Kein Richard Neubert, der sich nichts mehr als das alte Regime herbeisehnte, der noch immer vom Krieg faselte, der sich aber ständig über Rolfs Schreie beschwerte, wo doch Rolf im Krieg sein Bein gelassen hatte, während der Neubert zu Hause gesessen hatte. Neubert, der sie so lüstern ansah. Brunner hatte Beziehungen. Er kannte Ärzte, Chirurgen. Rolf würde operiert werden. Er bekäme eine Prothese. Alles würde gut.

Mit neuer Kraft drückte Dorle ihre Beine endgültig durch. Danach gönnte sie sich eine kurze Pause. Sie ermahnte sich nicht liegen zu bleiben. Mit jeder weiteren Sekunde, die sie bewegungslos auf dem Steinboden lag, würde die Kälte weiter Besitz von ihr ergreifen. Sie musste aufstehen. Sie musste nach Rolf schauen. Nachsehen, ob er schlief, ob er auch die Medikamente genommen hatte. Sich kümmern, wie sie das seit seiner Rückkehr aus dem Lazarett in jeder Sekunde des Tages tat.

Sie winkelte ihre Arme an, drückte sich mit den Handflächen vom Boden ab und sah dabei nach oben. Sofort schloss sie ihre Augen, wie in einem Reflex. Es war doch ein Traum gewesen. Ein schrecklicher Traum. Ein kalter Traum. Aber eben ein Traum. Nicht echt. Nicht wirklich. Träume sind nicht echt. Aber sie hatte ein Bein gesehen. Ein Bein, das über ihr baumelte. Die zerschlissene Sohle des Hausschuhs, direkt über ihr. Dorle schwindelte. Sie wagte nicht, ihre Augen zu öffnen. War der Traum doch noch nicht zu Ende? Schlief sie noch immer? In ihrem Bett? Träumte, dass sie träumte? So was Verrücktes! War auch die Kälte nur Einbildung? Aber vor ihr war die Kellerwand, die sie während der Bombenangriffe angestarrt hatte, wenn sie alleine oder später mit Rolf hierher vor den Bomben geflüchtet war. Die Wand war echt und die Sohle und das Bein keine Einbildung. Sie konnte sie klar und deutlich erkennen. Wie auch die Schmerzen in ihren Gliedern keine Einbildung waren.

Durch die geöffnete Tür blies der Wind kalte Luft nach unten.

Sie wartete noch einen Augenblick, dann erhob sie sich, den Blick starr nach unten, auf den Boden gerichtet.

Nun stand sie aufrecht. Sie wagte es nicht den Blick zu heben, aber sie wusste, dass das wirklich war, keine Einbildung. Langsam, ganz langsam hob sie ihren Kopf, bis sie ihn sah, den Fuß, der über ihr baumelte. Starr und bewegungslos hing er von der Decke. Selbst der Windzug konnte ihm nichts mehr anhaben.

Dorle folgte mit ihrem Blick dem Bein, dem Bauch bis zu dem Kopf, der verrenkt in der Schlinge hing.

Sie schrie auf und sackte zusammen, hockte einige Sekunden auf ihren Knien, erhob sich wieder und besah sich den hängenden Körper noch einmal.

„Warum hast du das gemacht, Rolf? Warum nur?“, schrie sie dem Leichnam entgegen. „Warum? Warum? Warum? Alles wäre gut gegangen. Ich hatte doch die Medikamente. Ich habe eine Arbeit. Und du …?“ Ihre Kräfte versagten. Apathisch stieg sie die steilen Stufen nach oben, verließ den Keller und überquerte den kleinen Hof, schloss das Tor zur Straße, das noch immer offen stand. Sie ging ins Haus, ließ die Tür ins Schloss fallen, sank in der Küche auf einen Stuhl und starrte auf die Wand vor ihr.

Rolf! Warum lässt du mich allein?

Als Dorle aus ihrer Erstarrung erwachte, wusste sie nicht, wie lange sie so da gesessen hatte. Sie hatte jegliches Zeitgefühl verloren. Kalt war es in der Wohnung geworden, weil sie den Herd nicht mehr befeuert hatte, der zumindest für ein klein wenig Wärme sorgte.

Sie stand auf und ging zur Tür. Draußen war es dunkel. Sie musste den ganzen Tag auf ihrem Stuhl in der Küche gesessen haben.

Sie wünschte, dass dies immer noch ein Traum war, aber sie konnte sich nicht mehr belügen. Rolf war tot, hatte sich im Keller aufgehängt, weil er seine Schmerzen nicht mehr ertragen hatte, weil sie nicht zu Hause gewesen war, als ihr Sohn sie am dringendsten gebraucht hatte. Zwei Menschen hatte sie nun auf dem Gewissen. Peter. Und ihren eigenen Sohn Rolf.

Was sollte sie ihrem Mann sagen, wenn der aus der Gefangenschaft zurückkam? Wenn der seinen Sohn sehen wollte, wenn er wissen wollte, warum Rolf nicht mehr lebte, wie er umgekommen war. Würde er überhaupt bei ihr bleiben, wenn sie so versagt hatte?

Dorle stand auf, sah sich verstört in dem kleinen Zimmer um und legte sich auf die Couch, die vor dem Fenster stand und auf der Hans-Joachim manchmal gesessen hatte, wenn sie das Essen zubereitete. Sie zog die Decke über sich und schlief ein. Schlief, bis sie durch ein Geräusch geweckt wurde. Das Geräusch wiederholte sich mehrmals und es dauerte eine Weile, bis sie verstand, dass da jemand an ihre Hoftür klopfe.

Sie setzte sich auf, aber zu mehr war sie nicht fähig. Sie blieb so sitzen, hörte es noch zweimal klopfen, dann blieb es ruhig.

Irgendwann stand sie auf und ging an den Schrank, nahm die alte Dose mit den Resten der getrockneten Brennnesseln, feuerte den Herd mit ein paar dürren Ästen an und setzte Wasser auf. Sie verspürte Hunger, aber sie war nicht fähig, sich aus dem Wenigen, was sie noch besaß, etwas zuzubereiten.

Der Tee tat ihr gut, belebte sie, wärmte ihren Körper.

Sie ging in den Keller. Rolf hing da. Irgendwo hatte sie einen winzigen Rest Hoffnung gehabt, dass es doch nur ein Traum gewesen war, aus dem sie gerade erwacht war. Aber das war Wunschdenken. Rolf war tot und nichts würde ihn mehr lebendig machen. Sie kniete sich auf den kalten Boden, hob ihren Kopf, sah zu ihrem toten Sohn auf und senkte die Lider, um zu beten. Sie betete für Rolf und bat um Vergebung, flehte, dass sie für ihre Taten nicht auf ewig in der Hölle schmoren musste.

Als sie sich wieder erhob, hatte sie einen Entschluss gefasst. Rolf konnte so nicht hängen bleiben. Sie musste ihn aus der Schlinge befreien.

Im hinteren Teil des Gewölbekellers stand eine Holzkiste, die einen halben Meter hoch war und die Form eines Sarges besaß, wie sie erschrocken feststellte, als sie ihn aus der Ecke gezogen hatte. Darin befanden sich alte, zerschlissene Werkzeuge, die Hans-Joachim nicht hatte wegwerfen wollen. Wie er überhaupt ungern etwas weggeworfen hatte. Dorle erschrak, als sie bemerkte, dass sie von ihrem Mann in der Vergangenheitsform dachte. Und dass es ihr nicht einmal wehtat. Schnell räumte sie alles aus der Kiste, um nicht weiter darüber nachdenken zu müssen, und schob das leere Holzteil über den Steinboden unter die Leiche. Dorle kletterte auf die Kiste, wobei sie sich einen Splitter in den Daumen rammte. Sofort rann ein dünner Blutfaden über ihre Hand. Sie zog den Splitter mit den Zähnen aus der Wunde, spuckte ihn auf den Boden und wischte sich das Blut an ihrem Rock ab.

Dann stand sie vor Rolf. Es kostete sie Überwindung, in sein Gesicht zu sehen. Ausdruckslos und tot starrten Rolfs Augen sie von oben an. All ihre Schuldgefühle waren darin gebündelt. Mit einer schnellen Bewegung fuhr sie ihm mit der Innenseite ihrer rechten Hand über das

Gesicht und schloss seine Augen. Sie versuchte das Seil um seinen Hals zu lösen, aber es wollte ihr nicht gelingen. Zu fest saß die Schlinge, zu sehr drückte Rolfs Gewicht auf den Knoten. Dorle stieg von der Kiste und lief durch den Keller, bis sie eine kleine Kiste gefunden hatte, die sie auf die größere wuchtete und darauf kletterte. Es war eine wackelige Angelegenheit und sie musste sich an Rolfs Körper festhalten, um nicht das Gleichgewicht zu verlieren und von den Kisten zu stürzen. Mit einer Hand hielt sie sich an ihm fest, mit der anderen versuchte sie das Seil am Hals zu lösen. Ihre Augen waren jetzt direkt vor Rolfs Gesicht, sie hätte ihm einen Kuss auf die Stirn hauchen können, aber sie wagte es nicht. Bei dem Versuch, den Knoten zu lösen, kam sie mit seiner Haut in Berührung und erschrak dermaßen über die Kälte, dass sie ihn losließ, das Gleichgewicht verlor und von der Kiste stürzte.

Tränen schossen Dorle in die Augen, als sie auf dem Boden lag. Ihre Knie und Ellenbogen schmerzten. Sie hatte sich nichts gebrochen, wie sie schnell feststellte, aber ihre Hilflosigkeit, ihr Alleinsein und ihre Schuld ließen sie verzweifeln. Hemmungslos ließ sie ihre Tränen laufen.

Als sie sich wieder beruhigt hatte, wusste sie, dass sie Rolf ohne fremde Hilfe nicht aus der Schlinge befreien konnte. Aber sie konnte niemanden um Hilfe bitten. Hängen lassen konnte sie ihn aber auch nicht. Er würde dort wie ein ewiges Mahnmal baumeln.

Kurz entschlossen stand sie auf, ging in die Küche, nahm dort ein Messer aus dem Schrank, kehrte in den Keller zurück, kletterte auf die beiden Kisten und schnitt das Seil durch. Nur nicht nachdenken. Sich nur nicht das Geräusch vorstellen, wenn Rolfs Körper auf den Boden krachte.

Es war schlimmer, als sie es sich hatte ausmalen können. Plötzlich riss das Seil und Rolfs Körper löste sich aus der Fessel, schoss nach unten, schlug auf die Kiste und von dort auf den Boden. Völlig starr blieb er liegen, das Bein unnatürlich abgewinkelt. Von oben stierte sie auf den gebrochenen Körper. Das Messer hielt sie noch in der Hand, das Messer, mit dem sie, wie sie feststellte, Peter erstochen und das sie völlig unbewusst mitgenommen und in ihrem Haus abgewaschen und in den Schrank gelegt hatte. Mit einer heftigen Bewegung warf sie es von sich weg.

Langsam kletterte Dorle von den Kisten. Sie handelte mechanisch. Sie hob die kleine Kiste von der großen, ging nach oben in die Wohnung, nahm die beste Decke, die sie noch besaß, eilte wieder nach unten und breitete sie über der großen Kiste aus. Sie zupfte so lange an deren Enden, bis sie gerade und symmetrisch die Kiste völlig bedeckte. Sie packte Rolf unten den Achseln, hob den Körper an und versuchte ihn auf die Kiste zu heben. Das war trotz Rolfs geringen Gewichts viel schwieriger, als sie gedacht hatte. Als er endlich auf der Kiste lag, war sie schweißnass, obwohl es so kalt in dem Keller war. Die Decke war verrutscht. Dorle hob den Fuß des Toten an und zupfte die Decke zurecht. So machte sie es mit dem ganzen Körper. Das Ergebnis befriedigte sie nicht, aber sie wusste, dass sie es allein nicht besser hinbekommen würde. Sie stieg die Stufen aus dem Keller wieder nach oben und holte aus der Küche zwei Kerzen, die letzten beiden, die sie noch besaß. Sie stellte sie auf die Kiste zu beiden Seiten von Rolfs Kopf und zündete sie an. Langsam kniete sie sich neben ihn und betete wieder. Als sie den Keller verließ, war es draußen schon lange dunkel.

V

Paul Koch hatte auf seinen Hut verzichtet und die Wollmütze tief ins Gesicht gezogen. Es war noch kälter als am Vortag. Er fühlte sich nicht gut, war übermüdet. Georg, sein Nachbar, hatte ihn gestern Abend, als er nach Hause kam, abgepasst und auf einen Absacker eingeladen. Aus dem einen wurde am Ende eine ganze Flasche und Koch vermied es wieder einmal zu fragen, woher Georg seinen Stoff bezog.

Jetzt musste er ertragen, dass Siggi ihn mitleidig ansah.

„Lassen Sie diesen Blick!", ermahnte er den jungen Mann. „Ich habe gesoffen, dann muss ich das auch aushalten."

Siggi wendete seinen Blick nicht ab und Koch nahm sich vor, ihn einfach zu ignorieren.

„Fahren Sie heute bitte langsam!", forderte er ihn auf, worauf er ein Lächeln zur Antwort erhielt. Siggi hatte wieder auf den BMW bestanden und ihn tatsächlich auch bekommen.

Die Stelle, an der Franz Hartmann überfahren worden war, lag etwa zweihundert Meter vom Krankenhaus entfernt, am Rande eines Grünstreifens. Zur Zitadelle war es von da nicht weit.

„Stellen Sie den Wagen da vorne ab", ordnete Koch an.

Nachdem Siggi geparkt hatte, lief Koch die Straße auf und ab und sah sich um. Kaum Häuser, viele Büsche und eine längere Gerade. Was wollte Hartmann hier, warum lief er hier lang? Wenn er nach Gonsenheim wollte, war dies die falsche Richtung. War er so verwirrt gewesen und hatte die Orientierung verloren oder war er hierher geführt worden, damit er genau an dieser Stelle, wo nur wenige Leute und wenige Autos vorbeikamen, überfahren werden konnte? Hartmann war weit geschleudert worden, der Wagen musste schnell gewesen sein. Er sah sich die Stelle an, an der Hartmann gefunden worden war, die getrocknete Blutlache war deutlich zu erkennen. Todesursache war eine Schädelfraktur, stand in dem Bericht des Arztes, den er sich besorgt hatte, bevor er in die Autohalle gegangen war.

Koch fluchte. Es gab keinen einzigen Hinweis. Und er spürte ganz genau, dass diese Sache oberfaul war. Er ging die Straße mehrmals auf und ab, von Siggi mit neugierigen Blicken verfolgt, bis er vor einem der Büsche, die den Grünstreifen zur Straße hin begrenzten, stehen blieb.

Plötzlich hörte er hinter sich ein Geräusch. Er drehte sich um und sah zwischen den dürren Zweigen eine Mütze verschwinden. Er brauchte einen kleinen Moment, dann sprang er in den Busch, riss die Zweige auseinander und sah in etwa zwanzig Meter Entfernung einen Mann laufen, setzte zu einem Sprint an und musste ihn gleich abbrechen, weil ihn ein stechender Schmerz in seinem linken Oberschenkel lähmte. Bis er sich aus seiner Starre gelöst hatte, war der Flüchtige schon zu weit weg. In dem Moment nahm er eine Bewegung neben sich wahr, ein blonder Schopf hastete an ihm vorbei. Siggi hatte die Verfolgung aufgenommen, Koch humpelte hinterher, bis er einen Schrei hörte, dann eine Stimme. „Ich habe nichts getan. Lassen Sie mich los! Sie tun mir weh."

Koch humpelte in Richtung der Stimme, bis er Siggi erreicht hatte, der auf dem Rücken des geflohenen Mannes saß und dessen Hände festhielt.

„Gut gemacht, Siggi", lobte er seinen Mitarbeiter. „Stellen Sie den Mann mal auf die Beine!"

Der kam der Aufforderung mit so viel Begeisterung nach, dass der Gefangene aufschrie.

Der Mann trug einen alten, völlig zerschlissenen Militärmantel. Auch die restliche Kleidung war an vielen Stellen zerrissen, voller Löcher und nur notdürftig geflickt.

Der Mann sah den Polizisten verächtlich an. „Was wollen Sie von mir? Darf man nicht mal in Ruhe kacken?"

Koch reagierte nicht darauf, sah den Mann nur unentwegt an.

„Sagen Sie dem Idioten, dass er mich loslassen soll!"

Die Antwort war ein fester Ruck von Siggi, der den Fremden erneut aufschreien ließ.

„Verdammt, mein Arm", schrie er aus Leibeskräften, und versuchte sich aus Siggis Griff zu befreien.

Koch horchte auf.

„Was ist mit Ihrem Arm?"

„Was wohl? Der Idiot hat mir fast den Arm ausgerenkt."

„Lassen Sie mal sehen!", sagte Koch. Siggi sah ihn überrascht an.

„Ist schon gut. Halb so wild", wiegelte der Mann ab.

„Linker Arm! Los! Her damit!"

„Ist schon in Ordnung", sagte der Mann. In seiner Stimme lag eine Spur Panik.

Siggi wusste nicht, was er tun sollte. Plötzlich trat Koch vor, nahm den linken Arm, riss ihn aus dem Ärmel des Mantels, ließ sich nicht von dem erneuten Schmerzensschrei ablenken und rollte den Ärmel des Pullovers nach oben, packte das Handgelenk und drehte die Innenseite des Arms zu sich.

Oberhalb des Ellenbogens trug der Mann einen verschmierten Verband.

„Was ist das?", herrschte Koch ihn an.

„Was wohl? Eine Verletzung", blaffte der Mann zurück. Seine Augen flackerten.

„Woher?"

„Woher? Woher? Eben eine Verletzung. Schussverletzung. Es war Krieg, Mann. Haben Sie wohl nicht mitbekommen. Bei Mami im Bett gelegen, oder was?“

So schnell, dass Siggi es nicht mitbekam, schlug Koch dem Mann mit der flachen Hand ins Gesicht, griff nach dem Verband und schob ihn nach unten.

Eine eiternde, etwa fünf Zentimeter große Wunde kam zum Vorschein.

„Schusswunde, ja?“, herrschte Koch den Mann an. „Schusswunde, ja?“, wiederholte der Kommissar noch einmal und er erschien Siggi wie von Sinnen. „Feindeinwirkung oder selbst beigebracht? Sieht noch ziemlich frisch aus.“

Mit zornigen Blicken sah der Mann Koch an, versuchte sich aus dessen Griff zu lösen, aber der Kommissar hielt ihn eisern umklammert.

„Feindeinwirkung. Natürlich Feindeinwirkung. Was denn sonst?“

„Das wissen Sie doch selbst besser. Welche Blutgruppe haben Sie denn?“

„Davon verstehen Sie nichts. Wenn wir …“ Der Mann hielt inne.

„Ja, weiter! Bringen Sie Ihren Satz zu Ende!“

Trotziges Schweigen war die Antwort.

Koch wandte sich ab. Ihn ekelte der Mann, das war ihm deutlich anzusehen. Siggi verstand zwar nicht warum und was hier gerade passierte, aber er spürte, dass er im Moment auch nicht fragen durfte.

„Machen Sie weiter, Siggi. Fragen Sie ihn, ob er was gesehen hat!“

Damit ging er ein Stück zur Seite und vermied es, den Mann ansehen zu müssen.

„Ja, habe ich gehört“, antwortete dieser auf Siggis Frage nach dem Unfall.

„Und haben Sie auch was gesehen?“

„Wenn Sie mich gehen lassen …“

Siggi sah zu Koch herüber, der seinen Blick aber abgewandt hielt.

„Ja, Mann. Zuerst habe ich Stimmen gehört, aber nichts verstanden. Laut und aufgeregt.“

„Und?“

„Plötzlich hörte ich einen Wagen anfahren …“

Ohne sich umzudrehen, sprach Koch. „Siggi, fragen Sie ihn, ob der Wagen angefahren kam oder angefahren ist.“

Der junge Mann musste die Frage nicht stellen.

„Er ist angefahren. Er muss dahinten irgendwo gestanden haben. Eindeutig. Schnell angefahren. Hab den Motor ja aufheulen hören. Hatte ziemlich Karacho. Und dann gab es einen Knall.“

„Hat er etwas gesehen?“

Als der Mann nicht sofort antwortete, fasste Siggi ihn fester am Arm.

„Sie tun mir weh, Mann. Ja. Ja. Ich bin zur Straße gegangen. Es war ja dämmrig. Ich habe einen Mann gesehen, der in das Auto eingestiegen ist …“

„Der Fahrer …?“

„Nein, nicht der Fahrer. Auf der anderen Seite.“

„Konnte er den Typ erkennen? Marke?“

„Los!“, forderte Siggi den Mann auf, als der nicht gleich antwortete.

„Wer sind Sie denn? Warum wollen Sie das wissen?“

Wortlos drehte sich Koch plötzlich um, machte vier, fünf schnelle Schritte auf den Mann zu und hieb ihm seine Faust in den Magen. Der klappte wie ein Messer zusammen.

Selbst Siggi war überrascht. Koch gab ihm ein Zeichen, den Mann hochzuziehen.

Der keuchte, als er wieder aufrecht stand und schrie Koch an. „Sind Sie völlig verrückt?“ Er machte eine kurze Pause, atmete heftig ein und aus. „Lassen Sie mich dann gehen?“

„Reden Sie, sonst ...“ Es fiel Koch schwer die Beherrschung zu wahren. Er drehte sich wieder weg.

„Ein Mercedes. Ein 170er.“

„Sicher?“

„Ja, Mann, da kenne ich mich aus.“

„Farbe?“

„Schwarz wahrscheinlich. Es war schon am Dämmern. Der Wagen hatte kein Licht. Wie sollte ich das genau erkennen? Ein 170er. Seien Sie froh, dass ich das überhaupt gesehen habe.“

„Und dann?“

„Und dann? Dann lag der Mann da. Hat sich nicht bewegt.“

„Sind Sie hingegangen?“ Die Frage hatte Siggi gestellt.

„Ich bin doch nicht verrückt! Nachher heißt es, ich hätte dem was übergebraten. Außerdem kam kurz danach ein anderer Wagen und hat angehalten. Als die Polizei kam, bin ich weg.“

Irgendwo schrie jemand auf, Siggi sah in die Richtung, das nutzte der Mann aus, riss sich los und rannte davon. Siggi wollte ihm nach.

„Lassen Sie ihn!“, rief ihn Koch zurück. „Bevor ich mich vergesse ...“

„Aber vielleicht ...“

„Nein, nein, mehr kriegen wir nicht“, blaffte Koch den jungen Mann aggressiv an.

Stumm gingen die beiden Polizisten zurück zu dem BMW. Koch sah sich noch einmal um, bevor er in das Auto stieg.

„Was war mit dieser Wunde?“, fragte Siggi, nachdem sie schon ein Stück gefahren waren. Er kurbelte die Seitenscheibe nach unten, weil die Frontscheibe gleich beschlug. Er versuchte sie mit dem Ärmel seines Mantels frei zu wischen.

Zunächst antwortete Koch nicht und der junge Mann war unsicher, ob der die Frage überhaupt mitbekommen hatte. Kochs Verhalten und dessen offensichtlicher Hass auf den Mann, den er ja gar nicht kannte, waren ihm ein Rätsel.

Erst als sie die Rheinstraße erreicht hatten, befahl er Siggi, rechts ran zu fahren. Der lenkte den Wagen vor eine Hausruine, von der nur die Außenfassade stehen geblieben war. Ein paar Kinder, die in der Nähe gespielt hatten, kamen neugierig näher, um zu sehen, was die Männer in dem Auto hier wollten. Im Hintergrund erkannten sie ein paar Leute, die um eine Tonne standen, in der ein Feuer brannte. „Frank, Jürgen, kommt sofort ins Haus!“, rief eine Frauenstimme.

Es dauerte einige Momente, bevor der Kommissar zu sprechen begann.

„Haben Sie wirklich keine Ahnung was das eben war? Keine Ahnung?“

Eingeschüchtert schüttelte der seinen Kopf.

„Wie naiv sind Sie? Was haben Sie die letzten Jahre gemacht?“

Siggi ahnte, dass es jetzt besser war nicht zu antworten.

Nach einer kurzen Pause hatte Koch sich etwas beruhigt. „Wissen Sie, Siggi, was der Mann da an dem Arm hatte?“ Der Gefragte spürte die Mühe, die es den Kommissar kostete, ruhig zu bleiben.

„Äh, ja, eine Verletzung. Sah übel aus. Der Mann müsste mal zum Arzt gehen. Ist entzündet.“

Koch nickte. „Und warum geht der Mann nicht zum Arzt?“

„Heutzutage …“, antwortete Siggi zaghaft. Er wirkte völlig verunsichert.

„Er kann zu keinem Arzt gehen. Weil ein Arzt ihn melden müsste. Mit dieser Wunde. Außer, Siggi, außer der Mann geht mit seiner Wunde zu einem Kameraden. Der würde ihm helfen. Verstehen Sie jetzt?“

Siggi schüttelte verwirrt den Kopf.

Koch ließ sich wieder einen Moment Zeit, bevor er weitersprach. „Der Mann war in der SS. Schutzstaffel. Die kennen Sie doch, Siggi, oder? Ja?“

Siggi nickte.

„Die Totenkopfverbände der SS haben sich ihre Blutgruppe auf den linken Oberarm tätowieren lassen.“ Er sah seinen jungen Kollegen an. Der nickte erneut kurz, dass er verstanden hatte. „Und jetzt haben diese Mörder alle ein sehr großes Problem: Man erkennt sie sofort an ihrer Tätowierung. Also, was machen sie?“

Koch wartete nicht auf Siggis Antwort. „Sie machen sie weg. Und am unauffälligsten ist eine Kriegswunde, eine Schussverletzung. Diese Kerle fügen sich selbst an der Stelle eine Schusswunde zu oder lassen das jemand anderen machen.“

Einen Moment lang sagte Siggi nichts.

„Und Sie?“, begann er zaghaft. „Sie haben einen so großen Hass …“

Koch sah kurz zu dem jungen Mann hinter dem Lenkrad herüber, der in diesem Moment auf ihn wirkte, als sei er nicht von dieser Welt. Oder zumindest nicht aus dieser Zeit. Oder ein verdammt guter Schauspieler.

„Fahren Sie los!“, sagte er streng.

Schweigend steuerte Siggi den BMW in die Autohalle. Grußlos stieg Koch aus und verschwand in Richtung Hauptgebäude.

Als der junge Kollege eine halbe Stunde später in sein Büro kam, bat er ihn, alle Besitzer eines Mercedes 170 im Mainzer Stadtgebiet zu ermitteln. Als er wieder alleine war, lehnte er sich zurück und dachte über seine beiden Fälle nach, wobei er sich mit dem toten Peter Gerber weniger befasste, obwohl es ihm ein Rätsel war, warum man die Leiche vom Tatort weggeschleift hatte.

Zwei Stunden später kam Siggi mit einer Liste, auf der sechs Namen und Adressen aufgelistet waren.

„Sie fahren doch gerne Auto“, sagte Koch.

„Kann man so sagen.“ Er war froh, dass sich sein Chef offenbar wieder beruhigt hatte. Er hatte, während er die Listen nach den Besitzern des Mercedes-Modells durchging, immer wieder an die Szene in den Büschen und ihr Gespräch und Kochs düsteren, aggressiven Gesichtsausdruck denken müssen.

„Sie fahren zu den Personen auf der Liste, schauen sich die Besitzer an, fragen, wo sie beziehungsweise ihr Wagen gestern waren und untersuchen die Autos auf mögliche Schäden durch den Unfall. Verstanden?“

Siggi nickte eifrig. Dass er wieder Auto fahren durfte, war das eine, aber es machte ihn mächtig stolz, dass er allein losziehen durfte und dass Koch ihm offenbar doch etwas zutraute.

Der hatte sich lange nicht in dem Maße beruhigt, wie Siggi das dachte. Er wollte den jungen Mann aber nicht noch mehr verunsichern, deshalb hatte er sich zusammengerissen. Aber kaum war er allein, überkam ihn der Ekel vor dem Mann in den Büschen. Und vor der Verlogenheit dieser Zeit.

Ihm fehlte in diesem Moment jeder Optimismus. Er fürchtete, dass solche Männer bald wieder das Sagen haben würden.

Als er am Abend die Tür zu seiner Wohnung in der Zahlbach aufschloss, war er fast enttäuscht, dass sich die Tür zu Georgs Wohnung nicht öffnete und die Einladung auf einen Absacker ausblieb. Er war aber nicht in der Stimmung, alleine zu sein und sich sein Hirn zu zermartern. Er wollte den Tag mit einer großen Besinnungslosigkeit beenden. Deshalb klopfte Koch zum ersten Mal, seitdem er in der kleinen Wohnung in der Zahlbach wohnte, bei Georg. Es dauerte einen Moment, bis der dünne Mann ihm öffnete. Er wirkte verwirrt, seinen Nachbarn vorzufinden.

„Was ist?", fragte er und sah unruhig hinter sich.

Koch war so überrascht über dieses Verhalten, dass er zunächst gar nichts von dem hörte, was aus Bressons Wohnung zum Eingang drang. Ein kiecksendes, weibliches Lachen und eine dunkle männliche Stimme, die etwas Befehlsmäßiges hatte.

„Nein nichts. Ich wollte einen Absacker … aber … nichts für ungut."

„Tut mir leid", entschuldigte sich Bresson, „heute ist es schlecht. Ich habe Besuch." Dabei sah er wieder hinter sich.

Einmal meinte Koch, einen Blitz in der Wohnung gesehen zu haben.

Er winkte ab, verabschiedete sich kurz und ging an seine Wohnungstür.

„Die nächsten Tage wieder gerne", rief ihm Bresson nach.

Koch reagierte nicht darauf, öffnete die Tür und schloss sie schnell wieder.

Der Vorfall beschäftigte ihn an diesem Abend nur kurz. Um acht Uhr lag er mit einer französischen Übersetzung von Hemingways „Wem die Stunde schlägt" im Bett und schon bald fiel ihm das Buch aus der Hand und er schlief ein.

Am nächsten Morgen fühlte Koch sich frisch und spätestens, als ihn auf der Straße ein kalter Windstoß im Gesicht traf, ausgeschlafen. In der Nacht hatte die Kälte noch einmal angezogen und die Straßen waren an vielen Stellen glatt. Koch schlitterte mehr, als dass er ging.

Im Büro erledigte er zuerst den Papierkram, froh alleine zu sein und machte sich gegen zehn Uhr auf den Weg nach Gonsenheim. Er konnte einen der Kollegen aus der Autohalle überreden, eine Probefahrt dorthin zu machen und ihn zu chauffieren. Zurück würde er die Straßenbahn nehmen, die seit einiger Zeit wieder diese Strecke befuhr.

Der Fahrer klärte Koch über technische Einzelheiten des Wagens auf. Er ließ ihn reden, hörte kaum zu und brummte nur ab und zu etwas Zustimmendes. Er war froh, dass er an diesem Vormittag alleine war, dass er Siggi mit der Überprüfung der Mercedes-Besitzer losgeschickt hatte und somit Zeit zum Nachdenken hatte. Über den Fall, über Siggi und sich. In dieser Reihenfolge.

In der Nähe des Rathauses, unmittelbar beim Rheinhessendom, stieg er aus und ging die Straße zurück zu dem Hof von Gerber. Einige Leute, die ihm entgegenkamen, blickten ihn neugierig an. Viele von ihnen trugen Rucksäcke. Für ihre Hamstertouren, dachte Koch.

Das Tor zum Gerberhof war verschlossen. Er lief weiter bis zur Koblenzer Straße und am Gonsbach zurück zur Rückseite des Gebäudes. Die Hintertür war ebenfalls verschlossen. Die Mauer war drei Meter hoch und nur mit einer Leiter zu überwinden. Koch suchte im Boden nach Spuren, aber er konnte nichts dergleichen finden.

Langsam marschierte er zurück und klopfte an der Tür des Wohnhauses, das dem Gerberhof gegenüberlag. Eine etwa sechzigjährige Frau öffnete ihm.

„Sie waren doch gestern schon hier“, stellte sie statt einer Begrüßung fest.

„Mein Kollege war hier“, korrigierte Koch. „Ich möchte …“

„Ja, ja, Ihr Kollege, so ein Junger. Aber Sie waren doch auch da. Ich habe Sie doch gesehen.“

„Da haben Sie Recht“, stimmte Koch ihr zu. „Aber manchmal kommen einem doch noch Fragen, wenn man schon weg ist. Darf ich hereinkommen?“

Unsicher sah sich die Frau um, dann nickte sie kräftig und ging vor.

„Machen Sie die Tür zu!“

Koch folgte ihr in die Küche. Sie lag zur Straße und er entdeckte sogleich das Kissen, das auf dem Fensterbrett lag.

„Die Gerbers sind Ihre Nachbarn?“, begann Koch vorsichtig das Gespräch. Die Frau hatte ihm keinen Platz angeboten.

„Ja, ja. Nachbarn.“

„Bekommen Sie viel mit, was bei den Gerbers passiert?“, fragte Koch mit gesenkter Stimme.

„Bei Gerbers? Woher soll ich das wissen?“

„Sie sind die Nachbarin. Da bekommt man doch was mit.“

„Also, nein, ich mache so was nicht.“

„Gute Nachbarn passen aufeinander auf. Sehen Sie, Frau …?“

„Weinold. Gerda Weinold.“

„Ja, Frau Weinold, gute Nachbarn passen aufeinander

auf, damit niemand einbricht, niemand etwas stiehlt, damit einfach nichts passiert, was nicht passieren darf. In diesen Zeiten muss man doch besonders gut aufpassen!"

Es war nicht Kochs Art, so vorsichtig zu agieren und das strengte ihn an. Aber er wusste, dass er bei dieser Frau nur so weiterkommen würde.

„Der arme Peter", sagte die und bekreuzigte sich.

„Ja, ja", stimmte Koch unwillig zu. „Aber Sie kennen die Familie Gerber doch. Haben die Feinde? Hatte der Peter mit jemand Streit. Geld? Ein Mädchen?"

Gerda Weinold schüttelte heftig den Kopf.

„Aber den Gerbers geht es doch gut. Das sieht man." Koch machte eine kleine Pause. „Sind die denn großzügig?", fragte er plötzlich.

„Die Gerbers?" Gerda Weinold lachte kurz und schrill auf. Es war, als ob Koch einen Schalter umgelegt hätte. „Geizhälse sind das. Ich könnte hier verrecken, die würden mir nichts geben. Das war schon vor dem Krieg so. Und das ist jetzt noch schlimmer. Wissen Sie, Herr Kommissar, die Bechtoltsheimer, zwei Häuser weiter, die sind auch Bauern, aber die sind anders. Die geben. Das sind Nachbarn. Aber der Gerber. Der ist doch gleich in die Partei und hat ..."

Sie stockte. Koch hakte gleich nach.

„Ja, was ist mit dem?"

Es war zu spät. Gerda Weinold hatte gemerkt, dass sie sich hatte hinreißen lassen.

„Man soll über Tote nichts Schlechtes sagen. Auch der Peter hat Schlimmes erlebt." Sie wartete einen Moment, bevor sie weitersprach. „Der Krieg macht Bestien aus den Menschen. Richtige Bestien."

„Da haben Sie Recht", pflichtete Koch der Frau bei, „aber haben Sie irgendetwas gesehen? Einen Einbrecher?

Jemand, mit dem sich der Peter gestritten hat? Jemand, mit dem er Tauschgeschäfte gemacht hat?"

„Nein, nein, ich habe nichts gesehen." Sie war sehr bestimmt.

„Keine Geschäfte …?"

„Ja", grübelte Frau Weinold, „welcher Bauer macht keine Geschäfte? Und jeder …", sie machte eine Pause und Koch schwieg. „Jeder Bauer", fügte sie nach einigen Sekunden völliger Stille hinzu, „hat so seine geheime Kammer." Sie beugte sich vor, als ob sie dem Polizisten ein ganz großes Geheimnis verraten wolle. „Wäre ja auch ganz schön blöd, wenn er das so ganz offen machen würde, verstehen Sie, Herr Kommissar." Sie sah sich um, als fürchte sie, dass jemand Fremdes in der Küche wäre.

„Eine geheime Kammer …", sagte Koch, mehr zu sich selbst als zu der Frau ihm gegenüber.

„Ich habe nichts gesagt. Jeder muss ja sehen, wie er durchkommt."

„Das ist eine schwierige Zeit, für alle eine schwierige Zeit", sagte Koch vieldeutig. „Frau Weinold, Sie haben gesagt, dass der Gerber gleich in die Partei ist. Was hat der da gemacht?"

Unruhig knetete die Frau ihre Hände, sah kurz zu dem Kommissar und sofort wieder auf ihre Hände.

„Also", begann sie schließlich, „der hat nichts … also nicht das, was Sie denken …"

„Ich denke gar nichts, ich weiß ja nicht, was der Herr Gerber gemacht hat in der Partei."

„Ja, eben, der hat gedacht, dass er mehr verdient oder so, dass er keinen Ärger kriegt, wenn er mal nebenbei … Sie wissen …"

„Was nebenbei?"

Die Frau wurde noch unruhiger. „Es machte halt jeder

so seine Geschäfte, von den Bauern, meine ich, hat nicht alles abgegeben, sondern selbst verkauft oder versteckt. Aber, der hat auch, ich meine, der Gerber hat auch Opfer gebracht. Zwei Söhne sind gefallen, auch der älteste, der den Hof übernehmen sollte. Er weiß noch nicht mal, wo die liegen." Sie hatte sich wieder ein wenig beruhigt.

„Danke, Frau Weinold." Koch dachte einen Moment nach. „Noch eine Frage. Kennen Sie den Brunner? Den Helmut Brunner?"

„Den Brunner …" Gleich war die Frau wieder nervös. „Ja, ja, ich kenne den, nein, kennen ist zu viel. Wie man im Ort eben die Leute kennt. Wissen Sie? Der macht ja viel hier. Hilft auch viel. Baut und wer Hilfe braucht, dem macht der Brunner nicht die Tür vor der Nase zu."

„Und sonst?"

„Sonst? Was soll denn sonst sein?" Etwas Ungehaltenes lag in ihrer Stimme. „Nichts. Er arbeitet viel. Sehr viel. Wie schon sein Vater."

„Haben Sie ihn mal persönlich getroffen?"

Nun lachte die Frau kurz auf. „Nein, nein. Wieso? Ich habe ihn gesehen, im Auto, er hat so ein großes Auto, ganz schick … so ein Mercedes oder so."

„Wenn er hier durchgefahren ist …"

„Ja, ja", bestätigte Frau Weinold, „aber einmal …"

„Ja?"

Sie überlegte. „Ach, nichts, das war eigentlich ganz lustig." Wieder zögerte die Frau einen Moment, dabei lag aber ein ganz fein angedeutetes Lächeln auf ihren Lippen.

„Ach, Sie wissen ja, wie die Menschen so sind. Einmal war der hier, der Brunner, meine ich, war beim Gerber, und hat sein schönes Auto an der Straße stehen gehabt. Und dann haben die Kinder draußen angefangen, also sind zu dem Wagen, und haben dran rumgespielt. Und auf einmal war die Tür auf, einer von den Bengeln ist eingestiegen und dann kam der Brunner. Uiuiui, ich kann Ihnen sagen. Der feine Herr Brunner. Ganz rot war der im Gesicht. Wie die Feuerwehr. Und gebrüllt hat der. Die Jungs sind gleich weg, der Brunner hinter ihnen her, ganz außer sich. Und als er merkte, dass er die nicht mehr kriegt, hat er sich gebückt, um einen Stein aufzuheben und nach den Jungs zu schmeißen." Die Frau konnte nun bei der Erinnerung an das Ereignis ein lautes Lachen nicht mehr unterdrücken. Koch war auf die Pointe gespannt.

„Der Stein war …" Sie lachte noch einmal, verschluckte sich, hüstelte und räusperte sich, fand endlich ihre Sprache wieder. „Das war ein Pferdeappel."

„Ein … Stück Scheiße?"

„Ja, genau. Pferdescheiße." Jetzt lachten beide, Frau Weinold und der Kommissar, und sie hatte viel von ihrer Anspannung verloren, als er bald darauf ihr Haus verließ.

So unterhaltsam wie bei Frau Weinold waren die weiteren Befragungen, die Koch in den nächsten zwei Stunden durchführte, nicht. Aber im Tenor waren sie sehr ähnlich. Gerber galt als fleißiger, aber geiziger Bauer, sehr auf sein eigenes Wohl und das seiner Familie bedacht. In der Partei hatte er sich nicht besonders hervorgetan, war regelmäßig auf den Versammlungen der Ortsgruppierung, hatte die eine oder andere kleine Aufgabe übernommen. Lediglich eine Person machte eine Bemerkung, dass der Bauer von einem Mann, der auswandern wollte, dessen Ländereien für viel zu wenig Geld übernommen hatte.

Auch bezüglich Brunner, nach dem Koch im Nachklapp jedes Mal fragte, waren die Antworten denen von Frau Weinold sehr ähnlich. Er galt als raffiniert, sehr geschäftstüchtig, manche Aussagen konnte der Kommissar auch als „kaltblütig“ und „gewissenlos“ interpretieren, aber eben auch hilfsbereit.

Gegen zwei Uhr stand Koch vor einer Bäckerei. Kurz zuvor hatte es sehr heftig zu stürmen und zu regnen begonnen. Schnell trat er in das Innere des kärglich eingerichteten Verkaufsraums mit den leeren Regalen, um die letzte Befragung an diesem Tag durchzuführen. Danach wollte er zurück in die Polizeidirektion, um zu erfahren, ob Siggi bei seiner Suche nach dem Mercedes erfolgreich gewesen war.

In dem Ladenraum standen drei Frauen beisammen, als er eintrat. Er sah zu ihnen herüber und übersah dabei völlig eine Frau mit einem Schirm in der Hand, die von rechts kam und den Laden verlassen wollte.

„Tschüss, Dorle“, hörte er noch eine der anderen Frauen sagen, und „Grüß mir den Rolf. Das wird schon wieder“, da war er auch schon mit ihr zusammengestoßen.

Der Boden war feucht und glatt, ein Bein rutschte ihr weg, sie wollte sich an ihm festhalten, er griff ebenfalls nach ihr und schon lagen sie auf dem Boden. Immerhin war Koch geistesgegenwärtig genug, dass er sich im Fallen so drehte, dass die Frau auf ihn fiel. Und dann lagen sie da, sie auf ihm, die Gesichter nur wenige Millimeter voneinander entfernt und sie starrten sich an. Im Hintergrund begannen die Frauen zu lachen, ein befreiendes Lachen aus vollem Hals, ohne Bösartigkeit oder Häme, einfach ein Lachen über die Situation, die das Elend für einige Momente vergessen ließ.

„Das war doch ein Tänzchen“ und „Dorle, du schmeißt dich aber ran“ und noch andere Sprüche prasselten auf die beiden noch immer benommen auf dem Boden Liegenden herab, die kurz zu den Frauen blickten und gleich wieder sich ansahen.

„Sie müssen …“, sagte die Frau zu Koch, der sich daraufhin schnell erhob, und ihr seine Hand entgegenhielt, die sie ergriff und sich von ihm hochziehen ließ. Schon lange war er keiner Frau mehr so nahe gewesen.

Er trat zur Seite und entschuldigte sich. Dabei bückte sie sich und hob ihren Schirm, der ihr bei dem Sturz aus der Hand gefallen war, schnell auf.

„War ja meine Schuld“, sagte die Frau, sah noch einmal zu den anderen und blieb unschlüssig in der Tür stehen.

Koch war das peinlich. Er ging die wenigen Meter zu den drei Frauen und spürte wieder seinen Oberschenkel.

„Paul Koch, Kommissar“, stellte er sich vor.

Dabei griff er in seine Hosentasche und zog seinen Ausweis heraus, den er der Bäckersfrau entgegenhielt, die leicht erschrocken darauf sah.

„Keine Angst, ich habe nur ein paar Fragen“, sagte er mit beruhigender Stimme. „Sie kannten doch den Peter Gerber?“

Bei diesen Worten verließ die Frau in Kochs Rücken den Laden, ohne ihren Schirm aufzuspannen, obwohl es noch immer stürmte und regnete.

Die Bäckersfrau nickte. „Der Arme“, sagte sie und bekreuzigte sich.

Doch auch die Frauen in der Bäckerei wussten dem Kommissar nichts Neues zu berichten. Auch sie glaubten, dass ein Einbrecher, wahrscheinlich einer von den Displaced Persons, denen viele Diebstähle und Überfälle zur Last gelegt wurden, auf der Suche nach Lebensmitteln von Peter überrascht worden war und es zu einem Kampf gekommen war, der für den Bauernsohn tödlich geendet hatte.

Koch bedankte sich, verließ das Geschäft und sah sich draußen um. Er hatte gehofft, die Frau, mit der er vorhin zusammengestoßen war, noch zu sehen. Vielleicht konnte er sie ja zur Entschädigung für seine Ungeschicklichkeit einladen. Ohne auf den Regen zu achten, lief er die Straße in beiden Richtungen ab, aber die Frau blieb verschwunden. Schließlich gab er auf und ging zur Straßenbahnhaltestelle „Breite Straße".

Die Straßenbahn rumpelte in die Stadt zurück. Koch hatte einen Fensterplatz bekommen, wischte sich mit dem Ärmel seiner feuchten Jacke über die Augen und blickte nach draußen. In der Neustadt waren die Menschen emsig damit beschäftigt, den Schutt wegzuräumen. Vor einem Haus trugen zwei Sanitäter ein Kind in einen Lieferwagen.

Er würde im Fall des toten Peter Gerber gerne glauben, dass ein Einbrecher oder ein DP, der überrascht worden war, der Täter war. Das kam in diesen Monaten nur zu häufig vor. Niemand würde ihm einen Strick daraus drehen, wenn er den Fall zu den Akten legte. Aber der Umstand, dass die Leiche vom Tatort weggeschleift worden war, machte ihn misstrauisch und forderte seinen kriminalistischen Ehrgeiz heraus. Während die Straßenbahn weiter in Richtung Hauptbahnhof fuhr, fiel Koch auf, dass er gestern, beim Rundgang durch den Gerberschen Besitz, keine größeren Vorräte entdeckt hatte. Gab es tatsächlich, wie die Weinhold ausgesagt hatte, einen oder mehrere geheime Räume. Wäre das dem Bauern zu verdenken? Es war bekannt und bei Razzien schon oft ans Licht gekommen, dass viele Bauern viel weniger abgaben als sie mussten. Und Einbrüche waren an der Tagesordnung. Trotzdem, vielleicht sollte er an dieser Stelle weiter nachhaken.

In der Polizeidirektion angekommen, ging er als Erstes zu Arnheim.

„Guten Tag, Herr Koch“, begrüßte der den Kommissar gut gelaunt.

„Sie sind wohl in den Regen gekommen“, sagte er mit einem kurzen Blick auf Kochs noch feuchte Kleidung. „Wollen Sie einen Kaffee?“

Koch musste seinen Chef sehr erstaunt angesehen haben. „Manchmal haben auch wir Polizisten Glück. Also, ja oder ja?“

„Gerne“, beeilte sich Koch zu sagen. Einen Kaffee, und er hoffte, dass es sich um echten Bohnenkaffee handelte, würde er nicht ausschlagen.

Arnheim bestellte bei seiner Sekretärin zwei Tassen und setzte sich wieder zu seinem Kommissar. Ihm folgte auf den Fuß eine Frau, die zwei Tassen mit Untersetzern auf den Schreibtisch stellte, über denen sich in dem nur mäßig geheizten Raum gleich zwei Dampfwolken bildeten.

Koch zog den Duft tief in seine Nase ein.

„Zucker?“

Der Kommissar nickte. Arnheim schob ihm eine kleine Porzellandose über den Tisch zu.

„Was kann ich für Sie tun? Gibt es etwas Neues?“, fragte Arnheim, nachdem sie beide einen ersten Schluck getrunken hatten.

Koch fasste für seinen Chef kurz die Ergebnisse seiner Befragungen zusammen.

„Wie üblich? Wahrscheinlich irgendein durchreisender Soldat oder DP, wird überrascht, bekommt Panik und sticht zu. Vielleicht ist auch der Bauernsohn etwas rabiat geworden. Kann man ja verstehen, wenn immer wieder jemand versucht, was zu klauen. Und dann … ein Wort gibt das andere, ein Schlag, ein Messer, keiner hat's gewollt und passiert ist es doch“, kommentierte Arnheim, als der Kommissar seine Ausführungen beendet hatte.

„Denke ich auch, aber …“, sagte Koch.

„Ich würde die Sache erst einmal auf sich beruhen lassen.“

„Das würde ich nicht.“

Ein überraschter Blick traf den Kommissar. Einen Moment lang herrschte Stille in dem Zimmer.

„Warum würden Sie das nicht auf sich beruhen lassen?“

„Der Tote ist vom Tatort weggeschleift worden. Warum? Wer hat ein Interesse daran, dass der Tote an einem anderen Ort als dem, an dem er umgebracht wurde, liegt? Oder gefunden wird? Und darum möchte ich Sie bitten, dass Sie beim Staatsanwalt um die Erlaubnis einer Durchsuchung des Grundstücks von Gerber nachfragen.“

Arnheim nahm seine Tasse und trank auffällig langsam, in kleinen Schlucken, als wolle er sich einen Moment Bedenkzeit verschaffen.

„Abgesehen davon, dass es keinen Beweis für Ihre These gibt, dass der Tote weggeschleift worden ist, sondern dass dies lediglich eine Vermutung von Ihnen ist, sagt der Vater, ich wiederhole, der Vater des toten Jungen, doch aus, dass er seinen Sohn genau an dieser Stelle gefunden hat. Das hieße ja, dass er … irgendetwas mit dem Tod seines Sohnes zu tun hat. Wollen Sie ihm das unterstellen?“

„Ich will nichts unterstellen.“ Koch zwang sich zur Ruhe. „Möglicherweise hat jemand anderes vor dem Vater den Toten gefunden und hat ihn, warum auch immer, weggeschleift. Oder der Mörder selbst, welches Interesse der damit auch immer verband. Was ich sagen will, ist: Ich sehe Widersprüche. Dinge, die nicht so richtig zueinander passen. Und da möchte ich gerne wissen, wie sie zueinander passen. Das ist meine Aufgabe als Polizist.“

Arnheim hatte beim Zuhören an den Enden seines Schnurrbartes gespielt. Es fiel ihm schwer, seine Verärgerung im Zaum zu halten.

„Wo haben Sie das gelernt, Koch? Zumindest hat man Sie keinen Respekt vor Ihrem Vorgesetzten gelehrt, Koch. Das finde ich sehr bedauerlich und auch sehr bedenklich. Ich weiß, Sie waren lange im Ausland und da sind die Gepflogenheiten andere, aber jetzt leben und arbeiten Sie in Deutschland und hier gelten die hiesigen Gesetze und Gepflogenheiten. Und darum sage ich Ihnen auch, Koch, dass es keine Durchsuchung bei diesem Gerber geben wird. Haben Sie das verstanden?“

„Verstanden!“, presste Koch nach einer Pause hervor. Schon diese knappe Antwort fiel ihm schwer. Allein die Anspielungen auf sein Leben im Ausland und die Gepflogenheiten in Deutschland hätten normalerweise ausgereicht, um ihn in einen Wüterich zu verwandeln.

„Gut“, gab sich Arnheim zufrieden, der offenbar selbst über das Einlenken seines Kommissars überrascht war. „Was Neues von dem Einbruch in Bodenheim? Haben Sie eine Spur, jetzt, wo dieser Einbrecher tot ist? Na, wie hieß der noch mal schnell …?“

„Hartmann. Franz Hartmann.“ Er überlegte, ob er nach der Auseinandersetzung in den letzten Minuten überhaupt noch Lust hatte, ihm von dem Mann zu berichten, dessen Aussage den Verdacht nahe legte, dass Hartmann absichtlich überfahren wurde. Doch schließlich fasste Koch auch diesen Fall zusammen.

Auch Arnheim wollte kein neues Öl ins Feuer gießen. „Könnte sein, Koch, könnte sein“, ging er versöhnlich auf den Verdacht seines Kommissars ein. „Aber wie vertrauenswürdig ist der Mann, der das gesehen hat? Mir scheint, dass wir an diesem Punkt sehr vorsichtig sein müssen. Der Mann hatte Angst vor Ihnen und hat gesagt, was Sie hören wollten. Und außerdem, wie wollen Sie ihn jetzt finden? Ohne ihn bricht dieses ganze Konstrukt zusammen. Und diese SS-Nummer am Arm: Kann sein, aber kann auch tatsächlich von einer Kriegsverwundung herrühren. Und ein Rat, mein lieber Koch: Sehen Sie nicht überall die Gespenster des alten Regimes! Der Krieg ist vorbei.“

Der äußere Krieg vielleicht, aber der innere noch lange nicht, dachte Koch, sagte das aber nicht laut.

„Wir müssen in die Zukunft sehen, Koch, optimistisch sein, den Neuanfang wagen.“

Koch verstand das als Schlusswort, stand auf und verabschiedete sich kurz angebunden von Arnheim und ging in sein Büro, wo er Siggi antraf.

Der drehte sich erschrocken um.

„Was machen Sie hier?“, fragte er strenger, als er es vorgehabt hatte. Zu sehr saß ihm noch die Verärgerung über Arnheims Äußerungen in den Knochen.

„Nichts, nichts“, antwortete Siggi. „Ich habe hier die Liste mit den Besitzern von diesem Mercedes-Modell.“

Misstrauisch sah Koch den jungen Mann an, der sich unter dem Blick des Kommissars sichtlich unwohl fühlte.

„Und? Haben Sie wenigstens etwas herausgefunden?“

Mit gesenktem Kopf hielt Siggi seinem Chef die Blätter entgegen. Der beachtete sie nicht. „Nein.“

„Wie? Nein? Geht es auch genauer?“

Siggi hustete kurz. „Es gibt insgesamt sechs 170er Mercedes im Stadtgebiet.“

„Und?“, fragte Koch ungeduldig weiter. „Das hatten wir ja schon!“

„Also. Zwei von denen sind kaputt, ohne Motor. Zwei

sind hell und die anderen zwei Besitzer sagten aus, dass die Autos bei ihnen zu Hause standen. Zeugen haben das bestätigt.

„Merde!“, fluchte Koch laut. „Merde, merde, merde! Nirgends geht es weiter.“

„Vielleicht hat sich der Mann ja getäuscht. Es war kein Mercedes. Oder er hat die Geschichte einfach erfunden, damit wir ihn in Ruhe lassen.“

Nun platzte all der Ärger aus Koch heraus. „So einen Mist habe ich mir eben erst anhören müssen. Haben Sie sich das mit Arnheim gemeinsam überlegt. Auf wessen Seite stehen Sie, Siggi, auf wessen Seite …?“

„Was ist das denn für ein Lärm?“

Unbemerkt von den beiden Männern war Gerhard Reuber in das Büro getreten und hatte Kochs Ausfall mitbekommen. Erschrocken blickten sie ihn an.

„Ich geh dann mal“, sagte Siggi und schob sich an Reuber vorbei aus dem Büro.

Koch sah ihm kurz nach, blickte den Kollegen an, zuckte mit den Schultern, ging um den Schreibtisch herum und ließ sich in seinen Stuhl fallen.

„Am liebsten würde ich meine Koffer packen und nichts wie weg“, sagte er.

„Na, na, immer mit der Ruhe“, entgegnete Reuber. „Wie wär's mit einem feinen Kaffeeersatz in der Kantine?“

„Großartige Idee“, antwortete Koch ironisch, stand auf und folgte seinem Kollegen, der schon in der Tür stand.

In der Kantine verzogen sie sich in eine stille Ecke.

„Was war los?“, wollte Reuber wissen, nachdem er einen Schluck von seinem dampfenden Kaffeeersatz genommen und sein Gesicht verzogen hatte.

„Wo soll ich anfangen?“, begann Koch und klang resigniert. „Siggi ist eigentlich ein ganz patenter Kerl, aber ich bin mir nicht sicher, ob er nicht von Arnheim den Auftrag hat mich zu bespitzeln."

Er sah zu Reuber, der zeigte keine Reaktion.

„Und Arnheim selbst legt mir ständig Steine in den Weg, behindert die Ermittlungen, beschwichtigt und macht", hier zögerte Koch einen Moment, „ständig Anspielungen auf meine Vergangenheit und unterstellt mir Ressentiments."

Er legte seinem Kollegen das, was ihn ärgerte, genauer dar. Warum er, der sonst so misstrauisch war und auch Reuber erst kurz kannte, das tat, er wusste es nicht. Wahrscheinlich war das Bedürfnis, sich den Frust von der Seele zu sprechen, größer als jede Vorsicht und jedes Misstrauen.

Reuber hörte ihm geduldig zu. Zwischendurch ging er die Becher mit neuem Ersatzkaffee füllen.

„Was soll ich Ihnen sagen, Koch", begann er, nachdem der andere seine Ausführungen beendet hatte. „Ich denke, dass Sie eine Grundsatzentscheidung treffen müssen: Bleiben und solche Situationen aushalten oder Sie müssen tatsächlich gehen. Eine Menge Leute, die vor einem Jahr noch linientreue Parteigänger waren, sind noch immer oder wieder in Amt und Würden. Es geht auch gar nicht anders, Koch. Oder was wollen Sie mit denen machen? Exekutieren? In den Knast oder ins Exil schicken?"

Er machte eine Pause und sprach, als Koch keine Anstalten zu einer Erwiderung machte, weiter.

„Das wären die Methoden, die Sie ablehnen, Koch, deshalb sind Sie doch gegangen, deshalb haben Sie gekämpft. Wollen Sie das Feld jetzt denen überlassen? Haben Sie dafür gekämpft? Der Kampf jetzt ist wahrscheinlich viel schwieriger, weil er anders geführt werden muss, weil diese Leute viel, verdammt viel, zu verlieren haben. Aber Menschen wie Sie, Koch, die integer sind, die Mut bewiesen haben, die braucht dieses Land jetzt dringender als Lebensmittel und Kohle. Verstehen Sie das?"

Reuber war mit jedem Satz lauter geworden und hielt erschrocken inne, als er das bemerkte. Zwei Kollegen, die auf der anderen Seite des großen Raumes saßen, blickten sofort wieder weg.

Koch ließ das Gehörte sacken. Natürlich hatte Reuber Recht und es schmeichelte ihm mehr, als er zugeben würde, was der über seine Integrität gesagt hatte. Dennoch fühlte er sich in manchen Momenten überfordert, in diesem Umfeld zu leben.

„Kommen Sie", forderte Reuber den Kollegen, der noch immer stumm auf seinem Stuhl vor dem mittlerweile kalten Kaffeeersatz saß, auf. „Wir machen Feierabend. Ich weiß, wo wir noch etwas zu trinken bekommen."

Kochs erster Gedanke am nächsten Morgen war der Entschluss, in den nächsten Tagen nichts zu trinken. Als sein Wecker ihn um halb sieben aus dem Schlaf riss, verfluchte er sich und seinen Kollegen. Sie hatten kein Ende gefunden und Koch hatte dem ihm eigentlich fremden Mann sein Leben erzählt, mit viel zu vielen Einzelheiten. Wie er 1937 zusammen mit Reinhold, dem Anarchisten aus Paris, nach Spanien gegangen war und auf Seiten der Internationalen Brigaden gegen Francos Truppen gekämpft hatte. Wie Reinhold von Stalin treuen Kommunisten hinterrücks erschossen worden war und für ihn eine Welt zusammenbrach. Zum Glück hatte das sein Vater nicht mehr erleben müssen und dennoch drängte sich ihm die Frage auf, was sein Vater gemacht hätte. Wäre auch er dem Willen der Partei gefolgt und hätte andere Kämpfer gegen den Faschismus umgebracht, nur weil die nicht die gleiche Religion hatten wie er? Koch haderte mit sich und der Welt, blieb aber in Spanien, kämpfte weiter und gehörte in Barcelona zu den letzten Verteidigern der Stadt, bevor Francos Truppen sie in den ersten Wochen des Jahres 1939 eroberten und ihre Blutbäder unter den Besiegten begannen. Auf der Flucht wurde er, der die zwei Jahre in Spanien ohne jede Verletzung überstanden hatte, durch einen Schuss am linken Oberschenkel verletzt, als er einen Kameraden aus der Gewalt der Faschisten befreite und vor Folter und Tod rettete.

Mit diesem Mann, Raymond, floh er nach Frankreich, wo sie in der Nähe von Toulouse unterkamen. Raymonds Eltern hatten dort einen kleinen Bauernhof. Nachdem er seine Verletzung auskuriert hatte, half er auf dem Feld und im Stall. Er lernte Raymonds Schwester, Beatrice, kennen. Sie beide verliebten sich ineinander und bekamen bald einen Sohn, Émile.

Eines hatte Koch Reuber jedoch verschwiegen, weil er glaubte, dass dies kein Deutscher verstehen würde. Er hatte die Résistance unterstützt und war, nachdem die deutschen Truppen auch den Süden Frankreichs besetzt hatten, mit Raymond und seinen neuen Freunden in den Untergrund gegangen, um aktiv gegen die Besatzer zu kämpfen. Bei einer ihrer Aktionen war Koch als Fahrer eingeteilt gewesen. Auf der Flucht vor den Deutschen hatte er einen schweren Fahrfehler begangen, der einem ihrer Kameraden das Leben gekostet und einem weiteren schwere Verletzungen zugefügt hatte. Das Bild des toten Mannes hatte er seitdem stets vor Augen, wenn er am Steuer eines Wagens saß.

Jetzt, während er noch im Bett lag und nicht in die Kälte hinaus wollte, überlegte er, ob es ein Fehler gewesen war, dem Mann überhaupt etwas aus seinem Leben erzählt zu haben.

In der Polizeidirektion ging Koch als Erstes zu Reubers Büro. Die Tür war verschlossen. In seinem eigenen Büro ließ er sich auf den Stuhl fallen, streckte sich und schloss seine Augen.

Ein lautes Klopfen schreckte ihn auf.

Auf sein „Herein!“ passierte erst gar nichts, dann hörte er einen unterdrückten Schmerzensschrei. Langsam wurde die Tür aufgedrückt und Siggi erschien im Rahmen, in jeder Hand eine dampfende Tasse.

„Ist über meine Hand geschwappt“, erklärte er, als er vor Kochs Schreibtisch stand und die Tassen abstellte.

„Für Sie!“ Damit schob er eine Tasse, deren Inhalt zum Teil im Unterteller schwamm, zu seinem Chef herüber.

„Guter Riecher, Siggi,“, sagte er. „Danke, kann ich gut gebrauchen.“

Dem jungen Mann war die Erleichterung anzusehen, dass sein Vorgesetzter offenbar nicht mehr sauer auf ihn war.

„Harte Nacht?“, fragte Siggi.

„Kann man wohl sagen.“

Koch streifte die Tasse an dem Unterteller ab und trank einen Schluck.

„Sagen Sie, Siggi, der Brunner besitzt keinen 170er?“

„Nein. Das heißt, offiziell nicht. Ist keiner gemeldet.“

„Das dachte ich mir. Ich würde sagen, dass wir dem Mann heute noch einmal einen Besuch abstatten.“

„Sie glauben, dass er einen besitzt? Und dass er …?“

„Mal schauen. Zuerst einmal will ich wissen, was so ein Mann für Autos besitzt.“

„Und Sie meinen, er zeigt uns die?“

„Da muss ich mir etwas einfallen lassen.“

Eine Stunde und eine weitere Tasse Kaffeeersatz später waren die beiden Polizisten auf dem Weg nach Gonsenheim in die Jahnstraße.

Gerade als sie aus dem Wagen gestiegen waren, kam ihnen Brunner am Eingang entgegen.

„Was führt Sie zu mir, Herr Kommissar?“, empfing er die beiden Polizisten. Er schien guter Laune zu sein.

„Nun, das mit dem Auto bei meinem letzten Besuch, das hat mir keine Ruhe gelassen. Sie wissen noch, dass Sie den Adler ziemlich runtergemacht haben.“

Ein Lächeln huschte über Brunners Gesicht. „Ich hatte Sie anders eingeschätzt. Dass Ihnen das nicht wichtig ist. Offenbar habe ich mich getäuscht. Jetzt haben Sie ja einen wesentlich schickeren Wagen, dazu in exzellentem Zustand und einen Fahrer noch dazu.“

Er sah kurz zu Siggi herüber. Sie waren wieder mit dem 315er BMW gekommen. Siggi hatte eine Viertelstunde auf Jörg in der Autohalle einreden müssen, bis der ihn endlich herausrückte. Brunner umrundete das Auto.

„So einen hatte ich auch mal, ’33 oder ’34 war das, glaube ich …“

„Das muss ’34 gewesen sein, ’33 wurde der noch nicht gebaut“, fiel ihm Siggi ins Wort.

Erstaunt sah ihn Brunner an. „Na, der Junge hat Ahnung. Aber als Fahrer … haben Sie da denn schon gelebt …?“, erwiderte er spöttisch.

Koch gab Siggi ein Zeichen, nicht darauf zu reagieren.

„Mich, und natürlich auch meinen autobegeisterten jungen Kollegen, besonders den, würde brennend interessieren, welche Autos Sie fahren.“

Brunner lachte. „Das wollen Sie wirklich wissen? Steckt dahinter nicht was anderes? Als Polizist fährt man doch nicht einfach so raus nach Gonsenheim, um sich den Fuhrpark eines unbescholtenen Bürgers anzusehen.“

„Es ist, wie es ist. Und, wie gesagt, besonders meinen Kollegen interessiert das. Wussten Sie, dass Nuvolari sein größtes Idol ist?“

„Tazio Nuvolari? Keine schlechte Wahl. Obwohl auch die Deutschen einige klasse Rennfahrer haben. Rosemeyer ist ja leider viel zu früh gestorben. Aber der Hans Stuck ist auch nicht schlecht. Aber die dürfen ja im Moment nicht fahren.“

„Und nicht zu vergessen der Karratsch“, warf Siggi begeistert ein.

„Caracciola.“ Brunner schnalzte mit der Zunge. „Ich habe ihn 1937 beim Großen Preis von Deutschland persönlich kennen gelernt. Feiner Kerl.“

„Er soll in diesem Jahr wieder starten. In Amerika.“

„Glauben Sie nicht alles, junger Mann, was Sie so hören oder lesen.“

Siggi ging nicht darauf ein. „Haben Sie Manfred von Brauchitsch …“

„Den Pechvogel“, lachte Brunner.

Koch hatte bislang nur zugehört und wurde ungeduldig. „Herr Brunner, mir wird allmählich kalt. Könnten wir …?“

„Oh, entschuldigen Sie, natürlich, das ist unhöflich von mir. Was sagten Sie, warum Sie gekommen sind?“

„Ich würde mir gerne Ihre Autosammlung anschauen, um mir eine Anregung zu holen, mit welchem Wagen ich beim nächsten Mal bei Ihnen vorfahren kann, ohne Ihren Spott zu ernten.“

„Bitte, bitte, Herr Kommissar, das war kein Spott. Eine kleine, freundliche Flachserei. Und Autosammlung. Ich bitte Sie. Schauen Sie sich um. Mir mag es nicht schlecht gehen, aber reich bin ich nicht. Aber bitte, wenn es Sie interessiert. Und Ihren jungen Kollegen.“

Damit drehte er sich um und ging zu der Einfahrt auf der rechten Seite des Gebäudes, lief über die Zufahrt auf den breiten Eingang der Garage zu.

„Kommen Sie!“, rief er die Polizisten heran, nachdem er die beiden Flügel des Tores geöffnet hatte.

Drinnen war es dunkel. Brunner nahm von einem Schränkchen an der Seite eine Öllampe und zündete den Docht an.

Koch stellte erstaunt fest, dass dieser Raum mehr einer Scheune als einer großen Garage glich, was man von außen gar nicht erkennen konnte. Der Raum war so tief, dass der hintere Teil noch immer im Dunklen blieb.

„Ein 11 CV!“, schrie Siggi plötzlich auf und seine Stimme hallte in dem großen Raum wider.

„Alle Achtung, junger Mann, Sie kennen sich ja wirklich aus. Ein hervorragendes Auto“, dozierte Brunner. „Da haben die Franzosen wirklich was Hervorragendes geleistet. Muss man auch als Deutscher anerkennen.“

Der Blick, den er bei diesen letzten Worten Koch zugeworfen hatte, verriet, dass dies eine gezielte Provokation war und dass Brunner Erkundigungen über ihn eingezogen hatte.

„Dabei sollen Sie ja auch gute Verbindungen zu den Franzosen haben.“

„Ein Volk mit Lebensart“, nahm Brunner kühl den Faden auf. „Wie auch beim Wein. Respekt, Respekt. Ich bin ja einem guten Rheingauer Riesling nicht abgeneigt, aber ein französischer Roter. Respekt.“

„Von dem Sie sicher auch einen schönen Vorrat haben.“ Koch hätte sich am Liebsten auf die Lippe gebissen, aber er hatte seine Bemerkung einfach nicht zurückhalten können.

Doch Brunner zeigte sich in keiner Weise irritiert. „Ich

kann Ihnen gerne eine Flasche Bordeaux zukommen lassen, Herr Kommissar. Oder lieber einen Tropfen aus dem Burgund? Wenn Sie mir Ihre Büroadresse mitteilen, haben Sie sie spätestens morgen."

„Hier, eine BMW, mit Seitenwagen. Und da, eine Horex." Siggis Stimme hatte den Klang eines verliebten Schwärmers. „Die BMW hat ja Tarnfarben. Wehrmacht."

„Die hat ein Soldat auf der Flucht zurückgelassen. Wenn Sie da rechts, unter der Plane schauen, hinter dem Holz, da steht ein Opel Olympia. Den habe ich", dabei senkte Brunner verschwörerisch die Stimme und kam Koch ein Stückchen näher, „verschwiegen. Den hätte ich eigentlich abgeben müssen. Kriegswichtiges Gut. Aber meine Frau, Gott hab sie selig, hat so an dem Auto gehangen, da habe ich es nicht fertiggebracht. Stellen Sie sich vor, den Wagen von Kugeln zerfetzt oder einer Granate auseinander gerissen. Nein, das habe ich nicht übers Herz gebracht."

Koch nickte. Er wurde nervös. Die beiden Wagen waren absolut nicht das, was er suchte. Der Citroën 11 CV zu auffällig in Mainz, der Opel zu klein, außerdem war der hell lackiert. Dass die Wagen nicht beschlagnahmt worden waren, schob Koch auf Brunners gute Beziehungen zu den Franzosen.

„So, genug gesehen?", fragte Brunner in die Runde. „Ich muss weiter. Termine, Termine. Der Aufbau beginnt und da müssen wir alle unseren Teil zu beitragen."

„Und unsere Scherflein ins Trockene bringen."

„Bei Ihnen klingt das so gehässig, Herr Kommissar. Wie soll das denn sonst gehen? Wie im Sozialismus? Wo das hinführt, haben wir ja schon gesehen."

Plötzlich hallte aus der Tiefe des Raumes Siggis Stimme. „Ein Mercedes!"

Koch ließ Brunner stehen und lief zu seinem jungen Kollegen, der in der hintersten Ecke der Garage mit seiner rechten Hand eine Plane hoch hielt und so den Blick auf den Kotflügel eines Autos freigab.

„Typ?", fragte Koch noch im Laufen.

Siggi wartete, bis sein Chef neben ihm stand. In der Zwischenzeit hatte er fast das komplette Fahrzeug von der Plane befreit.

„Ein 170er", sagte er leise, „dunkel."

„Mein Mercedes", erklärte Brunner, der dem Kommissar gefolgt war. „Gehörte meinem Vater. Der Wagen ist aber leider schwer beschädigt. Vielleicht werde ich ihn, wenn die Zeiten wieder besser sind, in Ordnung bringen lassen. Wäre ja schade um das gute Stück."

„Was ist denn mit dem Wagen?", fragte Koch.

Brunner trat näher an das Auto heran. „Na, schauen Sie mal, drei Reifen samt Felgen fehlen, eine Tür, und auch der Motor ist leider nicht mehr komplett. Benzinpumpe und Anlasser defekt und im Moment ist dafür kein Ersatz aufzutreiben. Dazu noch andere Teile. Zum Beispiel ist das Lenkrad verschwunden. Ein Jammer. Zum Glück musste mein Vater das nicht mehr erleben."

Koch sah schnell zu Siggi herüber, der um das Auto herumging.

„Ein schöner Wagen", rief er aus. „Wenn der wieder in Ordnung ist, müssen Sie mich mal eine Runde fahren lassen."

„Gemach, gemach, junger Mann, das wird noch dauern. Und ob dann Ihre Autobegeisterung noch so groß ist … warten wir es ab. So, meine Herren, jetzt muss ich aber wirklich. Ich habe mich schon länger aufgehalten als ich vorhatte. Ich hoffe, dass ich Ihre Neugier befriedigen konnte.

Koch nickte. „Ja, ja. Aber der Adler muss den Vergleich mit dem Mercedes nicht scheuen."

Brunner lachte gequält. „Sie haben sich das ja wirklich mehr zu Herzen genommen, als ich dachte. Der Adler ist doch ein toller Wagen. Vorderradantrieb, wie der 11 CV."

Kurz darauf verabschiedeten sich die beiden Polizisten von Brunner und gingen zu ihrem Wagen.

„Was für ein widerwärtiger Mistkerl", brüllte Koch los, als sie ein paar Meter gefahren waren. „Der Kerl ist ein Kriegsgewinnler. Der hat nichts riskiert, lässt andere die Drecksarbeit machen und lebt wie die Made im Speck. So ein verdammter …!"

Koch war außer sich. Was sich in der Garage angestaut hatte, musste jetzt raus. Er kurbelte das Fenster herunter.

„Luft, ich brauche frische Luft. Sonst halte ich das nicht aus. Das sind genau die Typen, die immer durchkommen und ihren Schnitt machen. Genau solche miesen Schweine wie dieser Brunner. Und sich als Menschenfreunde verkaufen." Koch äffte Brunner nach. „Ich helfe. Wo Not ist, bin ich da. So ein verlogener Mist!"

Siggi sah immer wieder kurz zu seinem Chef herüber.

„Wo fahren Sie denn hin?", fragte Koch seinen Kollegen, als der nicht in Richtung Stadt abbog.

„Was nachschauen", erklärte er lapidar, bog in eine Parallelstraße zur Jahnstraße ein und verlangsamte schon nach einigen Metern das Tempo. Dabei sah er starr nach rechts an Koch vorbei durch die Seitenscheibe.

„Was ist denn?", fragte der ungehalten. Seine Wut über Brunner war immer noch nicht verraucht.

„Moment!" Nun hatte Siggi den BMW zum Stehen gebracht, stieg aus und lief um den Wagen zum Straßenrand.

Eine halbe Minute später saß er wieder neben seinem Chef und legte den ersten Gang ein.

„Klären Sie mich bitte auf, was das soll?“

„Entschuldigen Sie, Herr Koch. Ich bin doch in dieser Garage um den Mercedes gelaufen …“

„Und weiter!“

„… dabei habe ich festgestellt, dass man auch durch die Rückwand da rein kommt. Ein Tor, das aber zugestellt ist, sodass es wie eine feste Wand aussieht. Und jetzt habe ich geguckt, ob es eine Möglichkeit gibt, von hinten in die Garage zu kommen.“

„Und?“

„Es ist möglich.“

„Sehr gut, Siggi, sehr gut. Jetzt müsste der Wagen nur laufen.“

Ein Lächeln flog über dessen Gesicht, und wurde ernst, als er plötzlich bremsen musste. Zwei Jungs waren vor ihnen auf die Straße getreten, jeder einen Rucksack auf dem Rücken, die bedenklich voll waren.

Gerade waren die beiden über die Straße gegangen, kam ein anderer Junge an ihr Auto und steckte ihnen durch die noch immer halb offene Scheibe einen Zettel zu.

Koch faltete ihn auseinander. „So ein Idiot!“, sagte er.

„Was ist?“, fragte Siggi.

„Der alte Gerber hat ein Kopfgeld ausgesetzt für den, der ihm den Mörder seines Sohnes liefert“, erklärte Koch.

„Und?“, fragte Siggi. „Was zahlt er?“

„Drei Kilo Fleisch.“

Siggi hätte fast einen Hund übersehen, der auf drei Beinen über die Straße humpelte. Als er die andere Seite erreicht hatte, bellte er zweimal laut.

VI

Dorle hatte in den letzten Tagen ihr Häuschen am Ortsrand von Gonsenheim nur verlassen, um sich mit ihrer Lebensmittelkarte das Notwendigste zu besorgen. Von einer Bekannten, die sie auf der Straße traf, hatte sie erfahren, dass Franzi noch immer mit hohem Fieber im Bett lag und ihre Familie fürchtete, dass sie diesen nicht enden wollenden Winter nicht überleben würde. Dorle bekam ein schlechtes Gewissen, weil sie in letzter Zeit keinen Moment an ihre Freundin gedacht hatte. Als sie in den Hof trat, war sie über den stürmischen Wind und die schweren Regentropfen überrascht. Einen kurzen Moment überlegte sie doch zu Hause zu bleiben, nahm nach kurzem Zögern aber einen alten, schon an ein oder zwei Stellen eingerissenen Schirm und eilte mit schnellen Schritten zur Bäckerei, um sich das ihr zustehende Stück Brot abzuholen.

Gerda, die Bäckersfrau, stand hinter der Theke vor den fast leeren Regalen und unterhielt sich lautstark mit drei Frauen aus dem Ort.

„Hallo Dorle", wurde die Eintretende begrüßt. „Warst du krank? Wir haben dich ja lange nicht mehr gesehen."

Dorle nickte müde. „Diese Kälte. Die macht einen ganz kaputt."

Bei diesen Worten musste sie unwillkürlich an Rolf denken, der im Keller lag. Sie wollte nicht darüber nachdenken, dass diese eisige Kälte nicht ewig anhalten würde.

„Hast du was von deinem Hans-Joachim gehört?", fragte eine der Frauen.

„Nein", sagte sie.

„In Russland muss es ganz schlimm sein. Man hört

ganz furchtbare Sachen von dort. Die Männer werden nach Sibirien gebracht. Da ist es so kalt, dagegen ist das Wetter hier richtig angenehm."

Dorle hörte bei dem folgenden Wortwechsel über die Gräuel der Gefangenschaft in den russischen Lagern nicht zu.

Gerda reichte ihr schließlich ein Brot.

„Kannst du ein Stück abschneiden, Gerda?"

„Ja, warum denn?"

„Für Franzi. Die kann's gebrauchen. Ist sehr krank."

„Ja, ja", sagte eine der anderen Frauen, „sieht nicht gut aus. Sie hat ganz hohes Fieber."

„Kannst du es ihr vorbeibringen?", fragte Dorle die Bäckersfrau.

„Warum gehst du nicht selbst?"

„Ich kann Rolf nicht so lange alleine lassen", log sie. „Im Moment sind die Schmerzen wieder ganz schlimm."

Verständnisvoll nickte die Bäckersfrau ihr zu. Auch die anderen Frauen beteuerten ihr Verständnis.

„Es kommen auch wieder bessere Zeiten", sagte Gerda und versuchte Optimismus zu verbreiten.

„Vielen Dank!", sagte Dorle, verabschiedete sich und ging in Richtung Tür.

„Tschüss, Dorle", sagte eine der Frauen und eine andere: „Grüß mir den Rolf. Das wird schon wieder."

In dem Moment wurde die Tür geöffnet und ein Mann betrat den Laden. Dorle, die sich in ihrer Bewegung zur Tür noch einmal umgedreht hatte, sah ihn nicht, stieß gegen den Mann, wollte sich an ihm festhalten, rutschte auf dem glatten Boden aus, ließ ihren Schirm fallen und riss den fremden Mann mit sich, sodass sie auf ihm zum Liegen kam.

Im Hintergrund begannen die Frauen herzhaft zu lachen und zu scherzen, während die beiden Gestürzten sich kurz in die Augen sahen.

„Sie müssen …“, sagte Dorle verschämt zu dem Mann. Der löste sich schnell von ihr, stand auf und reichte ihr die Hand, die sie erst nach einem kurzen Zögern ergriff und sich hochziehen ließ.

„Entschuldigen Sie“, sagte er verlegen, während Dorle sich bückte, um ihren Schirm wieder an sich zu nehmen.

„War ja meine Schuld“, wiegelte sie ab.

Sie war unruhig und nervös. So nahe war sie schon seit langem keinem Mann mehr gewesen. Und es war ihr nicht einmal besonders unangenehm. Außer dem peinlichen Sturz natürlich. Sie wusste, dass sie noch lange die Sprüche und Anzüglichkeiten der anderen Frauen würde ertragen müssen.

Unschlüssig blieb sie an der Tür stehen, während der Mann zu Gerda und ihren Kundinnen ging und dabei sein linkes Bein ein wenig nachzog.

„Paul Koch, Kommissar“, hörte sie den Mann sich vorstellen. „Keine Angst, ich habe nur ein paar Fragen“, sagte er mit beruhigender Stimme. „Sie kannten doch den Peter Gerber?“

„Der Arme“, erwiderte Gerda.

Als der Name Peter Gerber fiel, zuckte Dorle zusammen. Schnell schlüpfte sie durch die Tür auf die Straße. Obwohl es noch immer regnete, öffnete sie ihren Schirm nicht, sondern entfernte sich so schnell wie möglich von dem Laden mit den kärglich gefüllten Regalen und diesem Kommissar.

In ihrem Kopf war ein großes Durcheinander. War es Zufall, dass dieser Polizist genau in dem Augenblick kam, als sie in dem Geschäft war? Hatte sie seinen Blick falsch gedeutet? War er extra mit ihr zusammengestoßen und zu

Boden gefallen? War es gar nicht der an der Frau interessierte Blick des Mannes, sondern der durchdringende, die Wahrheit suchende des Kommissars? Der sie prüfen wollte? Und dann war da noch ihre Lüge wegen Rolf. Sie wunderte sich über sich selbst, wie leicht ihr die Lüge gefallen war. Du sollst nicht lügen! Wieder hatte sie gegen ein Gebot verstoßen. War sie jetzt völlig vom Glauben abgefallen? Oder hatte der Herr sie fallen lassen, meinte er sie schon an den Teufel verloren zu haben?

Erst als Dorle sich einige Straßenzüge von der Bäckerei entfernt hatte, öffnete sie ihren Schirm, um sich vor dem Regen zu schützen. Nun ging sie langsamer und trottete durch die Straßen. Sie wagte nicht nach Hause zu gehen. Vielleicht stand dieser Polizist schon vor ihrer Tür und wartete auf sie. Sie könnte jetzt bei Franzi vorbeigehen. Franzi wäre sofort gekommen, wenn sie erfahren hätte, dass ihre Freundin Dorle krank ist. Aber Franzi hatte noch eine Familie, zwei Söhne, die sich um sie kümmerten. Und Franzi würde Fragen stellen. Und Franzi konnte sie nicht belügen.

Lange, es hatte inzwischen aufgehört zu regnen, lief sie umher, bis sie so müde war, dass es ihr gleichgültig wurde, ob der Polizist vor ihrer Tür wartete. Mit schlurfenden Schritten, das Brot unter den Arm geklemmt, machte sie sich auf den Weg zurück zu ihrem Haus. Kurz bevor sie es erreicht hatte, sah sie Neubert. Es war zu spät, um dem Mann auszuweichen.

„Ist so ruhig bei dir, die letzten Tage“, bemerkte der untersetzte Mann süffisant ohne Gruß. Er hat nie Hunger gelitten, hatte Dorle schon oft überlegt.

„Rolf schreit nicht mehr?“

„Es geht ihm besser“, entgegnete Dorle knapp und wollte an dem Mann vorbeihuschen, aber der stellte sich ihr geschickt in den Weg.

„Hast du Medizin bekommen?“, fragte er und sah sie streng an. „Getauscht?“

Dorle verneinte mit einer Kopfbewegung. Zu schnell.

„Nein? Oder ein bisschen gehurt? Mit den Besatzern? So einem Franzmann in Uniform? Sind ja charmant. Kann so einem hübschen deutschen Mädel schon den Kopf verdrehen.“

Dorle wollte das nicht hören, wollte nicht den geifernden Worten dieses alten Mannes ausgesetzt sein. Sie drehte sich um und lief in die andere Richtung davon, weg von ihrem Haus.

„Ich zahle auch gut, Dorle. Sehr gut“, rief er ihr nach. Er lachte so laut, dass sie es noch hörte, als sie schon um die nächste Straßenecke gelaufen war.

Sie konnte jetzt nicht nach Hause. Trotz der Müdigkeit lief sie zu den Feldern. Sie wollte niemandem begegnen. Mindestens eine Stunde war sie unterwegs, bis die Kälte durch ihre viel zu dünnen Kleider jede Faser ihres Körpers ergriffen hatte. Mit gesenktem Kopf lief sie zurück durch die Gonsenheimer Straßen. Wenn ihr jemand begegnete, grüßte sie mit einem verhaltenen Kopfnicken und eilte weiter. Sie wollte mit niemandem sprechen. Von Neubert war zum Glück nichts mehr zu sehen. Hastig öffnete sie das Tor zu ihrem Hof und verschloss es sogleich wieder.

Dorle blieb weiter zu Hause und verließ es nur, wenn es nicht anders ging. Wenn sie Bekannte traf, erzählte sie ihnen, dass es Rolf nicht gut ginge und sie keine Zeit habe, da sie ihn nicht lange alleine lassen dürfe. Sie erkundigte sich nach Franzi, die noch immer hohes Fieber hatte und ihre Wohnung nicht verlassen konnte. In die Kirche ging sie nicht. Sie fürchtete zwar das Gerede der anderen, aber sie wagte nicht, ihrem Herrgott unter die Augen zu treten.

Die meiste Zeit saß sie in der Küche, starrte die Wand an oder hockte im Keller neben Rolf, betete und machte sich Vorwürfe.

Die wenigen Vorräte, die sie noch besaß, waren fast zur Neige gegangen, aber das machte ihr nichts. Sie verspürte keinen Hunger. Manchmal überlegte sie, was mit Rolfs Körper passieren würde, wenn der Frühling kam und die Temperatur anstiege. Noch sorgte die eisige Kälte draußen und im Keller dafür, dass er wie in einem Kühlhaus vor der Verwesung gesichert war. Lange würde das nicht mehr sein. Der Frühling würde kommen.

Sie würde Rolfs Tod melden müssen, aber sie fürchtete sich vor den Fragen, die man ihr unausweichlich stellen würde. Viel zu lange schon lag er tot im Keller. In den Tagen nach dem Besuch bei der Bäckersfrau war sie bei jedem Geräusch zusammengezuckt, weil sie glaubte, dass dieser Polizist zu ihr käme, um sie mitzunehmen. Mit jedem weiteren Tag jedoch verschwand der Mann immer mehr aus ihren Gedanken und damit die Angst vor der Verhaftung. Nur der Blick, mit dem er sie angesehen hatte, der blieb ihr in Erinnerung. Und sein Geruch.

Aber wäre es so schlimm, wenn man sie verhaften würde? Wenn sie ihrer Strafe zugeführt werden würde? Was hatte sie zu verlieren? Nichts! Sie hatte ja schon alles verloren. Nichts war ihr mehr geblieben, nur das Häuschen, in dem Hans-Joachims Eltern und er selbst aufgewachsen waren. Aber jetzt war kein Leben mehr in dem kleinen Anwesen. Sie selbst war zu einer müden, ausgehungerten Frau geworden, ohne Energie, ohne Lebenslust. Viel zu oft hatte sie in den letzten Tagen daran gedacht, sich selbst umzubringen. Aber das konnte sie nicht. Das war die größte, die schlimmste Sünde. Sie konnte zur Polizei gehen und sich stellen. Bestimmt hätte man Verständnis für sie. Ohne Mann, mit einem schwer verletzten Sohn. Für den hatte sie diese schreckliche Tat begangen, weil Peter ihr nichts von seinen Vorräten geben wollte. Und er hatte sie angefasst, wollte sie …

Der Gedanke an Hans-Joachim verhinderte dies. Ihm war immer wichtig gewesen, was die Leute über ihn und seine Frau und seine Familie dachten. Es würde ihn umbringen, wenn er seine Frau im Gefängnis vorfinden würde. Schließlich waren sie verheiratet. Bis dass der Tod euch scheidet, in guten wie in schlechten Zeiten, hatte der Pfarrer bei der Hochzeit gesagt, und sie hatte dem freudig zugestimmt. Jetzt waren die schlechten Zeiten und da konnte sie ihren Mann nicht im Stich lassen. Sie hatte in der Stadt die Männer gesehen, die aus der Gefangenschaft zurückgekommen waren und sie hatte deren schrecklichen Geschichten über die Lager in Russland gehört. Hans-Joachim würde sie brauchen, wenn er wieder nach Hause käme. Wie er wohl aussah? Abgemagert? Verwundet? Sie stellte sich vor, wie es sein würde, wenn er wieder im Haus wäre. Es fiel ihr schwer, und Dorle bekam ein schlechtes Gewissen, weil sie bei dem Gedanken keine unbändige Freude empfand. Sie war sich nicht sicher, ob sie sich seine Rückkehr wünschte. Und das nagte an ihr. In guten wie in schlechten Zeiten, hatte der Pfarrer gesagt.

Schnell zog Dorle sich die Decke über den Kopf. Und wartete, dass diese Gedanken verschwanden. Spät in der Nacht wachte sie auf, fror trotz der Decke, stand auf und ging in den Keller und kniete sich neben Rolfs Leichnam. Aber auch zum Beten fehlte ihr jetzt die Kraft.

In den letzten Tagen hatte es mehrmals an ihr Tor geklopft. Einmal hatte sie Neubert rufen hören. Gespielt besorgt klang er. Sie reagierte nicht, wartete, bis er endlich gegangen war. Dieses Mal war es die Stimme der alten Elisabeth, die über die Mauer und über den Hof zu ihr auf dem Sofa drang. Elisabeth hatte ihren Mann schon im Ersten Weltkrieg verloren und drei Söhne durchgebracht, nur damit diese einer nach dem anderen im nächsten Krieg umkamen.

„Komm her, Dorle!“, forderte sie. „Mach auf!“

Sie ließ nicht locker, wiederholte ihr Rufen, bis Dorle schließlich nachgab.

Müde und matt erhob sie sich von dem Sofa und schlich zur Tür. Sie hatte kaum die Kraft, den Riegel zur Seite zu schieben.

„Siehst nicht gut aus, Dorle“, rief die Alte ihr entgegen, als Dorle noch ein paar Meter entfernt war.

Dorle nickte stumm zur Antwort.

Die alte Elisabeth bückte sich und griff in den Korb, der neben ihr stand, entnahm ihm zwei Kartoffeln und hielt sie Dorle entgegen.

„Nimm! Du musst essen!“

In einem ersten Reflex wollte Dorle ablehnen, aber nach kurzem Zögern nahm sie die beiden dunklen Kartoffeln.

„Danke!“, sagte sie kurz.

„Der arme Peter“, sagte Elisabeth.

Dorle verstand nicht sofort.

„Der ist tot. Hast du das noch nicht gewusst?“

„Doch, doch“, antwortete Dorle matt.

Elisabeth sprach einfach weiter. „Als wenn es nicht reicht, dass die Männer im Krieg sterben. Jetzt bringt man sie auf ihren eigenen Höfen um.“

„Hat man … weiß man schon wer …?“

Es fiel Dorle schwer, ihre Frage auszusprechen.

„Wahrscheinlich ein Durchreisender. Hatte Hunger. Peter hat ihn wahrscheinlich erwischt, als er das Tor zur Scheune aufbrechen wollte."

Dorle wollte das nicht so genau wissen. Jedes einzelne Wort der alten Elisabeth erinnerte sie an ihre Tat. Die Alte missverstand ihr Schweigen.

„Erstochen hat ihn sein Vater gefunden, als er aus dem Hospital zurückkam. Mit seinem gebrochenen Bein. Der arme Jupp. Kommt nach Hause und findet seinen Sohn erstochen auf dem Hof vor dem Schuppen. Schrecklich, nicht?"

Dorle erwiderte zunächst nichts, doch langsam drang der Sinn der Worte der alten Elisabeth in ihr Bewusstsein.

„Vor dem Schuppen …", wiederholte sie mit dünner Stimme.

„Ja, ja, vor dem Schuppen", bestätigte Elisabeth. „Hab ich doch gesagt. Die Polizei meint, dass der Peter da den Einbrecher überrascht hat. Und die Rosi hat die ganze Zeit neben dem Peter gesessen. Ein treuer Hund. Nicht wie die Menschen."

Die Alte schüttelte leicht ihren Kopf. Dorle sah sie an.

„Was für Zeiten", begann Elisabeth nach der Pause. „Was für Zeiten."

Es schien, dass sie auf eine Reaktion von Dorle wartete. Als die nicht kam, atmete sie hörbar ein und aus und sagte, ohne ihr Gegenüber anzuschauen: „Der Jupp hat ein Kopfgeld ausgesetzt. Drei Kilo Fleisch, wer ihm den Mörder seines Sohnes bringt."

Dorle zuckte erschrocken zusammen.

Elisabeth verstand auch diese Reaktion falsch. „Ja. Drei Kilo. Ist doch verrückt. Drei Kilo Fleisch für einen Menschen. Was für Zeiten. Was für verrückte Zeiten."

„Ja, ja", hörte sich Dorle sagen, und sie wusste, wo in ihrem Kopf sich ihre Worte geformt hatten. „Es sind schlimme Zeiten."

Sie steckte die beiden Kartoffeln, die sie noch immer in den Händen hielt, in ihre Tasche, bedankte sich schnell bei Elisabeth, die sie überrascht ansah, einen kurzen Gruß sprach, sich umdrehte und ging.

Dorle verschloss die Tür und ging ins Haus.

Dort legte sie sich gleich wieder auf ihr Sofa. Aber das, was die alte Elisabeth gesagt hatte, ging ihr nicht aus dem Kopf. Warum lag Peter vor dem Schuppen? Hat er doch noch gelebt, als sie gegangen war und geglaubt hatte, er sei schon tot? Hätte sie ihm noch helfen können? Dann hätte sie sich ja doppelt schuldig gemacht. Oder hatte sein Vater ihn auf den Hof geschleppt, damit niemand etwas von dem geheimen Lager erfuhr? Dann könnte auch niemand eine Verbindung zwischen ihr und dem Toten herstellen. Aber Brunner? Der hatte doch so Andeutungen gemacht. Oder hatte er einfach so ins Blaue hinein gesprochen?

Aber das alles war auch so egal. So egal. Sie hatte nichts mehr und der Tod wäre eine Erlösung.

Am Abend quälte Dorle sich von dem Sofa und feuerte ihren Herd an. In den Topf mit dem noch kalten Wasser legte sie die beiden Kartoffeln und kehrte zum Sofa zurück. Als sie wieder aufwachte, war das Feuer erloschen und die Kartoffeln völlig schwarz. Trotzdem aß sie eine halbe. Mehr bekam sie nicht runter.

Anschließend legte sie sich wieder auf das Sofa und starrte die Decke an. Sie war matt und erschöpft und nur der Gedanke an Hans-Joachim, seine mögliche Rückkehr und ihre Verantwortung ließen sie sich nicht völlig aufgeben.

19. – 22. März 1946

VII

Den ganzen Vormittag hatte Koch über seinem Bericht gesessen. Arnheim hatte darauf bestanden. Um elf Uhr klopfte er an die Tür seines Vorgesetzten und wartete, dass der ihn hereinbat.

Drinnen war es wesentlich wärmer als in seinem eigenen Büro. Er hätte seinen Mantel ausziehen können, aber so viel Gemütlichkeit wollte er sich in der Nähe dieses Mannes nicht zubilligen.

„Das ging aber schnell", begrüßte ihn Arnheim und forderte ihn mit einer Handbewegung auf sich zu setzen.

Er wartete und sah sich um, während Arnheim seinen Bericht las.

„Schlüssig, klingt schlüssig", sagte er schließlich und warf das Papier auf seinen Schreibtisch. „Wenn man nur Brunner im Visier hat", fügte er langsam hinzu. „Und andere Möglichkeiten außer acht lässt."

Koch wartete mit einer Antwort, weil er nichts Unbedachtes sagen wollte.

„Und Koch, haben Sie nichts dazu zu sagen?"

Arnheim spielte wieder an den Enden seines gezwirbelten Schnurrbartes. Er schien auf einen Ausraster seines Untergebenen zu lauern.

Es kostete Koch viel Mühe ruhig zu bleiben. „Brunner steht seit langem im Verdacht, hinter den Überfällen auf Warenlager und Depots zu stecken. Unter dem Deckmantel, seinen Mitmenschen zu helfen, betreibt er seine Geschäfte. Einer der Männer, der an dem letzten Überfall beteiligt war, ist bei ihm angestellt. Dieser Mann, der so schwer verletzt wurde, dass er sich laut der Auskunft seines Arztes nicht bewegen konnte, flüchtet aus dem Krankenhaus und wird überfahren. Ein Typ des Unfallwagens steht in Brunners Garage. Für mich sind das genügend Indizien, um Brunner in den Mittelpunkt meiner Ermittlungen zu stellen."

„Das haben Sie alles in Ihrem Bericht geschrieben. Das müssen Sie nicht noch einmal wiederholen, Koch. Aber wie Sie richtig sagen, es sind Indizien, keine Beweise. Und noch nicht einmal überzeugende Indizien. Der Mercedes war ein vor dem Krieg viel verkaufter Wagen und der Zeuge ist zum einen nicht mehr da, zum anderen hat er seine Aussage unter Druck gemacht. Für das, was seine Angestellten außerhalb ihrer Arbeitszeit machen, können wir Brunner nicht zur Verantwortung ziehen. Eine Möglichkeit, ja, das ist es, Koch, aber ich will, dass Sie auch andere Möglichkeiten in Betracht ziehen. Haben Sie verstanden? Andere Möglichkeiten. Nur weil einer der Partei nahe gestanden und daraus vielleicht Vorteile gezogen hat, macht das aus ihm noch keinen Schwerkriminellen und Bandenführer. Wenn wir nämlich so ermitteln, sind wir nicht besser als die Nazis. Und das wollen wir doch sein."

Was für ein dummer Vergleich! Koch verkniff sich eine Replik.

„Im Moment gibt es keine andere Spur, Herr Arnheim", sagte er schließlich.

„Dann finden Sie eine, Koch, suchen Sie, ermitteln Sie. Das ist Ihr Beruf. Dafür sind Sie ausgebildet worden. Ich will keine vorschnellen Ergebnisse, bei denen sich später herausstellt, dass sie jeder Grundlage entbehren. Wir müssen Vorbild sein, Koch."

Im Flur trat Koch gegen einen Eimer, der laut scheppernd umfiel und seinen Inhalt über den Boden ergoss.

„Na, der ist aber sicher unschuldig“, sagte hinter ihm eine bekannte Stimme.

Koch drehte sich um und sah in das Gesicht von Reuber.

„Ärger?“

Koch nickte.

„Arnheim?“

Er nickte nochmals.

„Kommen Sie!“

Koch folgte dem Kollegen in dessen Büro, der dort eine Flasche aus einer der Schubladenschränke unter seinem Schreibtisch zog, zwei Gläser auf den Tisch stellte und sie jeweils halb mit einer bräunlichen Flüssigkeit füllte.

Bevor er eines davon Koch zuschob, steckte er sich eine Zigarette an.

„Cheers“, prostete er seinem Besucher zu.

„Prost!“, erwiderte Koch kühl und roch, bevor er einen Schluck nahm, an seinem Glas.

„Whiskey. Bourbon“, sagte er, nachdem er sein Glas auf die Schreibtischplatte gestellt hatte.

„Richtig. Das Geschenk eines amerikanischen Lieutenants, bevor er letzten Sommer die Stadt verlassen hat. Die Amis liegen mir mehr als die Franzosen.“

Beide Männer tranken nochmals.

„Was wollte Arnheim?“, fragte Reuber schließlich.

Koch ließ sich Zeit mit der Antwort. „Wenn ich das wüsste“, sagte er schließlich. „Er behindert meine Ermittlungen. Behindert sie so sehr, dass ich denken muss, dass er mit Brunner unter einer Decke steckt. Wirft mir ständig Nazi- oder Gestapomethoden vor. Was soll das?“

„Sagt Ihnen der Begriff Projektion was?“

„Kino. Film“, entgegnete Koch, „aber ich fürchte, das ist nicht das, was Sie hören wollen.“

„Volltreffer. Es ist ein Begriff aus der Psychoanalyse. Man überträgt das, was man an sich selbst nicht mag, auf einen anderen."

„Der andere bin ich?", fragte Koch kopfschüttelnd.

Reuber musste grinsen.

„Auch wenn Sie das nicht glauben wollen, so ist es. Sie haben eine astreine antifaschistische Vita. Die hätte Arnheim auch gerne."

„Hat er aber nicht, nehme ich an."

„Ja, aber nicht in dem Sinne, wie Sie das jetzt wahrscheinlich glauben, und wie das bei vielen anderen Menschen in Deutschland der Fall ist. Ich kann es Ihnen auch nicht genau sagen, weil ich dafür zu wenig über Arnheim weiß."

Koch war gespannt, was Reuber ihm nun erzählen würde. Dieser machte es spannend, zündete sich eine weitere Zigarette an und trank einen Schluck von seinem Whiskey.

„Arnheims Vater war schon früh in der Partei, ein überzeugter Nazi der ersten Stunde. Niedrige Mitgliedsnummer. Und ist schnell aufgestiegen. Ich glaube, Mitarbeiter oder Sekretär eines Gauleiters in der Ostmark. Während der Sohn in der Jugend mit den Sozialdemokraten sympathisierte. Hatte auch Kontakte zu Kommunisten. Die beiden hatten nichts miteinander zu tun, bis, ja, bis Bernd Arnheim verhaftet wurde. Ich weiß nicht, wegen was. Es reichte ja schon die Parteizugehörigkeit. Vielleicht hat er Plakate geklebt. Egal. Er wurde verhaftet. Mit drei anderen Genossen. Schnellverfahren. KZ. Papa Arnheim erfährt davon, da kommen doch Vatergefühle hoch …"

„Oder Angst um den eigenen Aufstieg. Ein verhafteter Sozi in der eigenen Familie … das kann innerparteiliche Konkurrenten auf den Plan rufen", warf Koch ein.

„Wie auch immer. Papa und die Partei, sie hören die

Alliteration, Koch, ja? Also, Papa und Partei fordern, dass er sich öffentlich von den Genossen lossagt …“

„Und sie belastet?“

„Kann sein. Vielleicht, um den Sohnemann so richtig zu brechen, vielleicht auch nicht. Wahrscheinlich reicht schon die öffentliche Distanzierung und dass der verhasste Vater ihn gerettet hat. Ihn, und nicht die anderen, über deren Schicksal ich nichts weiß. Arnheim ist nie in der Partei gewesen, ist auch nach dem Vorfall nicht eingetreten. Er hat sich zur Marine gemeldet. U-Boot-Waffe. Wo es am gefährlichsten ist. Selbstmord, wie manche sagen, zumindest ab ’43. Arnheim hat sich zu jeder möglichen Feindfahrt gemeldet. Ist aber immer zurückgekommen. Und hier in Mainz, wo ihn niemand kennt, wo niemandem der Name etwas sagt, meldet er sich zur Polizei. Er steht in keiner Akte. Alles bestens.“

„Und wo komme ich da ins Spiel? Als Projektion, wie Sie sagen?“

„Liegt doch auf der Hand, Koch. Sie verkörpern für ihn das, was er nicht geschafft hat. Der aufrechte Antifaschist, der sich nicht hat beugen lassen …“

„Das klingt verdammt pathetisch, Reuber“, unterbrach ihn Koch.

„Ist es auch. Aber Sie verstehen, was ich meine? Sie sind sein schlechtes Gewissen. Sie erinnern ihn ständig daran, dass er sich dem Willen seines Vaters gebeugt hat, an die andere Möglichkeit.“

„Und deshalb benimmt er sich so? Wenn er doch nur ein wenig nachdenkt …“

„Koch! Richtig, ja, für einen normalen Menschen, normal meine ich, jemanden ohne die Verletzungen, die Arnheim erlitten hat. Aber eben nicht für ihn. Er macht das nicht bewusst. Es sind unterbewusste Handlungen …“

„Eine Frage. Woher wissen Sie das alles, Reuber?“ Koch hatte sich vorgebeugt.

Reuber trank den Rest seines Bourbons in einem Zug leer.

„Woher? Zum einen weiß ich gerne, mit wem ich es zu tun habe, das hatten wir ja schon, zum anderen habe ich eine Zeit lang in Wien gelebt. Da ist die Psychoanalyse ebenso zu Hause wie Arnheims Vater, der bei einem Gauleiter in der Ostmark, oder wie die später hieß, in den Alpen- und Donau-Reichsgaue, gearbeitet hat.“

„Aber es kann doch nicht sein, dass jetzt so ein …“ Koch hielt inne und suchte nach dem richtigen Begriff, „… dass so ein seelischer Krüppel, wenn ich Sie richtig verstanden habe, mir meine Ermittlungen kaputtmacht.“

Statt einer Antwort kramte Reuber die Bourbonflasche aus der Schublade.

„Noch einen?“

Koch überlegte einen Moment und schob dann sein Glas über den Tisch. „Nur einen kleinen.“

„Noch was vor? Ich hoffe, dass Sie jetzt in eine andere Richtung ermitteln.“ Reuber hatte Arnheims Stimme nachgeahmt und tat so, als spiele er an seinem Schnurrbart.

„Ich werde mir die anderen Mitarbeiter von Brunner vorknöpfen“, sagte Koch und trank sein Glas in einem Zug leer.

„Na, Sie scheinen ja unbelehrbar zu sein. Sehen Sie zu, dass Arnheim nichts davon mitbekommt.“

In der Tür, bevor er das Büro verließ, drehte sich Koch noch einmal um. „Sie haben noch nichts von sich erzählt, Reuber.“

„Ehrlich? Ich glaube schon. Aber das kommt schon noch. Kleine Geheimnisse steigern doch das Interesse der Gegenseite.“

„Sie sind doch keine Frau, Reuber?"
Ein vielsagendes Lächeln war die Antwort.

In der Kantine trank Koch einen Ersatzkaffee und würgte ein altes, trockenes Brötchen, das mit etwas Undefinierbarem belegt war, hinunter. Den Whiskey am Morgen war er nicht gewohnt. Er hatte seinen Kaffeebecher gerade zum zweiten Mal gefüllt, als Siggi in dem kühlen Raum erschien.

„Da sind Sie ja. Ich habe Sie gesucht. Ich habe gehört, dass Sie beim Chef waren. Was hat er gesagt?"

„Dass wir auf einem guten Weg sind. Und den werden wir jetzt weitergehen, Siggi. Wir werden uns mal Brunners Arbeiter vorknöpfen. Haben Sie schon einen Wagen organisiert?"

Koch war mit einem Mal gut gelaunt und er konnte nicht sagen, woran das lag.

Um die Mittagszeit fuhren sie los. Dieses Mal hatte Siggi den 315er BMW nicht bekommen. Ein Opel P4, der notdürftig repariert worden war und der mit einer Kurbel gestartet wurde, weil der Anlasser kaputt war, musste ihnen reichen. Siggi war richtig sauer. Zudem hatte der Wagen einen Holzvergaser, ein großer Aufbau verunstaltete das Heck, wie Siggi es ausdrückte.

„Der Klaßen von der Sitte hat den BMW. Was will der denn damit? Kann ja gar nicht fahren. Das schöne Auto."

„Hauptsache, wir kommen an", erwiderte Koch, nachdem der Motor des Wagens mehrmals heiser geröchelt hatte. Das musste er nochmals in Zweifel ziehen, nachdem Siggi einen Stein, der auf der Straße lag, übersehen hatte, und er schon befürchtet hatte, dass der Reifen hin wäre.

Zum ersten Mal seit langer Zeit schien an diesem Tag die Sonne, auch wenn sie noch wenig gegen die Kälte ausrichten konnte. Aber sie war ein Vorbote des Frühlings, der nun nicht mehr so lange auf sich warten lassen würde. Koch hatte den Eindruck, dass sich dies auch auf die Stimmung der Menschen auf der Straße übertrug. Sie schauten freundlicher, gingen aufrechter.

Brunner lagerte seine Maschinen und Baustoffe in einer Halle in Mombach, die er von einem gewissen Hans Rohstein gemietet hatte, einem früheren Partner seines Vaters, der derzeit vermisst wurde. An diesem Ort hoffte Koch Brunners Mitarbeiter anzutreffen. Er wies Siggi an, den Opel nicht direkt vor der steinernen Halle abzustellen.

Eine hohe Mauer, in deren First Glasscherben steckten, schirmte das Gelände ab. Die beiden Männer traten durch das Tor und gingen auf die fenster- und türlose Stirnseite des länglichen Gebäudes zu, das durch den Krieg in Mitleidenschaft gezogen worden war. Ein Teil des Daches und eine Außenmauer waren beschädigt.

Es war ruhig, aus dem Inneren der Halle drangen keine Geräusche zu den beiden Polizisten.

Als sie um die Ecke auf die Längsseite des Gebäudes bogen, erkannten sie zwei Männer, die auf einem sonnenbeschienenen Steinhaufen saßen und Stöcke in ein Feuer hielten, das vor ihnen loderte.

„Mahlzeit!“, rief ihnen Koch zu.

Der Ältere der beiden, groß und kräftig, mit einem kantigen Schädel und einer polierten Glatze, stand sofort auf, griff dabei nach dem Hammer, der neben ihm gelegen hatte und nahm eine Abwehrhaltung ein. Der Jüngere, etwas kleiner, blond und athletisch, wartete einen Moment, bis auch er sich erhob. Er hatte seine rechte Hand mit einem dreckigen Verband umwickelt.

„Was wollen Sie?", fragte der Ältere, der seinen Stock zur Seite gelegt hatte. Der Jüngere ließ Koch nicht aus den Augen.

„Ganz ruhig", sagte der. „Nur ein paar Fragen."

„Seid ihr von der Schmiere?" Der Ältere, der auf seiner rechten Wange eine tiefe, rote Narbe hatte, streckte seinen Rücken durch und ballte eine Faust. Der Jüngere schob seine verletzte Hand unter seinen Wollpullover.

„Warum so unhöflich? Gegen ein paar Fragen kann man doch nichts haben, wenn man nichts zu verbergen hat."

Koch hatte das provozierend lässig gesagt. Der Ältere behielt ihn genau im Auge und hob den Hammer ein Stück.

„Ich würde vorsichtig sein!", warnte ihn Koch. Der Angesprochene ließ den Arm sinken. Der Hammer baumelte jetzt neben seinem Knie.

Koch überlegte, wie weit er sich auf Siggi verlassen konnte, wenn es zu einem Kampf mit diesen beiden Männern käme.

„Also, was wollen Sie wissen?"

Der Ältere sah Koch an.

„Sie arbeiten für Helmut Brunner?"

„Ist das verboten?"

„Das ist keine Antwort. Arbeiten Sie für ihn?"

„Ja. Ich bin Dachdecker."

„Und der?" Koch blickte kurz zu dem jüngeren Mann, der im Gegensatz zu dem Alten einen unruhigen Eindruck machte.

„Zimmermann. Geselle."

„Und wem gehört das hier?"

Der Ältere drehte sich kurz um. „Ein Haus. Ein Lager."

„Gehört das Brunner?"

„Gemietet."

„Seit wann arbeiten Sie für ihn?“

Der Ältere kratzte sich am Kopf. „Schon lange. Habe schon für den alten Brunner geschafft.“

„Und Sie?“ Er sah zu dem Jüngeren.

Er dachte kurz nach. „Seit Oktober, glaube ich.“

„Ist doch keine Saison für Zimmermänner und Dachdecker. Im Winter.“

„Schlaumeier“, entfuhr es dem Älteren, der in seine Tasche griff. Koch ging gleich in Alarmbereitschaft.

„Keine Angst“, grinste ihn der Dachdecker an. „Will nur ’ne Kippe.“

Er rollte die Zigarette zwischen seinen Finger glatt und steckte sie an. Das Zündholz schnippte er weg, haarscharf an Siggi vorbei, der erschrocken seinen Kopf zur Seite zog.

Der Ältere grinste ihn an.

„Also?“ Koch klang ungehalten. Der Arbeiter sah ihn forschend an, als ob er prüfte, wie weit er gehen könne.

„Normalerweise ja. Im Winter ist Saure-Gurken-Zeit. Aber es ist nichts normal. Jetzt. Es war Krieg. Haben Sie wahrscheinlich auch schon mitbekommen. Wir haben den verloren. Auch verstanden, oder? Wie hieß das noch mal? Terrorangriffe. Genau. Terrorangriffe der Alliierten. Der Ami am Tag. Der Brite in der Nacht. Feste druff uff die Städte. Im Februar letzten Jahres war Mainz dran. Sie haben ja gesehen, was da passiert ist. Kaum ein Stein steht mehr auf dem anderen. Deshalb sind das keine normalen Zeiten. Und deshalb gibt es für uns Dachdecker und Zimmerleute auch im Winter Arbeit. Die Leute haben’s nämlich gerne mit einem Dach über dem Kopf.“

Zufrieden sah er den Kommissar an und erhielt einen aufmunternden Blick des Jüngeren.

„Welche Baustellen?“

„Überall. Es ist alles kaputt.“

„Herr ..." Koch sah den Mann fragend an.
„Glodkowski. Klaus Glodkowski."
„Wo wir dabei sind, die Adresse!"
Glodkowski antwortete nicht sofort.
„Adresse!"
„Wallstraße."
„Nummer?"
Glodkowski ließ sich wieder Zeit mit der Antwort.
„Na, geht doch!", sagte Koch spöttisch. „War doch nicht so schwer."
Ein böser Blick war die Antwort.
„Und der?" Koch zeigte auf den jungen Mann.
„Fred. Fred Hafner. Wohnt hier in Mombach."
Koch nickte zufrieden, nachdem er auch Freds Adresse herausbekommen hatte.
„Und der Herr Brunner hat eine Menge Baustellen? Häuser?"
„Na klar. Kann gar nicht alle Aufträge annehmen. Zu wenig Leute."
„Und er ist ein guter Chef?"
„Der Brunner? Na klar. Ist in Ordnung. Oder, Fred?"
Er sah zu dem Jüngeren, der sich immer wieder umgeschaut hatte, als suche er eine Fluchtmöglichkeit. Dabei hielt er seine Hand konsequent unter seinem dreckigen Wollpullover.
„Ja, ja, der Brunner, der ist schwer in Ordnung."
„Wo waren Sie in der Nacht vom 27. auf den 28. Februar?"
Jetzt lachte Glodkowski und Fred, der Jüngere, fiel darin ein. „Da klingelt was. Ganz laut. Klar. Die Bomben. Da war das mit den Bomben. Vor genau einem Jahr. 27. Februar. Klar, Mann?" Glodkowski grinste seinen jüngeren Kollegen wieder an.

Koch machte einen Schritt auf ihn zu.

„Eh Mann, das ist schon fast vier Wochen her. Woher soll ich das wissen?"

„Ich könnte Ihnen helfen. Franz Hartmann, den kennen Sie, oder?"

„Oh Mist!", entfuhr es dem Jüngeren.

„Was meinen Sie damit?" Zum ersten Mal hatte Siggi was gesagt. Er sah zu Koch, ob das in Ordnung war.

Als der Jüngere die Frage nicht beantwortete, hakte Koch nach. „Und? Mein Kollege hat Sie was gefragt."

„Ja, klar, kennen wir den. War ein Kollege. Ist bei einem Unfall umgekommen. Und die Sau ist einfach abgehauen."

„Was ist mit Ihrer Hand?" Koch sah zu Fred herüber.

„Wie Hand?", gab der zurück.

„Unfall", antwortete Glodkowski anstelle des Jüngeren. „Wenn Sie den ganzen Tag auf'm Bau sind, passiert das. Ist nicht wie im Büro, wo einem beim Nickerchen vielleicht der Hals steif wird oder man sich das Maul am heißen Kaffee verbrüht."

„Langsam, Freundchen!", entgegnete Koch, und Siggi konnte beobachten, dass sein Chef sauer wurde und es ihn eine Menge Anstrengung kostete, ruhig zu bleiben.

„Herzeigen!"

„Die Hand?", fragte Fred.

„Das dürfen Sie gar nicht!", wollte Glodkowski den Kommissar belehren.

„Ich kann Ihnen mal zeigen, was ich darf und was nicht", zischte der und machte einen Schritt auf den Mann zu, der seinen Hammer nun wieder fester umgriff.

Mehrere Sekunden lang sahen sich die beiden Männer an, dann ließ Glodkowski den Hammer wieder sinken und gab Fred ein Zeichen, Koch die Hand zu zeigen.

„Komm, mach schon!“, wies er ihn an. „Damit der Ruhe gibt. Wir haben zu arbeiten, die Häuser reparieren sich ja nicht von alleine.“

Langsam kam der jüngere Arbeiter auf Koch zu und streckte seine Hand aus. Siggi blieb nahe bei ihm, wollte bereit stehen, falls der vorhatte, auf seinen Chef loszugehen.

„Verband ab!“, befahl Koch knapp.

Glodkowski nickte dem Mann zu.

Mit seiner linken Hand rollte er den dreckigen Verband ab. Es kam ein etwa acht Zentimeter langer Riss quer über die Handinnenfläche zum Vorschein. Die Wunde war sauber und nicht entzündet.

„Wer hat Sie verarztet?“, fragte der Kommissar.

„Meine Mutter.“

„Ist die Ärztin?“

Fred schüttelte seinen Kopf und sah kurz zu Glodkowski herüber. „Krankenschwester“, sagte er schließlich. „Hat im Lazarett gearbeitet.“

„Und woher ist die Wunde?“

„Arbeitsunfall.“

Koch verzog seinen Mund. „Ist nicht zufällig beim Übersteigen einer Mauer mit Stacheldraht passiert.“

„Ich weiß nicht, was Sie meinen, Herr Kommissar“, erwiderte Fred.

„Doch, natürlich. Aber woher wissen Sie das?“ Glodkowski grinste Koch frech an. „Sie haben ja richtige hellseherische Fähigkeiten.“

Koch machte einen Schritt auf den Mann zu.

„Wollen Sie mir drohen? Ich glaube, das dürfen Sie nicht. Aber wir haben ja nichts zu verbergen. Fred hat sich tatsächlich an einer Mauer verletzt.“ Glodkowski drehte sich um und zeigte auf die Mauer, die das Gelände umgab. „Er musste hier rein, hatte keinen Schlüssel und ist da rüber. Hat nicht an die Glasscherben gedacht. Dumme Sache. Passiert ihm nicht noch mal. War schmerzhaft. Oder, Fred?“

„Sehr schmerzhaft!“, bestätigte der.

„Zufälle gibt's. Und das in dieser Zeit. Ich hätte gewettet, dass das keine Glasscherbe, sondern Stacheldraht war.“ Koch war anzusehen, dass er sauer war, dass er an diesen Kerl nicht rankam.

„Sind Sie auch Arzt? Aber heutzutage, tja ...“

„Jetzt gehen wir doch mal in die Halle und schauen uns da um.“ Koch ging an Glodkowski vorbei zu der Tür, die nicht weit von dem Steinhaufen, an dem die beiden Arbeiter bei ihrer Ankunft gesessen hatten, in die Halle führte.

„Das werden Sie mal schön bleiben lassen!“, blaffte Glodkowski und packte Koch an der Schulter. Der drehte sich um und schlug dem Mann seine Faust unters Kinn. Glodkowski kippte zur Seite und fiel auf den Steinhaufen. Er stöhnte auf.

Siggi behielt derweil Fred im Auge.

Koch trat im Vorbeigehen Glodkowskis Hammer, der ihm bei dem Sturz aus der Hand gefallen war, zur Seite und legte seine Hand auf die Klinke der Tür.

In dem Moment wurde die Tür so heftig aufgestoßen, dass sie den Kommissar am Kopf erwischte und er zu Boden fiel. Ein Mann sprang über ihn und lief über das Gelände fort.

Siggi war hin- und hergerissen, den Flüchtigen zu verfolgen oder seinem Chef zu helfen.

„Hinterher!“, schrie ihn Koch an und rappelte sich auf. „Schnappen Sie sich den Kerl!“ Er war aufgestanden und sah den Mann, der einen Verband um den Kopf trug, schon in einiger Entfernung laufen.

Er fürchtete, selbst einen Verband gebrauchen zu können, denn die Stelle an seiner Stirn, an der ihn die Tür getroffen hatte, schmerzte.

Fred wollte die Gelegenheit nutzen zu verschwinden.

„Hierbleiben!“, befahl ihm Koch.

Eingeschüchtert blieb der junge Mann stehen. Nervös trat er von einem Fuß auf den anderen, suchte Glodkowskis Blick, als wollte er darin lesen, was er machen sollte.

Glodkowski hatte sich inzwischen aufgesetzt und massierte sein Kinn. Er achtete nicht auf den Jungen. Er ließ seinen Blick umherschweifen.

„Lass den Hammer liegen!“, drohte ihm Koch.

„Ich werde mich über Sie beschweren. Kommen hierher und schlagen die Leute grundlos zusammen.“

„Wer war der Mann?“

Glodkowski erhob sich langsam und zuckte mit der Schulter.

„Los, wer war das?“, bellte Koch ungehalten.

„Woher soll ich das wissen? Ich kenne den nicht. Wollte wahrscheinlich was klauen. Heute scheint ja jeder hier einfach so reinzumarschieren.“

„Pass auf, Bürschchen!“ Koch ärgerte sich über sich selbst, dass er sich so leicht provozieren ließ. Er ging zu der Tür und sah in die Halle. Verstecke gab es zwischen den Tonnen und Säcken genügend. Er ging ein paar Meter in das Innere des Gebäudes und lief umher. Diebesgut könnte hier überall sein. Er schätzte Brunner allerdings nicht als so naiv ein, dass er seine Beute offen lagern würde.

„Wer war der Mann?“, richtete er, als er wieder vor den beiden Arbeitern stand, seine Frage dieses Mal an Fred.

Der schüttelte leicht den Kopf. „Kenn ich nicht. Hier sind nur wir zwei. Der muss eingestiegen sein. Wollte vielleicht was klauen." Er klang kleinlaut, nicht so überheblich wie der Ältere.

„Klauen?"

„Oder hat vielleicht hier gepennt. So ein Durchreisender. Ist trocken. Man hat Ruhe …"

„Offenbar nicht", unterbrach ihn Koch und sah sich um.

Siggi kam zurück, breitete resigniert die Hände aus.

„Hab ihn nicht mehr erwischt", keuchte er außer Atem, als er seinen Chef erreicht hatte. „Ist durch ein Schlupfloch hinten raus und über die Gleise weg. Kannte sich wohl aus hier."

„So viel zum Durchreisenden", zischte Koch Fred mit wütendem Blick zu. Er nahm Freds Personalien auf, dann verließen die beiden Männer das Gelände. Glodkowski folgte ihnen und warf, kaum dass sie das Gelände verlassen hatten, die eiserne Tür scheppernd ins Schloss.

„Verdammt!", stieß Siggi hervor, als sie zum Auto gingen. „Tut mir echt leid. Der war zu schnell. Und ich bin blöderweise auch noch gestolpert."

„Schon gut, Siggi", wiegelte Koch ab. „Der hätte wahrscheinlich genauso eine Geschichte aus dem Hut gezaubert wie die beiden Idioten da drin. Das stinkt doch alles zum Himmel. Die Handverletzung, alles …" Er machte eine wegwerfende Handbewegung.

„Sie haben ja einen ganz schön harten Punch", versuchte Siggi seinen Chef aufzuheitern.

„Seien Sie still, bevor ich den an Ihnen weiter verfeinere", blaffte er seinen Kollegen an. „Ich wette, dass Arnheim schon davon weiß, bevor wir in die Direktion kommen."

Am Wagen wollte Siggi die Tür aufschließen, hielt aber in der Bewegung inne.

„Was ist?“, fragte Koch übers Wagendach.

„Ich bin sicher, dass ich abgeschlossen habe. Die Tür ist aber nicht verriegelt.“

Koch drückte die Klinke auf seiner Seite nieder.

„Zu. Meine ist zu“, sagte er.

„Komisch. Ich könnte schwören …“

„Vielleicht vergessen … fehlt denn was?“

Siggi kroch über den Fahrersitz, um Kochs Tür zu öffnen und sah sich aufmerksam im Auto um.

„Zu klauen gibt's ja eigentlich nichts. Wenn, dann die Karre … Und wer die klaut, ich weiß nicht, der kann auch nicht ganz dicht sein.“

„Gut!“, entschied Koch, „dann lassen Sie uns fahren.“

Auf der Rückfahrt konnte Siggi es dennoch nicht lassen, mehrmals zu beteuern ganz sicher zu sein, dass er die Tür verriegelt hatte.

Koch beauftragte Siggi zu prüfen, ob es bei dem überfallenen Warendepot in Bodenheim irgendwelche Spuren gab, die mit Fred in Verbindung gebracht werden konnten. Ein Stofffetzen am Stacheldraht, ein Blutrest, der dort gefunden worden war, um zumindest eine Übereinstimmung der Blutgruppe festzustellen. Kein Beweis, aber ein Indiz, dass sie auf der richtigen Spur waren. Außerdem sollte er die Berichte über Überfälle zusammenstellen, bei denen ähnlich vorgegangen worden war.

Er selbst verbrachte den Rest des Tages in seinem Büro und vermied es, mit einem Menschen zu sprechen. Er suchte nach Wegen Brunner beizukommen, aber als er gegen sechs Uhr das Büro verließ, war er keinen Schritt weiter. Arnheim hatte sich nicht gemeldet, was er als gutes Zeichen aufnahm. Vielleicht wollte Brunner nicht Kochs Zorn erregen, indem er ihn anschwärzte, und hielt es für vorteilhafter, die Sache auf sich beruhen zu lassen. Für den Moment zumindest. Im Bedarfsfall konnte er sie ja immer wieder hervorkramen.

Aus einem sentimentalen Grund machte Koch einen Umweg zu seiner Wohnung in der Zahlbach. Das Haus, in dem er aufgewachsen war, lag nicht weit von der Polizeidirektion entfernt. Trotzdem hatte er es bis zu diesem Tag vermieden, daran vorbeizugehen. Heute würde er es tun. Aber er musste dazu einen Umweg machen. Er ging an der Zitadelle vorbei in die Stadt, betrachtete den mächtigen Dom, der den Feuersturm nach dem letzten Bombenangriff wie durch ein Wunder fast unbeschadet überstanden hatte, lief durch die Gassen der völlig zerstörten Innenstadt, vorbei am zerbombten Theater, wo er in seiner Kindheit ein paar Mal mit seiner Mutter gewesen war, und stieg die steile Gaustraße hinauf in den Kästrich, den Stadtteil, in dem er aufgewachsen war.

Er verlangsamte sein Tempo, suchte nach Spuren, die ihn an früher erinnerten, aber die allgegenwärtige Zerstörung machte ihn traurig. Das war aus den Großreich-Träumen geworden. Wüste Städte, Menschen ohne Heimat, ohne Hoffnung. Aber es hatte damals auch mahnende Stimmen gegeben. Leute, wie sein Vater, die vor den Nazis gewarnt hatten, die an den völkischen Wahnsinn nicht glauben wollten. Aber sogar in der eigenen Partei war er dafür angefeindet worden. Die Feinde, das waren für viele Genossen die Sozialdemokraten. Wenn die Kommunisten und die Sozialdemokraten zusammengehalten hätten gegen die Nazis, sie hätten sie aufhalten können, aber sie verstrickten sich in ihrem Kleinkrieg, stritten um die richtige Linie und hatten mit einem Mal die Gestapo vor der Tür stehen. Damals, in den Zwanzigern, als sein Vater damit überall aneckte, wollte Koch das auch nicht glauben, aber in Spanien hatte er es später selbst erlebt. Mehr als einmal war ihm der Gedanke gekommen, ob sein Vater den Tod gesucht hatte. War er so desillusioniert gewesen, besonders nach dem Tod seiner Frau, dass er nicht mehr wollte? Seine Liebe weg, seine Partei untergegangen oder zumindest im Untergrund verschwunden. Was war ihm da noch geblieben? Sein ihm fremd gewordener Sohn, der zur Polizei gegangen war, in seinen Augen ein willfähriges Werkzeug des Kapitals und der Mächtigen.

Hätte er damals seinem Vater helfen, ihn retten können, wenn er diese Loyalitätsbekundung abgegeben hätte? Nach jahrelangem Nachdenken über solche Fragen war er mittlerweile so weit, dass er sich keine Vorwürfe mehr machte; er sein Leben leben musste und fest daran glaubte, als Polizist mehr für Gerechtigkeit tun zu können als in einer Partei. Koch spazierte weiter, bog in die Bastion Martin ab, da, wo sein Elternhaus gestanden hatte. Nur wenige Gebäude hatten den Bomben standgehalten, von vielen waren gerade noch die Fassaden übrig geblieben. Er blieb stehen. Da drüben war das Haus, in dem Robert gewohnt hatte, ein Freund, mit dem er während der Volksschulzeit viel zusammen war, ein Raufbold und später Mädchenschwarm. Was aus ihm geworden war? Gefallen? Hingerichtet? Ein Krüppel? Er war froh es nicht zu wissen.

Von dem Haus, in dem er mit seinen Eltern gelebt hatte, waren das Erdgeschoss und der erste Stock erhalten, der Rest einfach weg, zerbröselt in den Schutt, der auf der Straße lag und in dem jetzt zwei Kinder spielten.

Er sah ihnen einen Moment zu, wandte sich in Richtung Schlesisches Viertel, das er mit schnellen Schritten durchquerte, um den Zahlbacher Steig hinabzugehen.

Bei Georg Bresson war es ruhig. Koch schloss seine Tür

auf, schnitt sich eine Scheibe Brot von dem trockenen Laib ab, der noch in seiner Küche lag, und setzte sich auf seinen durchgesessenen Stuhl, der schon in der Wohnung gestanden hatte, als er eingezogen war.

Es war zwar milder geworden, aber er musste dennoch seinen Mantel anbehalten. Von dem Stapel mit Büchern, den er vor einer Wand angehäuft hatte, nahm er Heinrich Manns „Die Jugend des Henri Quatre", den der Schriftsteller im französischen Exil geschrieben hatte. Bresson hatte ihm das Buch schon vor längerer Zeit in die Hand gedrückt und ihm wärmstens empfohlen. „Ein Beispiel für gelebte Versöhnung", hatte der Nachbar hinzugefügt. „Ist in den heutigen Zeiten nicht verkehrt zu lesen und drüber nachzudenken." Koch hatte sich allerdings von dessen Umfang und dem Umstand, dass es ein historischer Roman war, bislang abschrecken lassen.

An diesem Abend wollte er das Wagnis eingehen.

Aber es blieb bei diesem Vorsatz, denn immer wieder schweiften Kochs Gedanken ab und hinderten ihn am konzentrierten Lesen. Zuerst war es sein Gespräch mit Reuber und was der ihm über Arnheim und dessen so genannte Projektion erzählt hatte. Selbst wenn alles so war, wie Reuber es schilderte, warum musste er das ausbaden und vor allem, warum sollte ein Verbrecher wie Brunner davon profitieren? Seine Gedanken schweiften in die Ferne. Er dachte an Beatrice und Émile, die in dem kleinen Haus auf dem Hof ihrer Eltern bei Toulouse lebten. Raymond hatte ihm versprochen, auf die beiden aufzupassen. Zuerst war er zornig gewesen, als Koch ihm mitgeteilt hatte, dass er nach Deutschland zurückgehe. Raymond, der für ihn so etwas wie ein Bruder geworden war, bei der Flucht vor Francos Truppen und durch das gemeinsame Leben und Arbeiten in Südfrankreich, konnte es nicht verstehen. Dass eine Beziehung kaputt gehen kann, das gehörte für ihn, den französischen Lebemann, zum Leben dazu. Raymond hatte nicht geheiratet, weil er von sich sagte, dass er nicht treu sein und schon gar nicht dem Charme einer schönen Frau widerstehen könne. Er zollte Koch sogar Respekt, dass der es so lange mit seiner Schwester ausgehalten hatte. Er selbst hatte ein gutes Verhältnis zu ihr, aber er sei nur der Bruder, sagte er, nicht ihr Mann, und seine Schwester alles andere als einfach. Eine Frau mit eigenem Kopf, die am Ende auch noch mit einem Deutschen zusammengelebt und einen gemeinsamen Sohn hatte. Auch wenn der Mann gegen Hitler gekämpft und in der Resistance sein Leben riskiert hatte, so war er für viele Franzosen doch ein Deutscher und somit ein Rest an Misstrauen geblieben.

Koch hatte sich mehr als einmal gefragt, ob Beatrice mit ihm aus Dankbarkeit zusammen war, weil er ihren Bruder gerettet und nach Frankreich in Sicherheit gebracht hatte. Bis zur Landung der Alliierten in Südfrankreich im August '44 und der anschließenden Befreiung des Landes war ihr Leben ein täglicher Ausnahmezustand: immer in Gefahr, den Deutschen in die Hände zu fallen, verraten und entdeckt zu werden.

Das war mit einem Mal zu Ende, Normalität trat in ihr Leben. Koch war nun fast täglich auf dem Hof, in Beatrices Nähe und er merkte, dass sie nicht zusammen passten. Als er schließlich das Gefühl hatte, dass sie sich zu einem benachbarten Bauern hingezogen fühlte und sie das auch offen zeigte, fällte er im Herbst '45 den Entschluss, nach Deutschland zu gehen. Der Abschied von Émile fiel ihm schwer.

Aber es waren nicht Beatrice und ihre gescheiterte Beziehung, was Koch nach Deutschland zurückzog, dessen war er sich mittlerweile sicher und das hatte er sich auch schon eingestanden. Es war etwas anderes und das hatte mit Familie, mit Heimat zu tun. Mit Verantwortung. Denn Arnheim und andere trafen einen wunden Punkt, wenn sie ihm vorwarfen, dass er gut reden habe, so weit weg vom Schuss, außerhalb der Gefahrenzone, dem Krieg zugeschaut zu haben. Er konnte sich noch so oft einreden, dass die anderen auch hätten gehen können, dass sie Hitler ihre Stimme nicht hätten geben müssen, als das noch möglich war, es nagte trotzdem an ihm. Und er glaubte, nachdem er an schon so vielen Abenden darüber nachgedacht hatte, dass da die tatsächliche Triebfeder seiner Rückkehr lag.

Und genau das hatte ihn bisher, wenn ihm alles zu viel wurde in diesem neuen Deutschland, davon abgehalten nach Frankreich zurückzukehren.

Irgendwann legte Koch das Buch beiseite und ging in die Küche, wo er noch einen Rest Weinbrand hatte, eine halbe Handbreit in einer Flasche, die Bresson ihm großzügig überlassen hatte.

Die trank Koch in kleinen Schlücken leer und spürte, wie die Müdigkeit langsam in seinen Körper kroch. Er zog seinen Mantel aus und seinen Schlafpullover über, nahm den heißen Backstein mit einem Tuch aus dem Herd, und legte sich ins Bett.

Ein heftiges Klopfen an der Tür weckte Koch unsanft auf. Er brauchte einige Sekunden, bevor er das Geräusch einordnen konnte. Müde schleppte er sich zur Tür, öffnete und sah in das ernste Gesicht von Arnheim, der ihm gleich ein Stück Papier unter die Nase hielt.

„In Ihrem eigenen Interesse, Koch“, sagte er statt einer Begrüßung und wollte den Kommissar zur Seite drücken, aber der war trotz seiner Müdigkeit geistesgegenwärtig genug, ihn davon abzuhalten. Er packte Arnheim am Arm und hielt ihn zurück. Dieser wollte die Hand abschütteln, aber Kochs Griff war zu fest.

„Koch, bitte!“, forderte Arnheim.

„Ich will wissen, was das soll!“ Erst jetzt realisierte Koch, dass zwei Ordnungspolizisten hinter seinem Vorgesetzten standen und unruhig hin und her wippten.

„Koch“, zischte Arnheim und unterdrückte seine Wut. „Es liegt eine Anzeige gegen Sie vor, dass Sie Diebesgut in Ihrer Wohnung aufbewahren.“

Koch lachte laut auf. „Diebesgut? In meiner Wohnung? Wer erzählt so einen Unsinn?! Und Sie glauben das?“

Er war zu verblüfft, der Vorwurf zu absurd, als dass er gleich wütend und zornig werden konnte.

„Koch, ich habe bis jetzt darauf verzichtet, mir beim Staatsanwalt die Genehmigung zur Durchsuchung Ihrer Wohnung zu besorgen. Ich halte den Vorwurf ebenfalls für absurd, aber nachgehen muss ich der Anzeige. Also, in Ihrem eigenen Interesse, lassen Sie die beiden Männer ihre Arbeit machen.“

Koch ignorierte Arnheims Aufforderung und blieb in der Tür stehen. Die beiden Polizisten wagten nicht in die Wohnung zu gehen.

„Koch, machen Sie die Sache nicht noch schlimmer. Wir haben in dem Dienstwagen, den Sie gestern benutzt haben, einige Flaschen Bordeaux gefunden. Und keinen billigen. Genau so ein Wein ist vor drei Wochen aus einem französischen Lager bei Koblenz gestohlen worden.“

Arnheim ging näher an Koch heran und zog vernehmlich Luft durch seine Nase ein.

„Sie haben getrunken, Koch. Bordeaux?“

„Die Tür“, sagte er. „Die verdammte offene Tür.“

„Ich weiß nicht, was Sie da sagen, aber ich bitte Sie, die beiden Männer in die Wohnung zu lassen."

Brunner, schoss es Koch durch den Kopf. Das war Brunner. Das war seine Rache für seinen Besuch in der Halle in Mombach und dafür, dass er diesen Glatzkopf niedergeschlagen hatte. Er schwärzte ihn nicht an, er machte ihn unglaubwürdig. Hatte den Wein im Auto deponiert, damit die Kollegen auch noch die Wohnung durchsuchten.

„Dieser Mistkerl!", fluchte Koch laut und trat gegen den Türrahmen.

Arnheim kommentierte das nicht.

„Koch, bitte!", sagte er noch einmal, und zu dessen Überraschung trat der Kommissar nun zur Seite und ließ die Männer in seine Wohnung. Er selbst setzte sich auf seinen zerschlissenen Sessel, legte den Kopf zurück und wartete und verfluchte Brunner. Warum hatte er gestern nicht genauer nachgeschaut, als Siggi festgestellt hatte, dass die Wagentür entriegelt war? Der Junge hatte doch Recht gehabt.

Er stand auf und wollte Arnheim davon erzählen, aber als er im Flur seinen Chef sah, genussvoll an seinen Bartenden spielend, wusste er, dass der gefunden hatte, wonach er suchte. Koch fiel Brunners Vorschlag ein, ihm eine Flasche Bordeaux ins Büro zu schicken. Wie sicher musste sich dieser Mann fühlen, dass er so offenkundig auf sich selbst verwies?

„Was sagen Sie dazu?", fragte ihn Arnheim und verschränkte seine Arme vor der Brust. Jeder der beiden Ordnungspolizisten trug eine Kiste.

„Bordeaux, Koch. Und wir haben noch Cognac gefunden, drei Flaschen, ohne die, die sie offenbar gestern Abend geleert haben. Gab es was zu feiern?"

Koch atmete tief durch. Er ermahnte sich ruhig zu bleiben. Jetzt nur nicht ausfällig werden.

„Diese Flaschen sind mir genau wie die im Auto untergeschoben worden. Als ich gestern mit Siggi …“

Weiter kam er nicht. „Herr Koch, darüber sprechen wir in einer Stunde in meinem Büro. Bis dahin!“

Mit diesen Worten verließ er die Wohnung und die beiden Gendarmen folgten, beide voll bepackt mit den Weinkisten und den Cognacflaschen.

Als hätte ihn ein Faustschlag gleichzeitig ins Gesicht, in den Magen und in die Nieren getroffen, sank Koch in seinem Wohnzimmer zusammen. Er hatte Brunner völlig unterschätzt. Sein Fehler. Sein verdammter Fehler. Aber Siggi würde aussagen, dass der Wagen gestern geöffnet worden war. Und in seine Wohnung einzudringen war auch kein Problem, kein Hindernis für einen halbwegs geübten Einbrecher. Und über die verfügte Brunner ja in ausreichendem Maße. Das Ganze war eine Falle, um ihn von seinen Ermittlungen abzuhalten. Nur musste Arnheim ihm das glauben.

In der Polizeidirektion war Arnheim nicht in seinem Büro. Unruhig ging Koch auf dem Flur auf und ab. Einzelne Kollegen, die ihm begegneten, huschten entweder schnell an ihm vorbei oder eilten in ihre Büros. Ob es sich schon herumgesprochen hatte, dass in seiner Wohnung Diebesgut gefunden worden war? Französischer Wein und Cognac! Der deutsche Kram war dem Herrn Spanienkämpfer wohl nicht gut genug.

Koch suchte und fand Siggi in der Autowerkstatt, wo er zusammen mit Jörg an dem Motor seines geliebten BMW schraubte.

„Kommen Sie, Siggi!", forderte er den jungen Mann auf.

Der legte einen Schraubendreher zur Seite, folgte Koch in den Hof und erschrak, als dessen finsterer Blick ihn traf.

„Was ist denn?", fragte er eingeschüchtert.

„Sind Sie sicher, dass Sie den Wagen gestern in Mombach zugeschlossen haben? Und dass er, als wir zurückkamen, offen war?"

„Ja, natürlich!", antwortete Siggi sofort. Aber welche Rolle spielte das jetzt?

„Hören Sie zu, Siggi", flüsterte Koch und zog den Jungen mit sich in eine Ecke, wo er sicher war, dass niemand ihnen zuhören konnte, und berichtete ihm kurz, was vorgefallen war.

„Das ist ja besser als in einem amerikanischen Film", war Siggis ebenso beeindruckter Kommentar, als Koch geendet hatte.

„Schlimmer, Siggi, schlimmer", korrigierte Koch, und war über sich selbst überrascht, dass er zu so viel Ironie fähig war.

„Sind Sie auf meiner Seite, Siggi?", fragte er schließlich.

Dessen Entrüstung war nicht gespielt. „Wie können Sie daran zweifeln, Herr Koch? Ich bin doch nicht blöd. Ich habe die Autotür abgeschlossen und sie war auf, als wir wieder da waren."

„Halten Sie sich bereit, Siggi. Ich rufe Sie, wenn ich Sie brauche."

„Ich bin sofort da, Herr Koch! Und was machen Sie jetzt?"

„Gute Frage." Koch dachte einen Moment nach. „Arnheim will mich sprechen. Eben war er nicht im Büro. Vielleicht ...", er überlegte. „Ich werde in die Offensive gehen. Ich werde mit Falter sprechen."

„Good luck!", sagte Siggi.

„Koch!“

Arnheim rief den Kommissar über den Gang zu sich.

„Dass Sie den Wein in Ihrer Wohnung bunkern, kann ich kaum glauben. So dumm kann niemand sein. Dazu ist der Hinweis anonym gekommen. Macht die Sache auch nicht glaubwürdiger. Was allerdings übel ist, ist Ihr Auftreten, Koch. Es liegt eine Beschwerde gegen Sie vor von einem gewissen Klaus Glodkowski, einem Angestellten von Brunner, der behauptet, dass Sie sich wie ein Wilder bei ihm aufgeführt und ihn schließlich auch zusammengeschlagen hätten.“

„Hat er Ihnen auch von dem Mann erzählt, der geflüchtet ist?“

„Natürlich. Jemand, der heimlich in der Halle übernachtet hat. Kommt wohl immer mal wieder vor.“

„Dieser Glodkowski hat mich die ganze Zeit auflaufen lassen, der andere Mann, der dort arbeitet, hat an der Hand eine Wunde, die von dem Stacheldraht an dem überfallenen Depot in Bodenheim stammen könnte …“

„Koch, bitte!“ Arnheim unterbrach Kochs Redefluss. „Regen Sie sich nicht auf. Das ist wahrscheinlich Ihr Problem: Dass Sie sich nicht im Zaum haben. Als Polizist müssen Sie mit Ihren Emotionen umgehen können.“

Koch wurde zornig. „Ich will einen Fall aufklären, muss mich von einem Verdächtigen beleidigen lassen und bekomme Vorhaltungen gemacht …?“

Arnheim schlug mit der Faust auf den Tisch.

„Koch, Sie bestätigen mit Ihrem Verhalten in diesem Moment alle Vorwürfe gegen Sie. Ich werde mir überlegen, Sie von dem Fall Brunner abzuziehen. So wie Sie arbeiten, werden wir den Mann nie überführen, vorausgesetzt, er steckt tatsächlich hinter den Überfällen.“

Koch schüttelte ungläubig den Kopf. „Weil mir Diebesgut in die Wohnung gelegt wird, weil einer wie dieser Glodkowski Verleumdungen in die Welt setzt …"

„Sie regen sich schon wieder auf, Koch. Gehen Sie nach Hause und beruhigen Sie sich. Bleiben Sie von mir aus auch morgen und übermorgen zu Hause und kommen Sie mit klarem Kopf wieder."

Damit wandte sich Arnheim einer Mappe zu, die auf seinem Schreibtisch lag, ein offenkundiges Zeichen, dass das Gespräch beendet war.

Grußlos verließ Koch das Büro.

Er wollte das nicht auf sich sitzen lassen. Jetzt würde er erst recht mit Falter sprechen. Auf dem Weg zu dessen Büro begegnete er Reuber.

„Was ist denn mit Ihnen los?", fragte der Kollege.

„Man versucht mich reinzulegen", entgegnete er. „Und zwar auf die ganz miese Tour."

„Kommen Sie!", sagte er und ging in sein Büro, wo er gleich seine Schreibtischschublade öffnete und die Whiskeyflasche herausnahm.

„Wird hoffentlich nicht zur Gewohnheit", sagte Koch in einem Anflug von Sarkasmus.

„So lange noch was da ist. Benutze ich in der Hauptsache auch gegen die Kälte. Ist billiger als Holz oder Kohle."

Koch war nicht nach Scherzen zumute.

Reuber prostete ihm zu.

„Und, was ist passiert?"

„Das ist ja ein dicker Hund!", war Reubers spontaner Kommentar, als Koch ihm das Geschehen gestern vor der Halle in Mombach und an diesem Morgen in seiner Wohnung zusammengefasst hatte. Er zündete sich eine Zigarette an. „Das stinkt gewaltig. Und sieht ganz nach Brunner aus. Irgendwie hat er ja auch Chuzpe. Ihnen den

Bordeaux ins Auto und in die Wohnung legen zu lassen. Wo er Ihnen eine solche Flasche angeboten hat. Man hat den Eindruck, für den Mann ist das alles nur ein Spiel."

Koch nickte. „Ja, vielleicht ist es das für ihn. Ein Spiel. Ein makabres Spiel. Ist der Mann … verrückt? Was meinen Sie, Reuber?"

„Ich weiß nicht. Ist aber erst einmal auch unerheblich. Sie sollten sich überlegen, wie Sie mit der Sache umgehen."

„Was meinen Sie?"

„Ich finde Ihre Idee, mit Falter zu sprechen, gut. Der Mann ist in Ordnung."

„Ist auch mein Eindruck."

„Na dann, auf in den Kampf!", prostete Reuber ihm zu und hob sein Glas. „Übrigens, Koch", sagte Reuber, als der Kollege dessen Büro verlassen wollte. „Gestern Nacht ist wieder ein Depot überfallen worden. Bei Wörrstadt."

„Und?"

„Die Wachleute wurden überwältigt und eingesperrt. Einer von ihnen hat ausgesagt, dass er polnische Brocken gehört habe."

„DPs?"

„Zumindest sollte es so aussehen."

„Brunner?", fragte Koch.

„Würde passen, oder? Er stellt Ihnen eine Falle und überfällt gleichzeitig ein Depot. Da will einer seine Überlegenheit zeigen, wenn er es denn war."

„Halten Sie mich auf dem Laufenden", bat Koch, bevor er das Büro verließ.

Der Leiter der Kriminalpolizei, Johann Falter, begrüßte Koch mit einem festen Händedruck. „Für Sie habe ich doch immer Zeit. Außerdem dachte ich mir, dass Sie zu mir kommen würden. Na ja", schmunzelte Falter und seine Lachfalten zogen sich in die Länge, „wahrscheinlich hoffte ich das. Umso mehr freut es mich, dass Sie tatsächlich kommen. Es geht um Ihren Besuch heute Morgen, wenn ich richtig annehme?"

„So ist es", erwiderte Koch, überrascht über so viel Offenheit. Dass sich die Sache schon herumgesprochen hatte, wunderte ihn nicht. „Besuch würde ich das aber nicht nennen. Überfall trifft es besser. Das ist eine Sauerei. Die ganze Geschichte war eine Falle und Arnheim lässt sich vor den Karren von diesem Brunner spannen."

„Ruhig, Herr Koch!", mahnte Falter und legte seine Hände auf den Bauch. „Wir müssen die Sachen auseinander halten. Da ist zum einen Brunner und dessen Versuch, wie Sie glauben, Sie in Misskredit zu bringen, indem er Ihnen Diebesgut unterjubelt. Und zum anderen Arnheim, der, so glauben Sie, das nur zu gerne für bare Münze nimmt. Und dann ist da der Vorwurf, dass Sie ohne Erlaubnis fremden Besitz betreten haben und einen friedliebenden Mann, einen gewissen Klaus Glodkowski, zusammengeschlagen haben sollen."

Koch nickte zustimmend. Ihn strengte das an.

„Lassen wir Arnheim mal beiseite und unterstellen ihm keine schlechten Motive. Und dass es in diesen Zeiten in Ausübung Ihrer Tätigkeit zu körperlichen Auseinandersetzungen kommen kann, geschenkt. Bleiben wir bei Brunner. Der hat ein Interesse, Ihre Untersuchungen zu behindern. Und wenn es so ist, wie Sie sagen, Koch, dann ist er ein verdammt cleverer Kerl."

Falter sah seinen Kommissar an, der nickte zustimmend.

„So weit, so gut. Was haben wir zu Ihrer Entlastung?"

Koch teilte dem Polizeidirektor Siggis Verdacht mit,

dass sich jemand während ihres Aufenthaltes vor der Halle an dem Wagen zu schaffen gemacht hatte. „Siegfried Maus, Ihr Kollege, war dabei. Das ist doch schon mal gut. Wann könnte jemand in Ihre Wohnung?"

„Den ganzen Tag, nehme ich an. Wenn ich arbeite."

„Und Ihre Nachbarn? Haben die etwas gesehen? Haben Sie die schon befragt?"

„Merde!", fluchte Koch und ärgerte sich über sich selbst, dass er darauf noch nicht selbst gekommen war. „Natürlich, Bresson!"

„Bresson?"

„Mein Nachbar. Er ist meist zu Hause. Entschuldigen Sie bitte, dass ich da nicht selbst drauf gekommen bin."

„Eine extreme Situation … Es ist etwas anders, wenn man persönlich involviert ist, als wenn man die Sache nur von außen betrachtet. Außerdem nehme ich an, dass Sie noch gar keine Zeit dazu hatten."

„Ich muss Bresson befragen …"

„Mal langsam, Herr Koch!", bremste Falter seinen Kommissar. „Wir müssen uns überlegen, wie wir mit der Angelegenheit umgehen. Ich könnte mir vorstellen, dass Arnheim Sie suspendieren will."

Koch überlegte, ob er dem Kriminaldirektor Reubers These von der Projektion darlegen sollte, entschloss sich aber, das zu unterlassen.

„Ich schlage Folgendes vor, Herr Koch: Sie geben den Fall Brunner ab. Mal schauen, wer den übernehmen kann. Und Sie machen weiter mit diesem toten Bauernsohn … Wie hieß der gleich noch mal?"

„Peter Gerber."

„Genau der. Und manchmal, mein lieber Koch, überschneiden sich die Fälle ja. Lässt sich nicht alles immer so genau auseinander halten. Und in diesen Zeiten ja sowieso. Sind ja keine normalen Zeiten." Er blinzelte seinem Kommissar zu.

„Wahrlich nicht", bestätigte Koch, der den Direktor verstanden hatte und ein wenig mehr an die Gerechtigkeit in der Welt glauben wollte.

„Eine Sache noch", sagte er, als Falter schon aufgestanden war. „Ich brauche einen Durchsuchungsbeschluss bei diesem Gerber. Angeblich gibt es ein geheimes Lager. Vorräte, vielleicht Schwarzware, vielleicht sogar Diebesgut … Arnheim hat mir das bislang verweigert."

„Ich kümmere mich drum, Koch. Ich rede auch mit Arnheim. Gehen Sie für heute nach Hause und befragen Sie Ihren Nachbarn. Morgen sieht alles besser aus. Außerdem kommt mit jedem Tag der Frühling näher. Ich hoffe, Sie haben ein Gespür dafür. Ich freue mich, Sie in der Truppe zu haben!"

Damit reichte er Koch die Hand und verabschiedete ihn.

Trotz Falters Aufforderung ging Koch noch einmal in sein Büro, wo er die Berichte über andere Überfälle in der letzten Zeit, die Siggi ihm zusammengetragen hatte, durchlas. Sie liefen meist nach dem gleichen Muster ab. Die Wachleute wurden festgesetzt und die Lager schnell geräumt. Zweimal gab es Verletzte, nichts Ernsthaftes. Mehrere der Wachleute hatten ausgesagt, dass sie osteuropäische Sprachfetzen gehört hätten. Das hatte den Verdacht, dass es sich um organisierte Banden von so genannten Displaced Persons handelte, genährt. Einmal war auch ein großer, glatzköpfiger Mann gesehen worden, aber da dies eine so vage Beschreibung war, die auf eine Menge Männer zutraf, brachte ihn das nicht weiter, auch wenn Koch gleich an diesen Glodkowski vor der Halle in Mombach denken musste.

Es wurde schon dunkel, als Koch den Flur seines Hauses in der Zahlbach betrat. Er klopfte gleich an Bressons Tür. Niemand öffnete ihm, er meinte jedoch Geräusche aus dessen Wohnung zu hören. Er klopfte noch einmal, dieses Mal heftiger. Drinnen wurde es ruhig. Koch hielt sein Ohr ans Schlüsselloch. Er startete einen dritten, erneut erfolglosen, Versuch.

Wütend schlug er mit der Faust gegen die Tür und brüllte: „Bresson, jetzt machen Sie endlich auf!

Als auch dieser Versuch wirkungslos verpuffte, ging er in seine Wohnung und nahm dort einen Draht, der für solche Fälle präpariert war und hatte in weniger als einer halben Minute die Tür in Bressons Wohnung geöffnet.

Ein heftiges Stöhnen drang aus einem hinteren Raum, in dem er während seiner abendlichen Besuche nie gewesen war.

Zwei oder drei Schritte, bevor er diesen Raum erreicht hatte, erschien plötzlich Bresson und sah seinen Nachbarn erschrocken an. Helles Licht strahlte aus dem Zimmer.

„Was soll das, Koch?“, fragte er.

„Warum machen Sie nicht auf?“ Dabei ging er auf den Mann zu und drängte sich so weit an ihm vorbei, dass er in das Zimmer schauen konnte.

Nun war ihm alles klar. Die Kameras, der nie endende Vorrat an Schnaps und anderen Vorräten, die Geräusche, die geschminkte Frau.

Auf einem Bett, das in der Mitte des großen Raumes stand, saß eine nackte Frau auf einem Mann und bewegte wild ihr Becken. Der Mann unter ihr knetete ihre Brüste, während sie einem anderen Mann, der neben dem Bett stand, mit der Hand den Schwanz massierte. An den Wänden standen zwei Leuchten, davor jeweils eine Kamera. Die drei hatten den Eindringling entweder nicht gehört oder waren wirklich so erregt, dass es ihnen egal war.

Koch packte Bresson am Kragen seines Hemdes und zog ihn mit sich in den Flur.

„Was Sie hier machen, Bresson, ist mir eigentlich egal, aber wenn Sie mir nicht helfen, bekommen Sie richtig Ärger."

„Was soll das? Die haben ihren Spaß. Und ich auch. Und …"

„Es ist mir egal, Bresson. Ich will wissen, ob Sie gestern jemanden gesehen haben, der sich an meiner Tür zu schaffen gemacht hat."

„Ist eingebrochen worden?"

„Beantworten Sie endlich meine Frage!" Koch wurde immer wütender. An seiner Schläfe traten die Adern deutlich hervor.

„Ist ja gut, Koch, ist ja gut. Kommen Sie!"

Bresson zog die Tür zu und führte Koch in sein Wohnzimmer.

„Nein, um Ihre Frage zu beantworten, ich habe nichts gesehen. Das heißt, ich habe was gehört, dachte aber, es wären lärmende Kinder im Flur. Ich bin raus, aber da war nichts. Vom Fenster habe ich einen Mann gesehen, der schnell weggegangen ist. Aber der hätte überall gewesen sein können."

„Irgendetwas Ungewöhnliches?"

Koch beruhigte sich langsam wieder.

Bevor er die Frage beantwortete, griff Bresson unter seinen Sessel und zog eine Flasche hervor.

„Zur Beruhigung." Er schenkte zwei Gläser halbvoll und reichte eines davon seinem Besucher. Der schüttete den Brand in einem Zug in sich hinein.

„Etwas Auffälliges?", sagte Bresson, mehr zu sich selbst. „Ja, vielleicht. Er hatte eine Mütze auf, aber es sah so aus, als ob er darunter einen Verband hätte. So um die Stirn gewickelt."

Koch nickte zufrieden und dachte an den Mann, der aus der Halle geflüchtet war. Er verfluchte Arnheim, dass der ihm nicht glaubte. Bresson hielt Koch die Flasche entgegen. Dieser ließ sich einschenken.

Er hatte das Glas noch am Mund, als die Tür zum Wohnzimmer geöffnet wurde. Die Frau aus dem Schlafzimmer, die jetzt ein Tuch um ihren Körper gewickelt hatte, sah herein.

„Georg, wir sind fertig. Und du hast gar keine Fotos gemacht. Die Jungs sind auch mal am Ende." Sie sah dabei zu Koch und lächelte ihn schief an, ging zu ihm, strich mit einem Finger über seine Wange, nahm ihm das Glas aus der Hand, trank es aus und verließ das Zimmer.

Bresson zuckte mit den Schultern. „Frauen!", sagte er.

Koch nickte und verließ die Wohnung. Er legte sich ins Bett. Es war Freitag, er würde morgen, wie von Falter vorgeschlagen, nicht ins Büro gehen, und auch am Sonntag unter seiner Decke bleiben. Alles weit von sich weisen, weit weg: Arnheim, Brunner, dessen Spießgesellen und auch Bresson mit seinen pornographischen Bildern und seinem Schwarzhandel, den er damit offenbar betrieb.

VIII

Als am nächsten Morgen erneut an ihr Tor geklopft wurde, blieb Dorle liegen. Selbst wenn sie die Kraft zum Aufstehen gehabt hätte, sah sie keinen Grund, sich mit irgendeinem Menschen zu unterhalten. Doch der Besucher blieb hartnäckig, schlug, drei-, vier-, fünfmal gegen das Tor. Sie reagierte nicht.

Erst als sie eine Stimme hörte, die dumpf durch die geschlossenen Fenster zu ihr drang, horchte Dorle auf. Sie verstand zwar nicht, was da gerufen wurde, aber den Tonfall, die Art, wie ihr Name betont wurde, kannte sie zu gut.

Mit letzter Kraft erhob sie sich und schlich zur Tür, überquerte mit kleinen Schritten den Hof, während weiter ihr Name gerufen wurde. Sie schaffte es mit letzter Anstrengung, den Riegel zur Seite zu schieben und die Tür zu öffnen.

Franzis Anblick gab ihr den Rest. Aus ihren Beinen wich jegliche Kraft, ihr wurde schwarz vor Augen und sie bekam nicht mehr mit, wie sie auf dem Boden aufschlug und ihre Freundin entsetzt „Dorle!" aufschrie.

„Ihr könnt jetzt gehen!", waren die ersten Worte, die in Dorles Bewusstsein drangen, als sie aufwachte. Sie hörte Schritte, das Zuschlagen des Tores. Sie öffnete ihre Augen. Neben ihr saß Franzi und wischte ihr mit einem feuchten Tuch über die Stirn.

„Wer …?", fragte Dorle matt und versuchte sich aufzurichten, doch Franzi drückte sie mit sanfter Gewalt zurück auf das Sofa.

„Karl und ein Freund von ihm." Karl war Franzis Sohn. „Ich habe sie gerufen, damit sie dich ins Haus tragen."

Dorle schloss ihre Augen und versuchte sich zu erinnern. Sie hatte ein Klopfen gehört, Franzis Stimme, sie war aufgestanden, dann … dann war da ein Loch.

„Du musst etwas essen! Setz dich auf!"

Franzi war aufgestanden und ging zum Herd, auf dem, wie Dorle, erkannte, ein Topf stand, aus dem Dampf aufstieg.

Franzi füllte etwas von der kochenden Flüssigkeit in eine Tasse. Jetzt erst bemerkte Dorle den Geruch von Hühnerbrühe, der in ihrer Küche hing.

„Woher hast du …?", fragte sie, doch die Freundin gab keine Antwort, sondern setzte sich neben sie auf das Sofa, half ihr beim Aufrichten und begann sie wie ein kleines Kind zu füttern, nahm einen Löffel voll von der Brühe, blies die Flüssigkeit kühl und schob ihn Dorle in den Mund.

Sie verschluckte sich beim ersten Versuch und prustete die Brühe auf die Schürze der Freundin.

„Oh, entschuldige …", aber wieder durfte sie nicht aussprechen.

„Iss, Dorle! Du musst zu Kräften kommen."

Beim zweiten Versuch klappte es besser und bald war die Tasse geleert. Dorle spürte, dass selbst diese dünne Brühe ihr gut tat.

„Mehr?", fragte Franzi.

Dorle schüttelte den Kopf. „Bist du wieder gesund?"

Ein schütteres Lachen war die erste Reaktion. „Unkraut vergeht nicht. Das weißt du doch." Mit einem Mal wurde sie ernst. „Aber es war knapp. Ich hatte hohes Fieber. Erzähle mir aber, was aus deinen Lewwerknepp geworden ist?"

Unvermittelt hielt Franzi inne.

„Was ist mit Rolf? Ich habe ihn noch gar nicht gesehen. Sonst liegt er doch hier. Auf diesem Sofa."

Beschämt sah Dorle zur Seite. Noch wusste niemand vom Tod ihres Sohnes. Er lag noch immer unten im Keller.

Statt die Frage ihrer Freundin zu beantworten, fragte sie: „Welcher Tag ist heute?"

Verwundert sah Franzi die Frau vor ihr an.

„Donnerstag, warum?"

Dorle schüttelte ihren Kopf. „Das Datum?", fragte sie matt.

Franzi überlegte einen Moment.

„Der neunzehnte März", sagte sie schließlich.

„März?", erwiderte Dorle ungläubig. „Ist es schon warm … draußen?"

Kopfschüttelnd nahm Franzi die Frage wahr.

„Nicht besonders. Dieses Jahr ist es lange kalt. Sehr kalt sogar. Aber nun sag doch: Was ist mit Rolf? Hast du vom Brunner die Medikamente bekommen? Für deine Lewwerknepp." Die beiden letzten Sätze hatte Franzi mit gesenkter Stimme gesprochen, in einem verschwörerischen Tonfall.

Tränen schossen Dorle so plötzlich in die Augen, dass Franzi erschrak. Sie legte den Arm um ihre Schultern und streichelte die Freundin sanft, aber die schluchzte weiter und ließ sich für einige Minuten nicht beruhigen.

Als sie gefasster war, hakte Franzi nach.

„Nun, was ist mit dem Rolf? Wo ist er? Wie geht es ihm?"

Sie schüttelte den Kopf.

„Willst du das nicht sagen?"

Dorle blickte ihre Freundin unsicher an.

„Er ist …" Sie konnte das Wort nicht aussprechen.

„Tot?", ergänzte Franzi nach ein paar Sekunden, während denen Dorle den Blickkontakt mit der Freundin gemieden hatte. Dorle konnte ihrer Freundin nicht in die Augen sehen.

Ganz verhalten nickte sie mit dem Kopf.

„Da weiß aber keiner was von im Ort?“, sagte sie.

Wieder nickte Dorle.

„Wie …?“

„Er hat sich … mit einem Strick.“

„Aufgehängt?“

Wieder ein Nicken.

„Und wo ist er jetzt?“

Betreten sah Dorle auf die Decke.

„Hast du das nicht gemeldet?“

Erst nach einigen Sekunden antwortete Dorle mit einem Kopfschütteln. Sie kämpfte erneut mit den Tränen.

„Aber Rolf muss doch beerdigt werden.“

Nun konnte Dorle die Tränen nicht mehr zurückhalten. Heftiger noch als vorhin weinte sie.

Franzi wartete, bis sie sich ein wenig beruhigt hatte, dann ließ sie ihre Freundin alleine und verließ die Küche.

Fünf Minuten später kam sie wieder. Dorle hatte sich gefasst und blickte starr auf die Wand neben sich.

„Ich habe ihn gesehen“, sagte Franzi. Ihre Stimme war fest. „Er kann da nicht mehr lange bleiben. Bald wird es wärmer. Die Verwesung wird schnell voranschreiten. Wir müssen was tun.“ Sie klang sehr resolut. „Ich werde zum Pfarrer gehen, um ihn zu informieren. Und erzähle mir, was passiert ist. Hast du die Medikamente nicht bekommen? Wollte der Brunner deine Lewwerknepp nicht?“

Dorle atmete tief durch, bevor sie zu erzählen begann, was passiert war an dem Abend bei Brunner, der ihr die Medikamente gegeben hatte und wie sie freudig nach Hause gegangen war, wo sie Rolf im Keller vorgefunden hatte, an der Decke hängend.

„Und wo hast du die Leber und das Hack herbekommen?", fiel ihr plötzlich ein. „Für die Lewwerknepp?"

Dorles Gesicht verdüsterte sich wieder.

„Die musst du doch …"

Dorle unterbrach sie mit einem heftigen Kopfschütteln.

„Willst du das nicht sagen?"

Sie erhielt keine Antwort.

Minutenlang saßen die beiden Frauen da und schwiegen.

„Du kannst nicht den ganzen Tag hier so rumliegen", stellte Franzi energisch fest. „Wir müssen zum Pfarrer, um Rolfs Beerdigung zu organisieren. Und du musst richtig essen und trinken, damit du wieder zu Kräften kommst. Und du musst dich waschen. Schau dich mal an!"

Mit diesen Worten stand sie auf und ging nach draußen, von wo sie mit einem Kübel Wasser zurückkam, den sie neben das Bett stellte.

„Du wäschst dich, während ich dir noch was zum Essen besorge."

Ohne eine Antwort abzuwarten, stand sie auf, nahm Dorles Schlüssel von der kleinen Anrichte neben der Tür und verließ das Haus.

Als sie zurückkam, lag Dorle wieder auf ihrem Sofa und starrte an die Decke.

Franzi bereitete einen Tee zu und füllte zwei Tassen. Mühevoll verließ Dorle das Sofa und setzte sich mit an den Tisch.

„Weißt du eigentlich, dass der Gerber Peter umgebracht worden ist?", fragte Franzi so unvermittelt, dass Dorle fast die Tasse aus der Hand gefallen wäre.

„Erstochen", führte Franzi weiter aus, „auf seinem eigenen Hof. Die Polizei hat den Täter noch nicht gefunden.

Es heißt, dass es ein Einbrecher oder durchreisender Soldat war. Da können die lange suchen."

„Und die Polizei? Glaubt die das auch?", fragte Dorle.

Franzi sah überrascht auf. Sie war erstaunt über das plötzliche Interesse ihrer Freundin, die eben noch so lethargisch gewesen war.

Franzi zuckte mit den Schultern. „Keine Ahnung. Tot ist tot. Ist eine schreckliche Zeit. Aber da ist so ein Kommissar, der befragt die Leute. Ist bestimmt, weil der Gerber Einfluss hat. Bei unser einem wäre das doch egal. Da würde sich kein Schwein drum kümmern."

Damit ließ sie es bewenden.

Auch die nächsten drei Tage war Franzi ständig bei Dorle. Sie kam am Morgen gegen neun Uhr und verließ das Häuschen am Ortsrand erst nach sechs Uhr am Abend. Sie organisierte Holz, damit Dorle trotz des langsam aufziehenden Frühlings heizen und sich warme Speisen auf ihrem Herd zubereiten konnte und sie besorgte ihr Brot und anderes mit ihrer Lebensmittelkarte. Franzi zwang ihre Freundin regelmäßig zu essen, damit sie wieder zu Kräften kam.

Vor allem aber drängte sie darauf, dass Dorle Rolfs Tod den Behörden meldete, damit der Junge ein richtiges Begräbnis bekommen konnte.

„Aber er liegt doch schon so lange da", setzte diese dem matt und verzweifelt entgegen. „Jetzt ist es zu spät."

„Er muss beerdigt werden, Dorle", widersprach Franzi heftig. „Bald wird es warm …"

„Ich kann ihn im Hof beerdigen. Sie werden Fragen stellen, wissen wollen, warum ich so lange … das ist mir zu viel, Franzi, viel zu viel … ich weiß nicht …"

„Ist das denn so schlimm? Du sagst, wie es war. Dass es

dir nicht gut ging. Dass du ein schlechtes Gewissen hattest. Dass du entkräftest warst. Es sind schlimme Zeiten, Dorle."

Franzi wunderte sich, mit welcher Vehemenz sich ihre Freundin weigerte, den Tod ihres Sohnes offiziell zu machen. Aber so sehr sie sich auch bemühte, sie konnte den Grund dafür nicht herausfinden. Dorle weigerte sich beharrlich, über die Ereignisse an jenem Abend zu erzählen, vor allem, wie sie an die Zutaten für die Lewwerknepp gekommen war.

Nur einem Argument schien Dorle mehr Aufmerksamkeit zu schenken.

„Aber Rolf muss doch in ein Grab. In geweihte Erde. Sonst kommt er nicht in den Himmel und seine Seele bleibt unerlöst."

Als Franzi ihr dies zum ersten Mal vortrug, zog sie sich zurück in den Keller. Franzi vermutete, dass sie Zwiesprache mit Rolf hielt. Zwei Stunden später stand sie wieder in der Küche und sagte nichts. Aber nach dem vierten oder fünften Anlauf, Franzi war schon völlig erschöpft vom vielen Reden, stimmte Dorle endlich zu.

Das war am Sonntagabend und noch am Montagmorgen fürchtete Franzi, dass die Freundin einen Rückzieher machen würde. Deshalb war sie schon sehr früh bei ihr, kochte ihr einen Kräutertee und begleitete sie bis vors Rathaus, um ganz sicher zu sein, dass sie nun endlich Rolfs Tod meldete.

23. – 26. März

IX

Am Montagmorgen fühlte sich Koch noch genauso beschissen wie am Freitagabend, nur, dass er jetzt verschwitzt war und sein Kopf dröhnte. Getrunken hatte er, stumpf dagesessen, abwechselnd die Wand oder die Decke angestarrt, hatte vergeblich versucht, Heinrich Manns Roman weiter zu lesen, fiel immer wieder in einen unruhigen Schlaf, in dem ihn wirre Träume begleiteten. Und zwischendurch ständig der Gedanke, nach Frankreich zurückzufahren, Émile zu sehen. Er hatte Sehnsucht nach seinem kleinen Sohn. Beatrice wäre sicher nicht begeistert, aber er wusste, dass ihre Eltern sich ebenso freuen würden wie Raymond. Dort wäre er aufgehoben in einer Familie, in der viel gelacht und in der nachts lange zusammen gesessen wurde, in einem Landstrich, in dem die Winter kürzer und nicht so hart waren. Und der Wein besser. Was hielt ihn hier in diesem kalten Land, in dem sein Vater ermordet worden war und er nicht einmal wusste, wo er lag? In dem man ihm oft genug zu verstehen gegeben hatte, dass man einen wie ihn nicht brauchte, dass einer wie er nur störte. Da konnten ein Falter und ein Reuber ihm noch so viel Honig ums Maul schmieren, er wusste, was man von ihm hielt und welche Menschen noch immer das Sagen hatten. Oder bald wieder haben würden.

Irgendwann am Samstag hatte es an seiner Tür geklopft, Koch nahm an, dass es Bresson war, vielleicht von der Angst getrieben, dass er ihn anzeigte. Es dauerte, bis er sich dazu aufgerafft hatte, sein Bett zu verlassen. Im Hausflur war niemand, dafür stand eine Flasche vor der Tür, eine große Flasche, wie die, die sein Nachbar bei seinen nächtlichen Besuchen unter seinem Sessel hervorzog. Mit den Zähnen zog Koch den Korken vom Flaschenhals und roch an dem Inhalt. Hochprozentig. Ein durchsichtiger Bestechungsversuch, aber das war Koch egal. Der Schnaps kam gerade richtig. Und noch bevor er die Tür hinter sich schloss, hatte er den ersten Schluck getrunken.

An diesem Montag würde er nicht ins Büro gehen. Falter würde es verstehen und Arnheim war wahrscheinlich froh ihn nicht zu sehen. Er würde es sich merken, um wieder etwas gegen ihn in der Hand zu haben, wenn er ihn endgültig loswerden wollte. Aber vielleicht erledigte er das ja auch selbst.

Gegen Mittag kroch Koch aus dem Bett, wusch und rasierte sich, danach setzte er Wasser auf, das er über etwas goss, das entfernt an Kaffee erinnerte.

Wenigstens ein paar Tage nach Frankreich fahren, wo er über sich und seine Zukunft nachdenken und eine Entscheidung treffen wollte. Als er seinen Becher geleert hatte, packte er ein paar Kleidungsstücke in einen kleinen Koffer, steckte seinen Ausweis ein, zog sich seinen Mantel über und verließ das Haus. Er konnte es nicht lassen, an Bressons Tür zu lauschen. Kein Laut drang hinaus auf den Flur.

Draußen war er überrascht, dass die Sonne schien. Sie stand hoch und hatte die Luft merklich aufgewärmt, aber Koch war jetzt nicht nach dem aufziehenden Frühling. Er wollte weg aus dieser Stadt, wollte die letzten Tage vergessen, wollte sich über sein Leben klar werden. Und hatte das Gefühl, dass ihm das hier, in Mainz, nicht gelingen würde. Schnellen Schrittes ging er durch die Zahlbach und am Binger Schlag vorbei zum Hauptbahnhof und ignorierte die Blicke der Leute, die ihm begegneten.

Vor dem Bahnhofsgebäude standen die Menschen in kleinen Gruppen zusammen und diskutierten, immer wieder liefen Leute mit voll gepackten Rucksäcken vorbei, stießen andere an, die sich beschwerten, laut wurden und fluchend weitergingen. Wieder andere zogen kleine Leiterwagen hinter sich her, die Waren darauf mit Tüchern bedeckt, damit sie keinen Neid erregten oder Diebe anzogen. Und dazwischen die Krüppel. Männer, denen ein Bein, ein Arm, manchmal beides, fehlte, die ihr Augenlicht verloren hatten. Koch versuchte das zu übersehen, die schrecklichen Folgen des Krieges zu ignorieren. Frauen liefen mit Pappschildern umher, die sie an Holzstiele genagelt hatten, und auf denen die Namen der vermissten Verwandten standen, ihr letzter Rang in der Wehrmacht, der Wohnort und von wo sie zuletzt eine Nachricht der Vermissten erhalten hatten.

Im Innern des Bahnhofs liefen noch mehr Menschen umher, es war ein großes Gedränge, das von einem unverständlichen, vielstimmigen Lärm, der wie eine Wolke über den Menschen lag, begleitet wurde. Koch spürte, dass ihn das nervös machte und er nur noch schnell weg wollte. Nun kam noch die Sehnsucht nach Ruhe dazu, der Gedanke an die schmalen Feldwege, dorthin, wohin kein Mensch kam. Oder an einen einsamen Strand, wo er sitzen und stundenlang aufs Meer schauen konnte, im Ohr nur das Schlagen der Wellen gegen die Steine am Ufer.

Schlecht gelaunt drängte sich Koch durch die Menge und suchte einen Aushang mit dem Fahrplan. Vor einer Wand hatte sich eine besonders große Traube Menschen versammelt, in der Mehrzahl waren es Frauen. Namen wurden gerufen, ein Ortsteil oder ein Vorort von Mainz. Diese Frauen suchten nach ihren Männern, Brüdern oder Vätern und hofften, auf der Wand, auf der durchreisende Soldaten die Nachrichten von Kameraden hinterließen, irgendeinen Hinweis auf ihre Verwandten zu finden.

Am Durchgang zu den Bahnsteigen entdeckte Koch einen handgeschriebenen Fahrplan. Der einzige Zug an diesem Tag in Richtung Paris fuhr in einer halben Stunde. Er wandte sich ab, um am Schalter eine Fahrkarte zu kaufen. Dabei streifte sein Blick wieder den Menschenauflauf vor der Wand mit den Zetteln. Eine Frau fiel ihm auf. Zuerst waren es nur ihre dicken blonden Haare, die zu einem Knoten zusammengebunden waren. Er konnte sie nicht zuordnen, doch als sie für einen kurzen Moment ihren Kopf umwandte und er ihr Profil sehen konnte, erkannte er, dass es die Frau aus der Bäckerei war.

Wen suchte sie hier?, schoss es Koch durch den Kopf. Der Gedanke, dass es ihr Mann sein könnte, schmerzte ihn viel mehr, als er sich eingestehen wollte. Mit einem Mal war er aufgeregt. Er trat ein Stück zur Seite, heraus aus dem Strom der hin und her laufenden Menschen. Was sollte er machen? Sie ansprechen? Ob sie sich an den Zwischenfall in der Bäckerei noch erinnerte? Sicher wäre es ihr peinlich, den Mann wieder zu treffen, der sie so plump umgerannt hatte. Koch stellte sich auf die Zehenspitzen, um den blonden Schopf nicht zu verlieren, der ständig in der Menge untertauchte. Ein Mann, der eilig vorbeilief, stieß gegen ihn.

„Können Sie nicht aufpassen?“, rief er ihm hinterher, schon wieder auf der Suche nach der Frau. Dabei wurde er ständig angerempelt. Mal war es einer dieser übergroßen Rucksäcke, das nächste Mal eine Tasche oder ein Fuß.

Kurz ragten die blonden Haare aus der Menge, um gleich darauf zu verschwinden. Koch versuchte sich die Stelle zu merken, ging zwei, drei Schritte vor. Sie drehte sich kurz zu ihm um, ihre Blicke begegneten sich für den Bruchteil einer Sekunde. Er zwängte sich durch die Menschenmenge vor ihm, versuchte die Frau nicht aus den

Augen zu verlieren und sah den Mann mit dem Pappkoffer in der Hand nicht, der ihn zu Boden riss. Sein eigener Koffer fiel ihm dabei aus der Hand.

„Kannste nicht aufpassen?!“, fauchte ihn der Mann an. Mehrere junge Männer, die hinter ihm hergelaufen waren, bildeten sofort einen Kreis um Koch.

„Idiot!“, schnauzte der Kommissar zurück.

„Was hast du gesagt?“ Der fremde Mann war stehen geblieben. „Sag das noch mal!“

„Idiot!“, zischte Koch, der sofort wieder aufgestanden war.

Die jungen Männer schlossen ihren Kreis enger um ihn.

„Pass auf! Du entschuldigst dich jetzt, sonst …“ Er sah kurz in die Runde.

Koch zählte durch. Es waren fünf junge Kerle, mit dem älteren sechs, sie machten alle einen kräftigen Eindruck.

„Ich warte!“, forderte der Ältere.

Einer der jungen Männer trat aus der Gruppe und machte zwei Schritte auf Koch zu.

Mittlerweile hatten einige Leute in dem Bahnhofsgebäude den Streit mitbekommen und blieben stehen, um den Fortgang aus sicherer Entfernung zu beobachten. Endlich eine Abwechslung in dem gleichtönigen Ablauf ihrer Tage.

„Mach schon, was er sagt!“, wiederholte er die Aufforderung des Alten. „Einfach ‚Entschuldigung‘. Ist doch nicht so schwer.“ Dabei verschränkte der junge Mann seine Arme vor der Brust und blickte Koch herausfordernd an.

Der Ring um die Streitenden war enger geworden, von hinten drängten schon die Ersten, die von dem sich anbahnenden Spektakel nichts verpassen wollten. Koch behielt den Mann vor sich im Auge und suchte gleichzeitig nach der Frau. Wegen eines solchen Schwachkopfes würde er sie aus den Augen verlieren. Da wippte der blonde Schopf aus der Menge. Koch drehte sich zur Seite und wollte weggehen, doch der junge Mann machte zwei schnelle Schritte und packte ihn an der Schulter.

„Stehen bleiben! Ohne Entschuldigung gehst du hier nicht weg!"

Der Mann hatte nicht mit Kochs Wendigkeit gerechnet. Der drehte sich um und nutzte den Schwung dieser Bewegung für seinen Schlag. Er traf den überraschten Mann am Kinn, der sofort zu Boden ging. Kaum lag er am Boden, da stürzten sich schon drei der anderen Männer auf Koch. Den ersten von ihnen konnte er mit einem Schlag in den Magen niederstrecken, aber dann bekam ihn einer der anderen von hinten zu packen und hielt ihn fest, während der dritte auf ihn einschlug.

Zu seinem Glück waren die Schläge nicht platziert. Er machte es dem Mann auch nicht leicht, da er sich hin und her wand, um der Umklammerung zu entkommen. Er trat um sich, traf den anderen am Knie, was dessen Zorn weiter anstachelte, bäumte sich auf, versuchte mit seinem Hinterkopf das Gesicht des Mannes in seinem Rücken zu treffen, während das Ganze für die Gruppe der Umstehenden, die weiter anwuchs, zu einer Volksbelustigung wurde. Sie schrien und feuerten die Kämpfer an. Erste Scherzbolde nahmen schon Wetten an, wie lange Koch sich noch würde halten können. Der Mann, den Koch als ersten niedergestreckt hatte, war wieder aufgestanden, hatte sich sein Kinn gerieben und näherte sich Koch nun mit einem Totschläger. Der hatte sich noch nicht aus dem Klammergriff des Mannes hinter ihm befreien können.

Langsam kam er näher, umfasste seinen Stock fester, schlug ihn in seine linke Handfläche und gab dem Mann hinter Koch ein Zeichen, ihn fester zu packen, damit er sein Ziel besser anvisieren konnte.

Koch bäumte sich auf, doch der Mann hielt ihn fest im Griff.

„Warum hilft mir keiner!“, schrie er in die Gruppe der Gaffer, die nun in einem Abstand von vier oder fünf Metern den Kreis um die Kämpfer geschlossen hatten.

„Zwei Kippen, dass er es schafft!“, rief einer.

„Drei dagegen, dass er gleich die Engel singen hört“, setzte ein anderer dagegen.

Der Kerl stand nun einen Schritt vor ihm, gerade so weit, dass Koch ihn nicht mit seinen Füßen erreichen konnte. Sein Gegenüber wartete auf eine Gelegenheit, ohne Gefahr an ihn herankommen zu können, um ihm den entscheidenden Schlag zu versetzen. Koch spürte, dass seine Kräfte nachließen.

Mit einer letzten Anstrengung bäumte er sich auf, stieß sich mit den Füßen ab, sodass er mit dem Mann in seinem Rücken zwei Meter nach hinten stolperte. Der mit dem Stock setzte sofort nach, sah seine Chance gekommen und holte aus.

„Jetzt kracht's!“, schrie einer der Umstehenden.

„Jetzt fließt Blut!“

„Die Lebensmittelkarte geht an mich!“

Koch sah die erhobene Hand mit dem Totschläger, mobilisierte seine letzten Reserven, stieß sich nochmals nach hinten ab, krachte mit dem Mann in seinem Rücken gegen eine Wand, hörte, wie dessen Kopf gegen die Wand schlug, nutzte den Moment und riss sich los, stürzte vor und warf sich auf den Mann mit dem Totschläger.

Er wälzte sich auf den Mann, schlug auf ihn ein und versuchte ihm gleichzeitig den Totschläger zu entwinden. Das nahm ihn so in Anspruch, dass er nicht mitbekam, wie die Menge plötzlich auseinandergerissen wurde und zwei Grenzpolizisten, gefolgt von einem französischen Militärpolizisten, auf die Kämpfenden zustürmten und ihn von seinem Gegner herunterrissen. In der Meinung, dass es sich um weitere Männer aus der Gruppe um den Alten handelte, schlug Koch nun blind um sich. Er wollte seine Haut so teuer wie möglich verkaufen und wenn sie ihn ins Grab prügeln wollten, sollten sie einen hohen Preis dafür bezahlen.

„Arrêtez!“ „Aufhören! Hören Sie auf!“

Er wurde an den Armen gepackt und von dem Mann gerissen. Vier kräftige Arme hielten ihn am Boden.

„Mensch, Herr Koch, es ist vorbei!“

Es dauerte einige Sekunden, bis die Worte zu dem Kommissar durchdrangen.

Verwundert sah er in das Gesicht eines Mannes in Uniform. Der Grenzpolizist nickte ihm zu. Jetzt erkannte Koch den Kollegen, den er kennen gelernt hatte, als er im Januar zu einer Wasserleiche gerufen worden war, die in der Nähe des Winterhafens ans Ufer geschwemmt worden war.

Die zwei Männer, die Koch gehalten hatten, ließen ihn los. Er setzte sich auf und sah sich um. Der Kreis hatte sich schon aufgelöst, die Menschen liefen wie bei seiner Ankunft hin und her, nur vereinzelt blieb mal jemand stehen, sah kurz neugierig zu ihm herüber und verschwand sogleich. Von den Männern, mit denen er sich geprügelt hatte, war nichts mehr zu sehen.

„Allez!“, forderte der französische Militärpolizist Koch auf ihm zu folgen. Er erhob sich nun, strich sich mit beiden Händen durch die Haare und blickte zu der Wand mit den Zetteln herüber. Die Frau mit den blonden Haaren konnte er nicht sehen.

Der Franzose wiederholte seine Aufforderung.

„Je suis un commissaire, mon coporal“, erklärte Koch und erhielt auf diese Aussage einen verwunderten Blick. Der Militärpolizist sah zu dem Grenzpolizisten, der Koch mit Namen angesprochen hatte.

Der radebrechte: „Oui, il ist ein … un gendarm. Police criminal.“

„Passeport!“, forderte der Franzose. Skeptisch betrachtete er die Papiere, die Koch mühsam aus seiner Jacke fummelte und ihm entgegenhielt.

„Mitkommen!“, forderte er auf Französisch.

Ob das denn notwendig wäre, fragte Koch und erhielt einen zornigen Blick zur Antwort, der seine Frage sehr deutlich beantwortete.

Der Grenzpolizist, den Koch Hilfe suchend ansah, zuckte mit den Schultern. Koch fiel sein Koffer ein, den er bei dem Handgemenge verloren hatte. Schnell schaute er sich um. Er konnte ihn nicht entdeckten. „Merde!“, fluchte er stumm in sich hinein.

Sie gingen in ein kleines Büro, das in einem zugigen Raum untergebracht war, in dem nur ein wackeliger Schreibtisch und ein Stuhl standen. An der Wand hingen Bilder von General de Gaulle und von Pierre Koenig in Goldrahmen. Dort musste Koch den Vorfall zu Protokoll geben und unterschreiben. Damit war er entlassen.

Sein erster Weg führte ihn zurück in die Bahnhofshalle, zu der Wand mit den Zetteln, wo er langsam an den Suchenden entlang ging, aber die Frau mit den dicken blonden Haaren war nicht mehr dort.

Der einzige Zug, der an diesem Tag in Richtung Westen fuhr, hatte den Hauptbahnhof Mainz schon vor einer halben Stunde verlassen. Langsam schritt er nach draußen und stellte sich in die schon sehr tief stehende Nachmittagssonne, die den Vorplatz erwärmte.

Irrsinn, dachte er bei sich, während er da stand, den Kopf in den Nacken gelegt, um die Sonne mit seinem Gesicht einzufangen, die Idee, nach Frankreich zu fahren. Dass er einen Passierschein brauchte, daran hatte er gar nicht gedacht.

Das Hupen eines Wagens riss ihn aus seinen Gedanken. Nichts hatte sich seit heute Morgen geändert. Er hatte keine Entscheidung getroffen, er war noch immer in Mainz, er war noch immer Polizist. Müde machte er sich auf den Rückweg in seine Wohnung. Die Sonne war mittlerweile untergegangen und es begann zu dämmern. Sofort wurde es kühler.

Er verspürte fast so etwas wie Sehnsucht nach Bresson, nach einem Abend ohne Worte und mit Alkohol, der ihn langsam aus dieser Welt in eine andere tragen würde. Aber es war noch zu früh und ob der Nachbar nach dem Vorfall noch Interesse an einem Trinkgelage mit ihm haben würde, bezweifelte Koch. Und er selbst wusste ja auch nicht, was er von einem Mann halten sollte, der offenbar seinen Unterhalt mit pornographischen Bildern verdiente.

Koch war so sehr mit sich beschäftigt, dass er den Mann, der vor seinem Haus stand und ihm schon von Weitem mit einer Flasche zugewunken hatte, erst bemerkte, als er fast vor ihm stand.

„Reuber?!“, stieß er hervor.

„Freude sieht anders aus, Koch!“, entgegnete der. „Ich habe sie heute vermisst.“

„Da waren Sie wahrscheinlich der Einzige.“

„Gute Laune sieht auch anders aus. Was halten Sie davon, wenn wir reingehen. Die Sonne ist zwar aus ihrem Winterschlaf erwacht, aber das heißt noch nicht, dass es Sommer ist. Also?“

Koch war unschlüssig.

„Keine Angst, Koch, das ist nicht die einzige Flasche." Reuber klopfte mit den Händen auf die Taschen seines Mantels. „Riesling von der Mosel."

Ohne Kommentar nahm Koch den Schlüssel aus der Tasche, öffnete die Haustür und ging hinein, ohne darauf zu achten, ob Reuber ihm folgte.

„Wo haben Sie denn Gläser, Koch?", fragte Reuber, als sie in der Wohnung waren.

„In der Küche." Er zeigte ihm die Richtung an.

Koch setzte sich im Wohnzimmer auf einen Sessel und hörte aus der Küche das ploppende Geräusch, als Reuber eine Flasche entkorkte.

„Ich hoffe, dass Sie die nicht auf dem Schwarzmarkt gekauft haben", empfing er Reuber, als der mit der geöffneten Flasche und zwei Gläsern ins Zimmer kam.

„Schlimmer. Die eine ist aus der Asservatenkammer", er hielt kurz inne, um die Gläser zu füllen, „und die anderen sind Bestechungsgelder. Aber ich rate Ihnen, Koch, so was nie in der eigenen Wohnung zu verstecken."

Er grinste Koch dabei so frech an, dass der spürte, wie etwas von seiner Anspannung von ihm abfiel.

„Im Ernst, Koch", sagte Reuber, während er sein Glas an die Nase führte und daran roch, „ein Großonkel von mir ist Winzer und lässt mir ab und zu eine Kiste zukommen. Er ist zum Glück keiner von diesen geizigen Verwandten, die die eigene Sippe lieber verhungern lassen als ihnen etwas abzugeben.

„Zum Wohl, Koch!" Reuber hielt dem Kollegen sein Glas entgegen. Der zögerte einen Moment, dann stieß er an.

„Ich habe Sie heute im Büro vermisst und fürchtete schon, dass Sie die Schnauze voll haben und abgehauen sind. Wohin auch immer."

Koch betrachtete den Mann.

„Ich könnte Sie verstehen. Aber ich fände es sehr schade."

Koch schwieg weiter.

„Ich glaube, dass ich das schon einmal gesagt habe, aber ich wiederhole es nochmals, Koch. Arnheim ist ein verbitterter Mistkerl, aber die gab es früher auch überall. Aber Leute wie Sie brauchen wir. Und zwar heute. Sonst muss ich mir nämlich auch überlegen zu gehen. Die Sache mit dem Wein war eine Falle, um Sie bloßzustellen. Ich weiß das und Falter weiß das auch. Und Arnheim auch. Dass man jetzt nicht gleich zur Tagesordnung übergehen kann, ist doch klar. Und Falter hat im Gespräch durchblicken lassen, dass er nichts dagegen hätte, wenn Sie weiterhin ein Auge auf Brunner haben."

Koch nickte. „Ich weiß", sagte er endlich und nahm einen Schluck von seinem Moselwein.

„Gut", war sein Kommentar. „Ein guter Wein."

Ein Lächeln huschte über Reubers Gesicht. „So gefallen Sie mir schon besser. Was haben Sie denn heute gemacht? Nachwehen?" Er deutete mit einer Kopfbewegung auf die leere Flasche.

„Ich habe das Wochenende wie im Rausch erlebt."

Reuber lachte.

„Heute war mir nicht nach Büro."

Reuber lachte wieder. „Ja klar, das sind die neuen Zeiten. Wer keine Lust zu arbeiten hat, geht einfach nicht hin."

„Können Sie auch mal ernst sein?" Koch klang tatsächlich ungehalten.

„Die Dinge nicht ganz so ernst zu nehmen, Koch, hat auch etwas mit Überleben zu tun. Wie sonst wollen Sie eine einigermaßen klare Birne behalten? Wie hieß es bei der diesjährigen Fastnacht so richtig: ‚Lache unter Tränen'."

Koch schwieg.

„Keine Antwort ist oft besser als irgendeine", sagte Reuber und füllte die Gläser.

„Darf ich?", fragte er, während er eine Schachtel amerikanischer Zigaretten aus seiner Hosentasche zog und Koch eine anbot.

Koch schüttelte den Kopf und warf einen genauen Blick auf die Schachtel.

„Amerikanische, Probleme damit?" Reuber zündete sich die Zigarette an und inhalierte tief. Er hielt die Zigarette zwischen Daumen und Zeigefinger, es schien, als wolle er sie zerquetschen.

Koch schüttelte den Kopf. Er wurde aus dem Mann nicht ganz schlau. War er ein Opportunist? War er besonders clever? Ein Zyniker? Oder einfach ein Pragmatiker?

Er stand auf und zog den Vorhang vors Fenster, um so den kühlen Luftstrom, der durch die morschen Rahmen in die Wohnung zog, zu unterbinden.

„Was haben Sie denn gemacht?"

Koch überlegte. Ihm gefiel die direkte Art seines Kollegen, aber sie überforderte ihn auch bisweilen, vielleicht war es auch nur sein Misstrauen, das er nicht ablegen konnte.

„Ich war am Bahnhof."

„Eine Reise? Zum Wohl!" Er nahm sein Glas, deutete ein Anstoßen an und trank.

Koch tat es ihm nach.

„Mir war nach Frankreich."

„Zur Familie?"

Koch zögerte einen Moment mit der Antwort. „Habe es mir anders überlegt."

„Gut." Reuber trank wieder einen kleinen Schluck. „Warum haben Sie Ihre Familie verlassen?"

Koch ließ sich Zeit, bis er antwortete. „Heute sind Sie dran, Reuber."

Der sah sein Gegenüber erstaunt an.

„Ich habe Ihnen beim letzten Mal schon eine Menge aus meinem Leben erzählt."

„Bereuen Sie's? Hört sich so an."

Koch schüttelte den Kopf.

„Also gut, was wollen Sie hören?"

Koch nahm sein Glas und trank.

„Was haben Sie im Krieg gemacht? Es heißt, Sie wären nur knapp der Erschießung entkommen."

Reuber lachte kurz auf und Koch schien, dass er noch fester auf den Filter seiner Zigarette drückte. Er nahm einen Zug und drückte die Kippe aus.

„Einfacher geht's nicht?"

Koch schüttelte wieder den Kopf.

„Gut. Die Heldenvariante oder die … andere?"

„Beide. Aus Ihrem Mund."

„Also. Zuerst die andere. Ich gehörte einer Atellerieeinheit an. In den Ardennen. '44. Mannschaftsstärke …", Reuber machte eine Pause, dachte nach, „… allenfalls noch dreißig bis vierzig Prozent, mehr nicht. Wir haben den Kontakt zu den Nachbareinheiten verloren, merken, dass der Gegner an uns vorbeigezogen ist." Er steckte sich eine neue Zigarette an. „Einer von uns, wir sind noch sechs Mann, schlägt vor, uns zu ergeben. Der Krieg wäre sowieso bald vorbei. Und die Einheiten vor uns sind Amis. Amerikanische Gefangenschaft, heißt es, ist okay. Die lassen keinen verhungern, keine Zwangsarbeit in sibirischen Minen. Der Kompaniechef hört sich das an. War immer ein ganz Ruhiger und Besonnener. Als der Mann fertig ist, steht er auf, ganz ruhig, geht zu ihm, wir denken alles Mögliche, aber nicht, dass er plötzlich seine Dienstpistole zieht und dem Mann in den Kopf schießt. Völlig ungerührt. Und dann dreht er sich um, noch immer die Waffe in der Hand, und fragt uns, ob noch jemand sich ergeben will. Alle schütteln den Kopf. Gut, sagt der Kompaniechef, dann verscharrt den Mann. Wir müssen den Feind zurückwerfen. Baut Schanzen. Wir machen das auch brav und als wir fertig sind und ihm Meldung machen wollen, ist der Scheißkerl weg."

„Und? Haben Sie ihn nach dem Krieg gesucht?"

Reuber lachte das für ihn typische kurze, abgehackte Lachen. „Wo denn? Und Koch, was glauben Sie denn, wie viele solche Kerle rumlaufen. Hat doch jeder zugesehen, dass er irgendwie durchkam."

„Aber das war Mord!"

„Mord, klar. Aber was unterscheidet den von den Millionen anderer? Ist nicht der Krieg an sich das Verbrechen? Der Krieg, der aus den Menschen solche Monster macht? Ich bin froh, Koch, wenn ich meine Dämonen im Zaum halten kann."

Koch senkte seinen Kopf, sah kurz auf, nahm sein Weinglas und trank. Reuber hustete und drückte seine Zigarette aus.

„Und die andere?"

„Ich wollte desertieren, hatte keine Lust mehr auf Krieg. Wollte meinen Kopf nicht für diese Heuchelei von Vaterland und Führer hinhalten. Hab zu viel geredet. Ist immer schlecht. Am besten macht man so was, vielleicht auch alles, einfach alleine. Kann auch keiner einen verraten. Schnellgericht, Urteil: Exekution. Sofort. Man stellt mich vor eine Mauer, das Erschießungskommando zehn Meter weg, dahinter der Richter, der Kompaniechef und die anderen Jungs. Das Erschießungskommando hat schon angelegt, da kracht eine Granate ein kleines Stück hinter der Gruppe rein. Alle tot, ich hatte nur ein paar Schrammen. Tja, ich habe meine Kennmarke einem der anderen Soldaten untergeschoben, mir seine genommen und irgendwie überlebt."

„Aber Sie sind Reuber?"

Er lachte wieder, kurz, abgehackt, bevor er antwortete. „Natürlich, Koch. Meinen Ausweis habe ich versteckt und später wiedergeholt. Ich bin bei einer Familie in der Eifel untergekommen, bis der Krieg vorbei war."

Reuber leerte sein Glas in einem Zug und steckte sich gleich wieder eine Zigarette an.

„Und nun Sie!", sagte er, und sah Koch auffordernd an.

„Heute nicht. Außerdem, Reuber, woher soll ich wissen, dass Sie die Wahrheit gesagt haben?"

Reuber lachte kurz und zündete sich eine Zigarette an. „Immerhin haben Sie die Wahl."

„Zwischen zwei Lügen?", konterte Koch.

„Ist in dieser Zeit nicht alles eine Lüge? Auch die Wahrheit?" Reuber nahm zwei schnelle Züge. „Sie sollen ungerne Auto fahren. Selbst fahren, meine ich. Stimmt das?"

„Heute nicht", wiederholte Koch, und Reuber erkannte an seinem Blick, dass er von seinem Kollegen an diesem Abend nichts erfahren würde.

Dieses Spiel wiederholten sie eine Weile, Reuber öffnete die zweite Flasche Moselwein und rauchte seine Zigaretten. Irgendwann verabschiedete er sich von Koch, der ans Fenster ging und dem Kollegen so lange nachsah, bis der hinter der Straßenbiegung verschwunden war.

Am nächsten Morgen hing der kalte Zigarettenrauch noch unangenehm im Zimmer. Koch roch an seiner Kleidung und entschloss sich, an diesem Tag seinen anderen Anzug anzuziehen. Er riss die Fenster auf und stellte erfreut fest, dass es wärmer geworden war. Kindergeschrei drang durch das offene Fenster in seine Wohnung.

In der Küche fand er auf dem Tisch einen Zettel. *„Unter dem Sofa. Und Obacht bei der nächsten Hausdurchsuchung."*

Koch ging ins Wohnzimmer, wo er an der beschriebenen Stelle tatsächlich die dritte Flasche Riesling fand.

In der Polizeidirektion lag auf seinem Schreibtisch der unterschriebene Beschluss zur Durchsuchung des Gerberschen Hofes. Falter hatte tatsächlich Wort gehalten und die Durchsuchung des Hofes gegen Arnheims Willen durchgesetzt. Der kochte wahrscheinlich vor Wut und ihr Verhältnis würde dadurch sicher nicht besser werden, überlegte der Kommissar, aber das war ihm egal. Jetzt ging es voran, ein kleiner Lichtblick wenigstens nach diesen Tagen der Stagnation.

Er organisierte einige Leute für die Durchsuchung, nur Siggi war nicht an seinem Platz. Koch lief die Treppe herunter auf den Hof und zur Autohalle, wo er Siggis Stimme schon vernahm, kaum dass er die Tür geöffnet hatte. Er benötigte einige Sekunden, bis er den jungen Mann über den Motorraum eines Wagens gebeugt entdeckte.

„Sie müssen sich entscheiden: Polizist oder Mechaniker!", rief Koch und Siggi hob seinen Kopf aus dem Motorraum. Er war so erfreut, seinen Chef zu sehen und wollte so eilig zu ihm, dass er sich seinen Kopf an der geöffneten Motorhaube stieß und aufschrie. Jörg lachte laut, was ihm Siggis zornigen Blick einbrachte.

Der rieb sich ein paar Mal über die Stelle, mit der er das Blech berührt hatte und ging auf seinen Vorgesetzten zu. „Schön, dass Sie wieder da sind. Ich hatte schon Sorge, dass Sie nicht mehr kommen."

„Sie brauchen sich keine Sorgen um mich zu machen, Siggi“, erwiderte dieser unwirsch. „Machen Sie sich lieber fertig. Wir müssen los.“

„Wohin?“

„Ein Einsatz!“, erklärte Koch trocken.

„Ich komme!“ Siggi sprang in die Luft.

„Gleich, Siggi, gleich“, beschwichtigte ihn Koch, „besorgen Sie uns erst mal einen Wagen, ich schaue mal, ob die Kollegen schon da sind.“

Eine halbe Stunde später hielten zwei Fahrzeuge vor Gerbers Gut. Siggi hatte dieses Mal den Adler Triumph Junior bekommen, den Koch schon kannte. Hinter ihnen saßen zwei Ordnungspolizisten, in dem zweiten Auto noch drei weitere.

Sofort bildete sich um die Autos eine kleine Menschentraube.

Koch klopfte an das Tor.

Beim zweiten Mal kam von innen ein unwilliges „Ja?“ Es klang müde und verärgert, als habe man jemanden aus dem Schlaf gerissen.

„Polizei!“, antwortete Koch. „Machen Sie das Tor auf!“

Kurz darauf schabte der Verschlussriegel und das Tor wurde ein kleines Stück geöffnet. Der alte Gerber steckte seinen Kopf durch den Spalt und zog ihn gleich erschrocken zurück.

„Was wollen Sie? Verschwinden Sie!“

Der kurze Blick hatte Koch genügt, um zu erkennen, dass der Bauer sternhagelvoll war.

„Kommen Sie morgen wieder! Heute geht es nicht!“

„Gerber!“, wurde Koch deutlich, „wenn Sie nicht sofort das Tor aufmachen, werde ich es aufbrechen lassen und Sie mit aufs Revier nehmen. Also!“

Er gab den Polizisten und Siggi hinter ihm ein Zeichen zu warten.

„Dürfen Sie das denn?", kam es von drinnen.

„Ich habe einen Durchsuchungsbeschluss."

Er ahnte, dass der Bauer an diesem Tag etwas länger brauchte, bevor er die Situation realisierte.

Langsam wurde ein Flügel des Tors geöffnet.

„Zeigen Sie her!", forderte Gerber. „Jetzt geht ja alles mit Recht und Gesetz zu!"

Koch hätte sich am liebsten erbrochen über diese Verlogenheit. Er spürte wieder diesen Zorn in sich aufsteigen. Er gab Siggi das Papier mit dem Durchsuchungsbeschluss, damit der ihn Gerber zeigte.

Endlich öffnete der das Tor ganz.

Koch hatte die Männer vor dem Einsatz instruiert, wer wohin zu gehen hatte und dass sie besonderes nach versteckten Räumen suchen sollten.

„Wissen Sie!", sagte Gerber, und er sprach laut und mehr zu den Leuten vor dem Tor als zu dem Kommissar, „ich habe meinen Sohn verloren." Einen Moment starrte er ins Leere, als habe er den Faden verloren. Er sah sich um, seine Bewegungen waren eckig und ungelenk. „Als wenn das im Krieg nicht schon genug gewesen wäre." Wieder hielt er inne, sah auf seine Füße, als suchte er dort nach neuen Worten. „Und Sie behandeln mich wie einen Verbrecher. Wie einen Verbrecher."

Koch trat dicht neben den Mann und sagte so, dass niemand anderes es verstehen konnte, zu ihm: „Sind Sie denn keiner? Früher schon gewesen und immer noch?"

Gerber wollte auffahren, besann sich, drehte sich um und wankte ins Haus. Koch sah sich noch einmal um, ließ seinen Blick schnell über die Leute, die vor dem Tor standen, gleiten und eilte Gerber nach.

Der saß in der Küche und schüttete sich gerade aus einer Flasche eine durchsichtige Flüssigkeit in ein Glas.

„Wollen Sie auch?", fragte er.

Koch schüttelte den Kopf. „Ist ein bisschen früh."

„Bevor es zu spät ist. Guter Trester." Er grinste schief und hielt Koch die Flasche entgegen, die ein einfaches, helles Etikett zierte, auf dem ein großes C und die römische Ziffer IX stand. Wie ein Kunstwerk, überlegte der Kommissar, wandte sich ab und stellte sich in die Tür.

„Trinken Sie lieber einen Kaffee, aber einen starken!" Koch sah sich um, ob er irgendwo Kaffee entdecken konnte.

„Herr Koch!" Einer der Ordnungspolizisten stand vor ihm und nahm Haltung an. Koch nickte dem Mann zu. „Ich habe da vielleicht was gefunden. Wenn Sie selbst mal schauen wollen …?"

Der Kommissar folgte dem Mann über den Hof zu der Scheune, die im rückwärtigen Teil des Hofs lag, vor der man den toten Peter Gerber gefunden hatte. Am Eingang stand Siggi und wartete, bis die beiden Männer an ihm vorbei durch das verwitterte Holztor in die Scheune gegangen waren.

Im Innern brannte eine elektrische Birne, es gab also Strom. Koch blieb nach wenigen Metern stehen und sah sich um. Die Scheune war voll gestellt mit kleinen Feldgeräten, Kübeln und Eimern, Drahtrollen, Kisten und Kartons.

Der Polizist lief auf die rückwärtige Wand zu und blieb vor einer Falltür stehen, neben der einige Strohballen aufgetürmt waren.

„Haben Sie die Tür entdeckt?", fragte Koch.

„Ja, Herr Kommissar", antwortete der Polizist, und seine Stimme klang deutlich stolz. „Mein Onkel hat einen kleinen Hof im Taunus, daher kenne ich das. Ich habe ein Stromkabel gefunden, das da im Boden verschwindet. Da dachte ich mir, dass an der Stelle so ne Art Keller sein könnte."

„Gute Arbeit!", lobte Koch und stieg hinter dem Mann, der eine Taschenlampe vor sich trug, die Holztreppe in den Kellerraum hinab.

Unten suchte der Polizist die Stelle, wo das Kabel durch den Boden in den Keller geführt wurde und ließ es durch seine Hand gleiten, bis er einen Schalter gefunden hatte, den er gleich betätigte.

Ein dünnes Licht flammte auf.

„Gut!", rief Koch von der Treppe und stieg die letzten Stufen hinab.

Obwohl die Lampe nur schwach leuchtete und ständig flackerte, erkannte der Kommissar schnell, dass er hier ein geheimes Vorratslager vor sich hatte. An der Wand standen Regale, in denen gepökelte Fleischstücke lagen, Holzböcke, auf denen das Fleisch zerteilt wurde, ein Beil, mehrere Messer, Wannen und Schüsseln. In einer Ecke war ein Verschlag angebracht, der bis zum Rand mit Kartoffeln gefüllt war. Es war hier unten so kalt, als wäre der Frühling noch in weiter Ferne. Koch zog ein Taschentuch aus seiner Hosentasche und fasste damit eines der Messer an, um es unter der Lampe genauer zu betrachten.

„Sagen Sie den Kollegen von der Spurensicherung, dass sie sich die Messer genau anschauen sollen."

Er ging weiter, bis er plötzlich stehen blieb und sich bückte.

„Passen Sie auf, wo Sie hintreten! Und geben Sie mir die Lampe!", zischte er über seine Schulter zu dem Polizisten, der noch mit ihm in dem Keller war. „Ein Arzt soll kommen."

Als der Polizist keine Anstalten machte, den Befehl zu befolgen, herrschte Koch ihn an. „Das war eine klare Anweisung. Tun Sie, was ich von Ihnen verlange!“

Sofort eilte der Mann die Treppe hinauf. Koch blieb gebückt und untersuchte die Blutlache, die sich neben einem Holzblock ausgebreitet hatte.

Wenn dies menschliches Blut war, lag es nahe, dass Peter Gerber hier unten umgebracht worden war. Koch suchte nach Schleifspuren und dem kürzesten Weg zu der Holztreppe. Tatsächlich fand er winzige Partikel von Schmierspuren auf dem Boden und an der Treppe. Das mussten die Techniker und ein Arzt klären. Er hoffte, dass sich noch bestimmen ließ, ob das Blut von einem Tier oder einem Menschen stammte, und wenn letzteres der Fall war, ob die Blutgruppe festzustellen war.

Um keine Spuren zu zerstören, stieg Koch vorsichtig die Treppe nach oben. Dabei fiel ihm auf, dass Siggi nicht mit in den Keller hinabgestiegen war. Oben angekommen rief er den Namen seines Assistenten.

Erst beim zweiten Mal erhielt er eine Antwort. „Hier!“, schallte es aus der Tiefe des Raumes, aber Koch konnte nicht orten von wo.

„Mensch, Siggi, kommen Sie vor, damit ich Sie sehen kann!“

Der Angesprochene kam zwischen mehreren, durcheinander geworfenen Kisten hervorgekrochen.

„Was ist denn mit Ihnen?“, fragte der Kommissar, als der völlig eingestaubte Mann vor ihm stand. Seine hellblonden Haare standen Siggi wirr vom Kopf ab, einige Strohhalme hatten sich in ihnen verfangen.

„Was machen Sie denn da? Warum waren Sie nicht mit unten im Keller?“, blaffte er.

„Kommen Sie!“, forderte ihn Siggi auf, drehte sich um

und verschwand nach dort, von wo er gekommen war. Koch fand seinen Assistenten schließlich hinter einigen Strohballen, den Kopf in einen Karton getaucht. Als er daraus auftauchte, hielt er in der einen Hand einen Lenkradkranz und in der anderen ein kleines Metallstück.

„Und?“

„Autoteile. Lenkrad. Anlasser und noch einiges mehr. Mercedes. Könnte zu dem von Brunner passen. Sie wissen doch …?“

„Natürlich!“, gab Koch zurück, schwankend zwischen Ärger über Siggis anmaßende Frage und der Freude über den Schritt, den sie vielleicht weiter gekommen waren. Auch hier hatte seine Intuition ihn nicht getrogen. Es gab eine Verbindung zwischen Gerber und Brunner.

Er riss Siggi das Lenkrad aus der Hand und betrachtete es kurz.

„Legen Sie alles zurück. Das muss auch auf Fingerabdrücke untersucht werden. Sehr gut, Siggi, sehr gut. Wie sind Sie darauf gekommen, da zu suchen?“

Der junge Mann antwortete ernst. „Ich habe Benzin im Blut, Herr Koch. So was rieche ich. Ich meine, ein Auto. Oder Autoteile.“ Stolz klang aus seinen Worten.

Koch grinste spöttisch. „Wie auch immer, das ist sehr gut.“

„Müssen wir das nicht Herrn Arnheim mitteilen?“

Koch hob seine Hand. „Siggi, alles zu seiner Zeit. Im Moment haben wir nur diese Teile.“ Er klopfte seinem Assistenten auf die Schulter.

„Was machen wir jetzt?“, fragte Siggi und Koch spürte, dass der junge Mann aufgeregt war.

„Diese Teile nehmen wir mit. Sagen Sie den Kollegen Bescheid! Ich habe unten Blut auf dem Boden gefunden. Gut möglich, dass das von dem toten Peter Gerber stammt. Das lasse ich untersuchen. Da bin ich auf Gerbers Erklärung gespannt …“

„Wie lange bleiben Sie denn noch da unten? Was machen Sie denn da? Mein Sohn ist tot und Sie behandeln mich wie einen Verbrecher.“

Der alte Gerber kam wütend auf sie zugehumpelt. Sein Zorn ließ ihn vergessen, dass er eigentlich eine Krücke benötigte.

„Er ist einfach durchgerannt, ich konnte ihn nicht stoppen“, rief einer der Polizisten, der hinter dem Alten in die Scheune gelaufen kam.

„Was ist das da?“, fragte Gerber und zeigte auf die offene Kiste mit den Autoteilen.

Koch fluchte. Jetzt würde Brunner vielleicht vorab von ihrem Fund erfahren, ohne dass sie Kapital aus dem Überraschungsmoment schlagen konnten.

„Das möchte ich gerne von Ihnen wissen, Herr Gerber!“, gab Koch kühl zurück und baute sich vor dem Alten auf. Der wich ein kleines Stück zurück und ließ sich auf eine der Kisten plumpsen.

„Kenne ich nicht. Nie gesehen.“ Er machte eine wegwerfende Geste.

„Gehen Sie näher ran! Schauen Sie genau hin! Diese Teile liegen immerhin in Ihrer Scheune.“

„Alter Plunder. Was weiß ich. Spielzeug. Von mir ist es jedenfalls nicht. Wenn Sie mir da was anhängen wollen, da liegen Sie falsch. Völlig falsch.“

Koch blieb ruhig. Er war nicht sicher, ob der Mann log.

„Wenn das nicht von Ihnen ist, von wem dann? Irgendwie müssen diese Teile ja hierher gekommen sein.“

Gerber zuckte resigniert mit seinen Schultern.

„Ihr Sohn?“

Der Bauer ging an die Kiste und besah sich die Teile aus der Nähe.

„Warum?“, fragte er, nachdem er sich wieder den beiden Polizisten zugewandt hatte. „Was sollte er damit? Peter hatte kein Auto.“

„Warum hat er nicht hier bei Ihnen auf dem Hof gelebt? Wäre es für ihn nicht günstiger gewesen?“

Gerber wandte sich ab und torkelte nach draußen. Siggi wollte ihm nach, aber Koch hielt ihn fest. „Aus dem kriegen wir jetzt nichts raus. Das holen wir später nach.“

Inzwischen waren zwei Männer der Spurensicherung und der Arzt gekommen. Koch wies sie ein und fragte den Doktor, ob noch eine Möglichkeit bestand, die Blutgruppe festzustellen. Der machte eine unbestimmte Geste. „Abwarten! Vielleicht hat die Kälte uns ja in die Hände gespielt.“

Koch inspizierte noch einmal alle Räume. Aber außer einigen Vorräten, darunter noch drei fast volle Kisten mit Tresterflaschen, alle markiert wie die, aus der der alte Gerber in der Küche getrunken hatte, das Fleisch in dem Keller und einigen Teppichen und andere mehr oder weniger wertvollen Gegenstände, die Leute in dieser Zeit gegen Lebensmittel und Zigaretten eintauschten, war nichts gefunden worden. Aber die Blutlache und die Autoteile, das war mehr als genug, und die Blutspur würde auch als Begründung vor Arnheim ausreichen.

Auf dem Rückweg fuhr Siggi so schnell, euphorisiert davon, dass er die Teile gefunden hatte, dass sie von einer französischen Militärkontrolle angehalten wurden. Trotz ihrer Dienstausweise waren die beiden Besatzungssoldaten nicht bereit, sie weiterfahren zu lassen. Erst als Koch begann sich mit ihnen in fast akzentfreiem Französisch zu unterhalten und sich auch noch herausstellte, dass einer der beiden aus Südfrankreich kam, wurden sie nicht nur durchgewunken, sondern erhielten jeder eine Packung französische Zigaretten und ein Stück Wurst.

Koch stieg im Hof aus dem Auto und bat Siggi an diesem Abend bei ihm vorbeizukommen und vorher dafür zu sorgen, dass die Autoteile sicher verwahrt wurden. Noch stolzer, als er ohnehin schon war, steuerte der den Adler in die Autohalle, während Koch zu Reuber ging, um ihn ebenfalls für diesen Abend zu sich einzuladen.

Im Büro machte er sich einige Notizen, die er für den Bericht über die Durchsuchung des Gerberschen Hofes brauchte. Er verließ die Direktion, um noch ein paar Besorgungen für seine Gäste zu machen.

X

Am Montagmorgen machte sich Dorle auf den Weg zum Gonsenheimer Rathaus. Franzi begleitete sie bis zum Eingang.

„Ich gehe zum Pfarrer“, sagte sie bei der Verabschiedung, „und kümmere mich um die Beerdigung.“

Dorle nickte. Was würde sie nur ohne ihre Freundin machen? Würde sie ihr je etwas von dem zurückgeben können, was Franzi für sie getan hatte?

„Jetzt geh rein!“, forderte die. „Oder soll ich mit?“

Dorle lehnte ab und ging schnell ins Rathaus hinein.

In dem kleinen Büro saß Franz Reuter hinter seinem Schreibtisch. Über ihm an der Wand hing ein Porträt von Franz Ludwig Alexander, dem Gonsenheimer Bürgermeister, oder vielmehr Ortsvorsteher, wie es hieß, seit der Ort 1938 eingemeindet worden war. Aber die meisten Gonsenheimer sagten weiterhin Bürgermeister zu dem Mann, der schon zum dritten Mal an der Spitze der Gemeinde stand. 1913 war er zum ersten hauptamtlichen Bürgermeister von Gonsenheim gewählt worden, musste 1914 ins Feld, um ab Sommer 1918 wieder die Amtsgeschäfte zu übernehmen, bis ihn die Nazis 1933 zum Rücktritt zwangen. Im März 1945 wurde Alexander von der Militärregierung wieder an die Spitze des Vorortes berufen.

Dorle kannte Reuter, weil er eine Zeit lang mit Hans-Joachim Skat gespielt hatte, bis er kurz vor dem Krieg mit seiner Familie in die Stadt gezogen war.

„Seit wann bist du wieder in Gonsenheim?“, fragte Dorle ihn nach der Begrüßung.

„Meine Frau ist bei einem Bombenangriff umgekommen und einer meiner beiden Jungs ist gefallen. Ich bin jetzt in unserem alten Haus einquartiert“, erzählte Reuter

„In der Engelstraße?“, fragte Dorle, obwohl sie es wusste.

Reuter nickte.

„Und du lebst alleine?“, fragte Dorle weiter.

Wieder nickte er zur Antwort. Sie spürte, dass er nicht sprechen wollte.

„Mein Sohn Rolf ist tot“, sagte sie, um es schnell hinter sich zu bringen.

Reuter kommentierte das nicht, zeigte auch keine Spur von Mitleid. Dorle schien, dass der Mann mit dem Leben abgeschlossen hatte. Er musste, schätzte sie, so alt wie Hans-Joachim sein, also Mitte vierzig, aber er sah aus wie ein Mann, der die Sechzig schon überschritten hatte. Als er sich aus einem niedrigen Schrank eine Akte nehmen und dafür aufstehen musste, wusste sie auch warum. Reuter griff neben sich und hob eine Krücke auf. Er hatte ein Bein verloren, wie Rolf.

„Wie ist er gestorben?“, fragte Reuter.

„Er hat …“ Dorle fiel es schwer, den Satz zu vollenden.

„Sich umgebracht“, vollendete der Mann, der sich wieder hinter seinen Schreibtisch gesetzt hatte, kühl den Satz. Er schob ihr ein Blatt Papier zu, das er aus der Akte genommen hatte und legte einen Bleistift darauf.

Sie nickte.

„Er kam nicht mehr klar“, erklärte sie mit leiser Stimme. „Hat … ein Bein verloren.“ Fast hätte sie „auch“ gesagt. Reuter zeigte keine Reaktion.

„Du musst das ausfüllen“, erklärte Reuter.

Dorle sah den Mann noch einmal kurz an, bevor sie das Papier zu sich heranzog. Es schmerzte sie, dass sich Reuter nicht für die Umstände von Rolfs Tod interessierte.

Als sie fertig war, reichte sie ihm das Blatt. Er warf einen kurzen Blick darauf, schrieb selbst etwas auf den unteren Teil, faltete das Blatt oberhalb dieser Stelle, strich mit dem Daumen über die Falz und trennte das schmale Stück ab, das er Dorle zurückgab.

„Für den Pfarrer“, sagte er in einem Ton, der wie eine Verabschiedung klang. Dorle stand schnell auf und verließ mit einem knappen Gruß das Zimmer.

Sie hatte das Gefühl, den Tod gesehen zu haben.

Auf der Straße musste sie an Hans-Joachim denken. Wahrscheinlich war es Franz Reuter gewesen, der sie an ihren Mann erinnerte. Sie schlug den Weg zu ihrem Haus ein, aber mit jedem Schritt fühlte sie sich unwohler, weil sie Hans-Joachim immer wieder aus ihren Gedanken verbannte.

Um sich zu beruhigen, machte sie sich auf den Weg in die Stadt. Es war noch früh, sie hatte genügend Zeit. Am Bahnhof gab es eine große Wand, an der durchreisende Kriegsheimkehrer Notizen von Kameraden aus der Stadt hinterließen. Vielleicht hatte Hans-Joachim einem Mitgefangenen eine solche Nachricht mitgegeben.

Andere drängten sich schon um das Haltestellenschild an der Breiten Straße, darunter viele Frauen, die, so nahm Dorle an, ihr Schicksal teilten. Einige von ihnen trugen große Rucksäcke und hielten in beiden Händen Taschen. Sie waren auf dem Weg zum Tauschen. Die einen hatten Lebensmittel und konnten den Preis bestimmen, die anderen mussten mit ansehen, wie ihr Besitz weit unter Wert in fremden Händen verschwand.

Sie fand in der vollen Bahn einen Platz am Fenster und sah hinaus, verglich die Straßen und Häuser mit den Bildern, die sie von vor dem Krieg in Erinnerung hatte, in dem normalen Leben, mit Mann, Sohn und Haus. Jetzt hatte sie nur noch das Haus und das war leer. Sie erschrak nicht einmal mehr über diese Gedanken, die klangen, als gäbe es keinen Hans-Joachim mehr. Dennoch fuhr sie weiter in die Stadt. Vielleicht muss ich mein Gewissen beruhigen, sagte sie sich, und fragte sich, was der Herr da oben darüber dachte.

„Lassen Sie mich da sitzen. Ich bin kriegsversehrt!"

Erschrocken wandte Dorle ihren Blick von dem Fenster.

Neben ihr stand ein großer, kräftiger Mann, dem ein Arm fehlte und der eine Augenklappe trug.

„Geht's nicht ein bisschen schneller!", zischte er zwischen seinen braunen Zähnen hervor.

„Lassen Sie die Frau doch! Sie sind ein kräftiger Kerl!" Eine andere Frau hatte sich eingemischt. Sofort erhoben sich weitere Stimmen. Die einen ergriffen Partei für den Mann, den der Krieg sein Augenlicht und einen Arm gekostet hatte, die anderen forderten Anerkennung für die Frauen, die den Trümmerladen im Moment überhaupt am Laufen hielten.

Dorle war das zu viel. Sie stand auf und drängte sich zwischen den Fahrgästen nach vorne. Hinter ihr wurde bis zum Bismarckplatz hitzig weiter gestritten, wo viele Leute ausstiegen und es endlich ruhiger wurde.

Dorle versuchte nicht den Gesprächen zu lauschen, aber das wollte ihr nicht gelingen. Nicht alle Unterhaltungen drehten sich ums Essen, die Sorge um die Angehörigen oder die Ausgebombten, die jetzt in den unzerstörten Wohnorten wie Gonsenheim untergebracht waren und die Bewohner oft auf eine harte Bewährungsprobe stellten. Dorle hörte auch anderes. Wie die Geschichte der Parfümerie Simon aus Süddeutschland, die in Mainz und Umgebung riesige Warenbestände gehortet hatte, ohne dies der Militärregierung gemeldet zu haben. Oder von der Absicht der französischen Besatzungsmacht, ein Bundesland Rheinland-Pfalz auszurufen. Und dass auf dem Brand im Mai ein Traberrennen stattfinden solle. Sie gewann den Eindruck, dass etwas passierte, dass es wieder voran ging. Wenn auch nicht in ihrem Leben, aber, so hoffte sie unbewusst, vielleicht würde das irgendwann bis zu ihr durchschlagen.

Jetzt aber versetzte ihr der Anblick der zerstörten Häuser einen tiefen Stich. Hier in der Neustadt waren viele Bomben eingeschlagen, viele Menschen hatten ihre Wohnungen und ihr Hab und Gut verloren. Viele auch ihr Leben. Hier in der Stadt zeigten sich die Zerstörungen der Fliegerangriffe wie offene Wunden.

Dorle wandte ihren Blick ab. Sie wollte sich ihr kleines Stimmungshoch nicht vermiesen lassen.

Nach kurzer, rumpelnder Fahrt hielt die Straßenbahn vor dem Bahnhof. Dorle wartete, bis die anderen ausgestiegen waren und trat auf den Vorplatz. Seltsam fand sie das Bild, das sich ihr bot. Das arg beschädigte Bahnhofsgebäude auf dem von der Sonne beschienenen Platz. Wie das schaurig-romantische Motiv eines Künstlers, überlegte Dorle. Als sie sich von dem Anblick löste, wäre sie beinahe über einen Mann gefallen, der vor ihr auf einem Brett vorbeirollte. Er hatte beide Beine verloren und bewegte sich geschickt mit seinen Händen fort.

„Entschuldigen Sie bitte!", rief Dorle ihm zu. Der Mann sah sich nicht einmal nach ihr um.

Sie folgte dem Strom der Menschen in das Innere des Gebäudes. Dorthin, wo an einer großen Tafel die Zettel mit den Nachrichten hingen und wo sie hoffte, eine Nachricht von Hans-Joachim zu finden.

Bald würden sie Silberne Hochzeit feiern. Wie eine Ewigkeit schien Dorle in diesem Moment ihr Leben an der Seite von Hans-Joachim. Mit neunzehn hatte sie ihn kennen gelernt, beim Fastnachtsumzug durch Gonsenheim. Er hatte sie angesprochen, weil sie eine Narrenkappe ihres verstorbenen Vaters trug. Und Hans-Joachim sammelte ja diese Mützen. Wehmut überfiel sie bei dem Gedanken. Keine einzige von ihnen besaß sie mehr, alle waren draufgegangen für die Medikamente, die sie beim Brunner eingetauscht hatte, um Rolfs Leiden zu lindern. Ihr schien das alles in diesem Moment wie Bilder aus einer weit zurückliegenden Welt.

Vor der Tafel mit den kleinen Zetteln standen die Frauen in mehreren Reihen hintereinander. Nur wenige Männer befanden sich unter ihnen. Immer wieder rief eine von ihnen einen Namen, drehte sich um, wartete auf eine Reaktion, um sich gleich wieder der Wand zuzuwenden. Nur selten war ein Freudenschrei zu hören. Klaus Reiting aus Oppenheim grüßt seine Frau aus einem Lager in Nowosibirsk. Tausende Kilometer entfernt, in den Weiten Sibiriens. Die Hoffnung schwand von einem zum anderen Augenblick. Arnfried Müller aus der Umbach, in Workuta. Grubenbau und Kohleförderung. Mörderisches System. Zu oft waren die Geschichten der wenigen Rückkehrer erzählt worden, von der Härte und den Qualen in den Lagern, von den Krankheiten und Seuchen, von Entkräftung und Hunger. Und trotzdem gingen diese Frauen immer wieder zum Bahnhof, hofften auf eine Nachricht, hofften, dass ihr Mann, Vater, Bruder oder Sohn zu den wenigen Glücklichen gehörten, die die Strapazen überlebten und den weiten Weg nach Westen schafften.

Dorle drängte sich langsam, aber bestimmt nach vorne und arbeitete sich von links nach rechts an der Wand entlang, versuchte jeden Zettel zu lesen. Immer wieder wurde sie von der Seite oder von hinten gestoßen und verlor den

Überblick in dem Meer von Nachrichten, die sich überlappten, schief hingen, eingerissen waren, aufgeweicht und verschmiert, manche einfach unleserlich, die Schrift zerfranst, als ob dem Verfasser die Kraft zum Schreiben gefehlt hätte. Dabei rief sie ständig „Hans-Joachim Becker aus Gonsenheim", aber weil das so viele der Frauen gleichzeitig taten und in dem hohen Gebäude die vielen Stimmen der Menschen sich in einer undurchdringlichen Lärmwolke auflösten, erreichte ihr Rufen meist nur die unmittelbar neben ihr Stehenden.

Nach zwei Stunden war Dorle müde. Und resigniert. Warum ging sie überhaupt hierhin? Würde Hans-Joachim wiederkommen? Und wenn, war er noch derselbe wie vorher? Vielleicht, überlegte sie, wäre das auch gut. Ein anderer Hans-Joachim. Vielleicht wäre mit dem ein neues Leben möglich?

Ihr schlechtes Gewissen über diese Gedanken zwang Dorle, die Schmerzen und die Müdigkeit zu ignorieren und noch länger auszuharren. Gab sie zu schnell auf? Dachte sie nur an sich? Sie konnte doch auf den Bahnsteig gehen und dort die ankommenden Männer befragen. Die Hoffnung stirbt zuletzt. Oder liebte sie ihren Mann nicht mehr so, wie sie ihn lieben müsste? War es ein Zeichen mangelnder Liebe, dass sie so schnell aufgab?

Plötzlich übertönten laute Stimmen die Geräusche um sie herum. Ein Streit. Sie brauchte gar nicht dem Schall der Stimmen zu folgen, um den Ort der Auseinandersetzung zu erkennen. Die Menschen drängten dorthin, eine Menschentraube zeigte ihr den Ort des Streites an, eine willkommene Abwechslung in der Eintönigkeit der Tage.

Sie konnte nicht verstehen, was da gerufen, gebrüllt und gedroht wurde. Beklemmung erfasste Dorle. Sie war schon immer, an der Kerb oder an Fastnacht, von diesem

Gefühl erfasst worden, wenn die Männer sich nach entsprechendem Alkoholkonsum zu streiten und zu prügeln begannen.

„Idiot", hörte sie heraus, Schimpfworte und „Entschuldigung".

Trotz der Beklemmung musste sie dorthin schauen, machte sogar ein paar Schritte zu den Streitenden hin, stellte sich kurz auf die Zehenspitzen und konnte für einen kurzen Moment, als sich eine Lücke zwischen den Gaffern auftat, einen Blick auf die beiden Streitenden werfen. Und erschrak. Den einen der Männer hatte sie schon einmal gesehen. Sie brauchte nur einen kurzen Augenblick, um zu wissen, dass das bei Gerda in der Bäckerei gewesen war und dass dies der Kommissar war, der nach Peter gefragt hatte. War er ihr gefolgt? Beobachtete er sie? War die Polizei hinter ihr her? Aber warum prügelte sich dieser Polizist hier im Bahnhof? Die Fragen schwirrten ihr durch den Kopf und verwirrten sie. Einen Moment lang sah sie noch zu, drehte sich abrupt um und lief zum Ausgang, stieß eine alte Frau, die ein kleines Kind an der Hand führte, fast um, stolperte und war dann endlich draußen, in der Sonne, suchte Schutz hinter einer Gruppe Männer, die eng beieinander standen und die sie gleich neugierig betrachteten. Sie sah über die Männer hinweg zum Eingang, suchte den Kommissar, ob der ihr gefolgt war. Aber nein, er war ja in diesen Streit verwickelt.

„Was haste denn, Mädchen? Können wir dir helfen?"

Einer der Männer, mit einem ausgeleierten, grauen Anzug, grinste sie an.

Sie schüttelte den Kopf.

„So viele hübsche Kerle, da kann man schon irr werden."

Alle lachten.

Dorle verschränkte ihre Arme vor der Brust und lief weg, rannte über den Platz, stieß einen Mann mit Krücken um, hörte in ihrem Rücken das Lachen der Männer, hatte das Ende des Platzes erreicht, verlangsamte ihre Schritte und ging an den Straßenbahnschienen entlang, sich dabei immer wieder umschauend. Niemand folgte ihr. Keiner von den Polizisten, auch nicht dieser Kommissar.

Sie lief an den Schienen entlang, in der Mitte der Straße, da, wo früher einmal Bäume gestanden hatten. Die wenigen, die die Bombenabwürfe überlebt hatten, waren nach dem Krieg dem Bedarf nach Brennholz zum Opfer gefallen. Und während Dorle den Bahnhof immer weiter hinter sich ließ, glaubte sie plötzlich den Kommissar zu riechen. Den Geruch dieses Mannes, als sie auf ihm gelegen hatte, in der Bäckerei, als sie mit ihm zusammengestoßen war. Das hatte sie sehr wohl bemerkt. Und sein Geruch. Der war ihr geblieben. Sie war so verwirrt, dass sie fast über eine freigelegte Wurzel gestolpert wäre.

Irgendwann erreichte sie die nächste Haltestelle. Dort lehnte sie sich an einen astlosen Baumstamm und atmete durch. Gegenüber waren die Frauen damit beschäftigt, Schutt aus einem halb eingefallenen Haus auf einen Hänger zu tragen. In dieses Bild schob sich das des Polizisten, und was sie verwirrte, war, dass sie in dem gleichen Moment, in dem sie fürchtete, dem Mann zu begegnen, sich dieses Zusammentreffen auch wünschte.

Die Straßenbahn nach Gonsenheim war überfüllt. Dorle quetschte sich in eine kleine Lücke zwischen zwei Frauen und einem alten Mann gleich neben dem Einstieg. Sie kannte die Leute aus Gonsenheim, hatte sie schon in der Kirche gesehen. Sie grüßte mit einem kurzen Nicken ihres Kopfes, machte sich so schmal wie möglich und starrte aus dem Fenster. Sie hatte kein Bedürfnis nach Unterhaltung und nach Berichten von dem Elend, in dem sie alle steckten, aber das, was sie miteinander sprachen, konnte sie nicht überhören.

„Ich habe gehört, dass die Polizei jetzt eine Spur hat …", sagte der Mann und eine der beiden Frauen fragte dazwischen: „War es nicht ein durchreisender Soldat? Oder so ein Pole, aus den Lagern? Ich dachte, das wäre geklärt."

Der Mann senkte seine Stimme, dennoch konnte Dorle ihn sehr genau verstehen. Das Rumpeln der langsam zockelnden Straßenbahn konnte seine Worte nicht vollends übertönen.

„Jemand aus dem Ort soll es gewesen sein, heißt es."

„Das kann doch nicht sein. Das glaube ich nicht", sagte die zweite Frau, die bislang stumm geblieben war. „Jemand aus unserem Ort? Wer sollte denn so was machen?"

„Eine alte Rechnung vielleicht", mutmaßte die erste Frau.

„Nein, nein", widersprach der Mann im Brustton der Überzeugung. „Die Polizei glaubt, dass es jemand war, der sich auskannte. Auf dem Gerberhof."

„Einer aus dem Ort. Was hat der Krieg nur aus den Menschen gemacht?", sagte die zweite Frau. „Ich glaube, dass …", wollte sie fortfahren, aber das von einem lauten Quietschen begleitete Anhalten der Straßenbahn machte es Dorle unmöglich, den Rest des Satzes zu verstehen.

Schnell verließ sie mit den anderen den Wagen. Sie sah sich um. Wo waren die drei? Sie wollte hören, ob sie noch etwas wussten, aber sie konnte sie nicht entdecken.

Sie war zu früh ausgestiegen, auf die nächste Bahn wollte sie aber nicht warten. Also lief sie los, an den Gleisen entlang bis zur Breiten Straße. Wenn die Polizei davon ausging, dass es jemand aus dem Ort war, überlegte sie auf dem Nachhauseweg, und der sich auskannte, dann würden sie sicher bald herausbekommen, dass der tote Peter und ihr Rolf vor dem Krieg miteinander befreundet waren. Im nächsten Moment verwarf sie diesen Gedanken wieder. Das war schon so viele Jahre her. Und Rolf konnte mit seiner Behinderung nicht den weiten Weg gehen und sie war eine Frau. Warum sollte sie …?

Überzeugt war sie von ihren eigenen Überlegungen nicht, als sie am Nachmittag ihr Haus erreichte.

Franzi stand am Herd und rührte in einem Topf.

„Wo warst du denn?“, fragte sie. „Hat es so lange auf dem Amt gedauert?“

Statt einer Antwort kramte Dorle den abgerissenen Zettel aus ihrer Tasche und legte ihn auf den Tisch.

„Wann ist die Beerdigung?“, fragte sie. Jetzt, wo es entschieden war, wo sie sich durchgerungen hatte, Rolfs Tod zu melden, wollte sie, dass ihr Sohn so schnell wie möglich ein ordentliches Begräbnis erhielt.

„Der Pfarrer war nicht da“, sagte Franzi. „Ich werde es morgen wieder versuchen, damit wir Rolf bald beerdigen können.“

Dorle spürte einen Druck in ihrer Brust, den sie kaum aushalten konnte. Ohne ein Wort zu sagen, verließ sie die Küche, ging in den Hof und stieg die Kellertreppe hinab zu Rolf, der noch immer wie in den letzten Wochen auf der Holzkiste aufgebahrt lag. Sie kniete sich neben ihn und betete. Die Tränen schossen ihr dabei aus den Augen.

Am nächsten Morgen kam Franzi schon vor acht und musste zu ihrer Überraschung Dorle wecken, die sonst immer sehr früh auf den Beinen war. In dieser Nacht hatte sie zum ersten Mal seit langer Zeit durchgeschlafen, einen tiefen und, wie ihr, nachdem sie die Augen geöffnet hatte, schien, traumlosen Schlaf.

Franzi brühte aus Kräutern einen Tee auf und reichte Dorle eine Tasse, nachdem die aufgestanden war und sich angezogen hatte.

Die Freundin nahm den Zettel von Reuter mit der Bestätigung von Rolfs Tod und wollte schon aus dem Haus gehen, da stand Dorle auf, eilte ihr nach, hielt sie fest und umarmte die Freundin.

„Danke, danke!“, stammelte sie. Mehr bekam sie nicht heraus.

„Ist schon gut“, sagte Franzi, hielt Dorle noch ein paar Sekunden an sich gedrückt, dann gewann ihr Pragmatismus wieder die Oberhand und sie löste sich von der Freundin.

„Bis später!“, rief sie ihr über die Schulter zu und verließ das Haus.

Dorle setzte sich an den Küchentisch und trank in kleinen Schlucken ihre zweite Tasse Tee, die Franzi ihr noch eingeschenkt hatte. Was würde sie ohne diese Frau machen?

Als sie die Tasse geleert hatte, lüftete sie im Hof ihre Decke. Ein Klopfen am Tor ließ sie innehalten. Sie legte die Decke zur Seite, öffnete das kleine Tor und starrte in Neuberts Gesicht. Er betrachtete sie mit einem Blick, der lüstern und hinterhältig zugleich war.

„Ich habe gehört, dass der Rolf tot ist“, sagte er ohne Begrüßung.

Woher wusste der Mann das schon? Hatte er tatsächlich, wie es auf der Straße hieß, überallhin noch gute Kontakte?

Dorle nickte und wollte gleich das Tor schließen, aber Neubert hatte schon seinen Fuß dazwischen gestellt.

„Na, na, Dorle, wer wird denn so unhöflich sein“, sagte er und lächelte sie an. Seine Augen sagten aber was anderes.

„Wie ist er denn gestorben?“, fragte er.

„Das weißt du doch bestimmt?", entgegnete Dorle.

Neubert schüttelte leicht den Kopf. „Ich würde es gerne von dir hören. Ist doch bestimmt schlimm für eine Mutter, ihren Sohn zu verlieren. Auch wenn er so ein schreiender Krüppel war. Kannst jetzt endlich wieder ruhig schlafen."

„Was willst du damit sagen ...", brauste Dorle auf, aber der Mann vor ihr blieb ruhig, lächelte sie weiter überlegen an. „Gar nichts will ich damit sagen. Aber es ist ja schon einige Zeit ruhig. In deinem Haus. Hatte Rolf keine Schmerzen mehr? In der letzten Zeit?"

Er ließ sie nicht aus den Augen, registrierte jede Reaktion der Frau, als warte er auf ein Zeichen, das ihm weiteren Zündstoff gab.

„Jetzt hast du richtig viel Platz in deinem Haus", sprach er weiter. „Denkst du auch an die armen Leute in der Stadt, die gar nichts haben? Was der Herrgott wohl dazu sagt, dass du ein ganzes Haus für dich allein hast und die anderen haben nichts. Und ein Mann fehlt hier, nicht wahr? Sehnst du dich nicht nach einem Mann, der aufs Haus aufpasst ...?" Er machte einen Schritt auf sie zu. Dorle roch das Nikotin, das er mit seinen Worten in ihre Richtung ausstieß, jetzt ganz genau. Ekel überkam sie, so stark, dass sie für einen Moment das Tor nicht mehr ganz so fest hielt und es ein Stück weiter öffnete. Neubert hielt das für eine Aufforderung, trat noch näher an Dorle heran, die aus ihrer Starre hochschreckte und das Tor panisch zuschlug. Der Schlag traf Neubert mit voller Wucht an der Stirn. Er wurde zurückgestoßen, verlor das Gleichgewicht, stolperte und wäre fast auf den Boden gefallen.

Dorle verschloss eilig das Tor und eilte sofort ins Haus zurück. Trotzdem erreichten sie seine Flüche und Verwünschungen noch.

„Das wirst du teuer bezahlen, Dorle Becker. Sehr teuer. Ich habe immer noch viel Einfluss. Du wirst schon sehen!"

Dann war es still. Drinnen ließ sich Dorle auf die Couch fallen und weinte. Sie spürte, dass es ein Fehler gewesen war, so zu handeln, aber sie hatte es ohne nachzudenken getan. Sie hatte nicht anders gekonnt. So sehr hatte sie sich vor Neubert geekelt.

Als Franzi am Nachmittag wiederkam, mit einem Korb, in dem sie ein paar Kartoffeln und ein Stück von einem Kohl trug, fand sie die Freundin im Keller neben ihrem toten Sohn kniend vor. Sie betete leise und an dem monotonen Tonfall bemerkte Franzi, dass etwas nicht stimmte. Sie wartete einen Moment, ging nach oben, feuerte den Herd, den Dorle hatte ausgehen lassen, wieder an, und setzte Wasser auf. Sie zupfte ein paar Kräuter in die Kanne und goss das heiße Wasser darüber, ließ den Sud ziehen, füllte eine Tasse und ging mit ihr in den Keller, wo sie sich neben die Betende stellte.

Die schien sie nicht wahrzunehmen, so vertieft war sie in das Zwiegespräch mit ihrem Gott. Noch einmal gab Franzi ihr ein paar Minuten und legte ihre Hand auf Dorles Schulter. Es dauerte einige Sekunden, bis die reagierte.

„Komm nach oben!", bat Franzi. Sie versuchte die verweinten Augen zu ignorieren.

„Bald, Rolf, wirst du deine Ruhe haben!", sagte Dorle zu ihrem Sohn und küsste ihm die kalte Stirn, bevor sie sich vollends erhob, langsam die Treppe in den Hof hinaufstieg und sich in der Küche gegenüber ihrer Freundin an den Tisch setzte.

„Neubert war hier", sagte sie ungefragt.

Franzi nickte.

„Ich habe ihn rausgeschmissen. Er war sehr wütend."

Franzi dachte einen Moment nach. „Neubert ist gefährlich. Der hat noch viele Kontakte. Er war einer der Ersten, der zu den Braunen übergelaufen ist."

Dieses Mal nickte Dorle stumm Zustimmung.

„Wann ist die Beerdigung?", fragte Dorle.

Franzi zuckte zusammen. Es fiel ihr schwer, die Nachricht ihrer Freundin zu überbringen.

„Der Pfarrer", sagte sie schließlich, „will Rolf nicht beerdigen."

Dorle schüttelte ungläubig den Kopf. Daran hatte sie noch gar nicht gedacht.

„Er darf keinen Selbstmörder in geweihter Erde bestatten, hat er gesagt."

Dorle schüttelte noch immer ihren Kopf. Ganz leicht und mechanisch.

„Aber das … das geht … doch nicht", entfuhr es ihr schließlich. Sie ließ ihren Kopf sinken. Gestern sah alles noch so gut aus und heute, heute war schon wieder alles vorbei. Warum lebte sie noch? Um sich von Neubert demütigen zu lassen? Um zu erfahren, dass sie Rolf nicht beerdigen durfte? Was sollte sie denn mit seinem Leichnam machen? Ihr Sohn musste doch Ruhe finden. Seinen Frieden.

Franzi war aufgestanden, hatte sich hinter sie gestellt und in den Arm genommen.

„Wir schaffen das schon", sagte sie im Flüsterton. „Rolf wird beerdigt werden. Auf dem Friedhof."

Draußen klopfte es ans Tor.

„Neubert!", fuhr Dorle erschrocken auf.

Franzi hatte den gleichen Gedanken. Sie löste sich von ihrer Freundin und ging über den Hof zum Tor. Davor stand die alte Elisabeth mit betroffenem Blick.

„Ich habe das von Rolf gehört. Ist Dorle da?"

Franzi zögerte einen Moment, dann trat sie zur Seite, um die alte Frau durchzulassen.

Leicht vornübergebeugt schlurfte sie zum Haus, dessen Tür offen stand und sprach Dorle ihr Beileid aus. Die nickte stumm und bot der Besucherin eine Tasse Tee an, die diese aber ablehnte.

„Trink du!“, sagte sie und drehte sich in der Tür noch einmal um.

„Wann ist die Beerdigung?“

Dorle sah auf. „Ich weiß noch nicht“, war alles, was sie dazu sagen konnte.

„Sag mir Bescheid, wenn der Termin feststeht.“

Mit diesen Worten verließ die Alte das Haus und blieb draußen kurz bei Franzi stehen.

„Gut, dass du dich kümmerst.“

Mit diesen Worten ging sie endgültig.

In den nächsten zwei Stunden, selbst als es schon dunkel war, kamen andere Nachbarn, um Dorle ihr Bedauern auszusprechen.

Franzi war da schon wieder bei ihrer Familie und Dorle verbrachte den Abend lange an Rolfs Seite. Die Vorstellung, ihn nicht auf einem Friedhof beerdigen zu können, war schrecklich für sie. Selbst Franzi, die Praktische und die Optimistische, hatte sehr verhalten geklungen, als sie noch zusammen überlegten, wie sie den Pfarrer umstimmen könnten.

27. März – 7. April 1946

XI

Koch schob seinen Schlüssel ins Schloss, als die Tür in seinem Rücken geöffnet wurde.

„He Puhler, einen Absacker heute Abend?“

Er drehte sich um. Wieder diese dämliche Anrede. Bresson stand da in einem verschmutzten Unterhemd und lachte ihn auffordernd an.

Koch schüttelte den Kopf.

„Die Sache letztens ist vergessen.“

„Danke. Aber trotzdem. Ich bekomme Besuch.“

„Olala. Der kann doch mitkommen. Ich …“

„Sie halten besser den Mund, sonst werde ich doch noch sauer“, unterbrach ihn Koch.

„Ganz wie Sie wollen. Übrigens: Haben Sie den Kerl schon?“

Koch sah ihn fragend an.

„Na, den, der bei Ihnen eingebrochen ist. Der mit dem Verband um den Kopf.“ Bresson fuhr sich mit der rechten Hand um den Kopf.

„Nein, wie auch. Trägt heutzutage doch fast jeder.“

„Fast ne Mode, stimmt. Bis bald.“

„Eine Sache …“, Koch überlegte, ob er das fragen konnte. „Haben Sie vielleicht noch ne Flasche übrig? Für meinen Besuch, meine ich. Ich bezahle sie Ihnen auch.“

Wortlos drehte sich Bresson um und verschwand in seiner Wohnung. Keine Minute später kam er mit einer Flasche zurück und reichte sie seinem Nachbarn.

„Ist schon gut“, wehrte Bresson ab, als Koch sein Portemonnaie zückte.

Koch bedankte sich und nickte dem Mann zum Abschied zu, drehte den Schlüssel um und verschwand in seiner Wohnung.

Gegen sieben kam Reuber, kurz darauf Siggi, dessen Kopf rot glühte.

„Was ist denn mit Ihnen los?“, lachte Reuber. „So kalt ist es doch nicht mehr.“

Die drei standen in der Diele, noch in ihren Mänteln.

Siggi zierte sich mit der Antwort, sah nur kurz zur Eingangstür.

„Na los, hatten Sie eine Erscheinung?“

Langsam gewann das Gesicht des jungen Polizisten wieder seine normale Gesichtsfarbe.

„Ich habe zuerst gedacht …“, begann er und stockte.

„Ja, was denn?“, hakte Koch nach, der ahnte, was kommen würde.

„Da war eine Dame … na ja …“

„Sie haben sich verliebt?“ Reuber machte sich einen Spaß daraus, Siggi aufzuziehen.

„Nein, nein!“, wehrte der heftig ab, „das doch nicht!“ Er wurde wieder rot.

„Eine Frau ist kein Auto“, setzte Reuber nach.

Koch schaltete sich ein, machte dabei Reuber ein Zeichen, es nicht zu weit zu treiben. „Sie haben eine Dame gesehen, Siggi?“

„Ja.“ Er machte eine Pause. „Das heißt, eine Dame …“

„Die Dame war nicht ganz, wie Sie sich eine Dame vorstellen?“

„Ja, so ungefähr …“ Siggi hatte seine rote Gesichtsfarbe nicht abgelegt.

„Aber trotzdem war die Dame nicht ganz unattraktiv?“

Siggi sah nach unten und nickte.

„Koch, jetzt sagen Sie nicht, dass das hier ein verkapptes Bordell ist?“, schaltete sich Reuber ein.

„Bordell nicht, nein“, erwiderte der. „Aber ich habe einen Nachbarn, der sich seinen Lebensunterhalt mit nicht ganz züchtigen Bildern verdient und einen gewissen Markt damit bedient.“

„Aber das ist doch verboten …“, erregte sich Siggi.

„Ja, aber es gibt Schlimmeres, glaube ich“, entgegnete Reuber.

„Ich weiß nicht …“, wollte Koch einwenden, besann sich aber. „Im Moment gibt es wichtigere Dinge, um die wir uns mehr kümmern müssen, als um einen Photographen, der seinen Unterhalt und den von ein paar anderen Leuten mit pornographischen Bildern aufbessert. Er bringt ja niemanden damit um.“

„Und außerdem“, sagte Reuber und sah Siggi dabei provozierend an, „die Dame hat Ihnen doch gefallen, oder?“

„Ja … nein …“

„Schon gut“, beendete Koch das Gespräch, um Siggi weitere Peinlichkeiten zu ersparen. „Stärken wir uns erst einmal.“

Damit lotste er seine Gäste ins Wohnzimmer, wo auf dem Tisch aufgeschnittenes Brot und die Wurst, die er von dem Franzosen bekommen hatte, sowie drei Gläser, die Flasche Riesling und der Schnaps von Bresson standen.

„Ist ja wie im Paradies“, war Reubers Kommentar, als er die Tafel erblickte. Er griff in die Tasche seines Mantels und zog ebenfalls eine Flasche hervor. „Whiskey, von unseren amerikanischen Freunden.“ Er stellte sie zu den beiden anderen auf den Tisch. „Eis wäre zu viel verlangt, was?“ Dabei lachte er verschmitzt. Er zog seinen Mantel aus, öffnete die Flasche und füllte jedes der drei Gläser zu einem Drittel.

„Auf unser Geheimtreffen“, prostete er und fügte, nachdem sie alle getrunken und Siggi ordentlich gehustet hatte, hinzu: „Sollen wir uns gleich einen Namen geben? Geheimbund der …?“

Die beiden anderen grinsten, gingen aber nicht weiter darauf ein.

„Ach ja“, sagte Siggi plötzlich, und griff nach seinem Mantel, den er über einen Stuhl geworfen hatte, um in den Taschen zu wühlen. „Hier, ich habe doch auch was mitgebracht.“

Der junge Mann hielt den beiden Kommissaren seine Wurst, die er von dem Franzosen geschenkt bekommen hatte, entgegen.

„Nein, nein, Siggi“, wiegelte Koch ab, „die behalten Sie mal schön selbst. Ich denke, die da“, er zeigte zu dem Tisch, „reicht. Wenn nicht, kommen wir auf Ihr Angebot zurück.“

Nachdem sie mit dem Essen fertig waren, kam Koch auf den Grund ihrer Zusammenkunft zu sprechen.

„Ich habe Sie beide zu mir eingeladen, weil Sie die einzigen Personen sind, denen ich vertrauen kann“, begann er.

„Na, darauf Prost“, sagte Reuber und hob sein Glas.

„War nicht so pathetisch gemeint“, erklärte Koch, leicht gereizt.

„’tschuldigung“, wiegelte Reuber ab.

„Also: Ich will mit Ihnen die beiden Fälle durchgehen. Die beide irgendwie zusammenhängen.“

„Bringen Sie mich auf den neuesten Stand. Was ist denn bei der Durchsuchung bei diesem … na, wie heißt der …?“

„Gerber.“

„Ja, Gerber. Was ist da rausgekommen?“

Koch öffnete die Flasche und schenkte allen von dem Riesling ein, bevor er zusammenfasste.

„Wir haben bei Gerber ein Versteck gefunden, unter

der Scheune. Dort wurde wahrscheinlich Peter Gerber, der Sohn des Bauern, umgebracht. Schleifspuren sowie eine Blutlache wiesen darauf hin. Siggi?"

„Ich habe das Blut ins Labor gebracht."

„Danke, sehr gut. Ich will zuerst wissen, ob es sich um Tier- oder Menschenblut handelt. Ist Letzteres der Fall, will ich die Blutgruppe haben."

„Wenn das noch geht", gab sich Reuber skeptisch und steckte sich eine Zigarette an, nachdem er Koch stumm um dessen Zustimmung gebeten hatte.

„Hoffen wir's", antwortete der. „Wenn es sich tatsächlich um Blut von Peter Gerber handelt, stellt sich die Frage, warum man die Leiche nach oben geschleppt hat."

„Damit das Lager unter dem Schuppen nicht entdeckt wird", versuchte Siggi eine Antwort und erschrak über sich selbst, weil er einfach drauflos gesprochen hatte.

„Ist schon gut, Siggi", beruhigte ihn Koch. „Ihre Meinung ist genauso gut wie unsere. Also, weiter!"

Reuber schaltete sich ein. „Ich glaube, dass wir an dem Punkt nicht weiterkommen. Zu viele Möglichkeiten. War es der Vater? Hat er ihn hochgeschleppt, damit man das Lager und den Tatort nicht findet? Wenn es jemand anderes war, also ein Einbrecher, dann war es dem doch wahrscheinlich egal, ob man das Versteck findet. Also hat wahrscheinlich doch der Alte die Leiche hochgeschleppt, damit man sein Lager nicht findet."

„Aber woher weiß denn ein Fremder von dem Versteck?" Siggi hatte diese Frage erregt ausgesprochen. Es machte ihm Spaß, zum ersten Mal so richtig Polizist sein zu dürfen, so, wie er sich das immer vorgestellt hatte.

„Gute Frage", lobte Koch. „Woher kannte der Mörder und Einbrecher das Versteck? Oder war es kein Einbrecher, sondern jemand, der Geschäfte mit den Gerbers oder nur dem jungen Gerber machte. Es gab Streit, ein Wort gab das andere, ein Stoß, ein Schlag, da war plötzlich ein Messer, und bums, war es passiert.“

„Stellt sich die Frage, welcher Art die Geschäfte waren? Mord ist ein hoher Preis.“ Reuber sah in die Runde. „Sollen wir noch etwas trinken?“

„Ich habe da noch was“, sagte Koch und zeigte auf die Flasche von Bresson.

„Den kenne ich doch, oder?“, fragte Reuber.

Koch nickte,

„Na dann!“, forderte ihn Reuber auf einzuschenken.

„Und sonst?“, fragte Reuber, als sie miteinander angestoßen hatten.

„Siggi hatte eine gute Nase, oder, wie er sagte, Benzin im Blut.“ Er lächelte. „Erzählen Sie's, Siggi. Es ist Ihr Fund.“

„Da waren Autoteile in einer Kiste versteckt. Die passen zu dem Mercedes, den wir in Brunners Garage entdeckt haben und dem genau diese Teile fehlen.“

„Den Sie entdeckt haben, Siggi. Nicht so bescheiden, wenn Sie was werden wollen. Wichtiger ist“, führte Koch weiter aus, „dass so ein Wagen, ein dunkler 170er Mercedes, als Tatfahrzeug identifiziert wurde, mit dem Franz Hartmann, ein Mitarbeiter Brunners, überfahren wurde. Hartmann wurde bei dem Überfall in Bodenheim verletzt und ist verhaftet worden. Nach seiner Flucht aus dem Krankenhaus ist er angeblich überfahren worden.“

„Ein Zufall?“, fragte Reuber. „Ich meine, ich bin nicht so ein Autonarr wie unser junger Kollege, und habe auch kein Benzin im Blut, aber ich weiß, dass dieser Autotyp nicht gerade selten gebaut wurde.

„Klar“, gab Koch zu, „kann alles Zufall sein. Aber irgendwie sind das auch sehr viele Zufälle, oder?“

Die beiden anderen nickten stumm. Alle tranken von dem Obstler.

„Wird langsam ein bisschen kalt, oder?“, fragte Koch in die Runde. „Ich habe noch etwas Holz.“

Ohne die Antwort der anderen abzuwarten, stand er auf und begann seinen kleinen Ofen anzufeuern. Bald mischte sich der Geruch von Holz und Farbe mit dem von Reubers Zigaretten.

„Sind Teile einer kaputten Tür aus einem der Häuser hier, die zerbombt wurden“, erklärte er und setzte sich zu den anderen, bevor er fortfuhr. „Hinzu kommt: Dieser Hartmann hätte alleine gar nicht aus dem Krankenhaus abhauen können. Ich nehme an, dass es dieser Kerl mit der Schiebermütze war, den ich im Krankenhaus gesehen habe. Dann die beiden Arbeiter von Brunner vor der Halle in Mombach. Der eine trägt einen Verband an der Hand. Es wurden Blutspuren an dem Stacheldraht bei dem Depot in Bodenheim gefunden. Könnte bei der Flucht passiert sein.“

Reuber unterbrach den Kollegen. „Ich habe mal nach diesen beiden Vögeln recherchiert.“

„Und?“ Koch war neugierig. So, wie Reuber das sagte, schien er etwas herausgefunden zu haben.“

„Klaus Glodkowski und Fred Hafner“, sagte dieser und machte eine Spannungspause. Er schien zu genießen, dass die beiden anderen ihn erwartungsvoll ansahen. Er nahm zuerst einen Schluck von dem Schnaps und zündete sich darauf eine weitere Zigarette an.

„Los, Reuber, machen Sie es nicht so spannend!“

„Ich habe mit einem Kollegen gesprochen, der schon vor ’33 bei der Kripo war. Der kennt Glodkowski noch. Mehrere Einbrüche, Überfälle, keine kleinen Sachen. Saß zweimal im Bau. Auch wegen Körperverletzung.“

„Und nach ’33?“, fragte Koch.

„Im April oder Mai ’33 haben die Nazis ihn sich vorgeknöpft und eine Zeit lang ins Arbeitslager gesteckt. Als er rauskam, hat er für die irgendwelche Drecksarbeiten übernommen.“

„Das heißt?“

„Leute eingeschüchtert, zusammengeschlagen, provoziert. Genaues weiß ich auch nicht. Sind Vermutungen des Kollegen. Steht ja nichts in den Akten. Irgendwann hat er bei dem alten Brunner angefangen.“

„Was für eine Karriere. Was ist da die Verbindung?“

„Brunners Vater war strammer Nazi.“

„Und dieser Glodkowski blieb dann bis Kriegsende bei Brunner?“

„Ja, und er wurde nicht eingezogen. Die Firma des alten Brunner hatte kriegswichtige Arbeiten übernommen, Glodkowski war angeblich ein sehr guter Arbeiter.“

„Und Fred Hafner?“

„Nichts. Außer mal beim Quanteln geschnappt, wie man hier zum Handeln auf dem Schwarzmarkt sagt. Am Kirschgarten. Zigaretten, Strumpfhosen, Alkohol.“

„Das passt doch. Und dann haben wir noch den, der aus der Halle in Mombach geflüchtet ist. Er trug einen Verband um den Kopf. Und eben einen solchen Verband trug auch ein Mann, den mein Nachbar …“

„Der Photograph …?“, unterbrach Reuber süffisant.

„Genau der. Der hat einen Mann mit einem solchen Verband hier gesehen. An dem Tag, an dem der Wein in meiner Wohnung deponiert wurde. Zufall? Ich glaube nicht. Es werden immer mehr Zufälle, sodass sie mit jedem weiteren unwahrscheinlicher werden.“

„Das sind alles nur Überlegungen, mein lieber Koch, das reicht für gar nichts.“

„Ich weiß", stimmte der ihm zu und seine Augen blitzten. „Das macht mich auch verrückt. Wo können wir ansetzen?"

Einen Moment schwiegen die drei Männer.

„Ich schlage vor", sagte Koch, „dass wir zum einen herausbekommen müssen, ob die Teile von dem Mercedes, die wir bei Gerber gefunden haben, tatsächlich zu dem Wagen gehören, der bei Brunner in der Garage steht. Das würde uns ein ganzes Stück weiterbringen."

„Das habe ich ganz vergessen", rief Siggi aus und schlug sich mit der flachen Hand an die Stirn. An den Autoteilen aus Gerbers Scheune sind keine Fingerabdrücke. Entschuldigung, das habe ich …"

„Schon gut, Siggi", wiegelte Koch, „kann passieren, ändert ja auch nichts an dem Ergebnis. Die Teile alleine nutzen uns nichts."

Siggi nickte, froh, dass sein Chef ihm keinen Vorwurf machte. Er rutschte nervös auf seinem Platz hin und her, sein Gesicht war vom Alkohol gerötet, da Koch oder Reuber ständig die Gläser nachfüllten.

„Wir müssen an Brunners Mitarbeitern dranbleiben", sagte Koch. „Ich schlage vor, dass Sie, Siggi, Glodkowski und Hafner beobachten. Tagesablauf, mit wem treffen sie sich, welche Geschäfte laufen über diese Halle, was machen die beiden Galgenvögel abends. Trauen Sie sich das zu? Ich fürchte, dass Sie das alleine machen müssen."

Siggi nickte begeistert. „Aber klar …" Er rutschte wieder auf seinem Platz hin und her.

„Was ist denn?", fragte Koch.

„Ich muss mal … wo ist denn die Toilette?"

„Draußen, im Flur, halbe Treppe runter, rechts. Sie nehmen sich am besten einen Eimer Wasser aus der Wohnung mit. In der Küche steht der."

Siggi stand auf, wankte gehörig und ging nach nebenan.

„Und Vorsicht vor freilaufenden Frauen!“, rief ihm Reuber nach und lachte.

Kurz darauf zeigte ein kühler Windstoß an, dass der Junge im Treppenhaus war.

„Sagen Sie mal, Koch“, begann Reuber, „Ihr Vater, der war doch Kommunist und wurde von den Nazis umgebracht …“

Kochs Gesicht verdüsterte sich. Er nickte.

„Wissen Sie, wo er beerdigt ist?“

Er schüttelte den Kopf.

„Keine Ahnung?“

„Keine!“

„Und wollen Sie es rausfinden? Ich weiß, es ist schwer.“

„Nein“, antwortete er knapp.

„Das Vergessen fällt leichter, wenn …“

„Ich will nicht vergessen“, unterbrach ihn Koch und seine Stimme klang bitter. „Wir dürfen nicht vergessen.“

„Aber wie sollen wir neu beginnen, wenn wir nicht vergessen?“

„Warum schließt sich das denn aus?“ Koch sah sein Gegenüber angriffslustig an. „Wenn wir weitermachen, als wäre nichts geschehen, waren alle Opfer umsonst. Alles Leiden. All die Toten.“

Ein Schlag und ein Schrei rissen die beiden Männer aus ihrem Gespräch. Sie sprangen sofort auf und eilten in den Flur, wo Siggi lang ausgestreckt auf dem Boden lag und sich den Kopf hielt.

„Ich glaube“, stammelte er, „ich gehe jetzt besser …“

Die beiden Männer sahen sich an. „Nix da“, entschied Koch. „In dem Zustand … Sie schlafen hier auf dem Sofa. Reuber, Sie können auch …“

„Ich bin noch gut zu Fuß. Danke, Koch. Ich werde dann mal …“

Sie verabschiedeten sich schnell und Koch machte für Siggi das Sofa zurecht.

Koch lag noch eine Weile wach und dachte über das Gespräch mit Reuber nach.

Der nächste Tag in der Polizeidirektion begann mit einer „guten“ Nachricht: Das Blut auf dem Boden in Gerbers Kellerversteck stammte nachweislich von einem menschlichen Körper. Koch streckte sich auf seinem Stuhl aus und nahm einen Schluck von dem Kaffeeersatz. Heute Morgen war er nur schwer aus dem Bett gekommen, und Siggi zu wecken, der die ganze Nacht laut geschnarcht hatte, war ein zeitraubendes Unterfangen gewesen. Ob Émile später einmal auch so ein Langschläfer werden würde, der sich nach jedem Weckversuch einfach umdrehen und weiterschlafen würde? Als Koch noch mit seinem Sohn auf dem Bauernhof gelebt hatte, hatte dieser ihn durch ständiges nächtliches Schreien gequält und spätestens um sechs oder halb sieben in der Frühe war Schluss gewesen mit der Nachtruhe.

An diesem Morgen hatte der Frühling mächtig Einzug gehalten, die ersten Blätter und Knospen zeigten sich an den wenigen Bäumen, die das heimliche Abschlagen im letzten Winter überlebt hatten, und Koch, der wegen des Zigarettenrauchs in der Wohnung mit offenem Fenster geschlafen hatte, war vom Lärm auf der Straße geweckt worden.

Zuerst war es ihm nicht aufgefallen, dass die Kollegen, denen er im Flur der Direktion begegnete, ihn nicht nur, wie sonst meistens, ignorierten, sondern auf eine ablehnend-abweisende Art ansahen, die etwas Feindseliges hatte. Aber da er einmal beschlossen hatte, diesen Animositäten keine erhöhte Aufmerksamkeit zukommen zu lassen, schob er die Beobachtung zur Seite.

Koch nippte an seinem Kaffee und schmunzelte über Siggi. Viel zu lernen hatte der noch, aber es konnte was aus ihm werden, überlegte er. Das kurze nächtliche Gespräch mit Reuber kam ihm in den Sinn. Hatte er vielleicht Recht? Musste man die Vergangenheit vergessen? Ein Stück weit nur? Nein, er war sich sicher, dass das nicht geschehen durfte. Dann wäre sein Vater ja völlig umsonst gestorben. Aber … erst jetzt kam ihm dieser Gedanke: War das Grab nicht der eigentliche Ort zum Gedenken, war seine Weigerung, sich um das genaue Schicksal seines Vaters zu kümmern nicht einfach nur Feigheit? Feigheit, sich mit der eigenen Biographie zu beschäftigen, seinen Taten, seiner Verantwortung, seinen Entscheidungen? Oder Bequemlichkeit? Hatten Leute wie Arnheim gar Recht, wenn sie ihm vorwarfen, von einem hohen Ross aus zu urteilen? Dennoch, er konnte, er wollte sich nicht damit beschäftigen. Noch nicht. Er brauchte Zeit.

Es klopfte an seine Tür.

„Ja!“, rief Koch.

Ein junger Mann streckte seinen Kopf durch den Türspalt.

„Herr Koch. Herr Arnheim möchte Sie sprechen.“ Er klang aufgeregt.

Koch erhob sich mit einem „Danke!“ und ging zum Büro seines Vorgesetzten, der ihn zehn Minuten vor der Tür warten ließ, bevor er ihn hereinrief.

Er zeigte mit einer Geste an, dass der Kommissar sich setzen sollte.

„Gratulation, Koch!“

Der verstand nicht und sah seinen Vorgesetzten entsprechend an.

„Kollege Seebald ist entlassen."
Koch schwieg.
„Freuen Sie sich doch wenigstens!"
„Worüber sollte ich mich freuen?", gab Koch zurück.
„Nun heucheln Sie doch nicht so, Koch! Sie haben Seebald doch angeschwärzt. Ihnen hat er es doch zu verdanken, dass er seine Arbeit verloren hat. Frau und drei Kinder, Koch, und keine Arbeit. Weil er angeblich in der SS war und das bei Einstellung verschwiegen hat."
„Und ich soll ihn denunziert haben?" Koch war so verwundert über den Vorwurf, dass er nicht einmal zornig werden konnte. Jetzt verstand er auch die Blicke der Kollegen auf dem Flur.
„Wer sonst?"
„Ich war das nicht. Ich wusste bis eben nicht einmal, dass Seebald in der SS war."
Arnheim rutschte unruhig in seinem Sessel hin und her und fasste sich an das rechte Ende seines Schnurrbartes.
„Denunziation ist nicht meine Sache. Und wenn ich Seebald verpfiffen hätte, würde ich dazu stehen. Aber die Kollegen, haben die das von Ihnen?"
„Von mir? Nein, nein. Irgendjemand hat …" Arnheim merkte, dass er sich auf sehr dünnes Eis begab. „Ich … ich will Ihnen glauben. Aufrecht sind Sie ja …" Er machte eine Pause. „Ich muss mit Ihnen aber noch in einer anderen Angelegenheit sprechen."
Er zündete sich eine Zigarette an und bestellte sich bei seiner Vorzimmerdame einen Kaffee, ohne Koch zu fragen, ob er auch einen wolle.
Als er das dampfende Getränk vor sich stehen hatte, spielte er wieder an seinen Bartenden.
„Hier!", Arnheim klopfte mit dem Zeigefinger auf einen schmalen Ordner, „hier ist eine Meldung, Koch, die

mich, ja, wie soll ich sagen, die mich sehr verwundert hat." Er sah auf und blickte seinen Kommissar an. „Können Sie sich vorstellen, was das ist?"

Koch antwortete mit einem kurzen „Nein".

„Das, Koch, ist der Bericht eines Kollegen der Grenzpolizei, der vor zwei Tagen am Mainzer Bahnhof Dienst hatte und einen Streit schlichten musste. Einen heftigen Streit, der in einer Schlägerei mündete, wenn ich den Bericht richtig verstanden habe. Sie wissen jetzt, wovon ich spreche, Koch?"

„Ja."

„Ein Kommissar, der sich in der Öffentlichkeit prügelt … Koch, ich muss Ihnen nicht sagen, wie sehr ich das missbillige und wie wenig das mit den Grundsätzen der neuen Polizei zu tun hat. Die braunen Zeiten sind vorbei. Ein für allemal."

„Herr Arnheim, ich habe mich vertei…"

„Ich will das jetzt nicht hören, Koch. Ich erwarte von meinen Männern, dass sie sich korrekt verhalten. Haben Sie das verstanden? Korrekt. Schlägereien fallen nicht darunter. Zu allem Überfluss war auch noch ein französischer Kollege Zeuge des Vorfalls.

„Ich möchte …"

„Koch, bitte! Ich weiß nicht, wo man Ihnen beigebracht hat, dass man seinen Vorgesetzten unterbrechen darf. Hier jedenfalls nicht."

Koch machte seinem Namen alle Ehre. Er kochte und es fehlte nicht viel, dass er explodierte.

„Damit ist es gut. Ich meine, diese Sache."

Koch traute dem Frieden nicht. Und er hatte Recht.

„Ich bin aber noch nicht fertig. Dass Sie sich hinter meinem Rücken die Erlaubnis für eine Hausdurchsuchung geben lassen und mich wie einen Idioten vor dem

Polizeidirektor aussehen lassen, ist schon Schweinerei genug. Dass Sie aber auch noch die Unverschämtheit besitzen, mich von den Ergebnissen nicht in Kenntnis zu setzen und ohne mein Einverständnis eine Blutuntersuchung in Auftrag geben, wo wir, was Sie ganz genau wissen, im Moment für solche Mätzchen keine Kapazitäten haben, das setzt der Sache die Krone auf. Ich bin Ihr Vorgesetzter und ich erwartete, dass Sie das respektieren. Sie sind nichts Besseres oder Schlechteres als die anderen Kollegen hier und haben sich wie alle an die Spielregeln zu halten. Zudem glaubte ich, dass der Fall Gerber klar war. Ein Einbrecher, der gestellt wurde."

„So einfach …"

„Unterbrechen Sie mich nicht, Koch, ich bin noch nicht fertig. Wenn Sie anderer Meinung sind, beweisen Sie das, aber schnell. Ich will keine Spekulationen, ich will Ergebnisse. Ich kann meine Leute nicht wegen so einer Sache ewig binden."

Koch unternahm einen weiteren Versuch. „Mord ist nicht ‚so eine Sache'."

„Dieser schon. Und in dieser Zeit sowieso. Und was soll diese Blutuntersuchung?"

„Wir haben ein Geheimversteck gefunden und darin eine Blutlache. Menschliches Blut."

„Kann viele Ursachen haben."

„Ja, aber eben auch Mord."

„Koch, übertreiben Sie es nicht. Sehen Sie zu, dass Sie möglichst bald Ergebnisse haben. Und seien Sie froh, dass Sie Falters Protektion genießen. Aber überspannen Sie den Bogen nicht!"

Koch verstand das als Aufforderung zu gehen. Er erhob sich, verabschiedete sich von Arnheim und verließ das Zimmer.

Im Hof machte er seiner Wut Luft. Der Schrei war im ganzen Gebäude zu hören.

Aufgebracht zog sich Koch in sein Büro zurück und verbrachte den Rest des Tages mit Routinearbeiten. Nebenbei erkundigte er sich, was es mit Seebald auf sich hatte, und erfuhr, dass der mit gefälschten Papieren, in denen er seine Zugehörigkeit zur SS verheimlicht hatte, in den Polizeidienst aufgenommen worden war. Es war ein grundsätzliches Problem, dass es einfach zu wenige ausgebildete Polizisten gab, besonders im höheren Dienst. Daher waren die Überprüfungen bei Neueinstellungen nicht immer streng genug.

Koch setzte sich an seinen Schreibtisch und begann mit dem Schreiben des geforderten Berichtes. So wenig er irgendeinen Antrieb dazu verspürte, so sehr wusste er doch, dass mit jedem Tag, den er das heraus schob, es ihm nur noch schwerer fallen würde.

Siggi war mit der Observation von Glodkowski und Hafner beschäftigt und vor dem morgigen Tag würde er keine Nachricht von ihm erhalten. Deshalb verließ Koch um sechs Uhr die Polizeidirektion und machte einen Spaziergang über die Zitadelle an den Rhein, wo er längere Zeit am Kaisertor stehen blieb und die Alexander-M-Patch-Brücke beobachtete, eine hölzerne Behelfsbrücke, die die Stadt Mainz mit den rechtsrheinischen Stadtteilen verband. Er musste gegen seinen Willen immer wieder an das Gespräch mit Reuber über seinen Vater denken. Ob es doch ein Fehler war, sich so gar nicht um dessen Schicksal zu kümmern?

Als es anfing zu regnen, löste sich Koch vom Anblick der Brücke und ging nach Hause, wo er leise in seine Wohnung schlich, um Bresson nicht zu begegnen.

Für Freitag hatte Koch Jupp Gerber in sein Büro einbestellt. Eine Viertelstunde nach der verabredeten Zeit klopfte der Mann an seine Tür. Der Kommissar wunderte sich, wie behände der alte Mann sich mit seiner Krücke zu bewegen wusste.

Fast zwei Stunden saßen sie zusammen, aber am Ende wusste Koch nicht mehr als vorher. Gerber konnte nicht erklären, woher die Autoteile kamen. Er vermutete, dass sein toter Sohn sie gegen irgendetwas eingetauscht hatte. Warum auch immer, aber er hatte einen Technikfimmel, deshalb hatte er ja auch nicht auf dem Hof bleiben wollen, sondern in einem Industriebetrieb angefangen. Immerhin, einen Vorteil hatte dieser Fimmel für ihn gehabt, fügte Gerber hinzu, Peter konnte die Fahrzeuge auf dem Hof reparieren und er das Geld für die teuren Mechaniker sparen.

Das Blut auf dem Boden in dem Keller war ihm selbst ein Rätsel, er hatte keine Ahnung, woher es kam. Dass es Menschenblut war, konnte er sich nur damit erklären, dass sich Peter vielleicht beim Arbeiten verletzt hatte. Gerber blieb dabei, dass er einen Einbrecher für den Mord verantwortlich hielt. Brunner, erklärte er auf Kochs Nachfrage, kenne er vom Sehen und weil er ihm einmal ein Stück Land verkauft habe, auf dem Brunner eine Halle gebaut hatte.

So ging das hin und her, Gerber hatte auf alle Fragen eine mehr oder minder plausible Antwort.

Koch fluchte, als er wieder allein war. Keine neue Spur, keine Verbindung zwischen Brunner und Gerber, kein Motiv für den Mord an Peter Gerber. Was blieb, war, dass das Blut auf dem Boden von Peter Gerber stammen könnte. Um das herauszufinden, setzte er sich erneut über Arnheims Anordnung hinweg und gab einen Blutgruppenvergleich in Auftrag.

Am Nachmittag meldete sich Siggi, der nichts Verdächtiges von Glodkowski und Hafner zu berichten wusste. Tagsüber hatten sie in der Halle und auf einer Baustelle gearbeitet, den Abend zusammen in einer heruntergekommenen Kneipe in Mombach verbracht, die sie gegen einundzwanzig Uhr verlassen hatten. In der Dunkelheit hatte er ihre Spur verloren, worüber er ein sehr betrübtes Gesicht machte. Er würde es wettmachen, versprach er, als er loszog, um die beiden Männer weiter zu beobachten.

Am Samstagvormittag suchte Koch das Labor auf, um nach dem Ergebnis des Blutgruppenvergleichs zu fragen. Der einbeinige Mann in dem fleckigen Kittel lachte, als er seine Frage gestellt hatte.

„Sie haben das Blut doch erst gestern gebracht. Und heute wollen Sie schon Ergebnisse?“ Er lachte laut, drehte sich um und ließ den Kommissar konsterniert in dem kleinen Vorraum zu dem Labor zurück.

Als er abends, frustriert und müde, seine Wohnungstür aufschloss, war er froh, das Knarren der Tür in seinem Rücken zu hören.

„Na Puhler, später einen Absacker. Ich bin auch allein, versprochen!“

Koch drehte sich um und nickte seinem Nachbarn ernst zu.

Am Sonntag schlief er seinen Rausch aus. Lange hatte er bei Bresson gesessen, lange hatten sie geschwiegen, bis der Nachbar anfing zu erzählen, so unvermittelt, dass Koch es zunächst gar nicht mitbekam.

Er wusste auch nicht, was den Nachbarn dazu veranlasste zu reden. Der Alkohol konnte es nicht sein. Sie tranken nicht mehr als sonst auch.

„Wir sind so was wie Kollegen“, begann er.

Koch hatte sein halbvolles Glas gerade an den Mund geführt. Er setzte es wieder ab.

„Wie bitte?"

Es fiel Bresson schwer zu sprechen.

„Wir sind … das heißt … wir waren Kollegen. Ich …"

Koch wusste nicht, ob er Bressons Beichte hören wollte. Und dass es eine Beichte werden würde, dessen war er sich sicher. Für diese Nuancen hatte er ein Gespür.

Bresson leerte sein halbvolles Glas in einem Zug.

„Ich bin schon Anfang '33 eingesperrt worden. Man hat mich nach Osthofen gebracht. Nicht weit von hier. Lager. Meine französische Herkunft, irgendwann früher mal Juden im Stammbaum, bevor sie konvertiert sind, Künstler. Und eine falsche Bemerkung reichte, jemand, der meine Wohnung wollte. So schnell geht das."

Koch nickte, wartete, was nun folgen würde.

„Als die im Lager mitbekommen haben, dass ich Photograph bin, wurde ich abkommandiert. Gefangene ablichten."

Wieder machte Bresson eine Pause. Koch spürte, wie schwer es dem Mann fiel zu sprechen. Aber ihm fiel es genauso schwer zuzuhören. Er musste gegen den Drang, einfach aufzustehen und sich in seiner Wohnung einzuschließen, ankämpfen. Er ahnte, dass etwas kommen würde, das er vielleicht nicht hören wollte.

„Juden, Schwule, Verbrecher und …"

„Politische", ergänzte Koch.

Bresson nickte verschämt. „Ja. Politische. Kommunisten."

Koch saß wie festgenagelt. „Geh!", sagte er sich. „Geh rüber! In deine Wohnung! Sofort!" Aber er konnte nicht. Eine unsichtbare Hand drückte ihn mit Gewalt in den Sessel.

„Einer der Männer, die ich photographierte … ich meine, einer von den Politischen, ein Kommunist, hieß …“

Koch öffnete seinen Mund, aber er brachte keinen Laut zustande.

Bresson schlug seine Hände vors Gesicht. „Erwin Koch.“

Koch starrte den Mann an, immer noch unfähig, ein Wort zu sagen. Aber sein Blick genügte, dass Bresson wusste, dass sein Verdacht richtig gewesen war.

„Er ist es also gewesen. Tatsächlich.“

Koch saß wie gelähmt da. Nun hatte ihn die Vergangenheit seines Vaters doch eingeholt. Er wusste, dass es jetzt kein Zurück mehr gab.

„Er war ganz eigen. Nicht wie die anderen. Sie erinnern mich an ihn. Deshalb habe ich mich schon oft gefragt, ob Sie sein Sohn sind. Dieser Blick, besonders, wenn Sie wütend sind. Genau wie er. Als Sie in meine Wohnung gestürmt kamen, da hatten Sie genau diesen Blick.“ Bresson sah sein Gegenüber an, als überlegte er, ob er weiterreden solle. Aber er wusste, dass er reden musste. Er hatte damit angefangen. Jetzt musste er es zu Ende bringen.

„Als er vor mir stand, für das Foto, da hat ihm einer der Aufseher befohlen seinen Namen zu nennen. Er hat seine linke Faust gehoben. ‚Hoch lebe die internationale Solidarität‘, rief er aus. Ganz ruhig, hat dem Aufseher in die Augen gesehen, auch als der kam und er wusste, was nun passieren würde. Genau den Blick hatten Sie auch, als Sie hier reinkamen.“

„Wie ging es weiter?“, fragte Koch, die ersten Worte seit einer gefühlten Ewigkeit, und seine Stimme klang ihm selbst fremd.

„Zusammengeschlagen hat Glodkowski ihn. Dem hat das Spaß gemacht. Dabei war der selbst ein Verbrecher.

Aber er wollte beweisen, dass sie sich auf ihn verlassen konnten. Dass er besser und gewissenhafter als die anderen war."

Bresson hatte zunächst nicht bemerkt, dass Koch bei der Nennung des Namens erstarrt war.

„Was ist?", fragte er, als er den Satz beendet hatte.

„Wie war der Name?", fragte Koch tonlos.

„Glodkowski. Klaus Glodkowski. Hatte vor der Zeit der Braunen einige Brüche gemacht. Ist deswegen ins Lager gekommen. Die wollten den umerziehen."

Wortlos stand Koch auf, so heftig, dass er sein Glas umwarf, und verließ die Wohnung seines Nachbarn. Der war über diese Reaktion so erstaunt, dass er einige Sekunden lang sitzen blieb, dann aufstand und dem Kommissar über den Flur folgte.

„Koch!", rief er und klopfte gegen dessen Tür.

Er wusste, dass der ihm nicht öffnen würde.

Glodkowski. Glodkowski. Glodkowski. Koch sprach den Namen des Peinigers und möglicherweise Mörders seines Vaters immer wieder aus. Er schlief in dieser Nacht keine Sekunde. Er wusste nicht, was er machen sollte. Zum Bahnhof, den nächsten Zug nehmen, weit weg. Frankreich? Oder anderswohin? Irgendwohin, wo er keine Vergangenheit hatte, wo ihn nichts erinnern und nichts einholen konnte?

Er verfluchte seinen Vater, diesen Dickkopf, dem die Partei alles war, der sie über seine Familie, sogar über sein eigenes Leben gestellt hatte. Die Partei hatte immer Recht, auch wenn sie so offensichtlich Unrecht hatte. Bilder aus Spanien stiegen wieder auf. Die feigen Ermordungen der Anarchisten und Sozialisten durch die moskautreuen Kommunisten.

Hatte irgendetwas einen Sinn? Idealismus? Die Menschen, die im Kampf gegen Hitler gefallen waren, ermordet worden waren. Nur, damit sich nichts änderte, damit es ganz genauso weiterging, damit die, die stillgehalten oder mitgemacht hatten, jetzt den Ertrag einfuhren? Ihm wurde wieder speiübel. Weg! Er musste weg! Aber dieses Mal war der Gedanke, dass es anderswo, ob in Frankreich oder in einem anderen Land, anders sein würde, schal. Es waren die Menschen, auf die es ankam. Nicht das Land. Und die Menschen waren überall korrumpierbar.

Die Nacht und den nächsten Tag verbrachte Koch in einer Art Delirium, dachte nach, verwarf Ideen und Pläne, entschloss sich, ein paar Tage Urlaub zu nehmen, um sich über sich selbst und seine Zukunft klar zu werden. Arnheim würde ihm die freien Tage sicher gerne gewähren. Er könnte seine Fälle jemand anderem übergeben und derjenige würde ganz sicher in seinem Sinne handeln.

Doch früh am Montagmorgen wurden seine Pläne alle über den Haufen geworfen. Um halb sechs hörte er seinen Namen. Müde und mürrisch tappte Koch im Dunkeln ans Fenster und sah hinaus. Unten stand ein Wagen mit laufendem Motor, davor Reuber, der ihm, als er ihn sah, hektisch zuwinkte.

„Kommen Sie, Koch. Beeilen Sie sich!“, rief er nach oben.

„Was ist denn?“, fragte Koch, aber Reuber gab ihm keine Erklärung.

„Gleich! Kommen Sie runter. Wir müssen los!“

Koch war verärgert, aber in Reubers Stimme und Haltung war etwas, dass ihm anzeigte, dass die Angelegenheit dringend war und keinen Aufschub duldete.

„Ich muss mir nur was anziehen“, rief er nach unten und schloss das Fenster. Schnell wusch er sich, zog sich seinen Anzug und einen Mantel an und setzte seinen Hut auf und lief nach unten.

„Steigen Sie ein!", forderte Reuber und schlug dabei mit den Händen aufs Lenkrad.

„Was ist denn?", fragte Koch, nachdem Reuber den Gang eingelegt hatte und mit hoher Geschwindigkeit die Zahlbach entlangschoss.

„Siggi ist gefunden worden. Schwer verletzt!"

„Verflucht!", entfuhr es Koch. „Was ist passiert?"

„Er lag auf den Gleisen. Zwischen Bodenheim und Nackenheim."

„Auf den Gleisen?"

„Zwei Männer, ich nehme an, sie kamen von einer Hamstertour zurück, haben ihn gefunden. Quer über den Gleisen liegend. Voll wie eine Strandhaubitze."

„Siggi?", rief Koch fassungslos aus.

„Ja, Siggi. Fünf Minuten später und er wäre überrollt worden. Nichts wäre mehr von ihm übrig geblieben."

Es fiel Koch schwer, einen vernünftigen Gedanken zu fassen.

„Aber er wollte sich doch nicht …"

„So sollte es aussehen", widersprach ihm Reuber. „Wenn der Zug über ihn drüber wäre, hätte es wie ein Selbstmord oder ein Unfall ausgesehen. Passiert ja derzeit oft genug."

„So eine gottverdammte Sauerei! Sie meinen, er ist abgefüllt und auf die Gleise gelegt worden."

„Genau so", bestätigte Reuber knapp und wich mit einem riskanten Schlenker einer alten Frau aus, die mit zwei schweren Taschen einfach auf die Straße getreten war.

„Pass doch auf!", schrie er durch das halb geöffnete Fenster nach draußen.

An der nächsten Kreuzung hatte sich Reuber wieder

beruhigt. Er zündete sich beim Fahren eine Zigarette an und inhalierte tief. „Dazu hat er eine dicke Beule am Hinterkopf. Ob was gebrochen ist, weiß ich nicht."

Glodkowski, schoss es Koch durch den Kopf. Er führte seine Arbeit, die er für die Nazis gemacht hatte, für Brunner fort. Leute verschwinden lassen.

„Brunner", sagte er stattdessen.

„Möglich, dass die beiden Männer in Mombach mitbekommen haben, dass er sie beobachtet. Aber einen Polizisten umzubringen …? Die wissen, dass sie damit ein ganz hohes Risiko eingehen."

„Deshalb sollte es ja wie ein Unfall aussehen."

Auch Koch hatte sich ein wenig beruhigt. Er schüttelte den Kopf. „Siggi muss was rausgefunden haben, das dieses Risiko lohnte. Außerdem: Wenn er hier auf die Gleise gelegt wurde, ist das kein Zufall."

„Nähe Bodenheim. Da, wo der Überfall war und Hartmann verletzt wurde."

„Brunner ist doch nicht so dumm …"

Koch unterbrach den Kollegen. „Brunner ist ein Spieler und er hält sich für unschlagbar. Erinnern Sie sich an den Bordeaux. Er will uns demütigen, uns zeigen, dass wir ihm nichts können." Koch machte eine Pause. „Wo liegt Siggi?"

„Vinzenzkrankenhaus. Wir sind gleich da."

Koch pfiff durch die Zähne. „Was für eine Sauerei!"

Zwei Minuten später stellte Reuber den Wagen ab. Nebeneinander eilten die beiden Männer ins Krankenhaus.

„Halt!", rief ihnen die Schwester am Empfang nach, als sie an ihr vorbeieilten. „Wo wollen Sie hin?"

Koch zog seine Dienstmarke und hielt sie der Frau unter die Nase. „Polizei. Ein Kollege von uns ist heute Nacht eingeliefert worden."

Ungerührt sah die Schwester ihn an. „Zweiter Stock. Aber ich glaube nicht, dass …“

Mehr bekamen die beiden Polizisten nicht mit.

Im zweiten Stock wurden sie von einem älteren Arzt aufgehalten.

„Wohin, meine Herren?“, fragte er streng und breitete seine Arme aus.

„Siggi, ich meine Siegfried Maus“, stammelte Koch. „Polizist, ist heute eingeliefert worden.“

„Der im Vollrausch?“ Der Arzt grinste. „Mir scheint, der Mann hat die ganze Asservatenkammer ausgesoffen.“

An Kochs und Reubers düsteren Blicken erkannte er, dass den beiden Männern nicht nach Scherzen zumute war.

„Schon gut“, wiegelte er ab. „Des Doktors täglicher Zynismus. Sie sind Kollegen?“

Beide Männer nickten.

„Maus hat Glück gehabt. Im doppelten Sinne. Zum einen, dass er rechtzeitig gefunden wurde, bevor der Zug kam, zum anderen wegen seiner Alkoholvergiftung. Wir mussten dem Mann den Magen auspumpen. Und, er hat eine Schädelfraktur. Sah zuerst schlimmer aus, als es ist. Aber er wird noch einige Zeit hier bleiben müssen.“

„Schlimm? Bleibende Schäden?“

„Kann ich noch nicht sagen. Er ist noch bewusstlos. Und es wird noch einige Zeit dauern, bis Sie mit ihm sprechen können.“

„Dürfen wir ihn sehen?“, fragte Reuber.

Der Arzt nickte. „Kommen Sie!“ Er führte die beiden Männer einen langen Gang entlang, auf dem viele belegte Betten standen. Es roch nach Desinfektionsmitteln und Krankheit. Die Männer in den Betten stöhnten und wimmerten.

„Kein Platz“, erklärte der Arzt im Gehen. „Ein Teil des Krankenhauses ist zerstört worden. Dazu viele unterernährte Kinder, Kriegsheimkehrer. Kriegsfolgen.“

Siggi lag auf der Intensivstation und sie hätten ihn fast nicht erkannt. Sein Kopf war dick mit Mull umwickelt, seine Arme bandagiert, Schläuche führten in seinen Körper, ein Bild des Elends.

„Verfluchter Mist!“, stieß Koch hervor. „Das ist meine Schuld. Ich hätte ihn nicht alleine losschicken dürfen.“

„Noch ist nicht erwiesen, dass es Brunner oder seine Leute waren“, entgegnete Reuber.

„So ein Quatsch!“, brauste Koch auf. „Wer denn sonst? Sie haben doch bei mir gesehen, was Siggi verträgt und wie schnell der anfängt zu torkeln. Nee. Nee, ich bin sicher, der hat irgendwas entdeckt und man wollte ihn deswegen beseitigen.“

„Schon gut“, erwiderte Reuber unbeeindruckt, „aber manchmal gibt es für komplizierte Probleme auch ganz banale Lösungen.“

„Was meinen Sie“, fragte Koch den Arzt, der sich auf dem Gang um einen anderen Patienten gekümmert hatte, „wann wir mit ihm sprechen können?“

„Wie schon gesagt, es ist schwer eine Prognose abzugeben, ich denke, keinesfalls vor übermorgen. Wahrscheinlich erst später. Aber versprechen kann ich Ihnen das nicht.“

Koch zog, nachdem der Arzt sich wieder einem Patienten zugewandt hatte, Reuber beiseite.

„Wir dürfen Siggi nicht alleine lassen. Denken Sie an Hartmann. Wenn Brunner erfährt, dass er noch lebt, wird er alles dransetzen, ihn aus dem Weg zu räumen.“

„Ich bleibe zuerst hier“, sagte Reuber. „Sie lösen mich gegen Mittag ab.“

„Arnheim darf nichts davon wissen“, sagte Koch.

„Das wird allerdings schwer. Aber versuchen wir's.“

„Eine Bitte“, sagte Koch, bevor er aus der Tür ging. „Könnten Sie mir später aus dem Büro ein Bild von diesem Glodkowski mitbringen?“

„Darf ich wissen, warum?“, fragte Reuber.

Koch schüttelte nur kurz den Kopf und verließ das Krankenzimmer.

Im Büro fiel es Koch ausgesprochen schwer sich auf etwas anderes als auf Siggi zu konzentrieren. Was konnte er entdeckt haben? Was war so gefährlich, dass man glaubte, ihn beseitigen zu müssen? Oder war es einfach nur eine Machtdemonstration? So sehr Koch hin und her überlegte, er fand keine Lösung und musste einsehen, dass er darauf warten musste, bis sein junger Kollege aufwachte. Er war drauf und dran zu Brunner zu fahren, aber er wusste, dass dies der größtmögliche Fehler war, den er begehen konnte.

Mehrmals suchte er die Kantine auf, um sich einen neuen Kaffee zu holen, so oft, dass es die Aufmerksamkeit der Kollegen, die das mitbekamen, erregte. Sie betrachteten ihn immer noch mit der gleichen Skepsis wie an jenem kalten Februartag, als er die Treppen hinaufgestiegen und Siggi zum ersten Mal begegnet war. Dass er unter besonderer Beobachtung Arnheims stand, gefiel ihnen sicher. Und bestimmt wussten sie auch von all seinen „Verfehlungen“. Außerdem war da noch die Geschichte mit Seebald, der nicht der Einzige war, der entlassen wurde, weil man bei seiner Einstellung einige nicht unerhebliche Details aus seiner Biographie „übersehen“ hatte. Da die Franzosen die Entnazifizierung laxer als die Amerikaner angingen und es zudem einen großen Personalbedarf bei der Polizei wie auch bei anderen Behörden gab, war sich

Koch sicher, dass eine Menge Leute um ihn herum keine „weiße Weste" hatten. Koch war egal, was die über ihn dachten.

Nun, da es ein wenig wärmer geworden war, ging es seinem Bein besser. Es machte sich nicht mehr so oft und heftig bemerkbar wie im Winter. Aber beim letzten Gang in die Kantine wollte er zwei Stufen auf einmal nehmen, kam falsch auf und schon durchzuckte ihn ein stechender Schmerz.

Langsam humpelte er in die Kantine und spürte die hämischen Blicke der anderen. Er versuchte sie zu ignorieren.

Im Büro fand er eine Nachricht vor, dass der Blutgruppenvergleich ergeben hatte, dass die Blutgruppe auf dem Boden mit der von Peter Gerber übereinstimmte. In diesem Moment erschien das Koch nicht so wichtig.

Gegen zwei Uhr fuhr er ins Krankenhaus, um Reuber abzulösen. Der saß über eine Zeitschrift gebeugt. „Hat mir der Arzt freundlicherweise überlassen", erklärte er. „Siggi ist immer noch ohne Bewusstsein."

Koch nickte, übernahm Zeitschrift und Stuhl, stellte sich kurz neben das Bett, in dem Siggi lag, und betrachtete den jungen Mann.

Am Abend kam Reuber in Begleitung eines jungen Mannes in Zivil vorbei.

„Das ist Ralf Bodenhaus, ein junger Kollege. Absolut zuverlässig. Er hat sich bereit erklärt, heute Nacht auf Siggi aufzupassen."

Koch stand auf und reichte Bodenhaus die Hand.

Nach einem kurzen Gespräch verließen die beiden Kommissare das Krankenhaus.

„Nichts Neues", verkündete Reuber. „Ich habe mal meine Kontakte spielen lassen, aber niemand hat was gehört."

„Brunner ist clever", sagte Koch. „Sehr clever."

Der Dienstag verlief zunächst ähnlich wie der Montag. Vormittags wachte Koch vor Siggis Zimmer, am Nachmittag sollte Reuber kommen, in der Nacht Bodenhaus. Am Morgen hatte sich Koch Heinrich Manns „Henri Quatre" eingesteckt, damit seine Gedanken nicht wie am Vortag Karussell mit ihm fuhren: Glodkowski, Koch, Brunner, Bresson, Arnheim und wieder von vorne. Zu seiner Überraschung konnte er sich sogar auf den Roman konzentrieren und erhielt zudem einen anerkennenden Blick des Arztes, als der sah, was er las. So viel Bildung hatte er einem Polizisten offenbar nicht zugetraut.

Am Mittag, kurz bevor Reuber zur Ablösung kam, wachte Siggi auf. Langsam hob er ein Lid. Koch konnte die Fragen sehen, die sich in seinen Augen spiegelten. Wo bin ich? Was mache ich hier? Was ist passiert?

Es dauerte noch bis zum Abend, bis Siggi so weit bei Bewusstsein war, dass er seine Umwelt klar wahrnehmen und erste Worte formulieren konnte. Mehrmals versuchte der Arzt sie auf den nächsten Tag zu vertrösten, aber eine weitere Nacht, ohne zu wissen, was mit Siggi geschehen war, wollten sich die beiden Kommissare nicht antun.

„Ach, das hätte ich fast vergessen", sagte Reuber, als sie draußen im Flur neben einem offenen Fenster standen. Er zog an seiner Zigarette und stieß den Rauch hinaus in den Abend. „Hier!" Er griff in seine Jacketttasche und hielt ein Foto in der Hand.

Ein kurzer Blick Kochs genügte. Das war der Mann, dem er vor der Halle in Mombach einen Schlag versetzt hatte.

Endlich, gegen einundzwanzig Uhr, war Siggi soweit, dass er ihre Fragen beantworten konnte, wenn auch nur mit leiser Stimme und großer Mühe. Der Arzt stand unruhig und mit besorgter Miene in der Nähe.

„Mensch, Siggi, was machen Sie für Sachen?“, begann Koch. „Hat Ihnen der Alkohol bei mir nicht gereicht oder habe ich Sie auf den Geschmack gebracht?“

Siggi verzog den Mund zu einem dünnen Lächeln. Es war ihm anzusehen, dass er noch Schmerzen hatte.

„Mein Kopf“, sagte er und schloss die Augen. „Ist noch alles dran?“

Koch und Reuber mussten grinsen. „Alles so schön wie vorher. Ich glaube, nur ein paar von Ihren schönen blonden Haaren mussten dran glauben. Ich denke aber, dass die Damenwelt das verkraften wird.“

Siggi öffnete seine Augen zu schmalen Schlitzen.

Reuber beugte sich über Siggi. „Fühlen Sie sich stark genug zu reden, Siggi?“

Der Angesprochene nickte.

„Wenn es Sie sehr anstrengt, geben Sie uns ein Zeichen.“

Siggi nickte ganz leicht mit dem Kopf und schloss sogleich seine Augen. Offensichtlich erzeugte noch die kleinste Bewegung Schwindel in seinem Kopf.

„Dann mal los!“, forderte ihn Koch auf und rückte seinen Stuhl ganz nahe ans Bett und beugte sich vor. Reuber machte es ähnlich. Der Arzt blieb an der Wand stehen und beobachtete weiterhin skeptisch die Szene.

„Ich … Observation, die zwei Männer“, begann Siggi. Er hauchte die Worte mehr, als dass er sie aussprach. „Die Männer wieder … in Kneipe … Mombach. Wie davor.“ Er musste eine Pause einlegen, sich sammeln, schloss die Augen. Die beiden Polizisten warteten geduldig, bis Siggi seine Augen wieder aufschlug. „Idee … meine Idee … wenn die zwei in der … Kneipe …“, er wartete wieder, „Mercedesteile … Bru…“

Mit einem Mal fielen Siggis Augen zu und er schien wieder eingeschlafen zu sein.

„Siggi!“, zischte Koch, doch in dem Moment trat der Arzt hinter ihn und bat ihn den Patienten schlafen zu lassen.

Widerwillig folgte Koch der Bitte und wartete zusammen mit Reuber neben Siggis Bett. Leise spekulierten sie über die Worte des jungen Kollegen, aber sie kamen zu keinem Ergebnis. Abwechselnd dösten sie auf ihren Stühlen, bis Siggi am Morgen wieder erwachte. Dieses Mal machte er einen klareren Eindruck.

Zuerst jedoch wollte der Arzt ihn sich ansehen. Anschließend bekam er einen Tee und eine Suppe. Endlich waren sie an der Reihe. Koch drückte Siggis Hand.

„Sie sind ein harter Kerl, Siggi, verdammt hart. Meinen Sie, dass Sie Reuber und mir Ihre Geschichte erzählen können?“

Kaum merklich nickte der Junge. Dieses Mal sprach er flüssiger als am Vorabend, auch wenn er immer wieder Pausen einlegen und ab und zu seine Augen schließen musste.

„Die beiden Männer waren den ganzen Tag … in der Halle. In Mombach. Am Abend … sie sind … einen … die Kneipe … trinken. Ich bin dann … wegen der Teile …“, Siggi sah bei diesen Worten Koch an, „zu Brunner …“

„Sie sind zu Brunner? Was haben Sie denn da gemacht?“

„Mercedes …“

„Sie sind bei Brunner eingestiegen? In die Garage?“

Siggi deutete wieder ein Nicken an und schloss seine Augen.

„Und?“, fragte Reuber, als er die wieder öffnete.

„Es waren die … Teile. Genau … gefehlt. Ganz genau.“ Siggi versuchte so etwas wie ein Grinsen. Unter dem verbundenen Kopf sah das grotesk aus. Koch und Reuber mussten lachen.

„Was ist?", fragte Siggi.

Koch schüttelte den Kopf. „Alles in Ordnung. Erzählen Sie weiter!"

„Plötzlich … da Geräusche … und eine Stimme." Wieder musste der Verletzte eine Pause machen.

„Tee?", fragte Reuber.

Siggi bewegte seinen Kopf ein ganz klein wenig.

Es dauerte, bis er einen Schluck getrunken hatte.

„Stimme … Da ist ja … unser Herr Kommissar …"

Reuber und Koch sahen sich an.

„Das hat jemand gesagt? Haben Sie denjenigen erkannt."

Siggi schüttelte ganz leicht den Kopf. „Nicht … richtig."

„Glodkowski und Hafner."

„Weiß … nicht. Dunkel … Schnell." Er sah verzweifelt aus und schloss seine Augen.

„Das waren sie bestimmt. Sie sind Siggi von der Kneipe gefolgt", sagte Reuber zu Koch.

Siggi sprach weiter. „Augen verbunden … Alkohol. Ich musste … Alkohol trinken. Viel Alko… hol. Schlecht. Und dann …"

Erwartungsvoll sahen die beiden Kommissare den jungen Kollegen an, aber es kam nichts mehr.

Als hätten ihn mit dem Ende seiner Erzählung die Kräfte verlassen, schlief Siggi wieder ein. Koch und Reuber gingen vor die Tür.

„Die werde ich mir vorknöpfen, diese Schweine", schimpfte Koch so laut auf dem Gang los, dass einige der Patienten in den Betten auf dem Flur ihnen die Köpfe zuwandten.

„Leise, Koch", mahnte Reuber den Kollegen. „Wir müssen jetzt schnell handeln. Wenn Brunners Leute verstanden haben, wonach Siggi gesucht hat, werden sie den Mercedes verschwinden lassen."

„Die sind schon weg, bestimmt", sah Koch schwarz. „So dumm, den Wagen länger bei sich zu lassen, ist Brunner nie und nimmer. Da nützen uns auch die beschlagnahmten Autoteile nichts. Wieso kommen wir an diesen Kerl nicht ran? Warum nicht?"

XII

Die Aussegnungshalle war fast voll. Dorle hatte schon befürchtet, dass nicht alle Platz finden würden. Sie war gerührt, dass so viele Menschen an ihrem und Rolfs Schicksal Anteil nahmen.

Immer wieder schweifte ihr Blick zu Franzi hinüber, die zwei Reihen hinter ihr seitlich versetzt mit ihren beiden Söhnen saß und immer, wenn sie Dorles Blick bemerkte, ihr ein unmerkliches Zeichen gab und lächelte. Sie dankte Gott, dass er ihr eine solche Freundin an die Seite gestellt hatte.

In der Halle war es noch kühl, während es draußen von Tag zu Tag wärmer wurde. Rolf hätte keinen Tag länger in dem Keller liegen können. Die Männer, die Rolf abgeholt hatten, hatten schon die Nase gerümpft. Dorle nahm es als ein Zeichen und ein Geschenk, dass der Frühling sich in diesem Jahr so viel Zeit gelassen hatte.

Der Pfarrer sprach viel vom Schicksal der vom Krieg Gezeichneten und immer wieder kam er darauf zurück, dass die Menschen auch den Krieg und diese schweren Stunden jetzt nach all der Zerstörung, dem Tod und dem Hunger als Zeit der Prüfung verstehen sollten, vor der man nicht fliehen dürfe. Dorle verstand die Anspielungen nur zu gut, die in erster Linie an sie gerichtet waren und eine Verurteilung ihres Sohnes bedeuteten, der sich dieser Prüfung nicht gestellt hatte. Aber so sehr sie auch an Gott glaubte und sich ein Leben ohne Glauben nicht vorstellen konnte, und so sehr sie auch unter Rolfs Entscheidung, sein Leben selbst zu beenden, litt, sie konnte auch verstehen, dass er für seine Zukunft keine Hoffnung mehr gesehen hatte. Ein Leben, das ständige Schmerzen bedeutet hätte.

Das hatte sie in den vielen langen Stunden, die sie an seiner Seite gekniet und Zwiesprache mit sich, mit Rolf und mit Gott geführt hatte, verstanden.

Dass der Pfarrer selbst jetzt, wo es nichts mehr zu ändern gab, noch meinte, ihr ein schlechtes Gewissen machen zu müssen, enttäuschte sie und sie sagte sich, dass der Pfarrer nur ein Mensch war, dass der Herrgott Rolfs Entscheidung aber sehr wohl verstehen würde. Was ja nicht hieß, dass er sie guthieß. Aber er verzieh ihm diesen Schritt. Dorle war sich sicher, dass Rolf seinen Platz im Himmel finden würde.

Deshalb hörte sie auch irgendwann den Worten des Pfarrers nur noch halbherzig zu. Vielmehr Sorge bereitete ihr ihre Tat. Dass sie jetzt unter den Augen des Herrn hier saß, der mit angesehen hatte, was sie in dem Geheimversteck unter der Scheune getan hatte. Aber auch das war nicht mehr zu ändern. Hätte Peter ihr nur ein kleines Stück Fleisch gegeben, hätte er sie nicht angefasst. Sie hatte ihn ja nicht umbringen wollen. Es war ein Versehen, ein Unfall, den er selbst mitverschuldet hatte.

Sie bemerkte zunächst gar nicht, so sehr war sie mit diesen Gedanken beschäftigt, dass die Menschen um sie herum aufstanden, um nach draußen zum ausgehobenen Grab zu gehen. Karl, der ältere von Franzis Söhnen, kam zu ihr, um sie zu seiner Mutter zu geleiten. Während Dorle sich erhob, drehte sie sich noch einmal um, um zu sehen, wer alles gekommen war, und um mit einem dezenten Kopfnicken zu grüßen. Franzi wartete mit den anderen draußen auf sie. Die beiden Frauen setzten sich hinter dem Pfarrer und den Sargträgern an die Spitze des Zuges, der mindestens vierzig Menschen umfasste.

Die Sonne schien nun so warm auf sie herab, dass sie in ihrem Mantel zu schwitzen begann. Die ersten Krokusse waren aus dem Boden geschossen und säumten den Schotterweg, der zu den Grabfeldern führte.

Dorle öffnete die oberen beiden Knöpfe ihres Mantels, während der Zug sich langsam vorwärts bewegte. Sie machte kleine Schritte und musste darauf achten, nicht dem Pfarrer, der vor ihr ging, gegen die Ferse zu treten. Kleine Pfützen zeigten an, dass der Winter den Ort bis vor kurzem noch fest im Griff gehabt hatte.

Dorle erinnerte sich an den Moment, in dem Franzi ihr freudestrahlend mitgeteilt hatte, dass der Pfarrer nun doch in eine Beerdigung auf dem Friedhof eingewilligt hatte. Aber sie hatte ihr erst nicht verraten wollen, wie sie das erreicht hatte. Dorle vermutete, dass Franzi etwas über den Pfarrer wusste, mit dem sie ihn unter Druck gesetzt hatte. Franzis Mann Norbert war sehr engagiert in der Gemeinde gewesen und hatte sicher vieles mitbekommen. Sie saßen schon einige Zeit zusammen, hatten geredet, sich umarmt und gedrückt, da war es Franzi doch rausgerutscht, ohne Absicht, dass es der Brunner war, der dafür gesorgt hatte. Er war zufällig beim Pfarrer gewesen, als Franzi ihn zum zweiten Mal aufsuchte und ihn inständig anflehte, Rolf ein christliches Begräbnis zu gewähren. Der Brunner hatte abseits gestanden, hatte zugehört und war, nachdem der Pfarrer zum dritten Mal sein kategorisches „Nein“ wiederholt hatte, zu ihm getreten und hatte Franzi ein Zeichen gegeben, die beiden alleine zu lassen. Sie wartete vor der Tür, hörte drinnen laute Stimmen, aber verstehen konnte sie nichts. Nach mehr als zwanzig Minuten kam Brunner aus dem Zimmer, ging an ihr vorbei und lächelte sie an, ganz kurz nur und das Lächeln war auch mehr ein Zucken der Lippen. Es sah nicht schön aus, aber Franzi verstand. Drinnen teilte ihr der Pfarrer mit, dass sein christlicher Großmut gesiegt habe, dass der Herr

Erbarmen gezeigt habe und dass er Dorles Sohn beerdigen werde. So zerknirscht hatte er das gesagt, so zwischen seinen Zähnen hervorgestoßen, dass Franzi wusste, dass er das weder freiwillig noch von Herzen tat, aber das war ihr egal. Rolf würde in geweihter Erde liegen und Dorle konnte ihre Ruhe finden. Vielleicht würde nun alles besser werden. Waren dies die Vorboten für eine bessere Zeit?

Dorle wollte dies in den Einzelheiten gar nicht so genau wissen. Sie war einfach nur froh gewesen über die Nachricht, hatte ihre Freundin so fest wie noch nie umarmt, war nach unten zu Rolf in den Keller gelaufen, um ihm zu sagen, dass nun alles gut werden würde.

Sie war später zur Bäckersfrau geeilt. Sie wollte Franzi etwas Gutes tun und ihr von der noch nicht ganz eingelösten Lebensmittelkarte Mehl kaufen, damit Franzi für ihre Jungs einen Kuchen backen konnte.

In dem Laden erhielt ihre Ausgelassenheit einen Dämpfer. Der Kommissar fiel ihr ein. Suchte dieser Mann noch immer den Mörder von Peter? Wenn er das tat, war sie für ihn eine Verdächtige? Was wäre, wenn nicht der tote Peter …? Wie alt mochte dieser Kommissar sein? Sie versuchte sich seine Gestalt und seine Züge in Erinnerung zu rufen, als sie ihn gesehen hatte, kurz nur aufrecht, dann hatten sie sich ja gegenseitig zu Boden gerissen. Er musste so alt wie sie sein, vielleicht ein wenig jünger. Sie versuchte sich seine Züge am Bahnhof in Erinnerung zu rufen, als sie ihn da in den Streit verwickelt erblickt hatte, dieses ernste, entschlossene Gesicht. Aber sie hatte ihn kaum sehen können. Es war mehr eine Ahnung. Was sie sofort erkennen würde, war sein Geruch. Sie hatte ihn in ihrer Nase, seit sie auf dem Mann gelegen hatte. Sie hatte schon immer eine feine Nase gehabt. Und diese hatte sie bislang nur selten getrogen. Als sie sich dabei ertappte, dass sie überlegte, ob dieser Kommissar ihr gefiele, vertrieb sie diesen Gedanken gleich wieder und machte, dass sie schnell aus der Bäckerei kam.

Auf dem Friedhof, auf dem Weg zu Rolfs Grab, fiel ihr das wieder ein. Langsam zog der Zug an den alten Gräbern vorbei. Im Vorbeigehen erhaschte Dorle schnelle Blicke auf die Grabsteine, las Namen, die sie kannte, sah Gesichter von Menschen, die mit ihr groß geworden waren und die der Krieg aufgefressen hatte.

Endlich hatten sie das offene Grab erreicht. Nachdem alle sich darum versammelt hatten, begann der Pfarrer nochmals mit einer Rede. Dorles Glücksgefühl, Rolf nun ordentlich beerdigt zu wissen, war so groß in diesem Moment, dass sie den Worten des Pfarrers abermals kaum zuhörte und Tränen über ihre Wangen liefen.

Die vier Männer ließen den Sarg in das ausgehobene Grab. Der Pfarrer sprach nochmals einige Worte, segnete die Grabstätte und stellte sich anschließend neben Dorle. Nach und nach traten die Menschen vor, nahmen mit der Hand etwas von der Erde, die zu einem kleinen braunen Hügel aufgehäuft war, und warfen sie in das offene Grab, gingen zu Dorle, gaben ihr die Hand oder umarmten sie. Manche flüsterten ihr dabei aufmunternde Worte ins Ohr. Franzi war die Erste und Dorle umarmte sie fester, als sie es vorgehabt hatte und ihr „Danke!" an die Freundin kam so laut über ihre Lippen, dass es auch die Umstehenden hörten.

So ging es weiter, dass Dorle schon glaubte, der Zug der Kondolierenden würde gar nicht mehr aufhören, als plötzlich jemand ihre Hand länger als nötig festhielt, ja sogar so fest drückte, dass es sie schmerzte. Dorle sah auf und blickte in das steinerne Gesicht von Neubert, der sie streng mit seinen Augen ansah und so nahe an sie herantrat, dass keiner der Umstehenden in der Nähe hören konnte, was er ihr ins Ohr flüsterte.

„Der Herrgott meint es gut mit dir, Dorle Becker. Viel zu gut. Strapaziere nicht dein Glück. Wir sehen uns bald."

Er löste sich von ihr, lächelte sie an, gab dem Pfarrer die Hand und trat zur Seite.

Dorle hatte diese Begegnung so sehr zugesetzt, dass sie einige Minuten wie erstarrt vor dem Grab stand.

„Frau Becker, wir können gehen!", hörte sie den Pfarrer sagen, der sie sanft an der Schulter gepackt hatte.

„Ja, ja", sagte sie schnell und sah sich um. Die Menschen hatten sich verteilt, Neubert konnte sie nirgends sehen.

„Komm!", hörte sie Franzi neben sich sagen. „Wir müssen gehen. Ich habe bei mir etwas vorbereitet."

Mit wenigen Leuten gingen sie zu Franzi nach Hause, die einen Kuchen gebacken hatte und Buchenkaffee servierte. Der Pfarrer war nicht mitgekommen. Dorle stand noch immer neben sich. Neuberts Worte hatten sich tief eingegraben und sie ekelte sich vor ihm. Sie zögerte es lange heraus nach Hause zu gehen, aus Furcht, dass der Mann ihr auflauerte. Doch Franzi kümmerte sich so rührend um sie, dass mit dem fortschreitenden Abend die Furcht nach und nach von ihr abfiel und sie gelöster wurde.

Am Ende saßen die beiden Frauen alleine am Tisch und tranken von dem Holunderschnaps, den Franzis Sohn Karl heimlich gebrannt hatte. Nach dem dritten Glas begannen sie sogar zu kichern und nach dem vierten bat Franzi ihren Sohn, die Freundin nach Hause zu bringen.

Dorle schlief endlich mal wieder traumlos in dieser Nacht.

8. April – 22. Mai 1946

XIII

Dass es Siggi so schwer erwischt hatte, machte Koch mehr zu schaffen, als er gedacht hatte. Da waren die Selbstvorwürfe. Warum hatte er den jungen, unerfahrenen Mann alleine die beiden Ganoven beschatten lassen? Er wusste doch, dass Glodkowski ausgebufft und brutal war. Und ihm war bewusst, dass Brunner auch den letzten Schritt gehen würde.

Am Samstagmittag klopfte er an Bressons Tür. Dieses Mal wurde ihm auch während des Tages geöffnet.

Bresson begrüßte ihn sehr aufgeräumt. „Na, Puhler, wegen nem Absacker kommen Sie aber nicht, oder?"

„Nee, und an Ihren Orgien will ich auch nicht teilnehmen."

„Na, nun habense sich mal nicht so! Wir müssen doch alle irgendwie über die Runden kommen."

„Spaß beiseite, Bresson", wurde Koch ernst und zog das Bild von Glodkowski, das Reuber ihm gegeben hatte, aus der Tasche. „Ist das der Mann?"

Bresson sah nur kurz auf das Foto.

„Kein Zweifel", stellte er lapidar fest. „Der kantige Kopf und die Narbe."

Koch steckte das Bild ein.

„Hat er meinen Vater umgebracht?"

„Kommen Sie rein", forderte Bresson seinen Nachbar statt einer Antwort auf.

Im Wohnzimmer setzten sie sich aufs Sofa, Bresson griff unter sich und zog eine Flasche hervor.

„Ich weiß es nicht", sagte Bresson endlich, während er zwei Gläser zu je einem Drittel füllte.

„Cheers!“ Er stieß sein Glas gegen das von Koch. Der schwieg.

„Glodkowski hatte einen Brass auf Ihren Vater. Dem hat es Spaß gemacht ihn zu schlagen. Er hat gespürt, dass Ihr Vater ihm haushoch überlegen war und er hat Glodkowski das auch spüren lassen. Der hat nur auf eine Gelegenheit gewartet, es ihm zeigen zu können.“

Bresson nippte an seinem Glas. Er dachte nach.

„Ich weiß nicht, ob er ihn selbst umgebracht hat. Das glaube ich nicht. Aber er könnte wissen, wer es war und wo es passiert ist.“

Koch setzte sein Glas an und trank es in einem Zug aus, sagte kurz „Danke!“ und verließ die Wohnung so schnell, dass Bresson keine Chance hatte, auch nur eine Frage zu stellen.

Den Rest des Wochenendes grübelte Koch über die Frage, wie er Glodkowski beim nächsten Mal begegnen sollte. Dass der um seine Familienverhältnisse wusste, glaubte er kaum. Dafür war sein Name zu gewöhnlich.

Erleichtert atmete Koch am Montagmorgen auf, als sein Wecker rappelte. Endlich konnte er etwas tun.

Als er auf den Hof der Polizeidirektion trat, hörte er wie sein Name laut gerufen wurde.

„Herr Kommissar Koch!“

Er sah sich um, konnte aber zunächst nicht erkennen, woher die Stimme kam, bis er Jörg, den Mechaniker, entdeckte, der seinen Kopf aus der Werkstatttür gesteckt hatte.

Koch ging in seine Richtung.

„Sagen Sie, Herr Kommissar“, begann er, als Koch noch einige Schritte von ihm entfernt war, „stimmt es, dass der Siggi schwer verletzt ist?“

„Ja, das stimmt“, antwortete Koch. „Aber es geht ihm

schon wieder so lala. Ich werde nachher bei ihm vorbeischauen."

„Sagen Sie ihm gute Besserung von mir und den Jungs hier." Er griff in seine Tasche und reichte dem Kommissar ein Stück Schokolade. „Für Siggi. Kann mir vorstellen, dass der Süßes mag."

„Gebe ich ihm, Jörg, vielen Dank. Das wird ihn freuen." Damit verabschiedete er sich von dem Mann und lief über den Hof zurück zum Treppenaufgang in sein Büro.

„Koch, gut, dass ich Sie treffe." Oben, an einem mit einem Brett vernagelten Fenster, stand Arnheim, breitbeinig, die Arme vor der Brust verschränkt.

„Ihr Kollege liegt im Krankenhaus, ist mir zu Ohren gekommen. Was ist passiert?"

Darauf war Koch nicht vorbereitet. Was sollte er sagen?

Arnheim begann schon wieder an einem seiner Bartenden zu spielen.

„Also!", forderte er.

„Er ist noch nicht vernehmungsfähig. Hat was auf den Kopf gekriegt."

„Fremdeinwirkung? Oder ist er gestürzt? Ich habe gehört, dass er ordentlich Alkohol im Blut hatte. Sieht so aus, als ob er im Suff die Orientierung verloren hätte, der Kollege Maus. Hat ja mordsmäßig Glück gehabt." Arnheim lachte über den eigenen Kalauer.

„Ich hoffe, dass wir das bald erfahren werden."

„Ich auch, Koch, ich auch. Ich hoffe, dass Sie da nicht als schlechtes Vorbild vorangehen. Einer wie Sie reicht mir." Er lachte wieder. Dabei wurde in dem Gebäude eine Tür geöffnet und wieder zugeschlagen, ab und zu tönte eine unverständliche Stimme durch die Gänge.

Gut gelaunt fand Koch seinen Vorgesetzten fast noch widerlicher als mit schlechter Laune.

„Nun haben Sie ja eine Menge Zeit, bis der Kollege Maus wieder vernehmungsfähig ist, den abschließenden Bericht im Fall Gerber zu schreiben. Ich wünsche Ihnen einen schönen Tag."

„Na, das war ja ganz große Unterhaltung", begrüßte Reuber beim Eintritt in dessen Zimmer den Kollegen. „Ich habe Sie mit Arnheim zusammen gesehen."

In der Hand hielt er einen kleinen, braunen Topf, darin ein dürre Pflanze.

„Damit es hier wohnlicher wird. Hat mir meine Frau für Sie mitgegeben. Unbekannterweise."

„Danke!", sagte Koch mit gedämpfter Stimme.

„Hat er Sie auf Siggi angesprochen?"

Koch nickte. „Für ihn ist der Fall klar. Wie immer. Siggi hat gesoffen, hat die Kontrolle verloren. Und Glück gehabt."

„Sehen Sie es positiv, Koch. So haben Sie Arnheim nichts davon sagen müssen, dass Siggi Brunners Leute überwacht hat. Überlegen Sie mal, was dann los gewesen wäre."

„Wenn Sie es so sehen …"

„Sehe ich so. Was halten Sie davon, dass wir uns die Stelle, an der Siggi gefunden wurde, mal genauer anschauen."

„Gute Idee. Und vorher schauen wir kurz bei Siggi vorbei. Ich habe noch was für ihn." Er zog die Schokolade aus der Tasche und hielt sie kurz hoch.

„Da kann man ja neidisch werden. Also, los!"

In der Autohalle war Jörg sofort bereit Ihnen mit einem Fahrzeug zu helfen, als sie ihm ihr Vorhaben mitgeteilt hatten. Allerdings waren alle fahrtüchtigen derzeit in Benutzung und Sprit mal wieder knapp.

„Herr Reuber, Sie können doch Motorrad fahren, nicht wahr?"

„Klar, hatte vor dem Krieg eine 501er NSU. Gebraucht natürlich. Tolle Maschine. Liegt jetzt wahrscheinlich irgendwo zerbröselt in der Taiga."

„Das ist nicht Ihr Ernst?", fragte Koch.

„Natürlich, oder wollen Sie zu Fuß bis Bodenheim laufen oder in einem überfüllten Zug sitzen? Und schauen Sie doch raus. Sonne, Frühling. Da macht der Fahrtwind den Kopf frei."

„Na, dann", lächelte Jörg und rief über die Schulter nach seinem Kollegen. „Dieter, kannst du mal zwei Helme bringen."

„Schon mal Seitenwagen gefahren, Herr Reuber?"

„Klar, ein paar Mal. Wird schon gehen."

Koch verdrehte die Augen.

Fünf Minuten später hatte Jörg die Maschine vor das Tor geschoben. Nach dem dritten Treten des Kickstarters sprang sie an. Es dauerte einen kleinen Moment, bis der Mechaniker die Maschine so eingestellt hatte, dass sie rund und ohne Aussetzer lief.

Koch kletterte in den Seitenwagen und zog sich den Helm auf den Kopf, Reuber hatte hinter dem Lenker Platz genommen.

„Los geht's!", rief er. Mit viel zu hoher Geschwindigkeit schoss er über den Hof auf die Ausfahrt zu. Ein Kollege, der aus einer Tür trat, sprang erschrocken zurück.

Nach kurzer Zeit hatte Reuber sich an die Maschine gewöhnt und Koch sich beruhigt. Unterhalten konnten sie sich nicht, dafür war der Motor zu laut und Reuber musste sich konzentrieren, Steinen und anderem Schutt rechtzeitig auszuweichen.

Ein paar Kinder, die in einem mit Wasser gefüllten

Bombenkrater spielten, winkten ihnen zu, ein Mädchen spritzte Wasser in ihre Richtung.

Im Krankenhaus erfuhren sie von dem Kollegen Bodenhaus, der vor Siggis Tür auf den jungen Polizisten aufpasste, dass der schlief und so beschlossen sie, es später noch einmal zu versuchen.

Hinter Bodenheim stellten sie die Maschine in der Näher der Gleise ab. Links waren die Rheinauen, auf der rechten Seite breitete sich eine weite Ebene aus, die grün leuchtete. Einzelne Baumgruppen durchbrachen die Weite. Sie gingen an den Schienen entlang bis zu der Stelle, an der Siggi laut Bericht gefunden worden war.

„Ideal“, stellte Koch zynisch fest. „Eine lang gestreckte Kurve, schlecht einsehbar, kein Mensch in der Nähe. Ich würde sagen, dass Siggi mindestens ein Dutzend Schutzengel gehabt hat.“

„Mindestens.“ Reuber pfiff durch die Zähne.

„Nichts“, sagte Koch, nachdem sie eine Strecke von etwa fünfhundert Metern in beide Richtungen abgelaufen waren.

„Lassen Sie uns systematisch vorgehen!“, schlug Reuber vor. „Wir gehen die Strecke nochmals ab, ein paar Meter neben den Gleisen, Sie rechts, ich links. Und zurück noch ein paar Meter weiter zur Seite. Vielleicht haben die Kerle, die Siggi hierher gebracht haben, was verloren. Unsere einzige Chance.“

Schweigend schritten die beiden die Strecke ab, den Blick auf den Boden gerichtet. Nachdem sie zweimal in beide Richtungen gelaufen waren, trafen sie sich neben dem Motorrad.

„Nichts!“

„Nichts!“, wiederholte Koch. „Es ist zum Kotzen. Keine Spur.“

„War auch eine Blödsinnsidee." Reuber bückte sich, hob einen Stein auf und warf ihn in Richtung eines einsam stehenden Baumes. Er verfehlte ihn um einige Meter. Das Klirren von Glas markierte die Stelle, an der der Stein aufgeschlagen war.

Koch rannte als Erster los und begann in der Nähe des Baumes zu suchen.

„Mehr rechts", rief Reuber, der ihm gefolgt war.

„Nein, nein, hier muss das gewesen sein."

Nach einer weiteren halben Stunde entdeckte Reuber die Flasche neben einem abgebrochenen Ast. Der Stein hatte sie genau am Hals getroffen, der dabei zu Bruch gegangen war. Der Rest der Flasche war heil geblieben. Er fasste sie vorsichtig mit zwei Fingern und hob sie hoch.

„Hab sie!", rief er Koch zu, der weiter rechts gesucht hatte.

Der lief sofort zu seinem Kollegen.

„Mist!", stieß er aus, als er die Flasche sah.

„Was ist denn?", fragte Reuber, überrascht über diesen Kommentar.

„Ich habe so eine Flasche schon mal gesehen", sagte er.

„Ich habe schon viele Flaschen gesehen", erwiderte Reuber.

„Nein, nein", widersprach Koch unwirsch, „keine Späße. So ein Etikett. Das habe ich schon gesehen." Er drehte sich zur Seite und schloss die Augen.

Das Etikett war hell und darauf war ein großes C und eine römische IX gezeichnet.

„Mist, wo war das nur?", sprach Koch vor sich hin. Er ging vier, fünf Meter vor, hielt an, drehte sich abrupt um, ging wieder einige Meter umher, brummte vor sich für Reuber unverständliche Worte hin, bis er plötzlich aufschrie.

„Ich hab's. Jetzt habe ich es. Ja, genau. Das war bei Gerber. Bei der Hausdurchsuchung. Er hat in der Küche aus so einer Flasche getrunken. Mit so einem Etikett. Und in der Scheune, da, wo das Kellerversteck war, waren Kisten damit. Das ist kein Zufall, Reuber, das kann kein Zufall sein."

Reuber hatte seinen Kollegen noch nie so aufgeregt gesehen.

„Geben Sie mal her!"

Er riss Reuber die Flasche fast aus der Hand und hielt sie an die Nase. Mehrmals sog er den Geruch tief ein. „Trester. Da war Trester drin. Wie bei Gerber."

„Gut", sagte Reuber, als Koch sich etwas beruhigt hatte. „Das ist ein weiteres Mosaiksteinchen. Langsam, ganz langsam fügen sich da Sachen zusammen. Sie ergeben aber noch kein klares Bild. Siggi ist bei Brunner eingestiegen, man hat ihn erwischt und abgefüllt, ihm vorher oder nachher eins über die Rübe gezogen und hier auf die Gleise gelegt. Ich nehme an, Koch, nach dem, was Sie mir erzählt haben, um *Ihnen* eine zu verpassen. Weil Brunner weiß, dass es Sie viel mehr treffen würde, wenn Siggi etwas zustieße als wenn Ihnen selbst etwas passieren würde. Und gleichzeitig hätte er einen Zeugen beseitigt."

„Aber wir kommen doch kein bisschen weiter. Brunner lacht sich eins ins Fäustchen. Und weil Arnheim uns verbietet gegen Brunner zu ermitteln, kann der seine Geschäfte in Ruhe weiterführen und wir dürfen nach außen hin gar nichts machen. Merde, Merde, Merde!"

Koch nahm einen Stein vom Boden. Er traf den Baum.

„Es nützt uns nichts, jetzt zu jammern, Koch", warf Reuber ein. „Es ist, wie es ist. Ermitteln wir eben geheim."

„Was schlagen Sie vor?"

„Ich deponiere die Flasche in meinem Büro. Lasse sie

von einem verschwiegenen Kollegen auf Fingerabdrücke untersuchen und wir beide suchen weiter."

„Wir müssen den Mercedes bei Brunner sicherstellen."

Reuber wandte sich ab und ging einige Meter in die Ebene hinein. Im Hintergrund hörten sie ein Grollen. Ein Gewitter zog auf. Erste Tropfen fielen schon nieder.

„Koch", sagte Reuber, als er seinen Spaziergang beendet hatte, „ich will ja nicht allzu pessimistisch erscheinen, aber ich glaube nicht, dass wir den Wagen bei Brunner finden werden. Wenn der Kerl nur halbwegs bei Verstand ist, hat er ihn schon entsorgt."

Koch sah den Kollegen einige Sekunden starr an, dann setzte er sich in Richtung Motorrad in Bewegung.

„Kommen Sie, Reuber, wir müssen los. Wir fahren zu Brunner."

„Na, wenn ich Ihnen sage ..."

„Egal, ich will es sehen."

Die Regentropfen fielen nun stärker. Reuber startete das Motorrad, wendete in einem großen Kreis, hielt an und wartete, bis Koch in den Seitenwagen geklettert war, fuhr so ruckartig an und schlug dabei den Lenker ein, dass der Seitenwagen in der Luft hing.

Auf den nächsten Metern fing es so heftig an zu regnen, dass sie beide schon nach wenigen Minuten durchnässt waren. Reuber fuhr eine Unterführung an, wo er die Maschine abstellte.

„Lassen Sie uns weiterfahren!", forderte Koch. „Wir dürfen keine Zeit verlieren."

„Wollen Sie völlig durchnässt bei Brunner auflaufen?"

„So schlimm wird es schon nicht", entgegnete Koch.

„Dann schauen Sie sich das mal an."

„Halb so schlimm."

Reuber ließ sich darauf nicht ein. Er zündete sich eine Zigarette an und inhalierte genüsslich.

Es hatte sich merklich abgekühlt und der Wind fuhr ihnen in die Kleider.

„Sehen Sie“, sagte Reuber zwischen zwei Zügen, „ist doch nicht so angenehm.“

„Ausgerechnet heute sind wir mit dem Motorrad unterwegs“, fluchte Koch und zog sich die Jacke enger vor seine Brust.

Nach einer halben Stunde ließ der Regen nach. Reuber startete die Maschine und Koch kletterte in den Seitenwagen. In der Stadt wurden sie durch eine Kontrolle französischer Besatzungssoldaten aufgehalten. Erst am Nachmittag erreichten sie Gonsenheim und stellten die Maschine vor Brunners Haus ab.

Klara öffnete ihnen die Tür.

„Sie wünschen?“, fragte sie und betrachtete die nassen Männer mit demonstrativer Herablassung.

„Zu Herrn Brunner.“

„Haben Sie einen Termin?“, fragte die Köchin spitz, die eine Schürze trug, die ihr fast bis zum Hals reichte.

„Sind wir hier beim Arzt?“, erwiderte Reuber, der hinter Koch stand.

„Nein, aber Herr Brunner ist sehr beschäftigt …“

„Der Herr Kommissar“, schallte Brunners sonore und selbstsichere Stimme aus der Tiefe des Flurs. Er trug eine dunkelbraune Hose, ein weißes Hemd, einen Seidenschal und über den Händen Ärmelschoner, wie ein Buchhalter.

Er lachte, als er Kochs Blick bemerkte. „Die Bücher, mein lieber Herr Kommissar. Das gehört zum Geschäft dazu. Bücher. Saubere Buchführung. Ich weiß gerne ganz genau, was ich einnehme und was ich ausgebe. Ich habe viele Kollegen kommen und gehen sehen, die zwar viel eingenommen haben, aber noch mehr ausgegeben. Das geht nicht lange gut. Was kann ich für Sie tun? Ich hoffe, dass es nichts Dienstliches ist? Ich dachte, die Sache wäre geklärt. Es scheint ja sehr, sehr dringend zu sein, wenn Sie weder Wetter noch Mühen scheuen, um zu mir zu kommen. Sie erkälten sich noch."

„Wann ist schon etwas geklärt?", orakelte Koch vieldeutig. „Nein, nein. Eine eher private Frage. Dieser alte Mercedes, Sie wissen, der hinten in Ihrer Garage stand, ist der noch da?"

„Woher kommt dieses besondere Interesse?"

Koch überlegte einen Moment. „Eine Überraschung, für meinen rennbegeisterten Kollegen, Sie wissen schon."

„Damit sind aber nicht Sie gemeint?", wandte sich Brunner an Reuber.

„Gerhard Reuber", stellte der sich vor. „Aber auch rennbegeistert."

„Ich muss Sie enttäuschen. Der Verstand hat über die Sentimentalität gesiegt. Der Wagen gehörte meinem Vater, deshalb habe ich mich so lange geziert, ihn herzugeben. Aber als Sie da waren und ihn in der hintersten Ecke gefunden haben, da wurde mir klar, dass er da nur einstaubt. Und ich brauche Platz. Deshalb habe ich ihn weggegeben."

Koch unterdrückte einen Fluch und musste niesen.

„Gesundheit!", sagte Brunner und sah den Kommissar mitleidig an. „Ich habe gesehen, dass Sie mit einem Motorrad gekommen sind. Kurzfristig ging es ja mal aufwärts, mit dem BMW, meine ich. Und nun …"

„Sie wissen aber schon noch, wem Sie den Wagen gegeben haben?", sprang Reuber schnell ein, der verhindern wollte, dass sich Koch provozieren ließ.

Brunner lachte. „Um ehrlich zu sein, nein. Aber es hat

ja auch fast nichts mehr funktioniert. Und ihn zu reparieren für Ihren jungen Kollegen, wenn ich Sie richtig verstanden habe, das hätte sich nicht gelohnt."

„Aber Sie haben den Wagen doch nicht einfach so irgendwem gegeben?"

„Warum nicht?", entgegnete Brunner.

„Aber man verschenkt doch einen Wagen nicht einfach so. Und schon gar nicht jemandem, den man nicht kennt."

„Na, Herr Kommissar, mir war danach. Ich bin froh, den Schrott los zu sein und Platz zu haben. Wenn ich gewusst hätte, dass Sie Interesse haben. Dabei, ja, vielleicht war ich voreilig. Wenn ich an den Adler denke ... Aber das ist jetzt kein Grund traurig zu sein. Ich habe da was anderes für Sie: Wie wäre es mit einer Flasche Bordeaux?"

Bis dahin war Koch ruhig geblieben, hatte sich von den kleinen Sticheleien nicht provozieren lassen, es sich zumindest nicht anmerken lassen, aber nun zeigten Brunners Provokationen Wirkung. Kochs Körper spannte sich und er kniff seine Lippen zusammen, was Reuber nicht entging.

„Ich denke, wir gehen jetzt. Mit dem Auto für den Kollegen ist's ja nichts. Und mit Wein, Bordeaux insbesondere, werden wir zurzeit ja regelrecht zugeschüttet. Auf Wiedersehen!"

Damit wandte er sich um und fasste Koch unauffällig am Arm, um ihn mit sich zu ziehen. Einen Moment leistete er Widerstand, dann ließ er sich von Reuber fortführen.

„Wirklich keinen Bordeaux?", rief ihnen Brunner nach.

„Danke, nein", antwortete Reuber, „wir haben das Zeug noch kistenweise."

„Habe ich Ihnen nicht gesagt, was das für ein Mistkerl ist!", erregte sich Koch, als sie neben dem Motorrad standen. Er nieste wieder.

„Ein äußerst widerlicher Kerl", stimmte ihm Reuber zu.

Nach ihrer Rückkehr in die Polizeidirektion füllte Reuber ihnen erst einmal zwei Gläser mit Whiskey. „Zum Aufwärmen!", sagte er und schlug sein Glas leise gegen das von Koch.

„Tja, das alte Spiel", stellte der fest. „Klar, dass der Wagen weg ist. Passt auch bestens in unser Bild. Aber es bringt uns nichts. Null Komma null. Wie die Flasche, wie die Autoteile. Wie …" Er hielt inne.

„Ja?", hakte Reuber nach.

Glodkowski war Koch in den Sinn gekommen. Er hatte Reuber noch nichts von dieser Wendung der Geschichte erzählt.

„Nichts", wich er aus. „Ich sehe nur im Moment keine Möglichkeit irgendwie an Brunner heranzukommen. Oder festzustellen, wie Gerber da mit drinhängt. Ob und was der Tod von dem jungen Gerber damit zu tun hat. Wahrscheinlich plant Brunner schon seinen nächsten Überfall."

Sie diskutierten noch eine Weile, bevor jeder seiner Wege ging. Reuber versprach die Flasche noch zur Untersuchung auf Fingerabdrücke zu bringen, Koch ging durch die Stadt nach Hause. Nach dem Regen war es auch in der Stadt deutlich kühler geworden und er begann in seiner feuchten Kleidung zu frieren.

Am nächsten Morgen wachte er mit leichter Temperatur und Gliederschmerzen auf. Trotzdem machte er sich auf den Weg ins Krankenhaus, wo Bodenhaus vor der Tür zu Siggis Zimmer saß.

„Morgen", grüßte ihn Koch. „Was vorgefallen?"

„So ein Typ ist hier rumgeschlichen", erklärte Bodenhaus, „ist dann aber weg."

„Wie sah der aus?" Koch dachte sofort an den Mann

mit der Schiebermütze, den er vor der angeblichen Flucht von Hartmann gesehen hatte.

„Ich habe ihn nicht genau sehen können. Mittelalt, mittelgroß. Alles mittel."

„Schiebermütze?"

Bodenhaus dachte kurz nach und schüttelte den Kopf. „Nee, daran kann ich mich nicht erinnern."

„Wir dürfen Siggi auf keinen Fall alleine lassen. Ist er denn wach?"

Bodenhaus zuckte mit der Schulter. „Keine Ahnung."

Im Zimmer lag Siggi matt im Bett. Als Koch eintrat, lächelte er kurz.

„Noch Schmerzen?", fragte Koch nach der Begrüßung.

„Ja, aber vor allem Schwindel. Schwere Gehirnerschütterung, hat der Doktor gesagt. Glück gehabt, dass nichts gebrochen ist. Ich muss noch mindestens zwei Wochen liegen bleiben."

„Na, da habe ich doch was für Sie." Er nahm das Stück Schokolade aus seiner Tasche und überreichte es dem Jungen. „Von Jörg und seinen Jungs." Siggis Augen leuchteten.

Koch ließ sich noch einmal das Geschehen an dem Abend, an dem Siggi auf den Schienen gefunden worden war, erzählen. Neue Erkenntnisse konnte er daraus nicht ziehen. Dass sie eine Flasche gefunden hatten, wie er sie bei Gerber gesehen hatte, sagte er dem Jungen nicht.

Kurz bevor er das Krankenzimmer verließ, sah ein Arzt in den Raum.

„Sie sehen aber auch nicht gesund aus", sagte er zu Koch, der genau in diesem Moment husten musste.

„Halb so wild", erwiderte der.

Der Arzt sah ihn skeptisch an. „Nehmen Sie das nicht auf die leichte Schulter", mahnte der Arzt. „Es ist noch nicht so warm wie es scheint und wir leiden alle unter Vitaminmangel. Also, Vorsicht!"

Koch verdrehte die Augen, lächelte Siggi verschwörerisch zu und versprach dem Arzt aufzupassen.

Im Laufe des Tages wurden Kochs Husten und seine Gliederschmerzen schlimmer. Auch der doppelte Whiskey, den Reuber ihm am Nachmittag servierte, brachte nur für kurze Zeit Linderung.

„Gehen Sie nach Haus und legen Sie sich ins Bett", empfahl der Kollege. „Ich habe die Flasche einem Bekannten gegeben. Er schaut mal, ob er noch verwertbare Fingerabdrücke darauf findet. Sie ruhen sich aus und wenn Sie wieder gesund sind, wissen wir sicher mehr."

Widerwillig fügte sich Koch, entschuldigte sich bei Arnheim, der nochmals den Bericht anmahnte und ging nach Hause, was ihm spürbar schwer fiel. Immer wieder überkamen ihn Hustenanfälle und die Mattigkeit nahm mit jedem Schritt zu.

Am nächsten Morgen kam Koch nicht aus dem Bett und als Reuber am Mittag bei ihm vorbeikam und klopfte, hätte er es fast nicht bis zur Tür geschafft. Verschwitzt, blass und mit eingefallenen Wangen öffnete er.

„Mensch, Koch, wie sehen Sie denn aus?!", entfuhr es Reuber, als Koch vor ihm stand und sich am Türrahmen abstützte. „Ihr Kopf ist ja knallrot. Ab, ins Bett!"

Reuber warf den kleinen Herd in der Küche an, setzte Wasser auf und durchsuchte die wenigen Schränke und Verschläge, um etwas zu finden, das er aufbrühen konnte.

Aber das einzig Verwertbare war die Flasche mit dem Obstbrand, die von ihrem letzten Treffen noch übrig war.

In einen Tonbecher goss er ein wenig von dem Alkohol, den Rest füllte er mit heißem Wasser auf.

Koch starrte ihn mit glasigen Augen an, als er mit dem Becher an sein Bett kam.

„Sie müssen trinken!", forderte er den kranken Kollegen auf, der lethargisch reagierte. Nur mit Mühe gelang es Reuber, ihm von dem Getränk einzuflößen.

Das Aufstehen und Trinken hatte Koch so angestrengt, dass er bald in einen unruhigen Schlaf fiel und nicht mitbekam, dass Reuber bei Bresson klopfte und ihn bat, nach seinem Nachbarn zu schauen. Er selbst wollte einen Arzt und Medikamente organisieren.

Koch wälzte sich auf seinem Bett hin und her. Ihm war heiß, er schwitzte, er glaubte zu glühen und zu verbrennen. Warum hatte man ihm dieses heiße Zeug gegeben? Er brauchte etwas Kühles, am besten Eiskaltes. Er verlor das Bewusstsein, ein Wachschlaf überfiel ihn, in dem sich Bilder aus Spanien, Frankreich und von seinem Vater überlagerten. Er mit einer Pistole in der Hand, vor sich ein gefesselter Mann, kniend, Glodkowski. Und hinter ihm sein Vater, streng, die Hände hinter dem Rücken ineinander gefaltet, der von ihm verlangte, den Mann vor sich zu erschießen. Sofort darauf Bilder aus Frankreich, ein Zug, er mit Raymond an den Gleisen liegend, wartend auf die Detonation. Plötzlich sah er Émile in dem Zug, aus dem geöffneten Fenster schauend, winkend, „Papa" rufend. Und auch die Frau aus der Bäckerei, die er am Bahnhof wiedergesehen hatte, tauchte auf, lief durch seinen Traum, eine durchscheinende Person. Er konnte sie nicht greifen und als er nach ihr rufen wollte, versagte ihm die Stimme.

Gut zwei Stunden später stand Reuber wieder neben dem Bett des kranken Kollegen. Koch nahm nur die Schemen des Mannes wahr, der sich zu ihm herunterbückte und die Hand auf seine Stirn legte. Das war ihm sehr unangenehm, aber er konnte das nicht sagen. Dann waren da noch Stimmen, unverständlich, und er musste sich sehr konzentrieren, um die seines Nachbarn herauszuhören. Was machte Bresson hier, warum hielt er sich in seiner Wohnung auf? Er hatte ihn doch nicht eingeladen. Und es war noch immer so heiß, so fürchterlich heiß, dass es ihn verzehrte.

Und nochmals war jemand über ihm. Reuber? Koch öffnete seine Augen, was ihn so anstrengte, dass ihm schwindelig wurde. Wer war das? Reuber war es nicht. Was machten diese Menschen hier?

„Trinken Sie das?" Gedämpft drang die Stimme in sein Bewusstsein.

Jemand fasst ihn am Hinterkopf und an der Schulter und hob ihn an. Er spürte Flüssigkeit an seinen Lippen. Kühl. Gierig spitzte er seinen Mund. Er wollte mehr davon. Linderung. Kühlung.

„Lungenentzündung", hörte er aus dem Wortschwall heraus, nachdem man ihm das Kühle entrissen hatte. „Bett" und „Medikamente" und „amerikanischer Lieutenant".

Plötzlich war es wieder ruhig um ihn, dunkel und still, nur die Hitze, die blieb, die Schmerzen, wenn er husten musste und es nicht unterdrücken konnte. Nun war da wieder jemand, sah auf ihn herab, flösste ihm irgendetwas ein, er hörte Reubers Stimme, dazwischen die von Bresson und eine, der er kein Gesicht zuordnen konnte.

Koch hatte keine Ahnung, wie lange er in diesem Dämmerzustand zugebracht hatte, als er zum ersten Mal wieder einen halbwegs klaren Gedanken fassen konnte und die Hitze in seinem Körper nicht mehr so wütete.

„Er ist überm Berg." Das war wieder die unbekannte Stimme.

„Wie war das? Unkraut vergeht nicht." Das war eindeutig Reuber.

Koch öffnete seine Augen.

Drei Männer standen um sein Bett und alle drei sahen aus, als hätte ihnen jemand das gleiche Grinsen ins Gesicht gezeichnet.

„Wie spät ist es?", fragte Koch und hob seinen Kopf, um besser sehen zu können, wer sich in dem Zimmer befand.

Ein mehrstimmiges Lachen war die Antwort. Reuber, Bresson und ein Mann, den er schon einmal gesehen hatte, standen um ihn herum.

„Was ist daran so komisch?"

„Mensch, Koch, Sie haben hier über eine Woche eine Lungenentzündung ausgebrütet und Sie wollen wissen, wie spät es ist? Nicht mehr lange und es beginnt der Wonnemonat Mai …"

„Merde! Brunner … was ist mit Brunner …?"

„Jetzt mal halblang, Koch!", wies Reuber den kranken Kollegen zurecht. „Sie werden erst einmal gesund und dann kümmern wir uns um Brunner."

Koch nickte. Die kurze Aufregung hatte ihn ermattet. Er ließ sich auf sein Kopfkissen zurückfallen.

„Übrigens", sagte Reuber nach ein paar Sekunden, „diesem Herrn haben Sie es zu verdanken, dass wir jetzt nicht mit Trauermiene um Ihr Grab stehen. Dr. Werum. Kennen Sie vielleicht. Arbeitet auch als Pathologe bei der Polizei."

„Pathologe. Na dann, gute Nacht!" Koch seufzte auf.

„Ihren Humor haben Sie ja nicht verloren." Reuber lachte.

„Sie haben verdammtes Glück gehabt, Herr Koch", schaltete sich Dr. Werum ein. „Wenn nicht diese Herren hier und besonders Herr Reuber sich so um Sie gekümmert hätten … ich sage nur: Beziehungen …"

Koch fiel es noch schwer dem zu folgen.

„Bitte?", sagte er. Es war mehr ein Hauchen.

„Tja, Koch, der Feind …"

„Muss ich das verstehen?" Koch schloss die Augen.

„Nein, das müssen Sie nicht. Aber dem Herrgott danken, dass es diese Herren hier gibt und diese wiederum sehr gute Verbindungen haben. Nicht in jenseitige Bereiche, aber über den Fluss. Und da sitzt ja bekanntlich der Amerikaner. Und da der Kollege Reuber ja bekennenderweise ein Freund amerikanischer Lebensart ist, ich möchte übrigens nicht seine Leber untersuchen müssen, hat er entsprechende Beziehungen nach drüben. Will sagen, er hat ein paar Medikamente, die wir hier nur schwer hätten besorgen können, organisiert."

„First Lieutenant Chavez, im Stab der US-Armee, hat mir geholfen. Er ist mir noch den einen oder anderen Gefallen schuldig. Aus der Zeit, als die Amis in Mainz waren."

„Das war aber nur kurz …", wandte Bresson ein. „Muss ja eine Menge zusammengekommen sein."

„Man tat sein Bestes", antwortete Reuber süffisant und vieldeutig.

„Danke!" Koch hatte das so leise gesagt, dass die anderen das fast nicht mitbekommen hätten.

„Schon gut!", winkten die ab.

„Was ist … mit … Siggi?" Das Sprechen fiel Koch schwerer.

„Er ist wieder auf dem Damm. Ist im Moment bei einer Tante, die ihn pflegt. Nächste Woche kommt er wieder."

„Keine ... bleib..."

„Ich glaube, wir machen besser Schluss", empfahl Dr. Werum und sah in die Runde.

„Nein, keine bleibenden Schäden und seinen Autotick hat er immer noch. Ist nur todunglücklich, weil der Klaßen den BMW so geschrottet hat, dass es mindestens ein halbes Jahr dauert, bis der wieder fahrbereit ist."

Der Arzt gab Bresson noch ein paar Anweisungen, dann verschwanden alle aus der Wohnung. Koch nahm das schon nicht mehr wahr.

Die nächsten drei Wochen verbrachte Koch im Bett. Obwohl er sich imstande sah seine Arbeit wieder aufzunehmen, wurde ihm das sowohl von Dr. Werum wie auch von Reuber strengstens verboten. Unterstützung erhielten die beiden von Arnheim, der Koch sogar eine Flasche Kräuterlikör zukommen ließ. Er hätte zu gerne gewusst, woher der die hatte. Reuber sagte ihm mehrmals, dass Arnheim aufrichtige Anteilnahme an dem Wohlbefinden des Kommissars gezeigt habe.

Und bei einem seiner fast täglichen Besuche teilte Reuber seinem Kollegen ganz beiläufig mit, dass sein Bekannter, er zwinkerte Koch dabei verschwörerisch zu, Fingerabdrücke auf der Flasche habe finden können. Wie er geahnt, oder besser, gefürchtet hatte, stellte der gleich Überlegungen an, wie sie nun vorgehen könnten, und Reuber hatte alle Mühe, ihn davon abzuhalten, gleich aufzustehen und ins Büro zu fahren. Zumal er mit einer anderen Nachricht aufwartete, die Koch richtiggehend elektrisierte.

„Ich darf es Ihnen eigentlich nicht sagen, Koch, absolute Verschwiegenheit ist von oben angeordnet, auch gegenüber allen Kollegen, die nicht mit der Sache befasst sind."

Koch spürte, dass Reuber einen ganz besonderen Pfeil im Köcher hatte.

„Na, rücken Sie schon raus damit, Reuber! Mir erst die Nase lang machen und dann eine lange Nase ziehen … also, was ist?" Koch richtete sich in seinem Bett auf.

Reuber senkte seinen Kopf und dachte nach. „Na gut, Koch. Nächste Woche gibt es eine Razzia in der Halle in Mombach und an noch zwei Orten, bei denen der Verdacht besteht, dass sie als Warenlager benutzt werden. Eine gemeinsame Aktion mit den französischen Kollegen. Die skeptisch waren, als der Name Brunner fiel. Offenbar hat der Mann beste Kontakte dorthin. Wie immer die auch aussehen. Ich bin von Seiten der Kriminaldirektion abgestellt. Es gibt sichere Hinweise auf die Verstecke. Ich bin guter Dinge, dass wir diesen Kerl damit endlich drankriegen."

„Wann, Reuber? Wann genau ist die Razzia?"

„Vergessen Sie es, Koch. Arnheim ist völlig dagegen."

„Kommen Sie, Reuber, ein klitzekleiner Hinweis?"

Reuber zuckte mit der Schulter. „Chefsache. Von Arnheim. Die Kollegen geben keine Informationen raus. Ich weiß nur den Tag."

„Woher der Sinneswandel bei Arnheim?"

Reuber machte wieder eine Geste des Nichtwissens. „Anweisung von oben. Oder er will sich die Meriten selbst anheften."

„Aber wieso ist er mir so in die Parade gefahren, als ich gegen den Mann ermittelt habe?"

„Koch, ich weiß es nicht. Ich kann nur spekulieren. Möglicherweise gibt es größere Zusammenhänge, von denen wir nichts wissen. Politische Rücksichtnahmen. Brunners Kontakte zu den Franzosen. Sein Bild in der Öffentlichkeit als Wohltäter."

„Alles wie vor dem Krieg", stellte Koch resigniert fest.

„Und das wird auch so weitergehen. Und schlimmer werden", ergänzte Reuber. „Warten Sie es ab, Koch, wenn es uns wieder besser geht. Es wird schlimmer werden."

„Sie sind ja ein größerer Pessimist als ich." Koch ließ sich auf sein Kissen zurückfallen.

Diese Nachricht verbesserte Kochs Gesundheitszustand ungemein. Brunner und vor allem Glodkowski gingen ihm nicht aus dem Kopf. Brunner wollte er drankriegen, weil er ein Verbrecher war, für ihn einer der übelsten Sorte. Bei Glodkowski war das eine persönliche Sache, eine Familienangelegenheit, obwohl er sich schon so früh von seiner Familie beziehungsweise von seinem Vater losgesagt hatte. Glodkowski könnte der Mörder seines Vaters sein. Oder er wusste, wer ihn wo umgebracht hatte und wo er beerdigt lag. In manchen dieser Momente glaubte Koch sich zum Richter über Glodkowski aufschwingen zu können. Er würde sicher Mittel und Wege finden, den Mann umzubringen, ohne dass man ihn dafür belangen würde oder könnte. Doch am nächsten Tag erschien ihm diese Lösung schäbig. Er wäre damit nicht besser als Glodkowski, es würde seinen Vater nicht lebendig machen und es würde ihm keine Genugtuung verschaffen. Aber diesen Menschen einfach so davon kommen lassen, das konnte er auch nicht.

Es war Sonntag und Koch freute sich, dass am nächsten Tag seine Entlassung aus dem Krankenstand bevorstand. Reuber kam wie üblich vorbei, aber er hatte an diesem Tag etwas Schelmisches an sich, das Koch gleich auffiel.

„Na, raus damit!“, forderte er, als der Kollege ihm nicht gleich verraten wollte, um was es ging.

„Also gut!“, sagte der schließlich, nachdem er Koch lange genug auf die Folter gespannt hatte. „Was halten Sie davon, dass wir unserem Siggi was Gutes tun?“

„Aber Sie meinen jetzt nichts Anrüchiges … eine von Bressons Damen?“

Reuber lachte. Er stand am offenen Fenster und rauchte. Draußen herrschten schon frühsommerliche Temperaturen. Durch das Fenster blies er den Rauch in den wolkenlosen, blauen Himmel. Das Geschrei spielender Kinder schallte bis zu ihnen herauf.

„Nein, nein“, sagte er schließlich, nachdem er den Rest der Zigarette nach draußen geschnippt hatte. Aus seiner Jacketttasche kramte er einen Zettel, den er langsam auseinander faltete und Koch reichte.

Der las:

Süddeutsche Motorrennfahrer-Vereinigung
Sitz Baiersbronn – Fernruf 22 55
Programm für das
1. Ruhestein-Bergrennen
für Motorräder und Sportwagen
am Sonntag, den 21. Juli 1946 – Beginn 10.30 Uhr

Den Rest überflog er, nur unten entdeckte er noch klein gedruckt:

Veranstaltung genehmigt von der franz. Militärregierung
Abt. Jeunesse und Sport
No. 265 S.A.A./J.u.S.F./CS/ES/ vom 4. Juni 1946

Ja, und?“, fragte Koch.

„Ich habe diese Ausschreibung zufällig von einem Bekannten bekommen. Hermann Lang soll kommen. Mensch, Koch, können Sie sich nicht vorstellen, dass unserem Siggi da die Augen übergehen? Dieses Ruhestein liegt im Schwarzwald, also in der französischen Besatzungszone, er müsste also ohne große Probleme dahin kommen. Und mein Bekannter hat gute Kontakte sowohl zu den Veranstaltern dieses Rennens als auch zu der französischen Ortsverwaltung. Und da dachte ich mir, wir spendieren unserem jungen Kollegen eine Bahnfahrt. Wohnen kann er da unten bei meinem Bekannten. Das ist schon geklärt."

„Kollege Reuber, der Samariter", spöttelte Koch und lachte. „Gute Idee. Ich hoffe nur, dass unser Siggi sich nicht heimlich ins Fahrerlager schleicht, einen Wagen nimmt und das Rennen mitfährt."

„Tja, mit dem Risiko müssen wir leben."

„Ich bin dabei. Gute Idee, Reuber."

Als sie Siggi am nächsten Vormittag das Bahnbillett überreichten, war sein Freudenschrei im ganzen Gebäude zu hören. Er wäre den beiden Kommissaren am liebsten um den Hals gefallen.

Immer wieder bedankte er sich überschwänglich und die beiden Männer fragten sich, ob es nicht besser gewesen wäre, ihm das Geschenk erst einen Tag vor dem Ereignis zu überreichen. So mussten sie noch eine ganze Woche einen völlig überdrehten Siggi ertragen.

Diese Woche begann Koch mit seinem Antrittsbesuch bei Arnheim. Der trug einen marineblauen Anzug, die Jackettknöpfe schimmerten golden.

„Hat Sie ja arg erwischt, Koch", sagte er nach der Begrüßung. „Ich hoffe, Sie haben Ihre Lungenentzündung vollständig auskuriert."

„Ja, zum Glück, viel länger hätte ich es im Bett auch nicht ausgehalten.“

„Ich schlage vor, dass Sie sich diese Woche noch im Büro beschäftigen. Es sind ja auch einige Berichte liegen geblieben, die Sie jetzt schreiben können.“

Koch verzog sein Gesicht.

„Ich kann Sie gut verstehen, Koch, aber auch das ist Teil der Polizeiarbeit. Sie glauben gar nicht, wie viel Zeit ich in Sitzungen und Besprechungen verbringen muss, was ich an Berichten schreiben muss. Also, einen guten Start und machen Sie langsam. Diese Woche ist noch Innendienst angesagt.“

Arnheim stand auf, Koch tat es ihm nach, aber er bewegte sich nicht sofort zur Tür.

„Ist noch was, Koch?“

„Kann ich mich nicht an anderer Stelle nützlich machen als im Innendienst? Gibt es nicht irgendetwas …“

Arnheim fasste mit seiner rechten Hand an seinen gezwirbelten Schnurrbart.

„Was meinen Sie konkret?“ Arnheims eben noch gute Laune schien schlagartig verflogen. „Gibt es irgendetwas Bestimmtes? Irgendetwas, dass Sie gar nicht wissen dürften?“

Koch schüttelte den Kopf.

„Nein, nein, ich habe jetzt nur so lange Zeit drinnen verbracht, da steht mir der Sinn nach Abwechslung.“

„Nein!“, entschied Arnheim kategorisch. „Diese Woche machen Sie Innendienst. Nächste Woche sehen wir weiter!“

Widerwillig begab sich Koch in sein Büro und starrte die Wand an. Büroarbeit, während am nächsten Tag die Razzia gegen Brunner lief. Irgendwann begann er lustlos an den Berichten zu arbeiten und unterbrach die Arbeit immer wieder, um sich einen Becher voll der dünnen Brühe, die irgendetwas mit Kaffee zu tun haben sollte, in der Kantine zu besorgen. Er überlegte, wie er es anstellen konnte, am nächsten Tag doch zumindest Zeuge der Razzia zu werden. Reuber war den ganzen Tag und auch am Abend nicht zu erreichen, Koch vermutete, dass er mit der Organisation der Durchsuchungsaktion beschäftigt war.

Siggi war, seitdem er von dem Rennen wusste, kaum zu etwas zu gebrauchen.

Am nächsten Morgen war Koch besonders früh in der Polizeidirektion, weil er hoffte, etwas von den Vorbereitungen zu der Razzia mitzubekommen, aber wohin er auch ging, in die Kantine, die Autohalle oder den Bereitschaftsraum, nirgends fand er Anzeichen für den Einsatz.

Um kurz vor halb neun klopfte es an seiner Tür. Ein junger Mann, den Koch noch nicht gesehen hatte, bat ihn in Arnheims Büro zu kommen.

Dieser verwickelte ihn in ein Gespräch über Banalitäten, sodass der Kommissar bald zu dem Schluss kam, dass sein Vorgesetzter ihn im Auge behalten wollte, zumindest so lange, bis die Aktion angelaufen war. Als er um halb zehn gehen durfte war, wusste er, dass die Razzia nun in vollem Gange war. Und er war nicht dabei.

Die nächsten Stunden verbrachte er voller Unruhe und war so unleidlich, dass sogar Siggi es vermied, seine Nähe zu suchen. Seitdem der wusste, dass er am Freitag zu dem Rennen auf dem Ruhestein fahren würde, ging er hauptsächlich Jörg und seinen Leuten in der Autohalle auf die Nerven.

Am späten Nachmittag sah er Reuber mit wütendem Gesichtsausdruck über den Gang zu Arnheims Büro laufen. Er war zu weit weg, um ihn noch zu erreichen. Und durch den ganzen Raum rufen wollte er auch nicht.

Er ließ seine Bürotür offen stehen, stand immer wieder auf, ging vor, sah hinaus ins Treppenhaus und wurde sekündlich unruhiger. Reubers Gesichtsausdruck verhieß nichts Gutes.

Endlich, es war schon nach neunzehn Uhr, sah er den Kollegen. Er fing ihn vor dessen Bürotür ab.

„Nichts!", sagte der gleich, zündete sich eine Zigarette an und inhalierte hektisch. „Völlig daneben gegangen, die Aktion. Als hätte er davon gewusst. Alle Hallen, alle Räume, alles, was wir durchsucht haben, einfach alles sauber. Nicht das Geringste. Woher hat der Kerl das nur gewusst?"

„Sie meinen, dass die Razzia verraten wurde?"

„Geht nicht anders. Irgendwas findet man sonst immer. Aber hier? Null Komma nichts."

„Jemand bei den Franzosen?"

„Ich weiß es nicht, Koch. Vielleicht wollten sie ihn nicht hochgehen lassen. Hat ja bekanntermaßen gute Kontakte zu den Herren Besatzungsoffizieren. Würde bei den Amis nicht passieren." Er zog so tief an seiner Zigarette, als wolle er sie mit einem einzigen Zug inhalieren. „Ich habe keine Ahnung." Reuber war so gereizt, wie Koch ihn noch nie erlebt hatte. „Die Franzosen denken natürlich, dass wir es waren."

Es entstand eine Pause, in der beide Männer nichts sagten.

„Übrigens machte Arnheim eben, als ich bei ihm war, eine Bemerkung, die klang, als ob er wüsste, dass Sie wissen … Ich habe ihm Stein und Bein geschworen, dass Sie nichts wissen, zumindest nicht von mir. Ich hoffe, Sie haben nichts Falsches gesagt."

Normalerweise wäre Koch wegen einer solchen Unterstellung an die Decke gegangen, aber er konnte sich nur zu gut in Reuber und dessen Ärger hinein versetzen, deshalb nahm er ihm das nicht krumm.

„Und jetzt?"

Reuber drückte seine Zigarette aus und steckte sich sofort eine neue an. „Keine Ahnung. Erstmal wird's Schuldzuweisungen geben. Wir müssen versuchen herauszufinden, wo die undichte Stelle tatsächlich ist. Ich nehme an, dass Brunner einen Informanten bei der Polizei hat. Wie sonst sollte er an die Information gekommen sein?"

„Oder bei den Franzosen", schlug Koch vor.

Reuber schüttelte seinen Kopf. „Unwahrscheinlich. Die lassen doch keinen Fremden in ihren Kreis. Die leben ganz hermetisch. In diesen Zeiten ist es doch ganz einfach, einen Verräter für ein paar Sack Kartoffeln oder eine Stange Zigaretten zu kaufen. Auch wir Polizisten leben nicht im Überfluss. Wenn noch eine Familie zu versorgen ist … Die Verführung ist groß."

Sie sprachen und spekulierten eine Zeit lang, dann verließ Koch das Büro seines Kollegen, der noch Notizen für seinen Bericht anfertigen wollte. Auf dem Nachhauseweg grübelte er lange darüber nach, wo das Leck sein könnte, aber er kam zu keinem Ergebnis. Nur seine Wut auf Brunner wurde größer, besonders wenn er sich vorstellte, wie der jetzt über die „dumme" Polizei lachte.

Am Mittwoch kaufte sich Koch die Tageszeitung, aber er fand lediglich unter Vermischtes eine Nachricht, dass es am gestrigen Dienstag eine Razzia gegeben habe, die erfolglos geblieben war.

Auch Arnheim, der ihn am Nachmittag in sein Büro rief, ließ keinen Ton zu der Razzia verlauten.

„Also, mein lieber Koch", begann er jovial, „Sie haben sich doch über den Innendienst beschwert …"

Koch wollte widersprechen, aber Arnheim bügelte das mit einer Handbewegung ab.

„Nein, nein, das kann ich verstehen. An der Front ist schon was anderes als im Büro." Koch wusste nicht, ob dies wieder einer der üblichen Spitzen war, um ihn zu provozieren, oder ob der Mann das einfach so dahin gesagt hatte. Er beschloss es zu ignorieren. „Also, ich habe einen Sonderauftrag für Sie. Sie haben es vielleicht schon mitbekommen. Am 22. Mai, also nächsten Montag, wird die Mainzer Universität wiederbegründet. Großer Staatsakt. General Koenig kommt, der Ministerpräsident von Groß-Hessen, Professor Geiler und der Oberregierungspräsident Dr. Eichenlaub. Sie und einige andere Kollegen unserer Direktion sind für diese Veranstaltung abgestellt und werden dafür sorgen, dass die Sache reibungslos über die Bühne geht. Genaueres werden Sie noch erfahren."

Die nächsten Tage war Koch mit den Vorbereitungen für diesen Einsatz beschäftigt. Nebenbei versuchte er, so viele Informationen über Glodkowski wie möglich zu sammeln. Das war allerdings nicht viel mehr als das, was er bereits wusste.

Als Reuber und Koch Siggi am Freitag am Bahnhof verabschiedeten, waren sie überrascht, wie der sich herausgeputzt hatte. Einen dunkelgrauen Anzug trug er, dazu hatte er eine Schirmmütze, wie sie Rennfahrer aufsetzten, schief auf seinem Kopf. Und seine hellblonden Haare waren frisch geschnitten und mit einem Festiger in Form gebracht.

„Na denn, Siggi, viel Spaß und kommen Sie gesund zurück. Sie wissen ja, ich brauche Sie nicht nur als guten Fahrer."

Der lachte und stieg in den Zug. Die beiden Männer

warteten, bis der Junge seinen Kopf aus dem Abteilfenster streckte und ihnen aus dem abfahrenden Zug zuwinkte.

„Und wie verbringen wir unser Wochenende?“, fragte Koch.

„Was halten Sie davon, Koch, wenn Sie heute Abend mit zu mir nach Hause kommen? Meine Frau würde sich freuen Sie kennen zu lernen.“

„Nette Idee, Reuber, aber ich glaube, dass ich noch etwas kürzer treten muss. Die Woche hat mich angestrengt und Montag ist die Universitäts-Geschichte. Ich bin ganz froh über zwei Tage Ruhe.“

Reuber zuckte mit den Schultern. „Ihr Fehler, Koch. Sie wissen ja nicht, was Sie versäumen. Meine Frau ist eine phantastische Köchin.“

„Demnächst“, versprach Koch, bevor sie sich verabschiedeten.

Das Wochenende verbrachte er zunächst wie angekündigt in seiner Wohnung, las Heinrich Manns „Henri Quatre“ weiter, merkte aber bald, dass andere Gedanken ihn ablenkten.

Am Sonntag hielt Koch es nicht mehr in seiner Wohnung aus. Er machte sich zu Fuß auf den Weg in die Wallstraße, wo Glodkowski gemeldet war. Als er dort ankam, spürte er die Anstrengung und dass er noch lange nicht in der Form wie vor der Erkrankung war. Er versteckte sich hinter einem Busch gegenüber des Hauses, aber während der Stunde, die er dort verbrachte, ging weder jemand ein noch aus. Er verlor die Geduld und verließ seine Deckung. An der Tür suchte er nach Namensschildern, die nicht vorhanden waren. Koch überlegte nur kurz, schlüpfte ins Treppenhaus und schlich von Stockwerk zu Stockwerk, die, je weiter er nach oben stieg, einen immer heruntergekommeneren Eindruck machten. Es stank nach Urin, vermischt mit säuerlichem Essensgeruch. Koch atmete so flach wie möglich.

Im letzten Stock angekommen, suchte er kurz nach Hinweisen auf die Bewohner in den beiden Wohnungen. Aus Sorge entdeckt zu werden, eilte er so schnell wie möglich wieder nach unten, kam einmal falsch mit dem Fuß auf, was sein linker Oberschenkel gleich mit einem heftigen Schmerz quittierte. Die letzten Meter nach unten machte er langsam und lief im Erdgeschoss einem Mann in die Arme, der ihn kritisch ansah.

„Was machen Sie hier?“, fragte der unhöflich. Es klang mehr wie ein Befehl.

Koch, noch mit seinem schmerzenden linken Oberschenkel beschäftigt, antwortete nicht sofort.

„Von der Schmiere, oder?“ Der Mann, der einen kräftigen Eindruck machte, ging einen Schritt auf Koch zu.

„Schon gut!“, wiegelte der ab. „Ich suche einen Kriegskameraden. Naumann. Reinhold Naumann. Soll hier wohnen.“

„Hier gibt's keinen Naumann“, stellte der andere kategorisch fest. „Mach, dass du Land gewinnst, sonst …“

Er hob seinen Arm.

Koch beschwichtigte. „Schon gut. Ich will keinem was Böses. Suche nur meinen Kameraden. Ich geh' ja schon.“

„Das würde ich dir auch raten, Freundchen.“

Koch drehte sich um und verließ den Flur. In seinem Rücken spürte er die Blicke des Mannes. „Passt“, dachte er. „Glodkowski ist nicht der einzige Gauner, der hier wohnt.“

Obwohl ihn sein Bein weiter schmerzte, machte er sich auf den Weg nach Mombach. Vor der Halle, wo er den Mann zuletzt gesehen hatte, war das Tor verschlossen und er hatte auch nach längerem Beobachten nicht den Eindruck, dass sich ein Mensch darin befand.

Einen Moment war er versucht, die Kneipe aufzusuchen, in die Siggi Glodkowski, als er ihn und Hafner observierte, hatte hineingehen sehen. Aber er verwarf diesen Gedanken.

Auf dem Rückweg in die Zahlbach machte Koch die Erschöpfung mehr und mehr zu schaffen. Er hatte sich zu viel zugemutet. Dazu kamen die Schmerzen in seinem linken Oberschenkel. Er zog das Bein nach und kam nur langsam vorwärts. Am Bismarckplatz lehnte er sich an das Straßenbahnschild und wartete. Als die Bahn endlich angerumpelt kam, ließ er sich erschöpft auf einen Sitz fallen.

Er fürchtete, dass er einen Rückfall erlitt und legte sich zu Hause ins Bett. Er schlief sofort ein.

Den Montagvormittag brachte Koch mit Besprechungen wegen der Feierlichkeiten zur Wiedergründung der Mainzer Universität an diesem 22. Mai zu. Dabei traf er mehrmals Reuber, der ebenfalls dazu abgestellt war.

Während Reuber im Bereich des Doms, in dem Bischof Dr. Stohr die Predigt hielt, eingesetzt war, musste Koch auf das neue Universitätsgelände, das in einer ehemaligen Flakkaserne an der Straße nach Finthen lag.

Am Mittag machte er sich mit der eigens neu eingerichteten Straßenbahnlinie 2 zusammen mit anderen Kollegen auf den Weg. Siggi kam erst am Abend aus dem Schwarzwald zurück. Arnheim war, als er bemerkte, zu welchem Zeitpunkt er dem Mann freigegeben hatte, erzürnt, hielt sich aber zurück, da es letztlich sein eigener Fehler war.

Koch war im Außenbereich eingesetzt und hatte dafür zu sorgen, dass die Ehrengäste, allen voran General Marie-

Pierre Koenig, der Botschafter Jacques Tarbé de St. Hardouin und einige andere ohne Zwischenfälle und Störungen an dem festlichen Gründungsakt teilnehmen konnten. Schon den ganzen Tag hatte es in Strömen geregnet. Koch hatte sich eine Überjacke angezogen, die, so hoffte er, wenigstens die gröbste Feuchtigkeit abhalten würde. Seinen Hut zog er tief ins Gesicht.

Der Bereich, den Koch zu überwachen hatte, lag zwischen der Haltestelle der Straßenbahn und dem Eingang. Er hatte den Weg mit seinen Kollegen in Abschnitte eingeteilt, die sie jeweils patrouillierten. Koch bewegte sich vorsichtig. Zwar war nach seinen gestrigen Unternehmungen das Fieber nicht wieder ausgebrochen, aber er spürte, wie schnell er erschöpft war. Außerdem meldete sich nach einiger Zeit sein linkes Bein wieder. Am Nachmittag verstärkte sich der Strom der Besucher, die die Eröffnungsfeierlichkeit nicht versäumen wollten. Viele kamen aus der Stadt und aus dem Dom. Die Wiedergründung der Universität brachte wieder ein Stück Normalität zurück in die Stadt, eine wohlüberlegte Geste der französischen Militärregierung.

Koch ermahnte sich aufmerksam zu bleiben, obwohl er nicht glaubte, dass irgendjemand ein Interesse daran haben könnte, die Veranstaltung zu stören. Er zog sich seinen Hut noch tiefer ins Gesicht, ging langsam seine Strecke ab, versuchte allzu tiefe Pfützen zu meiden, sah nach links und rechts, erhaschte immer wieder Blicke in die Gesichter der Menschen, die durch den Regen hasteten und trotzdem mehr lachten als sonst.

Er war gerade wieder auf dem Weg von dem neuen Universitätsgelände in Richtung Haltestelle, als er über die Köpfe der Menschen hinweg, die am Wegrand standen, zwei Frauen nebeneinander gehend entdeckte, die sich zum Schutz vor dem Regen ein Stück Pappe über den Kopf hielten und wie viele andere miteinander redeten und lachten. Es dauerte einige Sekunden, bis Koch realisierte, dass da die blonde Frau aus der Bäckerei lief. Er drehte sich um, um auf gleicher Höhe mit ihr zu gehen. Immer sah er zu ihr hinüber und wollte sie mit seinem Blick zwingen zu ihm herüber zu schauen. Aber sie war so in das Gespräch mit ihrer Freundin vertieft, dass sie nichts davon mitzubekommen schien. Koch überlegte zu rufen, aber das schien ihm unangemessen, zumal sich nicht weit von ihm einige Kollegen befanden.

„Wohin, Koch?“, fragte einer von ihnen, als er den ihm zugewiesenen Abschnitt verlassen hatte.

Er blieb stehen. „Oh, das hab ich wohl übersehen. Ich war in Gedanken.“

Der andere lachte, drehte sich um und ging seinen Abschnitt ab. Koch sah den beiden Frauen nach, die er bald schon nicht mehr in der Menge erkennen konnte. Kurz darauf war auch die Pappe, die immer wieder kurz über die Köpfe schwappte, verschwunden.

Während des Festaktes suchte Koch unter dem Vordach eines kleinen Gebäudes Schutz vor dem Regen. Um ihn herum standen die Kollegen, rauchten, fluchten und nahmen keine Notiz von ihm. Noch immer mieden sie allzu viel Nähe zu Koch, sahen in ihm einen Spitzel und einen, der in ihnen allen wiederum nur verkappte Nazis sah.

Als sich das Ende des Festaktes ankündigte, ging der Regen in ein Nieseln über. Koch war es egal, weil die Nässe mittlerweile durch seinen Regenmantel und den Anzug bis auf seine Haut vorgedrungen war. Zum Glück war es noch warm draußen. Koch stellte sich in die Nähe der Stelle, an der er die Frau und ihre Freundin gesehen hatte. Er hielt sich so nahe an dem Weg zur Straßenbahnhaltestelle, dass er sie dieses Mal ohne Probleme würde ansprechen können. Zumindest hatte er sich das vorgenommen. Er war über sich selbst überrascht, dass ihn der Gedanke, diese Frau gleich wieder zu sehen und mit ihr ins Gespräch zu kommen, so unruhig machte.

„Können Sie nicht aufpassen!“

Koch hatte einen Mann angerempelt, weil er starr zur Seite geblickt hatte. Er wurde immer unruhiger, weil die Frau noch nicht aufgetaucht war.

Plötzlich erschrak er. In einer Gruppe von Männern erkannte er Brunner, der sich gut gelaunt unterhielt. Der Kleidung und dem Habitus nach waren die Personen, die ihn umgaben, wichtig und vermögend. Er folgte der Gruppe auf gleicher Höhe, suchte aber stets die Deckung anderer Menschen, um nicht von Brunner entdeckt zu werden. Wenn es ihm möglich war, näherte er sich ihnen so, dass er einzelne Worte des Gesprächs verstand und bald war ihm klar, dass einige der Männer in dieser Gruppe Franzosen waren.

An der Straße warteten mehrere Fahrzeuge auf die Männer, die sich respektvoll voneinander verabschiedeten und sich auf die Autos verteilten. Brunner ging auf den 11 CV zu, den Koch schon in dessen Garage gesehen hatte. Er war nur noch wenige Meter von dem Fahrzeug entfernt, als die Fahrertür geöffnet wurde und ein Mann ausstieg, um die Fondtür aufzuhalten. Koch hielt inne. Es war Glodkowski in einem schwarzen Anzug.

Koch wartete, bis Brunner eingestiegen und sich Glodkowski hinter das Steuer gesetzt und den Wagen gestartet hatte. Als das Fahrzeug aus seinem Blickfeld verschwunden war, blieb er noch eine Zeit lang stehen und starrte ins Leere.

Als der Strom immer dünner wurde und er von einem

Kollegen die Nachricht erhalten hatte, dass General Koenig und alle anderen geladenen Gäste das Gelände verlassen hatten, gab Koch resigniert auf und machte sich auf den Weg nach Hause.

XIV

Den Tag nach der Beerdigung verbrachte Dorle in ihrem Haus. Da, wo Rolf so lange gelegen hatte, richtete sie einen Gedenkraum für ihren Sohn ein. Das Foto aus seinem Wehrpass hatte sie in einen kleinen Bilderrahmen gesteckt und auf die Kiste, auf der noch immer die Decke ausgebreitet lag, gestellt. Zwei Kerzen, die sie hinter der Spüle gefunden hatte, flankierten den Rahmen. Das Haus schien ihr seit der Beerdigung so leer.

Um sich abzulenken, begann sie die Küche zu putzen. Und als sie damit fertig war, reinigte sie das Schlafzimmer, anschließend den Waschraum und die restlichen Räume und am Ende fegte sie den Hof, in den die Sonne noch stärker als am Vortag schien und sie bald ihre Jacke ablegen musste.

Es war gegen sechs Uhr, die Sonne war bereits untergegangen, da überfiel Dorle das heftige Verlangen, sich bei Franzi zu bedanken. Franzi, die es ermöglicht hatte, dass Rolf beerdigt wurde, die sich so rührend um sie gekümmert hatte. Sie konnte sich gar nicht mehr richtig daran erinnern, wie der gestrige Abend geendet hatte. Dass sie gelacht hatte, das erste Mal seit langer Zeit, dass sie sich leicht gefühlt hatte wie schon lange nicht mehr, das war ihr noch in Erinnerung, aber das war ein Gefühl. Was genau gewesen war, das wusste sie nicht mehr.

Also lief sie schnell ins Haus, nahm eine grobe Strickjacke, warf sie sich über die Schulter, ging zum Tor und drückte die Klinke nieder. Im gleichen Moment verspürte sie einen Stoß, stolperte, fiel vornüber auf den Boden des Hofes und schlug mit dem Kopf auf einen Stein. Für einen Moment wurde ihr schwarz vor Augen. Als sie wieder zu sich kam, wollte sie sich umdrehen, um den Grund für ihren Sturz zu erfahren. Aber in der Bewegung wurde sie an den Haaren gepackt, so fest, dass der Schmerz durch ihren ganzen Körper raste, und sie wurde über den Hof ins Haus gezogen. Das ging so schnell, dass sie nicht wusste, was da passierte. Sie war völlig damit beschäftigt, den Schmerz erträglich zu halten. Hinter sich hörte sie ein Keuchen und Stöhnen. Sie wollte ihren Kopf drehen, um ihren Peiniger sehen zu können, doch der hielt sie an ihren Haaren mit brutaler Gewalt fest, sodass ihr das nicht gelang. In der Küche wurde sie auf den Küchentisch geworfen und die Strickjacke von hinten über ihren Kopf gestülpt. Durch das heftige Atmen kamen Stofffäden in ihren Mund. Sie musste husten. Eine Hand griff ihren Rockbund und zog ein-, zweimal, bis der Stoff riss. Durch das Husten bekam sie kaum Luft und fürchtete zu ersticken. Sie warf ihren Kopf hin und her, fuchtelte mit ihren Armen und Händen hinter ihrem Rücken, um den Angreifer zu fassen zu bekommen, aber vergebens. Als ihr Rock endgültig zerrissen war, zerrte eine Hand an ihrem Mieder. Die Hand legte sich auf ihren Hintern und riss die Pobacken auseinander. Sie hörte ein Spucken, dann eine feuchte Hand an ihrem Geschlecht und nur Sekunden einen reißenden Schmerz, als der steife Penis mit einem brutalen Stoß in sie eindrang. Durch die Jacke über ihrem Kopf drang das Stöhnen in ihrem Rücken gedämpft an ihr Ohr. Sie kämpfte gegen den Drang ihren Vergewaltiger abzuschütteln, denn jede ihrer Bewegungen vergrößerte den Schmerz. Kurz darauf fiel der Körper auf ihren Rücken, von einem kurzen, heftigen Stöhnen begleitet, um sich sogleich von ihr zu lösen.

Sie blieb vornüber gebeugt auf dem Tisch liegen und wartete, bis die Schritte verklungen waren und die Tür ins Schloss fiel. Sie war unfähig zu weinen, lag so da, bis sie bemerkte, dass das warme Sperma an ihrem Oberschenkel herab lief. Vor Ekel schrie sie auf, warf die Jacke zur Seite und rannte ins Bad, wo sie kaltes Wasser in einen Eimer füllte, sich darüber setzte und sich manisch wusch, immer und immer wieder, bis sie kraftlos zusammensank und auf dem Boden liegen blieb.

In der Nacht robbte sie über den Boden zu ihrem Schlafzimmer, wo sie sich mit Mühe in ihr Bett heraufzog, die Decke über sich ausbreitete und nun endlich weinen konnte. Irgendwann war sie zu müde, um zu weinen und fiel in einen unruhigen Schlaf.

Als sie am Morgen erwachte, wusste sie, dass es Neubert war, der sie vergewaltigt hatte. Ein allumgreifendes Gefühl der Ohnmacht überkam sie. Sie war diesem Mann hilflos ausgeliefert. Niemand würde ihr glauben, dass er sie vergewaltigt hatte. Franzi vielleicht, aber die war ihre Freundin. Alle würden denken, dass die gar nicht anders konnte, als zu ihr zu halten. Aber den meisten war es doch egal oder sie fürchteten Neubert mit seinen Kontakten.

Die Sonne stand schon hoch am Himmel, als es klopfte. Dorle reagierte nicht, auch nicht als sie Franzis Stimme hörte, die nach ihr rief. Sie hatte einen freudigen Unterton, wahrscheinlich, weil sie nach dem gestrigen Abend glaubte, dass Dorle sich nun besser fühlte und mit mehr Freude durchs Leben ginge. Wie weit sie daneben lag. Und Dorle würde ihrer Freundin jetzt nicht schon wieder mit einem neuen Unglück kommen können. Gerade hatte sie das eine gemeistert, da hielt sie schon das nächste im Griff. Franzi hatte selbst eine Familie, die sie brauchte, und sie war in den letzten Tagen so viel bei ihr gewesen und hatte sich um sie gekümmert, dass sie sie nicht noch mehr mit ihren Problemen belasten durfte.

Nach dem vierten Klopfen und Rufen gab sie auf und es war wieder still in dem Haus. Nur ab und zu drang das Schreien eines Kindes oder der Motorlärm eines Flugzeugs bis in ihre Küche, wo sie jetzt auf einem Stuhl saß, die Ellenbogen auf den Tisch gestützt und ihr Gesicht in ihre Hände gelegt.

So in Gedanken versunken, hörte Dorle nicht, dass erneut an ihr Tor geklopft wurde, dieses Mal aber nicht so zurückhaltend wie vorhin, als Franzi sie besuchen wollte. Dieses Klopfen hatte etwas Forderndes, Ungeduldiges, das kein Warten akzeptierte.

Wie festgenagelt saß Dorle auf ihrem Suhl, lauschte dem Hall des Klopfens, ahnte, dass sie öffnen musste, weil mit dem Nichtöffnen Ärger verbunden war, aber sie war dazu nicht fähig. Stattdessen starrte sie die Wand gegenüber an und wünschte sich, dass das Klopfen endlich aufhören würde.

Dann war es tatsächlich still, jedoch nur kurz, denn wenige Sekunden später hörte sie Schritte im Hof und schon im nächsten Augenblick wurde die Tür zur Küche aufgerissen.

Erschrocken drehte sich Dorle um und sah im Türrahmen Helmut Brunner stehen, so groß gewachsen, dass sein Scheitel fast den Holzbalken berührte, mit einem maßgeschneiderten dunkelblauen Anzug bekleidet.

„Guten Abend, Dorle Becker“, sagte er streng und bewegte sich keinen Millimeter.

Dorle schaffte es nicht, ein Wort zu sagen. Stumm saß sie auf ihrem Stuhl und sah zu dem Mann herüber, der seinen Blick durch die Küche schweifen ließ.

„Du bist eine arme Frau, Dorle Becker“, sagte er schließlich. „Und du hast viel durchgemacht die letzte Zeit.“ Er sah sie wieder an, ohne eine Miene zu verziehen. „Habe ich gehört“, fügte er nach ein paar Sekunden hinzu.

Die Angesprochene nickte.

„Deshalb will ich dir verzeihen, dass du dich noch nicht gemeldet hast. Weder bei mir noch bei dem französischen Offizier, bei dem ich dir Arbeit besorgt habe. Arbeit, Dorle Becker, die dir ein besseres Leben verschafft. Genügend zu essen, schöne Kleidung, Holz zum Heizen und Kochen.“ Er machte drei Schritte auf die Frau zu und stand nur noch wenige Meter von ihr entfernt. „Du erinnerst dich doch noch daran, dass ich dir die Medikamente für deinen Sohn besorgt habe.“

„Aber Rolf ist doch …“ Endlich konnte sie sprechen. Doch Brunner brachte sie mit einer knappen Handbewegung zum Schweigen.

„Ich weiß. Er hat sich umgebracht. Das ist traurig und schlimm, Dorle Becker. Möge er seinen Frieden gefunden haben. Wie du weißt, hast du es meiner Intervention zu verdanken, dass dein Sohn ein christliches Begräbnis erhalten hat. Der Pfarrer wollte das nicht. Das weißt du doch, oder? Aber das Leben geht weiter. Deines. Und auch meines.“

Brunner griff in die Tasche seines Jacketts und entnahm ihr einen Zettel, den er mit einer Bewegung aus dem Handgelenk auf den Küchentisch warf. Dabei verrutschte der Ärmel seiner Jacke und gab den Blick auf eine breite, goldene Uhr frei.

„Da ist die Adresse von Capitaine Jarrés. Melde dich dort.“

Als Dorle nicht reagierte, wurde Brunner lauter. „Hast du das verstanden, Dorle Becker? Ich habe dir geholfen und ich habe dich nicht gefragt, woher das Fleisch für deine überaus leckeren Lewwerknepp stammte, obwohl ich mir da so meine Gedanken gemacht habe … Und du willst doch sicher, dass ich die für mich behalte. Daher: Ich stehe bei diesem Herrn im Wort. Enttäusche mich also nicht. Und ich erwarte von dir, dass du im Haus des Offiziers Augen und Ohren offen hältst und mir alles mitteilst, was dort gesprochen wird. Hast du das verstanden?“

„Hast du das verstanden?“, wiederholte Brunner, nachdem Dorle wieder nicht reagiert hatte.

„Ja, ja“, antwortete sie leise.

„Dass du Französisch sprichst, darfst du dem Capitaine auf keinen Fall sagen. Tue so, als würdest du nichts verstehen. Aber merke dir genau, was gesprochen wird. Hast du das auch verstanden?“

Dorle nickte, hauchte noch leiser als vor wenigen Sekunden „Ja“.

„Gut so!“ Die beiden letzten Worte klangen wie eine Drohung. Ohne Gruß wandte er sich ab und verließ die Küche.

Dorle saß weiterhin auf ihrem Stuhl und starrte die Wand an.

Sie stand in der Küche neben einer Frau, die sie auf sechzig Jahre geschätzt hätte. Später war sie überrascht, als sie erfuhr, dass sie nur wenig älter als sie selbst war. Zum einen trug sicher ihre Kleidung dazu bei, die alt, abgetragen und viel zu weit war, zum anderen ihr verhärmtes Gesicht, das von Falten durchzogen war. Dorle hatte noch nie eine Frau gesehen, deren Mundwinkel so weit nach unten gezogen waren wie die der Köchin im Haushalt des französischen Offiziers. Es verlieh ihr etwas Grimmiges und schuf Distanz. Dorle hatte ihr, wie es ihr von Brunner aufgetragen worden war, verschwiegen, dass sie ihre Sprache beherrschte. Die Köchin kannte außer dem Wort „Schweinehund“ kein einziges deutsches Wort und es amüsierte Dorle, wenn sie „Sweineund“ sagte.

Aber die Blicke der Frau, die Elaine hieß, genügten ihr, um zu wissen, dass sie in ihr eine Konkurrentin sah und ihr mit Misstrauen begegnete. Deshalb versuchte Elaine von ihrer ersten Begegnung an klarzustellen, dass sie in der Küche das Sagen hatte. Und deshalb war Dorle in der Hauptsache mit dem Schälen von Kartoffeln, dem Waschen und Putzen von Salaten und dem Schneiden von Zwiebeln und Kräutern beschäftigt. Immerhin hatte sie in einer der vielen Schubladen in der großen Küche ein Klappmesser gefunden, das sie in einem Moment, als sie sich unbeobachtet fühlte, einsteckte. Sie würde es benutzen, wenn Neubert sich ihr noch einmal so nähern würde. Ihr ekelte dermaßen bei dem Gedanken an das Geschehene und sie fühlte sich in einem Maße erniedrigt, dass sie sich ermahnen musste, diese Waffe nicht gegen sich selbst zu erheben.

Als sich Capitaine Jarrés für den ersten Sonntag, den Dorle in seinem Haushalt arbeitete, die Lewwerknepp wünschte, die er Fastnachtdienstag bei Brunner genossen hatte, durfte sie zum ersten Mal das Regiment übernehmen. Elaine wich dabei keine Sekunde von ihrer Seite und beobachtete jede ihrer Handlungen. Und bevor die fertigen Lewwerknepp an den Tisch zu Capitaine Jarrés und seiner Familie gebracht wurden, ließ Elaine es sich nicht nehmen, vorzukosten und mit einem leichten Anheben ihrer Mundwinkel ihre Zustimmung anzudeuten.

Die Frau des Capitaines zeigte durch einen Laib Brot, ein Glas Marmelade und ein Stück Wurst, die sie Dorle persönlich in die Küche brachte, dass es ihr geschmeckt hatte.

An einem der nächsten Abende saß Dorle zu Hause in ihrer Küche und hatte sich eine Schnitte mit der Marmelade geschmiert, als Franzi vorbeikam. Sie hatte ihre Freundin seit dem gemeinsamen Abend nach der Beerdigung nicht mehr gesehen. Die Erinnerung daran rief ihr erneut und schmerzlich Neuberts Überfall ins Gedächtnis, den sie die letzten Tage erfolgreich verdrängt hatte. Nur aus ihren Träumen konnte sie ihn nicht vertreiben. Morgens wachte sie mit einem Gefühl der Beklemmung und Angst auf. Doch wenn sie sich fertig machte, um erst Rolfs Grab zu besuchen und mit einem Zweig oder einer Blüte zu schmücken, und anschließend zu dem Capitaine zu gehen, waren Angst und Beklemmung verschwunden.

Franzi stellte verwundert fest, dass ihre Freundin sehr in sich gekehrt war und offenbar keine Lust auf eine Unterhaltung hatte. Sie hatte gedacht, dass es Dorle nun, nachdem Rolf sein Begräbnis erhalten hatte, besser ginge. Sie blieb eine halbe Stunde, erzählte ein wenig und ging schließlich nach Hause.

Dorle fühlte sich bei der Arbeit wohl, sie hatte eine Beschäftigung, sie fand Anerkennung, auch Elaine wurde in Maßen zugänglicher, sodass die Schwermut mehr und mehr von Dorle abfiel. An einem freien Tag machte sie sich auf den Weg in die Stadt, um am Bahnhof zu schauen, ob es eine Nachricht von Hans-Joachim gab. Sie lief in dem Bahnhofsgebäude die Wand mit den Zetteln ab, aber schon bald gab sie auf und machte sich auf den Rückweg nach Gonsenheim.

Am nächsten Tag, einem Sonntag, war sie nach dem obligatorischen Grabbesuch wieder in der Küche von Capitaine Jarrés' Villa. Elaine hatte sie in den Keller geschickt, um Wein aus dem Vorratsraum zu holen. Nachdem sie die geforderte Flasche gefunden hatte, stieg sie die Treppe hinauf und hätte oben angekommen vor Schreck fast den Wein fallen gelassen, als eine Hand sie von hinten an der Schulter packte.

„Guten Abend, Dorle Becker“, vernahm sie eine bekannte Stimme.

Sie drehte sich um und sah in das lächelnde Gesicht von Helmut Brunner, der seinen Griff etwas lockerte.

„Du hast dich gut eingelebt, wie ich gehört habe.“

„Ja“, bestätigte Dorle leise, die sich nicht wohl fühlte unter dem Blick dieses Mannes.

„Und sonst hast du nichts zu sagen?“, fragte er, nicht laut, aber offenbar ohne Furcht, dass der Hausherr etwas von ihrem Gespräch mitbekommen könnte.

Sie schüttelte leicht ihren Kopf.

„Nein, wirklich? Ich habe dich doch um etwas gebeten.“

Verständnislos sah sie ihn an.

„Du sollst deine Ohren und Augen offen halten. Machst du das auch?“

Dorle benötigte ein paar Sekunden, bevor sie verhalten nickte.

„Ich will dir mal glauben. Aber ich erwarte, dass ich nicht bei dir nachfragen muss, sondern dass du zu mir kommst.“ Er machte eine Pause, schien nachzudenken.

„Demnächst“, fuhr er fort, „wird ein Transport mit Medikamenten für die Franzosen kommen. Ich erwarte, dass du mir alles, was du darüber hörst, berichtest. Ich werde Capitaine Jarrés gleich beim Essen sagen, dass du mir mitgeteilt hast, dass du ihn gerne auch bedienen würdest. So kommst du in seine Nähe.“

Wieder antwortete Dorle nur mit einem Nicken.

„Kannst du auch sprechen?“, fragte Brunner unwillig, der sie wieder fester am Arm packte.

„Ja, ich habe verstanden“, beeilte sich Dorle zu sagen.

Brunner zog sie nahe an sein Gesicht heran.

„Das hoffe ich, Dorle Becker. Du weißt, man soll die Toten ruhen lassen!“

Er verstärkte seinen Griff noch einmal, sodass Dorle vor Schmerz aufstöhnte. Der Mann ließ von ihr ab und ging, ohne sie eines weiteren Blickes zu würdigen, durch den weitläufigen Flur in das Esszimmer.

Dorle hörte das laute Lachen des französischen Offiziers, als Brunner die Tür hinter sich schloss.

Ihre Ruhe war dahin. Würde sie das Geschehene denn niemals loslassen? Würde es sie ihr ganzes Leben verfolgen? Nicht nur, dass Brunner sie aufschreckte, auch ihre Tat und ihre Verantwortung standen ihr mit einem Mal wieder vor Augen. Sie fürchtete sich nach Hause zu gehen, wo ihr vielleicht Neubert auflauerte. Sie fasste in die Tasche ihres Rocks und beruhigte sich ein wenig, als sie den Holzgriff des Messers mit ihrer Hand umfasste.

Doch Neubert ließ sich weder an diesem noch am nächsten Abend in der Nähe ihres Hauses blicken. Und als sie ein Ziehen im Unterleib spürte, das ein sicheres Anzeichen für das Herannahen ihrer Tage war, wusste sie, dass Neubert sie nicht geschwängert hatte.

So kam langsam wieder Ruhe in ihr Leben. Auch Franzi hatte sie besucht, die sich freudig verwundert zeigte, dass ihre Freundin einen solch ausgeglichenen Eindruck machte und es offensichtlich richtig gewesen war, ihr nach dem letzten Besuch ein wenig Zeit zu geben.

„Was ist der Grund dafür?“, fragte Franzi.

Dorle wollte zuerst nicht heraus mit der Sprache.

„Hast du einen Mann kennen gelernt?“, fragte sie und Dorle war überrascht, dass kein Vorwurf in ihrer Stimme lag.

„Ich weiß", sagte sie, die diese Reaktion sehr wohl bemerkt hatte, „aber mit jedem Tag, den der Krieg länger zu Ende ist, wird die Wahrscheinlichkeit, dass Hans-Joachim zurückkommt, doch kleiner. Du bist noch nicht alt, Dorle", sagte sie eindringlich, „du kannst jetzt nicht bis zum Ende deines Lebens alleine bleiben."

Dorle schüttelte den Kopf.

„Was dann?", hakte Franzi nach. „Ist doch in Ordnung. Musst dich nicht schämen."

„Nein, nein!", erwiderte Dorle, heftiger als sie das beabsichtigt hatte, aber nur, weil sie in diesem Moment unwillkürlich an diesen Kommissar und wie er sie in der Bäckerei angeschaut hatte, denken musste.

Franzi ließ sich nicht aus der Ruhe bringen.

Aber statt einer Erklärung stand Dorle auf und nahm aus einer Anrichte ein Stück getrocknete Wurst und legte sie vor Franzi.

„Was soll ich damit?", fragte die.

„Für dich", antwortete Dorle.

„Du musst das selbst essen", ließ Franzi das nicht gelten. „Du hast doch selbst so wenig."

Dorle schüttelte energisch ihren Kopf und ging wieder zu der Anrichte, aus der sie weitere Stücke Wurst, einen handtellergroßen Laib Käse und zwei Flaschen Rotwein nahm.

Franzi zog eine der Flaschen an sich heran und betrachtete das Etikett.

„Wo hast du die her?"

Dorle ließ sich auf ihrem Stuhl nieder und sah ihre Freundin einige Momente lang an, bevor sie zu erzählen begann, dass Brunner ihr den Job bei dem französischen Offizier besorgt hatte, allerdings unter der Bedingung, dass sie sich als Spionin betätigen sollte.

„Spionin?“, fragte Franzi, überrascht und irgendwie auch fasziniert.

Dorle wiegelte ab. „Na ja, ich denke für seine Schwarzmarktgeschäfte. Tipps oder so. Ich weiß es nicht. Ich glaube nicht, dass ich ihm da helfen kann.“

Doch da hatte sich Dorle getäuscht. Brunners Intervention bei Capitaine Jarrés war erfolgreich gewesen, denn zwei Tage nach ihrem Zusammentreffen vor der Kellertür kam die Hausherrin, die leidlich Deutsch sprach, zu Dorle, um ihr mitzuteilen, dass sie bei nichtoffiziellen Anlässen, das heißt, wenn nur die Familie zusammen aß, diese bedienen durfte.

Zweimal hatte sie schon Gelegenheit, das Mittagessen zu servieren. Doch da auch die Kinder von Jarrés am Tisch saßen, wurde nichts Dienstliches besprochen.

Mehrmals die Woche traf sich der Capitaine mit anderen Offizieren aus seinem Stab in dem Arbeitszimmer zu Besprechungen. Normalerweise servierte Elaine dort, doch als sie an einem Montag mit einer starken Erkältung niederlag, wurde Dorle aufgefordert, die Herren zu bedienen. Da alle davon ausgingen, dass Dorle Französisch weder sprach noch verstand und jede nötige Kommunikation bislang von Frau Jarrés gedolmetscht werden musste, übte die Runde der fünf Männer keine Zurückhaltung und sprach ungeniert weiter.

Alles verstand Dorle nicht, als sie den Cognac in die großbauchigen Gläser füllte, aber so viel, dass am nächsten Tag eine Razzia in einer ehemaligen Maschinenhalle in Mombach geplant war, wo Schwarzmarktgut vermutet wurde. Als nächstes sprachen sie über die Feierlichkeiten zur Eröffnung der Mainzer Universität, die in einer Woche stattfinden würde und zu der sich sowohl von französischer als auch von deutscher Seite eine große Anzahl honoriger Gäste angekündigt hatte. Unter den Offizieren begann eine rege Diskussion, ob dieser Schritt nicht zu früh kam oder ob es überhaupt ein Fehler war, den Weg in die Normalität für die Deutschen so einfach zu gestalten. Dorle wartete ungeduldig, dass die Runde sich auflöste, damit sie zu Brunner eilen und ihm das Gehörte mitteilen konnte. Als man ihr endlich das entsprechende Zeichen gab, verließ sie mit zitterndem Tablett das Arbeitszimmer und räumte die Gläser schnell in die Küche. Das war genau das, was Brunner wissen wollte, wenn sie ihn richtig verstanden hatte. Aber sie machte sich eines Verbrechens schuldig, das wusste sie auch. Plötzlich hatte sie das Gefühl, in einem Sumpf zu wandeln, in den sie immer tiefer hinabgezogen wurde. Der erste, entscheidende Fehltritt war gewesen, im März zu Brunner zu gehen. Alles Weitere hatte sich daraus ergeben. Ihr Versuch, das Fleisch beim Gerber zu stehlen, dass sie den Peter erstochen hatte und dass nun so viele Menschen glaubten in ihrem Leben mitreden und über sie bestimmen zu können.

Trotz aller Bedenken eilte sie nach der Arbeit zu Brunner. Der empfing sie gar nicht so freundlich, wie sie erwartet hatte, sondern blickte sie kurz böse an, bevor er sie mit einem brutalen Ruck von der Türschwelle ins Haus zerrte.

„Was willst du hier?“, fragte er Dorle.

„Ich habe eine Nachricht …“, stammelte sie, völlig überrascht davon, dass der Mann sie so behandelte. Sie machte doch genau das, was er von ihr verlangt hatte.

„Sei still!“, schnauzte er sie an. „Hat dich jemand gesehen?“

Dorle schüttelte zuerst den Kopf und zuckte mit den Schultern.

Noch einmal blitzte es zornig in Brunners Augen auf, dann wurde er ruhiger.

„Also, was ist?“

Mit einem Zittern in ihrer Stimme erzählte sie dem Mann, was sie über die Razzia gehört hatte. Brunner zeigte mit keiner Regung, ob ihn diese Nachricht erfreute.

„Gut, Dorle Becker“, sagte er, als sie fertig war. Er griff in seine Hosentasche und entnahm ihr eine angebrochene Packung amerikanischer Zigaretten, die er ihr entgegen hielt.

Als sie sie nicht ergreifen wollte, packte er die Frau am Arm, zog sie an sich und legte ihr die Packung in die Hand.

„Nun geh. Und beim nächsten Mal kommst du abends und passt auf, dass dich niemand sieht. Verstanden?“

Eingeschüchtert nickte Dorle und folgte Brunner zur Tür, der sie öffnete und erst nach rechts und links schaute, bevor er seiner Besucherin ein Zeichen gab, dass sie nun das Haus verlassen könne.

Dorle war so erschöpft, dass sie zu Hause in der Küche am Tisch sitzend einschlief. Irgendwann in der Nacht wachte sie auf und schlich in ihr Bett.

Am nächsten Tag war sie wieder im Haushalt von Capitaine Jarrés. Elaine ließ sie Weißkohl schneiden, der eingelegt werden sollte. Da weder der Capitaine noch seine Frau im Haus waren, erhielt sie keine weiteren Informationen über die Razzia.

Die nächsten Tage arbeitete sie bei dem Capitaine und fürchtete ihre Verhaftung, doch nichts dergleichen geschah. Sonntag und Montag hatte sie frei und das gefiel ihr gar nicht, denn die Arbeit lenkte sie ab.

Am Montagmorgen hätte sie fast das Klopfen an ihrem Tor überhört. Sie schrak zusammen. Sie fürchtete noch immer einen Besuch von Neubert, obwohl der seit seinem Überfall nicht ein einziges Mal in ihrer Nähe aufgetaucht war. Vielleicht war ihm, so überlegte Dorle, „die Sache", wie sie bei sich selbst sagte, so peinlich, dass er sie von nun an in Ruhe lassen würde.

Sie warf sich eine Decke über die Schultern und wankte auf noch unsicheren Füßen nach draußen.

„Ja?", fragte sie vorsichtig, ohne das Tor zu öffnen.

„Ich bin's, die Franzi. Mach auf, Dorle!"

Es war etwas in der Stimme der Freundin, das Dorle stutzig machte.

Kaum hatte sie das Tor geöffnet, stürmte die herein.

„Zieh dich an", forderte sie Dorle auf, während sie weiter ins Haus lief und sich gleich am Herd zu schaffen machte. Etwas Unternehmungslustiges lag in ihrer Stimme.

„Was ist denn?", fragte Dorle, als sie ihr in die Küche gefolgt war.

„Heute wird die Universität eröffnet und vorher gibt es im Dom eine Messe", erklärte Franzi. „Da gehen wir hin."

Dorle, die sich am Spülbecken wusch, hielt in ihrer Bewegung inne.

„Was sollen wir denn da? Warum kommen deine Jungs nicht mit?"

„Mensch Dorle, die Jungs, du weißt doch, wie die sind. Das ist doch langweilig, meinen die."

„Da haben sie Recht, oder?", erwiderte Dorle. „Und außerdem, Franzi, was soll denn eine Uni, wenn die Leute nichts zu essen und kein Dach über dem Kopf haben?"

„Es geht aufwärts, Dorle, das ist es. Es gründet doch keiner eine Universität, wenn es keine Zukunft gibt. Lass uns dahin gehen, Dorle, bitte! Ich muss sehen, dass das wahr ist. Und im Dom wird eine Messe gelesen. Wie lange war ich schon nicht mehr dort. Dorle! Dorle! Bald wird es uns wieder besser gehen."

Ein Funke von Franzis Optimismus sprang auf Dorle über, die über ihre Freundin lächeln musste. Sie trocknete sich ab und zog sich an, während Franzi den Herd anfeuerte und den Wasserkessel darauf stellte.

„Ich habe doch nichts anzuziehen!", brachte Dorle plötzlich als Einwand vor.

Jetzt lachte Franzi laut. „Du bist auch ohne schöne Kleider hübsch ..."

Entrüstet unterbrach Dorle ihre Freundin. „Du willst mich verkuppeln. Du hast letztens schon so eine Anspielung gemacht."

Franzi kommentierte diese Aussage mit einem neuen Lachen.

„Ja, sieh doch mal in den Spiegel." Mit diesen Worten sprang sie auf und stellte sich neben Dorle, befeuchtete ihre Hände und fuhr mit den nassen Fingern durch ihr Haar, modulierte es, imitierte ein Schminken der Lippen, raffte ihren Rock ein Stück nach oben, ging drei Schritte zurück, wiegte ihren Kopf, während sie Dorle betrachtete und stieß dann einen bewundernden Pfiff aus.

„Hör doch auf!", drehte sich Dorle weg.

„Du wirst ja rot!" Franzi konnte sich vor Lachen fast nicht mehr halten. „Wie ein Backfisch."

Dorle fuhr sich schnell mit den Händen durch die Haare und brachte, was Franzi so kunstvoll zurechtgelegt hatte, wieder durcheinander.

Nun begann Franzi ihr abermals die Haare zu frisieren, es wurde ein wildes Durcheinander, Hände hielten einander fest, stießen sich fort, griffen in fremde Haare und plötzlich lagen die beiden Frauen auf dem Boden, rollten ineinander verkeilt umher, bis sie einhielten und zusammen laut lachten.

„Komm mit!", bat Franzi, und es hatte fast etwas Verliebtes.

„Wenn ich dich nicht hätte", sagte Dorle und drückte sie noch einmal fest, bevor sie sich von ihr löste und aufstand.

Eine knappe halbe Stunde später waren die beiden Frauen auf dem Weg in die Stadt zum Dom, wo die Messe zur Gründung der Universität gelesen wurde. Franzi war ganz aufgeregt und trieb Dorle zur Eile an. Auf halbem Weg begann es zu regnen, aber das schien ihr nichts auszumachen. Sie zeigte Dorle ständig etwas.

„Guck mal, da, überall Fahnen. Alles ist mit grünen Girlanden geschmückt."

Dorle nahm ein Stück Pappe, das sie am Straßenrand fand, und hielt es ihnen beiden über den Kopf. Doch Franzi sprang so wild hin und her, dass sie bald schon nass war.

„Du warst doch gerade erst erkältet", mahnte Dorle, aber Franzi hörte nicht auf sie. Sie kam Dorle wie ein kleines Kind vor, das sich über alles freuen konnte. Endlich hatten sie den Marktplatz und den Dom erreicht, der wie durch ein Wunder dem Wüten des Feuers nach der Bombardierung standgehalten hatte.

„Unser Dom", rief Franzi in dem Brustton tiefster Überzeugung, als sie über den Platz liefen und die Türme sahen.

Bald erkannten sie, dass sie nicht die Einzigen waren, die das Ereignis angelockt hatte. Vor dem Dom drängten sich die Menschen und suchten Einlass in das Gotteshaus.

Die beiden stellten sich in die Schlange und in der Aufregung, die alle erfasst hatte, war Franzis Lebendigkeit besser zu ertragen. Sie ergriff Dorles Hand und hielt sie, damit sie sich in dem Gedränge nicht verloren.

Während sie langsam dem Eingang näher kamen, wurde Dorle Zeugin eines Gesprächs, das sie aus der feierlichen Stimmung riss.

„Hast du gehört?", raunte ein großer, kräftiger Mann einem anderen, kleineren zu. „Letzte Woche gab's ne Razzia in Mombach."

„Und?", fragte der andere. „Gibt's doch ständig. Haben sie denn wenigstens was gefunden?"

Der andere schüttelte den Kopf. „Nichts. Gar nichts. Ein Freund von mir ist bei der Polizei. Und er meint, dass die ganze Aktion verraten worden sei."

„Haben die denn einen Verdacht?"

Der Große zuckte mit der Schulter. „Manche glauben, dass ein paar Leute von der Polizei mit den Schwarzmarkthändlern zusammen arbeiten."

„Wer kann's ihnen auch verübeln. In diesen Zeiten muss doch jeder sehen, wo er bleibt."

Dorle hätte gerne mehr gehört, aber sie wurde zur Seite gedrängt, hatte Mühe, nicht den Kontakt zu Franzi zu verlieren und schon bald waren die beiden Männer völlig aus ihrem Gesichtsfeld verschwunden.

Im Innern fanden sie einen Platz ganz am Ende des mächtigen Gebäudes. Franzi war so mit all dem, was um sie herum geschah, beschäftigt, dass sie nicht mitbekam, dass ihre Freundin völlig in sich gekehrt war.

Sie war es gewesen, die den Erfolg der Polizei verhindert hatte. Sie war sich sicher, dass es sich um die Maschinenhalle in Mombach drehte. Und jetzt saß sie im Dom, direkt unter den Augen des Herrn, und musste sich anhören, dass sie Verbrechern geholfen hatte. Und ihr wurde bewusst, dass sie seit Rolfs Tod auch am Sonntag keine Messe mehr besucht hatte. Den anderen Frauen in der Gemeinde blieb so etwas nicht verborgen, es würde sicher über sie gesprochen werden. Fast schien es ihr ein Glück, dass sie allen Gesprächen aus dem Weg gegangen war.

Erschrocken fuhr sie auf, als Franzi sie anstieß.

„Hast du geschlafen, Dorle? Los, es geht rauf zur Luftwaffenkaserne. Jetzt wird die Universität eröffnet."

Die Angesprochene brauchte ein paar Sekunden, bis sie sich gesammelt hatte.

„Wir kommen da doch sowieso nicht rein", wandte sie ein.

„Ist doch egal." Franzi hatte noch nichts von ihrer Hochstimmung verloren, obwohl sie wieder zu husten begonnnen hatte.

Sie schlossen sich dem Zug an, der vom Dom in Richtung Universität zog. Wieder regnete es. Die Pappe hatten sie zum Glück nicht weggeworfen. Sie war zwar schon stark durchgeweicht, aber besser als nichts, fand Dorle.

In der neu eingerichteten Straßenbahnlinie, die zur Universität fuhr, mussten sie sich die wenigen Plätze mit vielen anderen Fahrgästen teilen.

„Besser als durch den Regen zu laufen", sagte Franzi und lachte, als Dorle sich über die Enge und die vielen Stöße durch die anderen Fahrgäste, die durch das Rumpeln der Bahn hin und her geworfen wurden, beschwerte.

Als sie am Endpunkt endlich ausstiegen, glaubte sie ihren Körper voller blauer Flecken. Franzi zog sie mit sich und ließ ihr keine Zeit sich aufzuregen. Unter der Pappe liefen sie zusammen mit den vielen anderen Mainzern, die Zeugen dieses Ereignisses werden wollten, auf das neue Universitätsgelände zu.

Vor dem Gebäude blieben sie stehen, sahen vor den Fronten des ersten Flügels und des Auditorium Maximum Fahnen wehen und an dem hohen Turm die Worte „Ut omnes unum sint" stehen.

„Was heißt das denn?", fragte Dorle. Ein älterer Mann, der neben ihnen stand und die Frage gehört hatte, fühlte sich gleich zur Antwort bemüßigt.

„Dass alle eines Geistes sein mögen", erklärte er Dorle und stellte sich so vor die beiden Frauen, dass sie nicht an ihm vorbei konnten. „Die alte Universität wird wiedergegründet", dozierte er in professoralem Tonfall.

Franzi verzog ihren Mund. Entweder hatte der Mann das nicht bemerkt oder er ignorierte es, auf jeden Fall sprach er einfach weiter, ohne seine Augen von Dorle zu lassen. „Nachdem die alte Universität unter der französischen Herrschaft 1798 offiziell aufgehoben worden war und bis 1823 nur noch Vorlesungen in der medizinischen Fakultät stattgefunden hatten, sind es jetzt wieder die Franzosen, die die Wiedergründung betreiben." Der Mann machte eine kurze Pause, um vernehmlich einzuatmen. Franzi verpasste den Moment, die Freundin an dem Mann vorbei zu bugsieren. „Maßgeblicher Initiator", sprach der Mann weiter und machte dabei einen kleinen Schritt auf Dorle zu, „ist der Leiter der Kultur- und Erziehungsabteilung der französischen Militärregierung, Raymond Schmittlein. Untergebracht ist die Universität hier", er streckte seine Arm theatralisch aus und zeigte zu dem großen Bau vor ihnen, „in den Resten der Luftwaffenkaserne, die 1938 nach der Remilitarisierung des Rheinlandes errichtet worden war."

Bei diesen letzten Worten sah er Dorle so begehrlich an, dass es ihr zu viel wurde und sie Franzi an der Hand packte, schnell „Danke!" sagte und ihre Freundin weg in Richtung Gonsenheim zog.

„Du musst ins Bett, Franzi!“, sagte sie im Gehen, „sonst liegst du morgen wieder krank nieder.“

Unwillig ließ sich Franzi mitziehen.

„Der war doch nett, der Mann“, sagte Franzi und hustete kurz.

„Der war nicht nett!“, widersprach Dorle und zog sie weiter. Beide lachten, witzelten auf dem weiteren Weg darüber, wo wohl der Geist des alten Lüstlings sitze und bekamen so kaum mit, dass sie völlig durchnässt waren, als sie die Häuser von Gonsenheim erreichten. Als Dorle jedoch Anstalten machte, mit ihrer Freundin zu deren Haus zu gehen, blieb die stehen.

„Von hier kann ich alleine gehen. Du musst keinen Umweg machen.“

Dorle war überrascht, wie hart und bestimmt sie das sagte. Die ausgelassene Stimmung, die sie den ganzen Tag begleitet hatte, schien von einem auf den anderen Moment wie weggeblasen.

„Das macht mir nichts. Ich koche dir einen Tee und du legst dich ins Bett. Damit du nicht gleich wieder krank wirst.“

Franzi ließ das nicht gelten. Sie sagte bestimmt „Nein, ich gehe alleine!“

„Ich will doch nur …“, entgegnete Dorle schwach und enttäuscht.

Die Freundin, die das merkte, lenkte ein. „War nicht so gemeint. Ich brauche nur meine Ruhe. Ist doch viel, mit den Jungs. Und du, Dorle, brauchst auch Ruhe. Du hast so viel am Hals.“

Dorle willigte ein, obwohl sie es seltsam fand, mit welcher Härte Franzi ihren Vorschlag abgelehnt hatte, fast als hätte sie Angst, dass ihre Freundin sie begleitete. Die beiden verabschiedeten sich mit einer Umarmung.

Dorle ging zu ihrem Haus. In weiter Entfernung entdeckte sie Neubert. Sie konnte nicht erkennen, ob der sie auch gesehen hatte. Schnell öffnete sie das Tor zu ihrem Hof und verriegelte die Türen.

Am nächsten Vormittag war Dorle überrascht, dass Franzi schon früh bei ihr klopfte. Sie machte sich gerade fertig, um zu Capitaine Jarrés zu gehen.

„Ich habe nicht viel Zeit", erklärte Dorle und knöpfte ihre Jacke zu.

„Das musst du hören", forderte Franzi sie auf, die offenbar keine Erkältung durch den Regen am vergangenen Tag davongetragen hatte. Sie zog aus einer Tasche ihres Rocks eine Zeitung und faltete sie geräuschvoll auseinander. Dorle fiel auf, dass Franzi Ringe unter den Augen hatte und auch verweint aussah. Sie ließ ihr jedoch keine Zeit zum Nachfragen, denn sie blätterte aufgeregt in der Zeitung.

„Hör zu!", sagte sie schließlich so streng, dass Dorle sich genötigt sah, sich ebenfalls hinzusetzen. Franzi begann zu lesen.

Die Eröffnung der Mainzer Universität
Urkunde und Goldener Schlüssel dem Rektor überreicht

„Das ist die Überschrift", erklärte Franzi und schaute kurz auf, um sich zu vergewissern, dass ihre Freundin auch konzentriert zuhörte.

Der große Festakt

Franzi las langsam und mit gesenkter Stimme. Es klang sehr bedeutend.

Im großen Saal, der im festlichen Dreiklang der Farben Weiß-Gold und Rot erstrahlte, versammelte sich schon lange vor Begin …

Franzi lachte kurz auf. „Die schreiben Beginn mit einem n."

Sie ist wieder ganz die Alte, überlegte Dorle, nichts mehr von diesem seltsamen, abweisenden Verhalten, das sie gestern gezeigt hatte.

… der eigentlichen Feier eine große Zahl der Gäste. Kurz nach zehn Uhr hielten die Ehrengäste und das Professorenkollegium der neuen Universität ihren Einzug. Von der französischen Militärregierung und Besatzung erschienen der Oberkommandierende in Deutschland, General Koenig, die Generäle Laffon und Monsabert …

Hier unterbrach Dorle die Leserin und korrigierte ihre Aussprache.

„Ist doch egal", entgegnete Franzi und sprach die folgenden französischen Namen extra falsch aus.

… Botschafter De St. Hardouin, Herr Cannae, Vertreter des Herrn René Meyer, Generalkommissar für die französisch besetzten Zonen, die Generäle Bouley und de Boislambert, Herr Sabatier, Generalsekretär des General Laffon, sowie die Generäle Schmittlein, Arnaud und Jacobsen und der Delegierte für die Stadt und den Kreis Mainz, Major Kleinmann.

„Erinnerst du dich?", fragte Franzi. „Das ist der mit der Fastnacht."

Dorle nickte stumm und gab ihr ein Zeichen weiter zu lesen. Sie wollte nicht daran erinnert werden.

Das Oberregierungspräsidium Hessen-Pfalz kam mit Oberregierungspräsident Dr. Eichenlaub und Präsidialdirektor Dr. Bieroth an der Spitze, Groß-Hessen entsandte seinen Ministerpräsidenten Prof. Dr. Geiler, aber auch die übrigen süddeutschen Länder ließen sich vertreten. Die Bischöfe von Mainz und Speyer, die Rektoren der Universitäten von Frankfurt, Freiburg, Straßburg sowie Vertreter der Universitäten von Zürich und Basel, Tübingen und Bonn, Abgesand-

te von weiteren Hochschulen, Vertreter der politischen Parteien und der Arbeiterschaft, zahlreicher Stadtverwaltungen und öffentlicher Einrichtungen reihten sich ein. Auf einem erhöhten Podest nahmen der Rektor der neuen Universität und die Dekane in ihren farbigen Roben sowie der gesamte Lehrkörper der Johannes-Gutenberg-Universität Platz.

Musikalisch umrahmt von Darbietungen des Städtischen Orchesters Mainz, des Pfalzorchesters Ludwigshafen und der Mainzer Liedertafel nahm der Weiheakt mit der Übergabe durch den Oberregierungspräsidenten Dr. Eichenlaub seinen Anfang. Der höchste Beamte der deutschen Verwaltung von Hessen-Pfalz sprach vom „glücklich zu preisenden Mainz" …

Franzi wiederholte das Zitat noch einmal, nun mit feierlich erhobener Stimme.

… „glücklich zu preisenden Mainz" und überreichte dem Rektor einen Goldenen Schlüssel als Sinnbild der eigenen Verwaltung und der Freiheit von Forschung und Lehre. Bewegt dankte der Rektor der Johannes-Gutenberg-Universität …

Franzis Lachen kam so überraschend, dass Dorle zusammenzuckte und sie ansah. Zum ersten Mal kam es Dorle nicht echt vor und ihr schien, als überspiele ihre Freundin etwas, als wolle sie etwas verbergen.

„Na, das ist komisch. Man kann doch einer Universität nicht danken. Das ist doch ein Haus. Aber dem kann man nicht danken." Sie lachte noch einmal, bevor sie die Zeitung wieder hob und weiterlas.

Dorle sah auf die alte Küchenuhr. Sie musste los. Sie hatte mit der Frau von Capitaine Jarrés ausgemacht, dass sie um zehn Uhr an diesem Morgen dort wäre und es blieb ihr keine Viertelstunde mehr. Franzi hatte ihren Blick nicht wahrgenommen. Sie las unbeirrt weiter.

… der anschließend vom Oberbürgermeister Dr. Kraus auch die Urkunde über die Errichtung einer Johannes-Gu-

tenberg-Stiftung empfing. Dr. Kraus, erstmals wieder der schönen goldenen Amtskette von Mainz angetan, wies in seiner Ansprache noch einmal auf die Tatsache hin, dass man vor neun Monaten noch nicht den Gedanken an die Verwirklichung dieses großen Projekts hätte hegen dürfen und nun heute schon die Weihe begehe.

Franzi machte eine Pause und sah hoch.

„Da hätten wir rein müssen. Was für ein Fest. Mensch, Dorle, es geht wieder vorwärts. Das wird noch was."

Irgendetwas erschien Dorle seltsam in Franzis Stimme. Sie hatte, obwohl sie sich zu freuen schien und Optimismus ausstrahlen wollte, etwas Verzweifeltes.

„Ja, ja", bestätigte Dorle, die in dem Moment aber nur daran dachte, dass sie um zehn im Haus des Franzosen sein musste. Sie wollte ihre Arbeit dort pünktlich beenden, um noch auf den Friedhof zu Rolf gehen zu können. Sie hatte ein schlechtes Gewissen, weil sie schon am gestrigen Tag nicht dort gewesen war.

„Ich muss gleich gehen", sagte sie endlich.

„Wie?", entgegnete Franzi erschrocken, als habe sie mit einer solchen Antwort nicht gerechnet. „Ich dachte, wir machen heute was zusammen …"

„Ich muss zu Capitaine Jarrés", erklärte Dorle. „Ich habe es versprochen."

Geknickt nickte Franzi. Während Dorle sich endgültig fertig machte, blätterte Franzi noch in der Zeitung. Die beiden Frauen verließen gemeinsam das Haus, gingen noch ein Stück zusammen und trennten sich an einer Straßenecke.

Dorle sah ihrer Freundin noch kurz nach. Sie hatte sie so noch nicht erlebt. Aber sie war schon wieder in Gedanken zu sehr bei ihrer Arbeit, als dass sie weiter darüber nachdenken konnte.

23. Mai – 30. Juni 1946

XV

In der Nacht nach seinem Einsatz bei der Wiedergründung der Mainzer Universität konnte Koch lange nicht einschlafen. Zu viel beschäftigte ihn. Die Frau, die er nun zum dritten Mal gesehen und wieder nicht angesprochen hatte. Brunner, dessen Kontakte zu der französischen Militärverwaltung offensichtlich so gut waren, dass deren Vertreter sich offen mit ihm zeigten. Und vor allem Glodkowski, der eine besondere Stellung bei Brunner zu genießen schien.

Aber was hatte Koch in der Hand?

„Nichts!"

Er schrie das Wort ins Dunkel seines Schlafzimmers, in dem sich nur ein paar dünne Lichtstreifen zeigten, die durch die Löcher in seinem Vorhang bis in den Raum vordrangen. Der 170er Mercedes stand nicht mehr in Brunners Garage, Peter Gerber war mit großer Wahrscheinlichkeit in dem Keller umgebracht und später in den Hof geschleift worden. Aber wer das getan hatte und warum er umgebracht worden war, darauf hatte Koch nicht den geringsten Hinweis. Es gab Verbindungen zwischen Brunner und Gerber, aber welcher Art die waren, auch da hatte Koch nicht den geringsten Schimmer. Ob Peter Gerber oder sein Vater oder beide in die schmutzigen Geschäfte Brunners verwickelt waren – Koch nahm es an, aber beweisen konnte er das nicht. Dann war da noch der Mordversuch an Siggi. Vieles sprach dafür, dass Glodkowski dahinter steckte, einen Beweis dafür hatte er ebenso wenig. Immerhin hatten sie die Flasche mit dem Obstbrand, mit dem Siggi sehr wahrscheinlich abgefüllt worden war, gefunden. Genau eine solche Flasche hatte er bei dem alten

Gerber gesehen. Wieder eine Verbindung. Auf der Flasche waren Fingerabdrücke. Jetzt galt es herauszufinden, wem die gehörten. Er vermutete, oder sollte er besser sagen, hoffte, dass sie von Glodkowski oder seinem Kumpan, diesem Hafner, stammten. Um das herauszufinden, musste er sich eine Referenz besorgen. Und er hatte auch eine Idee, wie er das bewerkstelligen konnte. Morgen Abend!

Dienstagmorgen deutete nichts mehr auf den heftigen Regen des Vortages hin. Der Wind hatte in der Nacht alle Wolken vertrieben, der Himmel war blau und Koch genoss es, seinen Muckefuck am offenen Fenster zu trinken und die Leute zu beobachten, die sich schon auf den Weg in die Dörfer im Umland machten, um ihre verbliebenen Wertsachen gegen Lebensmittel zu tauschen oder um am Kirschgarten zu quanteln und ein paar Zigaretten einzutauschen. Koch war froh, dass er dieses Laster schon vor über fünfzehn Jahren aufgegeben hatte, noch als er in Deutschland lebte. In Paris und auch in Spanien war er als Nichtraucher ein Exot. Gerade in Spanien war ihm das in manchen Momenten sehr schwer gefallen, wenn der Kopf ihm sagte, dass er sowieso nicht lebendig aus dieser Hölle entkommen würde.

Jetzt war er nicht wie so viele andere gezwungen, sein Hab und Gut oder auch nur seine Lebensmittelkarten gegen Zigaretten einzutauschen und dabei ständig den aktuellen Umtauschkurs im Kopf zu haben, der bei fünf bis acht Mark für eine amerikanische Zigarette lag.

Vor seiner Bürotür wartete Siggi schon, im Gesicht ein breites Grinsen und in der Hand eine Art Aktentasche. Der Junge sah übermüdet aus, das erkannte Koch sofort, aber seine Augen funkelten und um seinen Mund lag ein Dauerlächeln.

Kaum waren sie im Büro, entnahm Siggi der Aktentasche eine Flasche und reichte sie Koch.

„Vielen Dank!“, sagte er, grinste immer noch.

„Das ist ein Rheingauer Riesling. Hab ich von einem Onkel.“

„Wofür, Siggi?“, fragte Koch zurück.

„Das Ruhestein-Bergrennen. Das war gigantisch, Herr Koch. Ich habe mir seit ...“, er dachte kurz nach, „... seit vierundvierzig Stunden die Hände nicht mehr gewaschen, weil ich ...“

Er sah seinen Vorgesetzten erwartungsvoll an, doch der zuckte mit den Schultern.

„... weil ich Hermann Lang die Hand geschüttelt habe. Und ich durfte mich in seinen BMW setzen. Ich habe sein Lenkrad in der Hand gehabt. Das Lenkrad von Hermann Lang. Und wissen Sie, wen ich noch alles gesehen habe? Den Hans Stuck, Heinz Mölders, der hat einen 6-Zylinder MG gefahren, Baron de Bary und da waren ein Maserati und Bugattis. Das war so gigantisch. Ich will auch Rennen fahren.“

„Wenn Sie groß sind ...?“, spottete Koch, lächelte aber milde.

„Wissen Sie, wann Lang angefangen hat? Früh, ganz früh. Aber es ist nicht zu spät. Hermann Lang hat zu mir gesagt, dass man sofort spürt, dass ich Benzin im Blut habe. Mensch, Herr Koch, das war das Allergrößte. Ich muss jetzt herausfinden, wo das nächste Rennen ist.“

Es klopfte an der Tür. Beide Männer wandten sich gleichzeitig um. Reuber streckte seinen Kopf rein.

„Man hört Sie ja bis auf den Flur, Siggi. Scheint ja eine Mordsgaudi gewesen zu sein?“

Der Junge wollte wieder so euphorisch einsetzen, aber Reuber unterband das mit einer Handbewegung.

„Siggi, ich kann Ihre Begeisterung verstehen, aber Sie haben schon mitbekommen, dass da drei Leute umgekommen sind?"

Von einem auf den anderen Moment wich das Lächeln und die fröhliche Stimmung aus Siggis Gesicht.

„Ja, ja", antwortete er kleinlaut.

„Ich will Ihnen nicht die Stimmung vermiesen, aber das dürfen Sie nicht vergessen."

„Ja, klar", sagte Siggi, „aber es war eine so tolle Stimmung. Es sollen über 30.000 Leute da gewesen sein. Von überall her. Alle haben einem geholfen. Das war wie eine große Familie."

Koch zog seine Augenbrauen hoch. Das hatten sie doch erst gehabt. Doch Reuber intervenierte.

„Das kann im Guten wie im Schlechten funktionieren, Siggi. Da war es im Positiven. Aber seien Sie immer auf der Hut. Irgendetwas müssen wir ja gelernt haben."

Siggis Begeisterung war nicht zu bremsen. Er überreichte auch Reuber eine Flasche Rheingau Riesling. Nun war es an ihnen, Siggi zu erzählen, was in der Zwischenzeit vorgefallen war und dass weder der Mord an Peter Gerber noch der des Wachmanns in Bodenheim oder der angebliche Unfall-Tod von Franz Hartmann aufgeklärt waren.

Am Abend verabschiedete sich Koch von den Kollegen. Er gab vor, nach dem gestrigen Tag wieder seine Erkältung zu spüren und dass er vorsorgen wolle. In Wirklichkeit aber fuhr er mit der Straßenbahn bis zur Zwerchallee und ging von dort zu Fuß nach Mombach und zu der von Brunner angemieteten Halle. Das Tor war mit einer Kette und einem Vorhängeschloss gesichert. Koch nahm an, dass das richtige Schloss bei der Razzia aufgebrochen worden war.

Die Halle schien menschenleer. Aber das hatte Koch in seine Überlegungen miteinbezogen. Es gab noch einen

Ort, an dem er hoffte, Glodkowski anzutreffen oder zumindest Informationen über seinen Aufenthaltsort zu erfahren. Siggi hatte beobachtet, wie die beiden Männer in einer Kneipe in Mombach verschwunden waren. Genau dorthin wollte er, auch wenn dies ein großes Risiko darstellte, zumal er alleine war. Aber die Sache nagte zu sehr an ihm, seine Geduld war begrenzt, ihm dauerte das alles viel zu lange.

Die Kneipe hatte er bald gefunden. Sie war ein heruntergekommenes Loch, vor dem Krieg vielleicht ganz ansehnlich, aber jetzt waren Teile des Mobiliars herausgerissen und durch irgendwelche bizarren Gegenstände ersetzt worden, die als Ablage für die Gläser dienten. Eine einzige Lampe brannte nicht sehr hell über dem Tresen und durch das kleine Fenster, das mit feuchten Brettern vernagelt war, drangen nur dünne, diffuse Lichtstreifen ins Innere des Raums. Es roch nach Tabakqualm, der über Jahrzehnte in die unverputzten Wände eingedrungenen war und sich mit einer Grundfeuchtigkeit gemischt hatte.

Koch blieb kurz in der Tür stehen und sah sich um. Zehn, zwölf Leute verteilten sich in dem Raum, der vielleicht dreifache Wohnzimmergröße hatte, die meisten Zecher standen um den Tresen. Glodkowski und Hafner konnte er nicht unter ihnen entdecken. Koch stellte sich an ein Eisenteil, das den Mittelpunkt des Raumes bildete, eine Art überdimensionierten Kolben, der ihm fast bis zur Brust reichte. Bei seinem Eintritt hatten sich alle ihm zugewandt und ihre Stimmen gesenkt. Immer wieder sahen sie zu ihm herüber.

Ein alter Mann mit Schirmmütze stellte ihm nach zwei Minuten ein Glas mit einer klaren Flüssigkeit auf das Metallstück.

„Was anderes haben wir nicht. Zum Wohl! Macht vierfuffzig! – Kannst auch woanders hingehen, wenn's dir zu teuer ist!“, empfahl ihm der Wirt, als Koch den Mund bei der Nennung des Preises verzog.

„Ist schon gut“, erwiderte er, griff in seine Hosentasche und zählte den Betrag ab.

Der Wirt steckte das Geld ein und zockelte zurück zum Tresen.

„Freddie, noch mal drei!“, rief ihm einer der Männer am Tresen zu.

Koch war ein Fremdkörper in diesem kleinen Universum. Einen Anzug wie er trug keiner der Männer, ebenso wenig einen Hut. Sie hatten Kappen und Schirmmützen auf ihren Köpfen. Koch sah sich unauffällig um. Viel Hoffnung hatte er nicht, hier den Mann mit der Schiebermütze aus dem Krankenhaus zu entdecken, dafür hatte er ihn viel zu kurz gesehen.

Er nahm sein Glas und nippte vorsichtig daran. Es war ein scharf gebrannter Obstschnaps.

„Selbst gemacht. Nach Opas Rezept.“ Ein älterer Mann mit einem dünnen Haarkranz und einer Arbeitshose hatte sich neben Koch gestellt und beobachtete ihn beim Trinken. Er hatte eine ungewöhnlich kräftige Statur, vor allem für diese Zeit, in der die meisten Männer abgemagerte Hänflinge waren.

„Keine Angst, wirst schon nicht blind davon“, sagte er und lachte. Einige der anderen Gäste sahen zu ihnen herüber und betrachteten den Neuen weiterhin mit Skepsis. Koch nahm an, dass der Alte vorgeschickt worden war, um ihn abzuklopfen.

„Wo kommste denn her? Bist nicht von hier?“ Der Mann ließ Koch nicht aus den Augen und kratzte sich am Hinterkopf.

„Aus der Stadt. Ich suche Arbeit und habe Durst bekommen."

„Und da biste einfach so hier rein?"

Koch nickte. „Ja, einfach so. Ist das verboten?"

„Verboten? Nee nee! Die Zeiten der Verbote sind vorbei. Jetzt darf jeder wieder wie er will."

„War es vorher besser?" Koch ermahnte sich besonnen zu bleiben.

„Wie man es nimmt." Der Mann blieb vage und ließ sein Gegenüber nicht aus den Augen. Eine Hand behielt er in seiner Hosentasche. Koch fürchtete, dass er da ein Messer hatte. Die anderen Männer in der Kneipe sahen immer wieder zu ihnen herüber, die einen offen, die anderen verstohlen.

„Biste' n Kriminaler?"

„Kriminaler?", fragte Koch zurück. „So ein gefährlicher?"

„Genau. So einer. Ob du gefährlich bist, wird sich noch zeigen."

„Nee. Ich suche Arbeit und ein Kumpel von mir hat mir gesagt, dass ich hier nach einem Klaus fragen soll. Der wüsste immer was."

„Klaus?" Die Augen des Alten wurden noch kleiner. Sein Körper spannte sich.

Der Wirt kam an den Tisch, in der Hand zwei Gläser.

„Männer, keinen Ärger", forderte er und stellte die beiden Gläser auf den Metallkolben. „Auch du, Werner!", fügte er mit Blick auf den Alten hinzu.

„Schon gut, Freddie", sagte der und grinste. „Der Mann sucht Arbeit. Da ist er hier doch ganz richtig. Aber du weißt doch, was heutzutage für Gesocks hier rumläuft." Er hatte zu dem Wirt gesprochen. Jetzt drehte er sich zu Koch. „Darf jetzt frei rumlaufen. Schlechte Zeiten!"

Koch nahm sein Glas und trank einen Schluck.

„Keine Manieren, was!", beschwerte sich der Mann. „Hier herrscht Ordnung. Hier wird angestoßen!"

In der Kneipe war es still, alle hatten ihre Gespräche eingestellt und sahen zu den beiden Männern an dem Eisenkolben herüber.

Koch hielt dem Alten sein Glas entgegen und zog es, als der seines dagegen stoßen wollte, zurück.

Der zog die Augenbrauen hoch und schluckte seine Verärgerung herunter.

„Klaus wie?", fragte er.

Koch wartete einen Moment und sah sich dabei um. Zur Tür war es nicht weit. Noch hatte sich keiner der anderen Männer in dem Raum so postiert, dass er den Ausgang blockieren konnte.

„Klaus Glodkowski oder so ähnlich. Ich hab's nicht aufgeschrieben."

„Kennt einer von euch Klaus Glodkowski?", fragte der Alte in die Runde, kratzte sich erneut am Hinterkopf und grunzte. Ein vielstimmiges Lachen antwortete ihm.

„Der soll Arbeit haben."

Wieder kommentierte das Lachen aus vielen Kehlen die Aussage.

„Arbeit, Mensch, das hört man doch gerne!", rief einer. „Musst mir diesen Klaus auch mal vorstellen."

Ein kräftiger Typ trat einen Schritt vor. „Woher kennt der denn diesen Klaus? Hat er dir das verraten, Werner?"

„Sagt er nicht."

„Sagt er nicht. So. So." Der Kräftige kam zwei Schritte auf Koch zu, zwei andere Männer folgten ihm.

„Ich kenne ihn nicht persönlich. Ein Kumpel von mir hat das gesagt. Der kennt Klaus aus dem Knast. War noch vorm Krieg."

„Klaus. Knast. Krieg. Tolle Geschichte, Mann. Ich würde zu gerne wissen, was du wirklich willst."

Der Alte hatte sein Messer aus der Tasche genommen und ließ es vernehmlich aufschnappen.

Koch griff in seine Tasche und entnahm ihr ein paar Münzen, die er auf den Kolben knallte.

„Ich sehe, mir kann keiner helfen. Ich versuche es woanders."

Er drehte sich schnell um und ging mit eiligen Schritten zum Ausgang. Niemand hinderte ihn. Draußen war es schon dunkel und im Moment kein Mensch auf der Straße. Nur in der Ferne war die Sirene eines französischen Militärpolizeiwagens zu hören. Koch blickte sich um, niemand schien ihm zu folgen. Trotzdem war er vorsichtig, eilte die Straße ein Stück weiter und schlüpfte unter einem herunterhängenden Balken hindurch in eine Ruine. Er tastete sich in der Dunkelheit in das Innere des eingestürzten Hauses vor und drückte sich eng gegen eine eingebrochene Mauer.

Nur wenige Augenblicke später hörte er von der Straße Schritte, die rasch näher kamen, und ungefähr auf seiner Höhe verstummten.

„Ich kann ihn nirgends sehen", vernahm er aus seinem Versteck eine Stimme.

„Du gehst da lang, ich hier in die Ruine."

Koch atmete flach.

Einige Sekunden lang war es still bis auf die in der Ferne verklingende Sirene, bis er das knirschende Auftreten von Schuhen auf dem losen Untergrund vernahm. Die Schritte kamen näher, nun konnte Koch auch die gedämpften Atemgeräusche eines Menschen hören. Keine zwei Meter von ihm hielt er inne. Koch spannte seinen Körper und lauschte. Sekunden vergingen, in denen nichts passierte und er nichts hörte, als ob der Mann auch das Atmen eingestellt hätte. Dann war da ein leises Schleifen, kaum hörbar. Koch drückte sich fester gegen die Wand und starrte in die Dunkelheit. Er konnte nichts erkennen. Bis ihn plötzlich eine Alkoholwolke erreichte. Eine mächtige Fahne. Koch wartete noch einen Moment und trat einen Schritt nach vorne. Direkt vor ihm stand ein Mann. Er hielt Koch den Rücken zugewandt, hörte dessen Schritt und wollte sich umdrehen, aber da war es schon zu spät. Koch schlug sofort zu, genau in den Nacken. Der Mann brach auf der Stelle zusammen und fiel vor ihm auf die losen Steine. Er stöhnte auf. Koch war gleich bei ihm, drehte ihn auf den Rücken, presste sein Knie auf dessen Brust und schlug nochmals zu. Es war der Alte aus der Kneipe, der ihn mit glasigen Augen anstarrte. Das Messer, das dem Mann aus der Hand gefallen war, warf Koch in hohem Bogen in die Trümmer.

„Blöde Sau!“, zischte er. „Was soll …?“ Er atmete schwer.

Er konnte den Satz nicht vollenden, weil Koch nochmals zuschlug, um ihm danach seine Hand auf den Mund zu pressen.

„Wenn du brüllst, schlage ich dir sämtliche Zähne aus. Also: Wo finde ich Klaus Glodkowski?“

Koch lockerte seine Hand auf dem Mund.

Der Versuch eines Lachens war die Antwort. „Meinst du …“, der Mann musste Luft holen, „so nem Affen wie dir …“, wieder atmete er schwer und stieß die nächsten Worte mehr hervor, als dass er sie sprach, „… sage ich, wo Klaus ist.“

„Wo?“, fragte Koch noch einmal.

„So einen wie dich hätten sie vor zwei Jahren noch vergast …“

Koch sah mit einem Mal Glodkowski vor sich, nahm seine Hand blitzschnell vom Mund des Alten, nahm dessen Nase zwischen seine gebogenen Zeige- und Mittelfinger und verdrehte sie so lange, bis es knackte.

Der Schrei verebbte in Kochs Hand.

„Das war fürs Vergasen. Das nächste, wenn du mir nicht sagst, wo ich Glodkowski finde!"

Die Antwort war ein Blitzen der Augen.

„Ich breche dir nacheinander alle Finger. Also …!" Koch nahm den kleinen Finger der rechten Hand und bog ihn so weit nach hinten, dass noch ein klein wenig mehr Druck ihn brechen würde. Der Alte stierte ihn an, wollte vielleicht herausbekommen, ob Koch es ernst meinte, da erhöhte er seinen Druck. Wieder erstarb der Schrei des Mannes in seiner Hand. Wieder hatte sich das Bild Glodkowskis über das Gesicht des Mannes gelegt.

Der wand sich mit aufgerissenen Augen unter ihm.

„Wo?", zischte Koch dem Mann unter ihm entgegen. Er packte den Mittelfinger und begann ihn wie den kleinen zu biegen. „Eins … zwei …"

„In der Hölle."

„Hölle? Willst du mich …?"

„Nein, nein, so heißt das …", beeilte sich der Alte zu sagen.

„Weiter!"

„Hinterhof in der Hauptstraße 51."

„Kneipe?"

Der Alte antwortete nicht. Koch bog den Finger noch ein Stückchen weiter.

„Eine … Wohnung. Keine … Konzession. Mädchen", stammelte der Alte. Er hatte seine Augen weit aufgerissen.

„Wie komme ich rein?"

„Dreimal …", er musste heftig atmen, „dreimal klopfen."

„Wenn das nicht stimmt, dann gnade dir Gott. Und wenn du keinen Ärger willst, auch nicht mit Glodkowski, behältst du dieses Gespräch für dich.“

Als der Mann nicht sofort antwortete, erhöhte Koch den Druck seines Knies auf der Brust des Alten.

„Ja … ja … verstanden.“

Koch nickte und schlug so fest er konnte mit der Faust gegen die Schläfe des Mannes, dessen Kopf augenblicklich zur Seite fiel.

„Gute Nacht!“, zischte Koch, stand auf, klopfte sich den Staub von den Kleidern und schlich durch die Ruine zurück zur Straße, wo er erst einmal lauschte, ob nicht doch der Kumpan des Alten auf ihn wartete. Als er sicher war, dass ihm dort niemand auflauerte, eilte er zu der angegebenen Adresse.

Die Hauptstraße 51 war ein ansehnlicher Bau, der im Krieg keine äußeren Schäden genommen hatte. Neben der Tür war in die Wand ein Standartenträger eingelassen. Koch nahm an, dass hier eine Nazigröße gewohnt hatte. Oder vielleicht noch immer wohnte. Vielleicht war sein Vorgehen ein Fehler, aber er wollte endlich weiterkommen, wollte endlich Glodkowskis Fingerabdrücke. Und Glodkowski!

Ein Flügel des Tores in der breiten Toreinfahrt stand offen. Koch wartete einen Moment, sah sich um und schlüpfte in die Einfahrt. Vollkommene Dunkelheit umfing ihn. Er wartete, bis sich seine Augen soweit daran gewöhnt hatten, dass er wenigstens Umrisse erkennen konnte. Mit kleinen Schritten bewegte er sich in den Hinterhof und drückte sich an die Wand. Er ließ seinen Blick an den Mauern entlang gleiten. Nirgends konnte er einen Eingang erkennen. In einem der oberen Stockwerke des Hinterhauses brannte Licht, aber der matte Schein reichte nicht bis in den Hof hinunter. Kein Geräusch, das ihm den Ort verraten hätte. Vielleicht hatte ihn der Mann doch an der Nase herumgeführt. Jetzt würde er über alle Berge sein. Und die Zeit lief ihm davon. War es nicht schon ein Fehler, in diese Kneipe zu gehen, in der Siggi Glodkowski gesehen hatte? Ein noch größerer war es, sich auf den Streit und die Schlägerei mit dem Alten einzulassen. Und nun dieses Risiko? Trotz dieser Bedenken schlich Koch an der Wand entlang, suchte nach einem Anhaltspunkt zu dem Lokal namens „Hölle". Was hatte der Alte gesagt?

Seine Überlegungen wurden durch Stimmen von der Straße unterbrochen. Er drückte sich gegen die Hauswand.

„Die schärfsten Weiber. Machen alles. Kannst auch Filme sehen, Fotos."

„Und die Polizei?" Die Stimmen kamen näher, mussten jetzt in der Einfahrt sein.

Die erste Stimme lachte. „Keine Sorge. Die einen wissen nichts davon und die anderen sind selbst Kunden."

Ganz überzeugt schien der Zweite noch nicht zu sein. Die Stimmen waren jetzt direkt vor Koch. Er konnte zwei Gestalten erkennen, deren Konturen sich ganz schwach gegen das wenige Licht von der Straße abhoben. Einer der beiden Männer schien sehr viel größer als der andere zu sein.

„Sind Sie sicher?"

„Wenn ich es Ihnen sage. Ich war schon dreimal hier. Haben Sie die Medikamente?"

Die beiden waren jetzt auf Kochs Höhe.

„Ja, ja. Wie abgemacht. War nicht leicht im Krankenhaus. Und Krankheiten? Sind die Mädchen sauber?"

„Natürlich!" Die Stimme des Ersten bekam einen gereizten Unterton. Sie hatten das rückwärtige Haus erreicht und blieben stehen.

„Und jetzt?“, fragte der Zweite.

Koch bewegte sich sehr langsam und vorsichtig an der Mauer entlang und behielt die beiden Gestalten fest im Blick, obwohl sie kaum mehr zu erkennen waren. Er musste unbedingt mitbekommen, wohin die beiden Männer gingen. Das Gespräch klang für ihn, als ob sie das geheime Bordell aufsuchen wollten.

„Warten Sie ab! Es geht jetzt in die Hölle. Sprichwörtlich.“ Den letzten Satz begleitete er mit einem obszönen Lachen.

Koch war wieder stehen geblieben, vielleicht fünf oder sechs Meter von den Männern entfernt. Dreimal wurde geklopft. So wie der Alte es gesagt hatte.

Einige Sekunden passierte nichts, dann war ein leises Knarren zu hören und an der Stelle, wo die beiden Männer standen, wurde es hell. Sie traten ein Stück zurück.

„Keine Angst, alles in Ordnung. In die ‚Hölle‘ muss man hinabsteigen“, sagte einer der beiden Männer.

Eine Bodentür war geöffnet worden, einige Sekunden schimmerte etwas Licht nach oben.

„Kommen Sie, Herr Doktor!“, hörte Koch. Die Stimme kam aus dem Loch. „Haben Sie aufgepasst, dass niemand Ihnen gefolgt ist?“

„Ja, ja“, waren die letzten Worte, die der Kommissar verstand. Die Bodentür wurde wieder verschlossen und in dem Hof war es so dunkel wie vorher.

Koch wartete einige Sekunden, tastete sich an der Wand entlang bis zu der Stelle, wo er die Bodentür vermutete, bückte sich und tastete mit den Händen, bis er das Holz fühlte. Nun erkannte er auch ein winziges Licht, das von einem kleinen Loch in dem Holz herrührte. Es war nur zu sehen, wenn man direkt von oben darauf guckte. Koch drehte sich um. Die Mitte der Einfahrt und das

Licht verband eine gerade Linie. Für jemanden, der das wusste, war es so trotz der Dunkelheit nicht schwer, den Eingang zu finden.

Koch klopfte dreimal gegen das Holz, trat einen Schritt zurück und wartete.

Nichts passierte. Koch wollte das Signal gerade wiederholen, als er unterhalb des Eingangs ein Geräusch hörte. Gespannt wartete er, bis einer der beiden Flügel der Bodentür ganz geöffnet war. In dem schwachen Lichtstrahl stand eine Frau mit dunklen, kurzen Haaren, die eng an ihrem Kopf klebten. Eine schwarze Anzugjacke mit breiten Nadelstreifen konnte ihre breiten Schultern nicht verbergen. Augen und Mund der Frau waren stark geschminkt.

„Ja?“, fragte sie.

„Ich bin neu“, erwiderte Koch. Ihm fiel ein, dass der Alte in der Kneipe Werner genannt wurde.

„Werner“, sagte er schnell. „Werner hat mir die ‚Hölle‘ empfohlen.“ Er hielt es für besser, sich nicht auf Glodkowski zu berufen.

„Werner kenne ich nicht. Ist kein Pate. Und ohne Paten kommen Sie nicht herein.“

„Paten?“, wiederholte Koch.

„Eine Person, die schon hier war und vertrauenswürdig ist.“

„Aber ich will …“ Weiter kam er nicht, weil die Frau die Falltür so schnell verschloss, dass Koch sie nicht daran hindern konnte.

Er überlegte, ob er ein zweites Mal klopfen sollte, als er in seinem Rücken Geräusche hörte. Schnell machte er einige Schritte zur Seite und stellte sich an die Wand. Neue Kunden, überlegte er, doch die Schritte, die näher kamen, waren zu schwer, und ohne Vorwarnung traf ihn der grelle Schein einer Lampe.

„Da ist der Kerl. Haben wir dich! Wolltest dich hier rein schleichen. Jetzt wirst du erleben, was wir mit Kerlen wie dir machen."

Koch versuchte dem Lichtstrahl auszuweichen, aber er konnte ihm immer nur für einen Augenblick entkommen.

Der Schlag traf ihn völlig unvorbereitet. Zu seinem Glück nur am Arm, weil er ihm instinktiv ausgewichen war. Blind schlug er zurück, aber sein Hieb ging ins Leere. Nun startete sein Gegner wieder einen Angriff. Ein Treffer gegen seine Brust warf ihn gegen die Wand. Benommen ließ er sich zur Seite fallen, rollte ein Stück auf dem Boden entlang, sprang auf und trat gegen die Lampe, die zwar stark hin und her schwankte, aber weder erlosch noch dem Mann aus der Hand fiel.

„Idiot!", blaffte der. „Dafür wirst du bezahlen."

Mit diesen Worten startete der andere einen neuen Angriff. Den ersten Schlag konnte Koch abwehren, doch als er einen Ausfallschritt zur Seite machte, durchzuckte der altbekannte stechende Schmerz sein linkes Bein. Das lähmte ihn für einen Moment so, dass der andere drei Treffer in Folge landen konnte, einen davon in seinen Magen, was Koch die Luft nahm, einen weiteren an seiner Augenbraue.

„Stech ihn ab!", hörte Koch die gepresste Stimme, doch gleich darauf waren Stimmen von der Straße her zu hören. Sofort erlosch die Lampe.

„Halt ihm das Maul zu!", zischte einer der beiden Männer, trat vor Koch und drückte ihn gegen die Wand und eine Hand auf den Mund. Mit der anderen umklammerte er Kochs Hals und drückte zu.

Koch wand sich hin und her, aber sein Gegner war stark und er durch die Schläge so angegriffen, dass er nicht dagegen ankam. Ihm wurde schwindelig. Auf gut Glück riss er sein Knie hoch und landete einen Volltreffer. Sein Gegner schrie auf und sackte auf der Stelle zusammen.

Es erfolgte ein überraschter Ausruf aus der Toreinfahrt. Der zweite Mann selbst war so überrascht, dass er die entscheidenden Sekunden brauchte, die Koch Gelegenheit gaben, in Richtung Ausfahrt zu hinken. Dort standen zwei Männer, deren Schemen er jetzt gegen das Licht von der Straße sehr gut erkennen konnte. Unschlüssig standen sie mitten in der Einfahrt. Koch, der noch kurzatmig war und dessen linker Oberschenkel höllisch schmerzte, stieß sie zur Seite, humpelte weiter auf die Straße.

„Idiot!“, hörte er hinter sich. Er achtete nicht darauf. Er biss die Zähne zusammen und sah sich im Gehen um. Wo konnte er hin? Weglaufen konnte er nicht, mit dem lädierten Bein hatte er keine Chance gegen die beiden Männer.

Schon hörte er Schritte aus der Toreinfahrt. Er bog in die nächste Querstraße ein, in eine kleine, abfallende Gasse. Schmale Häuser standen rechts und links, die meisten unzerstört. Auf der anderen Straßenseite erkannte er ein Tor, das ihm bis zur Brust reichte.

Von der Hauptstraße drang der Hall schwerer Schritte bis zu ihm.

„Du da lang, ich da. Er darf nicht entkommen!“

Koch humpelte über die Straße und griff nach dem oberen Ende des Tores, um sich daran hochzuziehen. Die Schritte kamen näher. Mit einer letzten Kraftanstrengung zog Koch sich hoch, rollte sich über den First des Tores und ließ sich auf der anderen Seite einfach herunterfallen. Er kam mit seinem verletzten Bein auf. Nur mit Mühe konnte er einen Schmerzensschrei unterdrücken.

„Wo kann er hin sein? Verfluchter Mist!“, hörte Koch einen seiner Verfolger direkt vor dem Tor fluchen. Er verharrte steif und versuchte so flach wie möglich zu atmen. Mit beiden Händen massierte er sein verletztes Bein. Endlich entfernten sich die Schritte. Trotzdem blieb er weiter bewegungslos auf dem Boden sitzen. Vielleicht war das auch eine Falle und nur einer der beiden war gegangen, während der andere wartete, dass er aus seinem Versteck herauskam. Langsam wurde Koch ruhiger und er versuchte zu erkennen, wo er war. Nur schwer durchdrangen seine Augen die Dunkelheit. Etwa fünf Meter von ihm entfernt war ein Haus, rechts daneben stand ein kleiner Schuppen. Die Fenster waren dunkel. Niemand schien sein Eindringen bemerkt zu haben.

Ein wenig beruhigt, lehnte Koch seinen Rücken gegen die Wand. Langsam ließ der Schmerz in seinem Oberschenkel nach. Er streckte das Bein und begann die verletzte Stelle vorsichtig zu massieren. Als er Linderung verspürte, tastete er sein Gesicht ab. An der Stirn, oberhalb seiner linken Augenbraue, fühlte er eine Beule und Blut. Aus seiner Tasche nahm er ein Stofftuch und wischte sich über die Stelle.

Plötzlich waren draußen wieder die schweren Schritte zu hören. Einer seiner Verfolger kam zurück, blieb stehen, ging ein paar Schritte weiter, als ob er sich jedes Haus genau auf mögliche Fluchtmöglichkeiten ansehen würde. Irgendwann entfernten sich die Schritte.

Die Anstrengung machte sich bemerkbar und Koch musste gegen die stärker aufkommende Müdigkeit ankämpfen. Lange schaffte er das nicht. Schon bald kippte sein Kopf zur Seite. Wirre Träume rissen ihn kurz aus dem Schlaf, nur damit er gleich wieder einnickte.

Bis ein Stoß an seinem Bein ihn erschrocken hochfahren ließ. Hektisch sah er sich um. Nichts. Nur, dass die Morgendämmerung eingesetzt hatte und er das graue

Haus nun erkennen konnte. Plötzlich sprang eine Katze hinter einer Blechschüssel hervor und rannte unter den Resten eines Pferdefuhrwerks hindurch zu dem Schuppen, wo sie unter einem Balken verschwand.

Die Fenster in dem Haus waren noch immer dunkel. Von der Straße drangen vereinzelte Geräusche zu ihm. Koch zog seine Knie an den Körper. Der Schmerz in seinem linken Oberschenkel war fast abgeklungen, nur ein feines Ziehen war geblieben. Das Blut über seinem Auge war verkrustet. Er war durstig, sein Mund trocken.

Er musste aus diesem Hof raus, bevor die Bewohner aufwachten und ihn entdeckten. Er stützte sich mit beiden Händen ab und erhob sich. Die ersten Meter fiel ihm das Gehen schwer. Die Kühle der Nacht hatte seine Knochen und Muskeln steif werden lassen. Vorsichtig ließ er erst seine Arme rotieren, dann sein gesundes rechtes Bein. Mit dem linken war er besonders vorsichtig. In der Blechschale, hinter der die Katze sich versteckt hatte, war der Boden mit Wasser bedeckt. Koch befeuchtete seine Hände, fuhr sich durch sein Gesicht und benetzte seine Lippen. Zu trinken wagte er nicht.

Zwischen Haus und Scheune entdeckte er einen etwa halben Meter breiten Spalt. In den zwängte er sich hinein. Am Ende des Ganges erkannte er ein kleines Tor. Seitwärts an der Wand entlang schleifend bewegte er sich voran, verfing sich in einem vorstehenden Nagel, der sein Jackett aufriss. Er unterdrückte einen Fluch, biss sich auf die Zähne, als sein Bein wieder zu schmerzen begann, und stellte sich, als er das schmale Tor endlich erreicht hatte, auf die Zehenspitzen und blickte über das Tor auf die Straße, die an dieser Stelle so schmal war, dass ein Auto oder ein schmales Pferdefuhrwerk gerade so hindurch passen würden. Koch sah sich nach beiden Seiten um. Rechts erkannte er die Hauptstraße. Es war ruhig, kein Mensch war unterwegs. Er wartete noch einen Moment, schob den angerosteten Riegel, der jämmerlich quietschte, zurück und verließ sein Versteck, blickte sich nochmals kurz um und wandte sich von der Hauptstraße weg.

Durch die schmalen Gassen von Mombach schlich sich Koch bis zum Ortsausgang, an den Hauswänden entlang und sah sich dabei immer wieder um. Ein alter Mann, der einen Karren hinter sich herzog, brummte ihm einen Gruß zu, ohne ihn anzuschauen.

An der Ortsgrenze hielt Koch inne und verschnaufte. Er verfluchte sich für seine Dummheit, alleine am Abend losgezogen zu sein. Ein dämlicher Fehler, nur weil er so ungeduldig war. Er musste seine Ungeduld besser in den Griff bekommen. Ein nächstes Mal käme er vielleicht nicht so glimpflich davon.

Die wenigen Menschen, die unterwegs waren, nahmen keine Notiz von ihm. Für sie war er einer von ihnen, auf dem Weg, um etwas Essbares oder Zigaretten zu organisieren. Ohne Probleme erreichte er den Bismarckplatz. Hier setzte er sich auf einen Stein, weil sein Bein sich wieder meldete und wartete, bis die nächste Straßenbahn kam, mit der er bis zum Hauptbahnhof fuhr. Für den Rest der Strecke bis zur Polizeidirektion benötigte er mehr als eine halbe Stunde, wo gewöhnlich eine Viertelstunde ausreichte. Zum Glück war es noch sehr früh und keiner der Kollegen anwesend. Der Pförtner sah ihm mitleidig hinterher. Die Treppe war eine Qual, jede Stufe musste er mit beiden Füßen nehmen.

Erleichtert ließ sich Koch in seinem Büro auf den Schreibtischstuhl fallen und gegen seine Absicht schlief er sogleich ein. Er war völlig durcheinander, als ein heftiges Klopfen ihn aufschrecken ließ. Siggis Gesicht erschien im

Türrahmen. Langsam erhob er sich aus seinem Stuhl. Instinktiv belastete er nur sein rechtes, gesundes Bein.

„Guten Morgen, Herr Koch“, versuchte der Assistent seine Überraschung zu überspielen, aber das gelang ihm nicht. Neugierig sah er zu seinem Chef herüber.

„Was gibt's?“, entgegnete Koch und strich reflexartig sein Jackett glatt.

„Ich glaube … Sie brauchen einen Kaffee.“

Koch nickte und ließ sich in den Stuhl zurückfallen. Während Siggi die Tür von außen schloss, sah er auf seine Uhr. Kurz nach acht. Wie lange hatte er geschlafen? Der Schmerz in seinem Bein hatte nachgelassen, aber nun spürte er ein Ziehen in seinem Rücken.

Behutsam stand er auf und ließ seine Arme kreisen, beugte sich ein klein wenig vor, bis er das Gefühl hatte, dass sich sein Rücken entspannte und inspizierte seine Kleidung. Seine nächtliche Eskapade war nicht zu übersehen. Sein Jackett, das er schon in Frankreich besessen hatte, hatte in Höhe der Schulter einen langen Riss und die Hose war noch voller Staub. Aus seiner Schublade nahm er einen kleinen Spiegel. Er hatte Ränder unter den Augen, seine Haare standen ab und auf seiner Stirn und neben der linken Schläfe klebte Blut.

Er humpelte über den Flur zur Toilette, wo er erst mehrere Handvoll Wasser trank und sich anschließend das Gesicht wusch. Das kalte Wasser belebte ihn. Als er zurück in sein Büro kam, wartete dort schon Siggi mit einer Tasse, aus der heißer Dampf zur Decke emporstieg.

Es war wieder der scheußliche Ersatzkaffee, an den er sich nie würde gewöhnen können, aber an diesem Morgen schmeckte er ihm und er begann sich wieder halbwegs wie ein Mensch zu fühlen.

„Waren Sie gestern Abend unterwegs, Herr Koch?

Einen drauf gemacht?“ Er wollte männlich klingen, wie unter Gleichgesinnten, aber aus Siggis Mund klang das falsch.

Koch wehrte mit einer Handbewegung ab. „Nix Dolles, Siggi. Nicht der Rede wert. Bringen Sie mir doch noch einen Kaffee.“ Er kramte in seiner Tasche und drückte dem Jungen ein paar Münzen in die Hand.

„Auch einen für Sie. Und irgendetwas zum Beißen.“

Koch genoss die Ruhe und den letzten Schluck aus seiner Tasse.

Als Siggi zum dritten Mal an diesem Morgen das Büro betrat, war sein Vorgesetzter wieder eingedöst. Er räusperte sich. Kochs Schlaf war dieses Mal so leicht, dass er sofort aufwachte.

„Danke!“ Er nahm die dargebotene Tasse, blies die Oberfläche kühl und trank einen Schluck. Erst jetzt erkannte er, dass Siggi ihm auch ein Glas Wasser mitgebracht hatte. Dieses Mal nickte er zum Dank und leerte das Glas in einem Zug.

„Schlägerei?“, fragte Siggi.

Koch wiegte seinen Kopf hin und her.

„Wollen Sie allein sein?“

Koch nickte.

„Was kann ich machen?“

Koch überlegte einen Moment. „Versuchen Sie noch mehr über Glodkowski rauszukriegen. Mit wem er früher verkehrt hat, wen er kennt, alle Kontakte, auch ins Rotlichtmilieu.“

Dieses Mal nickte Siggi. „Mach ich!“, sagte er und verließ das Büro.

Kochs „Danke!“ hörte er schon nicht mehr.

Der Kommissar war jetzt endlich wach und das Rattern

in seinem Kopf begann nachzulassen. Die „Hölle" war ein Bordell. Aber warum hatte der Alte ihn dahin geschickt? Hielt sich Glodkowski tatsächlich dort auf? Oder war er nicht nur Arbeiter und Fahrer bei Brunner, sondern betätigte sich auch als Zuhälter? Und was war das für ein Laden? Dass er illegal war, stand fest. Aber Arnheim konnte er nicht davon erzählen, geschweige denn eine Durchsuchung beantragen. Vielleicht wusste Reuber ja etwas.

Koch war im Begriff aufzustehen, um seinen Kollegen in dessen Büro aufzusuchen, als es an seiner Tür klopfte. Ein junger Mann forderte ihn auf zu Arnheim zu kommen.

Der rümpfte seine Nase, als er seinen Kommissar sah.

„Sie sahen auch schon besser aus, Koch. Zahlt die Polizei so schlecht?"

„Ich bin letzte Nacht überfallen worden", antwortete er schnell und fragte sich, ob er sich damit nicht noch tiefer hereinritt.

„Überfallen? Warum haben Sie das noch nicht gemeldet? Warum erfahre ich nicht früher, wenn einer meiner Leute überfallen wird? Ich bin Ihr Chef, Koch!"

Sein Blick schwankte zwischen Zorn und Mitleid, ein neuer Blick, wie Koch feststellte.

„Das mache ich ja jetzt."

Arnheim setzte sich und begann an dem Ende seines Barts zu spielen.

„Wer es war, wissen Sie nicht?"

„Ja."

„Wie, ja?"

„Ja, ich weiß nicht, wer mich überfallen hat." Er konnte einen genervten Unterton nicht verbergen.

Entweder nahm Arnheim ihn nicht wahr oder überhörte ihn.

„Und warum Sie überfallen wurden oder wo es geschehen ist, wissen Sie auch nicht?"

„Ja."

Arnheim lehnte sich zurück. „Gehen Sie nach Hause, Koch, waschen Sie sich und legen sich ins Bett. Ich brauche gesunde Männer, ausgeschlafene Männer. In Ihrem Zustand sind Sie mir keine Hilfe."

Was Koch überraschte, war, dass Arnheim nicht mehr gereizt oder verärgert klang. Er hatte etwas Resigniertes in seiner Stimme.

„Danke, Herr Arnheim", erwiderte Koch, froh, entlassen zu sein und gehen zu können.

Vor seinem Büro lief er Reuber in die Arme.

„Mann, Koch, Sie sehen wie das leibhaftige Elend aus. Was haben Sie denn gemacht?"

„Später, Reuber, jetzt nicht. Kommen Sie nach der Arbeit zu mir. Dann erzähle ich es Ihnen."

Reuber schmunzelte.

„Was gibt's da zu lachen?"

„Koch, Koch. Sie müssen unbedingt mal mit zu mir nach Hause kommen. So oft, wie ich bei Ihnen bin, denkt meine Frau schon, ich hätte eine Geliebte."

Nun musste auch Koch seinen Mund zu einer Andeutung von einem Lächeln verziehen.

„Heute Abend!", beendete Koch das Geplänkel.

Auf dem Weg nach unten begegnete er zwei Kollegen, die ihn mit großen Augen ansahen und zu tuscheln und zu lachen anfingen, als er an ihnen vorbei gegangen war.

Koch blieb stehen, drehte sich um. „Ist was?", fragte er.

Die beiden reagierten nicht und gingen weiter.

„Idioten!", blaffte Koch so laut in ihre Richtung, dass sie es hören mussten.

Zu Hause fand Koch noch eine Flasche, in der sich ein Rest Schnaps befand, leerte sie, legte sich ins Bett und schlief augenblicklich ein. Um vier Uhr am Nachmittag wachte er auf und abgesehen von dem schalen Geschmack in seinem Mund fühlte er sich wesentlich besser als am Vormittag. Er setzte Wasser auf, kochte sich etwas, das entfernt an Kaffee erinnerte und aß dazu ein Stück altes Brot, das er erst befeuchten musste, bevor er es auf den Herd legte.

Er ließ das Geschehen von letzter Nacht noch einmal Revue passieren, ging alles haarklein durch, von dem Moment an, in dem er diese Kneipe betreten hatte über seine erste Begegnung mit dem Alten, der Schlägerei in der Ruine und dem Warten in der Toreinfahrt sowie den beiden Schlägern bis zu seiner Flucht in den kleinen Hof. Wieder und wieder ging er das durch. Was hatte Glodkowski mit diesem Bordell zu tun? War das Zufall oder mischte er da mit? Als Türsteher oder Schläger oder war er sogar an dem Laden beteiligt? Oder, und da wurde die Sache für Koch richtig interessant: Wenn Glodkowski in der Sache drinhing, war auch Brunner in irgendeiner Weise involviert? Gehörte ihm dieser Puff? Das schien Koch das Einleuchtendste zu sein, kam von daher seine Protektion? Brunner versorgte einflussreiche Leute mit Nutten. Und hatte sie damit gleichzeitig in der Hand. Aber das waren alles Spekulationen. Er musste unbedingt mehr über diesen Laden erfahren. Er selbst konnte nicht mehr dorthin gehen, die Gefahr, dass Brunner oder Glodkowski ihn sahen und erkannten, war zu groß. Er wusste auch, wer ihm in diesem Fall helfen konnte: Bresson, der seinen Unterhalt mit der Produktion von pornographischen Bildern verdiente.

Koch war schon im Begriff über den Flur zu seinem Nachbarn zu gehen, da klopfte es an seine Tür. Reuber blickte ihm mit seinen frechen Augen entgegen.

„Da bin ich. Ich hoffe, dass sich der Ärger mit meiner Frau lohnt."

Koch bat den Kollegen herein, wo er ihm einen Aschenbecher auf den Tisch stellte und ihm Wein anbot.

„Bäh!", verzog Reuber seinen Mund, als sie miteinander angestoßen und getrunken hatten. „Was ist das denn für eine elende Brühe? Haben Sie nicht noch von dem hervorragenden Obstbrand?"

Koch breitete seine Hände theatralisch aus. „Nichts mehr da!"

„Dann sollten Sie mal loslegen. Warum sollte ich zu Ihnen kommen?"

Koch erzählte Reuber von seinem „Ausflug" der letzten Nacht und den Schlussfolgerungen, die er vorhin daraus gezogen hatte.

„Na, ist das Mut oder Dummheit?", war Reubers erster Kommentar, während er sich eine neue Zigarette ansteckte. „Sie haben Nerven." Er zog an seinem Glimmstängel und schüttelte dabei den Kopf.

„Aber sagen Sie", sagte er schließlich, „ich habe den Eindruck, Ihr Fokus hat sich verschoben."

Koch sah seinen Gast fragend an.

„Brunner stand bislang im Mittelpunkt Ihrer Ermittlungen. Jetzt ist es mit einem Mal Glodkowski. Aber was noch auffälliger ist, Koch: Wenn Sie über Brunner gesprochen haben, schwang da eine gehörige Antipathie mit. Jetzt, bei diesem Glodkowski, höre ich richtiggehend Hass raus. Was verbindet Sie mit diesem Mann?"

Erschrocken nahm Koch sein Glas und trank hastig, um nicht gleich antworten zu müssen. War er so durchschaubar?

„Was Persönliches?", fragte Reuber, als von Koch keine Antwort kam.

Der nickte.

„Sie wollen nicht drüber reden?"

„Noch nicht. Solange nicht, bis ich sicher bin."

„Sicher über was?"

„Der war zu billig, Reuber."

„Aber einen Versuch wert."

„Haben Sie von diesem Bordell gehört?"

„Von dem nicht", antwortete Reuber, „aber warum sollte es anders sein als vor dem Krieg." Er steckte sich wieder eine Zigarette an, obwohl er die letzte eben gerade erst ausgedrückt hatte. „Ich weiß von Lieutenant Chavez, dass es in der amerikanischen Zone eine Menge solcher illegaler Bordelle gibt."

„Woher haben Sie so viele Zigaretten? Amerikanische", wechselte Koch das Thema.

„Jeder hat seine kleinen Geheimnisse. Das ist meins." Er grinste Koch frech an.

„Also, das Bordell, Koch. Dieses kenne ich, wie gesagt, nicht. Aber es gab sie früher schon, es gibt genug Kunden mit Geld, es gibt genug skrupellose Leute und auch genug Frauen, die keine andere Wahl haben. Und, um ehrlich zu sein, ich halte Ihre Vermutung, dass Brunner den Laden für Erpressungen nutzt, für sehr wahrscheinlich. Eine bessere Lebensversicherung gibt es nicht. Außerdem ist so ein Laden der ideale Umschlagplatz für Informationen."

Koch stand auf und verließ den Raum. Reuber hörte im Flur die Tür. Nachdem Koch zweimal vergeblich geklopft hatte, stand er wieder in seinem Wohnzimmer.

„Ich hoffe, dass Bresson da was weiß. Er scheint aber nicht da zu sein. Werde ich morgen noch mal versuchen müssen."

Er setzte sich wieder. Reuber blieb noch eine Stunde, bis er sich mit dem Hinweis auf die Eifersucht seiner Frau verabschiedete. Koch klopfte ein weiteres Mal an Bressons Tür. Vergeblich. Er legte sich ins Bett und obwohl er tagsüber schon geschlafen hatte, fielen ihm sofort die Augen zu.

Am nächsten Tag versuchte Koch seinen Bericht zu schreiben, aber außer einigen unvollständigen Sätzen, die noch nicht einmal er selbst verstand, brachte er nichts zustande. Siggi kam mehrmals in sein Büro, aber weil Arnheim ihn mit Botenaufträgen und Ähnlichem beschäftigt hielt, war er kaum dazu gekommen, die aufgetragenen Recherchen zu Glodkowski durchzuführen. Interessanter war ein Besuch von Reuber. Der war mit einem Kollegen zur „Hölle" gefahren, um sich mal umzuschauen, wie er sagte. Er hatte die Toreinfahrt gefunden, den Hof und auch eine Bodentür, die ihnen vom Hausmeister bereitwillig geöffnet wurde. Keine Spur eines Puffs, Abfall und Trümmerreste lagen in dem Raum herum.

„Da hat man schnell reagiert", kommentierte Koch.

„Haben Sie etwas anderes erwartet? Das ist das A und O in dem Geschäft. Aber seien Sie versichert, der Laden wird sicher bald schon an neuer Stelle wiederauferstehen. Wenn es ihn nicht schon wieder gibt."

Am Donnerstagabend hörte Koch endlich Schritte im Hausflur. Schnell stand er auf und ging zur Tür. Tatsächlich steckte Bresson gerade seinen Schlüssel ins Schloss.

Er wirkte ein wenig erschrocken, als Koch seine Tür öffnete.

„Kann ich Ihnen helfen?", fragte er reserviert.

Die Antwort fiel Koch nicht leicht. „Ja!", sagte er schließlich.

„Brauchen Sie was zu trinken?"

Koch schüttelte seinen Kopf.

„Wollen Sie reinkommen?"

Der Kommissar zögerte.

„Keine Sorge. Ich bin alleine. Niemand da." Leiser Spott grundierte seine Worte.

„Gut." Koch folgte dem Mann ins Wohnzimmer, wo er auf dem Sofa, auf dem er bei seinen früheren Besuchen schon gesessen hatte, Platz nahm.

„Darf ich Ihnen etwas anbieten?"

Koch überlegte und nickte.

Während Bresson eine Flasche öffnete und zwei Gläser füllte, betrachtete ihn Koch genauer. Der Nachbar trug einen dunklen Anzug, ohne Flecken und Falten. Er schien neu zu sein. Wahrscheinlich hatte er wieder einige seiner Fotos verkaufen können. Koch verscheuchte diesen Gedanken. Er brauchte den Mann jetzt.

„Santé!" Koch hob sein Glas.

„Wie kann ich Ihnen helfen?"

Koch überlegte, wie er beginnen sollte.

„Bresson, ich nehme an, durch Ihre photographischen Arbeiten …", bei diesem Ausdruck schlich sich ein Lächeln auf Bressons Lippen, „… haben Sie Kontakte zu bestimmten Kreisen."

Koch machte eine Pause, die sein Nachbar aber nicht zu einem Kommentar nutzte.

„Ich bin gestern im Rahmen meiner Ermittlungen auf ein … ein Etablissement gestoßen, über das ich Informationen brauche beziehungsweise jemanden, der sich dort sogar für mich umsehen könnte."

Wieder unterbrach er sich, doch auch dieses Mal schwieg Bresson.

„Ein Laden in Mombach, Hinterhof, nennt sich ‚Hölle', Zugang durch eine in den Boden eingelassene Tür."

Koch sah Bresson an. Der nickte und brummte etwas Unverständliches und nahm einen Schluck aus seinem Glas.

„Ein Puff", führte Koch weiter aus, „bewacht von zwei Kerlen, die nicht zimperlich sind."

„Daher?" Endlich sagte Bresson etwas und deutete dabei auf Kochs Stirn.

Der nickte. „Genau."

Bresson stand auf, holte die Flasche und füllte ihre Gläser auf.

„Ein nie versiegender Vorrat", kommentierte Koch.

„Was wollen Sie, Koch?" Bresson klang leicht verärgert. „Wir haben schwierige Zeiten. Ich bin froh überlebt zu haben und einigermaßen aus der ganzen Sauerei herausgekommen zu sein. Zumindest äußerlich. Es sind harte Zeiten, in denen man sehen muss, wie man überlebt. Die Ersten beginnen sich für die neue Zeit zu positionieren. Glauben Sie alles, was gesagt wird? Entnazifizierung? Was glauben Sie, was die Amis machen? Fragebögen, na klar. Und wen sie nicht brauchen können, den stecken sie in den Knast, ein paar Großkopferte werden gehängt. Nürnberg ist für die Presse. Aber die, die sie brauchen können, die sind längst in Sicherheit. Wissenschaftler, Techniker, Geheimdienstler. Selbst erfahrene Gestapoleute. Andere machen schon wieder Geschäfte. Bauen Kontakte auf. Wissen Sie, Koch, durch meine Kunden, ich meine, die Leute, die meine Bilder kaufen, kriege ich so einiges mit. Die können sich das leisten, die haben schon wieder Einfluss oder zumindest Kontakte. Also versuchen Sie mir kein schlechtes Gewissen zu machen oder mit Moral zu kommen. Die ist vor die Hunde gegangen. Aber völlig. Und alles, was Ihnen jetzt von moralischer Erneuerung erzählt wird, vergessen Sie es, Augenwischerei, für die Öffentlichkeit, für die Presse, für die, die so blöd sind, daran zu glauben."

„Sie sind ja tatsächlich ein Zyniker, Bresson", unterbrach Koch seinen Nachbarn.

„Nennen Sie es, wie Sie wollen. Aber das ist die Welt, in der wir leben. Die Gräuel der Nazis sind den Menschen außer denen, die unter ihnen gelitten haben, doch völlig egal. Es geht um Macht, um Geld, um Einfluss. Hätten die Nazis es ein bisschen cleverer angestellt, wären sie noch immer an der Macht und würden glänzende Geschäfte mit denen machen, die sie besiegt haben. Schauen Sie sich Spanien an. Sie wissen doch selbst, was da passiert ist. Stalin war Franco egal. Er hat auf seine Verbündeten schießen lassen. Und die Amerikaner. Ich sage Ihnen, dass die bald hervorragende und lukrative Geschäfte mit dem Generalissimo machen werden. Der Mann ist ein Kommunistenfresser, also ein guter Verbündeter. Wenn die Demokratie im eigenen Land darunter leidet und er Hunderte oder Tausende umbringen lässt, drauf geschissen. Und da wollen Sie mir mit Moral kommen, damit, dass das, was ich mache, verwerflich ist. Alle verdienen gut daran. Die Mädels, die sich bumsen lassen, die Typen und ich auch. Klare Absprachen, Koch."

„Das musste jetzt raus, was?", erwiderte Koch. Er wollte hämisch klingen, aber es gelang ihm nicht, weil er wusste, dass der Mann Recht hatte. Er hatte es ja selbst erlebt. In Frankreich hatte er mit Schrecken die Nachricht vom Hitler-Stalin-Pakt vernommen, hatte es in Spanien am eigenen Leib erfahren. Aber so kalt, angereichert mit diesen düsteren Prognosen, wie sie Bresson vorbrachte, das war ihm zu viel. Die Aussicht, dass alte Nazis bald wieder in Amt und Würden wären, nagte an ihm.

„Klingt nicht gut, Koch, besonders für einen Idealisten

wie Sie. Es ehrt Sie auch, dass Sie nach Ihren Erfahrungen immer noch einen Rest davon besitzen. Aber die Welt scheißt auf Idealisten. Sie werden immer verlieren."

Er nippte an seinem Glas und sah Koch unumwunden an, wartete auf eine Antwort. Die kam nicht.

„Was wollen Sie von mir, Koch? Wie kann ich Ihnen helfen? Die ‚Hölle' in Mombach, da wollten Sie was drüber wissen."

„Ja", reagierte Koch erst nach ein paar Sekunden. „Die ‚Hölle'. Ich suche einen Mann …"

„Diesen Glodkowski, nehme ich an", unterbrach ihn Bresson.

„Genau der. Ich hatte einen Tipp bekommen, dass er sich da aufhält. Leider bin ich nicht reingekommen, schlimmer, mich haben zwei Schläger abgefangen."

Bresson lachte. Koch sah ihn überrascht an. „Dafür sehen Sie aber noch ganz ordentlich aus."

„Was wollen Sie damit sagen?"

„Dieser Laden genießt höchste Protektion, Koch. Ein Ort, an dem man sich nicht nur hervorragend vergnügen kann und kein Wusch unerfüllt bleibt, es ist auch ein Ort, an dem man hervorragend Geschäfte besprechen und abschließen kann. Geschäfte, von denen draußen niemand etwas wissen muss. Wie haben Sie davon erfahren?"

Koch erzählte es ihm.

„Passen Sie auf sich auf. Wenn die rauskriegen, wer Sie sind, wie Sie an die Information gekommen sind, dann leben Sie gefährlich. Sehr gefährlich."

Koch nickte. „Und Brunner? Meinen Sie, dass der was damit zu tun hat?"

„Als Gast oder was meinen Sie?", fragte Bresson zurück.

„Beides, wobei mich Letzteres mehr interessieren würde."

„Ich weiß es nicht, Koch. Ehrlich. Mit Prostitution habe ich nichts zu tun. Ich mache meine Fotos. Was ich weiß, weiß ich von den Mädels. Ich hatte zwei, die dort schon angeschafft haben. Und ich kenne einen Kerl, der dort arbeitet. Aber Koch, ich habe keine Lust, mich mit eingeschlagenem Schädel irgendwo wiederzufinden", sagte er, als er dessen Blick bemerkte.

„Für den Laden bin ich nicht zuständig, Bresson. Ich will was anderes. Ich brauche Fingerabdrücke von diesem Glodkowski. Ich muss sie mit denen auf der Flasche vergleichen, die wir da gefunden haben, wo Siggi auf den Gleisen abgelegt worden war."

Bresson lachte. „Sie sind ein Spinner, Koch. Besorgen Sie sich die woanders. Doch nicht in dem Laden. Das Risiko steht doch in gar keinem Verhältnis. Sie lassen sich viel zu sehr von persönlichen Gründen leiten."

„Das habe ich heute schon einmal gehört."

„Dann ist vielleicht was dran und Sie sollten es sich zu Herzen nehmen."

Koch trank einen Schluck und stellte sein Glas zurück auf den provisorischen Tisch. „Und ich würde trotzdem gerne wissen, was Brunner mit der ‚Hölle' zu tun hat. Vielleicht können Sie ja die Ohren offen halten. Wenn ich ihn dafür dran kriegen würde …"

„Sie verbrennen sich die Finger, Koch. Was glauben Sie, warum Sie bislang nicht an den Mann rangekommen sind?"

„Ich muss trotzdem …"

„Passen Sie auf! Ich höre mich um. Dafür bleibt das, was ich hier mache, unter uns. Ich kann meine Fotos machen, ohne dass mich jemand behelligt. Ist das klar?"

Koch wägte den Vorschlag nur kurz ab.

„Gut", sagte er schließlich.

Bressons Antwort war ein Lachen. „Koch, Koch, sehen Sie?“

„Was?“, war dessen verblüffte Erwiderung.

„So schnell sind Sie Teil des Spiels. Sie wollen etwas und sind bereit, dafür Ihre Überzeugung über Bord zu werfen.“

„Das ist doch etwas anderes!“

„Glauben Sie das wirklich? Wo fängt es an, wo hört es auf? Nee, nee, Koch. Genau so funktioniert das. Und Sie sind jetzt in einem Dilemma. Sie brauchen meine Informationen und Hilfe. Ohne die kommen Sie nicht weiter. Dafür gehen Sie diesen Deal ein. Sie klären das eine Verbrechen auf und decken dafür ein anderes. Sie wägen ab: Welches ist das Schlimmere? Und vielleicht haben Sie auch Recht und verhindern wirklich Schlimmeres. Aber die Büchse ist geöffnet.“

Koch schüttete den Rest in seinem Glas in einem Zug in sich hinein und verabschiedete sich.

Am nächsten Morgen regnete es heftig. Vor dem Krieg hätte er an den Hauswänden entlang gehen können, aber jetzt kam man am schnellsten in der Mitte der Straße voran, da, wo die meisten Trümmer weggeräumt waren. Aber schon nach wenigen Metern trat Koch in eine mit Wasser gefüllte Vertiefung. Er fluchte und eilte weiter. Kurz darauf hörte er schnell herannahende Motorgeräusche und bevor er zur Seite springen konnte, war der Wagen schon auf seiner Höhe und eine Fontäne ergoss sich über ihn.

Ein vielstimmiges Gelächter hallte von der Pritsche des Lastwagens, dazwischen französische Sprüche.

„Oh je!“, begrüßte ihn Siggi, als Koch das Treppenhaus der Polizeidirektion betrat. „Sie sollen gleich zum Chef. Soll ich Ihnen einen Kaffee holen?“

„Ja, bitte!“, antwortete er, nahm seinen Hut ab und klopfte ihn sachte gegen eine Wand. Anschließend zog er seinen dünnen Übermantel aus. Er hatte wenig genutzt, sein Anzug war feucht.

Was wollte Arnheim schon so früh von ihm? Vom Regen in die Traufe, dachte er bei sich, fand sein Bonmot ganz gut und ahnte nicht, dass es tatsächlich so kam.

„Koch, guten Morgen. Nein, kein guter Morgen. Ein neuer Fall, eine neue Leiche.“ Arnheim sprang von seinem Stuhl auf, dabei spannte sein braunes Jackett über dem Bauch, dass Koch fürchtete, die Knöpfe könnten abreißen.

„Wie sehen Sie denn aus? Passen Sie nur auf, dass Sie nicht wieder eine Lungenentzündung bekommen.“

Mit diesen Worten hastete er an ihm vorbei zur Tür, riss sie auf und rief seiner Sekretärin zu „Eine Tasse Kaffe für Herrn Koch, nein, zwei, für mich auch“, schloss die Tür wieder und ging an seinen Schreibtisch zurück.

„Setzen Sie sich, Koch, oder, nein, bleiben Sie stehen! So nass wie Sie sind.“

Die Sekretärin brachte den Kaffee und reichte Koch eine Tasse.

„Das wird Ihnen gut tun. Richtiger Bohnenkaffee.“ Er zwinkerte seinem Kommissar verschwörerisch zu. Koch überlegte, ob Arnheim ein Kunde in der „Hölle“ war.

„Mensch, Mensch, Koch. Ich dachte, ich komme in eine gemütliche Stadt, wissen Sie, Weinfeste, Karneval …“

„Fastnacht“, korrigierte ihn Koch.

„Oh, entschuldigen Sie“, spielte Arnheim den Ertappten, „wie konnte ich nur? Und Sie, Sie sind doch aus Mainz, nicht wahr?“

Koch nickte kurz.

„Von wegen ruhige Stadt. Diebstahl, Unterschlagung,

Betrug, Lebensmittelkartenfälschung, Wilderei, Schwarzhandel, damit habe ich gerechnet. Aber jetzt haben wir schon den dritten Mord in kürzester Zeit. Erst der Wachmann, dann der Sohn von diesem Bauern und nun einen Arbeiter."

„Vier Morde", beharrte Koch.

Arnheim, der auf ein Blatt auf seinem Schreibtisch geschaut hat, blickte überrascht auf. „Vier? Wieso vier?"

„Franz Hartmann. Der Mann, der bei dem Überfall in Bodenheim verletzt und dann von dem Auto überfahren wurde."

Arnheim griff sich an seinen Schnurrbart, auf den er an diesem Morgen besonders viel Zeit verwendet haben musste, denn er war so akkurat wie noch nie gezwirbelt.

„Sie geben nie auf, Koch, was? Viele sagen ja, dass Sie ein Sturkopf sind. Ich glaube, dass das bei Ihnen schon an Impertinenz grenzt. Ich dachte, diese Sache wäre abgehakt."

Koch spürte, wie er sich verkrampfte. „Es ist solange nicht abgehakt, wie ich den Fall nicht aufgeklärt habe."

„Ich bin Ihr Chef und ich bestimme, wann ein Fall abgehakt ist." Arnheim war laut geworden. „So, und bevor wir unsere Zeit vergeuden: Heute Morgen ist in Mombach ein Toter gefunden worden. Ermordet. Und nun machen Sie, dass Sie zu der Stelle fahren, wo die Leiche gefunden wurde. Und ich warne Sie: kein schöner Anblick, wurde mir gesagt."

Koch nahm den Zettel mit der Ortsangabe, verabschiedete sich und ging zur Tür.

„Noch was, Koch", hielt ihn sein Chef auf. „Ich warte immer noch auf Ihre Berichte!"

„Kommen noch", entgegnete der lapidar.

„Ich hoffe es."

Koch fand Siggi in der Autohalle, wo er heftig auf Jörg einredete.

„Gut, dass Sie kommen, Herr Kommissar", begrüßte der Koch. „Siggi erzählt mir seit Tagen von nichts anderem als diesem Rennen. Das habe ich doch Ihnen zu verdanken."

„Mir?", gab Koch überrascht zurück.

„Sie und Herr Reuber haben dem Jungen das doch geschenkt."

„Stimmt."

„Und ich und meine Jungs müssen uns jetzt jeden Tag nicht nur neue Geschichten von Kling, Lang und wie sie alle heißen, anhören, sondern auch, wann unser Siggi seinen ersten Großen Preis einfahren wird."

„Heute wird auf jeden Fall nichts daraus, Siggi, wir haben einen neuen Fall. Und brauchen einen Wagen."

„Nur der Opel ist im Moment fahrbereit."

„Der mit der Holzgasanlage?", fragte Siggi und er klang zutiefst erschüttert.

„Genau der, Siggi, für Rennen völlig ungeeignet", ergänzte Jörg mit einem Lachen.

„So, Schluss jetzt, wir fahren jetzt", entschied Koch.

Kurz darauf verließen die beiden Männer den Hof der Polizeidirektion.

„Was haben wir?", fragte Siggi.

„Männliche Leiche."

„Das häuft sich aber. Wo müssen wir hin?"

Koch las die Adresse von Arnheims Zettel ab.

„Das ist in Mombach", erklärte Siggi und bog nach rechts in die Rheinstraße ab.

Koch hatte schon einen Stich verspürt, als Arnheim das Wort „Arbeiter" gesagt hatte. Jetzt, bei Mombach, ging der noch tiefer. Er hatte eine Ahnung und wenn sich die bewahrheitete, hatte er ein Problem.

Ein Wagen der französischen Militärpolizei kam von hinten herangerauscht, Siggi fuhr rechts an die Seite und stieß dabei gegen einen Stein, der nicht weggeräumt worden war.

„Mist!", fluchte er, „da wird Jörg wieder ganz schön rumbrüllen." Er wollte aussteigen, um den Schaden zu begutachten, aber Koch hielt ihn zurück. Er war zu aufgeregt. Er hoffte, dass er nicht das zu sehen bekäme, was er befürchtete.

„Bleiben Sie im Auto, Siggi. Sie können später nachschauen."

Der sah sich kurz nach weiteren Fahrzeugen um und fuhr weiter.

Koch war so schweigsam, dass es Siggi auffiel.

„Ist Ihnen nicht gut, Herr Koch?"

Der wehrte ab. „Nein, nein, alles in Ordnung. Ich muss nachdenken."

Sie kamen nur langsam voran. Erst versperrte ihnen ein Pferdefuhrwerk, dessen Zugpferd sich weigerte weiterzugehen, die Straße, und das ausgerechnet an einer Stelle, die so schmal war, dass sie weder vorbeifahren noch wenden konnten. Anschließend gerieten sie in der Nähe der provisorischen Rheinbrücke auch noch in eine Kontrolle der Grenzpolizei, die nach Hamsterern suchte, und bis sie zu den Kollegen vorgedrungen waren und ihnen klar gemacht hatten, dass sie auch Polizisten und zudem im Einsatz waren, hatten sie viel Zeit verloren.

Fast eine Stunde war vergangen, nachdem sie die Direktion verlassen hatten und sie den Ortseingang von Mombach erreichten.

Mit jedem Meter, den sie nun weiter fuhren, wurde es Koch flauer zumute. Siggi stoppte den Opel genau vor der Ruine, in der Koch sich mit dem Alten geprügelt hatte. Vielmehr: Er ihn verprügelt hatte.

Ein Kollege von der Ordnungspolizei stand am Eingang zu dem eingestürzten Gebäude. Als er die beiden erkannte, trat er zur Seite und ließ sie auf das Grundstück.

Koch ließ Siggi vorgehen. Er sah sich um. Im Erdgeschoss standen noch Teile der Wände. Der Boden lag voller Schutt. Er wunderte sich, dass er sich in der Nacht nicht den Fuß verknackst hatte.

Drei beieinander stehende Ordnungspolizisten und ein Mann in Zivil zeigten ihnen den Fundort der Leiche. Irgendjemand hatte ein Tuch über ihr ausgebreitet. Koch sah sich unauffällig um, ob ihn einer der Kollegen beobachtete. Das war nicht der Fall. Der Mann in Zivil, Dr. Guntram, kniete sich neben die Leiche und blickte zu Koch hinauf, der stumm nickte.

Der Mann nahm das Tuch und hob es an. Der Kopf mit dem dünnen Haarkranz reichte aus, dass der Kommissar erkannte, dass das eingetreten war, was er befürchtet hatte.

Das war tatsächlich der Mann, den er vor zwei Tagen in dieser Ruine zusammengeschlagen hatte und von dem er den Hinweis auf das Kellerbordell erhalten hatte. War er deshalb umgebracht worden, weil er ihm das Geheimnis verraten hatte? Aber wenn man dafür einen Menschen ermordete, musste noch viel mehr daran hängen als ein gewöhnlicher Puff. Bresson hatte Recht gehabt. Oder wusste man, dass er, Paul Koch, von dem Geheimnis Wind bekommen hatte und dass der Tote eine Warnung an ihn war, die Sache auf sich beruhen zu lassen?

„Sie sind so still, Herr Koch“, hörte er Siggi sagen. „Kennen Sie den Mann?“

Der Kommissar antwortete nicht sofort, dann schüttelte er den Kopf, sagte aber „Ja!“

Ihm war klar, dass es keinen Sinn machte, das zu leugnen. Früher oder später würden sie in die Kneipe müssen, in der er den Alten getroffen hatte, und dort würde man ihn erkennen. Das mit dem Bordell, das musste er ja nicht an die große Glocke hängen. Dass er Glodkowski suchte, würde ihm einen Haufen Ärger mit Arnheim einbringen, aber daran hatte er sich schon so gewöhnt, dass ihm wahrscheinlich etwas fehlen würden, wenn sein Chef damit längere Zeit aussetzte.

„Ja?", wiederholte Siggi erstaunt.

„Erkläre ich Ihnen später. Wie ist der Mann umgekommen?", fragte Koch.

„Schauen Sie mal, Herr Koch", sagte Dr. Guntram und wies mit dem Finger auf die Hand des Opfers.

„Der Mann wurde gefoltert. Sieht nach Gestapo-Schule aus. Mit leichten Schmerzen fängt es an. Schläge ins Gesicht. Nase gebrochen. Finger biegen und überdehnen. Da hört es bei vielen schon auf. Spätestens, wenn der erste Finger gebrochen ist. Aber auch hier", er zog das Tuch noch weiter zurück, „Verbrennungen im Brust-, Bauch- und Genitalbereich. Das linke Bein ist zudem gebrochen."

Koch schluckte. Gestapo-Methoden hatte Dr. Guntram gesagt. Ihm wurde übel.

„Ist was, Herr Koch?", fragte Siggi. „Sie sind ganz blass."

Auch Dr. Guntram war aufgestanden und stellte sich neben den Kommissar.

„Geht es Ihnen nicht gut? Ist wirklich kein schöner Anblick."

Koch wehrte ab. „Bisschen wenig Schlaf. Geht aber schon wieder. Wie ist der Mann nun umgekommen?"

„Professionelle Arbeit. Ein langer spitzer Gegenstand, wie eine Stricknadel oder eine angespitzte Fahrradspeiche, direkt ins Herz. Kaum zu sehen."

„Eine Stricktante war es sicher nicht." Koch versuchte locker zu wirken.

Dr. Guntram schüttelte seinen Kopf. „Sicher nicht. Aber eine lustige Vorstellung."

Damit wandte er sich um und wieder der Leiche zu.

„Wissen Sie schon, wer das ist?", fragte Koch seinen Assistenten.

„Werner Eckes, wohnt hier in Mombach. War vor dem Krieg Arbeiter. Jetzt arbeitslos. Vorbestraft wegen Körperverletzung. Im Krieg Strafbataillon. Zumindest zeitweise."

Siggi ging ein paar Schritte zur Seite. Koch wusste, was kommen würde.

„Woher kennen Sie den Mann, Herr Koch? Haben Sie den schon mal verhaftet?"

Koch schüttelte den Kopf. „Blöde Sache, Siggi. Ich war vorgestern Abend hier in Mombach. Suchte Glodkowski. Sie hatten ihn und seinen Kumpel ja in diese Kneipe gehen sehen. Also bin ich dahin, habe nach ihm gefragt. Und bin an diesen … Mann …"

„Werner Eckes."

„Genau, Werner Eckes, geraten. Habe mich mit ihm unterhalten, aber als ich die feindselige Stimmung in dem Laden mitbekommen habe, bin ich gegangen."

Siggi zog plötzlich seine Augenbrauen hoch, als habe er einen Einfall.

„Gestern Morgen kamen Sie doch mit dieser Verletzung ins Büro …" Er deutete auf Kochs Stirn. „Ist das davon?"

Der Kommissar antwortete nicht sofort.

„Er ist mir nach. Wollte wissen, was ich von Glodkowski will. War nicht zimperlich."

„Und Sie auch nicht", ergänzte Siggi und Stolz auf seinen Chef klang aus seinen Worten.

„Er oder ich!" Koch war sich sicher, dass es das war, was der Junge hören wollte. „Aber ich habe ihn nur zusammengeschlagen. Mehr nicht."

Die Tür zu der Kneipe war verschlossen. Erst nach dem dritten Klopfen reagierte jemand.

„Ist ja gut. Was ist los?"

Schlurfende Schritte näherten sich der Tür. Ein Riegel wurde zur Seite geschoben.

„Was'n los?"

Ein alter Mann streckte seinen Kopf durch den Spalt und sah die beiden Männer genau an. Es war der Wirt, der Koch an dem Abend den Obstschnaps gebracht hatte. Jetzt fiel Koch auch der Name des Mannes ein.

„Lassen Sie uns rein, Freddie!"

Siggi und der Mann sahen den Kommissar erstaunt an.

„Ich kenn Sie doch? Sie sind doch schon mal hier gewesen", erwiderte der Wirt, anstatt zur Seite zu treten. „Wir haben noch geschlossen. Und so Grünschnäbel", er deutete mit einem kurzen Blick auf Siggi, „kriegen hier nichts."

„Aufmachen!", forderte Koch nachdrücklich, zog seinen Ausweis aus der Tasche und hielt ihn Freddie vor die Nase.

„Schmiere. Dachte ich es mir doch."

Koch steckte seinen Ausweis mit einer ruhigen Bewegung ein, doch sowie er ihn in der Tasche verstaut hatte, stieß er die Tür mit dem Fuß auf. Das kam so überraschend, dass der Wirt keinen Widerstand leisten konnte und nach hinten in den Raum stolperte.

„Was soll das?", beschwerte er sich, während er sich aufrappelte.

Koch ging nicht darauf ein. Er stellte sich an das Metallstück in der Mitte des Raums, das als Tisch diente und an dem er vorgestern schon gestanden hatte. „Sie kennen Werner Eckes?"

„Ja, natürlich. Was ist mit Werner? Hat er was angestellt?"

Koch sah den Mann genau an. Er wollte feststellen, ob der ihm was vorspielte.

„Er ist tot."

„Wie tot?"

„Erstochen. Nachdem man ihn gefoltert hat." Koch sagte das ganz kühl.

„Sie haben sich doch noch mit ihm unterhalten", sagte Freddie.

„Unterhalten ist gut", erwiderte Koch. „Viel gesagt hat er nicht. Und dann ein Messer gezogen."

„Das sind die schlechten Erfahrungen, die Werner gemacht hat."

„Hören Sie zu, Freddie, wir reden jetzt nicht um den heißen Brei rum, verstanden!? Ich habe nach Klaus Glodkowski gefragt, keiner in diesem Loch kannte ihn. Eckes hat ein Messer gezogen. Ich bin raus, weil ich keine Lust hatte, damit Bekanntschaft zu machen. Soweit bekannt, soweit gut. Was geschah danach? Ist er wieder hierhin zurückgekommen?"

Freddie steckte sich eine Zigarette an und hielt die Packung den beiden Polizisten entgegen, die ablehnten.

„Nein." Freddie wirkte jetzt ruhiger.

„Wo könnte er hingegangen sein?"

„Keine Ahnung. Er ist Ihnen nach. Ich habe schon gedacht …"

„Ja?"

„Na ja, dass er Unsinn macht. Wissen Sie, Werner ist manchmal sehr unbeherrscht. Sie haben's ja gesehen. Der hat schnell das Messer zur Hand. Und der Allerhellste …"

„Und gestern. War Freddie gestern hier?"

Der Wirt schüttelte den Kopf.

„War also kein Stammgast?"

„Wie man's nimmt. Aber manchmal hat er sich eine Auszeit genommen."

„Für nen Bruch, oder so?"

„Aber Herr Kommissar!" Freddie hob beschwichtigend die Hände.

„Mit wem hat Eckes sonst so zu tun?"

„Ich kenne die Leute doch nicht alle mit Namen."

„Freddie, wenn Sie uns nicht helfen, schicke ich Ihnen die Kollegen ins Haus. Konzession und all diese Sachen."

Freddie warf seinen Zigarettenstummel auf den Boden und trat ihn aus.

„Dieter Marks …"

„Schreiben Sie die Namen mit", sagte er an Siggi gewand. „Und die Adressen, Freddie, brauchen wir natürlich auch."

Der Wirt nannte einige Namen, die Siggi alle notierte. Einer war nicht dabei.

„Was ist mit Glodkowski? Wo wohnt er?"

Freddie wurde unruhig, steckte sich eine Zigarette an.

„Teures Vergnügen, Freddie, das Rauchen."

„Als Wirt …"

„Sie haben meine Frage noch nicht beantwortet."

„Ich kenne den Mann nicht."

„So, so", entgegnete Koch und schüttelte leicht seinen Kopf. Er sah Siggi an.

„Ich habe Klaus Glodkowski zusammen mit Fred Hafner hier herein gehen sehen", sagte Siggi mit Nachdruck.

„Ich sage Ihnen doch, dass ich ihn nicht kenne …"

„Freddie, keine Märchen …"

„Gut, ich habe den Namen schon gehört. Aber ich kenne den Mann nicht."

„Ich glaube Ihnen kein Wort, Freddie, kein einziges.

Was ist an Glodkowski so wichtig, dass Sie ganz nervös werden und andere gleich ihr Messer ziehen?"

„Ich weiß es nicht. Ehrlich." Der Wirt zog hastig an seiner Zigarette, ließ sie fallen, hob sie wieder auf, zog erneut daran, warf den Rest erneut auf den Boden.

„Wer kennt den Mann denn? Der ist doch kein Phantom?"

Freddie zuckte mit den Schultern und zündete sich eine weitere Zigarette an.

„Haben Sie Angst vor ihm?"

„Angst?" Freddie lachte verächtlich. „Was wissen Sie schon von Angst."

Koch fragte noch weitere fünf Minuten, sah jedoch ein, dass der Mann ihm nichts über Glodkowski sagen würde, obwohl er sicher war, dass der Wirt ihn kannte. Warum fürchtete er ihn so? War der Mann einflussreicher, als er gedacht hatte, mehr als nur ein Arbeiter und Zuträger von Brunner?

Den Rest der Woche befragte Koch ohne nennenswertes Ergebnis zusammen mit Siggi die Personen, die Freddie, der Kneipenwirt aus Mombach, ihnen genannt hatte. Abends klopfte er bei Bresson, der ihm aber nicht öffnete.

Als Arnheim ihn nach dem Toten fragte, beschloss Koch mit offenen Karten zu spielen. Er erklärte, dass er den Mann im Zuge seiner Ermittlungen nach Klaus Glodkowski kennen gelernt hatte.

„Glodkowski? Den Namen habe ich doch schon Mal gehört?" Arnheim spielte wieder an seinem Bartende herum, ein untrügliches Zeichen, dass er eine Verschwörung witterte.

„Glodkowski ist ein Mitarbeiter von Brunner …"

Weiter kam Koch nicht.

„Was haben Sie denn noch mit Brunner zu tun, Koch?!

Sie haben die unmissverständliche Anweisung, die Finger von dem Mann zu lassen. Der Fall wurde den Kollegen übergeben. Sie haben da keine Aktien mehr drin. Koch, wissen Sie, was das ist, was Sie da machen? Im Krieg haben wir das Befehlsverweigerung genannt. Und Sie wissen, was da drauf stand … Ach nein, können Sie ja nicht, Sie waren ja nicht an der Front. Nur Zuschauer von außen."

Dieses Mal regte sich Koch nicht auf. Es schien ihm, dass das keine bewusste Spitze gegen ihn war. Der Mann konnte nicht anders. Autorität war bei Arnheim an Rang und Namen und Befehlsgewalt gebunden.

„Haben Sie nichts dazu zu sagen?"

Koch überlegte kurz, ob er sich einfach entschuldigen sollte, doch Arnheim kam ihm zuvor.

„Zum letzten Mal, Koch. Lassen Sie die Finger von Brunner. Und von Glodkowski auch. Haben Sie das verstanden? Und was Ihren anderen Fall angeht, diesen Gerber, warte ich noch immer auf Ihren abschließenden Bericht. Wissen Sie, Koch", Arnheim beugte sich über seinen Schreibtisch dem Kommissar entgegen und sprach im Flüsterton weiter, „ich weiß nicht, warum man da oben", er zeigte mit dem ausgestreckten Zeigefinder zur Decke, „so viel von Ihnen hält und sich schützend vor Sie stellt, trotz all des Mistes, den Sie machen, und trotz Ihres ungebührlichen Verhaltens, aber irgendwann ist dieser Kredit auch aufgebraucht. Und dann stehen Sie ganz alleine da, Koch."

Dass Koch darauf nichts erwiderte und seinen Vorgesetzten gleichgültig ansah, reizte den viel mehr als irgendeine Antwort.

„Gehen Sie mir aus den Augen, Koch, und melden Sie sich erst wieder, wenn Sie Ihren Bericht geschrieben haben."

Koch schrieb ein paar Zeilen auf einen eingerissenen Zettel, aber sein Kopf war viel zu sehr von Brunner und Glodkowski und allem, was damit zusammenhing, besetzt, als dass er sich auf den Bericht konzentrieren konnte.

Abends klopfte es an seiner Tür.

„Absacker, Puhler?", zwinkerte ihm Bresson zu.

Koch spürte, dass er aufgeregt war. Hatte der Mann etwas erfahren? Sie gingen in Bressons Wohnung.

Der ließ sich Zeit, Koch kam es so vor, als betriebe er langsamer als sonst die Vorbereitungen für ihr Trinkgelage: das Hervorholen der Flasche unter dem Sofa, das Bereitstellen und anschließende Füllen der Gläser. Dieses Mal stellte er einen Teller dazu.

„Schinken?", fragte Koch überrascht.

„Bester geräucherter Schinken", erklärte Bresson stolz.

„Woher Sie den haben, frage ich besser nicht."

„Was Sie nicht wissen, kann Sie auch nicht in Gewissensnöte bringen. Also, zum Wohl und greifen Sie zu."

Das ließ sich Koch nicht zweimal sagen. Wann hatte er das letzte Mal Schinken gegessen? Es musste schon lange her sein.

„Also", begann er, nachdem sie ein paar Floskeln ausgetauscht hatten und Koch schon unruhig auf seinem Sessel hin und her gerutscht war, „was gibt es Neues?"

Offenbar wollte Bresson ihn auf die Folter spannen, denn er steckte sich in aller Seelenruhe eine Zigarette an.

Nach drei Zügen erzählte er endlich. „Ich habe mich umgehört, bei meinen Kontakten, meinen Mädels und den Kerlen, die hier für mich arbeiten. War nicht einfach. Wird ein großes Geheimnis um den Laden gemacht. Scheint, dass die Leute Angst haben drüber zu reden." Er inhalierte tief, hielt den Rauch einige Sekunden in seiner Lunge, bevor er weiter sprach. „Der Laden ist ein Puff, das haben Sie richtig vermutet. Aber kein gewöhnlicher."

Koch wurde ungeduldig. „Und?"

Bresson verzog seinen Mund. „Ihr Idealismus wird weiteren Schaden nehmen, Koch. Der Laden ist, wie soll ich sagen, so eine Art Börse."

„Wie? Börse?"

Koch war ganz nach vorne auf seinen Sessel gerutscht.

„Eine Börse. Zum Tausch von Waren, aber beileibe keine Zigaretten, oder wenn, in einer Größenordnung, bei der uns beiden schwindelig werden würde, und, weit wichtiger, zum Tausch von Informationen. Und zum Tausch oder besser Austausch, von Körperflüssigkeiten. Das natürlich auch. Aber alles für hochrangige Leute. Leute mit Einfluss und Macht. Damit die schön weiter wachsen. Hatte ich Ihnen aber schon so ungefähr gesagt, Koch."

Der trank zunächst einen Schluck, um über das soeben Gehörte nachzudenken. „Und ich nehme an", sagte er schließlich und nahm sich das letzte Stück des Schinkens, „dass nicht jeder Zutritt zu diesem Etablissement bekommt."

„Sagte ich ja schon. Hochrangig. Kommissar reicht da nicht. Einlass nur mit Referenz."

„Wer betreibt den Laden?"

Bresson lachte laut auf und verschluckte sich dabei. Er musste mehrmals husten. „Koch, Koch, Sie sind doch der Puhler, Sie müssen doch wissen, dass die wirklich großen Tiere nie ans Tageslicht kommen. Man erkennt sie viel zu leicht, sie sind auffällig. Natürlich betreiben Strohmänner den Laden."

„Und haben Sie da Namen?"

Bresson schüttelte seinen Kopf. „Wird ein großes Geheimnis drum gemacht. Aber der Mann, den Sie suchen, verkehrt dort auf jeden Fall."

„Als Kunde?"

„Eher nicht."

„Muss ich Ihnen denn alles einzeln aus der Nase ziehen?" Koch klang verärgert.

„Mehr weiß ich nicht. Nur, dass Sie den jetzt an einem anderen Ort suchen müssen. Da hat jemand zu tief seine Nase reingesteckt. Das waren wahrscheinlich Sie, Koch, oder täusche ich mich? Hat für einige Aufregung gesorgt."

„Ich weiß", erwiderte Koch. „Aber, Bresson, dafür, dass um den Puff so ein Geheimnis gemacht wird und es so ungeheuer schwer ist, da rein zu kommen, sind Sie ja erstaunlich schnell an die Informationen gekommen."

„Mein kleines Geheimnis. Nur so viel, Herr Kriminaler: Ich falle in bestimmten Läden nicht so auf wie Sie und wenn ich meine Kunst, ich meine, meine Bilder, anbiete, öffnen sich mir viele Türen."

Koch sah den Mann auf dem Sofa skeptisch an.

„Vergessen Sie Ihre Moral, Koch. Sie wollen den Mann, der vielleicht Ihren Vater umgebracht hat. Und ganz sicher noch mehr auf dem Kerbholz hat. Also, sagen Sie Danke und vergessen Sie mal Ihr Gewissen. Wir leben in einer Zeit der Gesetzlosigkeit. Alles ordnet sich neu, alle positionieren sich, die Institutionen funktionieren noch nicht richtig. Was glauben Sie, wo die Männer, die jetzt diese dreckigen Geschäfte machen, bald, wenn wieder die Ordnung eingekehrt ist, sitzen werden? Na? Ganz oben, Mensch, ganz oben. An die kommen Sie nicht mehr dran. Die sind schon alle fleißig am Kungeln. In Läden wie dieser ‚Hölle'."

„Schöner Vortrag, Bresson", kommentierte Koch ironisch und klatschte zweimal leicht in die Hände. „Aber danke. Ich weiß das zu schätzen. Ich hoffe, ich habe Sie nicht in Gefahr gebracht."

„Gefahr ist mein zweiter Name“, erwiderte Bresson und lachte.

Auf dem Weg in die Polizeidirektion am nächsten Montagmorgen fühlte Koch, dass sich ein heißer Sommer ankündigte. Zumindest die Sorge der kalten Nächte waren die Menschen nun los. Aber viele andere waren nach wie vor vorhanden und es würde noch einige Zeit vergehen, bis wieder ein normales Leben möglich wäre. Schon jetzt hieß es, dass die Ernte nicht genug für eine ausreichende Versorgung im nächsten Winter hergeben würde.

Kaum war er in seinem Büro, kam Siggi herein.

„Herr Koch, da sind Sie ja. Ich habe Sie schon gesucht.“

„Sie sind ja ganz aufgeregt, Siggi. Was ist denn?“

„Also, der Werner Eckes, der Tote aus Mombach, das ist ein Cousin von Glodkowski.“

Koch schluckte und wandte sich ab. Er erinnerte sich, dass er Glodkowskis Gesicht vor sich gesehen hatte, als er auf den Mann einschlug.

„Was ist, Herr Koch?“, fragte Siggi.

Der atmete einmal tief ein und aus und drehte sich wieder dem Jungen zu. „Nichts, nichts. Ist nur, dass das … das ist echt ne Nachricht, Siggi. Wie haben Sie das denn rausgefunden?“

„Ich habe in den Akten gelesen, dass die früher mal im selben Haus gewohnt haben. Ich habe ein wenig in den Stammbäumen geforscht und festgestellt, dass der Vater von Eckes und die Mutter von Glodkowski Geschwister sind.“

„Na, noch eine Verbindung. Sehr gut, Siggi, sehr gut.“ Doch Kochs Euphorie legte sich schnell, nachdem er einen Moment darüber nachgedacht hatte. „Aber es ist wieder nur eines dieser Puzzleteile. Das reicht für gar nichts.

Klar, Eckes hat gelogen, als er sagte, dass er Glodkowski nicht kennt, aber was sagt das? Aber warum hat man ihn ermordet, nachdem ich ihn nach Glodkowski gefragt habe? Warum hat man ihn gefoltert? Was wollte man von ihm wissen? Oder diente das der Abschreckung? Und, wusste Glodkowski, dass man seinen Cousin umbringen will oder hatte er selbst seine Finger mit im Spiel? Und was hat Brunner damit zu tun? Wenn er in dem Puff mit drinhängt, und der ist, wie Bresson gesagt hat, Tarnung für eine Art Tauschbörse, in der sich, na, wie soll ich sagen, Amtsträger, Würdenträger treffen", er musste darüber grinsen, „dann rührt daher auch die Protektion, die er offenbar genießt."

„Puff?", fragte Siggi verständnislos. Koch fiel ein, dass er dem Jungen davon noch gar nichts erzählt hatte.

„Ja, Siggi, die Sache zieht weite Kreise." Er konnte jetzt nicht mehr zurück. „Was ich Ihnen jetzt sagen werde, müssen Sie unbedingt für sich behalten. Unbedingt, Siggi. Verstanden?"

Der Junge stand stramm vor dem Kommissar.

„Ja, natürlich", antwortete er sofort, und Koch fasste seinen nächtlichen Ausflug noch einmal zusammen. Siggi hörte ihm mit offenem Mund zu.

„Tauschbörse? Das hat Bresson Ihnen erzählt?", fragte er, als Koch fertig war.

Koch klärte Siggi über sein Gespräch mit seinem Nachbarn auf. „Wir werden jetzt einfach noch mal Kärnerarbeit machen müssen. Leute befragen. Nach dem Verhältnis zwischen Eckes und Glodkowski, was Eckes sonst so gemacht hat. Das ganze Programm. Und ich werde mich in Gonsenheim umhören, ob mir jemand etwas über die Verbindungen zu Brunner erzählen kann. Auf geht's, Siggi, an die Arbeit!"

Dass er selbst die Befragungen in Gonsenheim durchführen wollte, hatte einen einfachen Grund. Er hoffte die Frau, die ihm nicht mehr aus dem Kopf ging, und mit der er außer bei ihrem Zusammenstoß in der Bäckerei noch kein Wort gesprochen hatte, wiederzusehen. Es verwirrte ihn, dass sie sich so häufig in seine Gedanken schlich. Während der Arbeit, wenn er abends alleine war, in seine Träume. Er wehrte sich dagegen, es kam ihm kindisch vor, wie eine jugendliche Schwärmerei, an eine Frau zu denken, die er gar nicht kannte.

Am Abend setzte sich Koch an den Küchentisch und schrieb einen Brief an seinen Sohn. Er hatte ein schlechtes Gewissen, weil er in letzter Zeit so selten an ihn gedacht hatte.

Am nächsten Vormittag war er in Gonsenheim. Er mied es in die Nähe der Jahnstraße zu kommen, um nicht von Brunner gesehen zu werden. Er lief die Breite Straße entlang, streifte durch die engen Gassen, kam auch an der Bäckerei vorbei, in der er die Frau zum ersten Mal gesehen hatte, aber es stand eine andere Verkäuferin hinter der Theke, die ihm erzählte, dass Gerda, ihre Vorgängerin, fortgezogen war und sie selbst mit seiner Beschreibung der gesuchten Frau nichts anfangen könne.

Koch lief zur großen St. Stephanskirche, die Hauptstraße an einem der wenigen zerstörten Häuser vorbei hinunter bis zum Gonsbach, kam am Gerberschen Hof vorbei, wo das Tor geschlossen und alles ruhig war.

Koch ging in Geschäfte, sprach mit den Leuten, zeigte ihnen Bilder von Glodkowski und Eckes, fragte nebenbei nach der Frau, doch seine Beschreibung war zu vage, sodass er bald einsah, dass er auf seine nächste Chance warten musste. Er schwor sich, dann keine Sekunde zu zögern. Die Fragen nach Eckes und Glodkowski waren wenig ergiebig. Ein alter Mann, der früher in Mombach gearbeitet hatte, erinnerte sich, dass die beiden früher „ein Kopf und ein Arsch“ gewesen waren, so habe er sie in Erinnerung, zwei, die immer nur Ärger gemacht hatten und keiner Schlägerei aus dem Weg gegangen waren. Irgendwann waren sie verschwunden, er nahm an, dass sie in den Knast eingefahren waren. Ansonsten gab es ein paar Gonsenheimer, die Glodkowski als Arbeiter beim alten Brunner kannten, als guten Mann, der zuverlässig seine Arbeit verrichtete, eher wortkarg und verschlossen und am Wochenende auch mal betrunken.

Am Freitagmittag fuhr Koch noch einmal raus. Es war ein schöner Tag, die Sonne schien wieder, ein leichter Wind vom Wald her sorgte für Frische, als er durch die Straßen lief, die ihm schon vertraut erschienen. Er war an diesem Tag in der Nähe der Felder, in Richtung Finthen. Er hatte zwei ältere Leute befragt, die ihm zwar nicht weiterhelfen konnten, ihn aber mit langen Tiraden über die Städter aufhielten, die sie ihnen in die Häuser gesetzt hatten.

Endlich konnte Koch sich von ihnen lösen und wollte sich auf den Weg zur Straßenbahnhaltestelle machen, als ihn ein etwa sechzigjähriger Mann ansprach, der im Gegensatz zu den beiden Alten, mit denen er sich soeben noch unterhalten hatte, gut genährt und tadellos gekleidet war. Er trug einen braunen, flecken- und knitterfreien Anzug und ein weißes Hemd. Koch gefiel sein Gesicht nicht, er sah etwas Verschlagenes darin. Sie standen an einer kleinen Kreuzung. Kleine, schmale Kassettenhäuser zogen sich auf beiden Straßenseiten entlang.

„Sie sind doch von der Polizei?“, fragte der Mann und kniff seine Augen dabei zusammen.

Koch nickte. „Ja. Was kann ich für Sie tun?“

„Also“, begann der Mann und räusperte sich. „Mein Name ist Richard Neubert und mir ist da etwas aufgefallen. Ich will ja niemanden anschwärzen, aber ich glaube, ich muss das melden.“

Wenn jemand schon so anfing, wusste Koch genau, dass er einen ganz üblen Typus des Denunzianten vor sich hatte. Ihm war der Mann von der ersten Sekunde an unsympathisch gewesen, und dieser Eindruck verstärkte sich weiter.

„Es sind harte Zeiten“, redete er weiter, „jeder muss sehen, wie er durchkommt. Jeder hat sein Päckchen zu tragen. Aber wir haben auch Verantwortung. Ich habe da eine Frau in der Nachbarschaft, deren Sohn im Krieg für sein Vaterland ein Bein verloren hat. Junger Mann, aber ohne Bein … nicht einfach. Bestimmt auch nicht für die Mutter. Und auch nicht für die Nachbarn. Jeden Tag, jede Nacht die Schmerzensschreie. Manchmal war es ganz schlimm. Man konnte kaum ein Auge zutun. Und plötzlich, von heute auf morgen, ist Schluss mit dem Geschreie. Es ist still, kein Ton dringt mehr aus dem Haus. Man fragt nach, was ist, wird aber abgewimmelt. Man will nur ja nur das Beste … dafür sind Nachbarn ja schließlich da, dass man sich hilft …“

Koch unterbrach ihn. „Dieser ‚man‘, das waren Sie?“

„Ja. Ich habe die Frau gefragt, ob denn alles in Ordnung sei, wie es dem Rolf, das ist ihr Sohn, denn gehe, aber sie hat mich beschimpft und weggeschickt. Das fand ich schon sehr seltsam. Sonst war sie nämlich nicht so. Und auch in den nächsten Tagen: kein Ton, kein Schmerzensschrei. Da habe ich mir schon so meine Gedanken gemacht.“

„Ja“, forderte Koch diesen Neubert auf weiterzusprechen. Aber eigentlich wollte er so schnell wie möglich von diesem Mann weg.

„Und erst viel, viel später, gibt diese Frau bekannt, dass ihr Sohn tot ist. Hat sich erhängt, sagt sie."

„Das passiert oft in dieser Zeit", wandte Koch ein. „Der Sohn hatte sein Bein verloren, er hatte starke Schmerzen und wahrscheinlich keine Medikamente."

„Aber warum meldet sie das nicht gleich …"

„Sie wissen doch gar nicht, ob der Sohn …"

Neubert stemmte seine Arme in die Hüfte. Seine Stimme wurde lauter. „Sind Sie nun Polizist oder nicht? Ich habe einen Verdacht und Sie tun so, als ob ich ein Idiot wäre. Hätte das jemand noch vor zwei Jahren …"

Koch wurde hellhörig, sein Körper spannte sich.

„Ja?" Seine Stimme klang nun bedrohlich.

„Nichts, nichts", wiegelte Neubert ab, der bemerkt zu haben schien, dass er sich zu weit aus dem Fenster gelehnt hatte. „Ich will nur, dass Sie prüfen, ob da alles mit rechten Dingen zugegangen ist und die Frau nicht nachgeholfen hat."

„Ihren Sohn umzubringen?"

„Ja. Vielleicht, weil es ihr zu viel wurde, sie die Schreie nicht mehr ertragen hat."

Neubert nahm einen Zettel aus seiner Tasche, auf dem ein Name und eine Adresse notiert waren und reichte ihn Koch. Der nahm ihn und blickte kurz darauf. „Dorothea Becker", stand da in altdeutscher Schrift und ein Straßenname.

Er steckte den Zettel in seine Tasche.

„Prüfen Sie das bitte. Drei Wochen lang war es mucksmäuschenstill dort, wo der vorher ständig rumgeschrien hat. Dann erst hat sie den Tod ihres Sohnes gemeldet."

Koch sagte nichts.

„Sie nehmen mich nicht ernst, was?", ereiferte sich Neubert.

„Wir können nicht jeder Anschuldigung einfach so nachgehen. Sie glauben gar nicht, wie viele Leute in dieser Zeit ihre Nachbarn …"

„Wie bitte? Sie unterstellen mir, dass ich lüge? Wenn mir das früher passiert wäre! Ich warne Sie! Ich habe noch Kontakte, beste Kontakte. Wenn Sie der Sache nicht nachgehen, werde ich mich über Sie beschweren."

Wortlos drehte Koch sich um und ging in Richtung Straßenbahn. Er ertrug diesen alten Mann nicht mehr, der offenbar den alten Zeiten nachhing und jetzt aus irgendwelchen Gründen seine Nachbarin denunzieren wollte. Vielleicht war er einfach scharf auf sie und sie ließ ihn nicht ran. Würde zu dem Kerl passen, überlegte Koch, aber sofort danach hatte er den Vorfall schon vergessen.

Am Abend bat Arnheim den Kommissar in sein Büro, in dem jetzt ein patiniertes, aber noch sehr schönes braunes Ledersofa Platz gefunden hatte. Arnheim erhob sich nicht, als sein Kommissar das Büro betrat. Vor ihm stand eine Tasse dampfender Kaffee. Koch roch gleich, dass es sich um echten Bohnenkaffee handelte. Arnheim machte keine Anstalten, ihm eine Tasse anzubieten.

Ohne Vorrede legte er los. Koch setzte sich ungefragt auf den Sessel auf der anderen Seite des Schreibtisches.

„Koch, ich habe immer noch keinen Bericht von Ihnen vorliegen. Was machen Sie eigentlich die ganze Zeit? Französisches Laissez-faire? Wir sind in Deutschland, da haben wir für solche Fisimatenten keine Zeit!"

Er hielt inne und trank einen Schluck von seinem Kaffee.

„Was soll ich mit Ihnen machen, Koch?"

Als er keine Antwort erhielt, redete er weiter. „Sie waren in Gonsenheim?"
Koch nickte.
„Ich habe Sie nicht verstanden!"
„Ja, ich war in Gonsenheim."
„Darf ich, als Ihr Vorgesetzter, denn erfahren, was Sie da gemacht haben?"
„Ich wollte für den Bericht, den Sie angemahnt haben, noch fehlende Informationen einholen."
„Und dafür brauchen Sie zwei, drei, vier Tage?"
„Der Bericht soll doch korrekt sein."
Arnheim schien nachzudenken, ob er dem Kommissar diese Begründung abnehmen sollte.
„Gut", sagte er schließlich und trank einen weiteren Schluck. „Gut. Sind Sie, bei Ihren Nachforschungen, heute, um genau zu sein, in Gonsenheim, von einem gewissen Richard Neubert angesprochen worden?"
Koch benötigte ein paar Sekunden. Er hatte den Mann schon völlig vergessen.
„Der war nicht sehr … wie soll ich das sagen, überzeugt von Ihrem Arbeitseifer. Nun, er hat gesagt, dass er nicht glaube, dass der Selbstmord des Sohns seiner Nachbarin einer war. Er glaubt, dass sie nachgeholfen hat."
„Das hat er mir auch gesagt. Aber wenn Sie mich fragen, Herr Arnheim, der Mann ist ein Denunziant. Nachbarschaftsstreitereien, vielleicht hat sie ihn abgewiesen. Das passiert zurzeit doch ständig." Koch wunderte sich, wie schnell dieser Neubert Arnheim informiert hatte.
„Kann sein, Koch, kann sein. Trotzdem müssen wir dem nachgehen. Es soll uns keiner nachsagen, dass wir unsere Arbeit nicht machen. Gehen Sie zu der Dame und prüfen Sie das. Und schreiben Sie einen Bericht. Aber nicht in einem halben Jahr, sondern sofort."

Damit schob er einen Zettel über den Tisch zu Koch herüber. Der nahm ihn, schaute kurz darauf. „Dorothea Becker“ und eine Straße in Gonsenheim. Neuberts Schrift, wie auf dem Zettel, den der Mann ihm auch gegeben hatte. Er war also persönlich hier bei Arnheim gewesen. Jetzt würde er der Sache doch nachgehen müssen.

„Ach, noch eines, Herr Arnheim“, fragte Koch, als er schon in der Tür zum Vorzimmer stand, „haben Sie Informationen von den Kollegen, wie da der Stand der Dinge in der Sache Brunner ist?“

„Koch, dort ist die Tür“, war Arnheims kurze Antwort.

XVI

Seit der Beerdigung war ein wenig Ruhe in Dorles Leben eingekehrt. Sie genoss es sich draußen in der Sonne aufzuhalten und pflanzte in ihrem kleinen Garten Kartoffeln und Gemüse an, um Vorräte für den nächsten Winter anzulegen. Bei ihren Friedhofsbesuchen sammelte sie Holz. Jeden Tag brachte sie ein Stück mit und lagerte es hinter ihrem Haus unter dem Dachvorsprung. Mal eine Tasche voll mit kleinen Ästen, mal einzelne größere Stämme. Neubert hatte ihr nicht mehr aufgelauert. Sie hatte ihn zwei oder drei Mal aus der Ferne gesehen und einen großen Bogen um ihn gemacht. Franzis Sohn hatte ihr altes Radio repariert. Wenn es Strom gab, hörte sie den Südwestfunk. Seit Ende März war er auf Sendung. Dorle liebte klassische Musik. Dazu gab es Lesungen, die mochte sie besonders. Einmal hatte sie Auszüge aus Hermann Hesses „Der Weg zurück zu sich selbst" gehört. Das hatte ihr gefallen. Oder Oscar Wilde, „Der ideale Ehemann". Bei der Nennung des Titels wusste sie nicht, ob sie das hören wollte, aber schon nach wenigen Sätzen hatten der Text und die Stimme sie so gefangen genommen, dass sie nicht mehr aus der Küche ging, bevor die Lesung beendet war. Das gab ihr das Gefühl, dass eine Welt außerhalb existierte. Sie hörte auch Nachrichten, Neues von der Universität, die nach der Gründung langsam wuchs, von einem Motorrad- und Autorennen im Schwarzwald, wobei es ihr seltsam erschien, dass Menschen in diesen Zeiten ein Interesse für so etwas haben konnten und über das, was in Nürnberg verhandelt wurde, in den Kriegsverbrecherprozessen. Manchmal schaltete sie aus, zu schrecklich klang das, was sie da hörte von den Verbrechen, die in Deutschland und in den besetzten Gebieten begangen worden waren, und sie fragte sich, ob Hans-Joachim und die anderen Männer aus dem Ort, die sie kannte, sich daran beteiligt hatten.

Drei- bis viermal in der Woche ging sie zu Capitaine Jarrés und half dort in der Küche. Mit Elaine verstand sie sich mittlerweile recht gut, wobei die Frauen nicht miteinander sprachen, da Dorle weiterhin vorgab kein Französisch zu können und ihre Kommunikation daher aus Gesten und Handzeichen bestand. Brunner war nicht mehr mit einem Auftrag an sie herangetreten und sie hatte auch nichts mehr erfahren können, von dem sie glaubte, dass es für ihn von Interesse sein könnte. Obwohl man sie jetzt öfters servieren ließ, auch wenn Elaine im Haus war.

Zwei Tage nachdem sie Brunner von der geplanten Razzia berichtet hatte, fand sie in ihrer Küche ein Stück Fleisch, einen kleinen Sack mit Kartoffeln und fünf Packungen amerikanische Zigaretten. Das war die gängige Währung auf dem Schwarzmarkt, auf dem sie sich nicht auskannte. Trotzdem war ihr klar, dass da ein kleiner Schatz in ihrer Küche lag. Sie gab eine der Schachteln Franzis Sohn Karl, damit er sie gegen das, was ihre Freundin benötigte, eintauschen konnte und zwei versteckte sie in ihrem Schlafzimmer. Zwei ließ sie hinter einer Schale auf der Anrichte in der Küche.

Zum Friedhof ging sie jeden Tag und blieb immer lange an Rolfs Grab. Sie genoss die Ruhe unter den alten Bäumen, beobachtete die Eichhörnchen, die über den Waldboden liefen, behände einen Baumstamm hinaufkletterten, kurz innehielten, sich umschauten und flink weiterkletterten. Manchmal traf Dorle Frauen, die sie aus dem Ort kannte. Sie setzten sich auf eine Bank, ließen sich von der Sonne wärmen und unterhielten sich. Viele waren wie sie alleine, die Männer gefallen, vermisst oder in Gefangenenlagern, die meisten aber wie sie selbst ohne Nachricht. Zum Trauern blieb wenig Zeit, weil das tägliche Organisieren des Lebensnotwendigen viel Kraft und Energie erforderte. Unterschwellig hörte Dorle aus den Worten der anderen heraus, dass sie sich wunderten, dass sie, die früher als besonders gläubig galt, nicht mehr in die Kirche kam. Dorle erschrak darüber, weil sie den sonntäglichen Gang in die Kirche nicht vermisst hatte. Sie betete ja täglich, in ihrer Wohnung, im Keller, wo sie für Rolf die Gedenkstelle eingerichtet hatte, und an seinem Grab. An diesen Orten fühlte sie sich ihrem Gott näher als in der Kirche.

Zweimal war Dorle auf ihren Spaziergängen schon Frauen begegnet, denen man ansah, dass sie schwanger waren. Zuerst hatte sie das verwirrt. Ihr schien es seltsam, in diesen unsicheren Zeiten voller Not und Elend Kinder in die Welt zu setzen. Aber je länger sie darüber nachdachte, desto überzeugter wurde sie, dass es nicht so schlecht um sie und die Menschen um sie herum stehen konnte, wenn wieder Kinder geboren wurden. Es war ein Zeichen der Hoffnung, die es vielleicht auch für sie gab. Hoffnung auf einen Neuanfang. Sie war vierundvierzig Jahre alt und wusste, auch ohne dass Franzi es immer wieder betonte, dass sie jünger und gut aussah, dass die Männer sich nach ihr umdrehten. Sollte das Leben schon vorbei sein? Manchmal kam ihr der Kommissar in den Sinn. Noch immer konnte sie sich gut an seinen Geruch erinnern. Etwas Herbes, Angenehmes, wie nach Kräutern, hatte ihm angehaftet.

An einem Montag, der Juni hatte seinen Zenit schon überschritten, war sie wieder an Rolfs Grab und zupfte Unkraut. Als sie fertig war, küsste sie wie jedes Mal das hölzerne Kreuz. Sie kniete nieder, schloss ihre Augen und begann die Zwiesprache mit ihrem Sohn.

Als sie sich mit Tränen in den Augen erhob, fuhr sie zusammen. Kaum zwei Meter von ihr entfernt stand ein Mann und sah sie an. Sie hatte ihn nicht kommen gehört.

Er lächelte sie auf eine Weise an, dass Dorle sofort klar war, dass er nicht zufällig an diesem Ort auftauchte. Sie betrachtete ihn genauer, überlegte, ob sie ihn schon einmal gesehen hatte, aber sein Gesicht weckte keine Erinnerung. Ein ausgemergelter Mann, dem sie ansah, dass er mal kräftiger gewesen war, dunkle Haare mit dem Ansatz einer Stirnglatze, etwa in Hans-Joachims Alter. Er trug einen fleckigen dunklen Mantel und seine Schuhe hatten auch schon bessere Zeiten gesehen. Quer über seine Schulter trug er eine Tasche.

„Entschuldigen Sie bitte, wenn ich Sie erschreckt habe", begann er das Gespräch. Er sprach leise, fast schüchtern, lächelte dabei ein wenig, ein jungenhaftes Lächeln, wie Dorle fand. „Mein Name ist Herrmann Bauer. Sind Sie Dorothea Becker, Dorle gerufen?" Er blickte auf das dürre Kreuz auf Rolfs Grab. „Ich habe den Namen gelesen und dachte mir, dass Sie das sind. Ich war bei Ihnen zu Hause, aber da wurde nicht geöffnet. Eine Nachbarin sagte mir, dass ich Sie wahrscheinlich hier finde."

Bauer hatte weiter so leise und ruhig gesprochen, fast, als wäre es ihm peinlich, die fremde Frau auf dem Friedhof anzusprechen. Im Gegensatz dazu waren seine Augen in ständiger Bewegung, ein flackernder Blick, der überall gleichzeitig sein wollte. Zwischendurch weilte er für einen kurzen Moment auf ihr, bevor er wieder rastlos umherirrte.

Dorle verschränkte ihre Arme vor der Brust und antwortete nur mit einem knappen „Ja." Woher kannte er ihren Namen? Woher wusste er, wo sie wohnte? Was wollte der Mann?

„Hans-Joachim“, sagte er, sprach nicht weiter und sah Dorle an.

Ihr Körper spannte sich. Sie nickte, ganz leicht nur.

„Wir waren in einer Einheit. In der 31. Infanterie-Division unter Generalleutnant Ochsner.“

„Lebt Hans-Joachim?“, fragte sie leise und ihr wurde schwindelig.

„Ich glaube ja. Wir sind beide im Juni ’44 vor Minsk in Gefangenschaft geraten und kamen in ein Lager. Er war wie wir alle entkräftet, aber noch ganz gut beieinander. Als ich entlassen wurde, hat er mich gebeten, seine Frau aufzusuchen und ihr mitzuteilen, dass er lebt.“

„Warum ist er noch nicht …?“ Sie stockte wieder. Wollte sie das wissen? Sie schämte sich, weil der Gedanke, dass ihr Mann auch bald vor ihr stehen könnte, sie nicht mit Freude erfüllte.

„Da gibt es kein System. Es ist die reine Willkür.“ Bauer sah zum Boden. „Wie alles dort.“ Er machte eine Pause. Als Dorle nichts drauf erwiderte, sprach er weiter mit belegter Stimme. „Er kommt sicher bald raus. Vielleicht ist er auch schon auf dem Weg nach Deutschland. Aber das dauert immer.“

„Und wie … geht es Ihnen?“

„Müde bin ich. Sehr müde. Ich bin viel gelaufen.“

„Wo … kommen Sie her?“

„Kleve. Am Niederrhein. Dahin bin ich unterwegs. Meine Familie lebt da.“

„Und Hans-Joachim? Was hat er gesagt?“

Bauer kramte in seiner Tasche und entnahm ihr eine verknickte Zigarette, die er zwischen seinen Handflächen glatt rollte und mit einem Streichholz anzündete.

„Er vermisst Sie. Er hat viel, viel Gutes erzählt. Er leidet sehr darunter, dass er seine Frau alleine weiß.“ Bauer schaute sie betrübt an. „Er fürchtet, dass Sie es sehr schwer haben. Wissen Sie, in den Lagern wird so einiges über die Zustände in Deutschland erzählt. Die Besatzungssoldaten, die … na ja, wie soll ich das sagen … keine Rücksicht kennen. Und die Frauen … man muss ja überleben …"

Er sah Dorles erschrockenes Gesicht. Sie hatte an Neubert gedacht.

„Nicht Sie. Auf keinen Fall. Er hat … ja, Hajo, wir haben ihn im Lager nur Hajo gerufen, er hat gesagt, dass seine Frau eine sehr gottesfürchtige Frau … da braucht er keine Angst zu haben."

„Hat er gesagt, wann er …?"

Bauer lachte sarkastisch auf.

„Liebe Frau Becker, entschuldigen Sie, aber das entscheidet kein Kriegsgefangener", sagte er plötzlich mit ungewohnter Schärfe. „Ich habe ja gesagt, dass das alles willkürlich ist. Ganz willkürlich. Wer arbeitet, wer zu essen bekommt, wer erschossen wird."

Dorle schwieg. Sie wusste nicht, was sie davon halten sollte.

Bauer räusperte sich. Er sprach wieder ruhig wie zu Beginn. „Nein, nein, keine Sorge. Hajo arbeitet gut. Ihm wird nichts passieren." Wieder war seine Stimme belegt. „Wissen Sie, es ist so viel passiert, wir haben so viel zusammen erlebt, das schweißt zusammen. Wenn man den tausendfachen sinnlosen Tod gesehen hat und gemeinsam dem Tod entkommen ist, das schweißt zusammen … ich könnte Ihnen so viel erzählen."

Dorle hatte plötzlich ein schlechtes Gewissen, weil sie diesem Mann, der extra einen Umweg gemacht hatte, um ihr Nachricht von Hans-Joachim zu bringen, nichts angeboten hatte. Helfe deinem Nächsten, hieß es doch, und wer war ihr in dem Moment nicht näher als dieser Mann, der mit ihrem Mann zusammen gelitten hatte, aber … nein, sie durfte jetzt nicht …

„Brauchen Sie etwas?“ Die Worte fielen ihr nicht leicht.

„Wenn ich mich bei Ihnen ein paar Tage ausruhen könnte … ich bin seit Tagen unterwegs … und der ganze Weg nach Mainz … ich habe es gerne gemacht, aber ich fühle mich jetzt doch schwach …“

Dorle drehte sich zu Rolfs Grab, schloss kurz die Augen, bekreuzigte sich und wandte sich wieder dem Kriegskameraden ihres Mannes zu.

„Kommen Sie! Sie können sich bei mir ausruhen!“

Unterwegs sammelte sie Holz, wie sie es immer tat. Dorle sah Bauer an, hoffte, dass er ihr beim Tragen helfen würde, aber er machte keine Anstalten. Zu fragen traute sie sich nicht.

In ihrem Haus ließ er seine Tasche auf den Boden und sich auf einen Küchenstuhl fallen.

„Haben Sie Kaffee?“

„Muckefuck. Gebrannte Eicheln“, antwortete Dorle.

„Da ging's uns im Lager ja besser“, erwiderte Bauer höhnisch und lächelte sie an. Dorle entging der Vorwurf in seinen Worten nicht.

Während sie Wasser aufsetzte, sprang der Mann plötzlich auf und ging an ihr vorbei zur Anrichte.

„Darf ich?“, fragte er und hatte sich schon eine Zigarette aus einer der beiden Packungen, die sie hinter eine Schale gelegt hatte, genommen.

„Luckys, mein lieber Mann!“

Er hielt die Schachtel mit dem ausgestreckten Arm vor sich.

„Ich darf?!“

Bauer wartete Dorles Antwort nicht ab, sondern riss

sogleich die Schachtel auf, fingerte eine Zigarette heraus und zündete sie an.

„Oh Mann", stieß er zusammen mit dem Rauch nach dem ersten Zug aus. „Wie lange habe ich so was Gutes …" Er lachte. „Nach dem Essen sollst du rauchen oder …" Er lachte wieder, dieses Mal anzüglicher. „Wie die Zeiten sich geändert haben. Nichts ist mehr, wie es war."

Er setzte sich an den Tisch und wartete, bis Dorle den mit Ersatzkaffee gefüllten Becher vor ihn hingestellt hatte.

Nach dem ersten Schluck verzog er angewidert seinen Mund. „So ne tolle Kippe und so ne Brühe. Geht gar nicht zusammen."

„Es gibt nichts anderes", erwiderte Dorle.

„Dorle", rief er aus, bemerkte, was er gesagt hatte, hielt kurz inne, und lächelte. „Ich darf doch Dorle sagen? Ich meine, zu der Frau meines besten Kriegskameraden. Klingt doch komisch, Frau Becker. Ich bin der Herrmann. Ist einfacher so, jetzt, wo wir's hier zusammen miteinander aushalten müssen." Er hatte so hastig und tief an seiner Zigarette gezogen, dass sie schon aufgeraucht war.

„Nur ein paar Tage", wandte Dorle ein und stellte ihm ein Tellerchen hin, in dem er die Kippe ausdrückte.

„Ja, ja, das meine ich doch", beschwichtigte Bauer gleich. Dabei sah er sich wieder so unruhig um wie auf dem Friedhof. „Aber mit den Zigaretten, die Sie da haben, Dorle, da können wir uns doch richtigen Kaffee leisten. Lassen Sie mich das machen."

Er stand auf, steckte die ungeöffnete Schachtel ein und entnahm der anderen eine neue Zigarette.

„Wo kann ich denn schlafen?"

Nun stand Dorle, die das alles sitzend beobachtet hatte, auf, ging zur Anrichte, nahm die angebrochene Zigarettenschachtel und ging in den Hof.

„Dorle?!“, hörte sie Bauer rufen, aber sie achtete nicht auf ihn. Sie setzte sich in den Hof und überlegte, ob sie diesen fremden Mann in Rolfs Bett schlafen lassen konnte. Auch wenn er sich sehr egoistisch verhielt, so war er doch ein Freund ihres Mannes und sie hatten gemeinsam schreckliche Dinge erlebt. So jemanden konnten sie doch nicht wie einen Aussätzigen behandeln. Und vielleicht machte das Leben in den Lagern das ja aus den Männern: Kreaturen, die sich einfach nahmen, was sie brauchten und bekommen konnten, bevor die Chance vorbei war.

Nach einer Viertelstunde ging sie nach drinnen. Bauer saß nicht mehr an dem Tisch. Dorle hörte Schritte vom oberen Stockwerk und kurz darauf stieg ihr Gast die schmale Holztreppe hinab.

„Ein schönes Haus. Ist das Ihr Schlafzimmer da oben?“

„Ja!“, erwiderte sie und versuchte bestimmt zu klingen. „Das von mir und Hans-Joachim.“

„Ein glücklicher Mann“, kommentierte Bauer und es sollte charmant klingen.

„Kommen Sie!“, forderte sie den Mann auf, der noch auf der Treppe stand, und ging vor in die Kammer neben der Küche, wo noch Rolfs Bett stand. Bauer stellte sich hinter sie und sah in das Räumchen. Sie konnte sein Gesicht nicht sehen, aber sie roch den Tabak.

„Ich beziehe Ihnen das Bett. Sie können dort schlafen.“ Sie zog die Decke ab. „Ist ja nur für ein paar Tage.“

„Dorle, würden Sie mir noch eine von den Zigaretten geben? Ich habe so lange nicht mehr …“

Sie zögerte einen Moment, nahm nach einem kurzen Moment die Schachtel aus der Tasche ihres Rockes und gab dem Mann eine.

Nachdem Dorle das Bett mit einer frischen Decke bezogen hatte, der einzigen, die sie im Sommer zum Wechseln hatte, nahm sie ein paar von den Kartoffeln, die Brunner ihr hingelegt hatte, schälte sie und setzte einen Topf mit Wasser auf.

„Erzählen Sie von Hans-Joachim!“, forderte Dorle den Mann auf, der sich gleich, nachdem sie mit dem Bett fertig geworden war, darauf gelegt hatte.

An dem leisen Quietschen der Federn hörte sie, dass er aufstand.

„Wenn Sie noch eine … Sie wissen … ohne Tabak erzählt’s sich so schlecht.“

Dorle entnahm der Schachtel drei Luckys und legte sie auf den Tisch.

„Wir müssen sparen“, erklärte sie dem Mann, der sich eine der drei Zigaretten gleich anzündete und die beiden anderen einsteckte. „In Deutschland ist alles noch knapp. Zigaretten gibt es nur auf Lebensmittelkarte.“

„Aber doch nicht diese amerikanischen?“, fragte Bauer herausfordernd. Er sah Dorle jetzt sehr ernst an.

„Wo haben Sie die denn her, Dorle?“, hakte er nach, als sie nichts sagte.

Sie steckte die Spitze des Messers in eine der Kartoffeln.

„Dorle. Solche Zigaretten bekommt man aber nicht auf Lebensmittelkarte. Habe ich noch nicht gehört.“

„Nein, habe ich geschenkt bekommen.“

„So, so.“ Das klang anzüglich in Dorles Ohren. „Haben Sie noch mehr davon?“

Dorle hielt ihm noch immer den Rücken zugewandt.

„So meinte ich das nicht“, sagte Bauer gleich.

Dorle ging nicht darauf ein. Sie nahm die Kartoffeln aus dem Wasser und legte sie auf die bereit gestellten Teller. Aus einer Dose kratzte sie etwas Salz, streute es über die Kartoffeln und zerschnitt ein paar Halme Schnittlauch aus ihrem kleinen Garten.

„Guten Appetit!“, wünschte sie ihrem Gast, als sie sich ihm gegenüber an den Tisch gesetzt hatte.

„Es tut mir leid“, sagte der, als Dorle ihn nicht ansah. „Aber wissen Sie, in den Lagern, da verroht man.“ Und, wie um das zu beweisen, schnäuzte er sich in den Ärmel seines Mantels, den er noch nicht abgelegt hatte. „Sehen Sie, ich sage es und vergesse das Gesagte gleich wieder. Im Lager hat das keinen gestört. Da waren sowieso alle immer erkältet.“

„Auch … Hans-Joachim?“

„Auch der. Aber der hat eine eiserne Konstitution. Den wirft so schnell nichts um. Wissen Sie, was Sie an dem haben? Hat immer geholfen, wo es nur geht. Alle hatten deswegen auch großen Respekt vor ihm. Eine Zeit lang war er auch im Gefangenenkomitee. Hat sich ein paar Brocken Russisch beibringen lassen. Bei ihm hat sich das echt angehört. Echt ein Talent, der Hajo, mit Sprachen. Und im Organisieren. Nur einmal, da wäre er fast …“

Er unterbrach sich und sah die Frau an, um sich der Wirkung seiner Pause zu vergewissern. Dorle hatte gleich aufgeschaut.

„Ja, aber es ist ihm nichts passiert. Abgerutscht ist er, als wir in dem Steinbruch gearbeitet haben. Ich habe ihn gerade noch zu fassen bekommen. Sonst wäre …“ Er machte mit seiner Hand eine Geste, die einen Absturz andeutete.

So ging das in der nächsten Stunde weiter. In Bauers Erzählungen war ihr Mann eine Lichtgestalt. Einer, der anderen half und allenfalls mal Hilfe von Bauer in Anspruch nahm, und Dorle wusste nicht, ob er ihr das erzählte, weil er sich bei ihr einschleimen wollte oder glaubte, dass er ihr eine Freude damit machte. Es stimmte vieles nicht mit ihrem Bild von Hans-Joachim überein.

Gegen acht Uhr teilte sie Bauer mit, dass sie müde war.

„Wirklich?“, fragte der. „Haben Sie denn noch eine …“ Er machte eine Geste des Rauchens und versuchte zu lächeln.

Bevor sie Bauer eine weitere Zigarette gab, öffnete sie Fenster und Tür, um Durchzug zu schaffen. „Damit es nicht so nach Rauch riecht“, sagte sie.

„Hajo hat mir von seiner Fastnachtsmützensammlung erzählt. Richtig geschwärmt. Die müssen Sie mir unbedingt zeigen.“

Jetzt zuckte Dorle zusammen. Darüber hatte sie sich nie Gedanken gemacht. Vielleicht bei der ersten, möglicherweise auch bei der zweiten Fastnachtsmütze, aber danach nicht mehr. Und nach Rolfs Tod überhaupt nicht mehr.

„Ja, ja“, beeilte sie sich zu sagen, schloss wieder die Tür und das Fenster, wünschte „Gute Nacht“ und eilte nach oben, wo sie ihre Tür von innen verschloss.

Sie lag noch lange wach, hörte den fremden Mann, der ihr ihr eigenes Haus fremd machte, darin herumgehen und sie fürchtete, dass er Zigaretten suchte. Warum hatte sie ihn ins Haus gelassen? Sie wollte nicht wissen, was für ein toller Kerl ihr Hans-Joachim ist.

Als Dorle am nächsten Morgen das Haus verließ, um zu Capitaine Jarrés zu gehen, ließ sie einen schnarchenden Herrmann Bauer zurück. Den ganzen Vormittag war sie in der Küche des Franzosen mit Vorbereitungen für einen Empfang am Nachmittag beschäftigt. Elaine schob ihr immer mal wieder ein kleines Stück Gemüse zu.

Als sie am Nachmittag nach Hause kam, saß Bauer auf der Bank in ihrem kleinen Hof und rauchte.

„Setzen Sie sich zu mir, Dorle!“, forderte er sie auf. In seiner Stimme schwang etwas Befehlsmäßiges mit, das sie vorsichtig sein ließ.

„Wo kommen Sie denn her? Habe mir schon Sorgen gemacht."

„Arbeiten", antwortete Dorle lapidar.

„Arbeiten", wiederholte Bauer erstaunt. „In dieser Zeit?! Wo findet eine Frau denn Arbeit? Alle sagen, dass es keine Arbeit gibt. Außer vielleicht für ein paar Glückliche. Oder so Sachen, Sie wissen schon, die Soldaten, die ausgehungerten …"

Er sah sie wieder mit diesem flackernden Blick an, der ihr unangenehm war. Erst jetzt fiel ihr auf, dass seine Haare nicht mehr so verfilzt waren.

„Habe mich mal gewaschen", sagte er, als er ihren Blick bemerkte. „Denke mir, Sie wollen keinen Stinkstiefel in Ihrem Haus haben, Dorle. Hajo hat gesagt, dass Sie's ordentlich mögen." War da wieder so ein anzüglicher Unterton? Vielleicht sah sie auch Gespenster, beschwichtigte sich Dorle.

„Aber sagen Sie doch, was arbeiten Sie denn? Kommen von da die Zigaretten her? Muss ein guter Job sein. Oder muss ich dem armen Hajo …"

Ein Blick von Dorle brachte ihn zum Schweigen.

„Schon gut, Entschuldigung, aber Sie können mir doch sagen, wo Sie arbeiten."

Sie zögerte. „Ich arbeite!", sagte sie, stand auf und ging ins Haus. In ihrem Schlafzimmer sah sie sofort, dass Bauer hier gewesen war und er hatte auch die Zigaretten gefunden.

„Die Zigaretten!", forderte sie von dem Mann, als sie vor ihn trat.

Er tat überrascht. „Aber …"

„Die Zigaretten." Dorle war wütend und verletzt.

Er nahm eine Schachtel aus seiner Hosentasche.

„Die andere …"

Er tippte an seine Brust. „Wissen Sie, wenn Sie so lange nicht …"

Dorle drehte sich um und ging in die Küche, wo sie aus ein paar Gemüsestücken, die Elaine ihr eingesteckt hatte, ein Abendessen bereitete. Dazu machte sie mit Kräutern aus ihrem Garten einen Tee.

„Wissen Sie, wovon wir im Lager geträumt haben, Dorle? Von Fleisch. Von Bergen von Fleisch. Unendlich viel Fleisch. So viel, wie wir unser ganzes Leben nie essen könnten. Verrückt!"

Auch an diesem Abend erzählte Bauer in Dorles Augen Belangloses und als sie es nicht länger ertragen konnte, ging sie nach oben in ihr Schlafzimmer, wo sie erschreckt feststellte, dass der Schlüssel für die Tür fehlte. Zuerst wollte sie runter, ihn zurückfordern, aber es war ihr zu anstrengend. Sie verkeilte ein flaches Holzstück unter der geschlossenen Tür und legte sich ins Bett. Sie fühlte sich in ihrem eigenen Haus eingeengt, wie in einem Gefängnis.

Auch am nächsten Morgen musste sie wieder zu Capitaine Jarrés. Schon an der ersten Querstraße stellte sich ihr Neubert in den Weg. Er hatte sich seine schon schütteren Haare mit Pomade nach hinten gekämmt.

„Wir haben uns lange nicht mehr gesehen, Dorle. Du hast jemanden bei dir aufgenommen."

Stumm starrte sie ihn an.

„Das ist löblich. Die Ausgebombten brauchen auch ein Dach über dem Kopf." Er sah sie an. „Aber der Mann, den du da bei dir aufgenommen hast, der ist aber kein Mainzer, oder? Hast dir einen Kerl genommen? Gibt's denn Nachricht von Hans-Joachim?"

Im ersten Moment war Dorle sprachlos, sprachlos vor

Hass und Ekel. Sie spuckte Neuberr vor die Füße, bevor sie schnell an ihm vorbei ging.

„Dorle, Dorle, du bist ja eine ganz Scharfe. Aber das habe ich ja selbst schon erlebt. Dir macht's Spaß, was, mit den Kerlen?"

In der Küche bei Capitaine Jarrés war Dorle nervös. Gerade hatte sich doch alles gefügt, Rolf war beerdigt, sie hatte Arbeit, sie hatte Peters Tod in einer ganz weit entfernten Ecke ebenso versteckt wie diesen ekelhaften Neubert mit seinen Nachstellungen und Geifereien und nun kam dieser Mensch und machte alles kaputt. Sie schnitt sich in den Finger, reagierte kaum auf Elaines Versuche der wortlosen Unterhaltung und wusste am Nachmittag nicht, ob sie froh sein sollte oder nicht, dass sie gehen konnte.

In ihrem Haus war es ruhig, als sie eintrat. Sie sah in alle Zimmer, aber Bauer war nicht da. Sie genoss es, alleine zu sein. Sie riss die Fenster auf, um den Nikotingeruch heraus zu bekommen. Im Hof setzte sie sich auf die Bank und ließ die Sonne auf ihr Gesicht scheinen. Bald würde dieser Mensch gehen und sie würde Ruhe haben. Warum fühlte sie sich verantwortlich für andere, meinte, in deren Schuld zu stehen? Weil er ihr Nachricht von Hans-Joachim brachte? Sie wünschte sich, dass dieser Mensch nie aufgetaucht wäre.

Es war schon spät und hatte zu dämmern begonnen, als Bauer kam. Laut und herrisch klopfte er ans Tor, mit ungeduldigem Blick sah er sie an, als sie das Tor geöffnet hatte und sich nur mit einem kurzen Gruß an ihr vorbei ins Haus drückte.

„Ich habe Hunger", sagte er, als sie beide in der Küche waren. Obwohl sie nicht sehr nahe beieinander standen, roch sie, dass er getrunken hatte.

„Ich habe nichts", entgegnete Dorle, die nur noch ins Bett wollte.

Bauer griff in seine Tasche, die er wieder quer über seiner Schulter trug.

„Hier!", war alles, was er sagte, und warf ihr etwas zu, das in Zeitungspapier eingewickelt war. Sie bekam es nicht zu fassen und es fiel auf den Boden. Schnell hob sie das Stück Fleisch, das aus dem Papier gerutscht war, auf, wusch es sauber und legte es auf die Anrichte.

„Hier!" Bauer hatte noch etwas aus der Tasche gekramt. Dieses Mal warf er es seiner Gastgeberin nicht zu, sondern hielt es ihr am ausgestreckten Arm entgegen.

„Fett. Zum Anbraten!", sagte er knapp.

Dorle wusste, dass beides, Fleisch und das Fett, fast unerschwinglich waren. Sie nahm eine der alten Pfannen und stellte sie auf den Herd, den sie mit einem Teil der Holzvorräte, die sie für den Winter gesammelt hatte, anfeuerte.

Stumm sah Bauer ihr bei der Arbeit zu und rauchte dazu eine der Luckys.

„Haben Sie Brot, Dorle?", fragte er, nachdem er den Rauch ausgestoßen hatte.

Es klang nicht mehr so hart.

Sie nickte. Seit sie bei Jarrés arbeitete, hatte sie meist etwas zu essen im Haus.

Als sie fertig war und Bauer das gebratene Fleisch auf einem Teller zusammen mit dem Brot auf den Tisch stellte, schnitt er ein Stückchen ab und schob es zu ihr herüber.

Eine innere Stimme verlangte von ihr das Angebot abzulehnen, nicht nur wegen Bauer und weil sie fürchtete, dass er damit Forderungen an sie verband, sondern weil Fleisch für sie auf ewig und unauslöschlich mit jener Nacht in Gerbers Scheune verbunden sein würde. Und, weil sie ihren Stolz hatte.

Aber sie hatte so lange kein Fleisch mehr gegessen und der deftige Geruch des Gebratenen hatte sie im wahrsten Sinne des Wortes so weich gekocht, dass diese Einwände nichts zählten. Sie nahm das kleine Stück und schlang es so hastig herunter, dass sie sich fast verschluckt hätte. Bauers Grinsen, der das sehr wohl beobachtet hatte, bemerkte sie nicht.

„Gibt's was zu trinken?“, fragte er.

„Wasser.“

Bauer lachte.

„Nein. Bier. Oder Schnaps. Meinetwegen auch Wein.“

Sie schüttelte den Kopf.

„Muss ich morgen besorgen.“ Er sagte das mehr zu sich als zu Dorle und kramte die Zigarettenschachtel aus seiner Hose. Es war nur noch eine Kippe darin.

„Hast du …“, er hielt kurz inne, „haben Sie noch Luckys?“

„Ich rauche nicht.“

„Und andere?“

„Nein.“

Bauer verzog sein Gesicht und steckte sich diese letzte Zigarette an.

„Was arbeitest du denn genau?“

„Haushalt.“

„Warum sagst du es nicht genauer. Ist doch nichts Schlimmes. In dieser Zeit ist doch nichts schlimm, oder?“

„Ich arbeite!“ Dorle sagte das sehr kategorisch, um die Diskussion zu beenden.

„Bei den Franzosen, oder?“

Sie drehte sich ruckartig zu ihm um.

„Stimmt doch, oder?“ Er grinste sie an.

„Woher wissen Sie das?“

„Erstens: kannst du ‚Du' zu mir sagen. Ich heiße Herrmann. Und zweitens mache ich einfach meine Augen auf."

„Sind Sie mir gefolgt?"

Er zuckte mit den Schultern, grinste erneut. „Ich weiß ganz gerne, mit wem ich es zu tun habe, Dorle. Ist der reich, der Franzose? Bestimmt, oder? Hast du von dem die Zigaretten?"

Bauers Augen flackerten wieder.

„Da könnten wir uns doch nehmen, was wir brauchen. So ein Franzmann, der genug hat, der merkt das doch nicht. Der hat doch bestimmt Silberbesteck und so. Da kannst du doch immer was von mitgehen lassen."

Dorle sah den Mann verständnislos an.

„Verstehst du nicht?!" Er klang ungehalten.

„Der hat genug und wir haben nichts. Dem macht das nichts aus. Die Franzosen saugen die Deutschen aus, bis aufs Blut. Da ist es nur gerecht, wenn wir uns zum Leben nehmen, was wir brauchen. Wir brauchen einfach Sachen zum Tauschen. Willst du nicht jeden Tag ein Stück Fleisch?"

„Nein!", erwiderte sie zu Bauers Überraschung, und das sehr fest. „Nein, das mache ich nicht. Niemals!"

Das hatte sie dem Mann regelrecht entgegengeschleudert, sodass er keinen weiteren Versuch unternahm, sie zum Diebstahl zu überreden.

„Hast du denn nichts mehr im Haus, das wir tauschen könnten?", versuchte er es auf anderem Weg.

„Nein, nein, nein!"

„Diese, na, was der Hajo gesammelt hat, diese … ja Fastnachtsmützen …"

Dorle fuhr zusammen. „Nein, nie!", schrie sie zurück, stand auf, warf dabei ihren Stuhl um und rannte nach oben ins Schlafzimmer, wo sie den Keil unter die Tür trieb und sich auf ihr Bett warf.

Kurz darauf klopfte es zaghaft an ihre Tür.

„Tut mir leid, Dorle." Pause. „Ich wollte Ihre Gefühle nicht verletzen. Ich dachte ja nur, dass es auch für Sie … Sie müssen ja auch was essen …" Dorle hörte, dass die Türklinke niedergedrückt wurde. Der Keil verhinderte, dass der Mann eindrang.

„Machen Sie auf, Dorle, bitte. Es tut mir leid."

„Gehen Sie!", rief sie zurück.

Es dauerte einige Sekunden, bis sie seine Schritte auf der Treppe im Erdgeschoss hörte. Für den Rest des Abends wagte sie sich nicht aus dem Zimmer.

Dorle hatte lange wach gelegen und war am Donnerstagmorgen noch sehr müde, als sie sich auf den Weg zu Capitaine Jarrés machte. An diesem Tag war sie nicht bei der Sache, vergaß dies und verlegte jenes, ließ sogar eine kleine Schüssel auf den Boden fallen, wo sie in tausend Teile zerbarst. In ihrem Kopf focht sie einen schweren Kampf aus. Auf der einen Seite wollte sie, dass Bauer ging, auf der anderen Seite fühlte sie sich ihm gegenüber verpflichtet, weil er Hans-Joachim kannte und ihm während der gemeinsamen Zeit der Gefangenschaft geholfen hatte. Und die Fastnachtsmützen … warum fing er immer wieder von den Fastmützen an? Zufall?

Als sie endlich nach Hause kam, war Dorle erleichtert, dass Bauer nicht da war. Sie setzte sich auf ihre Bank, doch die Ruhe währte nicht lange. Jemand klopfte ans Tor. Einen Moment lang war sie versucht sitzen zu bleiben, doch schließlich stand sie auf. Vor dem Tor stand Franzi.

„Man sieht dich ja kaum noch", begrüßte die ihre Freundin.

„Der Capitaine will ständig, dass ich bei ihm arbeite", erklärte Dorle und ging vor in den Hof, wo beide Frauen auf der Bank Platz nahmen.

„Ein Mann ist bei dir gesehen worden. Ein fremder Mann", fing Franzi an.

Dorle schluckte, überlegte kurz und erzählte ihrer Freundin von der Begegnung auf dem Friedhof und dass Bauer ein Freund und Kamerad von Hans-Joachim war, schon aus der Kriegsgefangenschaft entlassen und auf dem Weg nach Hause.

„Ja, sie waren zusammen im Lager", beendete Dorle ihren Bericht. „Sagt Bauer."

„Du klingst aber nicht erfreut. Ist es wegen dieses … wie heißt er … Bauer."

Nun musste Dorle lachen. „Um Gottes willen!"

„Die Leute im Ort reden schon, dass du …"

Weiter kam Franzi nicht, weil in diesem Moment ans Tor geklopft wurde. Beide Frauen sahen herüber.

Es war Bauer, der forsch und nur mit einem kurzen Gruß an Dorle vorbei in den Hof treten wollte, die fremde Frau entdeckte, stehen blieb, nochmals kurz Dorle ansah und auf Franzi zuging.

„Herrmann Bauer!", stellte er sich vor und reichte ihr die Hand.

„Molitor", antwortete Franzi so kühl, dass Dorle sie erschreckt ansah.

„Ich bin ein Kriegskamerad von Hans-Joachim. Dorle lässt mich für ein paar Tage hier wohnen, bis ich wieder soweit bei Kräften bin, dass ich weiter zu meiner Familie reisen kann. Ich war ein wenig spazieren. Es ist schön hier. Aber jetzt bin ich doch sehr müde. Sie entschuldigen mich?"

Ohne Franzis Antwort abzuwarten, ging er ins Haus.

Die beiden Frauen sahen ihm nach, bis er drinnen verschwunden war.

„Wie lange bleibt der?“ Das „der“ klang sehr abschätzig.

„Nicht lange“, antwortete Dorle.

„Glaubst du das?“

„Ja, natürlich. Warum denn nicht? Glaubst du ihm nicht?“

Franzi lachte leise. „Weißt du sicher, dass er Hans-Joachim kennt?“

„Aber er hat doch Einzelheiten erzählt. Woher soll er die kennen?“

„Falsch“, entgegnete Franzi ungewohnt scharf. „Woher willst du wissen, dass diese Einzelheiten stimmen. Wie lange hast du nichts mehr von Hans-Joachim gehört?“

„Aber er hat mich doch angesprochen, er kannte die Adresse …“

„Ja, vielleicht“, ließ Franzi die Freundin nicht aussprechen. „Aber alles, was darüber hinaus geht … Im Lager tauschen die Männer ihre Adressen. Und der nutzt sie jetzt, um sich aushalten zu lassen, vielleicht von Frauen, die lange keinen Mann mehr …“ Sie sah Dorle von der Seite an. „Hast du …?“

„Bist du verrückt? Er ist ein Kamerad von Hans-Joachim und ich helfe ihm, wie er ihm geholfen hat. Warum bist du so misstrauisch?“

„Ist so ein Gefühl. Hast du es nicht gerochen? Alkohol, Tabak.“

„Der war lange in Gefangenschaft.“ Dorle sagte das trotzig, selbst überrascht darüber, dass sie den Mann vor ihrer Freundin verteidigte. Aber irgendwie fühlte sie sich selbst angegriffen.

„Was machst du, wenn Hans-Joachim vor der Tür steht?“

„Wie meinst du das?“ Dorles Stimme bebte.

„Wie ich es gesagt habe. Was machst du, wenn er wieder hier ist? Dorle, du weißt doch selbst, dass du nicht mehr glücklich warst. Und der Krieg, der verändert die Männer doch.“

„Aber vielleicht wird alles gut …“

Franzi sah sie intensiv an. „Glaubst du das? Glaubst du, dass Hans-Joachim anders sein wird? Die Männer, die ich gesehen habe, die aus dem Krieg gekommen sind …“, sie machte eine Pause, „… die sind keine Männer mehr.“

Verwundert blickte Dorle zurück.

„Nicht, was du meinst. Sie haben alle … Manieren oder so verloren. Sie sind verroht. Enttäuscht. Sie sind Verlierer.“

„Woher willst du das alles wissen? Es ist doch nicht jeder gleich. Wie kannst du so was sagen.“

„Schau dir doch diesen Bauer an.“

„Das kannst du doch so schnell gar nicht wissen. Du hast ihn doch noch gar nicht kennen gelernt.“

Franzi ging nicht darauf ein. Sie stand auf und machte drei Schritte aufs Haus zu.

„Herr Bauer“, rief sie.

Ein müdes „Ja“ war die Antwort.

Franzi blieb bei der Tür stehen.

„Was machst du da?“, rief Dorle aus und sprang auf.

Bauer kam angeschlurft, er trug nur ein Unterhemd über seiner Hose und hatte eine Zigarette im Mund.

„In welchem Lager waren sie mit Hans-Joachim?“

Verwundert sah der Mann die Frau an, dann inhalierte er und blies ihr den Tabakqualm ins Gesicht.

Franzi wedelte ihn mit der Hand weg.

„Was soll das? Soll ich mich hier rechtfertigen?“

„Ich habe Sie etwas gefragt“, erwiderte Franzi ungerührt. „Und ich erwarte eine Antwort. Und Sie riechen nach Alkohol."

„Das geht Sie nichts an, was ich mache. Und Sie erwarten eine Antwort?! Sie behandeln mich wie einen Verbrecher. Ich habe extra den Umweg über Mainz auf mich genommen, um der Frau meines Kameraden die Nachricht zu bringen, dass ihr Mann lebt und dass es ihm gut geht. Und Sie tun so, als wäre ich ein Lügner."

Er drehte sich um und ging nach drinnen.

„Beweisen Sie, dass Sie Hans-Joachim kennen", rief Franzi ihm nach.

Plötzlich stand Bauer wieder vor ihr, baute sich direkt vor ihr auf. Dorle war verwundert, weil Franzi völlig unbeeindruckt schien und keinen Zentimeter zurückwich.

„Ihnen brauche ich gar nichts zu beweisen. Dorle weiß, dass ich Recht habe und dass ich nicht lüge. Nicht wahr, Dorle?" Er sah über Franzis Schulter zu ihr herüber. Sein Gesicht war gerötet. Während er sprach, hatte er seine Zigarette im Mund behalten.

Dorle war zutiefst verunsichert. Sie wusste gar nicht, was sie glauben sollte.

„Wenn das stimmt, was Sie sagen, und wenn Ihnen an Dorles Wohl etwas liegt, dann beweisen Sie es ihr."

„Passen Sie auf, verdammt!", schnauzte Bauer Franzi an.

Er stieß sie so fest von sich weg, dass sie nach hinten stolperte und fast gefallen wäre.

„Noch einmal und ich schlage zu …"

„Ach, so einer sind Sie. Frauen schlagen. Und im Krieg die Hose voll …" Franzi unterlegte ihre Provokation mit einem Lachen.

„Franzi, hör doch auf!", beschwor Dorle sie. Tränen rannen ihr über die Wangen.

„Sag ihm, dass er gehen soll!", forderte Franzi, aber Dorle stand stumm hinter ihr und sah abwechselnd zwischen den beiden Menschen in ihrem Hof hin und her.

„Dorle, bitte … wirf ihn raus!" Aber die reagierte noch immer nicht.

Bauer setzte sich in Bewegung, kam langsam auf die beiden Frauen zu. Im Gehen schnippte er den Zigarettenstummel weg, Franzi vor die Füße.

„Du entschuldigst dich jetzt!", verlangte er, als er vor ihr stand.

Sie schüttelte ganz leicht den Kopf. „Dorle, wirf ihn raus. Er hat mich angefasst und gestoßen. Und jetzt droht er mir. Schmeiß den Kerl raus!"

Der sah sie kühl an, lachte plötzlich und packte Franzi an den Oberarmen, riss sie herum und stieß sie zum Tor.

Am Eingang blieb Franzi stehen. „Hast du das gesehen? Du musst ihn doch …? Ich komme erst wieder in dieses Haus, wenn der weg ist!"

Sie brach in Tränen aus und verließ eilig das Grundstück.

Dorle sah ihr einen Moment nach, dann lief sie ins Haus und verriegelte es von innen.

In der Nacht unternahm Bauer keinen Versuch ins Haus zu gelangen.

Bevor sie am nächsten Morgen noch während der Dämmerung das Haus verließ, sah sie durch das Fenster nach draußen, ob Bauer dort war. Sie konnte ihn nicht entdecken. Sie kochte sich einen Muckefuck und schlich auf die Straße. Sie fürchtete, dass Bauer sich versteckt hielt und sie zur Rede stellte, wenn sie in den Hof trat. Aber nichts geschah.

Es würde wieder ein warmer Tag werden. Sie schlich

durch die Straßen, auf denen schon die ersten Hamsterer unterwegs waren, um aufs Land zu fahren. Die Rücksäcke und Taschen hingen noch schlaff am Rücken oder an der Hand.

Dorle lief los und erst, als sie fast die neue Universität erreicht hatte, wurde ihr bewusst, wie weit sie sich von ihrem Haus entfernt hatte und dass sie auf dem Weg zum Bahnhof war, um nach einer Nachricht von Hans-Joachim zu schauen. Wollte sie sich beweisen, dass sie auf ihn wartete und dass sie mit diesem Warten, wie es sich gehörte, ihre ehelichen Pflichten erfüllte? Im Guten wie im Schlechten. Bis dass der Tod euch scheidet. Sie war verheiratet. Hans-Joachim war ihr Mann. Sie hatten einen Bund geschlossen. Einen Bund vor Gott. Er war ihr Zeuge. Da konnte sie doch nicht so einfach … Warum hatte Franzi gestern all diese Sachen gesagt, über Bauer, über Hans-Joachim, über die Männer? Sie hatte gut reden. Ihr Norbert war schon lange tot. Und seitdem hatte sie keinen mehr angesehen. Obwohl sie auch noch … Dorle erschrak über ihre Gedanken. Sie hatte doch gar nicht vor, einen anderen Mann … Und doch, was wäre, wenn die Nachricht käme, dass Hans-Joachim nicht mehr lebte? Sollte sie wie Franzi den Rest ihres Lebens alleine …? Sie spürte, wie diese Fragen sie durcheinanderbrachten. Sie tat ja schon so, als ob Hans-Joachim tot wäre. Vielleicht wollte sie sich ja nur selbst beruhigen, indem sie zum Bahnhof ging. Auf dem Weg dorthin fiel ihr der Streit zwischen den Männern dort ein und dass einer von ihnen dieser Kommissar war. Schnell schob sie den Gedanken beiseite.

An der Universität stieg sie in die Straßenbahn zum Bahnhof und lief dort zwischen den Menschen umher, die wie sie ihre Angehörigen suchten. Sie merkte schnell, dass sie unkonzentriert war, ihr Blick nur flüchtig auf den

Zetteln und den Plakaten haften blieb und dass sie die Namen nicht wahrnahm, die die anderen um sie herum riefen. Nach zwei Stunden, die sie ermüdeten, verließ sie das Gebäude und setzte sich auf der anderen Seite des Bahnhofsplatzes auf einen Stein, der sicher einmal zum Mauerwerk eines der Häuser oder Hotels hier gehört hatte, die nun auch wie alles in der Innenstadt zerstört waren. Wind war aufgekommen, der schnell stärker wurde und den Staub aus den Trümmern über den Platz wehte und sich auf die Menschen legte. Dorle spürte die Sand- und Staubkörner auf ihrer Haut, zwischen ihren Zähnen knirschte es.

Sie sah dem Treiben auf dem Platz zu und verfiel wieder ins Grübeln: Es erschien ihr seltsam, dass der Krieg erst ein Jahr vorbei war. Er war so weit fort, obwohl alles um sie herum daran erinnerte. Sie versuchte sich an das Gefühl der Freude zu erinnern, das sie überkam, als endlich klar war, dass das Morden ein Ende hatte. Mehr als zwei Jahre war es her, dass sie die letzte Nachricht von Hans-Joachim erhalten hatte. Hatte sie sich da gefreut? Was waren ihre Gedanken gewesen, als der Brief von ihm gekommen war, knapp, mit dieser krakeligen Schrift, der man ansah, dass ihm das Schreiben schwer gefallen war. Oder war es die Gleichgültigkeit, die aus den wirren Worten sprach? Wann war das letzte Mal gewesen, dass sie sich glücklich gefühlt hatte? Glück? Gab es das überhaupt? Für sie?

Zuerst hörte sie die Schreie, unverständlich, laut und warnend, sie schwollen an, die aufheulenden Motoren, das scharfe Bremsen und das Getrampel von Stiefeln kam hinzu. Von allen Seiten fuhren französische Polizeikraftwagen auf den Platz und riegelten ihn ab. Soldaten und Polizisten mit französischen Uniformen waren überall, bildeten Sperrriegel, während weitere Fahrzeuge kamen.

Ein Polizist trat vor sie und forderte sie auf, sich zu einer Gruppe von Leuten zu stellen, die am Rande des Platzes stand und deren Rucksäcke und Taschen durchsucht wurden. Da sie weder das eine noch andere bei sich hatte, forderte einer der Polizisten sie auf, die Arme von sich zu strecken, um sie vorsichtig abzutasten. Als er sich überzeugt hatte, dass sie nichts bei sich trug, ließ er von ihr ab, aber sie musste noch bleiben, bis alle anderen durchsucht waren. Die Leute um sie herum redeten viel und durcheinander, meist Beschwerden über das willkürliche Betragen der Franzosen und wie viel besser die Amerikaner die Deutschen behandelten, und dass sie alle doch nichts anderes wollten als überleben.

Das drang nur diffus bis zu ihr, und es wurde Nachmittag, als sie endlich den Bahnhofsvorplatz verlassen durfte. Sie setzte sich in die nächste Straßenbahn und auf dem Weg in dem völlig überfüllten Wagen, in dem weiter über das ungebührliche und beschämende Verhalten der Besatzer erregt diskutiert wurde, fiel ihr Bauer ein, dem sie jetzt begegnen musste. Sie konnte nicht ewig durch die Straßen laufen.

Sie verließ den Straßenbahnwagen schon eine Haltestelle früher, lief an der Hauptstraße entlang und war nicht mehr weit vom Ortsrand und ihrem Häuschen entfernt, als sie zwei Männer sah, die miteinander sprachen. Der eine war eindeutig Neubert. Er redete und stemmte dabei seine Arme in die Hüften. Es wirkte lächerlich, aus der Entfernung, dachte Dorle, und sie drückte sich näher an das Haus, neben dem sie stand. Langsam ging sie ein paar Schritte auf die beiden Männer zu, um etwas von dem Wortwechsel zu verstehen. Sie konnte erkennen, dass der andere Mann seinen Rücken durchdrückte. Sie kannte ihn, eine Ahnung durchdrang sie. Vorsichtig tastete sie sich weiter vor und nutzte ein vorstehendes Mauerstück, um nicht entdeckt zu werden. Neubert schrieb jetzt etwas auf einen Zettel, den er dem Mann in die Hand drückte. Beim Einstecken des Papiers drehte der sich etwas zur Seite.

Dorle erschrak beim Anblick des Mannes. Es war der Polizist, dieser Kommissar, und im gleichen Moment glaubte sie wieder seinen Geruch in der Nase zu haben, genau wie vor einigen Wochen – oder waren es schon Monate –, als sie in der Bäckerei zusammen mit ihm hingefallen war und ihm kurz sehr nahe gewesen war.

Schnell wandte sie sich ab und eilte in die Richtung fort, aus der sie gekommen war.

Nach Hause wollte sie jetzt nicht. Stattdessen eilte sie zum Friedhof. Was wollte Neubert von diesem Kommissar? Was hatten sie miteinander zu tun? Ging es um sie? War der Kommissar ihr auf die Schliche gekommen? Und – was dachte der Mann jetzt von ihr? Neubert würde nur Schlechtes, auf jeden Fall Anzügliches und Frivoles über sie erzählen.

Auf dem Friedhof hielt sie lange Zwiesprache mit Rolf.

1. – 13. Juli 1946

XVII

Koch saß am Montagmorgen in seinem Büro und starrte auf die Fensterscheibe. Der kleine Riss, den er entdeckt hatte, als er in das Büro eingezogen war, hatte sich zu einem veritablen Spalt, der sich über die ganze Glasfläche zog, ausgeweitet. Das Glas war schon so milchig, dass er das Prasseln der Regentropfen mehr hörte, als dass er sie erkennen konnte. In seiner Hand hielt er eine Tasse Ersatzkaffee und sinnierte über sein Leben. Er war jetzt seit über einem halben Jahr wieder in Mainz. So lange hatte er seine Frau und seinen Sohn Émile schon nicht mehr gesehen und die Dämonen seiner Vergangenheit noch immer nicht besiegt. Vielleicht hatte er noch nicht einmal damit begonnen. Richtig begonnen, so, wie wenn man einen Kampf wirklich angehen und gewinnen will. Und einer der Dämonen lebte ganz in der Nähe und er konnte ihn nicht finden.

Er nahm Siggis Bericht und blätterte in den Seiten. Glodkowski und Eckes waren Cousins, hatten vor dem Krieg gemeinsam ein paar krumme Dinger laufen, aber nach '33 hatte sich das Verhältnis abgekühlt. Mombach, wo die beiden Männer aufgewachsen waren, war ein Arbeitervorort, in dem viele Sozialdemokraten und Kommunisten lebten. Mit den Nazis zu paktieren, war verpönt. Dass Glodkowski für sie arbeitete, isolierte ihn. Um '37 herum fing er an für den alten Brunner zu arbeiten. Als Eckes wegen seiner Brüche, die er weiter beging, ernsthafte Schwierigkeiten bekam, ließ Glodkowski seine Kontakte spielen, setzte sich für ihn ein und brachte ihn ebenfalls bei Brunner unter, wo er allerdings nicht lange blieb, weil er wegen seiner Trinkerei oft zu spät oder gar nicht auf der Arbeit erschien. Eckes hatte den Krieg ohne Verletzung überlebt und galt als Schwätzer und unsicherer Kantonist, der nach Kriegsende mit Schwarzmarktgeschäften überlebte.

Viel war das nicht. Koch klappte die Akte zu. Alles hing mit Glodkowski und Brunner zusammen, gegen den er nicht weiter ermitteln durfte, noch nicht einmal wusste, ob überhaupt noch gegen den Mann ermittelt wurde. Offiziell war der Überfall auf das Depot in Bodenheim als ungeklärt zu den Akten gelegt worden, wie das in diesen Tagen sehr häufig der Fall war, auch schon, weil es viel zu viele solcher Überfälle und viel zu wenige Polizisten gab. Es war ein Einfaches, solche Überfälle Banden von DPs in die Schuhe zu schieben. Dass der einzige mögliche Zeuge, Franz Hartmann, bei seiner Flucht aus dem Krankenhaus umgekommen war, erschwerte die Sache, und dass Arnheim den Vorsatz der Tötung nicht sehen wollte, erzürnte Koch. Zumal gerade hier eine Spur zu Brunner führte, weil der Mann für ihn gearbeitet hatte. Der tote Peter Gerber auf dem Hof dieses Bauern interessierte ihn am wenigsten. Das konnte tatsächlich ein Einbrecher oder eine Bande gewesen sein. Doch interessant wurde er durch die Verbindung zu Brunner. Die Männer kannten sich, jedoch musste Koch zugeben, dass es in einem solchen Ort nicht ungewöhnlich war, dass ein Bauunternehmer und ein Bauer und dessen Sohn sich bekannt waren. Vieles sprach dafür, dass der Mordversuch an Siggi auf das Konto von Brunner ging: In dessen Garage hatte man ihn überwältigt, in der Garage, in der ein Mercedes stand wie der, mit dem der Zeuge Franz Hartmann bei dem vermeintlichen Unfall umgekommen war, mit Absicht, dessen war Koch sich sicher. Die Flasche wiederum, die sie gefunden hatten, hatte er schon bei Gerber gesehen, der Brunner nachweislich kannte und bei dem Siggi die fehlenden Teile des Mercedes entdeckt hatte. Aber alle Beweise waren schon beseitigt. Der Mercedes entsorgt und auf den Ersatzteilen keine Fingerabdrücke. Und dann waren da noch der tote Eckes und der Puff und wieder war Glodkowski dabei. Aber er, Koch, hatte nichts in der Hand, dass ausreichte, um gegen ihn und Brunner anzugehen. Er durfte nicht einmal ermitteln. Das war ihm offiziell von Arnheim verboten worden. Und Glodkowski … wusste er mehr über das Schicksal seines Vaters? War er am Ende sogar dessen Mörder?

Statt den Fall zu klären, musste er dieser Denunziation eines alten Kerls namens Richard Neubert nachgehen, der eine Mutter anzeigte, weil sie angeblich ihren schwer kriegsversehrten Sohn umgebracht haben sollte. Einen zweiundzwanzigjährigen Jungen. Was hatte der vom Leben noch zu erwarten?

Vielleicht war Polizist doch der vollkommen falsche Beruf für ihn.

Um elf Uhr stand er mit Siggi vor dem schmalen Tor zu dem Haus von Dorothea Becker. Es hatte aufgehört zu regnen, aber der Boden war noch nass, in den vielen Löchern auf den Straßen und Gehwegen hatten sich Pfützen gebildet.

Sie hatten zum Leidwesen seines Assistenten wieder nur den Vorkriegs-Opel mit der Holzgasanlage bekommen und neben seinem Jammern darüber musste sich Koch auch noch die begeisterten Berichte über das Ruhestein-Bergrennen anhören. Siggi war wie besessen davon.

„Jetzt fangen Sie mit diesen Rennfahrer-Geschichten nicht auch noch bei der Befragung an, verstanden, Siggi?!", wies Koch den Jungen zurecht, während die Tür hinter ihm geöffnet wurde.

„Guten Tag …", begann er in der Drehung, doch dann stockte er.

Auch die Frau sah den Kommissar überrascht an.

„Sie …?", sagte sie, fing sich aber schneller als Koch. „Guten Tag." Sie blickte zu Siggi und grüßte auch ihn. Der wusste nicht, was hier passierte, aber es war offensichtlich, dass die beiden sich kannten und im Moment mit der Situation nur schwer umgehen konnten.

„Frau Becker? Dorothea Becker?", fragte Koch. Seine Stimme klang dünn, dabei ließ er seine Augen nicht von der Frau.

Sie nickte. „Ja."

„Dürfen wir hereinkommen?" Es war Siggi, der die Frage stellte, als die Pause zu lange dauerte.

Sie sah den jungen Mann verständnislos an.

„Wir sind von der Polizei und hätten ein paar Fragen an Sie."

Koch war noch immer zu aufgeregt, um eingreifen zu können. Dennoch blieb ihm der Schrecken, den das Wort „Polizei" im Gesicht der Frau hervorgerufen hatte, nicht verborgen.

War an der Beschuldigung dieses alten Mannes doch etwas dran?

„Um was geht es denn?"

Koch hörte die Nervosität aus ihrer Stimme heraus. Er wurde ruhiger und nahm eine professionelle Haltung an.

„Nur ein paar Fragen", erklärte er und versuchte beruhigend zu wirken.

„Ja, bitte, kommen Sie rein", erwiderte sie, trat zur Seite und ließ die beiden Männer in den Hof.

Dorle ging vorneweg, Siggi folgte ihr, nur Koch ließ

sich einen Moment Zeit. Da suchte er andauernd nach dieser Frau, und nun stand er vor ihr und er musste wegen der Anzeige eines Denunzianten gegen sie ermitteln. Und die Frau verhielt sich auffällig nervös. Er wollte sich nicht einbilden, dass es wegen ihm war. Er wusste nicht, ob er sich freuen sollte.

Koch und Siggi saßen in der Küche am Tisch. Dorle kam mit einer Keramikkaraffe. Als sie das Wasser in Kochs Glas schütten wollte, goss sie daneben und einige Tropfen landeten auch auf dessen Hose.

„Oh, entschuldigen Sie", fuhr Dorle zusammen. Sie ging zur Spüle und reichte dem Kommissar ein Tuch.

„Nicht schlimm", wiegelte der ab und wischte über den Fleck.

Siggi saß stumm da und beobachtete das seltsame Schauspiel, das sich die zwei erwachsenen Menschen vor seinen Augen lieferten.

„Warum sind Sie … hier?" Dorles Anspannung war nicht zu übersehen.

„Frau Becker", begann Koch, hüstelte und versuchte sachlich zu klingen. „Sie … Wir kommen wegen Ihres Sohnes …"

Ihr Gesicht verdüsterte sich. Gleichzeitig schwirrten die verschiedensten Gedanken durch ihren Kopf. Warum fragte der Kommissar nach Rolf? Es ging doch um Peter?

„Ja", antwortete sie nach einer kurzen Pause. „Er ist tot."

„Er hat sich selbst umgebracht, haben Sie gemeldet."

Sie konnte die Tränen nicht zurückhalten. „Ja. Ich habe … ihn … im Keller gefunden."

„Wann war das?"

Sie antwortete nicht gleich.

„Frau Becker … bitte?"

Koch sah erstaunt zu Siggi. Ihm schien, dass der seine Stimme gesenkt hatte.

„Das war …“ Sie überlegte, wann die Beerdigung gewesen war, wann sie im Rathaus gewesen war, um Rolfs Tod zu melden. Ihre Nervosität verhinderte, dass sie einen klaren Gedanken fassen konnte.

„Das war … Ende März.“ Sie wischte die Tränen aus den Augen.

„Und er hat sich umgebracht?“

Dorle nickte. „Er hat im Krieg ein Bein verloren. Er hat die Schmerzen nicht mehr ausgehalten.“

Warum fragten die Männer nach Rolf? Warum nicht nach Peter? Wenn sie sie verhaften wollten, warum quälten sie sie mit der Erinnerung an ihren toten Sohn?

Endlich fand sie den Mut, die beiden Polizisten direkt zu fragen. „Warum wollen Sie das wissen?“

„Es gibt eine Anzeige gegen Sie. Jemand behauptet, dass sich Ihr Sohn gar nicht selbst umgebracht hätte, sondern dass Sie …“

Es fiel Koch schwer, den Satz zu Ende zu sprechen. Er glaubte nicht, dass diese Frau das getan hatte, aber vor allem, er wollte es nicht glauben.

„Ich … meinen Sohn …“, stammelte sie. „Umgebracht?“

Wieder schossen ihr die Tränen in die Augen.

Koch nahm ein Taschentuch aus seiner Tasche und hielt es ihr hin.

Erst als er sich räusperte, bemerkte sie die Geste, nickte stumm und wischte sich die Tränen ab.

„Ich habe doch nicht …“ Plötzlich richtete sie sich auf. „War das der Neubert?“

„Es tut mir leid, Frau Becker“, sagte Koch. „Das darf ich Ihnen nicht sagen. Aber ich muss das jetzt noch einmal aufrollen. Also: Die Person, die Sie angezeigt hat, sagt aus, dass die Schmerzensschreie Ihres Sohnes immer zu hören waren, bis sie Anfang März plötzlich aufhörten. Da Sie den Tod Ihres Sohnes aber erst Ende März gemeldet haben, also etwa drei Wochen später, glaubt diese Person, dass Rolf schon vorher tot war und dass Sie … ja, nachgeholfen haben, weil Sie die Schreie nicht mehr ertrugen."

Dorle schüttelte ihren Kopf. „Das macht eine Mutter doch nicht", sagte sie.

Es fiel Koch schwer, in der Rolle des Polizisten zu bleiben. Er sah zu Siggi herüber. Der verstand.

„Was war in diesen drei Wochen, Frau Becker?", fragte er.

„Ich weiß es nicht. Vielleicht war er leiser. Er hat … viel geschlafen … manchmal auch, ja, gefiebert … er war wie weggetreten … Natürlich war das schwer für mich. Sehr schwer. Rolf hat sehr gelitten. Und ich bin allein … Mein Mann ist in Russland … ich weiß nicht, ob er noch lebt."

„Wo haben Sie Ihren Sohn gefunden?"

Siggi fragte das sehr kühl. Aber Koch schien, dass es besser war, nicht zu viel Mitgefühl in die Fragen zu legen.

„Im Keller", antwortete Dorle recht gefasst. „Er hat sich im Keller erhängt."

„Würden Sie uns die Stelle zeigen?"

Dorle nickte und stand auf.

In dem Moment wurde die Tür zu der Kammer neben der Küche geöffnet. Ein hagerer Kopf blickte durch den Spalt, eine Zigarette im Mund.

Erstaunt sahen die beiden Polizisten zu dem Mann.

„Wer sind Sie?", fragte Koch.

„Das könnte ich Sie auch fragen."

„Polizei. Also, wer sind Sie?"

„Ist ja gut. Herrmann Bauer. Ein Freund. Ich war mit

Frau Beckers Mann in Russland. Er hat mich gebeten, nach ihr zu sehen. Ich habe Ihr Gespräch mitbekommen. Was Frau Becker sagt, stimmt. Ihr Sohn hat sich Ende März umgebracht. Schlimme Sache. Ich war an dem Tag nicht hier."

Koch fiel Dorles verwunderter Blick auf.

„Ende März war das?"

„Ja, genau. Ende März."

„Frau Becker!" Siggi hatte seine Stimme etwas gesenkt. „Sie wollten uns die Stelle im Keller zeigen, wo …"

Koch und Siggi folgten ihr in den Hof, wo sie die beiden Männer durch das zweiflüglige Tor in den Keller führte. Bauer war in der Wohnung geblieben.

„Hier!" Sie deutete mit ihrem Blick an die Decke, wo ein Haken in der Decke steckte, den ihr Mann vor vielen Jahren dort befestigt hatte. Kochs Blick blieb an der Kiste mit den Kerzen und dem Bild hängen, die noch immer dort stand.

„Hier … gehe ich her, um zu beten", erklärte Dorle, die den Blick bemerkt hatte. „Als ich Rolf gefunden habe, habe ich ihn abgehängt und auf die Kiste gelegt."

„Gehen wir wieder nach oben!", schlug Koch vor, der spürte, dass die Frau wieder den Tränen nahe war.

„Frau Koch", sagte er, als sie wieder im Hof standen. „Wir müssen solchen Anzeigen nachgehen. Haben Sie vielleicht neben diesem Herrn noch einen Zeugen, der Ihre Aussage bestätigen kann? Damit könnte ich meinen Bericht fertig machen und es wäre alles in Ordnung."

Dorle überlegte nur kurz. „Franzi!", sagte sie aus einem spontanen Impuls heraus. „Franziska Molitor. Sie ist meine Freundin und …"

„Ja?", fragte Koch, überrascht, weil die Frau mitten im Satz aufgehört hatte zu sprechen.

„Nichts", sagte die schnell. Sie nannte die Adresse.

„Und dieser Mann, Bauer", Koch sprach leise, „wie lange bleibt der?"

Dorle zuckte mit der Schulter. In ihrem Blick lag etwas Verzweifeltes. Koch hätte ihr gerne etwas Aufmunterndes gesagt, aber er fand keine Worte.

„Auf Wiedersehen!", sagte er schließlich und meinte es auch so.

Schweigend gingen die beiden Polizisten zu dem Vorkriegs-Opel zurück. Koch spürte, dass Siggi mehrmals zu ihm herüberschielte.

Im Wagen konnte er nicht mehr an sich halten.

„Kennen Sie die Frau, Herr Koch?", fragte er.

„Wie kommen Sie darauf, Siggi?", fragte der zurück.

„Sie waren …"

„Ja?"

„So anders."

„Wie anders?"

„So jung."

„Das verstehe ich nicht."

„Na ja, so schüchtern … und … unprofessionell."

Beide schwiegen, bis sie den Vorort verlassen hatten.

„Was halten Sie von dem Mann, diesem Bauer, Siggi?", fragte Koch schließlich und sah dabei zur Seite aus dem Auto.

„Komischer Typ. Ich glaube, dass er lügt."

„Seine Aussage?"

„Ja, dass er schon so lange im Haus ist."

„Glauben Sie, dass er ihr … Geliebter … ist?"

„Keine Ahnung, sah aber nicht so aus. Ich glaube, der schmarotzt sich da durch."

„Ihr Wort in Gottes Ohr."

Siggi kommentierte diesen letzten Satz seines Chefs nicht.

Kaum hatten die beiden Polizisten den Hof verlassen, kam Bauer nach draußen, ging ans Tor und sah auf die Straße.

„Wie kommen die dazu zu sagen, dass du deinen Sohn umgebracht haben sollst?"

„Das war bestimmt Neubert", erklärte Dorle und senkte ihren Kopf. Sie fürchtete jedes Mal, wenn sie den Namen aussprach oder an den alten Mann dachte, dass man ihr die Vergewaltigung ansehen könnte.

„Der Alte, der hier herumschleicht?", fragte Bauer.

Dorle nickte.

„Ich hoffe, dass dir klar ist, dass ich dir eben deinen hübschen Hintern gerettet habe, Dorle", sagte Bauer. „Ich habe was gut."

Sie schrak zusammen.

Bauer lachte und steckte sich eine neue Zigarette an.

„Keine Sorge. Das habe ich schon kapiert, dass ich nicht nach deinem Geschmack bin. Aber ich denke da mehr an den Franzosen, bei dem du arbeitest. Der hat doch Geld und sicher eine Menge Wertgegenstände, die wir gut verkaufen könnten. Schmuck, Porzellan. Ich rauche seit Tagen nichts anderes als dieses stinkende Kraut. Ich hatte mich schon richtig an die Luckys gewöhnt."

„Nein!"

„Wie bitte? Ich lüge für dich die Polizei an und du kannst mir noch nicht einmal einen so kleinen Gefallen tun."

„Das ist Diebstahl", widersprach Dorle.

„Diebstahl?" Bauer lachte dreckig und kurzatmig. „Dass ich nicht lache. Das ist ein Franzose. Der saugt uns aus. Alles, was der hat, hat er uns geklaut. Verstanden?"

„Ich kann das nicht."

Bauer zog zweimal an seiner Zigarette.

„Du kannst das nicht? Aber dass ich für dich die Polizei anlüge, das ist in Ordnung. Wer sagt mir denn, dass du nicht gelogen hast und mich jetzt da mit reinziehst. Nein, nein, meine liebe Dorle, so billig kommst du mir nicht davon. Wenn du das nicht machst … Du schaust dich um, wo der seine Wertsachen hat und lässt ein Fenster offen. Verstanden? Sonst muss ich doch mit dem Polizisten sprechen. Und außerdem, wer ist Peter Gerber?"

Bauer hatte die letzte Frage so beiläufig gestellt, dass Dorle ein paar Sekunden brauchte, bevor sie realisierte, was der Mann gesagt hatte.

„Gerber?", sagte sie fassungslos.

Bauer grinste vergnügt, hielt den Stummel der Zigarette mit den Spitzen seiner Finger, zog noch einmal, versengte sich dabei fast die Lippen und schmiss den kleinen Rest auf den Boden.

„Du sprichst im Schlaf, Dorle. So laut, dass ich es bis in die Küche gehört habe, hast du den Namen gerufen. Da habe ich mich mal umgehört und erfahren, dass tatsächlich ein Peter Gerber ermordet wurde. Anfang März."

Als sie alleine war, konnte Dorle ihre Tränen nicht mehr zurückhalten. Nahm dieser Wahnsinn denn nie ein Ende? Warum konnte Rolf keinen Frieden finden? Und sie auch nicht? Hatten sie denn nicht schon genug durchgemacht? Und warum hatte sie Franzi da mit reingeritten? Die konnte doch gar nichts zu ihrer Verteidigung sagen. Die war krank gewesen, als Rolf im Keller lag. Und nun wollte dieser Bauer, dass sie neue Verbrechen für ihn beging. Er hatte sie in der Hand. Was war aus ihr geworden? Eine Mörderin. Eine Lügnerin. Eine Diebin.

Plötzlich fiel ihr etwas ganz anderes auf. Der Kommissar

hatte nicht nach dem toten Peter gefragt. War das eine Falle oder wusste er wirklich nichts? Oder würde Bauer die Polizei erst auf ihre Spur bringen, wenn er von ihrem Traum erzählte? Und … sie wagte nicht, sich das einzugestehen, der Polizist hatte sie so angesehen wie … wie ein Mann.

Den Besuch bei Franziska Molitor verschob Koch auf den nächsten Tag. Er wusste, dass das aus ermittlungstaktischen Gründen ein Fehler war, weil er so die Möglichkeit für Absprachen schuf. Aber ihn hatte es zu sehr mitgenommen, dass er die Frau, die er seit Wochen suchte, so kennen lernen musste. Dabei wurde ihm erst jetzt klar, wie sehr er sie gesucht hatte. Was, wenn sie doch den Tod ihres Sohnes zu verantworten hatte? Er konnte, er wollte es nicht glauben, aber auszuschließen war es nicht.

Und die Anwesenheit dieses Mannes beunruhigte ihn zusätzlich. War er wirklich ein Freund? Auch das konnte er nicht glauben, zu fremd wirkten die beiden Menschen miteinander. Das beruhigte Koch auf der einen Seite, weil es damit keinen Nebenbuhler gäbe, aber auf der anderen Seite gab es der ganzen Situation ein weiteres Fragezeichen.

Am Dienstag begann er den Bericht und verschob den Besuch bei Franziska Molitor auf den Nachmittag, doch ein Besuch von Reuber hielt ihn davon ab.

Mit einem Grinsen im Gesicht stürmte er in Kochs Büro und hielt inne, als er dessen ernste Miene sah.

„Was ist los, Koch? Wieder den Blues? Dagegen habe ich was. Mein amerikanischer Freund war mal wieder da. Zonen-Hopping nennt er das. Was meinen Sie?"

Koch ging nicht darauf ein.

„Auf! Kommen Sie rüber in mein Büro! Arnheim ist auf einer Tagung in Koblenz. Wir haben uns lange nicht mehr gesehen und ich muss sagen, dass ich Sie irgendwie vermisse. Der einzige halbwegs vernünftige Mensch hier im Haus."

Koch reagierte nicht sofort, Reuber ließ ihm die Zeit.

„Also gut", sagte der Kommissar schließlich und stand auf.

Am Mittwoch endlich machte Koch sich zusammen mit Siggi auf den Weg nach Gonsenheim zu Franziska Molitor. Da kein Wagen fahrbereit war, mussten sie die Straßenbahn nehmen.

„Es geht nur langsam voran oder sehen Sie einen Fortschritt?", fragte Koch seinen Assistenten.

„Der ganze Schutt. Wo soll der denn hin?"

„Ich weiß es nicht!" Koch klang resigniert.

Koch war verwundert, wie aufgeräumt und normal es im Haus von Franziska Molitor aussah. Wenn er eben nicht noch in der Neustadt an den zerstörten Wohnblocks vorbeigefahren wäre, würde er in diesen Zimmern nicht auf die Idee kommen, dass vor gut einem Jahr noch ein schrecklicher Krieg in Europa und Deutschland gewütet hatte. Alles war sauber, kleine gehäkelte Decken lagen auf den Kommoden, Kissen auf dem Sofa und Geschirr und all das, was die anderen Menschen zum Tauschen wegbrachten oder aus Angst vor Einbrüchen versteckten, stand hier offen in der Wohnung.

Auch die Hausherrin machte auf den Kommissar einen ungewöhnlich normalen Eindruck, eine Person, die mit beiden Füßen im Leben zu stehen schien, in sich gefestigt.

„Ein Bugatti", rief Siggi im Flur aus. Koch und Franzi waren schon ins Wohnzimmer gegangen, der Junge hatte sich die Bilder an den Wänden angeschaut. „Ein Typ 35."

„Das ist mein Mann", sagte Franzi, die wieder zurückgegangen war. „1932 haben wir Urlaub in Frankreich gemacht. Lothringen. Und da waren wir in Molsheim. Norbert durfte sich in den Wagen setzen. Der Werkmeister hat ein Bild gemacht. Das hat er uns später geschickt. Norbert war sehr stolz darauf."

„Mein Traum", schwärmte Siggi.

„Dorle soll was?", fragte Franzi, nachdem Koch sie mit der Anzeige gegen ihre Freundin konfrontiert hatte. „Rolf umgebracht haben? Wer erzählt denn so einen Unsinn? – Neubert. Das kann nur Neubert sein. Stimmt's?"

Koch antwortete nicht direkt. „Diese Person sagt aus, dass sie lange, bevor Rolfs Tod gemeldet wurde, kein Lebenszeichen mehr gehört habe."

„Wissen Sie", sagte Franzi und setzte sich gerade auf ihren Stuhl. „Der Neubert ist ein Schwein. Der ist schon lange scharf auf die Dorle. War der schon vor dem Krieg, als der Hans-Joachim, ihr Mann, noch da war. Hat gemeint, weil er in der Partei ist, könnte er sich alles erlauben. Als Hans-Joachim eingezogen wurde, hat der ganz offen gebuhlt. Aber Dorle hat ihm die kalte Schulter gezeigt. Das hat der nicht verwunden. Der hält sich für einen ganz tollen Hecht."

„Davon hat Frau Becker nichts gesagt", erwiderte Koch.

„Nein. Es ist ihr peinlich. Sehr peinlich. Er hat ihr oft aufgelauert."

„Und der Mann von Frau Becker?"

Siggi sah kurz zu seinem Chef herüber.

„In Russland vermisst. Schon seit über zwei Jahren hat sie nichts mehr von ihm gehört. Deshalb glaubt der Neubert ja, dass er Chancen hat. Aber wenn der Neubert erzählt hat, dass die Dorle den Rolf umgebracht hat, dann kratze ich ihm die Augen aus. Dieses Mistschwein." Franzi hatte sich in Rage geredet.

„Können Sie denn bestätigen, Frau Molitor, dass Rolf Becker sich Ende März umgebracht hat?“

Sie überlegte kurz. „Ja“, antwortete sie knapp. „Das heißt, ich war zu der Zeit lange krank. Ich hatte Fieber. Und deshalb war ich auch nicht draußen. Aber Rolf hat da noch gelebt. Bis er … Schrecklich. Ende März war das. Da hat er sich erhängt.“

Koch sah sie durchdringend an.

„Waren Sie dabei, als Frau Becker ihren toten Sohn gefunden hat? Haben Sie ihn in den ersten Wochen des März gesehen?“

„Nein.“ Franzis Stimme hatte etwas Verzweifeltes. „Das habe ich ja schon gesagt. Ich war krank. Aber Sie hätten Dorle sehen sollen. Ganz apathisch war sie“, erklärte sie weiter. „Ein Häufchen Elend. Sie wollte erst gar nicht zum Rathaus, seinen Tod melden. Sie konnte es nicht. Sie hat stundenlang nur gebetet. Hockte neben dem toten Jungen. Schlimm.“

Koch glaubte, dass die Frau überzeugt war, dass Dorle Becker nichts mit dem Tod ihres Sohnes zu tun hatte, aber da sie krank gewesen war zu jener Zeit, entlastete dies Dorle Becker nicht. Koch fragte sie nach Dorles Verhältnis zu ihrem Sohn, nach der Verletzung und wie die Mutter damit umgegangen war, bis er zu einer Frage kam, die ihn auch persönlich interessierte.

„Als wir vorgestern bei Frau Becker waren, war dort auch ein Mann. Herrmann Bauer. Kennen Sie ihn?“

Franzis Gesicht verfinsterte sich.

„Und ob!“

„Das klingt nicht, als ob Sie ihn sonderlich mögen.“

„Ich halte ihn für einen Betrüger. Und als ich Dorle das gesagt habe, haben wir uns gestritten …“

„Betrüger? Wie darf ich das verstehen?“

„Er behauptet, dass er ein Kamerad von Hans-Joachim ist und der ihn gebeten hat, Dorle eine Nachricht zu überbringen."

„Was ist daran so schlimm?"

„Viel", antwortete Dorle sehr bestimmt. „Er hat sich richtig eingenistet bei ihr und führt sich auf, als ob er der Hausherr wäre."

„Frau Becker könnte ihn doch hinauswerfen?"

Franzi lachte kurz. „Da kennen Sie Dorle nicht richtig. Sie kann viel ertragen. Sie fühlt sich schuldig, das weiß ich. Aber es wäre gut, wenn dieser Bauer endlich weg wäre. Wissen Sie, ich wünsche Dorle, dass sie endlich Ruhe findet. Erst Rolfs Leiden, das ewige Schreien. Sie war ständig unterwegs, um ihm Medikamente zu besorgen. Hat sich ganz aufgerieben. Dann Neubert. Und jetzt dieser Mensch. Immerhin hat sie ihre Arbeit."

Koch sah die Frau aufmerksam an.

„Was arbeitet Frau Becker denn?", fragte er.

„Bei einem Franzosen. Ein Capitaine. Sie kocht da. Dorle ist eine gute Köchin. Ich glaube, ohne die Arbeit … das gibt ihr Halt."

„Hat Frau Becker denn noch andere Freunde außer Ihnen? Oder Freunde von Rolf, die sich um ihn hätten kümmern können?"

„Nein. Rolf war eher ein Einzelgänger. Ganz anders als sein Vater. Der ist auf jede Fastnacht und auf jede Sitzung. War überall dabei. In Vereinen und so. Aber Rolf. Nein. Ich habe ja auch Kinder, ein bisschen älter als Rolf, aber die haben nie was miteinander zu tun gehabt. Die haben immer gesagt, dass sie mit Rolf nicht spielen können." Sie dachte kurz nach. „Ja, nur einen, den gab es, mit dem war Rolf vor dem Krieg viel zusammen. Der Gerber Peter. Sohn von einem Bauern."

Koch wurde hellhörig. Auch Siggi rutschte auf die Kante seines Sessels.

„Der tote Peter Gerber?"

„Ja, das ist auch eine schlimme Geschichte. Ermordet."

„Und die beiden, Rolf und Peter, kannten sich gut?"

„Ja, damals. Später nicht mehr. Waren ständig zusammen. Peter ist auch bei Beckers ein und aus gegangen. Dabei waren die beiden ganz verschieden. Hätte keiner gedacht, dass der Rolf und der Peter mal Freunde werden. Ist ja auch später wieder auseinandergegangen."

Sie sprachen noch eine Viertelstunde miteinander. Bevor er und Siggi sich verabschiedeten, kam Koch nicht umhin, zu fragen, ob Franzi nichts tauschen müsse.

„Wie kommen Sie darauf?", fragte sie.

Er sah sich um. „Sie scheinen nichts weggeben zu müssen."

„Ich habe zwei Söhne", war ihre schnelle Antwort. „Zwei gute und zum Glück gesunde Söhne, die für mich sorgen."

„Tja", begann Koch das Gespräch mit Siggi, als sie zur Haltestelle zurückgingen, „das hilft Frau Becker nicht so richtig weiter."

„Ja", bestätigte Siggi. „Und Sie würden ihr gerne helfen?"

„Ja", antwortete Koch mit einer Klarheit und Offenheit, die ihn selbst überraschte.

Am Abend fand er einen Brief auf dem Boden seines Flurs, den jemand unter der Tür durchgeschoben hatte. Er kam von Beatrice aus Südfrankreich.

Koch ging in sein Wohnzimmer und öffnete das Fenster, um frische Luft herein zu lassen.

Einige Minuten starrte er auf den Umschlag, las auf der Rückseite die Adresse der Absenderin. Ihm erschien sein Leben in Frankreich Millionen Lichtjahre entfernt.

Er stand auf und suchte etwas zu trinken. Aus irgendeinem Grund fürchtete er sich vor dem Brief, vor seiner eigenen Vergangenheit, die jetzt wiederkam, und die ihn daran erinnerte, dass er auch nach Deutschland zurückgegangen war, um sich seines Lebens zu vergewissern. Und doch lief er vor dieser Aufgabe ständig davon.

Als er keinen Alkohol fand, setzte er sich wieder und schnitt mit einem Messer den Brief auf. Es war ein kleines Blatt und das hatte Beatrice nicht einmal voll geschrieben.

Sie teilte ihm mit, dass sie nicht mehr wolle, dass er seinem Sohn schreibe. Sie habe geheiratet und der neue Mann habe Émile als seinen eigenen Sohn angenommen. Er möge das Glück der neuen Familie nicht stören oder gar zerstören. Am Ende übermittelte sie ihm Grüße von Raymond, der sich in der französische Armee verpflichtet habe und im Moment in Indochina im Einsatz sei.

Koch legte den Brief beiseite. Er stellte sich Émile vor, sein Gesicht, seine kleinen Hände. Wie groß er jetzt wohl war? Ob der Junge eine Erinnerung an ihn hatte?

Das Klopfen an seine Tür riss Koch aus seinen Gedanken. Bresson winkte ihm mit einer Flasche zu.

„Absacker, Puhler?“, fragte er.

Koch schien, dass sein Nachbar schon gut getankt hatte.

„Was ist los, Puhler, Sie sehen nicht aus, als ob Sie das Leben in vollen Zügen genießen würden.“ Er schenkte zwei Gläser voll. „Sie können es gebrauchen.“

Sie stießen miteinander an. Koch nahm einen großen Schluck.

„Was haben Sie denn da?“

„Calvados“, erklärte Bresson. „Habe eine Kiste als Bezahlung bekommen.“

„Die Geschäfte gehen wohl gut.“

„Na ja … Aber was ist mit Ihnen?“

Koch erzählte ihm von Beatrices Brief.

„Wollen Sie hin?“, fragte Bresson.

„Habe ich eben überlegt. Aber ich glaube, dass das wenig Sinn hat. Zumal als Deutscher …“

„Vielleicht haben Sie Recht. Man muss solche Geschichten auch mal abschließen können.“

„Einfach so? Ich weiß nicht.“

„Der Brief klingt doch sehr kategorisch. Was würde passieren, wenn Sie runterfahren? Streit. Und wenn Sie wirklich Interesse daran gehabt hätten, wären Sie doch schon längst gefahren. Oder nie weggegangen.“

„Da haben Sie wahrscheinlich Recht.“

Koch spürte, dass er in eine melancholische Stimmung verfiel. Auch der Alkohol trug seinen Teil dazu bei. Bresson hatte ihre Gläser wieder aufgefüllt.

„Die Geschichte mit Ihrem Vater, ich glaube, die ist wichtig.“

Koch verzog kurz seinen Mund. „Wo beginnen? Ich finde ja nicht mal diesen Glodkowski. Ist wie vom Erdboden verschwunden. Und … manchmal weiß ich gar nicht, ob ich wissen will, was damals passiert ist. Vielleicht sollte ich es auf sich beruhen lassen. Ich habe mein Leben und das ist auch schon zu einem guten Teil gelebt. Und nicht besonders erfolgreich.“

„Wonach bemessen Sie Erfolg? Ihr Chef, mit dem Sie in ständigem Streit liegen, ist der erfolgreich? Sie sind doch einer der Wenigen, der noch in den Spiegel sehen kann in diesem Land. Das ist Erfolg.“

„Na ja, ein seltsamer Erfolg, den man ständig vorgehalten bekommt und der einem die Arbeit unnötig schwer macht.“

Bresson grinste und zündete sich eine Zigarette an.

„Sarkasmus hilft aber auch nur bedingt. Sie müssen sich entscheiden, was Sie wollen. Mit der Haltung, die Sie jetzt zeigen, werden Sie untergehen. Ihre Moral zählt nicht. Das habe ich Ihnen schon einmal gesagt, die Moralisten, das sind immer die Verlierer. Aber wenn Sie diesen Weg gehen wollen, bitte, das ist Ihre Entscheidung und das ist auch eine ehrenwerte Entscheidung, aber Sie müssen auch dazu stehen und nicht jammern.“

„Sind Sie jetzt auch noch Pastor geworden?“

Koch spürte den Alkohol in seinem Kopf. Er ließ sich nach hinten gegen die Lehne des Sofas fallen und schloss die Augen.

„Aber vielleicht haben Sie Recht.“

Er dachte an Dorle und hoffte inständig, dass sie nichts mit dem Tod ihres Sohnes zu tun hatte.

Bauer machte weiterhin keine Anstalten, die Heimreise zu seiner Familie fortzusetzen. Dorles halbherzige Andeutungen ignorierte er oder wischte sie mit einem Hinweis auf ihren Traum beiseite. Sie lebten inzwischen in dem Haus wie ein altes Ehepaar, das in getrennten Betten schlief. Wenn Dorle am Morgen das Haus verließ, um zu Capitaine Jarrés zu gehen, schlief Bauer meist noch, und an guten Tagen schaffte Dorle es, sein Schnarchen zu ignorieren. An schlechten gab sie sich der Vorstellung hin, in die Kammer neben der Küche zu schleichen und dem Mann ein Messer ins Herz zu stoßen.

Was sie ihm am meisten vorwarf, war, dass wegen dieses Mannes Franzi nicht mehr zu ihr kam und dass ihre Freundschaft zerbrochen war. Sie wusste auch, dass es an ihr war, sich zu entschuldigen, aber genauso sehr war ihr klar, dass Franzi ihre Drohung wahr machte: Sie würde erst wiederkommen, wenn Bauer weg war.

Aber der Mann hatte sie in der Hand. Das falsche Alibi, das er ihr verschafft hatte. Und da war dieser Traum. Warum sprach sie über Peter Gerber, während sie schlief? Und immer wieder betonte er, dass Hans-Joachim ihn gebeten habe, nach ihr zu schauen, und für Dorle, die schon lange wegen der gefühlten Distanz zu ihrem Ehemann von ihrem schlechten Gewissen geplagt wurde, wäre dies ein eindeutiger Bruch gewesen, wenn sie Bauer rausgeworfen hätte.

Die Stunden im Haushalt der Jarrés' waren somit zu einer Oase für sie geworden. In manchen Momenten, wenn die Arbeit sie ganz in Anspruch nahm, konnte sie den ganzen Druck, der auf ihr lastete, vergessen. Sie war ein Teil des französischen Haushaltes geworden, sie war kein Fremdkörper mehr, Monsieur und Madame Jarrés riefen sie Dorlé, mit einem betonten „e".

Sie hatte das belauschte Gespräch schon vergessen und damit Brunner. Sie arbeitete auch nicht mehr dort, weil er das von ihr verlangte, sondern weil sie es wollte. Und diese unbeschwerten Stunden in der Küche würde sie aufs Spiel setzen, wenn sie auf Bauers Wunsch eingehen würde. Diesen Verrat wollte sie nicht begehen.

Aber Bauer ließ nicht locker.

Als sie auch an diesem Nachmittag ohne ein Stück Silberbesteck, einen Füllfederhalter oder eine Porzellantasse nach Hause kam, stieß Bauer sie auf einen Stuhl in der Küche und drohte ihr, wenn sie nicht täte, was er verlangte, würde er zur Polizei gehen und dort von ihrem Traum erzählen. Außerdem würde er überall verbreiten, dass sie beide ein Verhältnis hätten.

„Du lässt einfach in der Küche ein Fenster auf. Verstehst du? Du entriegeltst es einfach. Mehr nicht. Hast du vergessen, wenn dich jemand fragt. Ist das klar?!“

Sie sah nach unten und nickte.

Dorle versuchte sich die Situation in Gerbers Scheune vorzustellen, als Peter sich ihr genähert hatte. Es war wieder ähnlich und doch anders. Bauer berührte sie nicht. Da war eine Grenze und die verhinderte auch bei Dorle, dass sie zum Messer griff und es dem Mann in den Rücken stieß. Aber an diesem Nachmittag, als er breitbeinig vor ihr stand und drohte, hatte nicht viel gefehlt und sie hätte ihre Tat wiederholt.

„Ich bin nur in der Küche“, wand sie sich raus. „Immer ist jemand bei mir“, erklärte Dorle Bauer. „Ich kann nichts Wertvolles mitgehen lassen.“

An seinem Gesichtsausdruck erkannte sie, dass er ihr nicht glaubte.

„Meine Geduld ist bald am Ende!“, drohte er ihr, bevor er das Haus verließ.

Wie jedes Mal nach einem Abend bei Bresson war Koch am nächsten Morgen bestenfalls unausgeschlafen. Schlimmer war es, wenn sein Schädel dröhnte, als ob in der Nacht eine Herde Elefanten darüber getrampelt wäre.

Beim Rasieren schaffte er es sogar, sich mit der stumpfen Klinge, die er schon viel zu lange in Gebrauch hatte, zu schneiden und es dauerte lange, bis er die Blutung gestillt bekam. Er setzte sich an den Tisch und trank schluckweise von seinem Muckefuck, träumte kurz von einem richtigen Bohnenkaffee.

Er war unruhig. Er wusste jetzt, wer die Frau war und wie sie hieß, die so lange in seinem Kopf herumgespukt hatte. Aber das, was er bei ihrer Freundin erfahren hatte, gefiel ihm nicht. Dass Neubert bezüglich des angeblichen Mordes durch die Mutter log, war sicher. Allerdings waren ihre Angaben, was den Todeszeitpunkt anging, nicht richtig. Aber warum hatte sie gelogen? Und diese seltsame Verbindung zu dem toten Peter Gerber. Zufall? Er glaubte eigentlich nicht an Zufälle. Aber wo konnte da die Verbindung liegen?

Von unten drang das Dröhnen einer Autohupe zu ihm in die Wohnung.

Er sah aus dem Fenster. Am Straßenrand stand Siggi neben dem Opel und winkte zu ihm hinauf.

Neubert war sofort am Tor und stellte sich zu den beiden Polizisten auf der Straße.

„Und? Habe ich Recht gehabt? Die hat ihren Sohn doch umgebracht", legte er gleich ohne Begrüßung los.

„Mal langsam!" Koch sprach ganz ruhig. „Wir haben die Aussage des Herrn, der bei Frau Becker wohnt. Er bestätigt, dass Rolf Becker sich erst Ende März erhängt hat, also kurz bevor er beerdigt wurde. Und nicht, wie Sie behaupten, Anfang März."

Neubert schüttelte den Kopf und brachte sein schütteres Haar durcheinander.

„Wer hat Ihnen das erzählt? Frau Becker? Oder dieser Kerl?"

Koch antwortete nicht.

„Sie lügt doch. Ist doch klar. Und der Kerl? Der war doch da noch gar nicht bei ihr."

„Anfang März?"

„Genau. Der ist erst später gekommen."

„So?", fragte Koch zurück. „Ab wann war er denn da?"

Neubert antwortete wie aus der Pistole geschossen. „Das war erst nach Rolfs Beerdigung. Aber ich kann Ihnen noch was erzählen: Dass der überhaupt ein Begräbnis bekommen hat, das ist auch nicht mit rechten Dingen zugegangen."

„Was wollen Sie denn jetzt damit sagen?"

„Sie glauben mir nicht, oder? Selbstmörder bekommen kein Begräbnis. Wussten Sie das nicht? Aber der Sohn von der Frau Becker schon. Ist doch seltsam. Sehr seltsam sogar."

„Werden Sie bitte konkret!", forderte Koch, der sich nicht einmal richtig über diesen Mann aufregen konnte. Dafür fand er ihn zu armselig.

Er ermahnte sich, dass er ihn nicht unterschätzen durfte.

„Und ich kann Ihnen noch was sagen: Anstatt diesen Kerl, den sie sich ins Haus und wahrscheinlich auch ins … na, egal, geholt hat, sollte sie eine Familie aus der Stadt bei sich aufnehmen. Eine von denen, die bei dem Terrorangriff ihre Wohnung verloren hat."

„Terrorangriff", wiederholte Koch und sah Neubert scharf an. „Das ist doch die Sprache der Braunen. Terrorangriff. Wissen Sie nicht, wer angefangen hat damit? Haben Sie noch nie von Coventry, Rotterdam oder Warschau gehört? Terrorangriff! Wenn ich das höre!"

„Wo waren Sie denn?"

Siggi sprang für Koch in die Bresche.

„Ist das Ihr Haus?"

„Ja, mein Haus. Das hat mein Vater gebaut."

„Und Sie leben alleine darin?"

Koch hörte seinem Assistenten erstaunt zu. Er hatte sich in den Monaten, seitdem sie zusammen arbeiteten, enorm entwickelt. Er war nicht mehr der unbedarfte semmelblonde Engel.

„Meine Frau ist früh gestorben. Und mein Sohn ist für sein Vaterland gefallen."

„Und jetzt haben Sie viel Platz in Ihrem Haus?"
„Was wollen Sie damit sagen?"
„Sie haben sicher, so pflichtbewusst wie Sie sind, gleich mehrere ausgebombte Familien aufgenommen."
Neubert lief rot an. „Was fällt Ihnen ein, junger Mann, so mit mir zu reden? Was haben Sie schon geleistet? Wo haben Sie gekämpft?"
Koch mischte sich ein. „Ich habe eine ganz andere Frage. Beobachten Sie alle Menschen so genau, wie Sie das mit Frau Becker tun? Ist das die alte Blockwartmentalität?"
Nun gab es keinen weißen Fleck mehr in Neuberts Gesicht.
„Was fällt Ihnen ein? Sind Sie selbst scharf auf das Weib? Sie sind ja völlig befangen. Ich werde mich über Sie beschweren. Und mich hier als Nazi abzutun, das wird Sie teuer zu stehen kommen."
Damit drehte Neubert sich um und knallte den beiden Polizisten das Tor vor der Nase zu.
„Gut gemacht, Siggi!", lobte Koch.
„Das gibt Ärger. Ich weiß es ganz genau", erwiderte der.
„Da könnten Sie sehr Recht haben, Siggi", stimmte ihm Koch zu. „Deshalb genießen wir die ärgerfreie Zeit und gehen noch Mal zu Frau Becker."
„Aus rein ermittlungstechnischen Gründen." Siggi lächelte süffisant.
„Ich kann mich erinnern", entgegnete Koch, „dass ich vor nicht allzu langer Zeit einen Assistenten hatte, der ruhig, fast schüchtern war, der das Alter geachtet hat, und nun muss ich erkennen, dass ich mich sehr getäuscht habe."
„Aus Kindern werden Leute."
„Das fürchte ich auch."

Zu Fuß gingen die beiden Polizisten die kurze Strecke zu Dorles Haus. Eine Gruppe Kinder, alle zwischen fünf und acht Jahre alt, versperrte ihnen den Weg.

Koch griff in seine Tasche und warf ihnen zwei Münzen zu.

„Wer ist da?", fragte eine weibliche Stimme, nachdem sie an das Tor geklopft hatten.

„Kommissar Koch", meldete der sich.

Einige Sekunden blieb es ruhig, bis ihnen geöffnet wurde.

„Entschuldigen Sie bitte, dass wir stören", sagte Koch schnell, um seine Nervosität zu überspielen. „Ich habe noch Fragen."

Er konnte seinen Blick nicht von der Frau lassen, die offenbar ihre Haare offen getragen und sie auf die Schnelle hochgesteckt hatte. Einzelne blonde Haare standen wirr von ihrem Kopf ab.

Dorle bat die Polizisten in den Hof. „Wenn Sie möchten, können wir hier bleiben", sagte sie. „Es ist so schön. Ich bin gerade erst nach Hause gekommen und habe den ganzen Vormittag in der Küche gearbeitet."

„Bei dem Franzosen …?"

„Woher wissen Sie das?"

„Frau Molitor hat uns das gesagt. Sie hat aber auch gesagt, dass …", Koch suchte nach den richtigen Worten, „nicht, dass Sie mich falsch verstehen, aber sie konnte nicht bestätigen, dass Ihr Sohn erst Ende März gestorben ist, weil sie selbst sehr krank war."

„Ja, aber … Rolf … ich bringe ihn doch nicht um … er ist doch mein Sohn … Neubert lügt. Er will, er hat …" Mit einem Mal brach Dorle in Tränen aus.

Koch wusste nicht, wie er sich verhalten sollte. Er war mit der Situation überfordert. Gerne hätte er die Frau einfach in den Arm genommen und ihr gesagt, dass er nicht glaube, dass sie ihren Sohn umgebracht habe. Aber das durfte er nicht.

Siggi bemerkte die Befangenheit seines Chefs, aber er wagte es dieses Mal nicht, von sich aus in das Gespräch einzugreifen. Dorle wischte sich mit dem Handrücken über die Augen.

„Frau Becker!“ Koch versuchte beruhigend zu klingen. „Wir haben außerdem die Aussage, dass Herr Bauer, der zu Ihren Gunsten ausgesagt hat, zum Zeitpunkt von Rolfs Tod noch gar nicht bei Ihnen … wohnte.“

Dorle antwortete nicht gleich.

„Er …“, begann sie, stockte und schlug die Hände vors Gesicht.

„Frau Becker, bedroht Sie Herr Bauer?“

„Nein, nein.“ Sie sah zur Seite. „Nein“, wiederholte sie.

„Frau Molitor hält den Mann für einen Schwindler …“

Dorle fuhr ihm über den Mund.

„Franzi weiß gar nichts, gar nichts.“ Sie war sehr erregt. „Herr Bauer ist ein Kamerad meines Mannes und er hat mir Nachricht von ihm gebracht. Da lasse ich ihn hier ausruhen.“

„Und wo ist Herr Bauer jetzt?“

„Ich weiß es nicht. Er … er geht gerne spazieren.“

„Wie lange wird er bleiben?“

Dorle sah den Kommissar an. Hatte da ein anderes als professionelles Interesse durchgeklungen?

„Ich weiß es nicht. Bald. Bestimmt bald. Er muss ja zu seiner Familie …“ Sie klang nicht überzeugt.

„Frau Becker“, setzte Koch an, „wenn Herr Bauer gegen Ihren Willen in Ihrem Haus wohnt, können wir dafür sorgen, dass er geht. Wenn er Sie bedroht, müssen Sie uns das sagen. Wir helfen Ihnen.“

Sie sah den Kommissar wieder an. Dieses Mal lag Dankbarkeit in ihrem Blick. „Nein, das müssen Sie nicht", entgegnete sie trotzdem. „Es ist alles in Ordnung. Herr Bauer bedroht mich nicht." Sie blickte auf den Boden. „Er ist vielleicht, wie alle Männer, die aus dem Krieg kommen, auf … gewisse Weise verroht, aber … nein, er bedroht mich nicht."

Sie stand auf und ging in Richtung Haus.

„Wollen Sie Wasser? Es ist sehr warm heute."

Ohne die Antwort der beiden Männer abzuwarten, eilte sie ins Haus.

„Glauben Sie ihr, Siggi?", fragte Koch.

„Das mit dem Sohn, ja", antwortete er, „aber mit Bauer, nein. Vielleicht hat er irgendetwas gegen sie in der Hand …"

„So, bitte!", rief Dorle ihnen entgegen. Sie trug ein Tablett, darauf die Karaffe, die sie schon bei ihrem letzten Besuch benutzt hatte, und drei Gläser.

„Frau Becker", begann Koch, nachdem sie die Gläser gefüllt und jedem eines gereicht hatte, „da ist noch ein Punkt. Nein, sogar zwei."

Dorles Blick verfinsterte sich gleich wieder.

„Frau Molitor hat gesagt, dass Sie bei einem französischen Offizier arbeiten."

Dorle nickte.

„Können Sie mir seinen Namen sagen?"

Sie zögerte.

„Capitaine Claude Jarrés. In der Küche. Ich helfe in der Küche und manchmal bei Empfängen."

„Das ist aber ungewöhnlich, dass …"

Sie ließ ihn nicht zu Ende sprechen. „Ein Zufall. Ich koche auch gar nicht. Ich helfe nur. Gemüse schneiden, spülen und so."

Sie nannte Koch die Adresse. Siggi schrieb alles auf.

„Und nun der zweite Punkt …“ Koch machte eine Pause.

Ihr Blick changierte zwischen Aufmerksamkeit und Furcht.

„Frau Molitor hat ausgesagt, dass Ihr Sohn mit Peter Gerber befreundet war …“

Sowie der Name fiel, ließ Dorle ihr Glas fallen. Mit einem Knall landete es auf dem Steinboden und zerbrach.

„Frau Becker … ist was?“, fragte Koch.

„Nein, nein. Ich … war einfach ungeschickt.“

„War Ihr Sohn mit Peter Gerber befreundet?“ Er ließ die Frau nicht aus den Augen.

Sie begann nervös die Scherben einzusammeln. Siggi half ihr dabei.

„Ja“, antwortete sie schließlich. „Das war vor dem Krieg. Lange her ist das. Peter war oft hier. Aber die Menschen verändern sich.“

„Wie meinen Sie das?“

„Peter ist … so anders geworden. So … ich weiß nicht.“

Sie musste sich beherrschen, das konnte Koch erkennen. Sie war aufgeregt, sehr aufgeregt sogar.

„Wann haben sich die beiden zum letzten Mal gesehen?“

Dorle suchte einen weit entfernten Punkt, den sie fixierte. „Ich weiß es nicht. Das war, ja, das war noch vor dem Krieg. Bestimmt. Rolf wäre jetzt …“, ihre Nervosität konnte sie nicht überspielen. „Ja, er wäre zweiundzwanzig. Mit vierzehn ist er in die HJ. Das war … ja, ich glaube 1940. Und dann sind sie eingezogen worden. Ja, sie mussten zur Wehrmacht. Alle beide. Aber vorher schon, da waren sie nicht mehr …“

„Aber davor, da waren die beiden befreundet.“

„Ja, Peter war oft hier. Aber später nicht mehr. Irgendwie wurde er immer mehr wie sein Vater …"

„Jupp Gerber?"

„Ja, er ist geizig."

„Und wann haben Sie Peter zum letzten Mal gesehen?"

„Peter?", wiederholte sie leise, wiederholte den Namen, dieses Mal lauter, rief noch lauter „Ich weiß es nicht!" Sie schluchzte und sackte in sich zusammen.

„Was ist los, Frau Becker?", fragte Koch, aber die Frau reagierte nicht. Siggi sah sie ebenso hilflos an wie Koch, der aber plötzlich näher an Dorle heranrückte, seinen Arm um ihre Schulter legte und sie an sich zog.

Einen kurzen Moment widersetzte sie sich, ließ ihn jedoch gewähren und schluchzte an Kochs Schulter. Er streichelte ihr vorsichtig mit der Hand über den Rücken. Dabei sog er den Duft ihres Körpers ein. Langsam beruhigte sie sich und löste sich von dem Kommissar.

„Entschuldigen Sie!"

Sie stand auf und wollte ins Haus gehen.

„Frau Becker! Ist alles in Ordnung?"

Koch wusste nicht, was er machen sollte.

„Bitte …!", rief sie noch, bevor sie im Haus verschwand.

Koch und Siggi sahen sich an.

„Verstehen Sie das?", fragte Koch.

„Irgendetwas stimmt da nicht. Die Frau ist ein einziges Nervenbündel."

Sie standen auf. Koch konnte es sich nicht verkneifen zur Haustür zu gehen und kurz zu lauschen.

„Frau Becker?!" Er sagte das nur leise und erwartete auch keine Antwort.

Er ging zu Siggi zurück, der schon auf der Straße stand.

„Es scheint ja", sagte er dort zu seinem Assistenten, „dass die Frau alles aus dem Gleichgewicht bringt."

„Dabei wirkt sie eigentlich so stark", sagte Siggi. „Glauben Sie, dass sie was mit dem Tod von diesem Gerber zu tun hat?"

„Wie kommen Sie darauf?"

„Weil sie so reagiert hat."

„Aber warum sollte sie den Gerber umbringen? Einen früheren Freund ihres Sohnes?"

„Und wenn das alles doch zusammenhängt und dieser Neubert doch irgendwie Recht hat", spekulierte Siggi.

„Das müssen Sie mir genauer erklären."

„Ich habe das so gesagt, aber …", Siggi überlegte. „Die beiden kennen sich, waren früher Freunde und haben sich irgendwie verkracht. Und sterben beide innerhalb von kurzer Zeit. Ist das nur Zufall?"

„Ich kriege das nicht zusammen, aber das ist kein verkehrter Gedanke, Siggi."

„Rolf Becker bringt Peter Gerber um, kommt damit nicht klar und erhängt sich", führte der junge Polizist seine Theorie weiter aus.

„Glauben Sie das?

„Ich weiß nicht."

„Ich werde darüber nachdenken. Und Sie natürlich auch. Und wenn Sie eine plausible Idee haben, immer heraus damit. Als Nächstes aber würde mich interessieren, was dieser Capitaine Jarrés für ein Mann ist."

Siggi klopfte auf seine Jackentasche.

„Alles notiert. Ich kümmere mich darum."

Dorle hatte den Kommissar gehört. Seine Schritte und wie er leise ihren Namen gerufen hatte. Sie hatte nicht antworten können. Sie glaubte auch nicht, dass er eine Antwort erwartete. Ihr war das alles zu viel. Die Fragen und die Umarmung. Gerne hätte sie den ganzen Tag so da gesessen, aber in ihrem Kopf war ein einziges Chaos. Schließlich ging sie nach oben, verkeilte ihre Tür, legte sich aufs Bett, starrte an die Decke. Die Fragen nach Rolf und nach Peter … Was wussten die Polizisten? Warum wollten sie wissen, bei wem sie arbeitete?

Sie konnte nicht mehr sprechen. Aber sie verstand sich selbst nicht. Andauernd sagte sie andere Sachen als sie dachte. So war es auch bei Franzi und ihrem Streit wegen Bauer gewesen. Sie wusste, dass Franzi Recht hatte, völlig Recht, und dennoch konnte sie es nicht zugeben. Sie hätte das Angebot des Kommissars annehmen können, dass er Bauer rauswirft … Nein! Das ging nicht. Ging nicht. Ging nicht. Ging nicht. Bauer hatte sie in der Hand. Er würde von ihrem Traum erzählen … Ein Traum nur. Aber der Verdacht war da. Und wenn der Kommissar schon so fragte wie vorhin, war es doch klar, dass er dem nachgehen würde. Eines würde zum anderen kommen. Ihr Besuch bei Brunner. Die Lewwerknepp. Die Medikamente. Und das Fenster bei Jarrés … sie hatte es vergessen zu schließen. Wie konnte sie nur …? Auch wenn niemand etwas bemerkte … der Herrgott wusste es. Wie tief war sie gesunken? Gab es überhaupt ein Verbrechen, das sie noch nicht begangen hatte? Und allein der Gedanke, eben, als der Kommissar sie im Arm gehalten hatte, dass sie sich wohl fühlte dabei … und sie sehnte sich … was hätte sie gemacht, wenn er … Sie durfte nicht daran denken. Hans-Joachim lebt ja noch … sagte Bauer … aber sie durfte doch nicht zweifeln … sie musste hoffen, beten, dass er das Lager überstand, die Strapazen, die Entbehrungen … Aber … Was für ein Leben wäre das? … Aber sie durfte so was gar nicht denken … Der Gedanke war schon eine Sünde … Rolf … wie es ihm jetzt erging … sah er von oben auf sie herab? War er ihr Schutzengel? Oder verachtete er sie, weil sie so schwach war? Weil sie ihn alleine gelassen hatte, als er sie am dringendsten gebraucht hatte … Aber sie war doch für ihn … Vielleicht hatte Rolf es richtig gemacht … nein, man darf sich nicht umbringen, nicht selbst Hand an sich legen, in das Werk des Herrn eingreifen … trotzdem … ging es ihm besser? Könnte sie das? Mit all dem nichts mehr zu tun haben … kein Bauer mehr … kein Brunner … kein Hans-Joachim … kein Neubert … alles Menschen, alles Männer, die etwas von ihr wollten, sie nicht so sein ließen, wie sie sein wollte … Schluss machen und alle Sorgen …

Irgendwann befreite die Müdigkeit sie von ihren wirren Gedanken. Sie schlief ein, wenn auch unruhig, schaffte es nicht in den kurzen Momenten, in denen sie aufwachte, sich auszuziehen, drehte sich um, spürte den Schweiß auf ihrer Haut, stellte sich noch einmal die Umarmung und den Geruch des Kommissars vor, hoffte, damit schneller wieder in den Schlaf zu finden und die bösen Träume zu verscheuchen.

Doch all das half nichts. Sie wachte erneut auf und hörte etwas, draußen, vor dem Haus oder im Hof. Ihr Herz schlug schneller. Vielleicht Hamsterer, die spät zurückkamen von einem Ausflug aufs Land, die Rucksäcke voller Lebensmittel.

Aber da war wieder etwas, lauter, näher. Direkt unter ihr, im Haus.

Bauer? Sie stand auf und ging an die Tür, drückte ihr Ohr gegen das Holz, horchte. Nichts. Es war still.

Leise, bedächtig einen Fuß vor den anderen setzend, ging sie ans Fenster, drückte den Riegel ganz langsam zur Seite, nur kein Geräusch machen und zog das Fenster auf. Die Scharniere knarrten leise.

Schritte waren im Hof zu hören, aber sie konnte nichts erkennen. Sie beugte sich vor. Nichts.

Sie verließ das Fenster und schlich zur Tür, zog den Keil weg und öffnete sie ein kleines Stück. Horchte.

Unten war es ruhig.

Obwohl ihr Herz wild schlug und sie furchtbare Angst hatte, musste Dorle wissen, was da vor sich ging. Das waren keine Einbrecher, dessen war sie sich sicher. Zumal es bei ihr nichts zu holen gab.

Sie stieg über die Schwelle in den Flur. Unten war alles dunkel. Sie tastete sich bis zur Treppe vor. Jetzt galt es besonders vorsichtig zu sein, die siebte Stufe von oben knarrte ganz fürchterlich. Mit einer Hand hielt sie sich am Geländer fest. Mehr als Umrisse erahnen konnte sie nicht, so dunkel war es im Haus.

Eins, zwei, drei, sie zählte jede Stufe in Gedanken mit, sechs, so jetzt einen großen Schritt, die Hand fest um das Geländer gelegt. Acht. Kein Geräusch. Vom Hof her hörte sie wieder Geräusche. Dorle schlich in die Küche, von dort konnte man in den Hof sehen. Der Mond gab genug Licht, es war aber nichts zu sehen.

Sollte sie … so tollkühn sein? Sie musste Gewissheit haben. Sie ging zurück in den Flur und zur Haustür. Sie war nur angelehnt. Dorle öffnete sie einen Spalt weit, lugte hinaus, da war nichts. Sie zog die Tür so weit auf, dass sie nun in den Hof hinausschlüpfen konnte. Kein Mensch da. Aber das Tor zum Keller stand offen. Schnell huschte sie dahin. Sie sah den Schein unruhig flackernden Lichts. Eine Kerze. Das Kratzen von Holz. Ihre Kiste, ihr Altar für Rolf. Dann Schritte. Schnell eilte sie ins Haus zurück und die Treppe hinauf. In der Tür zu ihrem Schlafzimmer wartete sie. Es dauerte nicht lange, bis unten die Tür ins Haus geöffnet wurde. Die Spitze einer Zigarette glühte auf. Bauer. Er war es gewesen. Was hatte er im Keller gemacht?

Auf Zehenspitzen schlich Dorle in ihr Zimmer, schob

den Keil unter die Tür und legte sich wieder auf ihr Bett.

Was hatte Bauer da gemacht?

Auch Koch hatte eine unruhige Nacht. In seiner Wohnung riss er zuerst das Fenster in seinem Schlafzimmer auf, weil es darin unerträglich heiß und stickig war. Er trank zwei Becher Wasser, zog sich aus und legte sich aufs Bett. Seine Begegnung mit Dorothea Becker ging ihm nicht aus dem Kopf. Er drehte sich hin und her, schwitzte und grübelte und stand schließlich auf, um zwei halbe Gläser von dem Brand, den Bresson ihm bei seinem letzten Besuch zugesteckt hatte, zu trinken. Das half ihm einzuschlafen. Später in der Nacht schreckte er hoch, als das Fenster zuschlug. Er hatte vergessen es zu schließen und es war Wind aufgekommen, kühl und stark.

Am Morgen war er müde. Als er aus dem Haus trat, hielt ein Lastwagen mit französischen Hoheitszeichen neben ihm und fragte nach dem Weg zum Osteiner Hof am Schillerplatz, wo die französische Militärverwaltung saß. Koch bot sich an, mitzufahren und dem Unteroffizier den Weg zu zeigen. Der war zunächst skeptisch, wollte einem deutschen Zivilisten nicht zu nahe kommen, aber Kochs gutes, fast akzentfreies Französisch überzeugte ihn schließlich.

Zusammen fuhren sie in die Innenstadt. Beim Heruntersteigen von dem hohen Führerhaus rutschte Koch aus und spürte gleich wieder sein Bein. Koch unterdrückte den Ärger über sein Missgeschick und nutzte die Gelegenheit, den Mann hinter dem Steuer nach Capitaine Jarrés zu fragen.

Wie er darauf komme, wollte der Unteroffizier wissen.

„Ein Freund von mir hat ihn kennen gelernt“, log er, „und schwärmte von der Kultiviertheit des Capitaines.“

„Ein wichtiger Mann", sagte der Fahrer einsilbig.

Den Rest des Weges zur Polizeidirektion legte Koch humpelnd zurück.

Am Mittag bekam er Siggi zum ersten Mal zu Gesicht.

„Na, junger Kollege", begrüßte er ihn, „auch schon im Haus?"

Siggi zog eine Fluppe.

„Na also, was ist?", forderte Koch seinen Assistenten auf, weil er dem genau ansehen konnte, dass er etwas hatte, das er nur zu gerne mitteilen würde.

„Ich bin seit heute morgen am Arbeiten", rechtfertigte er sich.

„Und?"

„Capitaine Jarrés ist so etwas wie ein Verbindungsoffizier zwischen Armee, Polizei und Geheimdienst, wenn ich das richtig verstanden habe."

„In der Tat ein wichtiger Mann. Einer, der an wichtige Informationen kommt."

Koch hatte das nachdenklich gesagt.

„Wenn Frau Becker dort im Haus …?"

Siggi traute sich nicht, den Satz zu Ende zu sprechen.

Koch nickte ganz leicht mit seinem Kopf. „Sprechen Sie ruhig weiter, Siggi! Sie könnte das eine oder andere schon mitbekommen haben …" Koch dachte kurz nach. „Wenn dieser Jarrés eine solch wichtige Funktion hat, da wird er doch wichtige Informationen nicht offen …"

„Dafür müsste Frau Becker aber Französisch sprechen oder zumindest verstehen. Und außerdem: Was hat Frau Becker mit Brunner zu tun?" Siggi sprach stockend.

„Ja, Siggi, vielleicht. Vielleicht haben Sie Recht. Es wäre eine Möglichkeit, wie Brunner von der Razzia erfahren haben könnte. Gehen Sie dem nach", forderte er seinen Assistenten auf. Wohl fühlte er sich bei diesem Auftrag nicht.

Bauers Schnarchen war nicht zu überhören. Dorle schlich durch die Küche in den Hof. Die zweiflügelige Tür in den Keller war geschlossen. Die eine Seite der Tür ließ sie offen und stieg hinab. Unten sah alles so aus, wie sie es in Erinnerung hatte. Hatte Bauer hier das Diebesgut versteckt? Zum Glück musste sie erst am Nachmittag zum Capitaine. Am Abend gab es einen kleinen Empfang und sie sollte Elaine bei den Vorbereitungen helfen.

Sie eilte durch die beiden Kellerräume, aber sie suchte viel zu hastig und zudem war es sehr dunkel. Trotzdem stellte sie fest, dass die Decke nicht so auf der Kiste lag, wie sie sie immer übergeworfen hatte. Sie schob sie an einer Ecke ein Stück zur Seite und hob den Deckel der Kiste an. Auf dem Boden lagen Stoffpäckchen. Sie nahm eines von ihnen in die Hand. Es wog schwer. Genauso wie die zwei anderen, die sie befühlte. Sie auszupacken wagte Dorle nicht. Hastig richtete sie alles wieder so her, wie sie es vorgefunden hatte, und stieg die Stufen der steilen Treppe nach oben. Raus aus dem Keller, bevor Bauer sie dort entdeckte.

Danach verließ sie den Hof und ging auf den Friedhof, wo sie sich vor Rolfs Grab kniete und ihm erzählte, was geschehen war.

Plötzlich hörte sie ein Knirschen hinter sich, Schritte auf dem lockeren Grund.

Sie wandte sich um und sah über sich das Gesicht von Neubert.

„Guten Morgen, Dorle“, begrüßte er sie. Ganz kurz verzog er seinen Mund zu einem Lächeln, kalt und ernst.

Dorle erhob sich und sah sich um, ob jemand in der Nähe war, den sie um Hilfe bitten konnte, wenn Neubert zudringlich wurde. Doch da war niemand, sie war allein auf dem Friedhof, allein mit Neubert und den Toten.

„Bist du stumm geworden, Dorle?“, schnauzte er sie an, als sie nichts sagte. Sie trat einen Schritt zur Seite, um weglaufen zu können.

„Verbrauchst wohl alle deine Worte für den Kerl in deinem Haus. Oder hat er es auch schon in dein Bett geschafft?“

„Das geht Sie nichts an. Gar nichts. Lassen Sie mich in Ruhe!“ Dorle wollte streng und energisch klingen, aber ihre Stimme zitterte.

Neubert lachte.

„Willst du mir drohen, Dorle? Mich schlagen? Oder willst du diesen Kerl rufen?“ Er baute sich vor Dorle auf. „Der Kerl verschwindet von hier, ist das klar! Sonst mache ich Meldung, dass du viel, viel Platz in deinem Haus hast. Oder ich zeige dich wegen Hurerei an. Stimmt ja auch, nicht wahr?“

„Hören Sie auf!“, schrie Dorle ihn an, aber damit provozierte sie wieder nur ein Lachen.

„Oder willst du diesen Kommissar um Hilfe bitten? Der ist ja ganz scharf auf dich! Ganz scharf. Aber er wird dir nicht helfen. Hat genug Ärger. Mit seinem Chef. Mit dem hatte ich heute Morgen ein sehr interessantes Gespräch. Das zweite schon. Ein feiner Kerl, dieser Polizist. Sehr feiner Kerl. War bei der Marine. Schneidig. Bei der Polizei sieht man es gar nicht gerne, wenn ein Kommissar scharf auf eine Verdächtige ist. Und du bist doch eine Verdächtige. Der arme Rolf.“ Neubert steigerte sich regelrecht in seine Hasstirade hinein. „Da liegt er. Und die trauernde Mutter steht davor. Wie kann man nur so heucheln? Du hast doch nachgeholfen, Dorle, nicht wahr?“

Er spitzte seinen Mund.

Mit jedem Wort, das Neubert ihr entgegenschleuderte, wurde Dorle wütender. Sie stürzte sich auf den Mann, der darüber so überrascht war, dass er ihr keinen Widerstand entgegensetzen konnte und stolperte. Dorle wollte über den Mann auf dem Boden hinwegsteigen, aber er bekam ihr Bein am Knöchel zu fassen und hielt ihn fest umklammert. Sie versuchte sich aus der Umklammerung zu befreien, aber Neubert lachte sie aus und drückte noch fester zu.

Da holte Dorle mit ihrem freien Fuß aus und trat zu. Neubert schrie auf, griff sich an den Kopf und ließ von der Frau ab.

„Du Hure, ich bring dich um!“, schrie er hinter ihr her, während Dorle rannte, ohne sich umzuschauen.

„Das wirst du teuer bezahlen! Du Hure. Ich kriege dich.“

Nach dem Gespräch mit Siggi besorgte sich Koch in der Kantine einen Becher Ersatzkaffee und setzte sich an einen freien Tisch. Nur wenige Kollegen waren im Moment anwesend und niemand machte Anstalten, ihn an den Tisch zu bitten.

Er hatte viele, viele Spuren, überlegte er, viele Indizien, aber Brunner lief noch immer frei herum und Glodkowski ebenso. Es gab vier tote Männer, einen Mordversuch an Siggi, aber wie das alles zusammenhing, konnte Koch noch immer nicht erkennen. Und was ihn besonders ärgerte, war, dass sein Vorgesetzter nicht den Eindruck machte, an der Aufklärung interessiert zu sein und keinerlei Anstalten machte, ihn zu unterstützen.

Siggi kam in die Kantine.

„Arnheim will Sie sprechen, Herr Koch!“, sagte er.

„Ich komme gleich“, antwortete der Kommissar und trank erst seinen Kaffee aus, bevor er aufstand und zu seinem Vorgesetzten ging.

„Sind Sie eigentlich auch mal in Ihrem Büro?“, wurde er dort empfangen.

Koch ging nicht darauf ein und Arnheim ließ es dabei bewenden.

„Sie erinnern sich an Ihren letzten Auftrag?“

Koch antwortete mit einem kurzen „Ja“ und überlegte, was jetzt wieder war.

„Sie sollten prüfen, ob an dem Verdacht, dass diese Frau Becker bei dem Selbstmord ihres Sohnes nachgeholfen hat, etwas dran ist. Nicht mehr und nicht weniger. Und was machen Sie? Sie knöpfen sich den Menschen, der diesen Verdacht geäußert hat, vor und beschimpfen ihn. Haben Sie sich so schnell ein Urteil gebildet, Koch? Oder stand das vorher schon fest, weil Sie in einer … wie auch immer gearteten Beziehung zu dieser Frau stehen? Auf jeden Fall hat Herr Neubert so etwas durchklingen lassen.“

„Herr Arnheim“, setzte Koch zu einer Verteidigungsrede an, doch der ließ ihn nicht zu Wort kommen.

„Koch, ich weiß nicht, ob das stimmt, aber es ist doch auffällig, dass der einzige Polizist, der mir ständig Ärger macht, Sie sind. Sie setzen sich über meine Anweisungen hinweg, ermitteln gegen meine Anordnungen und werden auch noch angezeigt. Koch, warum immer nur Sie?“

„Weil ich mich nicht mit einfachen Antworten zufriedengebe.“

„Ach so“, erwiderte ein schon wieder aufgebrachterer Arnheim. „Aber das auch eine einfache Lösung richtig sein kann, das kommt Ihnen nicht in den Sinn. Sehen Sie immer und überall Verschwörungen? Und überall Parteigänger? Koch, so geht das nicht. Ich lege Ihnen nahe, sich mal zu überlegen, ob der Beruf des Polizisten der richtige für Sie ist.“

„Es geht nicht um einfach oder schwer. Es geht um Gerechtigkeit."

Arnheims Telefon klingelte und Koch schien, dass sein Chef über diese Störung froh war.

„Ja, danke", sprach er leise ins Telefon, „einen Moment bitte."

Er bat Koch unwirsch das Büro zu verlassen.

Draußen überlegte er, ob Arnheim nicht doch Recht mit der Bemerkung hatte, dass der Beruf des Polizisten für ihn nicht der richtige war. Zumindest dann nicht, wenn man Arnheims Maßstäbe anlegte.

Dorle war bis zum Eingang des Friedhofs gelaufen. Völlig außer Atem lehnte sie sich an das Tor und sah sich um. Neubert war nicht zu sehen. Aber sie traute dem Mann jede Gemeinheit zu. Deshalb ignorierte sie ihre Erschöpfung und lief eilig weiter. Zwei Frauen, die ihr entgegen kamen und sie freudig anstrahlten, nahm sie gar nicht wahr. Immer wieder sah sie sich um, ob Neubert nicht doch noch auftauchte.

Sie hatte ihr Haus fast erreicht, als plötzlich ein Wagen neben ihr hielt. Sie schrak zusammen und ging schnell weiter. In ihrem Rücken hörte sie, dass die Tür geöffnet wurde.

„Wohin so eilig, Dorle Becker?"

Im Gehen drehte sie sich um. Helmut Brunner stand neben der Beifahrertür eines dunklen großen Wagens und winkte sie zu sich.

„Laufen Sie nicht weg, Dorle! Ich muss mit Ihnen sprechen."

Langsam ging sie zurück.

Der Mann blickte sie ernst an.

Hinter dem Steuer erkannte Dorle einen kräftigen Mann, der interessiert zu ihr hinüber sah.

„Wissen Sie, Dorle, ich war heute Morgen bei dem Capitaine und er sagte mir, dass bei ihm eingebrochen worden ist. Das heißt, nicht richtig eingebrochen. Es gibt keine Spuren eines Einbruchs, nur ein offenes Fenster, durch das der Dieb geflohen ist. Und vielleicht auch in das Haus gekommen ist. Aber das hieße ja, dass es jemand hat offen stehen lassen."

Dorle spürte, wie ihr heiß und kalt wurde.

„Dorle, ich frage Sie nur einmal und ich werde nicht gerne belogen." Er sah kurz in den Wagen. „Also, sind Sie in das Haus des Capitaine eingebrochen?"

„Nein", entgegnete sie erschrocken.

Brunner behielt sie im Blick.

„Haben Sie für jemanden das Fenster geöffnet?"

Dorle zögerte.

Brunner verschränkte seine Hände vor seinem Bauch ineinander. Er ließ sie nicht aus den Augen.

Nach einigen Sekunden nickte Dorle. „Aber ich wollte das nicht. Er hat …"

„Ja, Dorle? Wer?"

„Ich kann nicht …"

„Dorle, Sie müssen mir das sagen."

Sie zögerte.

„Dorle …!"

„Ein Soldat. Er kennt meinen Mann und er hat mir Nachricht gebracht."

„Und dafür wohnt er bei Ihnen?" Brunners Miene hatte sich etwas entspannt.

„Ja, eigentlich wollte er nur …"

„… ein paar Tage bleiben. Hat er das gesagt?"

Dorle nickte wieder.

„Sie sind sehr naiv." Mehr sagte er nicht.

„Ich wollte das wirklich nicht, aber …"

Mit einer schneidenden Geste seiner Hand gebot Brunner ihr zu schweigen.

„Ich glaube Ihnen das, Dorle Becker, und ich habe Capitaine Jarrés auch versichert, dass Sie nichts damit zu tun haben. Wie heißt der Mann?"

„Herrmann Bauer", antwortete sie.

„Ist er jetzt zu Hause?"

„Ich glaube ja."

„Capitaine Jarrés sagte mir, dass Sie heute bei ihm arbeiten, wegen eines kleinen Empfangs. Ich schlage Ihnen vor, dass Sie gleich dorthin gehen. Wenn Sie heute Abend nach Hause kommen, wird der Mann Sie nicht mehr behelligen."

Brunner klopfte auf das Dach des Autos. Ein großer und kräftiger Mann mit Glatze und einer rot leuchtenden Narbe auf der rechten Wange stieg aus.

„Ich möchte so etwas aber nicht noch einmal erleben, Dorle Becker." Er machte einen Schritt auf sie zu und fasste sie am Arm. Dorle zuckte zusammen. Brunner sah sie eindringlich an. „Denken Sie immer daran, was ich für Sie getan habe! Und jetzt gehen Sie!"

Dorle zögerte einen Moment und machte sich auf den Weg. An der nächsten Straßenecke blieb sie stehen und drehte sich um. Da waren die beiden Männer schon verschwunden. Dorle war sehr nervös, als Elaine ihr die Tür öffnete. Sah sie sie anders an als sonst? Aber Elaine verhielt sich wie immer, grüßte kurz und müde „Bonjour", drehte sich um und ging vor in die Küche, wohin Dorle ihr wie immer folgte und sich in einer kleinen Kammer umzog.

Von dem Einbruch erfuhr sie kein Wort. Im Haus herrschte eine gewisse Unruhe wegen des Empfangs und Dorle hörte aus den verschiedenen Wortfetzen heraus, dass fünf oder sechs Männer mit ihren Gattinnen kämen.

Kurz vor neunzehn Uhr machte sich Dorle fertig, um das Haus zu verlassen. Es war Freitag, der Tag, an dem ihr Madame Jarrés den Lohn gab. Von ihr erfuhr sie zum ersten Mal offiziell, dass eingebrochen worden war. Madame Jarrés fragte sie, aber sehr freundlich in ihrem dürftigen Deutsch, ob sie vielleicht vergessen habe in den letzten Tagen ein Fenster zu schließen, was Dorle verneinte. Sie schaffte es sogar, überrascht und erschrocken auf die Nachricht zu reagieren. Damit war sie entlassen und sie machte sich auf den Nachhauseweg. Zum einen erleichtert, dass man sie tatsächlich nicht verdächtigte, zum anderen sehr angespannt, weil sie fürchtete, dass Neubert ihr auflauerte und weil sie nicht wusste, was sie in ihrem Haus erwartete, nachdem Brunner dafür sorgen wollte, dass Bauer verschwand. Bauer, gestand sie sich ein, hatte einen großen Vorteil gehabt: So lange er im Haus war, hatte sich Neubert nicht in ihre Nähe gewagt. Dieser „Schutz" wäre nun weg.

Es war noch hell und der leichte Abendwind, der die Blätter in den Bäumen singen ließ, brachte ein wenig Kühlung, die ihr gut tat, nach dem Nachmittag in der überhitzten Küche.

Sie machte einen Umweg, sah sich immer wieder um und atmete auf, als sie das Tor zur Straße hinter sich geschlossen hatte. Aber was würde sie im Haus erwarten?

Einen Moment lang blieb sie im Hof stehen und sog die Luft ein. Warum konnte es nicht immer so ruhig und friedlich sein wie in diesem Moment?

Sie atmete aus, ging rein und riss die Tür zu der Kammer neben der Küche auf. Bauers Sachen, die er wahllos in den Raum geworfen hatte, waren weg. Sie rannte die Treppen nach oben, sah dort nach, ob er sich nicht doch irgendwo versteckt hielt, und war erleichtert, dass sie alleine war. Nur der Gestank der Zigaretten erinnerte sie noch an den Mann. Schnell riss sie alle Fenster auf und ging zurück in den Hof, wo sie sich auf ihre Bank setzte.

Für einen Moment fühlte sie sich frei und leicht, vergaß Rolf und Hans- Joachim, hatte Neubert aus ihrem Gedächtnis gelöscht und auch Brunner war nicht existent. Ihr fiel Franzi ein. Franzi, die immer für sie da gewesen war, gerade in diesen schweren Wochen, und mit der sie sich wegen Bauer überworfen hatte. Wie Recht hatte Franzi gehabt! Hätte sie nur auf sie gehört. Sie musste sich bei ihr entschuldigen. Wenn Franzi ihre Entschuldigung überhaupt noch annahm. Sie schämte sich.

Koch war maßlos wütend. Drinnen, in Arnheims Büro, hatte er noch die Contenance wahren können, jetzt machte er seinem Ärger mit einem lauten Schrei im Treppenhaus Luft. Er wusste, dass er sich damit nicht beliebter machen und seinen Ruf als merkwürdiger Zeitgenosse zementieren würde. Aber das musste jetzt raus. Einige Türen wurden geöffnet, einer war sich nicht zu schade, „Der Führer ist zurück!" zu rufen.

Er musste raus, vielleicht noch einmal mit diesem alten Nazi reden, der ihm das eingebrockt hatte. Er würde ihn so lange befragen, bis dieser sich in Widersprüche verwickeln würde. Dann wäre die Sache erledigt.

Er suchte Siggi, aber der war weder in dem Büro, das er sich mit einigen anderen Polizeianwärtern teilte, noch saß er in der Kantine oder hielt sich in der Werkstatt auf.

Koch war ungeduldig und ließ sich von Jörg gegen seine Gewohnheit einen Wagen geben. Der war sehr erstaunt. „Sie wollen selbst fahren, Herr Koch? Der Siggi kommt bestimmt gleich", schlug er vor.

„Ich kann nicht warten", erwiderte Koch in einem Ton, der Jörg jegliche Lust auf weitere Fragen nahm.

„Nehmen Sie den Adler, den kennen Sie ja schon. Dieter macht ihn schnell fertig. Hat auch wieder Sprit. Gestern haben wir ein paar Liter zugewiesen bekommen.“

Koch wartete vor dem großen Tor der Halle. Einige Minuten später fuhr Dieter ihm den Adler Junior auf den Hof. Er hatte noch mehr Dellen als beim letzten Mal und vom Lack waren weitere Stellen abgeblättert.

„Gute Fahrt!“, rief ihm Dieter nach, als Koch in den Wagen stieg. Er konzentrierte sich, um sich vor den Mechanikern und möglichen anderen Zeugen an den Fenstern keine Blöße zu geben. Aber das machte ihn so nervös, dass er den Wagen gleich beim Anfahren abwürgte.

„Entschuldigen Sie, Herr Koch“, kam Jörg angelaufen, „wir haben die Kupplung nachgestellt, sie kommt jetzt später.“

Der zweite Versuch verlief besser und ohne weitere Zwischenfälle erreichte Koch Gonsenheim. Nur in der Nähe der Universität musste er wegen eines Lastwagens, der Schutt aus den geräumten Häusern vor die Stadt fuhr, scharf bremsen, wobei er den Motor nochmals abwürgte.

Auf der Breiten Straße in Gonsenheim hielt ihn ein französischer Militärtransport auf. Schließlich fand er die Straße, in der Neubert wohnte. Als er sich in der Nähe von dessen Haus wähnte, stellte er den Adler ab und machte sich zu Fuß auf den Weg. Als er um die Ecke in die richtige Straße gehen wollte, hielt er erschrocken inne. An der nächsten Ecke stand ein Auto am Straßenrand, ein schwarzes französisches Fabrikat, wie er es in Brunners Garage gesehen hatte. Und im nächsten Augenblick erkannte er die beiden Personen, die neben dem Wagen standen: Es waren Brunner und Dorothea Becker. Was hatten die beiden miteinander zu besprechen? Koch überlegte, sich noch näher heranzupirschen, doch da es keine Deckung gab, verwarf er diese Überlegung.

Brunner redete auf die Frau ein. Koch konnte nur dessen Rücken sehen. Plötzlich machte Brunner eine ausladendere Geste und schlug mit der Hand auf das Dach des Autos. Sofort wurde die Fahrertür geöffnet und ein Mann stieg aus. Das Erste, das Koch erkannte, war die Glatze und ihm war augenblicklich klar, dass es Glodkowski war. Brunner und Glodkowski bei Dorothea Becker. Was machten die beiden Männer hier? War seine Befürchtung doch berechtigt, dass die Frau mit Brunner gemeinsame Sache machte und er von ihr die Informationen über die geplante Razzia erhalten hatte? Koch musste tief durchatmen und für einen Moment die Augen schließen.

Darüber hätte er fast verpasst, wie Brunner die Frau noch einmal am Arm packte und offenbar eindringlich auf sie einredete. Er beobachtete, dass sie sich schnell abwandte und wegging. Koch überlegte, den Häuserblock von der anderen Seite zu umrunden, um die Frau abzufangen und sie zu fragen, was sie mit den beiden Männern zu besprechen hatte. Aber das hatte auch Zeit bis später.

Die beiden Männer interessierten ihn im Moment mehr. Ihnen würde er mit dem Adler folgen. Doch zu seiner Überraschung stiegen weder Brunner noch Glodkowski in die schwarze Limousine, vielmehr eilten sie zu Dorothea Beckers Haus und verschwanden im Hof. Koch fand das alles immer rätselhafter. Was hatte sie mit diesen beiden Männern zu schaffen?

Eng an die Hauswand gepresst lief Koch bis vor Dorles Haus. Das schmale Tor war nicht zugezogen. Er drückte es ein kleines Stück auf und hörte im gleichen Moment Schritte im Hof. Hastig sprang er zurück und versteckte sich zwei Häuser weiter in einem Eingang.

Brunner trat zuerst auf die Straße. In den Händen hielt er eine Kiste, die er zu seinem Auto trug und in den Kofferraum stellte. Er rief etwas in Richtung des Hauses und setzte sich auf den Beifahrersitz. Kurz darauf erschien Glodkowski und führte einen Mann am Arm neben sich. Der ließ sich mehr mitschleifen, als dass er selbsttätig ging. Als dieser Mann sich umwandte, erkannte Koch, dass es Bauer war, allerdings schien der Bekanntschaft mit Glodkowskis Fäusten gemacht zu haben, denn sein Gesicht war geschwollen und seine Lippe blutete. Glodkowski riss eine der hinteren Türen auf und stieß Bauer in den Fond. Darauf setzte er sich eilig hinters Steuer, startete den Motor, wendete und fuhr davon.

Koch sprang aus seiner Deckung und lief zu dem Adler. Er musste wissen, wohin die Männer fuhren. Was hatten sie mit Bauer vor?

Schon nach wenigen Metern meldete sich wieder sein linkes Bein. Er fluchte. In den entscheidenden Momenten behinderte ihn diese verdammte Verwundung. Als er sein Auto endlich erreicht hatte, war von dem CV 11 nichts mehr zu sehen. Koch startete die Maschine, ermahnte sich zur Ruhe, legte den Gang ein und ließ den Motor langsam kommen.

Er verließ sich auf seinen Instinkt. Brunner war keiner, der sich die eigenen Finger schmutzig machte, wenn dies nicht unbedingt nötig war. Was auch immer mit Bauer geschehen würde, Brunner würde nicht dabei sein.

Und sein Instinkt trog ihn nicht.

Kaum war er auf der Höhe der Jahnstraße, sah er Brunner über die Straße zu seinem Haus gehen. Der schwarze Citroën wurde gerade gewendet. Koch duckte sich hinter dem Steuer und wartete, bis der Wagen an ihm vorbei gefahren war und nahm die Verfolgung auf, was einerseits nicht schwierig war, weil so gut wie keine Fahrzeuge unterwegs waren, ihn andererseits umso auffälliger machte.

Glodkowski fuhr in Richtung Mombach. Und er fuhr schnell. Zudem hatte er den Wagen mit dem stärkeren Motor. Koch hatte große Mühe an ihm dran zu bleiben und gleichzeitig nicht zu dicht aufzufahren.

Er spürte, wie das seine ganze Konzentration erforderte. Als kurz vor Mombach ein Junge von vielleicht zehn oder elf Jahren auf die Straße lief, musste er ausweichen und krachte gegen einen Stein, der als Fahrbahnmarkierung abgelegt worden war. Bei diesem Manöver würgte er den Motor ab.

„Merde! Merde! Merde!“, fluchte der Kommissar so laut, dass der Junge, der vor Schreck einfach stehen geblieben war, weglief.

Erst nach mehreren Versuchen sprang der Motor an. Als er endlich in Richtung Mombach weiterfuhr, waren wertvolle Minuten vergangen.

Er wählte die Halle in Mombach zum Ziel, ein anderes, das Glodkowski angesteuert haben könnte, fiel ihm nicht ein. Als er dort ankam, war von dem Citroën nichts zu sehen. Koch stellte den Adler ab und ging ans Tor. Es war abgeschlossen und die Halle völlig dunkel. Die nächste halbe Stunde blieb er im Auto sitzen und beobachtete die Einfahrt, bis er sich eingestand, dass er sich verspekuliert hatte, schlug aufs Lenkrad und fuhr los.

Dorle hatte sich eine Scheibe Brot mit einem Stück Käse belegt, den ihr Madame Jarrés öfters mitgab und trank dazu einen Tee aus Gartenkräutern. Die Dämmerung hatte schon eingesetzt und der Wind war stärker geworden. Die dunklen Abendwolken hingen zerrissen am Himmel und schufen eine düstere Stimmung.

Sie würde bald mit Franzi sprechen. Sie musste sich mit ihr aussöhnen. Sie hoffte, dass die Freundin Verständnis für sie hatte. Aber durfte sie darauf überhaupt hoffen?

Es klopfte am Tor. Dorle zuckte zusammen.

„Ja?“, fragte sie zaghaft. Sie fürchtete, dass Neubert vor dem Tor stand und Rache für die Demütigung am Morgen suchte.

Stattdessen hörte sie leise Brunners Stimme. „Dorle Becker, machen Sie auf!“

Fast war sie erleichtert, dass es nicht Neubert war.

Als sie das Tor öffnete, drückte sich Brunner an ihr vorbei auf den Hof.

Er trug jetzt einen dunklen Anzug.

„Ich muss mit Ihnen reden“, begann er und zog Dorle mit sich ins Haus. „Muss niemand mitbekommen.“

Drinnen schloss er die Tür. Dorle überlegte fieberhaft, warum der Mann wieder bei ihr auftauchte. Er hatte doch bekommen, was er wollte.

„Es fehlen noch Sachen. Wo sind die?“

„Sachen?“, wiederholte Dorle, weil sie in der Aufregung nicht verstand, was Brunner wollte.

„Von dem Schmuck, den dieser Bauer bei Capitaine Jarrés geklaut hat. Es fehlen noch zwei Teile. Ein Ring und eine schmale Goldkette von der Frau des Capitaines.“

„Ich weiß nicht, wo die Sachen sind“, beteuerte Dorle.

„Dorle Becker, wenn Sie es wissen …“

„Ehrlich“, wiederholte sie, „ich weiß es nicht.“

„Gut. Aber wenn Sie diesen Ring und die Kette finden, müssen Sie mir die geben.“

„Ja, natürlich“, sagte sie.

Brunner schien einen Augenblick zu überlegen.

„Nun kommen Sie, Dorle. Setzen Sie sich und hören mir zu!“

Er sah sie streng an, bevor er mit seinem Anliegen herausrückte.

„Liebe Dorle Becker, was ich Ihnen jetzt sagen werde, darüber dürfen Sie nie mit einem Menschen sprechen. Nie. Mit keinem. Haben Sie das verstanden?"

Dorle nickte eingeschüchtert.

„Wenn nicht, dann ..."

Dorle nickte erneut. Wieder war nach einem kurzen, einem ganz kurzen Moment der Ruhe ein Sturm ausgebrochen. Was wollte der Mann jetzt von ihr? Und warum machte er so viel Aufhebens und drohte ihr?

Brunner senkte seine Stimme. „Du wirst am Sonntag bei Capitaine Jarrés arbeiten."

Er machte eine Pause.

„Am Sonntag ist niemand im Haus."

Brunner lächelte.

„Fast. Außer dir wird nur ein Unteroffizier dort sein. Der Capitaine und seine Familie sind nicht da. Sie fahren morgen früh nach Paris. Am Sonntag ist der 14. Juli, der französische Nationalfeiertag." Er machte eine Pause und sah Dorle in die Augen. „Und du. Du wirst für Montag, wenn der Capitaine zurückkommt, deine Lewwerknepp zubereiten. Ich habe ihm gesagt, dass du sie ihm gerne machen würdest, zu Ehren des 14. Juli, und er war sehr erfreut darüber. Du wirst also die Vorbereitungen am Sonntag treffen. Bis auf den Unteroffizier bist du alleine in dem großen Haus. Du wirst bei deinen Vorbereitungen auch einen Blick in das Büro des Capitaines werfen. Dort befindet sich eine braune Ledermappe. Meistens legt Jarrés sie in die unterste Schublade seines Schreibtisches. In dieser Mappe sind Aufzeichnungen über einen Transport. Ich möchte, dass du dir die Route dieses Transports notierst, ebenso, wie viele Soldaten den Transport bewachen und die Uhrzeit. Hier hast du Papier und einen Stift.“ Er drückte ihr beides in die Hand. „Hast du das verstanden?“

Apathisch nickte Dorle und steckte beides ein. „Aber der … Unteroffizier“, sagte sie schließlich.

„Dem wirst du etwas zu trinken bringen. In das Getränk mischst du ihm etwas hiervon.“

Brunner griff in seine Tasche und entnahm ihr ein kleines helles Röhrchen.

„Das ist ein leichtes Schlafmittel. Er wird mehr dösen als richtig schlafen. Deshalb wird er später nicht das Gefühl haben, betäubt worden zu sein, sondern wird es auf seine Müdigkeit schieben. Am Abend werde ich zu dir kommen und du wirst mir deine Notizen geben. Hast du das verstanden?“

Dorle nickte. „Die Route, die Soldaten, die Zeit“, flüsterte sie tonlos.

„Du musst dir keine Sorgen machen. Keiner wird was merken. Der Unteroffizier wird niemandem sagen, dass er geschlafen hat. Wenn du es richtig anstellst, wird auch niemand mitbekommen, dass überhaupt jemand die Unterlagen gelesen hat.“

Dorle nickte wieder.

„Ich kann mich auf dich verlassen, Dorle Becker? Du weißt, was ich für dich getan habe.“ Er sah sie wieder so durchdringend an. „Die Beerdigung, die Arbeit bei dem Capitaine und jetzt dieser Bauer. Niemand weiß, dass du es warst, die das Fenster geöffnet hat. Und niemand wird es erfahren, wenn du tust, was ich dir aufgetragen habe.“

Er griff erneut in seine Tasche und entnahm ihr einen in ein Tuch eingewickelten Gegenstand.

„Das ist für dich. Eine echte Salami. Als kleines Dankeschön.“

Damit stand Brunner auf und ging zur Tür, wo er sich noch einmal umdrehte.

„Um vierzehn Uhr im Haus vom Capitaine. Der Unteroffizier weiß Bescheid. Alle Zutaten werden dort sein."

Eilig verließ Brunner die Küche ohne einen Gruß und ließ eine ratlose und niedergeschlagene Dorle zurück. Sie hatte geahnt, dass Brunner weitere Forderungen stellen würde. Er hatte sie in der Hand. Sie hatte noch zwei Tage Zeit.

Am Samstagmorgen war Koch früh im Büro. Er hatte so gut wie nicht geschlafen. Dass Dorle Becker in irgendeiner Beziehung zu Brunner und zu Glodkowski stand, passte nicht. Er suchte in den langen Stunden, die er auf seinem Bett lag und die vom Mondlicht beschienene Decke anstarrte, Gründe dafür. Banale Gründe. Einleuchtende Gründe. Gründe, die ihm keinen Anlass gaben, sie verdächtigen zu müssen. Aber wie er es auch drehte und wendete, er hatte die Frau im Gespräch mit den beiden Männern gesehen.

Aber wo, „Verdammt noch Mal, Merde", fluchte Koch laut, war die Verbindung? Alles hing mit allem zusammen. Aber wie?

Bis Siggi gegen neun Uhr kam, vertrieb sich Koch die Zeit damit, in seinem Kopf ein Diagramm mit den Verbindungen zwischen den Beteiligten, den Lebenden und den Toten, zu zeichnen. Aber das Diagramm wurde so unübersichtlich, dass er immer wieder den Faden verlor.

Als er seinen dritten Becher Ersatzkaffee getrunken hatte, betrat sein Assistent endlich die Kantine und kam zu ihm an den Tisch.

„Guten Morgen, Herr Koch", begrüßte er seinen Chef.

„Morgen Siggi", erwiderte er den Gruß. „Ich habe einen Spezialauftrag für Sie." Er sagte das so ernst, dass es fast so aussah, als würde Siggi Haltung annehmen.

„Ja?", fragte er gespannt.

„Ich brauche ein großes Blatt Papier. Aber ein richtig großes. Und einen Stift, um darauf zu schreiben. Können Sie das besorgen?"

„Spezialauftrag?", sagte Siggi.

„War ein Scherz. Aber das Papier ist wichtig. Ich glaube, dass ich den Überblick verliere. Schauen Sie doch mal, ob Sie so was organisieren können."

Kurze Zeit später war Siggi verschwunden und Koch wieder alleine mit sich und seinen Gedanken. Zwei Kollegen kamen sich laut unterhaltend in die Kantine, sahen ihn in seiner Ecke am Tisch sitzen, senkten ihre Stimmen und nahmen auf der anderen Seite des Raumes Platz.

Er versuchte noch einmal das Diagramm in seinem Kopf zu zeichnen, aber es wollte ihm nicht gelingen, zumal seine Gedanken immer an einer Verbindung hängen blieben: Was hatte Dorle Becker mit Brunner und Glodkowski zu tun?

Nach einer Stunde kam Siggi wieder, in der Hand ein Stück Papier, das Koch nur als mickrig bezeichnen konnte.

„Was ist das denn, Siggi?", tadelte er den Jungen. „Das hätte ich auch selbst noch gehabt."

„Es gibt kein Papier, Herr Koch", verteidigte sich Siggi, „alles rationiert."

„Guten Morgen", klang es recht gut gelaunt hinter ihnen. „Gibt es Probleme?"

Reuber war, ohne dass sie es bemerkt hatten, an den Tisch getreten.

„Ich sollte ein großes Blatt Papier besorgen …", erklärte Siggi.

„… und gebracht hat er mir das“, ergänzte Koch und zeigte auf das Blatt, das Siggi in der Hand hielt.

„Groß ist wahrlich etwas anderes“, bestätigte Reuber. „Aber Improvisation ist doch das Wort der Stunde“, sagte er. „Sie haben eine große Wand, Koch, das ist eine hervorragende Tafel. Ich gebe Ihnen auch ein Stück Kohle zum Schreiben.“

„Gute Idee, Reuber, so machen wir das. Kommen Sie mit?“

„Sofort.“ Er klatschte so laut in die Hände, dass die Kollegen an dem anderen Tisch zu ihnen herübersahen und den Kopf schüttelten. „Ich besorge die Kohle, Sie den Kaffee.“ Damit drehte er sich um und verschwand aus der Kantine.

In seinem Büro erkannte Koch, dass Reuber völlig Recht hatte. Die zerschlissenen, teilweise aufgerissenen Wände, an denen an vielen Stellen der Putz schon bröckelte, boten die ideale Fläche für sein Diagramm.

„Dann mal los!“, sagte er, als Reuber erschienen war. „Wir haben vier Tote. Den Wachmann, Franz Hartmann, Peter Gerber und Werner Eckes.“

„Fünf“, ergänzte Siggi. „Sie haben Rolf Becker vergessen.“

Koch überlegte kurz. „Na gut. Schreiben wir ihn dazu. Also haben wir: Helmut Brunner, Bauunternehmer, und Klaus Glodkowski, ich nenne ihn mal seine rechte Hand; der tote Hartmann, bei Brunner angestellt; dann Fred Hafner, ebenfalls bei Brunner angestellt, mit Handverletzung, möglicherweise vom Überfall in Bodenheim; und der Mann mit dem Kopfverband, der aus der Halle in Mombach geflüchtet und wahrscheinlich in meine Wohnung eingebrochen ist.“

Mit der Nennung der Personen schrieb Koch deren

Namen mit Kohle an die Wand und zog Linien zu anderen, wischte, wenn das nicht aufging, die Kohle weg, und schrieb neu. Bald schon war die Wand ein großes Gemälde aus Worten, Strichen und verwischten Flecken.

„Der Mordanschlag auf Hartmann wurde mit einem Wagen ausgeführt, wie Brunner ihn besitzt, der aber angeblich nicht mehr fuhr, weil wichtige Teile fehlten. Genau die haben wir aber bei Gerber gefunden. In welcher Verbindung stehen die? Und bei Gerber haben wir auch genau solche Flaschen gefunden, wie die, mit der Siggi wahrscheinlich abgefüllt und niedergeschlagen wurde."

Koch machte eine Pause, trat drei Schritte zurück, um sich das Bild anzuschauen.

Er schüttelte seinen Kopf.

„Und gestern Abend habe ich Brunner und Glodkowski vor dem Haus von Dorle Becker gesehen." Er fasste seinen beiden erstaunten Kollegen die neue Situation zusammen.

„Und damit käme der tote Sohn der Becker ins Spiel?", meinte Reuber.

Koch schüttelte seinen Kopf. „Glaube ich nicht. Das ist eine private Geschichte von diesem Neubert. Der hat sich von der Frau einen Korb abgeholt und will sich nun rächen. Einer, der unter den Nazis was zu sagen hatte, und jetzt wieder die arme Haut ist, die er vorher war. Auch wenn er noch gute Kontakte hat. Aber was haben Brunner und Glodkowski mit der Frau zu tun?"

Koch nahm seinen Kaffeebecher, trank einen Schluck und verzog den Mund. „Kalt!"

„Ach, das hätte ich fast vergessen. Dorle Becker arbeitet bei Capitaine Jarrés, ein nicht ganz unwichtiger Mensch. Zufall?"

Reuber pfiff durch die Zähne.

„Und“, warf Siggi ein, „Peter Gerber und Rolf Becker waren früher mal gut befreundet.“

„Stimmt.“

Reuber steckte sich eine Zigarette an und inhalierte.

„Kollege Chavez von den amerikanischen Freunden war wieder zu Besuch?“, fragte Koch, nachdem er den Tabakqualm gerochen hatte.

„In dieser Zeit sind Beziehungen alles, Koch. Die und all die kleinen Geschäftchen halten die Wirtschaft, wenn wir das so nennen können, am Laufen. Das verhindert, dass noch viel mehr Menschen verhungern. Deshalb bin ich auch gegen ein überhartes Vorgehen gegen die Hamsterer und die kleinen Leute auf dem Schwarzmarkt. Wie sonst sollen sie überleben? Der Staat kann ihnen das nicht garantieren. Aber es ist wie immer: Die Kleinen werden gehängt, die Großen machen in Ruhe ihre Geschäfte.“

„Danke für die Erklärung“, entgegnete Koch spöttisch, „aber das bringt uns hier nicht weiter.“ Er zeigte auf die mittlerweile schon sehr stark beschriebene Wand. „Ich gehe davon aus, dass Brunner hinter den Überfällen steckt. Dass die Morde an Eckes und Hartmann auf sein Konto gehen, genau wie der Mordversuch an Siggi.“

Der zuckte zusammen, wie jedes Mal, wenn die Sprache darauf kam, weil ihm in diesen Momenten bewusst wurde, wie viel Glück er hatte, noch einmal davongekommen zu sein.

„Ebenso die anderen Schweinereien. Aber Beweise haben wir bislang keine, allenfalls Indizien. Und Brunner hat seine Beziehungen. Wo können wir ansetzen? Ich fürchte, dass wir warten müssen, bis er einen Fehler macht.“ Koch schüttelte resigniert den Kopf. „Und wie kommt dieser … Schwachkopf von Arnheim dazu, mir jeden nur erdenklichen Stein in den Weg zu legen. Er kann sich den Erfolg, wenn wir Brunner denn kriegen, von mir aus an sein eigenes Revers heften, drauf geschissen, aber ich will den Kerl …“

„Und Glodkowski“, ergänzte Reuber schnell und mit finsterer Miene.

„Auch den …“

„Siggi, gehen Sie doch noch mal Kaffee holen“, bat Koch, aber wieder fiel ihm Reuber ins Wort.

„Ich weiß was Besseres. Der amerikanische Freund war da. Und dessen Mitbringsel können auch handwarm getrunken werden.“

Damit erhob sich Reuber und verließ das Zimmer, um kurz darauf mit einer Flasche Bourbon zurückzukommen.

14. – 16. Juli 1946

XVIII

Um vierzehn Uhr klopfte Dorle an die Tür des Hauses von Capitaine Jarrés. Ein kleiner, etwas dicklicher Soldat mit dunklen Haaren und einem mächtigen, noch dunkleren Schnurrbart, öffnete ihr.

„Guten … Tag, Frau …“, er überlegte, „Koch“, begrüßte er Dorle.

Sie wollte ihn schon korrigieren, dass sie die Köchin, aber nicht Frau Koch war, ließ es aber bleiben.

„Je m'appelle Jean-Luc, Madame »“, sagte der Mann und zeigte auf sich.

„Ich heiße Dorle“ erwiderte sie und versuchte den Soldaten freundlich anzulächeln. Sie kam sich mies vor bei dem Gedanken, diesen Mann bald mit einem Schlafmittel betäuben zu müssen.

„Erzlich willkommen!“, sagte der Soldat, während er zur Seite trat, um Dorle ins Haus zu lassen. Sie roch, dass er schon etwas getrunken hatte. Sie fasste in die Tasche ihres Rocks. Das Röhrchen, das Brunner ihr gegeben hatte, war an seinem Platz.

In der Küche war alles vorbereitet. Weck, Mehl, Majoran, Pfeffer und Salz waren auf einem der Tische bereitgestellt und in einer Schüssel lagen die Knochen. Eine Kartoffel, eine Sellerie und drei Karotten lagen ebenfalls bereit.

„Voilà“, zeigte Jean-Luc auf den Eisschrank. „Das …“, er überlegte, und sagte mit Nachdruck: „La viande, Madame.“

„Das Fleisch?“, wiederholte Dorle fragend.

„Das Fleisch“, sagte nun auch Jean-Luc mit seinem starken Akzent und lachte unter seinem Schnurrbart.

Dorle öffnete den Schrank. In zwei Metallschalen lagen die Fleischstücke. Jean-Luc hatte sich neben sie gestellt und blickte mit großen Augen in das Innere des Eisschrankes. In einem kleinen Fach in der Tür entdeckte sie ein kleines Stück Wurst. Sie nahm es und reichte es dem Soldaten, der es mit einem breiten Lächeln annahm, „Merci, Madame, merci beaucoup", sagte und es gleich hastig in den Mund steckte.

Dorle fürchtete schon, dass Jean-Luc nicht mehr aus der Küche gehen würde, doch auf einmal klingelte im Haus ein Telefon, der Soldat nahm gleich Haltung an, nickte Dorle kurz zu und verschwand aus der Küche.

Dorle schloss hinter dem Mann die Tür, nahm das Fleisch aus dem Eisschrank und legte es zu den anderen Zutaten. Anschließend füllte sie einen großen Topf mit Wasser, zündete das Feuer im Herd an und stellte den Topf darauf. Anschließend ging sie nochmals zur Tür und lauschte ins Haus. Dort war alles still.

Und mit einem Mal war wieder alles da. Der Wintertag, an dem sie die Vorbereitungen für die Lewwerknepp getroffen hatte, um sie gegen die Schmerzmittel und Medikamente für Rolf einzutauschen, der Traum, der lange Weg an dem kalten Nachmittag zu Brunner und wie er ihr die kleinen Schachteln in die Hand gedrückt hatte. Wie sie erleichtert durch die Nacht nach Hause gegangen war, den leeren Topf in den Händen, die Stille in ihrer Straße, keine Schmerzensschreie von Rolf und … das baumelnde Bein. Im Keller. Sie musste sich setzen. Das war jetzt zu viel. Sie sah wieder Peter vor sich, wie er sie fassungslos ansah, als sie ihm das Messer in den Rücken gestoßen hatte. Ihr schauderte vor ihr selbst und ein Gefühl von Ekel stieg in ihr hoch, als sie an seine Berührungen dachte, als er sie um die Hüften fasste und sie an sich ziehen wollte. Da hatte alles angefangen und es war von Woche zu Woche, von Monat zu Monat schlimmer geworden. Und jetzt war sie in diesem Haus, um wieder ein Verbrechen zu begehen. Wie verkommen war sie geworden, wie gewissenlos? Der Himmel würde ihr für immer verschlossen bleiben, dessen war sie sich in diesem Moment sicher.

Eben, als dieser Jean-Luc bei ihr war, war sie weit fort gewesen und hatte für ein paar Momente vergessen, warum sie in diesem Haus war und warum sie die Lewwerknepp zubereitete. Welchen Auftrag sie hatte und in welcher Zwickmühle sie sich befand. Hatte überlegt, was sie machen sollte. Ob sie Brunners Auftrag ausführen sollte. Den letzten Abend, die letzte Nacht und auch den Vormittag hatte sie darüber gegrübelt. Sie war in der Messe in St. Stephan gewesen und hatte gehofft, Franzi dort zu treffen. Franzi, das wusste sie, würde sofort merken, wenn etwas mit ihr nicht stimmte, und sie würde sicher so lange auf sie einreden, bis sie ihr erzählte, was sie bewegte. Aber Franzi war nicht da. Sie war, wie sie von einer Bekannten erfuhr nach Ingelheim, zu einer Tante gefahren, die erkrankt war. Längeren Gesprächen mit den anderen Frauen aus dem Ort war sie ausgewichen.

Aber das viele Nachdenken hatte keine Lösung gebracht und schließlich war sie zu Jarrés' Haus aufgebrochen. Sie machte einen Umweg, um niemandem zu begegnen, um keine Fragen beantworten zu müssen.

Dorle begann das Gemüse für die Brühe zu schneiden. Als das Wasser zu sprudeln begann, reduzierte sie die Hitze, gab die Knochen hinzu, zerkleinerte das Gemüse noch mehr und warf es ebenfalls in den Topf. Mit den Knepp konnte sie sich Zeit lassen.

Sie reinigte die Platte, schlich zur Tür und öffnete sie

einen Spalt weit. Sie konnte Jean-Luc weder sehen noch hören, im Haus war es weiterhin still. Brunner hatte ihr erklärt, wo sich Jarrés Büro befand. Den Schlüssel zu dem Zimmer schob der Capitaine, wenn er das Haus verließ, in die oberste Schublade einer Kommode, die im Flur stand. Brunner hatte das offenbar schon mehrmals beobachtet, wenn er Gast bei dem französischen Offizier war.

Dorle war sehr aufgeregt, als sie aus der Küche hinausging. Sie durchquerte den großen Flur, von dem eine breite Holztreppe, die mit einem dicken Teppich ausgelegt war, in den ersten Stock hinaufführte. An den Wänden hingen Bilder. Französische Generäle, de Gaulle, Koenig, Leclerc. Links ging es in den großen Raum, wo die Jarrés' für gewöhnlich aßen und ihre Gäste empfingen. Rechts knickte ein schmalerer, holzgetäfelter Gang vom Flur ab. In diesem Teil des Hauses war sie noch nie gewesen. Vorsichtig schaute sie um die Ecke. Am Ende des Ganges, vor der Tür, hinter der sich das Arbeitszimmer des Capitaines befand, saß Jean-Luc in einem großen, sehr komfortabel wirkenden Sessel und schien zu schlafen.

Er war tief in den Sessel gerutscht, sein Kopf hing nach hinten und sein Mund stand offen. Nicht weit von ihm stand die Kommode. Dorle trat in den Gang, setzte vorsichtig einen Fuß vor den anderen, um kein unnötiges Geräusch zu verursachen.

Plötzlich fuhr Jean-Luc auf, richtete sich in seinem Sessel auf, sah sich verwirrt um und erkannte Dorle.

Die war zusammengezuckt.

„Madame?“, fragte der Soldat streng.

Dorle wollte in ihrer Aufregung schon auf Französisch antworten, verkniff es sich im letzten Augenblick und brachte ein „Tee?“ hervor.

Jean-Lucs Gesichtszüge entspannten sich. „Oui, merci! Du thé“, sagte er und streckte sich.

Dorle eilte in die Küche zurück, wo sie Wasser in einen kleinen Topf füllte und neben den großen Topf mit der Fleischbrühe auf den Herd stellte. Aus einem der Schränke nahm sie eine Tasse und den Tee und wartete, dass das Wasser kochte. Sie hoffte, dass der Unteroffizier in seinem Sessel sitzen blieb. Mit einem Griff vergewisserte sie sich, dass das Röhrchen in ihrer Tasche war.

Endlich stiegen die ersten Bläschen vom Boden an die Wasseroberfläche auf. Zwei Minuten später sprudelte das Wasser kräftig. Mit einer Kelle schöpfte sie es ab und goss es in die Tasse, wo es sich gleich grünlich-gelb verfärbte.

Selbst Zucker gab es in diesem Haushalt. Sie nahm zwei Löffel und rührte sie in den Tee ein, befeuchtete ihren Finger und steckte ihn in die Dose und leckte den daran klebenden Zucker ab. Sie nahm das Röhrchen aus ihrer Tasche, zögerte einen Moment, schüttete den weißen Inhalt in die Tasse und rührte nochmals um. Erleichtert stellte sie fest, dass sich die Farbe der Flüssigkeit nicht veränderte. Sie hob die Tasse an ihre Nase und zog den Duft des Tees ein.

Sie stellte die Tasse auf ein kleines Tablett, stieß die Tür in den Flur mit dem Fuß auf und ging zu dem Soldaten, der sich gerade seine Uniform glatt strich.

„Merci, Madame. Merci, vielen … Dank.“

Dorle nickte und sah dem Mann zu, wie er den ersten Schluck trank.

„Très chaud!“, war sein Kommentar. „Bon!“

Dorle eilte in die Küche zurück. Sie war zu aufgeregt, um jetzt die Fleischmasse für die Lewwerknepp zuzubereiten. Sie zählte in Gedanken bis einhundert, lief zur Tür und gleich wieder zurück, begann erneut zu zählen, verzählte sich, startete von Neuem, nahm den Topf mit dem Teewasser vom Herd und hätte sich fast die Hand verbrannt.

Nun hielt Dorle es nicht mehr aus. Sie öffnete die Tür in den Flur gerade so weit, dass sie sich durch den Spalt drücken konnte und schlich über den Flur zu dem holzgetäfelten Gang. Ihre Beine zitterten so stark, dass sie sich an der Wand abstützen musste. Jean-Luc schlief, dieses Mal war ihm sein Kopf auf die Brust gefallen. Dorle räusperte sich, der Soldat reagierte nicht. Langsam, Schritt für Schritt, arbeitete sie sich zu ihm vor, bis sie endlich neben dem Unteroffizier stand, der schwer, aber gleichmäßig ein und aus atmete.

Dorle warf einen Blick auf die Tasse. Bis auf einen kleinen Rest war sie ausgetrunken.

Sie zählte in Gedanken bis fünfzig, zog die Schublade aus der Kommode, wobei sie ein kratzendes Geräusch verursachte. Sofort hielt sie inne und sah zu Jean-Luc herüber. Der hatte seine Position kein bisschen verändert. Hatte Brunner sie belogen und es war gar kein leichtes, sondern ein besonders starkes Schlafmittel? Sie schob den Gedanken beiseite und fasste mit ihrer rechten Hand in die nur ein kleines Stückchen geöffnete Schublade. Vorsichtig strich sie mit der Hand über den Boden, spürte die Fäden von Wolle auf ihrer Haut, bis sie mit ihren Fingerspitzen einen festen Gegenstand berührte. Sie umfasste ihn und zog ihn langsam heraus.

Sie beobachtete Jean-Luc einige Sekunden sehr intensiv, versuchte gleichmäßig zu atmen, betete, dass der Herr ihr verzeihen möge, steckte den Schlüssel in das Türschloss zum Arbeitszimmer, ruckte ihn zweimal hin und her, bis sie ihn in die richtige Position gebracht hatte. Dorle musste mehr Kraft als erwartet aufwenden, um den Druckpunkt zu überwinden, drehte den Schlüssel ein weiteres Mal. Sie ließ den Schlüssel stecken und drückte die Klinke nieder. Schnell huschte sie in das Zimmer, in dem es düster war, weil die schweren, dunklen Vorhänge zugezogen waren. Schwerer Tabakgeruch umfing sie. Die Wand gegenüber der Tür war bis zur Decke mit einem Bücherregal bedeckt. Davor stand der Schreibtisch, in dessen Schublade sich die braune Ledertasche mit den Unterlagen befinden musste. Vielleicht, redete sie sich ein, vielleicht war die Schublade ja verschlossen.

Aber diese Hoffnung hielt nur an, bis sie hinter den Schreibtisch getreten war und gleich erkannte, dass diese Lade noch nicht einmal ganz eingerückt war. Dorle setzte sich auf den Teppich und zögerte einen Moment, bevor sie die Lade herauszog. Vor ihr lag die Tasche. Alles war so, wie Brunner es gesagt hatte.

Sie blieb auf dem Boden sitzen, nahm die Aktentasche und legte sie auf ihren Schoß. Sie war leicht, fühlte sich an, als ob sich gar nichts in ihr befinden würde. Dorle beeilte sich, drückte das Metallstück an dem Verschluss nieder, hob die Lasche und nahm die Schriftstücke heraus.

Es waren drei Seiten und die erste war mit „Transporte de la solde“ überschrieben.

Dorle notierte die Strecke, die der LKW nehmen würde, die Uhrzeiten, die Pausen und schließlich die Bewachung und deren Bewaffnung. Sie las eine Zahl, die ihr ungeheuerlich groß vorkam. Sie griff in ihre Rocktasche, um Stift und das Papier, das Brunner ihr mitgegeben hatte, herauszunehmen und sich die Angaben zu notieren, auch die Zahl. Sie konnte nichts anderes bedeuten als die Summe des Geldes, die der LKW transportierte und die Brunner rauben wollte.

Da hörte sie von draußen ein Geräusch und schrak

fürchterlich zusammen. War Jean-Luc aufgewacht? Sie machte sich noch kleiner und wartete hinter dem Schreibtisch darauf, dass er sie entdecken und zur Rede stellen würde. Aber nichts dergleichen geschah.

Als Dorle alles notiert hatte, steckte sie die Notizen und den Stift in ihre Rocktasche zurück, legte Jarrés' Blätter ordentlich übereinander, schob sie in die Tasche zurück, die sie verschloss und in die Schublade legte. Die drückte sie genau so weit zu, wie sie es in Erinnerung hatte.

Danach erhob sie sich langsam und durchquerte den Raum. Was würde sie sagen, wenn der Soldat jetzt vor der Tür stand und sie schon erwartete?

Sie schob den Gedanken beiseite und öffnete die Tür ein kleines Stück. Nun konnte sie sein gleichmäßiges Atmen hören. Das gab ihr Mut und sie schlüpfte eilig heraus und zog die Tür hinter sich leise ins Schloss. Sie wollte schon zurück in die Küche eilen, da fiel ihr ein, dass sie auch den Schlüssel zurück in die Kommode legen musste. Sie schlich zurück, drehte den Schlüssel zweimal um und zog ihn heraus. Dabei war sie so aufgeregt, dass ihr der Schlüssel aus der Hand glitt. Zum Glück schluckte der dicke Teppich jedes Geräusch. Dennoch warf Dorle einen angstvollen Blick zu Jean-Luc, der noch immer ruhig weiterschlief. Sie hob den Schlüssel auf und legte ihn zurück in die Schublade. Nach einem letzten Blick auf den Soldaten, der seinen linken Arm im Schlaf bewegte, eilte sie zurück in die Küche, wo sie die Tür hinter sich schloss und sich auf einen Stuhl setzte.

Jetzt spürte sie die Anspannung und die Kraft, die diese Aktion sie gekostet hatte. Sie bedeckte ihr Gesicht mit ihren Handflächen. Warum hatte sie das gemacht? Brunner würde diesen Transport überfallen. Würden Menschen dabei zu Schaden, vielleicht sogar zu Tode, kommen? So viel Geld. Das konnte doch gar nicht ohne Gewalt geschehen.

Zuerst spürte sie die Feuchtigkeit an ihren Händen und erst jetzt wurde ihr bewusst, dass sie weinte. Leise, und ohne zu schluchzen.

„Madame?“, hörte sie plötzlich hinter sich. Besorgnis klang in der Stimme durch.

Sie drehte sich um und sah in Jean-Lucs Gesicht.

„Kann ich …elfen?“, fragte er.

Dorle winkte ab. „L'oignon“, sagte sie geistesgegenwärtig und zeigte auf eine Zwiebel, die am Rande des Tisches lag.

Jean-Luc schien sich nicht zu wundern, dass die Frau das französische Wort sofort parat hatte. Stattdessen wich die Besorgnis aus seinem Gesicht und er nahm ein Taschentuch aus seiner Uniformhose, das er Dorle reichte.

Sie dankte mit einem Nicken, wischte sich die Augen ab und gab das Taschentuch zurück.

„Thé … gut“, sagte er, während er das Taschentuch zusammenfaltete und zurück in seine Tasche steckte.

„Wollen Sie noch einen?“, fragte Dorle. Sie sprach langsam und zeigte auf den kleinen Topf.

Jean-Luc nickte eifrig. Sie schob den Topf wieder auf den Herd, während der Soldat nach draußen eilte, um seine Tasse zu holen. Während sie darauf warteten, dass das Wasser kochte, warf Dorle dem Mann immer wieder verstohlen Blicke zu und versuchte herauszufinden, ob er bemerkt hatte, dass sie im Arbeitszimmer gewesen war. Aber sie konnte nicht die geringste Spur des Misstrauens bei dem Mann entdecken, der, als sie ihm die gefüllte Tasse gereicht hatte, mit einem „Merci beaucoup“ und einem breiten Lächeln die Küche verließ.

Dorle spürte, dass sie gehen musste. Deshalb beeilte

sie sich mit der Zubereitung des Fleischteigs und dem Rollen der Knepp, die sie in eine mit Mehl ausgestreute Schale legte und in den Eisschrank stellte. Anschließend schmeckte sie die Brühe ab, salzte und pfefferte sie und stellte den Herd aus. Mit der Restwärme würde die Brühe bis in den Abend noch vor sich hinköcheln und würde morgen genau den richtigen Geschmack und die richtige Konsistenz haben.

Nachdem sie die von ihr benutzten Arbeitsflächen gereinigt hatte, war sie einen kurzen Moment verführt, die Aufzeichnungen, die sie in ihrer Rocktasche trug, wegzuwerfen. Aber sie fürchtete sich vor Brunners Zorn und dass er sie der Polizei ausliefern würde.

Ein letztes Mal sah sie sich um, verließ die Küche, verabschiedete sich von Jean-Luc, der traurig schien, wieder allein zu sein und ging schnell nach draußen.

Sie wollte jetzt nicht nach Hause gehen, deshalb nahm sie den Weg in Richtung Wald, um Rolfs Grab zu besuchen, trotz der Angst, dass Neubert ihr wieder auflauern könnte. Das Bedürfnis, mit Rolf zu sprechen und an einem ruhigen Ort zu beten, war stärker als ihre Furcht.

Als sie gegen achtzehn Uhr von dort den Heimweg antrat, fühlte sie sich ein wenig leichter.

Zu Hause bereitete sie sich einen Tee und setzte sich hinters Haus in den kleinen Garten, in dem sie auf einem kleinen Feld Kartoffeln und in den Beeten Gemüse und Kräuter angepflanzt hatte.

Es dämmerte bereits, als an ihr Tor geklopft wurde. Sie ging nach vorne.

„Ja?“, fragte sie. Noch immer war die Angst vor Neubert sehr präsent.

„Machen Sie auf, Dorle!“, hörte sie eine Stimme, die sie nicht kannte.

„Wer ist denn da?“, fragte sie zurück.

„Mach endlich auf. Ich will die Notizen.“ Die Stimme hörte sich gereizt an.

Sie öffnete die Tür. Vor ihr stand der Glatzkopf mit der Narbe, der am Freitag mit Brunner gekommen war.

Der Mann drängte sie in den Hof und stieß hinter sich das Törchen zu.

„Her mit dem Zettel!“, verlangte er.

Das brutale Auftreten und das Gesicht des Mannes ließen Dorle ahnen, dass der Überfall auf den Transport gewiss nicht ohne Gewalt vor sich gehen würde. Menschenleben zählten hier nicht. Sie zögerte, dem Mann den Zettel mit den Informationen zu geben.

„Her damit, sonst ...!“

Er hob drohend seine Hand.

„Ich ...“, fing Dorle an und spürte sogleich den Schlag der flachen Hand auf ihrer Wange.

„Wenn du mir nicht sofort den Zettel gibst, hole ich ihn mir. Und ich verspreche, ich werde mir dann noch mehr holen.“ Er ließ seinen Blick begehrlich über ihren Körper streifen.

Dorle zitterte. Ihre Wange glühte. Mit einer langsamen Bewegung griff sie in ihre Rocktasche.

„Geht das nicht ein bisschen schneller!“, schimpfte der Glatzkopf, packte Dorle am Arm, zog sie zu sich und griff selbst in die Rocktasche.

Mit einem triumphierenden Grinsen hielt er den Zettel in der Hand.

„Geht doch, meine Taube.“

Er warf einen Blick auf das Papier.

„Stadecken den Berg rauf. Genau wie vom Chef vorhergesagt. Und nur vier Soldaten Bewachung. Das wird ja ein Kinderspiel. Gute Nacht, meine Herren Soldaten.“

Er steckte den Zettel ein und wandte sich wieder Dorle zu. „Und jetzt zu dir, mein Täubchen …“ Wieder blickte er sie so an wie vorhin.

Erschrocken wich Dorle zurück.

Der Glatzkopf lachte und bewegte sich langsam auf sie zu.

„Bitte!“, flehte Dorle. „Nicht …!“

Unbeeindruckt bewegte sich der Glatzkopf auf sie zu, bis Dorle mit dem Rücken gegen die Hofmauer stieß. Der Mann blieb direkt vor ihr stehen, hob langsam seine Arme und legte seine Hände an ihren Hals. Er drückte zu. Das Atmen fiel ihr schwer.

„Keine Angst, Taube, du bist nicht nach meinem Geschmack. Aber ich warne dich! Ein Sterbenswörtchen zu irgendjemandem und ich drücke zu. Verstanden?“

Um seine Drohung zu unterstreichen, erhöhte er den Druck, lachte, ließ los, und verließ den Hof, ohne eine Wort zu sagen.

Dorle sackte zusammen und kauerte an der Mauer, die Beine an den Körper gezogen und die Arme um die Knie geschlungen.

Warum waren alle Menschen nur so brutal? Ihr fiel die Aussage des Glatzkopfes ein. „Gute Nacht, meine Herrn Soldaten!“ Mit einem Mal sah sie klar. Damit war auch der allerletzte Zweifel ausgelöscht. Es würde Tote geben. Brunner und dieser Mensch würden die Soldaten, die den Transport bewachten, ermorden. Und sie hatte die Informationen dazu geliefert.

Sie fasste einen Entschluss. Sie erhob sich und stieg die Stufen in den Keller hinab, zündete eine Kerze an und kniete sich neben die Kiste, auf der Rolf aufgebahrt gewesen war. Als sie die Kerze auf dem Boden abstellen wollte, fiel ihr Schein auf etwas Glänzendes.

Sie leuchtete den Rand der Kiste ab und fuhr mit den Fingern unter der Kiste entlang, die auf kleinen, vielleicht vier oder fünf Zentimeter hohen Füßchen stand. Plötzlich hielt sie einen Ring und eine goldene Kette mit kleinen, schmalen Gliedern in der Hand. Hatte Brunner nicht gesagt, dass aus Bauers Raub noch eine Kette und ein Ring fehlten?

Hier waren sie also. Was sollte sie damit machen? Aber war das jetzt so wichtig? Achtlos steckte Dorle die beiden Schmuckstücke in ihre Rocktasche und stand auf. Sie wusste, was sie zu tun hatte. Sie würde zu Franzi gehen und sie um Hilfe bitten. Jetzt gleich! Sie würde sich bei der Freundin entschuldigen und hoffen, dass Franzi ihr verzieh.

Dorle blies die Kerze aus, eilte die Treppe nach draußen, wo es mittlerweile schon dunkel war. Sie überquerte den Hof und verließ, ohne abzusperren, ihr Haus, eilte durch die Straßen, bis sie atemlos vor Franzis Haus stand.

Vor der Tür zögerte sie einen Moment und stellte alles, was ihr eben noch so klar erschienen war, in Frage. Da hörte sie plötzlich jemanden ihren Namen rufen.

„Dorle, bist du das?"

Sie drehte sich um. Franzi kam auf sie zugelaufen. Ihr schossen Tränen in die Augen.

„Franzi, Franzi!", rief sie aus, als diese bei ihr war.

„Was willst du?", fragte die zurück.

Statt einer Antwort warf sie sich der Freundin in die Arme.

Die ließ sie einen Moment gewähren.

„Komm!", sagte sie kühl, löste sich von Dorle und öffnete die Haustür.

Drinnen bot sie Dorle einen Platz in der Küche an und kochte etwas, das Ähnlichkeit mit Kaffee hatte.

Sie stellte zwei gefüllte Tassen auf den Tisch.

„Warum kommst du?“, fragte sie noch einmal, dieses Mal schon nicht mehr so kühl wie vor dem Haus.

„Entschuldigung, Franzi“, stieß Dorle aus. „Es tut mir so leid. Ich war so dumm. Du hattest so Recht. Ich weiß auch nicht, wieso …“ Die restlichen Worte gingen in einem Schwall von Tränen unter. Dabei stieß sie ihre Tasse um und die Flüssigkeit tropfte auf ihr Kleid.

Franzi beugte sich vor und streichelte Dorles Arm.

„Und jetzt … jetzt …“

Dorle bekam den Satz nicht heraus. Franzi wartete.

„Ich habe viele Fehler gemacht, so viele, alles falsch …“, sagte sie.

Nach einigen Minuten hatte sie sich so weit beruhigt, dass sie begann zu erzählen. Sie ließ nichts aus, auch nicht, dass sie sich zu dem Kommissar hingezogen fühlte und auch nicht die Vergewaltigung durch Neubert. Und zum Schluss erzählte sie von Brunners Auftrag, den sie an diesem Tag ausgeführt hatte und die schreckliche Erkenntnis, die ihr am Abend gekommen war. Und auch den gefundenen Schmuck verheimlichte sie nicht.

„Hast du ihn bei dir?“, fragte Franzi.

Dorle nahm ihn aus ihrer Tasche und legte ihn auf den Tisch.

Franzi schob ihn vor sich auf dem Tisch hin und her und betrachtete die Kette und den Ring.

„Was hast du damit vor?“, fragte sie.

Dorle zuckte mit der Schulter.

„Kann ich das haben?“

Dorle sah ihre Freundin erstaunt an.

„Nicht für mich“, beschwichtigte die sogleich.

„Was hast du vor …?“

„Später.“ Ein Lächeln huschte über Franzis Gesicht, erstarb aber sofort wieder.

„Was ist?“, fragte Dorle.

Franzi sah sie unsicher an. „Ich muss dir auch was sagen. Ich habe …“, sie stockte. „Es gibt da einen Mann …“

Dorle schwieg. Sie wusste nicht, was sie dazu sagen sollte. Ihr fiel das seltsame Verhalten ihrer Freundin ein, als sie nach der Eröffnung der Universität nach Hause gingen und sie nicht wollte, dass Dorle mit zu ihr kam.

„Ein Amerikaner. Soldat.“

„Amerikaner?“, wiederholte Dorle.

Franzi nickte leicht mit ihrem Kopf. „Gleich nachdem die Amerikaner kamen … ich habe ihn auf der Straße kennen gelernt …“

Der Anflug eines Lächelns huschte übers Franzis Lippen.

„Im Sommer … letztes Jahr, als die Amerikaner … ein …“, sie zögerte, „… ein Schwarzer …“, sie sah ihre Freundin an, wartete auf eine Reaktion, sprach, als die nicht kam, weiter, „… Du weißt, als die Franzosen kamen … da musste er weg … nach Süden, nach Bayern … Nur wenn er frei hat und darf … und …“

„Und an dem Tag, als wir bei der Eröffnung waren, war er da?“

„Er wollte am Abend kommen. Und ich wusste nicht, ob du … du bist manchmal so streng … und dann kam er nicht. … Und ich dachte, er … wollte mich nicht mehr … “

Nun musste sogar Dorle lächeln, obwohl ihr gar nicht danach zumute war. Deshalb war Franzi an dem Tag und auch noch am nächsten Morgen so seltsam gewesen.

„Dorle …?“

„Ja?“

„Ich …“

Franzi kämpfte mit sich.

„Ich gehe vielleicht mit ihm …“

„Nach …"

Sie nickte. „Ja. Nach Amerika."

Dorle nickte mechanisch mit dem Kopf. „Du hast gar nichts gesagt."

„Ich konnte nicht. Die Leute. Und ich wusste nicht, was du …"

Dorle stand auf und umarmte ihre Freundin. Sie wollte nicht, dass sie wegging. Sie dachte an den Kommissar. Hatte sie nicht auch Anspruch auf Glück und Liebe, Franzi genauso wie sie selbst?

Schweigend hielten sich die beiden Frauen im Arm.

Nach einigen Minuten löste sich Dorle.

„Was soll ich machen … Du weißt … wegen des Überfalls …"

„Wir müssen die Polizei informieren. Den Kommissar Koch. Und du schläfst jetzt. Hier. Karl ist nicht da. Er kommt erst morgen früh wieder. Du kannst sein Bett benutzen."

„Aber …", doch Franzi ließ keinen Einwand gelten.

„Du ruhst dich aus. Ich mache das."

Damit war die Sache entschieden.

Am Montagmorgen saß Koch vor der Wand und betrachtete seine Zeichnung.

Irgendwann am Samstag waren sie zu besoffen gewesen, um zu neuen Erkenntnissen zu gelangen. Auch jetzt, nach einem Sonntag, den er lange im Bett verbracht hatte, wo er mit seiner Niedergeschlagenheit zu kämpfen hatte, erzählte ihm das große Diagramm nichts.

Gegen zehn streckte Siggi seinen Kopf in die Tür.

„Herr Koch, da ist eine Dame, die will zu Ihnen."

Der Kommissar erhob sich und sah gespannt zur Tür. Er spürte, dass er aufgeregt war, weil er Dorle vermutete.

„Guten Tag", begrüßte ihn Franzi ernst, als sie hinter Siggi hervorgetreten war.

Koch war enttäuscht, ließ es sich aber nicht anmerken.

„Frau Molitor, nicht wahr?", grüßte er zurück, zufrieden mit sich, dass er den Namen der Frau noch wusste. „Kommen Sie herein! Was kann ich für Sie tun?", fragte er Franzi, nachdem die sich auf den Stuhl gegenüber dem Schreibtisch gesetzt hatte.

„Helmut Brunner verhaften!", forderte sie kühl.

Nun war Koch sehr überrascht. „Das würde ich gerne", antwortete er, „und ich bin auch überzeugt, dass der Mann ins Gefängnis gehört. Allein, mir fehlen die Beweise dafür."

„Die kann ich Ihnen liefern. Oder besser meine Freundin Dorle Becker."

Kochs Verwunderung stieg.

„Und wie können Sie mir helfen?"

Franzi begann zu erzählen, was Dorle ihr am gestrigen Abend berichtet hatte, von Brunners Auftrag, sich in Capitaine Jarrés' Arbeitszimmer die Mappe zu besorgen, nachdem sie den wachhabenden Unteroffizier betäubt hatte, um die Angaben zu dem Transport des Soldatensoldes aufzuschreiben. Sie erzählte auch von Glodkowskis abendlichem Besuch und Koch spürte, wie die Wut in ihm aufstieg, dass dieser Kerl es gewagt hatte, Dorothea Becker zu bedrängen, zu bedrohen und zu würgen.

„Sie ist jetzt bei mir zu Hause. Mein Sohn ist auch da. Er passt auf sie auf."

„Gut", sagte Koch. „Den Zettel, auf dem Frau Becker sich alles notiert hat, haben Sie sicher nicht mehr?"

Franzi verneinte. „Den hat dieser Glatzkopf mitgenommen. Aber Dorle hat die Angaben alle im Kopf. Sie hat sie ja abgeschrieben." Sie nannte Koch die Route, die

Zeiten, die Anzahl der Bewacher und auch die Summe des Geldes, das transportiert wurde. Er pfiff bei der Summe durch die Zähne und sah auf seine Uhr.

„Vierzehn Uhr. Da … ist ja nicht mehr viel Zeit."

„Was haben Sie vor?", fragte Franzi schließlich.

Koch ließ sich einen Moment Zeit mit der Antwort.

„Den Überfall auf jeden Fall verhindern, sodass den Soldaten nichts passiert. Konkret werde ich das mit meinen Kollegen besprechen. Ich danke Ihnen vielmals, dass Sie zu mir gekommen sind."

„Das hätte Dorle schon viel früher machen müssen", erwiderte Franzi und stand auf.

„Grüßen Sie Frau Becker von mir und passen Sie bitte auf sie auf", sagte er bei der Verabschiedung.

Kaum war Franzi gegangen, rannte Koch zu dem Büro, in dem Siggi saß und winkte ihn zu sich.

„Schnell, Siggi, holen Sie Reuber und kommen Sie mit ihm in mein Büro."

„Was ist denn los?", fragte der verwundert, dass sein Chef so aufgeregt war.

„Gleich, gleich, beeilen Sie sich!"

Einige der jungen Männer, mit denen Siggi sich das Büro teilte, sahen neugierig zu ihnen herüber.

Zehn Minuten später saßen die drei Männer in Kochs Büro.

„Das ist der Zusammenhang, von dem wir am Samstag gesprochen haben. Allerdings", Reuber machte ein betrübtes Gesicht, „schwebt diese Frau in großer Gefahr. Sie ist die einzige Zeugin. Er kann sie nicht leben lassen."

„Sie ist bei Frau Molitor", erklärte Koch.

„Weiß Brunner das?"

„Nein. Sie ist in der Nacht dahingegangen und bleibt im Moment auch dort."

„Gut", gab sich Reuber mit dieser Antwort zufrieden. „Was machen wir jetzt?"

„Die Franzosen informieren", schlug Siggi vor.

Reuber nickte.

„Naheliegend. Wir könnten auch Arnheim informieren. Ich nehme aber an, dass beides nicht im Sinne unseres werten Kollegen Koch ist." Er sah herausfordernd zu ihm herüber.

Der ließ sich Zeit mit der Antwort.

„Das ist mein Fall", sagte er schließlich, „unser Fall. Wir sind trotz aller Einwände drangeblieben. Wir werden das machen!", bestimmte er.

„Ich bin gerne dabei, Koch", sagte Reuber, „dafür bin ich auch lange genug hinter Brunner her gewesen. Aber was gedenken Sie zu tun? Wir sind drei Männer." Er sah kurz zu Siggi herüber, dem der Stolz ins Gesicht geschrieben stand. „Wir wissen nicht, mit wie vielen Leuten Brunner den Transport angreift. Dazu kommt, dass die Franzosen am Ende denken, dass wir zu ihm gehören. Zumindest werden sie uns nicht unterscheiden können. Wenn wir also Pech haben, kämpfen wir an zwei Fronten."

„Das Risiko müssen wir eingehen. Wir haben auch gar keine Zeit für irgendwelche langen Vorbereitungen. Wenn die Angaben von Dorothea Becker stimmen, findet der Überfall in gut drei Stunden statt. Und den gilt es zu verhindern."

„Dann fehlen uns aber möglicherweise die Beweise", wandte Reuber ein.

„Ihr Nachbar", rief Siggi dazwischen, „der ist doch Photograph, oder? Der könnte doch ..."

„Ja was, Siggi?", hakte Reuber nach, als der Junge den Satz nicht vervollständigte.

„War nur so eine Idee."

„Und keine schlechte", sagte Koch. „Bresson ist mir sowieso noch was schuldig."

„Koch, noch einmal: Wollen Sie die Sache wirklich alleine durchziehen?"

„Alleine?", erwiderte Koch mit gespieltem Erstaunen. „Ich habe doch Sie und Siggi."

„Keine Angst, dass Sie sich übernehmen? Und aus Rache oder anderen Gefühlen heraus ein zu hohes Risiko eingehen?"

Koch wurde lauter. „Wir haben keine Zeit. Bis wir Arnheim oder Falter oder die Franzosen überzeugt haben, ist das Ding gelaufen und Brunner, Glodkowski und Konsorten sind über alle Berge." Er lachte laut auf. „Arnheim würde mich doch gleich für völlig wahnsinnig erklären, wenn ich damit zu ihm käme. Auch an dieser Front keine Unterstützung."

„Immerhin könnte er sich die Federn anstecken, wenn's gut ausgeht."

„Nein, da ist zu viel Porzellan zerdeppert worden. Und selbst wenn er sich doch überzeugen ließe, dazu bräuchten wir Stunden, wenn nicht Tage. Die Zeit haben wir nicht. Und zudem ist es im Moment wirklich so, dass ich nur Ihnen beiden vertraue. Wer sagt denn, dass mich einer der anderen Kollegen, die mich immer noch wegen meiner Vergangenheit schief anschauen, nicht hintergeht? Oder selbst Geschäfte mit Brunner macht, in seiner Schuld steht, was weiß ich. Man hört doch immer wieder von Polizisten, die selber aus Hunger Diebstähle und Einbrüche begehen. Nein, ich will niemanden dabei haben, den ich nicht kenne und dem ich nicht vertrauen kann."

„Spanientrauma?", fragte Reuber zurück.

„Vielleicht. Aber ich bin mit meinem Misstrauen immer gut gefahren."

„Okay", willigte Reuber schließlich ein. „Sie haben mich zwar nicht überzeugt, aber überredet. Lassen Sie uns schnell entscheiden, was wir machen wollen. Gibt es einen Anhaltspunkt, wo der Überfall stattfinden wird?"

„Als Glodkowski den Zettel gesehen hat, hat er wohl Stadecken genannt. Das ist nicht zu Hundertprozent sicher, aber es würde Sinn machen. Der Transport würde den Weg durch die teilweise noch zerstörten Uferorte am Rhein umgehen und dass Brunner sich über diese Strecke freut, kann ich mir vorstellen. Hinter Stadecken geht die Straße sehr steil bergauf. Da kann der LKW allenfalls im Schritttempo fahren, ideal für einen Überfall."

„Und wenn Sie falsch liegen mit Ihrer Vermutung?"

„Haben Sie einen besseren Vorschlag?", gab Koch zurück. „Wir haben keine andere Wahl."

„Gut", entschied Reuber, „also Stadecken."

„Ja", stimmte Koch zu, „wir fahren über Essenheim dorthin, dann kommen wir von oben. Das Problem wird sein, dass Brunners Leute möglicherweise schon dort sind und auf der Lauer liegen werden. Bewaffnet."

„Wie viele Männer hat er?", fragte Siggi, der nicht mehr ganz so unternehmungslustig klang.

„Er selbst, Glodkowski, dieser Hafner und noch zwei oder drei andere, nehme ich an."

„Wir sind nur drei."

„Vier", korrigierte Siggi.

„Kann ihr Nachbar mit einer Waffe umgehen?", fragte Reuber.

„Dem traue ich alles zu. Wer mit der Kamera schießen kann …"

„Also gut, zwei andere Probleme", gab Reuber zu bedenken. „Fahrzeuge und Bewaffnung. Ich habe meine Dienstwaffe. Eine der wenigen."

„Ich auch“, sagte Koch.

Siggi zuckte mit der Schulter.

„Ich habe noch eine Pistole. Ist eher privat. Können Sie denn mit so was umgehen?“, fragte Reuber.

„Klar“, antwortete Siggi.

„Und die Fahrzeuge?“

„Einen Wagen zu bekommen, ist kein Problem.“

„Zwei wären besser.“

„Ich nehme wieder das Motorrad. Damit bin ich beweglicher, kann auch ins Feld fahren“, sagte Reuber.

„So machen wir es“, entschied Koch.

Zwanzig Minuten und eine Diskussion mit Jörg später, der ihnen den einzigen im Moment funktionstüchtigen Wagen zuerst nicht geben wollte, weil der Anlasser nicht immer funktionierte, waren sie auf dem Weg in die Zahlbach. Der Himmel begann sich zuzuziehen, es wurde drückend schwül.

„Das gibt bestimmt ein Gewitter“, vermutete Siggi.

Bresson war verwundert, dass Koch gegen Mittag bei ihm klopfte.

„Was soll ich?“, fragte er kopfschüttelnd, als Koch ihm seinen Plan dargelegt hatte.

„Bilder schießen. Beweise. Kommen Sie, Bresson.“

Der überlegte noch kurz, stimmte zu und bat um einen Moment, um seine Sachen zusammenzupacken.

Fünf Minuten später kam er mit einer Lederjacke und einer Kappe bekleidet sowie einer großen Tasche und einem Stativ in den Hausflur.

„Los geht's“, sagte er. „Sieht nach Regen aus.“

„Was haben Sie denn alles dabei?“

„Was man so für den täglichen Überlebenskampf braucht.“

Während sie die Treppen hinabstiegen, sah Koch auf

seine Uhr. Fast zwölf. Viel Zeit blieb ihnen nicht mehr. Und der Himmel wurde immer dunkler.

Dorle wurde am Morgen durch einen Sonnenstrahl geweckt, der eine Lücke zwischen zwei Vorhängen gefunden hatte und genau ihr Gesicht traf. Sie sah sich um und war einen Moment verwirrt, dass es um sie herum so fremd aussah. Die Wand war in einem leichten Blauton gestrichen, davor standen ein Holzschrank und ein schmaler Stuhl. Langsam dämmerte ihr, dass sie sich im Bett und Zimmer von Karl, dem ältesten Sohn von Franzi, befand. Dass sie gestern lange mit ihrer Freundin zusammen gesessen hatte und dass es fast so wie früher gewesen war, vor ihrem Streit, als sie Franzi alles beichten konnte.

Franzi hatte ihr gesagt, dass sie sich etwas einfallen lassen würde.

Sie stand auf, wusch sich schnell und zog ihr Kleid an. Die Stelle, auf die gestern Abend der Kaffee getropft war, hatte sich dunkel verfärbt.

Sie wollte wissen, was Franzi vorhatte, aber sie stellte bald fest, dass sie allein im Haus war. Vielleicht war Franzi Besorgungen machen. Sie war unsicher, was sie tun sollte. Warten, bis Franzi wiederkam? Ihr Blick blieb wieder an dem Fleck auf ihrem Kleid hängen. Franzi hatte zwar gesagt, dass sie die nächsten Tage, bis die Sache mit dem Überfall ausgestanden war, bei ihr bleiben könnte, weil sie hier in Sicherheit war, aber sie konnte nicht tagelang in einem dreckigen Kleid herumlaufen. Sie beschloss, schnell zu ihrem Haus zu gehen, frische Wäsche einzupacken und dazu das letzte Stück der Salami, das sie noch besaß, mitzunehmen. Sie sah auf die alte Uhr in dem Holzkasten, die im Flur stand. Gleich war es zehn Uhr.

Schon wenige Minuten später verließ sie das Haus und

eilte nach Hause. Wolken begannen sich vor die Sonne zu schieben. Den dunklen Wagen, der unweit des kleinen Tores stand, nahm sie nicht wahr. Gerade, als sie den Schlüssel ins Schloss stecken wollte, spürte sie eine Hand auf ihrer Schulter.

„Dorle Becker?“ Es war eine fast jungenhafte Stimme.

Sie drehte sich um und sah in das Gesicht eines blonden Mannes, der nicht viel älter als ihr Rolf sein konnte.

„Sind Sie Dorle Becker?“, wiederholte er seine Frage.

„Ja. Was wollen Sie?“

„Mitkommen!“, befahl er.

Dorle machte eine Bewegung auf ihr Tor zu. Der junge Mann packte sie am Arm und zog sie mit sich zu dem Auto und stieß sie hinein. Sie war zu überrascht, um zu schreien. Er folgte ihr auf den Rücksitz und band ihr die Hände hinter dem Rücken zusammen, steckte ihr einen Knebel in den Mund und stieß sie auf den Boden hinter den Vordersitzen.

Der junge Mann setzte sich hinter das Steuer, startete den Motor und fuhr los. Jedes Schlagloch, jeder Stein, über den der Wagen rollte, schlug bis zu ihr durch. Dorle kämpfte sich langsam nach oben. Das war dreifach anstrengend, weil sie ihre Hände nicht benutzen konnte, weil ihr das Atmen schwer fiel und weil das Holpern des Wagens sie hin und her warf. Endlich hatte sie sich so aufgerichtet, dass sie einen Blick über den Sitz nach draußen werfen konnte. Sie fuhren in Richtung Mombach, erkannte sie, und im gleichen Augenblick traf sie der Schlag einer flachen Hand. Sie sank wieder hinter den Sitz zurück und unternahm keinen weiteren Versuch hochzukommen.

Schließlich blieb der Wagen stehen, der Fahrer stieg aus, um nur wenig später wieder einzusteigen und langsam weiterzufahren. Kurz darauf hielt er erneut und stellte den Motor ab. Dorle lag im Fußraum vor der Rückbank des Autos. Ihre Knochen schmerzten und die Stelle, wo sie der Schlag getroffen hatte, brannte. In der Ferne hörte sie Glocken und das tiefe Brummen eines LKW-Motors, das aber bald schon verschwand.

Dorle biss die Zähne zusammen, versuchte die Schmerzen zu ignorieren und sich wieder nach oben zu kämpfen. Gerade, als sie es geschafft hatte, sich auf die Knie zu hocken, wurde die Tür hinter ihr aufgerissen und sie an den Haaren gepackt und aus dem Auto gezerrt.

„Raus mit dir!"

Eine Hand packte ihren rechten Arm und bog ihn so weit nach hinten, dass sie unter dem Knebel aufschrie. Sie glaubte zu ersticken. Eine andere Hand umfasste ihren Kopf und hielt ihr die Augen zu. Dabei wurde sie nach vorne gestoßen.

„Schneller, verdammt!", zischte der Mann ihr ins Ohr und stieß sie weiter. Sie stolperte über einer Schwelle.

„Pass auf, du blöde Kuh!", blaffte der Mann sie an. Dorle verstand kaum, was der Mann sagte, dafür war ihre Angst viel zu groß und die Schmerzen übermächtig. Panik stieg in ihr auf.

„Weiter!" Sie waren jetzt in einem großen Raum.

Er drückte ihren Kopf nach unten.

„Stufen!"

Sie trat ins Leere, erschrak, er hielt sie an dem zurückgebogenen Arm fest. Der Schmerz fuhr ihr bis in den Kopf. Als sie wieder ebenen Boden unter ihren Füßen hatte, lockerte der Mann den Griff und stieß sie nicht mehr ganz so brutal vor sich her.

„Stehen bleiben!", befahl er und riss ihr den Knebel aus dem Mund.

Dorle wollte etwas sagen, aber bevor sie ihre Atmung so

weit beruhigt hatte, ließ sie ein fester Stoß in den Rücken nach vorne schießen und auf den Boden fallen. Gleich darauf fiel eine schwere Tür ins Schloss.

Es war dunkel um Dorle und erst nach einigen Augenblicken erkannte sie unterhalb der Decke einen schwachen Lichtstreifen. Man hatte sie eingesperrt.

Sie ließ sich auf den Boden sinken. Es gab keine Stelle an ihrem Körper, die nicht schmerzte. Bei dem Sturz hatte sie sich ihren Knöchel verstaucht. Sie begann zu weinen.

Sie kamen nur langsam voran. In Bretzenheim blockierte ein Lastwagen die Straße und es dauerte mehr als zehn Minuten, bis sie endlich die Stelle passieren konnten.

An dem Opel P4, den Jörg ihnen gegeben hatte, schien nicht nur der Anlasser nicht in Ordnung zu sein.

Siggi fluchte immer wieder.

„Mit dem Vergaser stimmt was nicht. Falsches Gemisch", zischte er zu Koch hinüber, der auf dem Beifahrersitz saß. Bresson hatte sich auf die Rückbank gequetscht, seine Tasche und sein Stativ neben sich.

Reuber folgte ihnen mit dem Motorrad.

Bei jeder Steigung verlor der Opel rapide an Geschwindigkeit.

„Schneller!", trieb Koch Siggi an. „Wir haben keine Zeit." Er starrte nach vorne aus dem Fenster.

„Geht nicht", gab der zurück.

Den Anstieg auf den Lerchenberg schaffte der Wagen nicht mehr.

Siggi fuhr an den Straßenrand und öffnete die Motorhaube.

„Wir verlieren zu viel Zeit", protestierte Koch, aber der Junge reagierte nicht darauf. Er beugte sich über den Motor, lief nach hinten ans Heck des Wagens, anschließend wieder nach vorne und hing erneut über dem Motor. Der heulte jetzt mal kurz auf, stotterte so, dass Koch und Bresson glaubten, dass er gleich ganz den Geist aufgeben würde.

Reuber hatte sein Motorrad ebenfalls abgestellt und sich zu Siggi gesellt.

Das Spiel des Aufheulens und Fast-Absterbens des Motors wiederholte sich mehrmals, bis Siggi die Haube zuschlug und wieder einstieg.

„Die Einstellschraube für den Lufteinlass war verbogen. Ich hoffe, dass die jetzt hält."

Koch sah auf seine Uhr. Es war viertel vor eins.

Der Motor lief jetzt einigermaßen rund und sie mussten nicht mehr befürchten, dass er jeden Moment seinen Geist aushauchen würde, dennoch kamen sie für Kochs Geschmack viel zu langsam voran.

„Geht's nicht schneller?", blaffte er in Richtung Siggi.

„Ich hole schon alles aus der Kiste raus. Aber schauen Sie sich doch die Straße an. Überall Schlaglöcher. Wenn uns jetzt ein Reifen platzt, gute Nacht. Wir haben keinen Ersatz. Und die an unserem Auto sind schon oft geflickt worden. Schläuche sind Mangelware. Auch bei der Polizei."

Die ersten Regentropfen fielen auf die Windschutzscheibe. Koch griff nach dem Hebel, um den Scheibenwischer zu bewegen. Das Glas verschmierte. Siggi beugte sich nach vorne, um besser sehen zu können. „Verdammtes Wetter!", fluchte er. Koch erwiderte nichts.

Währenddessen kramte Bresson in seiner Tasche.

Sie fuhren am Ober-Olmer Wald und den Forsthäusern vorbei und als sie endlich Essenheim erreicht hatten, war es fast ein Uhr. Nur noch eine Stunde, wenn die Angaben, die sich Dorothea Becker bei dem Capitaine notiert hatte, richtig waren, überlegte Koch. Bis jetzt war es bei den Tropfen geblieben.

In Essenheim war die Ortsdurchfahrt wie in Bretzenheim blockiert. Ein Traktor, oder besser das, was von ihm übrig geblieben war, zog einen entwurzelten Baumstamm hinter sich her und das Ganze geschah so langsam, dass sich die Kinder einen Spaß daraus machten, auf den Stamm zu springen und sich ein paar Meter kutschieren zu lassen, abzuspringen, um erneut den Sprung auf den Baum zu wagen. Mehr als zwanzig Minuten dauerte das, während denen Koch immer unruhiger und unwilliger wurde.

„Gibt es denn keine andere Möglichkeit?", bellte er Siggi an.

„Ich kenne mich hier nicht aus", gab der zurück. „Ich bin erst seit einem halben Jahr in Mainz."

Als der Traktor endlich in einen Hof eingebogen war und die Straße freigegeben hatte, war es fast halb zwei.

Um aus dem kleinen Weinort zu kommen, mussten sie wieder einen Stich hinauffahren. Langsam, aber ohne Aussetzer, arbeitete sich das kleine Automobil die Anhöhe hinauf.

„Gute Arbeit!", lobte Koch Siggi und dessen Mechanikerqualitäten. Er musste etwas sagen, um seine Nervosität zu bekämpfen. Im Hintergrund war das Grollen des herannahenden Gewitters zu hören.

Koch versuchte sich in Gedanken ein Bild von der Stelle zu machen, an der die Straße steil nach Stadecken hinabführte. Er war vor der Machtergreifung der Nazis mit seinem Vater öfters hier draußen gewesen, weil ein Kollege von ihm da wohnte. Aber diese Erinnerung war im Laufe der Jahre stark verblasst.

Der Himmel hatte sich inzwischen ganz zugezogen und eine unwirkliche und bedrohliche Dunkelheit lag über der Landschaft. Der Regen wurde stärker. Sie hatten die letzten Häuser des Ortes schon hinter sich gelassen, rechts und links breiteten sich Rebenfelder aus, da erkannten sie vor sich eine Absperrung. Eine weiß-rot gestrichene Latte, die auf zwei Holzböcken auflag, versperrte die Straße in ihrer ganzen Breite. Daneben stand ein Mann in französischer Uniform und forderte sie mit einer herrischen Handbewegung auf zu halten. Ein Citroën, der die Hoheitszeichen der französischen Armee trug, war am Straßenrand hinter der Absperrung abgestellt.

Siggi trat auf die Bremse und ließ den Wagen langsam bis zu dem Soldaten rollen.

„Was soll das denn?", rief Koch aus.

„Bonjour", grüßte der Soldat. Er klang missmutig, es schien ihm nicht zu gefallen, im Regen zu stehen. Das Donnern des Gewitters war schon zu hören.

„Bonjour, Monsieur", erwiderte Siggi den Gruß durch das offene Seitenfenster.

„Vous devez retourner! La route est barrée. Transport du militaire."

Koch stutzte. Dass das wie auswendig gelernt klang, mochte bei einem Armeeangehörigen angehen. Dass die Aussprache einen, wenn auch schwachen, deutschen Akzent aufwies, machte ihn allerdings hellhörig. Dafür hatte er zu lange in Frankreich gelebt.

Koch beugte sich ein Stück über Siggi. „J'ai une message très important pour Colonel Godard. "

Koch hatte bewusst einen kleinen Fehler eingebaut und in südfranzösischem Dialekt gesprochen.

„Comment?", fragte der Mann in der Uniform zurück. Das Freundliche war aus seiner Stimme gewichen. Er wirkte unruhig. Koch beobachtete, dass er seine rechte Hand langsam zu seiner Waffe, die er in einem Holster am Gürtel trug, bewegte.

„J'ai une autorisation", erklärte Koch und nahm einen

Zettel, der in der kleinen Ablage vor ihm lag. „L'autorisation de passer devoient expliquer tout".

Der Soldat streckte seine freie linke Hand in den Innenraum des Opels, um es entgegenzunehmen. Koch ließ das Papier fallen, packte die dargebotene Hand und zog den Arm mit aller Kraft zu sich. Der Kopf des Soldaten krachte gegen die Kante des Autodachs. Der Regen wurde jetzt heftiger und prasselte laut auf das nackte Blech.

„Los, Siggi, packen Sie ihn!", befahl er seinem Assistenten, riss ein zweites Mal an dem Arm und ließ den Kopf nochmals gegen die Kante krachen.

Reuber reagierte am schnellsten. Mit zwei langen Schritten war er hinter dem Mann, der sich mit einer Hand an der Autotür festzuhalten suchte, mit der anderen nach seiner Waffe tastete, packte ihn von hinten, schlug ihm mit der Faust gegen die Schläfe, nahm ihm die Pistole weg und hieb ihm seine Faust in die Nieren. Der Mann sackte auf der Stelle zu Boden und röchelte. Aus einer Platzwunde an der Stirn floss Blut. Koch war unterdessen aus dem Wagen gesprungen und zu Reuber geeilt, der bereits über dem Mann kniete und dessen Hände zusammenband. Sie wechselten einen kurzen Blick. Reuber zog das Hemd des Mannes aus der Hose, riss ein Stück Stoff ab und steckte es ihm in den Mund.

„In den Graben", schlug Koch vor. Zusammen schleiften sie den Mann zur Seite und legten ihn im Straßengraben hinter einem Busch auf dem schon feuchten Boden ab, wo sie ihm auch die Füße fesselten.

„Raffiniert, der Brunner", sagte Reuber, als sie zum Wagen zurückgingen. Er wischte sich den Regen aus dem Gesicht. „Ich nehme an, dass er im Tal genauso eine Straßensperre errichtet hat. So können sich seine Leute ungestört dem Überfall widmen."

„Sehe ich auch so", stimmte ihm Koch zu. Ein greller Blitz und einige Sekunden später das Donnern eines Gewitterschlags folgten seinen Worten.

„Mann, war das klasse", kam ihnen Siggi entgegen. „Der war gar kein Franzose, stimmt's?"

„Gut kombiniert, Siggi Holmes. Aber jetzt müssen wir uns beeilen. Der vermeintliche Franzose ist uns sogar eine …" In dem Moment knallte aus dem Tal ein Schuss, dem kurz darauf weitere folgten.

„Verdammt! Es hat schon angefangen!", fluchte Koch. „Wir nehmen den französischen Wagen! Vielleicht kommen wir damit unbemerkt bis zu Brunner und seinen Leuten. Los, Bresson, raus!"

Sie liefen zu dem kleinen Citroën. Reuber setzte sich hinters Steuer, Koch neben ihn und Siggi nahm auf dem Rücksitz Platz.

„Scheibenwischer!", forderte Reuber, der kaum etwas sah, so stark regnete es mittlerweile. Beim Anfahren gab er zu viel Gas und die Reifen drehten durch.

Hinter der nächsten Kurve sahen sie den LKW stehen, die Schnauze bergauf. Ein Blitz tauchte die Szene für einen kurzen Moment in ein grelles Licht. Auf dem Boden vor dem Fahrzeug lagen mehrere Menschen, ob sie verletzt oder tot waren, konnten sie aus ihrem Auto nicht erkennen.

„Fahren Sie langsamer!", mahnte Koch. Reuber war schneller geworden. Koch konnte den Wischer gar nicht so schnell bewegen.

Von Brunner, Glodkowski und seinen Leuten war nichts zu sehen. Die Szenerie hatte etwas Gespenstisches, wie ein Stillleben mit Lastwagen und liegenden Menschen. Der Regen und das Gewitter taten ein Übriges dazu.

„Die sind wahrscheinlich hinter dem Wagen!", sagte Siggi aus dem Fond.

Koch drehte sich kurz zu ihm um.

„Bresson ist ja gar nicht da", stellte er fest.

„Haben wir in unserem Wagen vergessen", erwiderte Reuber und konzentrierte sich auf die Straße.

Plötzlich tauchte ein Mann vor ihnen aus dem Regen auf, in der Hand eine Pistole.

„Idiot!", schrie er ihnen entgegen. „Du sollst doch bei der Straßensperre bleiben." Er stand vor dem rechten Kotflügel.

Die Stimme ließ Koch zusammenfahren.

„Wen hast du denn noch da drin?" Er wischte sich den Regen aus den Augen. „Du bist ja gar nicht …"

Er war zwei Schritte vorgegangen.

Sie erkannten sich beide im gleichen Augenblick und hoben ihre Waffen. Fast zeitgleich krachten zwei Schüsse. Der Mann vor dem Auto sank zusammen, Glas splitterte. Koch wurde zurückgeworfen, besann sich aber schnell und stürzte mit vorgehaltener Waffe aus dem Wagen. Reuber und Siggi folgten ihm.

Koch beugte sich über Glodkowski, der auf dem Rücken lag und eine Hand auf seinen Bauch presste.

„Zu spät, Kommissar!", höhnte er. Er sprach die Worte abgehackt, jeder einzelne Buchstabe schmerzte ihn. Der Regen wusch die Blutlache, die sich um den Mann herum bildete, in kleinen Rinnsalen weg.

In dem grellen Schein eines Blitzes sah Koch aus dem Augenwinkel Reuber und Siggi zu dem LKW laufen.

Kurz darauf begann ein kurzer Schusswechsel, Schreie hallten durch das Tal. Koch starrte den Mann an, der vor ihm auf dem Boden lag. Alles um ihn war in Rot getaucht. Das Atmen fiel dem Mann schwer, er hielt seine Hände auf den Bauch gedrückt.

„Mich kriegst du nicht", höhnte er weiter. „Mich nicht.

Da musst du früher aufstehen.“ Ein gespenstisches, geröcheltes Lachen folgte den Worten.

Koch atmete tief ein. Der Schmerz fuhr durch seinen ganzen Körper.

„Erwin Koch“, sagte er. „Erwin Koch. Sagt Ihnen der Name was?“

Glodkowski schien nicht interessiert.

„Glodkowski!“, schrie Koch ihn an. „Erwin Koch. Kommunist. Osthofen.“

Er verzog seine Lippen zu einem Grinsen. Es gelang ihm nur eine schmerzverzerrte Fratze.

„Kommunist?“ Er lachte kurz und abgehackt, hustete und spuckte Blut.

Koch packte ihn am Kragen, zog ihn zu sich hoch.

„Haben Sie ihn umgebracht?“

„Wie … hieß … der Mann?“

Zweimal wurde geschossen. Immer wieder waren Schreie zu hören. Koch achtete nicht darauf.

Das Sprechen fiel Glodkowski zusehends schwerer.

„Erwin Koch.“

„Komm … unisten … feigling. Ich … hab alle ge … knackt.“

Wieder dieses höhnische Lachen.

Koch war außer sich vor ohnmächtiger Wut. Er hielt den Mann noch immer am Kragen und schlug jetzt seinen Kopf zweimal auf den nassen Asphalt.

„War keine … Heraus … forderung, der … Ko…“

Der Rest erstarb in dem neuerlichen Krachen eines Donners.

„Haben – Sie – ihn – umgebracht?“ Koch betonte jedes Wort.

Glodkowskis schon milchige Augen wanderten kurz nach rechts. Koch achtete nicht darauf.

„Wo liegt mein Vater?“

Wieder dieser kurze, für einen Moment lebendige Blick.

„Rauch“, antwortete Glodkowski und verzog seinen Mund erneut zu einem bösen Grinsen.

Koch schlug mit seiner freien Hand zu. Er konnte nicht an sich halten, obwohl er wusste, dass das genau das war, was Glodkowski wollte. Seine Unbeherrschtheit herausfordern, ihm zeigen, dass er das Heft in der Hand hielt.

„Die … Frau …“

Koch hatte nicht verstanden. „Frau?“, wiederholte er. Die Schmerzen wurden stärker.

„Becker.“ Glodkowski lachte.

„Was ist mit der Frau?“, schrie ihn Koch an.

„Wenn ich … draufgehe, geht sie … auch.“ Er sprach flüssiger als vorher. Er schien den Schmerz zu ignorieren.

„Wo ist sie?“

Ein höhnisches Lachen war die Antwort und ein schneller Blick an Koch vorbei.

Koch hob seine Waffe und drückte sie dem Mann auf die Stirn.

„Sag endlich, wo sie ist? Was habt ihr mit ihr gemacht?“

Er hämmerte mit dem Lauf der Waffe mehrmals auf Glodkowskis Stirn.

Wieder lachte der nur sein abgehacktes, kurzatmiges Lachen. Obwohl ihm das enorme Schmerzen bereiten musste, machte er weiter.

„Fei… linge“, wieder ein kurzer Lacher und ein Schwall Blut, „verdienen … keine Be… erdigung. Und … die Frau“, er leckte sich mit der Zunge über die Lippe.

Koch schlug mit dem Griff der Waffe zu. Das Krachen des Nasenknochens mischte sich in den nächsten Donner.

„Wo?“, schrie Koch, außer sich vor Zorn. „Wo ist sie?“

Glodkowski schien noch einmal alle seine Kräfte zu mobilisieren.

In dem Moment war direkt hinter Koch der ohrenbetäubende Knall eines Schusses zu hören und nur wenige Augenblicke später schlug ein Körper neben ihm zu Boden. Koch war für einige Momente völlig taub. Er wandte sich um, hinter ihm stand Bresson mit einer großkalibrigen Waffe in der Hand und blickte auf den Mann, der hinter Koch auf dem Boden lag. Dessen Waffe war ihm aus der Hand geglitten und lag in einer Pfütze.

Bresson nahm seine Brille ab, die voller Regentropfen war, und sah Koch an.

„Danke!“ sagte der so leise, dass es Bresson kaum verstand.

Er blickte zu Glodkowski, aber dessen gebrochene Augen verrieten ihm, dass dieser Mann nichts mehr sagen würde.

Er wollte sich erheben und merkte, wie schwer es ihm fiel. Langsam verzog sich das Gewitter und der Regen war in ein Tröpfeln übergegangen.

„Sie sind ja verletzt!“, rief Bresson aufgeregt aus und deutete auf Kochs linke Schulter. Er sah dorthin. Unterhalb der Schulter war seine Jacke blutgetränkt.

„Was ist mit den anderen?“, fragte Koch.

„Sie müssen ins Krankenhaus“, antwortete Bresson.

„Koch, was ist?“ Reuber kam angelaufen.

„Er ist verletzt“, sagte Bresson und deutete nochmals auf die Stelle.

„Zeigen Sie mal!“, forderte ihn Reuber auf.

„Die haben Dorle!“, entgegnete er. „Wir müssen sie finden.“

„Dorle?“, fragte Reuber.

„Becker.“

„Die haben sie … als Geisel …“ Koch fiel das Sprechen schwerer.

Siggi kam nun ebenfalls angelaufen. Hinter ihm ein Mann in französischer Uniform.

„Brunner ist weg …“, sagte er, außer Atem, seine Pistole noch in der Hand.

„Siggi“, wies Reuber den Jungen an, „Sie fahren Koch in ein Krankenhaus. Er ist verletzt …“

Der winkte ab. „Wir müssen rausfinden, wo Dorothea Becker ist. Brunner hat sie als Geisel genommen.“

„Holen Sie den Mann her!“

Koch wusste nicht, was Reuber meinte, aber Siggi lief sofort.

„Brunner ist abgehauen, einen von seinen Männern haben wir unverletzt. Ich glaube, dass es dieser Hafner ist. Bei den Franzosen zwei Verletzte. Einer von ihnen ist schon runter in den Ort, damit jemand die entsprechenden Stellen informiert. Lassen Sie mich mal sehen!“

Widerwillig ließ sich Koch die Jacke ausziehen, das Hemd darunter war völlig blutdurchtränkt. Der französische Soldat sah interessiert zu.

„Sie müssen ins Krankenhaus, Koch. Der Einschuss ist nahe der Lunge.“

Koch atmete schwer. „Erst will ich wissen, wo Dorle ist.“ Er ging zu dem Wagen, mit dem sie hergekommen waren, und stützte sich an der Motorhaube ab.

Bresson ging umher und machte Fotos.

Eine Minute später kam Siggi. Zusammen mit einem anderen französischen Soldaten schleifte er Hafner hinter sich her, dessen Hände auf dem Rücken gefesselt waren.

„Wo ist Dorothea Becker? Wo habt ihr sie hingebracht?“, bellte Koch den Mann an. Er machte einen Schritt vom Auto weg auf den Mann zu, merkte, dass dies seine Kräfte überforderte, streckte seinen Arm aus und stützte sich wieder gegen den Wagen.

„Dorothea Becker. Die Frau, die ihr entführt habt."

Hafner wollte gleichgültig wirken, aber seine Augen wanderten zwischen Koch und dem toten Glodkowski hin und her. Seine zertrümmerte Nase war ein roter Brei und kein schöner Anblick.

„Bring ihn her!", befahl er Siggi.

Der gab Hafner einen Stoß. Vor Koch kam er zum Stehen.

„Die Frau?"

Hafner schwieg, sah sich um. Um ihn Reuber, Siggi, Bresson und der französische Soldat.

„Waffe!", forderte Koch von Siggi.

Der sah unsicher zu Reuber. Der nickte.

Siggi reichte Koch seine Pistole. Der wog sie in seiner Hand, prüfte das Magazin, wofür er seine linke Hand von dem Wagen nehmen musste, was ihn für einen kurzen Moment aus dem Gleichgewicht brachte. Unvermittelt presste er die Waffe an Hafners Stirn.

„Keine Angst, Hafner, ich schieße nicht."

Hafner blickte den Kommissar starr an.

„Ich schlage dir den Schädel ein. So wie dem da. Also, wo ist die Frau?"

Hafner zögerte noch.

Koch hob die Waffe.

„Halt!", schrie Hafner. „In Mombach, unter der Halle. Sie waren schon mal da."

„Der Eingang?"

Die anderen sahen, dass es Koch immer schwerer fiel, sich auf den Beinen zu halten, aber sie spürten auch, dass er diese Geschichte selbst zu Ende bringen musste.

„Siggi, los, wir fahren dahin. Hafner nehmen wir mit."

Er rammte dem Mann seine Waffe in die Rippen und stieß ihn zum Auto. Zusammen setzten sie sich auf die Rückbank, während Siggi hinter dem Steuer Platz nahm.

Der französische Soldat, der bisher stumm dem Geschehen zugeschaut hatte, erhob Protest.

„C'est notre prisonnier. Il a braqué un tranporte francais."

„Nous remettrons cet homme, si nous avons la femme. Parole d'honneur."

Aus der Ferne war ein Signalhorn zu hören.

„Klären Sie das mit den Franzosen", rief Koch Reuber aus dem Wagen zu. Wir sehen uns auf der Direktion. Und Bresson, danke nochmals!"

Siggi startete den Citroën mit den französischen Hoheitszeichen, wendete und fuhr den Berg hinauf. Oben auf der Kuppe kamen ihnen drei französische Fahrzeuge entgegen. Der Fahrer des ersten machte ihnen aus dem offenen Fenster ein Zeichen zu halten, aber Siggi wich geschickt aus, bremste kurz neben dem Wagen und Koch schrie „Verletzte! Dans la vallée il y a deux blessés. Vite!" vom Rücksitz, so schwach, dass ihn wahrscheinlich niemand verstanden hatte.

Sofort beschleunigte Siggi wieder. Im Rückspiegel erkannte er, dass niemand Anstalten machte ihnen zu folgen.

Hafner blickte misstrauisch zu Koch. Er erkannte, dass der Kommissar zusehends schwächer wurde. Koch, dem das nicht entgangen war, spannte den Hahn.

„Für dich reicht's noch, Hafner, mach also keinen Unsinn."

Hafner lehnte sich wieder zurück.

„Schneller Siggi!", rief er nach vorne. „Wir müssen vor Brunner dort sein. Dorle ist seine Lebensversicherung."

Siggi lenkte den Citroën durch die engen Gassen von Essenheim. Dieses Mal hielt sie kein Hindernis auf, aber fast wäre er in eine schmächtige Kuh, die aus einem Hof trabte, gefahren.

Koch konnte den Schmerzenschrei nicht unterdrücken, als Siggi scharf bremste und ein schnelles Ausweichmanöver fuhr, das ihn gegen den Vordersitz schleuderte.

„Alles klar?", rief der nach hinten.

„Weiter, Siggi. Kümmern Sie sich nicht um mich!"

Im Ort musste Siggi in den ersten Gang zurückschalten, weil die Straße zwischen den Häusern sehr steil den Berg hinaufführte. Koch unterdrückte einen Kommentar. Als sie endlich den Kamm erreicht hatten, gab Siggi wieder Gas.

„Wohin will Brunner?", schnauzte Koch Hafner an, der in der linken Wagenecke saß.

„Keine Ahnung. Der sagt doch nichts."

„Kein Hinweis?"

Hafner zuckte mit der Schulter.

„So rettest du deinen Arsch nicht!", warnte ihn Koch.

Siggi beschleunigte und geriet in einer Kurve auf der noch nassen Fahrbahn ins Schleudern. Koch wurde wieder hin und her geworfen. Ihm wurde schwarz vor Augen. Es kostete ihn sehr große Anstrengung, sich nicht einfach fallen zu lassen.

Siggi fing das Fahrzeug ab.

„Gut!", hauchte Koch von hinten. „Fahren Sie durch den Ober-Olmer Wald, das ist schneller." Er lehnte sich zurück.

Hafner sah zu ihm herüber.

„Keine Chance!", flüsterte Koch. „Die nächste Kugel ist für dich, wenn wir Dorle nicht kriegen."

Die Bombenkrater auf der Straße durch den Wald waren noch nicht alle vollständig zugeschüttet, sodass Siggi langsam fahren und immer wieder ausweichen musste. Endlich hatten sie Gonsenheim erreicht. Koch versuchte so flach wie möglich zu atmen, aber er spürte, dass ihn die Kräfte verließen und er gegen die Ohnmacht ankämpfen musste. Die Schmerzen versuchte er so gut es ging zu ignorieren.

Auf der Breiten Straße war eine Straßenbahn aus den Gleisen gesprungen. Siggi hatte das zum Glück rechtzeitig erkannt und nahm einen Umweg durch die Seitenstraßen. Koch hielt während der ganzen Zeit seine Waffe auf Hafner gerichtet, dem anzusehen war, dass er nach einer Fluchtmöglichkeit suchte. Koch wurde mit jedem Kilometer die Pistole in der Hand schwerer.

„Siggi!", rief er nach vorne.

Der wusste, was sein Chef wissen wollte. „Gleich sind wir da. Ich fahre so schnell es geht."

Tatsächlich legte der Junge ein für das Auto und die Straßenverhältnisse beachtliches Tempo vor, dennoch schien es Koch, als schlichen sie nach Mombach. Er fürchtete, dass Brunner vor ihnen dort sein würde. Er ärgerte sich auch, dass sie nicht auch Reuber mitgenommen hatten. Er selbst würde dem Jungen, wenn es zu einem Kampf käme, kaum eine Hilfe sein können.

Als sie die Halle endlich erreicht hatten, war kein anderes Fahrzeug zu sehen. Koch hatte mittlerweile Mühe, klar und deutlich zu sehen. Die Bilder vor seinen Augen verschwammen, wurden milchig, es kostete ihn unendliche Anstrengung den Eindruck aufrechtzuerhalten, er habe Hafner im Griff.

„Schauen Sie … nach, ob da …" Es fiel Koch immer schwerer zu sprechen.

Siggi verließ den Wagen und ging zu dem Gitter, das

die Halle umgab. Nach kurzer Zeit kam er zum Wagen zurück.

„Nichts da."

„Gut", erwiderte Koch. Seine Stimme war kaum zu verstehen.

„Haben Sie … Waffe?"

Er sah Siggi mit seinen glasigen Augen an. Der ahnte, dass es keinen Sinn machte, mit seinem Chef darüber zu diskutieren, dass er sofort ins Krankenhaus müsste.

„Auf den …!" Er deutete mit einer Kopfbewegung auf Hafner.

„Los!"

Siggi befahl ihm auszusteigen, Koch kletterte unter großen Schmerzen aus dem Fond.

„Wo ist sie?"

Übertrieben theatralisch stieß Siggi Hafner seine Hände ins Kreuz.

Koch hakte sich bei seinem Assistenten an dessen freien Arm unter. Sie kamen nur langsam voran. Die Tür zu dem Gelände war nicht verschlossen. Langsam gingen sie auf den Kopf der Halle zu und wandten sich nach links. Koch wäre fast gestürzt. Siggi fing ihn auf, für den Moment war er abgelenkt. Hafner lief los, aber die gefesselten Hände behinderten ihn.

„Schießen!", hauchte Koch.

Siggi visierte die Waffe und schoss. Einen Meter neben dem laufenden Hafner schlug die Kugel ein und spritzte den Boden auf. Der Flüchtende blieb auf der Stelle stehen.

„Das war nur zur Warnung. Das nächste Mal treffe ich!", drohte Siggi. Er hatte seine Stimme gesenkt.

Hafner kam zurück, aufreizend langsam, ging zu der Tür an der Seite, die in die Halle führte.

In der Halle war alles so, wie Koch es in Erinnerung

hatte, auch wenn er es nur noch wie durch einen dichten Schleier wahrnahm. Ohne Siggis Hilfe hätte er keinen Schritt mehr machen können.

„Wo?“, fragte Koch und nur Siggi, der direkt neben ihm ging, verstand das Wort.

„Wo ist sie?“, gab der die Frage an Hafner weiter.

„Da vorne.“

Koch konnte nicht mehr.

Siggi setzte ihn auf einen Holzblock und trieb Hafner zu der Stelle, die er gerade benannt hatte. Koch konzentrierte sich, ahnte mehr, dass Siggi sich bückte und eine Bodentür öffnete und „Frau Becker!“ rief.

„Bleib wach!“, forderte Koch sich auf. Er bewegte seine Schulter, damit der Schmerz ihn wach hielt. Es war kaum mehr auszuhalten.

Er vernahm etwas, das wie „Danke!“ klang, ein Scheppern, darauf Schritte, wie von ganz weit weg, als wäre er von Watte umgeben, ein Schluchzen und einen Druck. Und dann wurde ihm schwarz vor Augen.

17. Juli – 21. September 1946

XIX

Dorle saß an ihrem Küchentisch und starrte auf die Wand gegenüber. Ihr Fuß war bandagiert. In der Halle hatte sie noch einen kurzen Blick auf den verletzten Kommissar werfen können. Jemand zog sie nach draußen, während sich ein Arzt um den Verletzten kümmerte. Zum Glück war ihr Fuß nicht gebrochen, aber stark geschwollen und er schmerzte sehr. Der Assistent des Kommissars hatte sie nach Haus gefahren, wo kurz darauf Franzi erschien, die auf der einen Seite glücklich war, dass ihre Freundin bis auf die Fußverletzung wohlbehalten vor ihr saß, auf der anderen Seite mit ihr schimpfte, weil sie das Haus gegen ihre Abmachung verlassen und damit sich und letztlich auch den Kommissar in Gefahr gebracht hatte.

Es hätte der letzten Bemerkung nicht bedurft. Dorle hatte ohnehin schon ein schlechtes Gewissen.

Von Siggi hatte sie auf der Fahrt zu ihrem Haus eine Kurzversion der Geschehnisse vor Stadecken erfahren. Ihr war in der Hauptsache im Gedächtnis geblieben, dass bei dem Überfall zwei Menschen ums Leben gekommen waren und der Kommissar eine schwere Schussverletzung erlitten hatte. Die wäre vielleicht nicht sehr bedrohlich gewesen, hätte er sich gleich in ärztliche Behandlung begeben. Aber weil er es sich in den Kopf gesetzt hatte, sie aus den Händen dieser Verbrecher zu befreien, hatte er so viel Blut verloren, dass die Ärzte drei Tage nach dem Überfall immer noch nicht wussten, ob er durchkommen würde.

Wie einen Film ließ sie die Minuten in der Halle, als sie den Mann zum letzten Mal gesehen hatte, vor ihren Augen ablaufen. Wie die Luke geöffnet wurde und sie zu der

Stelle rannte, aber nichts sehen konnte, weil das Licht sie blendete, nach den Stunden in fast völliger Dunkelheit. Aber sie hörte das vorsichtige, unsichere „Frau Becker" und hatte schließlich das junge Gesicht über ihr erkannt.

„Ja", antwortete sie verhalten.

„Hier!", rief die Stimme zurück. Sie nahm eine Hand, die sich ihr entgegenstreckte, aber sie zögerte, wusste nicht, ob das eine Falle war, irgendeine Art von gemeiner Folter. Dennoch griff sie nach der dargebotenen Hand und ließ sich die schmale Treppe aus dem dunklen Verlies nach oben führen. Düster war es, denn, wie sie später erfuhr, war ein schweres Gewitter an diesem Mittag über Rheinhessen gezogen. Ein anderer Mann, gefesselt, stand neben ihrem Retter. Sie wollte einfach nur raus aus diesem Raum, in dem es nach trockenem Staub roch. Sie ließ die Hand los und eilte dahin, wo sie den Eingang vermutete. Aber da sah sie ihn, neben einem Holzbock liegen, auf dem Boden. Sie lief die wenigen Meter, kniete neben ihm nieder.

Er war blass, sein Hemd voller Blut.

„Ein Arzt! Er braucht einen Arzt."

Siggi stand neben ihr, wusste nicht, was er machen sollte.

In dem Moment war draußen das Quietschen bremsender Autoreifen zu hören.

Ein französischer Offizier stürmte in die Halle, einen Koffer in der Hand, hinter sich zwei Unteroffiziere. Mit einer Handbewegung scheuchte er Siggi und Dorle weg und beugte sich über den Schwerverletzten.

Andere Männer folgten, zwei von ihnen packten den gefesselten Hafner und schleppten ihn unsanft aus der Halle. Jemand führte Siggi und Dorle aus der Halle, während ein Militärarzt sich um Koch kümmerte.

Gerne hätte sie jetzt im Krankenhaus an seiner Seite

gesessen, aber ihr schlechtes Gewissen war stärker. All das, vor dem sie sich gefürchtet hatte, als sie in Colonel Jarrés' Haus Brunners Auftrag ausgeführt hatte, um ihm bei seinem Überfall zu helfen, war eingetreten. Sie war mitschuldig an dem Tod von Menschen und an der schweren Verletzung des Kommissars.

Es klopfte an ihr Tor. Langsam und träge stand sie auf.

„Ja?", fragte sie. Sie fürchtete sich noch immer vor Neuberts Rache, den sie seit ihrer Begegnung auf dem Friedhof nicht mehr gesehen hatte.

„Franzi", kam es zurück.

Dorle entriegelte das Törchen und die Freundin betrat freudestrahlend den Hof. Am Himmel waren dunkle Wolken aufgezogen.

„Was schaust du so trübe?", fragte sie.

Dorle winkte ab.

„Ich habe gute Nachrichten", sagte Franzi, während sie ins Haus gingen. Die ersten Tropfen war gefallen.

„Neubert ist verhaftet worden."

„Ja?"

„Ja! Man hat einen Ring und eine Kette bei ihm gefunden. Sind bei einem französischen Offizier gestohlen worden." Sie zwinkerte ihrer Freundin zu. „Dabei ist auch rausgekommen, dass er ein Nazi war. Die Franzosen haben ihn jetzt richtig in der Mangel."

Für einen kurzen Moment huschte so etwas wie ein Lächeln über Dorles Gesicht, doch sie verfiel rasch wieder in ihre trübe Stimmung.

„Geh ihn doch besuchen", forderte Franzi ihre Freundin auf, die wusste, woher deren Stimmung rührte.

„Ich kann nicht", erwiderte sie, „ich kann es nicht."

Franzi drang nicht weiter in sie, sie wollte ihr Zeit lassen.

Nach einer Woche nahm sie ihre Arbeit bei Capitaine Jarrés wieder auf. Er hatte einen Boten zu ihr geschickt und sie gebeten, bei ihm vorbeizuschauen. Zuerst dachte sie, dass man sie im Haus des Franzosen verhaften würde, aber sie wagte auch nicht, die Einladung auszuschlagen.

Es war wieder sehr heiß, die Sonne schien und da die Früherntе schon eingefahren war, war die Versorgungslage nicht ganz so miserabel wie vor wenigen Monaten noch.

Im Haus von Capitaine Jarrés öffnete Elaine ihr die Tür und sah sie misstrauisch an, was Dorles Furcht weiter schürte. Sie führte sie ins Wohnzimmer, wo Madame Jarrés schon saß und sie erwartete.

In ihrem gebrochenen Deutsch bat sie Dorle Platz zu nehmen und bot ihr einen Tee an. Dorle war verwirrt.

Nachdem sie beide einen Schluck getrunken hatten, fragte Madame Jarrés sie, ob der Unteroffizier Jean-Luc sie belästigt habe.

Dorle verneinte die Frage.

„Wir haben gedacht, weil Sie nicht gekommen sind. Um die … Essen zu … machen."

„Mir war übel", log Dorle, „aber Jean-Luc, der war korrekt."

„Wollen Sie noch … arbeiten bei uns?"

„Ja, gerne!", antwortete Dorle.

Sie wusste, dass sie die Arbeit von ihrer Niedergeschlagenheit, die sie in ihrem Haus ständig überfiel, ablenken würde.

Über Franzi erfuhr sie, wenn auch nicht allzu ausführlich, dass sich Koch auf dem Weg der Besserung befand und auch wieder ansprechbar war. Gerne hätte sie ihn besucht, aber noch immer traute sie sich nicht. Sie hatte Angst davor, Verachtung in seinen Augen lesen zu müssen.

Ende August kam Franzi wieder bei ihr vorbei, um ihr

bei der Ernte in dem kleinen Garten zu helfen. Es galt so viel wie möglich für den Winter einzulagern. Ein Bekannter von Franzi hatte vorausgesagt, dass der nächste Winter noch härter als der vergangene werden würde, und wer nicht selbst genug Vorräte anlegte, käme in lebensbedrohende Bedrängnis. Dorle tat das als Schwarzseherei ab, aber Franzi hielt große Stücke auf diesen Mann und zwang ihre Freundin mehr oder weniger zur Arbeit in ihrem Garten.

Einige Tage später erhielt sie die Nachricht, dass Hans-Joachim nicht aus russischer Gefangenschaft zurückkehren würde. Er war im Lager an Typhus erkrankt und daran gestorben. Man würde ihn auf einem Soldatenfriedhof irgendwo in Sibirien begraben. Weit weg. So weit, wie ihr Mann für sie in den letzten Jahren gewesen war.

Irgendwie war sie erleichtert und gleichzeitig hatte sie ein schlechtes Gewissen deswegen. Das am nächsten Sonntag zu beichten traute sie sich nicht.

Am 30. August wurde das Land Rheinland-Pfalz gegründet.

„Wir sind jetzt ein eigenes Land?“, fragte Dorle, nachdem sie die Zeitung, die Franzi ihr vorbeigebracht hatte, kurz überflogen hatte. „Und warum ist Mainz Hauptstadt, aber die Regierung in Koblenz?“

„Weil es in Mainz zu wenig Raum gibt, deshalb! Aber es geht voran, Dorle.“ Franzi war unverbesserlich optimistisch.

Die ersten Kommunalwahlen nach dem Krieg gingen an Dorle vorbei.

Drei- bis viermal die Woche ging sie zu Capitaine Jarrés, am Sonntag in die Heilige Messe und mied außer zu Franzi jeden Kontakt. Paul Koch versuchte sie aus ihrem Gedächtnis zu löschen. Er wollte sicherlich nichts mit der Frau zu tun haben, die für seine schwere Verletzung verantwortlich war. Oft saß sie in der Küche und hörte Radio, sofern es Strom gab.

Koch war mehrere Tage ohne Bewusstsein gewesen. Die Kugel aus Glodkowskis Waffe hatte seine Lunge gestreift und er hatte viel Blut verloren. Der Arzt hielt es für ein mittleres Wunder, dass der Mann noch so lange durchgehalten hatte, die Folgen dieser Anstrengung traten jetzt zutage.

Er wachte für einige Minuten auf, um bald wieder einzuschlafen. Die Schmerzmittel, die ihm verabreicht wurden, taten ihr Übriges. Manchmal nahm er in diesen halbwachen Minuten wahr, dass eine Person sich neben ihm befand, er hörte Stimmen, aber er war unfähig, sie zu erkennen oder zu unterscheiden. Nur eines wusste sein Unterbewusstsein: Dorles war nicht dabei.

Nach drei Wochen wurden die Wachphasen länger und er konnte nun auch feste Nahrung zu sich nehmen. Beim ersten Versuch sich aufzurichten durchfuhr ihn ein grauenhafter Schmerz. Der Arzt, der kurz darauf zur Visite vorbeikam, lachte.

„Sie haben eine sehr schwere Verletzung erlitten, Herr Koch, und können von Glück sagen, dass Sie noch leben. Sie scheinen eine Mordskonstitution zu haben. Ihren Blutverlust hätten viele andere nicht überlebt. Sie müssen Geduld haben!“

Doch von diesem Tag an bemerkte Koch eine ständige Besserung seines Zustandes und zu Beginn der vierten Woche konnte er sich eigenständig aufsetzen, ohne dass der Schmerz ihm die Brust zerriss.

Reuber und Siggi, die mehrmals die Woche bei ihm vorbeikamen, gaben dieses Mal dessen Wunsch nach, ihm die Geschehnisse in Stadecken zu erzählen, die er selbst nicht mehr mitbekommen hatte.

Während Koch den sterbenden Glodkowski in die Mangel genommen hatte, waren Reuber und Siggi zu den Lastwagen geschlichen, wo Brunner, Hafner und ein weiterer Mann namens Holstein damit beschäftigt waren, die Säcke mit dem Geld von der Ladefläche in ihre Fahrzeuge umzuladen. Als sie bis auf einige Meter an die Männer herangekommen waren, forderte Reuber sie auf, die Hände zu heben. Hafner und Holstein auf der Ladefläche griffen sofort zu den Waffen und schossen, wohingegen Brunner, der neben dem Laster stand, sich im Schutz des Wagens absetzte und mit einem Motorrad floh. Bei dem Schusswechsel wurde Holstein von einer Kugel tödlich getroffen, danach ergab sich Hafner.

Reuber wollte die Verfolgung des Flüchtigen aufnehmen, musste sich aber eingestehen, dass der schon einen zu großen Vorsprung hatte. Während sie Hafner fesselten, hörten sie einen weiteren Schuss. Sie liefen zu der Stelle, wo sie Koch mit dem verletzten Glodkowski zurückgelassen hatten. Neben Koch lag ein weiterer Mann, hinter ihm stand Bresson mit einer großkalibrigen Waffe, die in den Händen des schmächtigen Mannes unwirklich aussah.

Nachdem Hafner verraten hatte, wo Dorothea Becker gefangen gehalten wurde und Koch und Siggi mit ihm nach Mombach aufgebrochen waren, wartete Reuber, bis die Franzosen eintrafen und forderte sie auf, einen Arzt zu der Halle zu schicken. Er ärgerte sich maßlos, dass er Koch einfach so hatte fahren lassen. Es war offensichtlich, dass der Mann schwer verletzt war. Und Siggi hatte noch nicht die Erfahrung, in einer solchen Situation eigenständig zu handeln.

„Siggi hat alles richtig gemacht", stellte Koch seinem

Assistenten ein gutes Zeugnis aus. „Und als Fahrer ist er eine Wucht. Ohne ihn wären wir nie rechtzeitig bei der Halle angekommen."

Der Gelobte schaute errötend zur Seite.

„Und was ist mit Brunner?", fragte Koch.

„Ich nehme an, dass er sich in die amerikanische Besatzungszone abgesetzt hat. Es ist zwar keiner der französischen Soldaten, die den Geldtransport begleiteten, umgekommen, aber es gab zwei Verletzte und der Umstand, dass ihre Fahrzeuge überhaupt überfallen worden sind, genügte schon, dass die Franzosen alles daran setzen werden, den Mann in die Finger zu bekommen. Und was dann mit ihm geschieht, das will ich mir lieber nicht vorstellen. Deshalb wird er sich in die amerikanische Zone abgesetzt haben. Einen Fischer, der ihn über den Rhein setzt, findet er allemal. Ich habe daraufhin meinen Bekannten Lieutenant Chavez …"

„Ihr Whiskeylieferant?", warf Koch ein.

„… genau der, ja. Ich habe ihn informiert. Brunner wurde auch gesehen, in Wiesbaden und auch in Frankfurt. Aber leider noch nicht gefasst."

„Verdammt!", war Kochs kurzer Kommentar.

„Hat Hafner sonst was gesagt?"

Reuber lachte. „Als er mal angefangen hatte, wollte er gar nicht mehr aufhören. Brunner war tatsächlich der Initiator der Überfälle in Bodenheim und auf andere Depots und Lager. Die Firma war seine Tarnung. Nach außen gab er den Wohltäter, ansonsten plante er seine Überfälle äußerst akkurat und schreckte auch vor Mord nicht zurück. Hartmann geht auf sein Konto. Der tote Holstein hat ihn im Krankenhaus …"

„Der Mann mit der Schiebermütze?", unterbrach ihn Koch.

„Genau der. Er hat Hartmann rausgeschleppt. Glodkowski hat den Wagen gefahren. Es sollte wie ein Unfall aussehen. Wäre ja auch fast gelungen."

„Und Eckes?"

„Der Tote in der Ruine?"

Koch nickte.

Reuber führte weiter aus. „War Glodkowski, zumindest laut Hafner. Man befürchtete, dass Eckes zu viel ausgeplaudert hatte. Darum die Folter. Deshalb hatte sich der Kellerpuff auch so schnell in Luft aufgelöst."

Koch nickte befriedigt. Vieles war genauso, wie er es vermutet hatte. „Die ‚Hölle'?", fragte er. Er hielt kurz inne, da er merkte, dass ihn das Gespräch anstrengte. Aber er wollte jetzt alles wissen.

„Ja, der Kellerpuff. Der hat auch Brunner gehört. Bresson hatte Recht gehabt. Ein Umschlagplatz für Informationen und Geschäfte. Und nebenbei konnten die Herren Entspannung bei den Damen finden. Hafner weiß da leider zu wenig drüber. Ich nehme an, dass er so schon um sein Leben fürchten muss. Wenn rauskommt, dass er Namen und Einzelheiten nennt, wer dort war und was da passiert ist, wird es wirklich gefährlich für ihn."

Koch grübelte. Er überlegte, was er noch wissen wollte.

„Ja", sagte er schließlich, „der Einbruch in meine Wohnung."

Reuber lachte. „Natürlich Brunner. Wollte Sie damit bloßstellen. Zumal er ja wusste, dass Arnheim sie nicht mochte. Er hat über einflussreiche Bekannte Druck auf Arnheim machen lassen. So einfach ist das, Koch. So war es früher und so wird es auch in Zukunft bleiben. Da sind diese Zeiten nicht besser oder schlechter als andere. Vielleicht ist manches nur einfacher. Der Überfall auf Siggi, das waren übrigens Glodkowski und Holstein."

Nun schaltete sich auch Siggi ein, der dem Gespräch bislang nur zugehört hatte. „Ob es in den Einzelheiten so stimmt, wissen wir nicht. Hafner war nach seinen Aussagen an den Kapitalverbrechen nie beteiligt, dem Mord an Hartmann, dem Mord an Eckes, dem Mordversuch an mir."

„Da haben wir noch einiges an Arbeit vor uns", ergänzte Reuber.

„Und Gerber? Wie hängt der da mit drin?" Es war der letzte Punkt, der Koch einfiel.

„Gehörte am Rande zu Brunners Bande. Hat Diebesgut auf dem Hof versteckt. Wir haben auch in einem Erdloch unter einer Scheune auf den Feldern ne Menge Zeug gefunden. Ob er an den Überfällen direkt beteiligt war, wissen wir noch nicht."

„Und warum wurde Peter Gerber umgebracht?"

„Das wusste Hafner nicht."

„Vielleicht wollte er mehr Anteil an der Beute", mutmaßte Siggi.

„Oder er hat mit dem Diebesgut in die eigene Kasse gewirtschaftet. Auch da müssen wir weiter dran bleiben."

„Ist doch eine Menge aufgeklärt", sagte Koch matt und sank zurück.

„Gute Arbeit!", fasste Reuber kurz und bündig zusammen.

Einige Momente herrschte Stille in dem Zimmer. Koch räusperte sich.

„Dorle, also Frau Becker, wie geht es ihr?"

Er hätte sich gewünscht, dass sie neben seinem Bett gesessen hätte, als er aufwachte.

„Eine Fußverletzung. Hafner hat sie entführt und in einem Keller unter der Halle in Mombach eingesperrt. Hafner war zwar nicht über Brunners Pläne informiert, aber es sieht so aus, dass der kein Risiko eingehen wollte, weil die Frau ja die Pläne in Capitainc Jarrés' Büro eingesehen hatte und somit wusste, wer hinter dem Überfall steckte. Die einzige Zeugin. Es ist anzunehmen, dass er sie nach dem gelungenen Überfall umgebracht hätte. Wir haben sie befragt. Sie hat Hafner eindeutig identifiziert."

„Hat sie was gesagt ...?"

Reuber und Siggi sahen sich an.

„Über mich? Kommt sie mich besuchen?"

„Ich weiß es nicht, Koch", antwortete Reuber. „Wir haben sie befragt. Sie hat gestanden, bei Jarrés Einblick in die Notizen genommen zu haben. Ich denke, dass sie ein schlechtes Gewissen hat, weil sie sich mitschuldig an Ihrer Verletzung fühlt."

„Weiß Jarrés davon?"

„Von uns nicht. Wir haben gesagt, dass wir einen Tipp bekommen haben, anonym, und wir daraufhin losgefahren wären. Es musste alles sehr schnell gehen, deshalb war auch Bresson dabei ..."

„Clever!", kommentierte Koch. „Und Bresson? Woher hatte der die Waffe? Muss ja ein Mordsgerät sein."

Reuber schmunzelte. „Ganz alt. War wahrscheinlich schon bei der Eroberung des Westens der USA im Einsatz. Riesenprügel. Aber er hat Ihnen das Leben gerettet."

„Ich habe überhaupt nicht mitbekommen, dass einer hinter mir stand."

„Wir auch nicht. War vielleicht pinkeln, als Glodkowski ans Auto kam und hat die Szene beobachtet. Hat sich rangeschlichen. Bresson, der zuerst oben im Wagen geblieben ist, ist irgendwann runter gelaufen." „Gerade rechtzeitig ...", sagte Koch. Er bekam bei dem Gedanken, was ohne den Photographen passiert wäre, noch einmal ein flaues Gefühl.

„Und Glodkowski?"

„Tot."

„Er hat nichts mehr gesagt?"

Reuber schüttelte den Kopf. „Übrigens will Arnheim noch mit Ihnen sprechen. Über Glodkowski. Wegen der zertrümmerten Nase."

Koch nickte. Glodkowski hatte ihm nicht gesagt, wo sein Vater umgebracht worden war und wo man seine Leiche verscharrt hatte. Er fühlte sich als Verlierer. Erneut. Dieser Verbrecher hatte noch einmal gewonnen.

Koch bat seine beiden Kollegen, ihn alleine zu lassen.

Am nächsten Tag kam Arnheim. Er trug sein blaues Jackett mit den goldenen Knöpfen.

„Mein lieber Koch, was machen Sie für Sachen?", begrüßte er seinen Kommissar. „Ich soll Sie auch von Falter grüßen."

Koch bedankte sich.

„Mit Brunner hatten Sie ja keine schlechte Spürnase. Woher wussten Sie von dem Überfall?"

„Ein Informant."

„Name?"

„Rüdiger."

„Rüdiger wer?"

„Keine Ahnung, Herr Arnheim. Der Mann besteht auf Anonymität."

„Und so jemandem glauben Sie einfach so?"

„War ja richtig, die Information. Wir haben den Überfall verhindert."

„Und zwei Tote und einen flüchtigen Brunner."

„Wir hätten ihn vielleicht schon früher haben können … und vielleicht wäre es auch gar nicht zu dem Überfall …"

„Was wollen Sie damit sagen, Koch?", blaffte ihn Arnheim an und sprang von seinem Stuhl auf.

„Ich erinnere Sie daran, dass Sie von Brunners Schuld nicht überzeugt waren."

„Weil Sie keine Beweise hatten."

„Wie sollte ich die bekommen?!" Koch spürte, dass ihm die Wut und die Erregung nicht gut taten. Ihm wurde schwindelig und seine Wunde schmerzte.

„Wenn Sie sich erinnern, Koch, haben Sie durch Ihr ungebührliches und unkooperatives Verhalten selbst verschuldet, dass ich Ihnen den Fall entziehen musste."

„Und, was haben die Kollegen rausgefunden?"

„Ich glaube nicht, dass die Kollegen Ihnen gegenüber Rechenschaft schuldig sind."

„Nein, nicht mir, aber der Öffentlichkeit. Und Ergebnisse wären schon ganz schön." Er biss sich auf die Lippe.

Arnheims Kopf war puterrot. „Wie dem auch sei, Koch, ich sehe, dass Sie kein bisschen dazu gelernt haben. Sie waren verblendet wegen Brunners angeblicher Nazivergangenheit. Übrigens, da fällt mir ein. Dieser eine Tote", er überlegte kurz, „genau, Klaus Glodkowski, den Sie angeschossen haben, der hatte eine zertrümmerte Nase und Spuren von Schlägen auf seiner Stirn. Können Sie mir erklären, wo die herkommen?"

„Vielleicht unglücklich gefallen", entgegnete Koch lapidar und legte sich im Bett zurück. Das Gespräch strengte ihn über die Maßen an und er ärgerte sich, das vor Arnheim zu zeigen.

„Koch, steckt da eine persönliche Rechnung dahinter?"

Er schüttelte ganz leicht den Kopf und schloss seine Augen.

Am nächsten Tag erlitt Koch einen schweren Rückfall. Eine Infektion ließ seine Temperatur hochschnellen. Drei Tage dauerte es, bis die Ärzte sie wieder im Griff hatten.

Als Koch dies überwunden hatte, brachte ihm Reuber

bei seinem nächsten Besuch eine Tageszeitung mit. Vorher hatte er ein Paket neben der Tür abgestellt.

„Erste Seite, Koch, Titel“, sagte er nur.

Koch nahm das Blatt. Arnheim blickte ihm entgegen. Er wurde als der Mann gefeiert, dessen beharrlichem Bestreben es zu verdanken war, dass der Überfall verhindert werden konnte.

„Dreckskerl“, war alles, was er dazu sagte.

„Genau. Aber lesen Sie mal weiter!“

Koch überflog den Rest des Artikels.

„Hätte ich ihm gar nicht zugetraut. Dem Sausack.“

„Ich auch nicht“, stimmte Reuber zu. „Aber vielleicht ist der Mensch ja doch lernfähig. Das wird ihn schon eine Menge Überwindung gekostet haben. Zu sagen, dass der entscheidende Mann im Hintergrund, der von Anfang an die richtige Nase hatte, ein gewisser Paul Koch war. Alle Achtung! Übrigens, hier“, Reuber zog eine Flasche aus der Tasche seines Übermantels, „soll ich Ihnen unbekannterweise von Lieutenant Chavez geben. Kentucky Bourbon. Extra Abfüllung.“

Mit einem „Thank you“ nahm Koch die Flasche entgegen.

„Der Lieutenant meint, dass das die beste Medizin gegen Infektionen ist.“

„Dann sollten wir uns bald impfen.“

„Sehe ich auch so.“

„Wann kommen Sie raus?“, fragte Reuber.

„Ende August, meint der Arzt. Ich muss aber noch ein paar Tage zu Hause bleiben.“

„Schöne Aussichten. Aber ich habe da noch was für Sie. Ein Geschenk.“

Reuber ging zur Tür und nahm das Paket, das er beim Eintritt dort abgestellt hatte.

„Noch was von Chavez."

„Packen Sie es aus, Reuber!", bat Koch.

„Ein Radio", rief er überrascht aus, als Reuber ihm das Gerät entgegenhielt.

„Der Whiskey gegen die Infektionen und das Radio, damit Ihr Geist nicht einschläft, meinte Chavez."

„Ein großzügiger Mensch, Ihr Lieutenant", stellte Koch fest.

„Hauptmann, seit zwei Tagen ist er Hauptmann. Ja, eine Seele von Mensch. Kann aber auch mal fünf gerade sein lassen."

Reuber schloss ihm das Gerät an.

„Strom ist ein Problem", sagte er, als er fertig war. „Im Moment haben wir Glück."

Aus dem Radio erklang eine traurige Melodie.

In den nächsten Tagen lief das Gerät, wann immer es Strom gab. Eine Nachricht erregte Kochs besonderes Interesse. Es wurde berichtet, dass in Mainz der Weinmarkt wieder eröffnet werde, wie vor dem Krieg auf dem Halleplatz am Rheinufer. 100.000 Liter habe der französische Stadtkommandant Louis Théodore Kleinmann zur Verfügung gestellt. Gegen Abgabe eines Abschnitts der Lebensmittelkarte erhalte jeder Erwachsene im Hotel Stadt Coblenz einen Gutschein zum Erwerb einer Flasche Wein.

Einen Tag vor seiner Entlassung bekam er Besuch von Franzi.

Es war ein warmer Samstag. Der Herbst kündigte sich an, die ersten Bäume hatten sich schon verfärbt und der Wind am Abend wurde kühler. Koch hatte einen Mantel auf den Rücksitz geworfen. Er konnte sich fast wieder beschwerdefrei bewegen, nur schnelle und abrupte Bewegungen musste er vermeiden.

Er hatte Siggi gebeten, ihm einen Wagen und zwei Blumensträuße zu besorgen. Der Junge war verwundert, weil sein Chef das Angebot, ihn gerne überall hinzufahren, abgelehnt hatte, ihm auch nicht verriet, wohin er wollte. Siggi fiel Kochs Ernsthaftigkeit auf, dazu trug er, als er ihm das Auto vorbei brachte, einen dunklen Anzug.

„Danke, Siggi“, sagte er, „wir sehen uns am Montag im Büro.“

Er stieg in den Wagen und schaffte es, ohne den Motor abzuwürgen loszufahren.

Er steuerte den Wagen auf die Rheinstraße und von dort in Richtung Worms. Osthofen war sein Ziel.

Dort angelangt betrat er das frühere Konzentrationslager, wohin man seinen Vater nach der Verhaftung gebracht hatte. Ob er hier oder woanders ermordet worden war, hatte er nicht herausfinden können. Aber er wollte, dass auch diese Wunde eine Chance zur Heilung hatte. Deshalb legte er vor der Mauer einen der beiden Sträuße nieder und gedachte seines Vaters.

Ihm war an den langen Tagen und Nächten im Krankenhaus, als er alleine und dem Tod nahe gewesen war, klar geworden, dass er mit seinem alten Leben abschließen musste, wenn sein neues eine Chance haben sollte. Glodkowski, der Peiniger seines Vaters, war tot, von ihm hatte er nichts mehr über die näheren Umstände erfahren können. Das, was er gesagt hatte, waren Verhöhnungen gewesen. Koch musste einsehen, dass Glodkowski ein Handlanger wie tausend Andere und dass sein Vater für ihn keine persönliche Angelegenheit gewesen war.

Während er vor der Mauer der ehemaligen Papierfabrik stand, fiel ihm ein, dass Reuber ihn bei einem ihrer ersten Gespräche zur Fastnacht eingeladen hatte. Plötzlich hatte er dieses Motto, von dem Reuber ihm erzählt hatte, wieder im Kopf, und es schien ihm so absurd wie wahr zu sein. „Lache unter Tränen“ – die Hoffnung nicht aufgeben, in die Zukunft schauen, ohne die Vergangenheit zu vergessen. Wie sonst sollte man überleben, wie sonst seine Erfahrungen weitergeben? Darum musste es gehen. Seine Erfahrungen weitergeben, das Geschehene nicht vergessen, aber sich nicht davon beherrschen lassen.

Nach einer Stunde ging Koch zurück zum Wagen, um wieder nach Mainz zu fahren. Fast schien es ihm, dass der folgende Gang schwerer war als der, den er gerade gegangen war.

Der Radiobericht hatte ihn auf die Idee gebracht. Auch das empfand er als ein Zeichen für den Neubeginn.

Er hielt vor Dorles Haus, nahm den zweiten Blumenstrauß vom Rücksitz und klopfte an das schmale Tor des Hauses am Ortsrand von Gonsenheim.

Es dauerte einige Sekunden, bis er Schritte hörte.

„Ja?“, rief sie von drinnen.

„Paul Koch“, antwortete er und wartete, ob er sich erklären musste.

Er freute sich, als kurz darauf der Riegel zur Seite geschoben wurde und ihn die Frau überrascht ansah. Fast hätte er vergessen, ihr die Blumen zu geben, so aufgeregt war er.

„Weinmarkt?“, fragte Dorle, als Koch ihr seine Einladung vorgetragen hatte. „Jetzt?“

„Ja, und ich würde mich freuen, wenn Sie mich begleiten würden.“

Eine halbe Stunde später saßen sie im Auto und fuhren in die Stadt. Koch hoffte, dass sich sein linkes Bein nicht melden würde, wenn es die Gelegenheit zum Tanz gab.

Danksagung

„Unter Trümmern“ ist ein fiktiver Text, der in einer realen Zeit spielt. Die Protagonisten dieses Kriminalromans sind Geschöpfe meiner Phantasie. Um die Umstände, unter denen die Menschen zu jener Zeit lebten, plastisch und nachvollziehbar aufleben zu lassen, habe ich die Hilfe von Menschen, Institutionen, Büchern und des Internets in Anspruch genommen.

Unkompliziert, unbürokratisch und kompetent haben mir die Mitarbeiter des Mainzer Stadtarchivs, namentlich Dr. Frank Teske und Manfred Simonis, mit Aktenmaterial, Zeitungsausschnitten, Bildern und Karten geholfen. Unterstützung erhielt ich zudem vom Landesarchiv Speyer und vom Landeshauptarchiv Koblenz.

Danken möchte ich Freunden, Bekannten, Nachbarn und Autorenkollegen. In Gesprächen über eigene Erlebnisse oder die von Angehörigen und mit ihren eigenen Nachforschungen zur Nachkriegszeit und mit Literaturhinweisen haben sie zur Entstehung dieses Buch beigetragen, u. a. waren dies Thomas Becker, Hans Braun, Dr. Andreas Wagner, Dietmar Gebhard, Dr. Peter Jackob und Wolfhard Klein.

Das Internet hat mir wertvolle Hilfe bei meinen Recherchen geleistet. Alle Seiten aufzuzählen, die ich angeklickt habe, um mir Informationen zu besorgen oder mein eigenes Wissen zu hinterfragen, würde den Rahmen dieser Danksagung sprengen. Stellvertretend für viele andere sei die Seite www.regionalgeschichte.net genannt.

Nennen möchte ich allerdings die wichtigsten aus einer Vielzahl von Büchern und Zeitschriften, die mir bei meinen Nachforschungen zu den verschiedenen Aspekten dieses Romans wertvolle Hilfe geleistet haben.

Zur Geschichte der Polizei allgemein und in Mainz und Rheinland-Pfalz:
„Hitlers Kriminalisten – Die deutsche Kriminalpolizei und der Nationalsozialismus" von Patrick Wagner (München 2002); „Ordnung und Vernichtung – Die Polizei im NS-Staat", hrsg. von der Deutschen Hochschule der Polizei, Münster, und Florian Dierl, Mariana Hausleitner, Martin Hölzl und Andreas Mix (Dresden 2011); „Dem Volk dienen – Ein Lesebuch zur Geschichte der Polizei Rheinland-Pfalz 1945- 2008" von Suzah Okumlola (Koblenz 2009); „Mainzer Polizeigeschichte" von Winfried Büttner (Alzey 1996).

Zur Nachkriegszeit allgemein und zur Besatzung:
„Kriegsende und Neubeginn – Westdeutschland und Luxemburg zwischen 1944 und 1947", hrsg. von Kurt Düwell und Michael Matheus (Stuttgart 1997); „Besetzt – Französische Besatzungspolitik in Deutschland" von Volker Koop, (Berlin-Brandenburg 2005).

Zur Stadtgeschichte Mainz, auch in Einzelaspekten und erzählender Form:
„Mainz Geschichte einer Stadt", hrsg. von Franz Dumont, Ferdinand Scherf, Friedrich Schütz (Mainz 1999); „Mainz 1945 – 1948", hrsg. Von Erich Dombrowski, Emil Kraus und Karl Schramm (Mainz 1965); „Mainz und seine Straßenbahn 1883-1983" von Harald Neise (Stuttgart, Berlin, Köln, Mainz 1983); „Fünfundachtzig Mainzer Jahre"

von Werner Hanfgarn, Bernd Mühl, Friedrich Schütz (Mainz 1983); „Leben in Trümmern – Mainz 1945 bis 1948“, hrsg. von Anton Maria Keim und Alexander Link); „Gonsenheimer Geschichte und Geschichten“ von Peter Krawietz (Mainz 1986); „Von der Machtergreifung bis zur Währungsreform – Mainz 1933-1948“ von Heinz Leiwig (Mainz 1987); „Hurra, wir leben noch! Mainz nach 1945“ von Heinz Leiwig (Gudenberg-Gleichen 2005); „Rheinadel – Eine Mainzer Kindheit in den Jahren 1936-1948“ von Heinz Leiwig (Mainz 2007); „Meine Hechtsheimer Jahre – Erinnerungen 1928-1954“ von Anton Maria Keim (Ingelheim 2008); „Von Stecknädelchen, Pothämeln und Menschen – Mainzer Kindheitsjahre“ von August G. Lahr (Gudensberg-Gleichen 2005); „Mainz – ehemals gestern und heute“ von Ludwig Falck (Stuttgart 1984); „Was Sie schon immer über Gonsenheim wissen wollten“ von Hermann-Dieter Müller (Ingelheim 2011).

Weitere Bücher:
„Ruhestein – Bergrennen 1946 – Der Neubeginn des deutschen Motorsports“, hrsg. von Frank Eberle, Hubert Huber, Roger Orlik, Martin Walter (Albstadt 2011); „Verfolgung und Widerstand in Rheinland-Pfalz 1933-1945“, hrsg. von der Landeszentrale für Politische Bildung (Mainz 2008).

Ein besonderer Dank geht an meine Erstleser für ihre Mühe, ihre Ratschläge und Korrekturen: Frank Grevsmühl, Peter Bernhard, Liane Diehl und meine Frau Tanja.

Gitta und Thomas Kessler vom Weinkontor Kessler für ihren Zuspruch und ihren unermüdlichen Einsatz dafür, dass meine Bücher viele Leser finden.

Günther Butkus vom Pendragon Verlag für das Vertrauen, das er mir entgegengebracht hat, und Eike Birck für das Lektorat.

Einer Person gebührt mein ganz besonderer Dank: Gérard Scappini, ohne dessen Glauben an die Idee dieses Romans, seine Begeisterungsfähigkeit und sein unermüdliches Engagement dieses Buch in dieser Form wohl nie veröffentlicht worden wäre. Vielen Dank dafür, Gérard!

Zuletzt möchte ich den Personen danken, die mir sehr nahe stehen und ohne deren Zuspruch und Unterstützung ich dieses Buch nicht hätte schreiben können: meine Frau Tanja und mein Sohn Tizian.

Alle, die ich vergessen habe, mögen mir dieses Versäumnis verzeihen.

Pendragon Verlag
gegründet 1981
www.pendragon.de

Gedruckt auf holz- und säurefreiem Naturpapier

Originalausgabe
Veröffentlicht im Pendragon Verlag
Günther Butkus, Bielefeld 2012

Lektorat: Eike Birck und Günther Butkus
Herstellung und Umschlag: Uta Zeißler, Bielefeld
Foto: Stadtarchiv Mainz
Satz: Pendragon Verlag auf Macintosh
Gesetzt aus der Adobe Garamond
Druck: AALEXX Buchproduktion, Großburgwedel
ISBN 978-3-86532-341-5
Gedruckt in Deutschland